IL LIBRO DEL CASTIGO

LEGENDS ARE MADE

LIBRO CINQUE

PATRICK MICHAEL

NEWSLETTER

Benvenuti in un viaggio emozionante con LMBPN® International!
Iscriviti alla nostra newsletter per accedere ad aggiornamenti esclusivi
e contenuti gratuiti. Come nostro stimato abbonato, godrai di
un'esperienza ricca piena di sorprese. Immergiti in nuovi mondi,
intuizioni uniche e storie emozionanti che ti aspettano. Unisciti ora,
diventa parte dell'avventura internazionale LMBPN® e diventa
davvero parte della storia!

https://lmbpninternational.com/it/newsletter/

COPYRIGHT

Questo libro è un'opera di finzione. Tutti i personaggi, le organizzazioni e gli eventi rappresentati in questo romanzo sono prodotti dell'immaginazione dell'autore o sono stati usati in modo fittizio. A volte entrambe le cose.

A mia madre: Grazie per esserci sempre stata per me.
A mia moglie: Grazie per avermi sempre spronato,
amato e aiutato a creare questo mondo.
A mia figlia: Non potrei chiedere una figlia migliore.
Questo dimostra che puoi fare tutto!
A Jake e Jess: siete la prova che la famiglia non significa sangue.
A tutti i collaboratori della LMBPN: grazie per il vostro sostegno, il vostro
tempo e il vostro aiuto. È stato meraviglioso lavorare e conoscere tutti voi.
Al mio editor: sei il migliore!

PROLOGO

Lady Amberlyne Nyneeve Cressenthorn camminava veloce per le strade di Tempeston, la città che governava, verso il porto, affiancata da cinque guardie cittadine.

«Mentre camminiamo, potresti per favore descrivermi la situazione nei dettagli?» chiese al comandante della scorta.

«Certo, Vostra Signoria» rispose la donna lowven. «Stamattina sono arrivate in porto due navi con dei problemi. L'equipaggio della prima ha chiamato la guardia. Quando siamo arrivati, ci hanno detto di aver visto una nave affondarne un'altra vicino all'orizzonte circa un'ora prima.

Mentre li stavamo interrogando, un membro dell'equipaggio ha iniziato a gridare e a indicare la seconda nave mentre navigava verso il porto. Quando tutti si sono girati a guardare, il capitano della prima nave ha confermato che la nuova arrivata era la responsabile dell'affondamento. Sospettando che si trattasse di pirateria, abbiamo deviato la nave verso un ormeggio fuori mano e abbiamo isolato l'area.»

Avrei voluto avere il tempo di radunare Ali di Fumo e Ryso. Almeno Tye ha accettato di cercarli mentre io andavo avanti.

«Capisco. Sembra che rifiuteranno l'interrogatorio?»

La lowven scosse la testa. «No. È proprio quello. Tutti a bordo della nave hanno accettato con entusiasmo di rispondere alle nostre domande. È...» Esitò.

Nyneeve le rivolse un sorriso cordiale: «Continua pure. Ho assistito a molte cose strane, quindi per quanto strano sia ciò che stai per dirmi, sono disposta ad ascoltare.»

La lowven alzò la mano e la scorta si fermò; Nyneeve si fermò a sua volta con un sopracciglio inarcato. «Tutti a bordo della nave giurano di essere stati loro ad attaccare, e che l'altra nave era il vascello pirata. Quella che è affondata.»

«E?»

La donna fece un respiro profondo. «Giurano anche che l'intero scontro è stato fermato da un solo uomo.»

Nyneeve sbatté le palpebre. *Un'intera nave pirata.* «Un uomo solo?» chiese.

La guardia annuì. «Un uomo. Il capitano ha giurato che l'altra nave li ha inseguiti e superati. Dice che si sono arresi a causa dell'armamento dell'altra nave. Quando si è avvicinata abbastanza e i pirati hanno iniziato l'abbordaggio, tutti concordarono sul fatto che un uomo ha estratto la spada e ha iniziato a farli fuori. Ma questa non è nemmeno la parte più strana del racconto.»

Nyneeve inclinò la testa con curiosità, sollevando un sopracciglio. «Che cosa?»

«Tutti sostengono che si sia fatto strada sulla nave pirata. Una volta lì, lui...» Scosse la testa. «Non ha senso, ma sostengono che abbia abbattuto o strappato un albero maestro e lo abbia usato come... ariete. Per fare un buco nella nave e affondarla» concluse incredula la donna.

Gli occhi della signora si allargarono per la sorpresa. «Davvero?»

La guardia annuì. «Sì, Vostra Signoria. Ora, l'uomo responsabile è enorme. Ma difendere da solo una nave contro i pirati e poi affondare una nave usando il suo stesso albero come arma?» Scosse la testa. «Non ho mai sentito nulla di simile. È per questo che siamo venuti a prendervi. L'intera faccenda sembra fuori luogo. Ci ha persino permesso di metterlo in catene. Chi lo farebbe? Soprattutto se viene accusato di pirateria.»

Nyneeve riprese a camminare e la sua scorta la seguì. «Lo scopriremo.»

Poco dopo vide finalmente la nave, notando i danni subiti. *Forse catapulte o baliste a lungo raggio. Non cannoni, per fortuna.* Le sue guardie scacciarono gli astanti mentre lei si fermava in fondo alla passerella. «Per prima cosa, voglio incontrare l'uomo responsabile dell'affondamento della nave.» Sentì un gemito provenire dal ponte. «Per favore, accompagnatelo giù.»

La guardia aggrottò le sopracciglia. «Vostra Signoria, siete sicura che sia saggio? Se ha fatto quelle cose, senza Ali di Fumo qui...»

Nyneeve sorrise. «Anch'io sono un individuo molto capace» ricordò alla guardia, con una leggera nota di rimprovero nel tono. «Per favore, portatelo giù.»

La guardia annuì e gridò a quelli che erano sulla nave di farlo.

Pochi istanti dopo, un enorme tigron maschio comparve alla vista in cima alla passerella, con le braccia legate dietro la schiena. Almeno quattro serie di catene gli avvolgevano il petto e l'addome. Doveva essere alto quasi sette piedi, con bicipiti che potevano rivaleggiare con la sua vita.

No, non può essere.

Il tigron chinò la testa verso di lei, con il volto spaccato in un ampio sorriso amichevole, chiaramente non preoccupato per le circostanze.

Guardò alle sue spalle la fila di guardie che lo seguiva. Le prime due camminavano fianco a fianco con le armi sguainate. Dopo di loro c'era una guardia che trasportava a fatica uno spadone massiccio, insieme a un'altra mezza dozzina di guardie ingombrate da quelle che sembravano essere vari pezzi d'armatura.

Oh. Non posso ignorare quello che porta uno scudo che sono quasi certa sia più alto di me.

Sospirò e scosse la testa verso il tigron mentre i suoi stivali toccavano la banchina. *C'era solo un modo per scoprirlo.* «Sir Rasze Valshiir. A cosa devo il piacere?»

Il sorriso del grande tigron si allargò. «Vi conosco? Sono abbastanza sicuro di non essere mai stato qui prima. Essendo dall'altra parte dell'oceano e tutto il resto. Oh, e non sono più un cavaliere.»

Già. Questo lo conferma.

«Bene, allora... Rasze. Non credo che tu abbia più bisogno di quelle catene, vero?»

Scrollò le spalle. «Sembra che rendano i miei... *compagni* un po' meno nervosi. Posso chiedervi chi siete?»

«Lady Nyneeve Cressenthorn. Procedi pure a rimuovere i legami.»

La guardia impallidì leggermente. «Siete sicura, mia signora? Lo farò se lo ordinate, ma potete dire...»

Nyneeve sorrise e la interruppe. «Grazie per l'offerta, ma non stavo chiedendo a te di farlo.» Si voltò di nuovo verso Rasze. «Stavo dicendo a lui di farlo.»

Il tigron scrollò le spalle. «Siete voi la nobile.»

Fletté le braccia massicce e un improvviso stridore metallico risuonò nell'area. Le spesse maglie d'acciaio si deformarono e si contorsero prima che alcune si spezzassero. Poi si udì un rumore squillante, mentre le catene cadevano in un mucchio sulla banchina. Rasze scese con calma dal mucchio e le sorrise.

«La tua reputazione ti precede, Rasze» osservò Nyneeve con disinvoltura, mentre dentro di sé si rallegrava. Fece un passo avanti e offrì la mano.

Rasze la prese e la scosse con delicatezza mentre le guardie si si fecero tese. «Grazie. Anche per me è un piacere conoscervi.»

«Guardie, dategli le sue cose. Mi assumo la piena responsabilità di quest'uomo.»

La guardiana trasalì. «Odio doverlo chiedere di nuovo, ma siete sicura?»

«Lo sono» rispose lei con fermezza.

Le guardie consegnarono a Rasze l'equipaggiamento e l'armatura. Allacciò il primo, mentre la seconda andò a finire in una sacca. «Grazie, Vostra Signoria. Ora, volete dirmi come mi conoscete?»

Nyneeve girò e gli fece cenno di seguirla. «Mentre camminiamo. Vieni con noi.» Lanciò un'occhiata alle sue guardie. «Finite qui.

Quest'uomo e queste persone non sono pirati. Credo che siano stati loro a essere attaccati.»

«Siete sicura di non volere che vi scortiamo...» La guardia tacque.

«Sì. Rasze si prenderà cura di me. Ne sono certo.»

Dopo che i due ebbero camminato per qualche isolato, Rasze la guardò dall'alto in basso. «Bene. Come mi conoscete e perché vi fidate di me? Non vi ho mai vista prima in vita mia.»

Nyneeve si fermò e si voltò a sorridergli. «Abbiamo un amico in comune. Due... anzi, scusa, *tre*.»

La fronte di Rasze si aggrottò. «Davvero?»

«Oh, sì. Mi raggiungerai per pranzo, così potremo discutere di alcune *opportunità* per te qui.»

Il tigron scrollò le spalle. «Non sono sicuro della parte relativa alle opportunità, ma mi avevate convinto già a "pranzo". Ho sempre fame. Continuate pure.»

CAPITOLO UNO

LA STORIA DI SOFIA

3° Boita, 1503 DF

Sofia digrignò i denti per la frustrazione mentre brandiva la sua lunga lama elfica, la cui guardia trasversale, metà drago e metà fenice, rifletteva la luce del sole come un fuoco scintillante. La lama colpì nel punto in cui la testa della creatura alta sei piedi si univa al torace e la tranciava di netto.

La giovane paladina alzò lo scudo in tempo per intercettare un fiotto di sangue, per lo più chiaro e di colore verde. Il liquido schizzò sulla parte anteriore dello scudo, mentre la testa cadeva e rotolava in avanti e il corpo crollava e si contorceva.

Maledette formiche! Il duca Niendrym continua a chiamare ogni pochi giorni, ma non riusciamo a trovare il posto da cui arrivano! Solo buchi che portano a solide pareti di pietra.

Un'ombra passò in alto e Sofia cadde prona. Lo scudo atterrò in una pozza di quello che sembrava sangue di formica, facendolo sollevare e ricadere sull'elmo.

Che almeno a questo punto sto ancora indossando, a differenza delle ultime tre volte che li abbiamo affrontati in cui continuavano ad afferrarmelo con le loro mandibole insanguinate.

Almeno è meglio dell'alternativa...

...anche se il giorno è ancora giovane.

Uno dei pungiglioni delle formiche soldato volanti sfrecciò frusciando nell'aria dove lei si era trovata un attimo prima.

E quelle maledette. L'ultima volta ho imparato a mie spese. Sebbene non riescano a penetrare la mia armatura con quel pungiglione, essere colpito da una formica volante di sei piedi mi fa comunque rotolare per terra come una bambina che prende a calci una lattina gigante.

Sofia saltò in piedi, ringraziando senza parole Wren per averle regalato un'armatura così leggera fatta di una lega di mythryl. Scrutò attraverso la visiera dell'elmo per cercare il nuovo aggressore che sapeva essere da qualche parte nel cielo azzurro brillante. Lo trovò quando la creatura ruotò di fronte a una grande e soffice nuvola bianca e tornò a volare verso di lei, con le mandibole spalancate in attesa.

«Un po' di aiuto, per favore!» gridò. Alle sue spalle si levò un canto e lei strinse i denti mentre la creatura si avvicinava in picchiata. Decidendo infine di non poter più aspettare, toccò il simbolo di Wren sul petto con la mano chiusa che stringeva lo scudo. Alzò la spada per puntare la creatura e recitò una rapida preghiera affinché il suo incantesimo funzionasse nel modo corretto. «*Aotromhlich!*»

Catene dorate di pura luce avvolsero la creatura, mettendone a tacere il ronzio mentre le ali venivano strette al corpo. Si tuffò fuori dalla traiettoria della formica mentre la creatura si schiantava in un pennacchio di terra. Si alzò in piedi – di nuovo – e corse verso la creatura. La pietà le salì dentro per i frenetici tentativi della formica di liberarsi e per la mandibola rotta che si era staccata durante lo schianto. Con coraggio, fissò i suoi occhi alieni e le conficcò la spada in testa, proprio in mezzo a essi.

Girò la testa di scatto e si concentrò sul mago che stava cantando. «Corym!»

Ci volle solo mezzo minuto prima che l'amico la raggiungesse, mentre lei lanciava un'occhiata alla maga.

«Sì, Sofi?» chiese Corym.

«Diresti che siamo in inferiorità numerica qui con Koti, Zix, Feral e Lyse in città a occuparsi dei mannari?»

«Sì, ma li stiamo respingendo senza troppi problemi.»

«No. Tu, Kath, Riz e io li stiamo battendo bene. Anche alcuni della Guardia Anduriana. Ma i maghi che hai suggerito?» Sbuffò. «*Dovrebbero* aiutare a tenere a terra quelle che volano in aria!» I suoi occhi non lasciarono mai il volto contrariato del mago, che all'improvviso arrossì di un rosso intenso.

«Sofi, non è giusto e lo sai. Non conoscono la magia antica. Stanno facendo del loro meglio con quello che hanno.»

Sofia digrignò i denti prima di tirare il fiato e annuire. «Hai ragione.» Fece un cenno alla donna. «So che state facendo del vostro meglio. Vi chiedo scusa. Vi prego di continuare a provarci.»

«Sì, Altezza!» La maga si girò, con un misto di sollievo e orgoglio nella voce, mentre cercava un posto dove mettere a frutto le sue capacità.

La paladina si voltò verso l'amico. «Quando torneremo, inizierai a occuparti di questi maghi. Voglio che imparino la magia antica.»

«I maghi anziani della città non...»

«Non mi *interessa* quello che fanno o non vogliono fare per i loro studenti. Siamo in grave svantaggio nei confronti di tutto se ci mettono dieci minuti o più per fare ciò che a te richiede pochi secondi. *Per favore*, Corym. Usa la mia autorità se è necessario, ma dobbiamo iniziare a metterli al passo con i tempi.»

L'amico la guardò accigliata. «Va bene. A loro non piacerà, ma ci proverò. Il problema è: chi gliela insegnerà?» Sofia aprì la bocca per rispondere, ma lui scosse la testa. «Io sono troppo occupato e non è possibile che Cirrus prenda in considerazione l'idea di prendere decine di apprendisti.»

Sofia chiuse la bocca di scatto. «È vero. Ci penseremo al momento giusto. Prima devi convincerli a adattarsi.»

Prima che Corym potesse rispondere, Srizix saltò in mezzo a loro. «Meno parlare, più combattere. Giavellotti non bastano per insetti volanti. Sarebbero utili le pistole di Lyse o Feral. La balestra di Koti.»

Sofia annuì. «È vero, ma sono in missione per conto loro.»

«Ratti mannari.» La donna lucertola, alta, slanciata e dalle scaglie viola, sputò a terra.

«Sono d'accordo. La tua magia da druido è in grado di riportare a terra questi insetti?»

Srizix aprì e chiuse la bocca un paio di volte, con i denti aguzzi che scattavano. «Turbine darebbe fastidio anche a noi. Potrebbe provocare esplosione di luce come sole. Li accecherebbe e li ferirebbe.»

Sofia lanciò un'occhiata alle guardie che avevano portato. «Forse influirebbe anche su di loro.»

«Vero. Molto probabilmente non riusciranno a distogliere lo sguardo in tempo.» Le sue sopracciglia si aggrottarono mentre gli occhi lilla si guardavano intorno, osservando i campi con i loro boschetti casuali di alberi, in cerca di ispirazione. All'improvviso si illuminarono. «Puoi tenermeli lontano per qualche minuto?»

«Forse. A cosa stai pensando?»

«Sorpresa. Stai lontana e fidati di me.» La donna lucertola si lanciò verso uno dei piccoli gruppi di alberi.

Sofia scosse la testa e alzò le spalle. «Tenete tutti le formiche lontane da Srizix!» gridò.

Mentre si preparava ad affrontare un'enorme formica operaia che si dirigeva verso di lei, un sibilo ondeggiante squarciò il frastuono della battaglia. Le sei zampe della formica scuotevano la terra, scagliando in aria zolle d'erba, anche se aveva smesso di avanzare.

Con un altro sibilo, la creatura fu sollevata da terra e lanciata, con le zampe che su un lato impattarono con il suolo, producendo un rumore simile a quello di un albero che crolla. Le mandibole della formica si aprirono e si chiusero in quello che Sofia poté solo interpretare come dolore.

Guardò dove era stata la formica e vide il compagno di Srizix, Icharokath, che si raddrizzava dopo aver recuperato la sua ascia scartata. Giurò che il massiccio uomo lucertola dalle scaglie nere era cresciuto da quando era con loro e doveva essere alto almeno sette piedi. I suoi occhi dorati la trovarono e lui abbassò la testa in segno di riconoscimento. «Uccido qualsiasi formica prima che mi passi davanti. Giuro a te e alla mia compagna.»

«Allora facciamolo» acconsentì lei.

Pochi minuti dopo, il terreno tremò e un rumore di stridore e di strappi risuonò da qualche parte nelle vicinanze.

Spero che non sia un'altra entrata per le formiche che si sta aprendo. Se così fosse, potremmo doverci riorganizzare e tornare con i rinforzi.

Mentre terminava la formica che stava affrontando, un forte e ritmico tonfo si avvicinava alle sue spalle, diventando ogni volta molto più vicino.

Si girò e restò a bocca aperta all'interno dell'elmo.

Srizix sedeva a cavallo di un enorme ramo dell'albero più grande del boschetto in cui era corsa. Il rumore del tonfo era l'albero stesso che si dirigeva verso la battaglia, con la chioma frondosa che ondeggiava nella brezza dopo essersi sradicata al comando magico della donna lucertola. Mentre Sofia guardava in un silenzio attonito, giurò di aver visto sul tronco occhi stretti e un volto vendicativo.

L'albero deambulante raggiunse Sofia e Icharokath, poi li *scavalcò* mentre Srizix salutava. Corym, dopo aver ritrovato la voce davanti a Sofia, gridò alla Guardia Anduriana e ai maghi che si erano uniti a loro nella missione di disimpegnarsi e raggrupparsi vicino a Sofia.

Una formica volante fu spazzata via dal cielo e si schiantò al suolo in una pioggia di esoscheletro e terra. Poi un'altra. E un'altra ancora. Un ramo piccolo e sottile ne trapassò una quarta, mentre una radice massiccia si abbatteva su una quinta. Una pioggia di pezzi di formica cadeva mentre l'albero sollevava di nuovo una gamba per fare un altro passo.

Quell'albero la sta prendendo sul personale.

I soldati e i maghi si raggrupparono vicino a Sofia e un guardiano stupito si voltò a guardarla. «Cosa facciamo adesso?»

Sofia scrollò le spalle, continuando a fissare la distesa di distruzione che l'albero stava lasciando dietro di sé.

Icharokath fece loro un sorriso a denti stretti e impugnò l'ascia. «Uccido formiche! Aiuto compagna e albero amico!» annunciò prima di caricare in avanti.

«Ed evitate di lanciare incantesimi di fuoco» mormorò Corym. Si guardò intorno: «L'avete sentito! Carica!»

Sofia seguì le sue forze fino alla battaglia prima di distanziarle.

Non avrei mai pensato di combattere accanto a un albero.

Le loro forze riorganizzate, che stavano già vincendo, eliminarono le restanti formiche con facilità, soprattutto con il loro nuovo amico albero che ripuliva il cielo dagli insetti volanti.

Dopo la caduta dell'ultimo insetto, Sofia ordinò tutti di fare una pausa, poi si avvicinò a Srizix e al suo albero. «Hai trovato un compagno interessante.»

Srizix sorrise e scese dal suo trespolo. «Usato magia per portarlo in vita e farlo diventare un treant. Era felice di aiutare la druidessa.»

«Fin troppo vero» rimbombò una voce bassa e profonda dal nuovo treant.

Sofia fece un passo indietro, stupita. «Riesci a parlare?»

«Posso. È passato molto tempo da quando i druidi vegliavano su di noi, conversando con noi.» Ogni parola era deliberata, con una leggera pausa tra l'una e l'altra. «Ci mancano e siamo felici del loro ritorno.»

«Solo uno qui, antico» lo corresse Srizix.

«Per ora. Le stagioni vanno e vengono. I cicli si trasformano. Ho visto questo mondo molto prima che tu ci mettessi piede e posso percepire come stia cambiando ancora una volta.»

«Grazie per il tuo aiuto, ehm... maestro Treant. Non so come avremmo fatto a gestire tutte le formiche volanti» confessò Sofia.

«Ci saresti riuscita, Portavita. Anche se è stato un piacere assisterti. Hai bisogno di qualcos'altro, druida?» chiese il treant, facendo frusciare le foglie.

«No. Grazie per aver risposto alla mia chiamata. Riposa bene» rispose Srizix.

L'albero si voltò, dirigendosi piano verso il boschetto da cui era uscito. «Riposare? Sono stato chiamato da una druida. Non ci sarà riposo per un certo periodo. Devo far sapere che uno come te... uno come *entrambi voi*, cammina di nuovo per il mondo. Sì, è questo che devo fare...» L'albero smise di parlare mentre i suoi passi enormi lo portavano via.

Sofia guardò Corym e Srizix, che si limitarono a scrollare le spalle.

Icharokath si avvicinò al gruppo. «Buca di insetti chiusa a circa duecento iarde di distanza. Muro solido.» Guardò il treant che si ritirava. «Albero se ne va?»

Srizix annuì e lo abbracciò. «Sì. Tornerà a riposare nei prossimi giorni. Quando deciderà di farlo.»

L'uomo lucertola dalle scaglie nere ricambiò l'abbraccio. «Bene. È ora di vedere come stanno amici.»

Sofia gemette. «Non c'è riposo per i malvagi, suppongo.»

Kath inclinò la testa. «Non malvagi. Bravi ragazzi. Artigli Perduti.»

Feral puntò la canna della sua pistola. *Bang!* Un altro ratto mannaro si accasciò a terra, con il naso allungato e i baffi che si contraevano un paio di volte, mentre il foro sulla fronte e il proiettile d'argento all'interno lo immobilizzavano.

Con questo fanno tre. Peccato che non abbiano voglia di parlare.

Feral lanciò uno sguardo laterale mentre le spade corte di Kotizara colpivano la testa di un altro.

Quattro.

Sua sorella Lyse si girò di colpo verso di lui, i suoi occhi eterocromatici blu e oro si concentrarono su di lui con rabbia, la pelliccia abbronzata che si arruffava. «Perché nell'Abisso hai sparato per primo?»

Feral sbatte le palpebre. «All'ultimo? Aveva una specie di spada e si stava dirigendo verso Zixne. Ho pensato che avrei dovuto spargergli prima che arrivasse.»

«Non quello!»

Kotizara indicò con un gesto un altro cadavere seduto a un tavolo. «Quello!»

«Signore, ci sono venti ratti mannari arrabbiati in questa stanza. Posso solo supporre che abbiano amici anche fuori, nel resto della fogna. Siete sicure di voler fare questa conversazione adesso?» Ripose le pistole ed estrasse i coltelli.

«Diglielo!» disse Zixne. La leonevosa stropicciò il bel nasino, gli occhi azzurri lo guardarono mentre lei teneva l'indice destro dritto in alto prima di farlo roteare in aria e spazzarlo davanti a sé. «*Fullaret!*»

Lame rotanti di ogni tipo immaginabile apparvero nell'aria, vorticando l'una intorno all'altra e creando un muro che li separava dai ratti mannari. Le lame emettevano un tintinnio metallico basso, sordo, quasi spettrale, quando si colpivano a vicenda.

Niente di paragonabile alla cacofonia che creerebbero molte lame reali.

«Feral...» Lyse si interruppe, mentre sibili furiosi provenivano dai mannari dall'altra parte.

Il wulven sospirò. «Sinceramente. Come se non avessimo di meglio da fare.»

«Feral!» gridarono all'unisono tutte e tre le signore.

«Bene, bene» concesse lui a malincuore. «Quello di cui mi stai chiedendo ha messo la mano in tasca...»

«Non è un crimine!» lo interruppe Kotizara.

«Ehm. Lo sto raccontando io o tu?» Fece una smorfia all'espressione del volto leggermente zannuto della mezz'orchessa, i cui occhi castano scuro lo guardavano con furia. *Forse dovrei andare avanti.* «Comunque, ha attivato qualcosa in tasca. Una specie di oggetto. Ho sentito un clic e qualcosa che sembrava frantumarsi. Un pezzo di vetro, forse?»

L'espressione della sorella si trasformò in una frazione di secondo da "omicidio Ferale" a "come ho fatto a non accorgermene", subito seguita rapidamente dal suo sguardo da "maledetto fratello".

«Va tutto bene, sorellina. Ti sei distratta mentre parlavi con loro. Ti perdono.»

Lyse gli ringhiò contro – l'ho *sentito troppo spesso per essere intimidito* – prima di lanciare un'occhiata a Kotizara. «Che ne pensi?»

«Penso che tuo fratello sia un irritante, pomposo idiota per la metà del tempo» rispose brusca la mezz'orca.

«E l'altra metà?» scherzò Feral sornione.

«Perdi il pomposo e resti irritante» ribatté lei prima di guardare la sorella. «Potrebbe essere stato un incidente.»

Lyse scosse la testa: «Può darsi, ma per quanto sia irritante, sa il fatto suo. Costruire trappole, lavorare con l'alchimia, avere a che fare con i marchingegni magici? Sono la sua specialità.»

Kotizara annuì. «D'accordo.» Si avvicinò al muro di lame, mentre i ratti mannari arrabbiati dall'altra parte si erano zittiti. «Avete sentito? Vuoi spiegare?»

Dopo qualche istante di esitazione, la voce del capo maschile fluttuò tra le lame rotanti. «Stiamo cercando ora.»

«Se ti sbrighi a scoprire che stava tramando qualcosa, possiamo aiutarti con i tuoi morti. Ma dovete fare in fretta. Non ho intenzione di far usare alla mia guaritrice l'incantesimo resuscita-morti su di loro, e il tempo per rianimarli sta per scadere.»

«La *tua* guaritrice?» Zixne sogghignò. Abbassò la voce. «A essere sincera, non voglio usare alcuna magia su di loro.»

Kotizara la zittì con un gesto. «Potresti doverlo fare. Ricorda quello che ci ha detto Kemuri. Ogni nemico che possiamo far diventare un alleato invece che un cadavere è un guadagno di cui abbiamo bisogno in questo momento. Se *lui* è disposto a farlo, devi farlo anche tu.»

«Bene» brontolò la leonevosa, incrociando le braccia.

Un minuto dopo, dall'altra parte del muro si udì un respiro brusco. «Aveva una specie di pietra di evocazione che ha rotto.»

Il muso di Feral si corrugò. *Una pietra di evocazione? Difficile dire a cosa servisse dopo averla rotta. Se fosse servita per attirare qualcosa qui con la magia, sarebbe già arrivata. A meno che non fosse per inviare una posizione a qualcuno che avrebbe dovuto viaggiare qui con mezzi normali...*

Lyse lo guardò. «Sputa il rospo, Feral. A cosa stai pensando?»

Feral disse loro cosa gli passava per la testa. «Potrebbe anche essere stata una pietra del messaggio. Hanno lo stesso aspetto, ma inviano a qualcuno un messaggio preparato in anticipo. In realtà, è impossibile dirlo dopo che è stata rotta. Forse Corym o Cirrus potrebbero capirlo in seguito, ma non io.»

«Se vi promettiamo un passaggio sicuro, riparerete i nostri morti?» chiese il capo dei ratti mannari nel silenzio.

«Sì. Certo» rispose Zixne. Aspettò che le offrissero un passaggio sicuro prima di far scomparire il suo muro di lame e superare Kotizara, che si limitò ad alzare gli occhi al cielo in risposta. La leonevosa riportò in vita tre membri del clan dei ratti mannari con uno sforzo minimo, con grande sorpresa dei farabutti. Quando provò con il quarto, il traditore, il suo incantesimo fallì. «Il suo spirito ha rifiutato il mio incantesimo.»

Lo sguardo del capo dei ratti mannari si spostò tra loro e i suoi. «Come fai a lanciare incantesimi del genere con tanta facilità? Chi sei?»

Zixne gli rivolse un sorriso beatifico. «Mi chiamo Zixne. Sono un Artiglio Perduto» concluse con orgoglio.

Gli occhietti vispi del capo si allargarono. «La corte della principessa?»

«Se vuoi vederla in questo modo» concordò Kotizara, mettendosi accanto a Zixne.

Feral si fermò dietro la leonevosa e le mise le mani sulle spalle. «A essere onesti, però, siamo molto di più.»

Il capo finalmente annuì e si raddrizzò, con il naso allungato che si ritraeva, i baffi che sparivano e la pelliccia nera che si trasformava in pelle scura. Dove c'era stato un ratto mannaro, comparve un umano. «Che cosa vuoi?»

Lyse sospirò. «Proprio quello che ti stavamo chiedendo. Perché siete qui? Fino a poco tempo fa non c'erano ratti mannari in queste fogne. E noi dovremmo saperlo, visto che abbiamo affrontato un nano esiliato e i suoi tirapiedi qui qualche mese fa.»

«Come fai a sapere che non c'eravamo anche noi?»

Lyse sollevò un sopracciglio. «Perché l'abbiamo ucciso proprio in questa stessa specie di stanza. Forse è il posto migliore per vivere in queste fogne. Vorrei anche sottolineare che l'abbiamo trovato dopo averne setacciato probabilmente tre quarti. Quindi, non cercare di sviare. Voi non eravate qui, il che significa che vi siete trasferiti di recente. Perché?»

L'uomo si accigliò e indicò il ratto mannaro morto. «A causa sua, in realtà.»

«Spiega.»

L'uomo dalla pelle scura sospirò. «Certo. È venuto da noi con un grosso sacchetto d'oro e ha detto che qualche "benefattore" voleva che causassimo qualche problema qui.»

«E voi l'avete fatto?» lo rimproverò Kotizara.

«Ti sembra che possiamo rifiutare un sacchetto d'oro?» la sfidò.

«Ho capito» concesse Kotizara. «Che cosa dovevate fare? E ha mai accennato a chi fosse il benefattore?»

L'uomo scosse la testa. «Non l'ha mai detto. Solo che c'era dell'altro se avessimo causato abbastanza problemi. Era l'unica cosa che dovevamo fare. Creare problemi. Cose di poco conto. Vandalismo, qualche furto, forse un piccolo incendio doloso. Non un edificio o qualcosa del genere. Non dovevamo fare nulla di troppo grande. Dovevamo solo essere una spina nel fianco della gente.»

«Da dove vieni?»

«Veniamo dalla Valle di Geardian.» Il suo naso, anche in forma umana, iniziò a fremere: «Che avete intenzione di fare con noi?»

I quattro si guardarono l'un l'altro. Feral sorrise. «*Potremmo* farci dei soldi.»

«No» lo rimproverò piano Kotizara. «Non siamo qui per questo.»

«Li lasciamo andare?» suggerì Zixne con esitazione. «Non hanno fatto molto prima del nostro arrivo. Non che noi sappiamo, almeno.»

Lyse annuì e si rivolse all'uomo. «Dateci un taglio con il... creare problemi. O noi daremo un taglio a voi. Capito?»

L'uomo fece un leggero passo indietro e annuì, avendo capito dalla loro precedente violenza e dai loro incantesimi che il suo gruppo non era pronto a misurarsi con loro. «Chiaro.»

«A dire il vero, credo di avere un'idea migliore» biascicò Feral.

Tardo pomeriggio, 3° Boita, 1503 DF

Sofia e il suo gruppo si imbatterono nei loro amici mentre uscivano dalle fogne. Corrugò il naso, ma prima che potesse fare un commento, Zixne alzò la mano. «Già. Puzziamo e siamo coperti di merda, letteralmente. Ma dovresti guardarti allo specchio prima di fare i soliti commenti sprezzanti. Dopotutto, neanche tutte quelle budella di insetti profumano di rose.»

«Ahi.» Sofia ridacchiò.

Zixne alzò la mano destra, con il palmo rivolto verso di sé, e la agitò con un movimento circolare. *«Higieteix.»* Una vorticosa magia dorata avvolse la leonevosa e spazzò via la sporcizia delle fogne mentre si dissolveva, lasciandola pulita come se avesse fatto da poco il bagno.

Sei paia di occhi si voltarono verso di lei e si restrinsero. Solo Icharokath sembrava non avere problemi con le interiora di insetto che gli coprivano le squame.

«Sì?» La leonevosa inarcò un sopracciglio.

«Hai davvero intenzione di farcelo chiedere, zuccona?» si lamentò Kotizara.

«Non so di cosa stia parlando.»

Sofia chiuse gli occhi. «Puliscici, Zix. Ti prego.»

La paladina avvertì il sorriso dell'amica anche con gli occhi chiusi. «Certo... Altezza.» Tese la mano, con il palmo rivolto verso Sofia, e la mosse in cerchio. *«Higieltres.»* Poi ripeté il movimento della mano davanti a tutti gli altri, pulendoli.

Tutti ringraziarono la leonevosa che si pavoneggiava prima che Sofia si rivolgesse a Kotizara e Lyse. «Allora? Li avete trovati?»

La wulven dalla pelliccia dorata e scura annuì. «Sì. Sono qui solo da pochi giorni. La guardia che li ha segnalati deve averne visto uno trasformarsi dopo uno dei loro primi... problemi.»

«I primi problemi?»

«Già. Qualcuno li ha ingaggiati per venire a rendere la vita miserabile alla città. Niente di troppo grande. La persona voleva solo che fossero una seccatura generale» spiegò Kotizara.

«Fammi indovinare. Non sanno chi li ha assunti.»

«Giusto al primo tentativo» confermò la mezz'orca.

«Cosa ne avete fatto?»

Feral le sorrise. «Semplice. Adesso li paghi tu.»

Sofia sbatté le palpebre. «Io... io cosa?»

«Li paghi.»

«Perché?»

«Be', ho avuto un'idea...»

«Non è mai una buona cosa.»

Il wulven grigio e nero sorrise. «Oh, no. Credo che questa ti piacerà.»

Quando si fermò, Sofia lanciò un'occhiata ai tre amici sorridenti che erano andati con lui. Alla fine, sospirò. «Bene. Spiegami.»

«Li pagheremo per evitare che causino troppi problemi. Commetteranno alcuni crimini davvero insignificanti, sperando che chi li ha pagati pensi di non essere stato imbrogliato. Se la persona si avvicina a loro, ce lo faranno sapere, così potremo capire chi è.»

«Perché non lo sanno? La persona era mascherata?»

Feral aggrottò le sopracciglia. «No. Il membro del loro gruppo che era il contatto ha attivato una pietra di evocazione o di invio e io gli ho sparato.» Sofia chiuse gli occhi e scosse la testa, ma lui continuò. «Non è questo il punto. Zix non è riuscita a richiamare il suo spirito...»

«E sono molto brava a *convincere*» fece le fusa la leonevosa.

Feral le fece l'occhiolino. «Sì, lo sei, mia cara. Comunque, è *morto* stecchito, e dato che Zixne non è in grado di lanciare l'incantesimo per parlare con i cadaveri, il modo migliore che mi è venuto in mente per far sì che la persona si metta in contatto con loro è stato far sembrare che si stessero guadagnando la paga. Soprattutto perché la persona ha detto che sarebbe stata disposta a pagare di più se avessero fatto un buon lavoro.»

«Quindi mi stai dicendo che sto pagando delle persone per commettere dei crimini contro altre persone di cui io sono la principessa?» borbottò Sofia, sconcertata.

«In poche parole, sì.»

«Be'. Immagino che, fintanto che manterranno i toni bassi, potrebbe essere l'unica possibilità che abbiamo *al momento* per scoprire chi vuole sconvolgere la città in questo modo. Ma se lo scopriamo, sarai *tu* a rescindere il loro... contratto.»

«Sì, sì, principessa.»

Guardò tra i quattro, notò i loro volti sorridenti e gemette. «Che altro? Forza, ditemi tutto.»

Lyse fece un leggero passo avanti. «Be', dopo l'idea adeguata di mio fratello, ho avuto un'epifania.»

Sofia riuscì a socchiudere gli occhi e ad alzare un sopracciglio quasi allo stesso tempo. «Ah-ah...»

«Ho detto loro di molestare soprattutto le navi e i mercanti della Valle di Geardian.»

Sofia allargò le braccia. «Perché?»

Lyse ridacchiò. «Be', loro sono di Geardian, quindi ho pensato che lo fosse anche la persona che li ha assunti. Se causano problemi a *loro*, potrebbero far uscire allo scoperto la persona più in fretta.»

«È un piano così inconsistente che ci vedo attraverso. Perché l'hai fatto, qual è il motivo vero?»

Il suo sorriso si allargò. «Perché a nessuno di noi piace il buon barone Kansao Hillunter e lui è il responsabile delle merci che si muovono tra Anduria e la Valle di Geardian.»

Sofia gemette di nuovo. «Quindi avete deciso di infastidirlo attraverso una terza persona?»

«Esatto» confermarono all'unisono i quattro.

Tarda sera, 3° Boita, 1503 DF

Mentre gli Artigli Perduti scendevano dalla loro aeronave, *ancora senza nome*, e si dirigevano verso il Castello di Anduria per riferire sulla situazione attuale del Ducato di Decharmes, Sofia non poteva fare a meno di preoccuparsi di come esporre ai draghi i suoi problemi con i maghi.

Quando il gruppo si sistemò intorno al grande tavolo della sala riunioni, Corym si schiarì subito la voce e disse che dovevano discutere dei maghi della città e del loro addestramento.

Suppongo che non avrei dovuto preoccuparmi. Che spreco di tempo per le preoccupazioni serie.

«Di che cosa dobbiamo discutere di preciso?» chiese Cirrus, il cui tono indicava con chiarezza che lo sapeva già.

Corym inclinò la testa quando Kilrhi gli posò davanti un piatto di cibo. «Grazie.» Fece un respiro profondo e incontrò l'espressione neutra della dragonessa. «Ho provato a parlare con i capi della scuola dei maghi, ma si rifiutano anche solo di prendere in considerazione l'idea di insegnare la magia in modo diverso. In pratica, mi dicono: "Questo è il modo in cui abbiamo fatto per generazioni, questo è il modo in cui continueremo a farlo".»

Sofia si acciglò. «Davvero? Sapevo che ti avevano creato dei problemi, ma non credevo che fossero così ostinati.»

«In verità, è peggio di così» ammise Corym. «L'ho solo ridotto all'essenza di ciò che intendevano.»

«Allora cosa stanno dicendo veramente?»

«È meglio che non lo sappiate. Non c'è nulla di offensivo nei confronti dei draghi, ma non ho mai sentito un gruppo di persone parlare male della propria professione come fanno i maghi anziani di quella scuola.»

«Allora, cosa suggerisci?» Cirrus lo incoraggiò a continuare.

«Non ne ho idea. Abbiamo bisogno della scuola dei maghi. Anche se *non* stessi ancora imparando da te – e se ne avessi il tempo – non c'è modo che noi due possiamo insegnare a un'intera scuola di maghi. Abbiamo bisogno che i maghi più anziani siano d'accordo con i cambiamenti, così che tu possa insegnare a loro e loro possano insegnare agli studenti.»

«Io non ho comunque intenzione di insegnare a loro» lo corresse Cirrus.

Corym fece una pausa, con la forchetta sollevata a metà della bocca: «Allora come faranno a imparare l'antica magia?» sbottò.

Cirrus lanciò un'occhiata a Kemuri, che annuì. La dragonessa sorrise. «Da quando abbiamo lasciato la tana, ho riflettuto proprio su questo argomento. Dopo aver fatto un po' di ricerche per conto mio, indirizzate in gran parte dai genitori di Sofia, ho scoperto che non tutti su questo mondo hanno smesso di praticare la magia nel modo *corretto*.»

«Non l'hanno fatto?» le domandò Sofia.

«No. Sembra che alcuni gruppi abbiano continuato a seguire le vecchie abitudini. Rifiutando qualsiasi ordine o coercizione a cambiare.»

«Chi?»

«Draghi. Fae. In pratica, ogni altro tipo di creatura magica» osservò Kemuri. «Ci sono anche i tipici gruppi che fingono di cambiare, ma i loro membri anziani praticano in segreto. È abbastanza comune quando le leggi cambiano, in realtà. Poi ci sono i dracokith» concluse con un basso ringhio.

«Oh, no. Dire che non sono amichevoli è come dire che il sole è più o meno luminoso. È un eufemismo. È impossibile che ci aiutino.» Lyse sbuffò.

Sofia si rivolse alla wulven. «Perché dici così?»

Lyse corrugò il muso e storse il naso. «Da dove cominciare?»

«Abbattono le aeronavi che sorvolano il loro territorio senza autorizzazione preventiva, che non concedono quasi mai.» Feral tirò su col naso. «La trovo una pratica proprio ripugnante.»

«Certo che la pensi così.» Kotizara ridacchiò. «Tu *hai* un'aeronave. Che, mi permetto di far notare, ci porteremo lì.»

«È la *mia* aeronave» disse Lyse, correggendo la mezz'orca prima di rivolgersi al fratello. «Vedi? Cosa ti avevo detto? Avresti continuato a dire che l'aeronave era tua in modo superficiale finché la gente non avrebbe cominciato a crederci.»

«Nessuno crede a lupo grigio su nulla» assicurò Srizix alla wulven. «Ha inclinazione a *esagerare* storie. Però è molto divertente.»

Feral le rivolse un sorriso a denti stretti. «Cosa posso dire? È un talento.» Sentì gli occhi di Kemuri su di sé e le sue orecchie si tesero. «Umm, continuando. Da quando hanno assorbito... umm, *Vohk*, circa due o tre secoli fa, di rado lasciano entrare qualcuno via terra. E *di sicuro* pattugliano, quindi non sarà facile intrufolarsi.»

«Era il Regno di Vohkigzo. Che credo fosse un ducato ai tempi antichi di Cirrus e Kemuri.» Kotizara sorrise impudente agli sguardi di scherno dei due draghi. «Numerose famiglie del mio clan possono far risalire la loro stirpe a quel luogo. Un tempo era una terra dominata dagli orchi.»

«Lo è ancora» li informò Lyse. «Solo che ora sono governati dai dracokith.»

Sofia guardò tra i draghi. «E siete sicuri che i dracokith pratichino l'antica magia.»

«Lo siamo» confermò Cirrus.

«Come?»

Corym fece una smorfia. «Avrei dovuto pensarci.»

Sofia fece un respiro profondo e si voltò verso di lui. «Pensato a cosa?»

«Alla scuola per maghi c'erano sempre delle voci. Si diceva che i migliori studenti di quasi tutte le scuole di magia, non solo di questa, alla fine si alzavano e sparivano. Si supponeva che lasciassero sempre abbastanza denaro per pagare il resto della scuola come ringraziamento. Lasciavano anche lettere di ritiro, sigillate in cera con il sigillo di un occhio di drago con due bacchette incrociate impresse sopra.»

«È molto strano che non ti abbiano mai preso» commentò Zixne.

«Non proprio» sbuffò Kotizara. «La loro terra è per lo più desertica. Il nostro amico elfico, un po' snob, è un po' magro e allampanato. Forse avevano troppa paura che si seccasse e diventasse una striscia di carne essiccata.»

«Potete concentrarvi? Per favore?» Sofia sospirò e si voltò di nuovo verso Corym. «Ho un paio di domande.» Lui le fece cenno di continuare. «Primo: perché pensi che i responsabili siano i dracokith? Secondo: nessuno è mai tornato?»

Corym scrollò le spalle. «È solo un'intuizione, anche se l'occhio del drago con l'emblema delle bacchette incrociate mi è venuto in mente mentre Cirrus parlava. Per quanto riguarda il ritorno, si trattava di voci. Nessuno conosceva di persona gli individui che se ne erano andati. O se li conoscevano, non ne parlavano. O... suppongo che lo abbiano fatto, visto che c'erano già delle voci.» La fronte dell'Highven si aggrottò e arricciò il naso. «A pensarci bene, alcune di quelle voci dicevano che le famiglie delle persone erano partite poco dopo.»

Sofia guardò di nuovo Cirrus, che sorrise. «Hanno reclutato i migliori che hanno trovato per insegnare loro i vecchi modi.»

«Ma come faremo a entrare se sono così isolati?» chiese alla dragonessa.

Gli occhi di Cirrus brillarono di un azzurro gelido, mentre le sue pupille si trasformavano in fessure. «Se porti con te la giusta... chiave, sono certa che troverai i dracokith molto ben disposti» la rassicurò la dragonessa.

Sofia annuì piano e si rivolse a Kemuri. «Pensi che dovremmo farlo? Si tratta di lasciare Anduria, e so quanto desideri che prima sistemiamo le cose qui.»

«Penso che abbiamo bisogno di maghi che non impieghino un'ora per lanciare un semplice incantesimo» osservò lui. «Se questo significa viaggiare fuori da Anduria, ben venga. Inoltre, come ha accennato Cirrus, avrete bisogno della chiave giusta, quindi lei sarà con voi.»

Sofia diede un'occhiata al tavolo e fece un sospiro profondo. «Bene. Suppongo che prenderemo l'aeronave e partiremo domattina.»

Zixne si spostò in avanti sulla sedia, «Ottimo. Così il nostro amico uomo lucertola potrà dirci chi si è presentato alla porta di Nyneeve.»

Il resto degli Artigli Perduti sorrise al drago, che a sua volta emise un sospiro protratto. «Bene. Avete avuto successo nella vostra missione e io sono un drago di parola. Dov'ero rimasto? Oh, sì. Mi sono fermato davanti alla porta del maniero di Nyneeve e ho guardato fuori...»

CAPITOLO DUE

LA STORIA DI ALI DI FUMO

<u>**Tarda sera, 19 Mari, 18 AF**</u>

Ali di Fumo sbatté le palpebre davanti alla donna fuori dalla porta. «Lara?»

La donna si avvicinò e tirò indietro il cappuccio del mantello. I lunghi capelli nero corvino ne scivolarono fuori e la luce della luna illuminò la striscia bianca sul davanti, come il fulmine che le piaceva impiegare. Inarcò un sopracciglio guardandolo e fece un sorriso più ampio. La stessa luce lunare scintillò sui denti canini allungati, che attirarono un leggero ringhio da parte di Nyneeve. «Questo *è* il mio nome, Tamerin.»

«E questo *non* è il mio, Lara. Non più.»

Lei inclinò la testa in modo regale: «È vero. Scusa, Ali di Fumo. Ora, posso entrare?»

Ali di Fumo alzò gli occhi al cielo e fece cenno all'interno con la sciabola che stringeva nella mano destra. «Certo. Entra pure, La-.»

«*Non* puoi assolutamente!» esclamò Nyneeve, rivolgendosi ad Ali di Fumo. «Sei impazzito? So che hai gli occhi di un umano e che là fuori è buio, ma non puoi assolutamente non accorgerti di quello che è!»

«Nyneeve...»

«Ali di Fumo.»

In quel momento, Tylee scese di corsa i gradini, con l'arco pronto e una freccia incoccata. Si fermò di colpo in fondo, fece per alzare l'arco, poi esitò quando ebbe modo di vedere la splendida vampira. «Accidenti!»

Sia Nyneeve sia Ali di Fumo gli si fecero incontro, esclamando nello stesso momento: «Tylee!»

La risatina strozzata di Lara riportò l'attenzione di tutti su di lei. «È stato molto...» Scosse la testa, cercando di trattenere un sorriso. «Be', lasciatemi dire che sembrava molto familiare. Se non lo sapessi, penserei che voi due siate sposati o accoppiati.»

Nyneeve e Ali di Fumo arrossirono, mentre a Tylee scappò una mezza risatina prima che sua madre gli rivolgesse uno sguardo penetrante. Lui la soffocò in uno sbuffo strozzato.

Ali di Fumo scosse la testa e si rivolse a Nyneeve. «Tu non capisci.»

«Allora *illuminami*» ribatté la highven.

Ali di Fumo ci pensò un attimo prima di scrollare le spalle. «È mia sorella.»

«L'ultima volta che ho guardato mi sono sfuggite le tue orecchie a punta» disse Nyneeve con tono piatto.

Lara ridacchiò di nuovo. «In realtà, la famiglia reale è tutta un gruppo di... Be', di bastardi, se fossero cani. La magia posta su di loro durante la fondazione della famiglia li fa...»

«Lara!» Ali di Fumo si girò di nuovo verso di lei.

«...apparire come umani, a prescindere dalla razza della madre o del padre. La madre di Ali di Fumo, in effetti, era una darkven.» La vampira terminò la sua spiegazione imperturbata.

Nyneeve si rivolse a Lara. «Famiglia reale?»

Lara fece un sorriso mieloso, ritraendo le zanne: «Oh, non te l'ha detto? È un pri...»

«Basta, Lara!» esclamò Ali di Fumo mentre Juniper entrava con disinvoltura nell'atrio dove si stava svolgendo l'alterco.

Il mystambion si guardò intorno e sospirò. «Ecco che il mio sonno di bellezza è finito, stanotte. Comincio a scaldare l'acqua per il tè. Andiamo, Tylee.»

«Non esiste.» Il giovane elfo si sedette sul gradino inferiore e osservò tutti con attenzione.

«Tylee» lo avvertì Nyneeve.

«Oh, no. Voglio sapere cosa sta succedendo qui. Se mi mandi via, proverò comunque a curiosare.»

Ali di Fumo si voltò verso di lui e gli porse le sciabole. «Mettile in salotto. Per qualche motivo, ero talmente di fretta che non ho preso la cintura con la spada.» Lanciò un'occhiata a Lara prima di voltarsi verso il ragazzo. «Poi rimetti in piedi il divano e prendi paletta e scopa per il vaso.»

«Il vaso!» Nyneeve si girò e guardò nella stanza, con le spalle cadenti. «Quel vaso era di mia madre.» Sospirò. «Non c'è modo di portarlo da Indigo in tempo perché possa ripararlo senza problemi.»

«Sarò lieta di ripararlo per voi» si offrì Lara dall'ingresso.

Nyneeve si voltò indietro. «Neanche per sogno! Non esiste che io conceda a un vampiro il permesso di entrare in casa mia!»

Juniper sospirò e li superò nel salotto per andare in cucina. «Forse sarebbe meglio mettere su due bollitori.»

«Non la faccio entrare!»

Il mystambion si voltò e mise una mano sul fianco. «Sì, lo farete. Lei conosce Ali di Fumo. Non solo, l'ho sentito dire "sorella" mentre si dirigeva verso di voi. Ecco perché non avevo più la magia pronta.

Voi vi fidate di lui, è palese che lui si fida di lei, quindi la farete entrare per questo motivo. E perché siete fin troppo curiosa di sapere cosa sta succedendo, soprattutto per quanto riguarda la parte "reale". Quindi, se volete scusarmi, Vostra Signoria, vado a preparare il tè.» Girò i tacchi e si diresse in cucina senza aspettare una risposta.

Nyneeve sospirò e le sue spalle si abbassarono. Si voltò e affrontò la vampira. «Come faccio a sapere che non creerai problemi?»

Lara ridacchiò di nuovo. «Non ho mai detto questo. Sono certa che la mia presenza causerà problemi di ogni genere. Ma *non* intendo fare del male a voi, né a nessun altro in questa casa. Avete la mia parola.»

Quando Nyneeve lo guardò, Ali di Fumo aggrottò le sopracciglia, senza mai distogliere lo sguardo da Lara. «Dov'è Kallik?»

Lara sorrise. «In altre parole, se fossi diventata *cattiva*, Kallik non mi avrebbe più sostenuto, quindi la sua assenza sarebbe stata un indicatore.» Ali di Fumo annuì, guadagnandosi una risata. «È a caccia con Ryso. L'abbiamo incrociata lungo il sentiero.»

Ali di Fumo strinse gli occhi. «E non me l'ha detto?»

«Le ho chiesto di non farlo. Lei ha accettato perché ha detto che così sarebbe stato più divertente.»

Lui chiuse gli occhi e serrò la mascella, mentre la testa iniziava a pulsare. Anche più del normale. «Alla faccia della lealtà» ringhiò.

«Non avercela troppo con lei. Lei ti ama. È solo... maliziosa.»

Nyneeve si raddrizzò e si mise di lato. «Bene. Lara, vero? Puoi entrare.»

Lara abbassò la testa. «Grazie. Posso chiedere perché?»

Fu il turno di Nyneeve di ridacchiare. «Chiunque faccia una *pausa* prima di descrivere Antoryso come "maliziosa" evidentemente la conosce molto bene.»

Lara sorrise. «È così» acconsentì ed entrò.

Ali di Fumo e Tylee non ci misero molto a sistemare il divano, Lara a riparare il vaso con la magia e Juniper a portare un vassoio con cinque tazze e due bollitori di tè. Nessuno parlò mentre si raccoglieva tutto, e Ali di Fumo ignorò con cura gli sguardi interrogativi che Nyneeve continuava a lanciare nella sua direzione.

I mobili del salotto erano disposti a U, con un divano ai lati di un tavolino e una comoda poltrona in testa. Nyneeve prese posto sulla poltrona, raggomitolando i piedi sotto di sé, mentre Juniper e Tylee presero un divano e Lara si sedette su quello appena alzato.

Ali di Fumo, invece, restò in piedi all'estremità aperta, spostando il peso del corpo da un piede all'altro.

Juniper si prese un momento per servire tutti, lasciando il tè di Ali di Fumo in fondo al tavolo.

Quando non riuscì più a sopportare il silenzio e vide Tylee sopprimere un sorriso divertito dietro la sua tazza, Ali di Fumo grugnì. «Bene. Inizio io. Che diavolo ci fai qui, Lara?»

«Non credi che sia possibile che mi sia semplicemente mancato e che volessi vederti?»

Lui sbuffò. «Ci sono stati alcuni anni in cui potevifarlo. E che cos'è questa tua parlantina?»

Lara sgranò gli occhi: «Ci hai *ordinato* di rimanere indietro e di badare a Krystal, ricordi? Altrimenti ce ne saremmo andati tutti con te. Quindi non osare fingere che la mia assenza sia dovuta al fatto che non mi importava.» Lei gli rivolse un'occhiata ironica. «Per quanto riguarda la mia parlantina, sono l'apprendista di Cirrus, ricordi? Dopo il tuo esilio, sono andata a stare con lei a tempo pieno. Lei mi ha contagiata.»

Grugnì di nuovo: «Punto... *punti* incassati. Ma perché sei qui *adesso*?»

«Quanto sa lei?» Lara inclinò la testa verso Nyneeve. «E quanto ti fidi delle persone presenti in questa stanza?»

«Non sa nulla del mio passato. A parte quello che hai vomitato all'ingresso. Grazie per questo, comunque.» Lara scrollò le spalle, la mancanza di rimorso era evidente nei suoi lineamenti. «Quanto mi fido di loro? Con la mia vita.»

La vampira annuì: «Va bene, per me è sufficiente. Avevo bisogno di allontanarmi per un po'.»

«Perché?»

Sospirò. «Ancora impaziente, vedo. Per farla breve, Lyvni e Xarian hanno avuto una discussione circa due mesi fa che ha portato quel pezzo di escremento a romperle la spina dorsale. Quindi, per il compleanno di Krysta, io...»

«Ucciderò quel figlio di puttana.» Ali di Fumo afferrò le sciabole da un tavolino vicino, dove Tylee li aveva sistemati. «Cosa ha spinto Lyvni a combattere contro di lui? Non è neanche lontanamente vicina alla sua età o alla sua taglia, anche se lui ha l'intelligenza di una mosca domestica.»

«Ci sto arrivando, Tam... Ali di Fumo. Calmati e basta. Cirrus e tua sorella stanno lavorando per guarirla. Tuttavia, sarà un processo lungo e doloroso. Per quanto riguarda il motivo del litigio, Xarian stava dicendo cose poco lusinghiere su Krysta. Questo è tutto ciò che Lyvni ci ha detto.»

Ali di Fumo la guardò accigliato.

«Sul serio. Non ha voluto rivelare di cosa si trattasse. Questo mi dice che era abbastanza grave da farle credere che Cirrus sarebbe stata coinvolta. Il che sarebbe brutto.»

«Per Xarian, forse.»

«Vero.»

Nyneeve si schiarì la gola: «Scusatemi, ma chi sono queste persone?»

Ali di Fumo sospirò e si girò verso di lei. «Krysta è la mia sorellina. Parleremo più tardi della questione "reale", ma lei era la principessa ereditaria, finché non ci ha rinunciato per salvarmi la vita. Cirrus è... era la mia guardiana draconica. Lyvni lo è di Krysta. Xarian era il tutore draconico di nostro fratello maggiore ed era un completo idiota.»

«Linguaggio» lo rimproverò distratta Nyneeve, fissando il vuoto. «Quindi, loro tre sono draghi?»

«Sì. Cirrus è un diamante, Lyv è uno smeraldo e Xarian è un onice.»

«Sapevo che eri diverso.» La highven si concentrò su di lui. «Il tuo discorso è sempre stato troppo formale per un pirata.»

Ali di Fumo sbuffò. «Un sottoprodotto di Cirrus... e della maggior parte dei draghi. Usare le contrazioni è meno preciso. Eliminarle fa sembrare che si stia riflettendo bene prima di parlare o agire. Questo significa che sei incoraggiato a ridurle al minimo. Ciò non significa che non si verifichino nella foga della battaglia.»

«Almeno hai detto che lo fa "sembrare" così!» Tylee rise. «Perché *non* credo che aiuti *te* a farlo davvero.»

Ali di Fumo gli sorrise. «Sono d'accordo. Le apparenze possono ingannare.»

Nyneeve li guardò con espressione esasperata. «Molto bene.» Si rivolse a Lara: «Cosa c'entra questo con il tuo arrivo alla mia porta?»

Lara le rivolse un sorriso saccente. «Oggi volevo fare a Krysta un regalo di compleanno speciale. È del tutto possibile che il mio regalo speciale includesse una delle zampe anteriori e gran parte della coda di un certo arrogante drago d'onice.»

Tutti la fissarono prima che Juniper sollevasse la sua tazza da tè. «Alla salute, e non conosco nemmeno le persone coinvolte.»

Lara fece un sorriso più ampio.

Ali di Fumo scosse la testa. «Allora, Xarian è in cerca di sangue?»

La vampira scosse la testa: «No. Ho fatto tutto in regola. L'ho sfidato nelle terre delle Guglie di Cristallo, l'ho picchiato a sangue con gli osservatori presenti...»

«E lui vorrebbe comunque vendicarsi. E *non* si atterrà a nessuna regola prestabilita.»

Lei scrollò le spalle. «Può darsi.» A un'occhiata di Ali di Fumo, abbassò appena la testa: «Va bene. È molto probabile.»

«E tu sei venuto qui per cosa? Per aiutarmi? Ti coprirò sempre le spalle, ma non posso tornare.»

«Lo so. Sono venuto a trovarti. Stare di nuovo con te. Cirrus ha pensato che fosse un momento buono come un altro per venire. Soprattutto quando Crystal...» Fece una pausa e aggrottò le sopracciglia, guardando Nyneeve. «Il capo del clan delle Guglie di Cristallo, non la sorella di Ali di Fumo, è venuta da noi dopo il combattimento e le ha detto, cito testualmente, "alcune restrizioni inizieranno ad essere allentate. Voi non potete andare, ma lei sì". E no, non ho idea di quali restrizioni o del perché io possa venire, ma lei no.»

Ali di Fumo aggrottò le sopracciglia e guardò Nyneeve.

La highven ricambiò lo sguardo. «Non lo so. Ma considerando il nostro incontro esattamente un mese fa, il momento sembra sospetto. Soprattutto se la tua ex guardiana è potente.»

«Lo è. Molto.»

Lara guardò tra loro. «Quale incontro?»

Ali di Fumo si voltò verso di lei. «Nyneeve e io abbiamo avuto un incontro con le Regine dei fae, cioè Titania e Mab. Erano presenti anche un angelo di nome Aralael e un'altra fae di nome Apsara.»

«E anche se non definirei Apsara la mia "guardiana", come Cirrus sembra essere stata per te, di sicuro mi osserva. Ed è anche molto potente.»

Lara annuì. «Ho sentito parlare di lei. L'Alta Signora delle Tempeste.»

«Proprio così.»

«In questo modo uscirai dalla vista di Xarian, il che per lui significa uscire dalla sua mente grande quanto un pisello. Allo stesso tempo, alcune restrizioni da qualche parte sono state allentate, quindi puoi viaggiare di nuovo con me. È così?» Ali di Fumo sollevò un sopracciglio.

«Credo di sì» concordò Lara. «Anche se non ho modo di confermarlo, dal momento che Crystal, ancora una volta il drago, ha ordinato a Cirrus di non rispondere a nessuna delle mie domande in merito mentre era di fronte a me. Il piano che abbiamo escogitato prevede che io mi teletrasporti avanti e indietro, dividendo il tempo con te e ad Anduria, dove Cirrus continuerà il mio addestramento. Sempre che tu mi voglia.»

Ali di Fumo si voltò verso Nyneeve, che sospirò. «Non sono ancora sicura che mi piaccia avere una vampira che dorme... che *riposa* sotto il mio tetto. Per una miriade di ragioni, a cominciare dalla legalità della sua presenza qui, passando per la faccenda del succhiare il sangue, e a seguire con una lista di altre preoccupazioni.»

Quando Ali di Fumo aprì la bocca per replicare, lei alzò una mano delicata. «Detto questo, lei è tua amica e tu l'hai chiamata sorella. Sono disposta a non giudicare e ad ascoltarti. Quindi, convincimi. Come fa a essere tua sorella?»

«Abbiamo fatto un giuramento di sangue.»

«Splendida scelta di parole» interruppe brusco Juniper.

Tylee scoppiò a ridere: «Sì, Ali di Fumo. Sarebbe bene *allontanare* la conversazione da quell'aspetto.»

Ali di Fumo digrignò i denti. «Non mi ha morso.»

Nyneeve sollevò un sopracciglio quando Lara si unì alle risate del ragazzo elfico. «Oh? Davvero?»

«Ok! Mi *ha* morso. Più di una volta. Ma...»

«Come faccio a sapere che non sta esercitando una sorta di controllo su di te?»

Lara e Tylee si piegarono in due dalle risate e Juniper si unì a loro. «Avete conosciuto Ali di Fumo, vero?» chiese il mystambion. «Ci vuole molto per entrare in quela sua testa incredibilmente spessa.»

«La ninfa sluagh, però, l'ha fatto» ribatté Nyneeve.

«E l'hai percepito quasi subito» osservò Juniper. «Adesso percepisci qualcosa?»

«No.»

«Visto?»

Ali di Fumo si strofinò il viso con entrambe le mani. «Non è così. Mi ha morso una volta quando il suo creatore le ha ordinato di uccidermi. Lo shock l'ha fatta tornare in sé. Poi, noi due lo abbiamo distrutto. Dopo è stato perché lei si comportava da idiota.»

«Contesto la parola "idiota". Nel peggiore dei casi, mi sono solo comportata da Guardiana della Notte» osserva Lara ridacchiando.

«È quello che ho detto io» ribatté secco Ali di Fumo.

Nyneeve fece un cenno di assenso. «Molto bene. Chi sono i Guardiani della Notte?»

Uno sguardo sofferente attraversò il volto di Ali di Fumo, così Lara decise di rispondere prima che dovesse farlo lui. «I Guardiani della Notte erano il gruppo d'élite creato da Ali di Fumo. Ci occupavamo delle missioni più difficili del regno.»

«Perché essere un Guardiano della Notte equivale a essere un idiota?» La fronte di Nyneeve si aggrottò per la confusione.

Lara rivolse ad Ali di Fumo un sorriso affettuoso. «Perché non eravamo molto educati. Soprattutto il gruppo dirigente principale. Eravamo in nove. Ali di Fumo, io, Kathis, Elysoun, Tasha, Xylice, Timber, Rasze e Casamir.» Si prese qualche minuto per fornire dettagli su ciascuno di loro prima di continuare. «Ci piaceva fare scherzi e prenderci in giro a vicenda, e nessuno di noi era bravo a seguire gli ordini di persone esterne al nostro gruppo.»

Juniper sbuffò e andò a versarsi altro tè. «Buone notizie. Non è cambiato molto con Ali di Fumo da questo punto di vista.»

Ali di Fumo sospirò e scosse la testa. «Io porto a termine il lavoro. Francamente, è l'unica cosa che mi interessa.»

Tutti e quattro gli altri risposero nello stesso momento in vari modi, che si potevano ridurre tutti a una cosa come: *no, non lo è*.

«Stiamo andando fuori strada.» Ali di Fumo incontrò lo sguardo di Nyneeve. «Volevi sapere perché l'ho chiamata mia sorella. Be', noi nove abbiamo fatto un giuramento di sangue l'uno all'altro. Eravamo, e suppongo lo *siamo* ancora, una famiglia. Mi fido ciecamente di Lara.»

Nyneeve lo studiò prima di annuire lentamente. «D'accordo, posso rispettarlo. Dimmi una cosa, però. Perché sei stato esiliato?»

Il labbro superiore di Ali di Fumo si sollevò in un ringhio, mentre si avvicinava al divano su cui era seduta Lara e vi si lasciava cadere. Si avvicinò al bordo, poi appoggiò i gomiti sulle ginocchia e la testa tra le mani. «Perché sono stato uno sciocco.»

Lara si accigliò. «Non è stata colpa t...»

«Sì, lo è stata. È vero, a tutti noi sono sfuggite le *macchinazioni* di mio fratello, ma era mio dovere individuarle. Ho deluso tutti voi, ho fatto sì che mia sorella rinunciasse alla sua pretesa alla corona, ho perso la mia fidanzata e mi sono fatto esiliare. Tutto questo perché non gli ho dato abbastanza credito per le sue capacità di manipolazione e troppo per la sua fedeltà alla famiglia.»

«Che cosa è successo?» chiese Tylee, sporgendosi in avanti con impazienza.

«Abbiamo commesso una serie di passi falsi, culminati nel fatto che il fratello di Ali di Fumo, l'ex principe ereditario, ora re, ha deciso di incolparci della distruzione di un'intera città e della morte di tutti i suoi abitanti» rispose Lara con voce sommessa.

«Non conosco Ali di Fumo da molto tempo, ma è impossibile che abbia partecipato a una cosa del genere.» Juniper scosse la testa e la tazza da tè riempita restò dimenticata sul tavolo.

«Sono d'accordo» affermò Nyneeve con esitazione. «Ma considerando la mia posizione, devo chiederglielo. Tu c'entri qualcosa?»

Ali di Fumo si alzò in piedi con rabbia, ma Lara lo afferrò e lo tirò indietro sul divano. «Rispondile. Ha già detto che non crede che tu ne sia capace. Tuttavia, è una nobile responsabile delle tue azioni quando sei alle sue dipendenze. Ha il diritto e il dovere di verificare. Non è meno di quanto avresti fatto tu.»

Ali di Fumo digrignò i denti: «No. Non ho prove, ma sono certo che Adakkar, mio fratello, ha organizzato la distruzione della città per promuovere le sue aspirazioni. Se avessi saputo che sarebbe successo, avrei perso il giorno del mio matrimonio e avrei difeso la città fino all'ultimo respiro.»

Nyneeve annuì. «Ti credo.»

Tylee, invece, si attaccò a qualcosa di completamente diverso. «Il giorno del matrimonio?»

«Sì. Con un serpente sotto le sembianze di una pantheran. Dovevamo sposarci il giorno del mio ventesimo compleanno.»

«Ali di Fumo...» Lara iniziò.

«No, Lara. Mi ha tradito in molti modi che non sono disposto a spiegare. E sia lei sia Adakkar li hanno dettagliati molto bene.»

«Tutti noi pensiamo...»

«Che sia stata o sia in qualche modo incantata come lo era Krysta. Vorrei dire che questo cambia i miei sentimenti o la mia opinione sulla questione, ma non è così. Quindi, lasciamo perdere.»

Lara alzò le mani. «Va bene, Ali di Fumo. Lasciato perdere. Per ora.»

Ali di Fumo alzò gli occhi e sostenne per qualche istante il suo sguardo prima di annuire e voltarsi verso Nyneeve. «Soddisfatta?»

Nyneeve scosse la testa: «Neanche lontanamente. Ci sono così tante cose che vorrei chiedere, che vorrei sapere. Ma le risposte arriveranno col tempo, suppongo.»

«Sono sicuro che lo faranno, sempre che io sia ancora qui.»

Nyneeve sbatté le palpebre. «Cosa vuoi dire?»

«Voglio dire che se Lara non può restare, non lo farò. È mia sorella e, pur amando stare qui con te, Tylee e Juniper, andrò dove lei è benvenuta. Se non lo è qui...»

«Oh, smettila di fare la vittima. Lara mi ha già dato la sua parola che non intende fare del male a nessuno. Dopodiché, ti ho chiesto solo di convincermi e tu l'hai fatto. È più che benvenuta qui, anche se dovremo trovare una sistemazione.»

«Può stare nella mia stanza. Anche durante i raduni, nessuno può entrare.»

Nyneeve annuì. «Sempre che sia disposta a farlo. Dobbiamo procurarle una bara o...»

Lara rise: «No, Nyneeve. Non ho bisogno, né voglio, che tu metta una bara in casa tua. Posso dormire su un letto normale.»

«Credevo che i vampiri avessero bisogno di una bara per riformarsi, nel caso in cui venissero distrutti.»

«È così. Ne ho una nella tana di Cirrus e un'altra nel castello di Anduria. Se succede qualcosa, il mio spirito cercherà una delle due.»

Nyneeve scosse la testa. «Ci vorrà un bel po' di tempo per raggiungerla, se dovesse succedere qualcosa. Troveremo un posto dove metterne una anche qui per te.»

Lara le rivolse un sorriso caloroso. «Grazie.»

«Certo. Ora, ad Ali di Fumo piace il buio, ma la sua stanza terrà fuori abbastanza luce solare per te? In caso contrario, possiamo lavorare sul seminterrato...» Nyneeve tacque, mentre cercava di determinare le soluzioni.

«La sua stanza andrà bene. La luce del sole non mi fa effetto.»

Nyneeve si bloccò prima di ricentrarsi lentamente sulla vampira. «Nessuno?»

«No.»

«Ciò significa che sei almeno una Maior.» La donna elfica studiò la vampira per qualche minuto prima di scuotere la testa. «Non hai mai avuto bisogno del mio permesso per entrare, vero?»

Lara ridacchiò. «Magicamente o spiritualmente, no. Tuttavia, era la cosa più educata da fare, e io ho delle maniere impeccabili.»

Nyneeve sbuffò una volta. Poi ridacchiò prima di scoppiare in una vera e propria risata. Quando si placò, scosse la testa. «Sei una potentator, vero?»

Lara annuì con calma e sollevò un sopracciglio. «Lo sono. Mi sorprende anche che tu conosca così bene le gerarchie dei vampiri.»

Prima che Nyneeve potesse rispondere, Juniper si sporse in avanti: «Vi va di condividere con il resto della classe?»

La highven annuì. «Un vampiro potentator è il secondo in ordine di età o di potere. Nella lingua comune sono chiamati Sovrani e governano sui vampiri minori. Quando i vampiri invecchiano o aumentano di potere, guadagnano abilità e allo stesso tempo perdono alcune vulnerabilità.

I Maior, o Anziani, sono al di sotto dei potentator e sono ancora in qualche modo influenzati dalla luce del sole, pur avendo il problema di "entrare in una casa senza essere invitati". Dato che Lara ha detto di non avere problemi con la luce del sole, significa che deve essere più forte di un Maior. Il che significa che non ha problemi a entrare in una casa senza essere invitata.»

«Esatto» osservò Lara. «Tuttavia, si tratta di un sacco di ricerche da fare. I vampiri non vanno in giro a divulgare facilmente informazioni sulla nostra gerarchia.» Un leggero bagliore apparve intorno alla mano di Nyneeve e Lara ridacchiò di nuovo. «Non ce n'è bisogno. Io *detesto* i vampiri. Anzi, mi considero un'abile cacciatrice di vampiri.»

Nyneeve iniziò ad arrossire e a lasciar andare la sua magia prima di guardare Ali di Fumo, che annuì. «Lara è abbastanza abile nel disfarsene. È quello che è, ma non ha scelto di esserlo.»

«Mi dispiace.» La donna elfica arrossì ancora di più.

«Non c'è problema» rispose Lara. «Sono certa che sia snervante avere un vampiro potente come me che sorseggia il tè nel vostro salotto.»

«Non dovrebbe esserlo» aggiunse Tylee.

Gli occhi di Nyneeve si allargarono. «Tylee!»

Ali di Fumo si attaccò alle sue parole: «Oh, no. Stasera hai scoperto molte cose sul mio passato, Nyneeve. È tempo di un piccolo quid pro quo. Ci siamo tenuti nascosti l'un l'altro mentre creavamo la nostra amicizia, e lo capisco. Ma ora? Sai abbastanza del mio passato da iniziare a scavare e crearmi problemi. È ora che ti apra un po' anche tu.»

«Posso ricordarti che se Lara non si fosse presentata alla porta stasera, non avrei comunque saputo nulla di tutto questo?»

Ali di Fumo scrollò le spalle. «Non fa differenza. Lei lo ha fatto, quindi lo fai anche tu. Perciò, puoi iniziare dicendoci come fai a sapere della gerarchia dei vampiri. E perché Tylee pensa che avere un vampiro potente in salotto non debba darti fastidio.»

Nyneeve lo guardò accigliata. «E se non lo faccio?»

Ali di Fumo sollevò un sopracciglio: «Allora avrai dimostrato che la nostra fiducia è un percorso a senso unico. Il che significa che me ne vado.»

Nyneeve scattò in piedi. «No! Non puoi! Per favore...» Chiuse gli occhi e si prese un momento per ricomporsi prima di riaprirli, con uno sguardo implorante negli occhi verdi. «Senti... ci sono ancora molte cose che non mi sento di condividere con te in questo momento.»

Quando Ali di Fumo si mosse per alzarsi, lei tese la mano destra, con il medio e l'indice uniti, e indicò con un cenno la sua direzione. «*Contensonne.*» Un bagliore rosa avvolse il corpo dell'uomo prima di svanire subito, bloccandolo per il momento. «Smettila di essere così... tu. Lasciami finire.»

Lei bandì l'incantesimo che lo teneva fermo e lui si sistemò di nuovo sul divano, con gli occhi stretti. «Bene. Continua.»

Lo guardò, esasperata. «Stavo per dire che, anche se non sono disposta a condividere certe cose e rivelare informazioni private mi mette leggermente a disagio, hai ragione. Considerando ciò che le Regine dei fae hanno detto a entrambe sui nostri destini, insieme ad alcune cose che ho sentito da allora, ho la sensazione che lavoreremo insieme per un po'. Anche tu meriti di conoscere un po' del mio passato. E credo che, viste le tue *domande*, questo sia un punto di partenza buono come un altro.»

Juniper si alzò. «Vado a prendere degli spuntini. Ho la sensazione che sarà una lunga notte.»

Nyneeve annuì dirigendosi verso la cucina. «Tylee si riferisce ad Aiden Nuitaile de Giannadien, un vampiro highven maschio con cui collaboro.»

Ali di Fumo sbatté le palpebre. «Sono qui da mesi. Non ho mai visto un vampiro in giro, e sia io sia Ryso lo sapremmo.»

Nyneeve sorrise. «Lo frequento solo quando è necessario, quindi è venuto qui solo una volta da quando vi siete trasferiti. Eri al Sirena Malata quando è passato.»

Ali di Fumo aggrottò le sopracciglia. «Ero al Sirena, o vuoi dire che mi hai *mandato* lì quando hai saputo che sarebbe passato?»

Lei sorrise: «Ti ho assolutamente mandato io. Be', più che altro te l'ho chiesto con severità. Dopotutto, non è che sapessi come l'avresti presa. Non avevo idea che considerassi una vampira come tua sorella.»

Lui la guardò sconcertato. «Allora, è stata una delle volte in cui mi hai detto "esci, esci, esci. Mi stai facendo impazzire. Vai al Sirena e dai fastidio a Bernie".»

«Infatti.» L'elfa ridacchiò: «Anche se ti ho dato ben più di un ordine del genere. A volte sei esasperante.»

Fu il turno di Lara di ridacchiare. «Solo qualche volta? A quanto pare si è comportato bene, allora.»

«Per i draghi, spero di no» rispose ironica Nyneeve.

«Signore. Possiamo per favore lasciar perdere la conversazione su "Ali di Fumo non si comporta mai bene" e tornare a qualcosa di importante?» Scosse la testa quando entrambe gli sorrisero. «Chi è questo Aiden?»

Nyneeve fece un respiro profondo. «È un membro di un gruppo chiamato Custodi. Come il padre di Tylee. E lo sono anch'io.»

«Che cosa fanno i Custodi?»

«Noi... sembrerà ridicolo. Proteggiamo queste terre da quelli che chiamiamo Terrori Eldritch. Creature che non appartengono alla nostra dimensione, tanto meno al nostro mondo. Mostruosità che sfidano le leggi della natura.»

Ali di Fumo aprì la bocca per rispondere, ma finì per piegarsi in due in preda all'agonia, il mal di testa che lo accompagnava di continuo si trasformò in un dolore accecante come non aveva mai provato prima. La sua vista si offuscò e i bordi iniziarono ad annerirsi. La mano sinistra si alzò verso il lato della testa, afferrando la tempia e il segno che vi era stato posto.

Nyneeve scattò dalla sedia e si precipitò al suo fianco, inginocchiandosi sul divano e afferrandogli il polso con una mano e appoggiando l'altra sulla parte superiore della schiena.

Nel tempo che Nyneeve impiegò per raggiungerlo, Lara gli afferrò l'altro polso e gli posò una mano sulla schiena.

«Che succede?» La voce di Tylee si alzò di tono mentre anche lui si alzava in piedi.

«Porta qui Juniper, subito» ordinò Nyneeve, e il ragazzo corse in cucina.

Ali di Fumo sentì le voci delle donne, a cui si aggiunsero presto quelle del mystambion, ma non riuscì a distinguere le parole. Le sentiva, le registrava, sapeva che avrebbe dovuto capirle... ma non ci riusciva.

All'improvviso, sentì un ringhio profondo e riverberante provenire dalla sua mente. Il dolore, anche se non scomparso, mai scomparso, si ridusse a un livello gestibile con la stessa rapidità con cui era iniziato, lasciandolo ansimante mentre lottava per prendere aria.

Si rese conto di essere sdraiato supino sul divano con quattro forme che lo circondavano. «Sto bene. Datemi un minuto.»

«Non stai affatto bene!» lo schernì Nyneeve. «Ti prego... dimmi cos'è successo» esortò in tono più pacato.

«Non lo so. Stavi parlando di quelle creature e mi è sembrato che la testa mi esplodesse. Deve essere legato al mio marchio. Il dolore sembrava partire da lì.»

«Quale marchio?»

«Il marchio di un esule che è stato posto sulla sua tempia» rispose Lara per non costringere lui a farlo.

«Pensavo fosse solo un tatuaggio magico» mormorò Nyneeve mentre Ali di Fumo inclinava la testa, permettendole di guardarlo di nuovo.

«No. Il maledetto Alto Mago avrebbe dovuto mettermi solo un marchio arcano, ma ha deciso invece di applicarne uno maledetto.»

«Ha fatto cosa?» esclamarono Lara, Nyneeve e Juniper nello stesso istante.

«Non così forte, per favore. Ha creato un marchio maledetto. Mi ha detto che voleva giustiziarmi, ma il re ha deciso di essere clemente. Ha detto che avrei dovuto restare fuori dai loro affari.»

«Per cosa ha creato il marchio?» lo incalzò Nyneeve con gentilezza.

«Mi fa venire un mal di testa quasi costante. A volte va meglio, a volte peggio, ma praticamente sempre. Sparisce – o, onestamente, probabilmente smetto di notarlo – solo quando combatto o...» Si interruppe.

«Oppure?»

«Trascorro del tempo di qualità con una signora» concluse goffo prima di raddrizzare la testa e aprire gli occhi.

Solo per scoprire che Nyneeve era arrossita con violenza, il blu scuro delle sue guance...

Aspetta. Blu scuro?

Tutti e quattro i suoi compagni respirarono a fatica.

«Cosa?»

Lara si chinò e gli baciò la fronte: «Il tuo sangue di drago si vede, Ali di Fumo.»

«Eh?»

«I tuoi occhi sono di un blu splendente e le tue pupille sono tagliate come quelle di un gatto o di un rettile. O di un drago.»

«Oh. Umm...»

«Be', capisco perché qualcuno ha imposto la magia sulla vostra famiglia per far apparire umani tutti i bambini» pensò Nyneeve.

«Cirrus ci ha detto che l'eredità draconica della sua famiglia è un po' più attiva in lui che nella maggior parte degli altri. Non ha dato una spiegazione» la informò Lara.

«Un po' più attivo?» sbuffò Tylee. «Potremmo leggere alla luce dei suoi occhi.» Il bagliore iniziò a spegnersi. «Oppure avremmo potuto. Figuriamoci. Finalmente riesco a partecipare alla conversazione e la parte divertente inizia a svanire.»

«Tylee» esordì Nyneeve.

«No, va bene così. Il bambino ha ragione, dopotutto. Diventano piuttosto brillanti quando questo aspetto si fa sentire. Su, sto bene.

Fatemi sedere.» Lara e Nyneeve lo aiutarono ad alzarsi, mentre tutti e quattro continuavano a circondarlo protettivi. «Davvero. Sto bene.»

Nyneeve fece schioccare la lingua e si rivolse a Lara. «Da quanto tempo è stato esiliato?»

«Due anni e un mese.»

«Stai scherzando?» Si rivolse a Ali di Fumo. «Soffri di un costante mal di testa da oltre due anni?»

«In questo momento sto soffrendo di un altro, non correlato» disse in tono piatto.

«Ti colpirei dietro quel tuo cranio spesso, ma mi farei solo male alla mano.»

«È probabile.»

«Ti è mai venuto in mente, anche solo una volta, che io sono una guaritrice? Sistemare questo genere di cose è il mio mestiere.»

«Sì.»

«Eppure non me l'hai mai chiesto?»

«No.»

«Testardo, cocciuto, ostinato... *uomo!*» sbottò Nyneeve.

«Visto? In realtà è esasperante *per la maggior parte* del tempo» dichiarò Lara.

Nyneeve scosse la testa. «Vedrò cosa posso fare per rimuovere il marchio.»

«Ci hanno provato in molti. Nessuno è riuscito a superare l'abilità dell'incantatore» le disse Ali di Fumo.

Lara, Juniper e Nyneeve passarono l'ora successiva a cercare di dissipare, annullare o rimuovere in altro modo il marchio maledetto sulla sua tempia, fallendo sempre.

«Quell'incantatore – l'Alto Mago, hai detto? – è davvero abile per essere un tale... stronzo» si lamentò Juniper.

Nyneeve fece un cenno di assenso. «Forse non l'avrei formulata proprio così, ma di certo il sentimento sarebbe stato lo stesso.»

«Potrei andare prendere Cirrus» propose Lara con esitazione.

Ali di Fumo scosse la testa. «No. Sto facendo i conti con il fatto che le cose non erano come sembravano quando mi sembrava che mi avesse abbandonato. Se il clan le ha detto che non poteva venire con me e le ha imposto delle restrizioni, sono certo che c'era un motivo per cui ha accettato. Hai detto che quelle restrizioni non sono scomparse. Non la metterò in pericolo chiedendole di infrangerle e di venire qui a vedere il marchio. Me ne sono occupato per due anni. Mi limiterò a occuparmene più a lungo.»

«Questo spiega perché sei così scontroso» commentò Juniper, guadagnandosi un colpo scherzoso e bonario da parte di Ali di Fumo.

Nyneeve guardò tutti prima di alzarsi dal divano. «Credo che per stasera sia tutto. Perché non ci riposiamo un po' e vediamo se domattina riusciamo a trovare un'altra soluzione?»

Juniper sbuffò. «*È* mattina. Direi di riunirci di nuovo nel primo pomeriggio.»

Ali di Fumo annuì e si alzò. «E allora nel primo pomeriggio.» Si diresse verso la sala da pranzo. «Andiamo, Lara. Buonanotte o buongiorno a tutti.»

Mentre Ali di Fumo conduceva Lara attraverso la sala da pranzo e la cucina, si accigliò.

Grazie al mal di testa, Nyneeve è riuscita comunque a non raccontarmi molto del suo passato.

CAPITOLO TRE

LA STORIA DI SOFIA

<u>4° Boita, 1503 DF</u>

Gli Artigli Perduti, accompagnati da Cirrus, partirono il mattino seguente con la loro aeronave. Evitarono di volare verso nord-est e di tagliare per la Valle di Geardian fino a Vohkigzo per cercare di entrare con mezzi normali, sperando che nella Valle di Geardian non li notasse nessuno e si chiedesse cosa stesse succedendo.

Anche se non so perché sia importante. Non sono nostri nemici, o almeno non si sono proclamati tali. Anche se il barone Kansao si è presentato come un idiota.

Invece, viaggiarono di nuovo verso nord, fino a Decharmes, prima di svoltare quasi direttamente a est. Passarono attraverso il versante orientale dei Monti Anduria prima di attraversare il Regno di Nythsera, o almeno la parte in superficie, che erano terre rivendicate dai darkven. Quando si avvicinarono alle colline che conducevano alle terre desertiche di Aradi Kethmar, Sofia sentì Cirrus schiarirsi la gola.

La paladina si alzò tremante da dove era appoggiata alla parte anteriore dell'albero di poppa, ondeggiando mentre scrutava il ponte alla ricerca della dragonessa. Cirrus la osservò con un'espressione leggermente divertita, inarcando un sopracciglio. «Sì, Cirrus?»

La dragonessa scosse la testa. «Dovremo davvero farti superare i tuoi problemi di volo.»

«Perché?» brontolò Sofia, appoggiandosi all'albero e incrociando le braccia sullo stomaco.

«Perché il tuo...» La dragonessa tacque, inclinando la testa. «Perché il viaggio in aeronave sarà necessario a te e ai tuoi amici per portare a termine i vostri compiti, come di sicuro avrai visto. Sarebbe bello se non sembrassi trattenere la colazione con la sola forza di volontà mentre lo fai.»

«C'è un senso in tutto questo?»

«Sì, Altezza» concluse la dragonessa con una risatina, guadagnandosi un'occhiataccia da parte di Sofia. «Credo sia meglio aspettare fino a domani per attraversare il confine con l'Aradi Kethmar.»

«Qualche motivo?» domandò Lyse da dietro la ruota del timone.

«Come tutti sapete, i draghi possono essere individui orgogliosi e sospettosi. I dracokith non sono diversi. Se ci vedono come invasori o credono che stiamo tramando qualcosa di male, ci attaccheranno prima che io possa identificarmi.»

Sofia si strinse di più lo stomaco. *Non voglio proprio combattere contro un gruppo di dracokith arrabbiati su un'aeronave.* «Come ci aiuterà l'attesa?»

Feral le si avvicinò e si appoggiò all'albero maestro. «Calma, Sofi. Se andiamo ora, il sole è più o meno alle nostre spalle. Potrebbero percepire – mi piace questa parola – che stiamo cercando di nasconderci nel suo bagliore mentre sorvoliamo le loro terre. Anche se cerchiamo di starne fuori.»

Quando lei lo guardò con aria assente, lui sorrise e continuò. «Se aspettiamo fino al mattino, il sole sarà davanti a noi. Non è un buon modo per intrufolarsi, perché potremmo essere accecati dal loro avvicinarsi mentre siamo in evidenza e facili da colpire.»

Sofia lo guardò sbattendo le palpebre prima di voltarsi verso Cirrus, con un'espressione di orrore sul volto. «Se non amano i visitatori, cosa succede se ci tirano addosso prima che tu possa identificarti?»

«Ci abbattono.»

La paladina rabbrividì. «No. Proprio no. Non possiamo atterrare e camminare...»

Cirrus lo interruppe con una risata. «Calma, stavo scherzando. La luce del sole non ha alcun effetto sulla mia vista. Non potranno usarla per avvicinarsi di soppiatto perché non avrò problemi a vederli arrivare. Anzi, i miei occhi mi permettono di vedere molto più lontano di tutti voi, quindi dovrei notarli prima.»

«Se li vedi arrivare, non possiamo proseguire e tu li tieni d'occhio? Così potrai essere la "chiave" per farci entrare.»

La dragonessa annuì. «Potremmo, ma tutto è una questione di percezione. Non vogliamo che credano che ci stiamo muovendo di nascosto quando li incontriamo per la prima volta.»

Sofia sospirò. «Bene.» Si rivolse a Lyse. «Vedi se riesci a trovarci una locanda.»

«Perché non restiamo a bordo?» suggerì la wulven marrone.

«No. No, no, no. Mi piace la nave, è molto bella, ma voglio un terreno solido sotto di me.»

Lyse sgranò gli occhi. «Cirrus ha proprio ragione. Ti farò passare la paura di volare a costo di morire.»

«Se non atterri da qualche parte in modo che io possa dormire su qualcosa di solido...»

«Be', se stai cercando qualcosa di *solido* su cui dormire...» iniziò Feral.

Sofia gli diede un leggero pugno nello stomaco. Tutti i suoi amici risero, compreso l'incorreggibile wulven.

Sofia brontolò sottovoce e si diresse verso la cabina del capitano.

«Sì, Sof» scherzò Zixne. «Il terreno è bello *duro*, quindi potresti...»

Sofia spalancò la porta.

«Ti ricordi quello che ti ho detto a proposito della permanenza negli alloggi del capitano?» la minacciò Lyse.

Sofia lasciò cadere la testa mentre entrava. «Per i draghi in cielo... Bene. Resta in aria. Atterra. Facci abbattere. Inizia a non interessarmi» si lamentò mentre chiudeva la porta tra le risate dei suoi amici.

. . .

<u>5° Boita, 1503 DF</u>

Sofia osservò le tre aeronavi in avvicinamento con qualcosa di simile alla trepidazione.

Ammettiamolo. È più vicino al terrore.

Secondo Feral, quelli a sinistra e a destra erano classificati come skyter, soprannominati "scivolanti" ed erano l'equivalente aeronavale dei cutter. Ognuno di essi era grande meno della metà della loro nave e l'armamento era pietoso se avessero voluto contrastarli. Erano navi piccole e slanciate, lunghe circa venticinque piedi, usate in genere per il pattugliamento o il trasporto di truppe. A volte venivano usate per trasportare in fretta i funzionari governativi se gli incantesimi non erano disponibili o non erano praticabili per qualche motivo. Erano molto veloci e maneggevoli e riuscivano a eludere quasi tutte le altre aeronavi.

Ma non sono loro a preoccuparmi.

Al centro delle due aeronavi, ad ancorare la loro formazione, c'era un enorme ingaelversor. Un grande distruttore del cielo. Esistevano tre classi di navi da guerra più grandi, ma vederne una come quella che si avvicinava di fronte a loro era a dir poco intimidatorio. Secondo Feral, che aveva usato il suo cannocchiale per controllare le forze in avvicinamento, quella nave era lunga circa 150 piedi, con due ponti dedicati soltanto ai cannoni.

Il wulven le assicurò che erano la migliore combinazione di costo, potenza, velocità e manovrabilità. Poi l'aveva ulteriormente *confortata* dicendole che di solito montavano tra i sessantaquattro e gli ottanta cannoni e vantavano un equipaggio di oltre seicento persone.

Seicento guerrieri dracokith con un'inclinazione militare.

Quelli i cui maghi possono lanciare l'antica magia.

Diretti verso di noi.

Cirrus lanciò un'occhiata a Sofia da sopra le spalle e sorrise. «Stai dimenticando qualcosa, cara. Quella nave sarà anche enorme, ma io sono quasi tre volte più grande.»

Sofia le restituì un sorriso incerto. «Suppongo che sia vero.»

«Inoltre» aggiunse Feral, abbassando il cannocchiale. «Probabilmente montano cannoni a polvere nera. L'incantesimo del legno adamantino lanciato da Cirrus sulla mia nave renderebbe molto difficile abbatterci con...»

«In arrivo!» gridò Lyse, facendo ruotare la nave di poco a babordo.

Una palla di fiamme rosse si sprigionò sul loro lato di dritta, abbastanza lontana da mancarli anche se Lyse non avesse effettuato manovre evasive, ma comunque abbastanza vicina da far sì che Sofia giurasse di aver sentito una scarica di calore.

«Oppure hanno dei cannoni a forma di drago» si corresse mogio Feral.

«Tu credi?» gridò Zixne di rimando.

«Non stavano cercando di colpirci» li informò Lyse. «Il colpo sarebbe stato comunque largo. Era difficile valutare a questa distanza, così sono scivolata di lato. Doveva essere un colpo di avvertimento. Ed è la *mia* maledetta nave!»

«Prima gestisci la situazione, poi minaccia di buttare in mare tuo fratello, Lyse» la ammonì Sofia. «Fino ad allora, cosa suggerisci, capitano?»

Lyse si avvicinò e tirò giù una maniglia, rallentando il loro avanzamento. «Rallentare finché non riusciamo a parlare con loro» consigliò. «Se continuiamo ad andare a tutta velocità, il prossimo colpo forse non sarà un avvertimento.»

Sofia annuì. «Va bene. Allora, andiamo alla deriva e speriamo che siano disposti a parlare quando ci avviciniamo abbastanza.»

Cirrus sorrise. «Oppure, vado subito da loro e li avviso che abbattervi non solo mi farà arrabbiare, ma farà anche arrabbiare Kemuri.» Fece loro l'occhiolino. «Dopotutto, ha investito molto tempo ed energie su di voi.»

«Cirrus... aspetta un attimo» concluse Sofia, abbassando le spalle, dopo che la dragonessa era già scomparsa a metà frase. «Suppongo che avrei dovuto prevederlo.»

Le tre navi dracokith continuarono ad avanzare mentre Sofia le osservava con attenzione. Infine, la forma massiccia di Cirrus scese dalle nuvole e si pose dietro le navi in avvicinamento, con il suo corpo sinuoso che colmò veloce la distanza fino a quando la sua ombra non coprì l'intera forza. La donna abbassò la testa mentre rallentava per tenere il passo, concentrando lo sguardo sull'ingaelversore. Sofia sentì la risatina della dragonessa anche a quella distanza.

«Buona giornata. Io sono Cirrus, o meglio, Cirruskeliazoratrix. Presumo che il mio nome vi sia noto.» Erano ancora troppo lontani perché Sofia potesse sentire la risposta della nave, ma vide la testa della dragonessa scuotersi. «Eccellente. La nave in avvicinamento è con me e siamo qui per vedere i vostri governanti.» La dragonessa inclinò e scosse la testa. «No, non ci aspettano. Ma questo non ha alcuna importanza. Li vedremo comunque.»

Un'altra scossa e una risatina più cupa. «Perché non voglio vedere seicento e qualcosa valorosi guerrieri dracokith morire nei prossimi secondi. Cosa che accadrà se sfiderete me, uno dei più potenti draconis invicta in vita.» Alcuni secondi di tensione, seguiti da un'altra scrollata di testa. Le tre navi in avvicinamento rallentarono e iniziarono a virare.

Un attimo dopo, la dragonessa scomparve da sopra le navi e riapparve nella sua forma elfica accanto a Sofia.

«Allora?» chiese la paladina con un sopracciglio inarcato.

«Voleranno di scorta, così non saremo più ostacolati» disse Cirrus. Rivolse uno sguardo a Lyse. «I due skyter ripiegheranno, uno per lato. Noi seguiremo il il distruttore, capitano.»

«Sì, signora dragonessa» confermò Lyse, aumentando di nuovo la velocità.

«Immagino che non volessero farci entrare.» chiese Sofia.

Cirrus esitò. «No» ammise. «Erano incredibilmente rispettosi di me e della mia posizione, ma c'era qualcosa di strano in quell'interazione.»

«Cosa vuoi dire?»

«Mi hanno sicuramente riconosciuta. Molti di loro si sono inchinati e due si sono addirittura inginocchiati. Tuttavia, la discussione è stata molto breve. Anche se hanno riconosciuto la mia autorità, per qualche motivo non volevano che entrassimo.»

«Finché non hai minacciato di farli precipitare dal cielo» intervenne Feral.

«È servito a qualcosa» osservò la dragonessa con un sorriso.

Sofia strinse gli occhi.

«Cosa? Non ho mai detto che il modo di gestire le cose da parte di Kemuri sia *sempre* sbagliato» ironizzò Cirrus.

«Giusto» disse Sofia.

Quattro ore dopo, Sofia si alzò in piedi a fatica quando sentì dei rantoli provenire dalla prua. Si diresse piano verso la parte anteriore, con un braccio sul ventre. Quando arrivò lì, la nausea fu dimenticata all'istante.

Questo posto è magnifico!

La città a cui si avvicinarono veloci era come nessun altro luogo che Sofia avesse visto. Scintillava alla luce del sole come centinaia, *migliaia* di gemme. Man mano che continuavano ad avvicinarsi, Sofia distingueva gli incredibili edifici dalle luci tremolanti. Enormi torri appuntite, simili alle corna di vari draghi, si ergevano dalle sabbie del deserto, facendo una guardia regale agli edifici sottostanti. I tetti degli edifici più bassi avevano la stessa forma delle scaglie di un drago, tranne la parte anteriore e posteriore che terminavano con punte che si incurvavano verso il basso sull'edificio che proteggevano.

E sembravano tutti fatti di vetro di vari colori.

«Sono...»

«Sì» confermò Cirrus prima che lei potesse finire. «L'intera città è costruita in vetro. E non di vetro *qualsiasi*. È vetro di drago. Sabbia surriscaldata dal soffio di un drago o di un dracokith, a patto che usino il fuoco o il fulmine. Poi, si raffredda normalmente o viene resa ancora più forte utilizzando il respiro freddo di un individuo. È leggera come il mythryl e forte come l'acciaio.

Produce armi meravigliose. Le armature, non tanto. È molto facile da modellare quando è caldo, come il vetro, quindi forgiarlo in lame o scaglie è una cosa semplice. Forse anche una corazza. Tuttavia, modellarlo in elmi o in una corazza completa è difficilissimo. E, come potete vedere, è un ottimo materiale da costruzione.»

«Come fanno a farla brillare di così tanti colori?» Zixne si azzittì, ipnotizzata dalla città scintillante.

«Aggiungono diversi minerali durante il processo di forgiatura. Per il resto, nasce limpido con una leggera sfumatura di oro-rossastro o bianco-bluastro, a seconda del tipo di fiato usato.»

«Sembra che possano anche aggiungere qualcosa per renderlo opaco» osservò Kotizara, con una voce non meno stupita di quella di Zixne.

«Possono farlo e lo fanno.»

«Perché questa roba non è ovunque?» chiese Feral, con lo sguardo rivolto alle varie strutture.

Cirrus emise una risatina cupa. «Perché la maggior parte dei draghi si rifiuta di crearlo. Lo ritengono avvilente, quindi lo fanno solo per amici *molto* fidati. Quanto ai dracokith, anch'essi lo creano solo per gli amici più stretti, considerandolo un grande onore. Quando quella persona muore, lo recuperano. Con estremo pregiudizio, se necessario.»

«*Uccidono* per riaverlo?» Feral sussultò.

«Sì, senza alcuna esitazione. Non lo vendono, mai. Pertanto, considerano il recupero dell'oggetto e la sua collocazione in un luogo d'onore come la più alta forma di rispetto che possono mostrare al defunto che si era guadagnato la loro stima in primo luogo.»

«Tieni le tue zampe sporche lontane dal vetro, Feral» lo avvertì Sofia.

«Non stavo...»

«Sì, invece!» gridò Lyse dalla ruota del timone.

Le orecchie del wulven si abbassarono appena prima di rialzarsi. «Immagino che dovrò guadagnarmelo, allora.»

Sofia gemette. «Ti prego, non farlo.»

«Cosa?»

«Metterci in imbarazzo.»

«Troppo tardi. L'hai portato tu» disse Kotizara.

«Ah!» gracchiò Lyse mentre iniziava la discesa.

Lyse attraccò con abilità l'aeronave sul lato di una serie di quattro enormi torri unite in un edificio unico alla base.

Semmai, sembrano i rebbi e la base di una forchetta gigante.

Spero che non sia una sorta di presagio.

Dopo meno di quindici minuti di attesa, un gruppo di una decina di dracokith pesantemente armati si avvicinò alla passerella. Il maschio in testa, un esemplare alto, magro e dalla pelle rossa, si fece avanti. «Permesso di salire a bordo, lady Cirrus?»

«Non c'è bisogno di chiederlo a me. Non è la mia nave. Capitano?»

«Il permesso è concesso a te e solo a te» rispose Lyse.

Il lampo di un cipiglio increspò il muso squadrato del dracokith, ma annuì una volta e fece cenno ai suoi compagni di non muoversi. Salì la passerella con passi pesanti e decisi, fermandosi in cima e lanciando un'occhiata intorno a sé.

I suoi occhi notano tutto. Non so quanto sia abile, ma scommetto che è pericoloso.

Gli Artigli Perduti e Cirrus si radunarono intorno a lui, ma lui si allontanò quasi impercettibilmente da Cirrus.

Preoccupato che qualcosa che sta per dire la offenda. Sicuramente non è preoccupato per noi.

Il dracokith dalla pelle rossa salutò con un inchino formale. «Sono conosciuto come Sorrikthef Zothfyre ain Squamarossa. Potete chiamarmi Zothfyre. Sono il capo della Guardia Reale kethmariana.»

«Il tuo nome non dovrebbe essere Sorrikthef?» sbottò Zixne.

Sofia trasalì. *Non è una buona idea insultare i dracokith.*

«Vuoi istruirla tu o dobbiamo farlo noi?» gli chiese Cirrus.

Zothfyre scosse la testa e abbassò lo sguardo sulla leonevosa, studiandola. «Credo che chieda da un luogo di buone intenzioni. Se pensate che uno dei vostri capisca la nostra cultura, sarei felice di sentirlo spiegare.»

Cirrus fece cenno a Corym, che sorrise. «I dracokith attribuiscono un grande valore alla comunità. Non hanno cognomi di famiglia, ma hanno nomi di clan, che vengono usati per primi quando ci si rivolge a loro. Ciò significa che Sorrikthef è il suo nome di clan, mentre

Zothfyre è il nome che gli è stato dato durante la cerimonia dell'età adulta.»

«Che mi dici di "Squamarossa"?» Gli occhi curiosi della leonevosa si concentrarono sul dracokith.

«Squamarossa è il suo nome d'infanzia o un nome comune che ha preso o gli è stato dato dagli amici. *Non* usatelo. Solo gli amici intimi possono farlo senza offendere.» Corym rivolse uno sguardo a Zothfyre.

Il dracokith rosso annuì. «Molto bene. Anche se non ci offendiamo se un drago si rivolge a noi con questo appellativo.»

«Quindi, tu ci dai il tuo nome comune quando ti presenti, ma noi non dovremmo usarlo?» Zixne sembrava confusa.

«È una parte di chi è ogni individuo, quindi lo diamo durante le presentazioni. I vostri amici vi chiamano con un soprannome?»

«Certo. Zix perché mi chiamo Zixne.»

«Qual è il tuo cognome?»

«Piedigelo.»

«Vedila così. Ti presenti a noi come Zixne Piedigelo, chiamata Zix dagli amici. Sono certo che non desideri che ti chiami Zix.»

«Probabilmente no. Non ti conosco, quindi non te lo direi. Ma lo capisco. Non è la mia cultura, non spetta a me criticare. Non chiamare nessuno con la parte che viene dopo "ain", giusto?»

Il dracokith rosso ridacchiò. «Esatto.» Poi si rabbonì e affrontò Cirrus. «Lady Cirrus, vi porterò da Sua Maestà e dal Consiglio non appena voi e la vostra... delegazione sarete pronti.»

Cirrus inclinò la testa, studiandolo come aveva fatto con Zixne. «Sei molto educato e rendi giustizia alla tua posizione. Tuttavia, posso chiederti perché tu e i tuoi sembrate così nervosi nel trattare con un membro del clan delle Guglie di Cristallo? Per quanto ne so, non ci sono problemi tra i nostri gruppi.»

Zothfyre trasalì. «Non ci sono problemi tra il nostro regno e quello delle Guglie di Cristallo. L'unica cosa che mi è permesso dire è che ci sono dubbi sulla vostra legittimità come rappresentante di quel clan.»

«Capisco.» Il tono di Cirrus diventò gelido. «Allora suppongo che dovremmo procedere con tutta fretta verso la sala del consiglio.»

«Sì, lady Cirrus. Se volete seguirmi tutti.»

Gli occhi di Cirrus si restrinsero in modo pericoloso quando Zothfyre iniziò a voltarsi.

«Le sale del consiglio si sono spostate?» domandò la dragonessa con lo stesso tono freddo.

«No. Sono ancora al loro posto dalla fondazione della città» rispose.

«Bene» ringhiò quasi la dragonessa.

Sofia trasalì di nuovo. *Mi è sfuggito qualcosa in quello scambio. È molto più che arrabbiata.*

Le spalle di Sofia si afflosciarono mentre il mondo intorno a lei sembrava scorrere lungo la sua vista come una cascata lenta, lasciando solo il buio sulla sua scia.

***

Prima che la mente di Sofia potesse anche solo iniziare a capire perché Cirrus li avesse teletrasportati, l'aeronave e i moli cristallini si trasformarono nelle pareti di legno di una grande stanza. Sentì i sussulti dei suoi amici che non avevano visto lo sguardo della dragonessa e quindi erano impreparati all'improvviso cambiamento di ambiente. Sofia l'aveva visto, quindi era pronta e stava già scrutando la stanza nel momento in cui erano ricomparsi.

Le sale circolari del consiglio avevano un diametro di quasi settantacinque piedi, con due livelli rialzati che occupavano metà della circonferenza esterna, tranne la parte centrale proprio di fronte a loro, dove un ulteriore livello ospitava due troni, di cui solo uno occupato al momento.

I posti vuoti dietro di loro, sul pavimento di pietra intarsiata, li ponevano più in basso di quelli che Sofia supponeva fossero i consiglieri intorno a loro. Notò subito che le pareti non erano per lo più di legno, e il materiale attirò subito il suo sguardo.

Invece, grandi lastre di vetro di drago quasi nero si trovavano in mezzo, sopra e sotto di loro, quasi come un'inversione dell'architettura che le era familiare. Lì le pareti erano di vetro, con il legno al posto delle grandi finestre, a differenza di casa sua, dove le pareti erano di legno e le finestre di vetro.

Il suo sguardo si spostò più in alto, verso una cupola di vetro di drago multicolore, che trasmetteva una cascata di colori brillanti in tutta la stanza.

Nei primi battiti del cuore dopo essere riapparsa, fece il punto della sua posizione. Poi riportò lo sguardo sulle gradinate e sulle espressioni scioccate di decine di consiglieri dracokith per qualche altro battito, finché non cominciarono ad affannarsi per raggiungere i loro posti.

Dietro di loro, davanti alle enormi porte a due battenti in vetro di drago nero, cinque guardie si sforzavano di estrarre le armi, mentre di fronte a loro c'erano undici guardie stordite, più o meno nella stessa posizione relativa rispetto al suo gruppo in cui si erano trovati durante l'attesa al porto. Tra quelle guardie e gli Artigli Perduti c'era Zothfyre, con la testa a penzoloni e le spalle cadenti come quelle di Sofia.

Almeno non sono l'unica.

Sul terzo gradino, seduta su un trono che la poneva più in alto di chiunque altro, c'era una splendida donna dracokith. Il suo portamento regale trasmetteva una netta mancanza di sorpresa, mentre il suo unico occhio arcuato sembrava mostrare un divertimento sardonico.

Ma non nei nostri confronti. Sembra che questa espressione sia riservata ai consiglieri e alle guardie.

Le bellissime scaglie argentate della donna riflettevano il vero e proprio arcobaleno di colori sopra di lei. Il suo muso era più appuntito di quello di Zothfyre, e un pezzo a forma di pinna sulla parte superiore scendeva verso la parte posteriore, mentre la mascella inferiore aveva due pinne più piccole e arretrate.

Due lunghe corna, quasi segmentate, partivano da circa metà del muso, costeggiando, poi, la fronte e sopra la cresta degli occhi, prima di terminare in due punte affilate e separate a circa sei o otto pollici sopra la testa. Una flessibile cresta argentata si ergeva con calma tra di esse prima di ricadere all'indietro.

I suoi occhi grigio-verdi, brillanti e intelligenti, si concentrarono per un attimo su ciascuno dei suoi amici, prima di posarsi su Sofia per un periodo leggermente più lungo, per poi rivolgersi finalmente a Cirrus. La donna dracokith si alzò e fece un inchino più basso di quello di Zothfyre. «Benvenuti, Lady Cirrus e compagni. Io sono conosciuta come Dremraxintol Tazzraseth ain Squamargento. Potete chiamarmi Tazzra.»

Ci fu un sussulto udibile, che si trasformò in un mormorio in tutta la stanza, quando disse agli Artigli Perduti e a Cirrus di chiamarla con un nome abbreviato.

Non Squamargento, quindi non amici intimi o fidati. Ma è stato abbreviato, quindi forse una possibile apertura, segno di amicizia?

Cirrus, Sofia e gli altri ricambiarono l'inchino, presentandosi ciascuno. Sofia guardò Feral con la coda dell'occhio per tenerlo al guinzaglio.

Zothfyre si era ripreso quando avevano finito e si era inchinato a sua volta. «Vostra Maestà. Mi scuso per la rapidità con cui...»

Tazzraseth alzò una mano. «Non c'è bisogno di scusarsi. Ti avevo chiesto di portarli qui in fretta. Alla fine, è stato fatto proprio così.»

Il dracokith rosso annuì appena. «Posso fare una domanda ai visitatori, Vostra Maestà?»

«Se lo permettono.»

Guardò Cirrus, che inclinò la testa. Lui fece un respiro profondo, chiaramente incerto se volesse conoscere la risposta alla sua domanda. Infine, scosse la testa. «Come hai fatto a teletrasportarti attraverso il praesydial che protegge questo posto?»

«Sono stata io a crearlo» fece notare la dragonessa con calma, senza vantarsi o darsi arie, ma con una semplice constatazione.

Il mormorio nella camera cessò.

Tazzraseth sorrise e iniziò a scendere i gradini. «Credo che questo risponda alla domanda se questa sia o meno *la Cirruskeliazoratrix*.»

Zothfyre annuì. «Credo di sì.» Si mise al fianco della regina quando li raggiunse.

La regina abbassò la testa per salutare tutti. «Benvenuta ad Aradi Kethmar, Invicta Draconis Cirrus. Siamo lieti che *longnocte* non ci abbia ancora sottratto la tua saggezza.»

Cirrus ricambiò inclinando la testa. «Che la lunga notte rimanga lontana dal mio cuore e dalle mie squame ancora per un po'.»

«Che sia così. Ora, cosa ti porta ad Aradi Kethmar?»

Cirrus indicò Sofia. «Come ha detto, il suo nome è Sofia Dahrel. Può darsi che l'abbia dimenticato, visto che il titolo è stato conferito da poco, ma è la principessa del regno di Anduria, appena restaurato. È lei che ha una richiesta.»

Gli occhi grigio-verdi della regina si allargarono per la sorpresa. «Non ne avevo ancora sentito parlare. Abbiamo pochi rapporti al di fuori dei nostri confini. Benvenuta, dunque, principessa Sofia.»

No, non è sorpresa. Sta fingendo. Lo sapeva già.

«Grazie per il vostro *cordiale* benvenuto. Sono certa che avete molte cose da fare, e altrettanto certa che anche lady Cirrus ha delle domande, quindi non ruberò molto tempo.» Sofia inspirò profondamente. *Ora è il tutto per tutto.* «Abbiamo bisogno di alcuni dei vostri maghi per addestrare quelli di Anduria. I nostri maghi hanno dimenticato le vecchie vie e devono reimpararle.»

Un dracokith molto più vecchio scattò in piedi, con le scaglie di rame in alcuni punti tinte di verde per l'età. «Perché dovremmo accettare una cosa del genere? Rafforzare un nemico? Cosa ci dareste in cambio per una cosa del genere?»

Sofia si irrigidì. «Noi non siamo i vostri...»

«Sei fuori luogo, consigliere. La domanda è stata posta alla regina e, in quanto regina, risponderò» ribatté Tazzraseth.

«Mi scuso per aver parlato a sproposito, Vostra Maestà. Ma una cosa del genere non può essere permessa, soprattutto con il decreto che la riguarda da...»

«*Io* governo Aradi Kethmar! Non Topazio!» dichiarò la regina. «Farò quello che voglio all'interno dei nostri confini con le nostre risorse» concluse in modo più pacato.

«È proprio così, Vostra Maestà. La richiesta non *resta* all'interno dei nostri confini» fece notare il consigliere dalle scaglie di rame, e un coro di voci espresse il proprio consenso.

Gli occhi di Cirrus si ridussero a semplici fessure quando si parlò di Topazio. «Basta così. Visto che è stato menzionato il *suo* nome, suppongo che farò la domanda a cui la principessa Sofia ha accennato, invece di aspettare. La nostra scorta mi ha informato prima che ci sono dubbi sulla mia legittimità come rappresentante del clan delle Guglie di Cristallo. Voglio sapere quale *decreto* Topazio ha emesso su di me.»

La regina fece un passo indietro, la sua cresta si alzò in...

Paura. È assolutamente e totalmente terrorizzata di rispondere alla domanda.

«Bene, bene. Immagino che non potrei chiedere una sistemazione migliore di questa per la mia entrata!» annunciò una voce maschile da sopra di loro.

Mentre le teste si inclinavano all'indietro, Tazzraseth gemette e mormorò: «Oh, no. Spero che lei non se lo mangi.»

Incuriosita dal commento della regina, Sofia seguì l'esempio degli altri e guardò in alto... per trovare un dracokith che fluttuava giù dal soffitto. Era difficile dirlo, ma immaginava che fosse alto più o meno come Srizix, quindi qualche centimetro più alto della stessa Sofia.

Le sue scaglie erano per lo più di colore argento brillante, tranne che per le molteplici bande di colore blu lucido. La più evidente attraversava la parte posteriore del muso appuntito, sopra gli occhi, poi scendeva in diagonale su ciascun lato del viso fino alla parte posteriore della mascella, mentre le altre formavano bande frastagliate intorno alle braccia nude.

Aveva anche due corna argentate a forma di falce che partivano dalla base del muso e seguivano le creste degli occhi fino alle tempie, dove si arricciavano verso l'interno, con le punte rivolte l'una verso l'altra a circa quattro pollici di distanza. Il tutto era completato da una testa piena di viticci di cheratina flessibili, simili a riccioli stretti, a strisce argentate e blu.

Un forte gemito risuonò nella sala, soprattutto da parte del vecchio consigliere dalla pelle di rame e di coloro che lo circondavano.

Il nuovo arrivato rivolse a tutti un ampio sorriso a denti stretti mentre si girava e si inchinava verso i presenti. «Anche per me è sempre un piacere vedervi tutti.» Si voltò verso Cirrus e prese la mano della dragonessa, baciandole la punta delle dita mentre i suoi occhi d'argento scintillavano. «So che non è corretto, ma datemi un momento per stringere e baciare le mani e giuro che farò una presentazione adeguata.» Poi prese la mano di Sofia, ripetendo il gesto. Lei arrossì, suscitando un ammiccamento.

«Eraxan» intonò la regina dei dracokith, con un tono a metà tra l'implorazione e il monito.

«Un momento. Ho quasi finito» replicò il nuovo arrivato. Quando finì di baciare le dita delle femmine degli Artigli Perduti e di stringere le mani dei maschi, si raddrizzò e fece un passo indietro per mettersi al fianco della regina.

«Ora, dove eravamo? Oh, sì. Sono conosciuto come Dremraxintol Eraxan ain Azurestri. Potete anche chiamarmi Azurestri. O Azure. Forse Az. Azzy è decisamente da evitare, però. Comunque, suppongo di essere un principe di Aradi Kethmar, dato che sono il figlio minore della regina. Tuttavia, preferisco considerarmi un vagabondo e un viaggiatore...»

«E perpetuo piantagrane» dichiarò con voce velenosa il consigliere dalla pelle di rame.

«Meglio un piantagrane che un leccapiedi» ribatté Azurestri. «Per il tuo bene, spero che il grande e potente Topazio non abbia per sbaglio calpestato qualche merda di mucca mentre rubava – intendo dire "imponeva le decime" – alle persone che sta sopprimendo. Volevo dire "proteggere". Faccio sempre confusione su queste cose. Le mie scuse, Patiniacrown.»

«Non chiamarmi così!» gridò il consigliere dalla pelle di rame, sporgendosi in avanti.

«Se il guinzaglio si adatta...»

«Basta!» dichiarò la regina, mettendo tutti a tacere. «Eraxan, sarai rispettoso nei confronti dei consiglieri del clan, soprattutto nei confronti di un anziano. Urakrush, non spetta a te castigare o fare la morale a mio figlio, uno dei tuoi principi, sulle sue scelte di vita.» La donna lanciò un'occhiata alla sala del consiglio. «L'onorata e venerata dragonessa ha posto una domanda alla quale dobbiamo rispondere.» Si voltò verso Cirrus: «Temo di non sapere come...»

«Topazio ti ha praticamente dichiarata persona non grata» la interruppe Azurestri. «Ha emesso un decreto circa sei o sette mesi fa in cui dichiarava che eri stata privata di tutti i tuoi diritti e privilegi come membro del clan delle Guglie di Cristallo. Diceva che era a causa della negligenza del dovere, credo.

Circa un mese fa ha fatto seguire a questo l'avvertimento che chiunque fosse stato trovato ad aiutarti in qualche modo si sarebbe presto trovato nel bisogno di un guaritore con una bella e grande gemma scintillante che lo riportasse indietro, poiché non avrebbe lasciato nulla. Se un regno confinante lo facesse, si ritroverebbe con un nuovo sovrano.»

Il volto di Cirrus si era congelato in una maschera neutra.

Una che non mi dà una sensazione di calore e sicurezza all'interno.

«Il decreto *non* diceva questo» protestò il vecchio dracokith di rame, Urakrush.

«No» concordò Azurestri. «Era molto più lungo e fiorito di così. Però ho trasmesso il succo di base.»

«C'era scritto che...»

«Non mi interessa quello che *diceva*, ma solo quello che *intendeva*.» La voce di Cirrus sovrastò quella di Urakrush mentre gli lanciava un'occhiataccia. Si voltò piano verso Tazzraseth, dopo che il dracokith ramato era appassito sotto il suo sguardo e sprofondato al proprio posto. «Sei d'accordo che la decifrazione del decreto fatta da tuo figlio è accurata?»

La regina fece un respiro profondo prima di annuire. «Sì, lady Cirrus.»

«Eppure mi hai permesso di entrare e sei stata disposta ad ascoltare la richiesta della principessa Sofia?»

«Sì, lady Cirrus.»

«Perché?»

La fronte di Tazzraseth si aggrottò tra le corna mentre ci pensava. Infine, rivolse a Cirrus un sorriso stanco. «Perché tu sei Cirrus. Onorata e venerata non solo tra i dracokith e gli altri nel nostro regno, ma in tutti i regni dracokith che conosco su questo mondo.

Non disonorerei mai me stessa e i miei antenati, fino al drago che fondò il mio clan, respingendoti senza ascoltare le tue parole. E se da un lato non posso fare promesse senza il tempo necessario per riflettere, dall'altro non disonorerei tutti se non *dessi* la giusta considerazione alle tue parole e alla tua richiesta. A prescindere dal risultato per me personalmente.»

Quando Cirrus restò in silenzio, Sofia fece un leggero passo avanti. «Questo significa che penserete di prestarci qualche mago per insegnare ai nostri la magia antica?»

Tazzraseth annuì. «È così.»

«Non potete farlo...» iniziò a gridare Urakrush, ma poi si fermò, appassendo ancora una volta sotto lo sguardo di Cirrus che si voltò verso di lui.

«Può farlo e l'ha fatto» affermò categoricamente la dragonessa di diamante. «In effetti, credo che Topazio e io abbiamo alcune cose da discutere. Credo che sia giunto il momento di recarmi nella mia terra d'origine.»

Azurestri sbuffò. «E fare cosa?»

La testa di Cirrus si girò di scatto per concentrarsi su di lui. «Cosa?»

Questa volta Tazzraseth non riuscì a soffocare il suo gemito. «Per favore, non mangiartelo» mormorò in modo che solo il loro gruppo potesse sentire.

«Non mi mangerà.»

«Potrei» lo corresseCirrus.

Azurestri si allontanò da lei. «Scusa. Quello che volevo dire è: come pensi di farlo parlare con te?»

«Non è quello che voglio fare» ringhiò quasi Cirrus. «Ho intenzione di fargli rimbalzare la testa su diversi oggetti grandi, uno dei quali è la mia coda, finché non sarà più cosciente.»

«È un codardo, lady Cirrus, non un pazzo. Non si farà mai vedere in nessun posto in cui tu possa rintracciarlo.»

Tutti si voltarono a guardare Urakrush, aspettando che intervenisse, ma lui si limitò a rintanarsi nella sua poltrona.

Alla fine il gruppo centrale si voltò verso l'altro. «Hai un'idea, immagino» disse Cirrus al principe.

Azurestri le rivolse un sorriso. «Certo, lady dragonessa. Perché non ci ritiriamo nella sala delle udienze private di mia madre, beviamo una o due bottiglie dei suoi costosissimi vini e ne discutiamo davanti a qualche spuntino? Sono decisamente affamato.»

CAPITOLO QUATTRO

<u>8° Boita, 1503 DF</u>

Sofia inclinò la sedia all'indietro mentre sedeva con i suoi amici nell'angolo posteriore di una taverna situata in una splendida locanda a tre piani nel Protettorato delle Guglie di Cristallo, in quello che un tempo era il Ducato di Canthorne. Ruotava lentamente la pietra di evocazione nella mano sinistra guantata, una delle nove pietre di quel tipo che lei e i suoi amici, tra cui Azurestri, avevano. La sua mente tornò alla conversazione che avevano avuto con la regina Tazzraseth nel suo salotto privato tre giorni prima.

***

«No. Assolutamente no!» balbettò Tazzraseth, *con gli occhi spalancati e inorriditi.*

«Perché no? Quello spocchioso ha bisogno di essere ridimensionato, mamma» ribatté Azurestri.

«Farà assolutamente infuriare Topazio.»

«Credo che sia proprio questo il punto» replicò secca Cirrus.

«Eppure...»

«Funzionerà, madre» le assicurò Azurestri. *«Topazio arriverà non appena lo chiamerà.»*

«E noi ci assicureremo che lo chiami.» Kotizara fece un sorriso perfido, scrocchiando le nocche.

Azurestri le sorrise.

Cirrus guardò gli Artigli Perduti. «Non posso essere presente, o Topazio mi percepirà. Invece, vi darò otto pietre di evocazione, una per ciascuno di voi. Quando Topazio arriverà, rompetene una e io sarò lì prima che lui possa fare qualcosa.»

«Meglio fare nove» suggerì Azurestri.

«Nove?»

«Certo. È assolutamente impossibile che io non abbia un posto in prima fila per questo. Inoltre, sono in credito con quel pidocchio.»

«...allora, come ho detto, passa di qui ogni due decimane, sempre su Viridis. Fidatevi di me, sarà qui» concluse Azurestri.

«È disgustoso.» Il muso di Lyse si corrugò. «Sceglie una ragazza, una qualsiasi, e se ne vanno? Giovani, vecchie, sposate, single...»

«Non c'è molta scelta, in realtà.» Azurestri scrollò le spalle. «Lo fanno perché i draghi assicurano che questa terra sia protetta da mostri, razziatori, dalla Valle di Geardian, e queste sono solo alcune delle minacce. C'è anche la Rivelazione.»

«Ci conosciamo bene.» Kotizara si accigliò.

«Allora sai che non c'è da scherzare con loro, a meno che tu non abbia una certa forza a sostenerti. I draghi garantiscono la sicurezza del territorio. Alcuni, come questo idiota, pensano di poter scegliere tra uomini e donne. E anche se alcuni non vogliono andarci – e succede – tutti lo considerano un dovere, se vengono scelti.»

«Questo non lo rende meno disgustoso» insistette Lyse.

«Sono pienamente d'accordo.» Azurestri annuì. «Dopotutto, è per questo che ho pensato che questo sarebbe stato un buon modo per attirare l'attenzione di Topazio. Due piccioni con una fava.»

«Come fai a sapere così tanto delle sue abitudini?» chiese Corym.

Il dracokith blu e argento emise un sospiro. «Perché, come ogni giovane adolescente idiota, ero impressionabile. Lui è un principe drago, io un principe dracokith. Sono stato con lui per qualche anno, tempo fa.» Alzò una mano in risposta agli sguardi. «Ehi, ora. Calmatevi. Non avrei partecipato nemmeno se lui l'avesse permesso. E non l'ha fatto. *Lui* è il drago. È *lui* che sceglie le ragazze. *Non* i suoi amici e... Be', sicofanti.»

«Hai comunque permesso che accadesse» lo accusò Lyse.

«E forse oggi non sarebbe qui a condurci da questo imbecille se si fosse opposto a lui all'epoca» ribatté Zixne. «A nessuno di noi deve piacere, e a me non piace, ma le cose brutte accadono. A volte, le persone intorno non hanno il potere di fermarle. Ora, però, lo sappiamo. E *noi* possiamo e vogliamo fermarlo. Quindi, meglio ora che mai.»

«Senti, lo capisco. Anch'io ero un cretino all'epoca. Avevo anche circa tredici anni. Pensavo che tutte quelle ragazze volessero essere portate a letto da un drago. Non mi rendevo conto della realtà. Accennai alla speranza che un giorno molte donne mi avrebbero voluto e mia madre mi ha sentito. Mi ha messo in riga e ho smesso di essere presente durante i suoi viaggi. Questo fu uno dei tanti motivi per cui smisi di frequentarlo.»

«Quali erano gli altri?» chiese Sofia, raddrizzando la sedia.

Azurestri sospirò. «Suppongo che sia "l'altro", in realtà. Singolare. Si è portato a letto la ragazza sbagliata. Si è preso la ragazza che mi piaceva e dopo di che lei non ha più voluto avere a che fare con nessuno che avesse squame. Non posso biasimare lei, ma biasimo me stesso.»

«Pensi davvero che dovremmo lasciar perdere?» disse Lyse a Zixne. «Perché adesso gli sparo.»

Zixne annuì. «Sì, Lyse. Credimi, so cosa significa farlo quando non si vuole. Io l'ho fatto per il cibo della mia famiglia. La stessa cosa che fanno queste persone per proteggere la loro. Azurestri ha smesso di stare seduto durante gli incontri. Poi ha smesso del tutto di frequentarlo quando ha capito quanto fosse stronzo. Ora ci ha portato da lui per fermarlo.»

Kotizara aggrottò le sopracciglia, ma seguì l'esempio. «Sono d'accordo. Quando ha visto il problema, ha smesso di sostenerlo tacitamente.» Sorrise intorno al tavolo. «Ti piace questa parola? A me sì.»

Icharokath schiaffeggiò il tavolo con un palmo aperto. Sofia giurò di aver sentito il tavolo gemere in segno di protesta. «Sono d'accordo. Cugino dracokith ha sostenuto scelta sbagliata. Sta sistemando ora.»

Il muso di Lyse si contrasse e guardò Sofia. «Bene.» Sentirono tutti lo scatto quando la wulven disarmò il cane senza sparare con la pistola che doveva tenere sotto il tavolo. Incontrò e mantenne lo sguardo del dracokith. «Davvero. Non lasciare che accada di nuovo.»

Azurestri si inchinò leggermente al di sopra del tavolo. «Non ne ho alcuna intenzione, capitano Feralyse.»

«Bene.»

«Sicuramente meglio per lui» aggiunse Feral con un occhiolino. «Sono sicuro che non gli piacerebbe avere un buco in più nella pancia.»

«Non stavo mirando a quella.»

Feral, Azurestri, Corym e persino Icharokath trasalirono e si agitarono sotto il tavolo. Sofia pensò che forse era per accavallare le gambe.

«Ah! Sapevo che mi piaceva. *Pop*. Niente più preoccupazioni per i bambini.» Srizix rivolse un sorriso a denti stretti ad Azurestri.

«Giusto.» Il dracokith allungò la parola. «Be', io non sono quel tipo di persona.» Tornò a guardare la wulven dalla pelliccia dorata. «Siamo a posto?»

«Considerati in prova con me. Ma sì, siamo a posto. Inoltre, mi piace tua madre. Ha un buon gusto in fatto di liquori. Non vorrei privarla di uno dei suoi figli.»

Azurestri sbuffò. «Sono abbastanza sicuro di essere quello di cui potrebbe fare a meno.»

Sofia sgranò gli occhi. «Non credo...»

Prima che potesse finire, la porta della locanda si spalancò, colpendo un uomo che stava per uscire e facendolo ricadere nell'ingresso. Si portò una mano al volto e il rosso iniziò a fuoriuscire intorno ad essa, probabilmente a causa del naso rotto.

«Zix...»

«Subito» rispose la leonevosa senza aspettare che Sofia finisse.

Zixne era circa a metà strada quando entrò un affascinante dracokith, con una bella donna umana al braccio. Il dracokith troneggiava sul suo accompagnatore, alto quanto Icharokath. Le sue scaglie erano di un marrone arancione e brillavano come pietre preziose.

Mentre camminava in avanti, non degnò di uno sguardo l'uomo caduto. Invece, gli passò direttamente sopra. Se l'uomo non fosse rotolato leggermente all'ultimo momento, il dracokith lo avrebbe calpestato.

Quello deve essere il figlio di Topazio, Worlarydron.

Zixne incrociò lo sguardo di Azurestri, che le fece un unico cenno brusco, confermando il suo sospetto.

Worlarydron lanciò un'occhiata a Zixne mentre gli passava accanto, poi guardò di nuovo, lo sguardo si fissò sul suo posteriore e sulla sua coda che ondeggiava irritata. «Tu, ragazza. Torna qui tra due giorni. Desidero *conoscerti* meglio.» Senza aspettare una risposta, la sua testa si girò di nuovo e continuò verso le scale con il suo attuale accompagnatore.

Sofia studiò il sorriso della donna e le sue chiacchiere amichevoli. Notò la sua mano sulla schiena del drago mutato, il modo in cui si accoccolava a lui e sembrava pendere dalle sue labbra. Fece una pausa, incerta sulla sua prossima mossa. Poi guardò Zixne.

La leonevosa aveva già sistemato il naso dell'uomo, ma restò accucciata. Incontrò lo sguardo di Sofia, poi indicò la ragazza, poi i propri occhi, con un triste cipiglio che le increspava il muso.

Sofia scrutò meglio la donna. I suoi occhi morti e rassegnati.

Non desidera essere lì. Come ha detto Zix, la ragazza fa quello che deve.
È ora di rimediare.

Corym doveva aver notato il cambiamento sul suo volto. Mormorò: «Oh, maledizione.»

Sofia non gridò. Non urlò né si arrabbiò. Con un tono calmo e colloquiale, guardò intorno al tavolo e chiese: «Pensate che sarebbe un buon paio di stivali? O credete che il colore stonerebbe con i miei occhi? La qualità gemmologica sarebbe semplicemente troppo ostentata?»

Il drago in forma di dracokith si bloccò. La ragazza sgranò gli occhi e si allontanò subito dal suo accompagnatore. Il resto della sala da tè tacque.

D'altro canto, la maggior parte degli amici di Sofia scoppiò a ridere.

Icharokath sigillò l'offesa quando scosse la testa e studiò seriamente Sofia. «Gli occhi si abbinano bene. Però sono copripiedi molto brutti. Sembra sempre che stanno dentro fango lucido.»

Worlarydron fece un respiro profondo e furioso e si avvicinò al tavolo. Prima che potesse parlare, Azurestri fece un gesto insolente. «Ciao, Worly! È un piacere rivederti.»

«Azurestri» ringhiò il drago topazio tra i denti serrati. «Dovresti scegliere meglio i tuoi amici. Dopo aver ucciso questi, sono certo che mio padre vorrà discutere di molte cose con tua madre.»

«Non sono molto preoccupato, a dire il vero.»

«Dovresti esserlo. Non avrà problemi a toglierle il potere.»

Un vetro si infranse sulla nuca di Worlarydron, sorprendendo tutti. «In realtà, credo che avrebbe dovuto scegliere meglio i suoi amici *prima*. Sai, quando usciva con *te*, brutta imitazione di skink alato.» Zixne lo fulminò con lo sguardo, mentre lui le si avventava contro.

«Piccola...»

«Sarò anche basso, ma *i miei* occhi non erano incollati al *tuo* culo. Forse sì, però. Ti stavo guardando, e tu assomigli decisamente a un culo. Oh, e non aspetterò mai con il fiato sospeso il tuo ritorno.» Lei gli fece un enorme sorriso. «Dopo oggi, però, *tu* potresti restare senza fiato.»

«Mi stai minacciando?» le chiese Worly con tono sprezzante. «Quando avrò finito con te...»

«Non farai nulla.» Kotizara si alzò. «Perché se tocchi la mia amica, ti ficco un quadrello di balestra in un occhio prima di infilare una spada corta dove non batte il sole.»

Worly si girò di nuovo verso il tavolo. «Non sono preoccupato per te...»

«Dovresti» lo corresse Lyse. Il suono di due cani che scattavano risuonò nella sala da tè mentre lei si alzava piano. Sghignazzò quando entrambe le sue pistole vennero allo scoperto, puntando direttamente alla testa di lui.

«E prima che tu insulti mia sorella, lascia che ti dica che, sebbene sia un'irritante, a volte insopportabile...»

«Ferale! Il punto?» lo interruppe lei.

Si alzò in piedi, e il suono delle sue pistole mentre le armava fece indietreggiare il drago di mezzo passo. «Sinceramente, Lyse, lasciami finire. Stavo per dire che è comunque mia sorella e le voglio bene. Se litighi con lei, litighi con me.»

Corym si alzò. «Credevo che tu fossi tutto concentrato sulla "sincerità", Feral. Se vogliamo essere *sinceri*, questa sarebbe stata una battaglia. Soprattutto dopo che Azurestri ci ha detto cosa aveva fatto.»

«Combatti uno, combatti tutti.» Icharokath si alzò in piedi.

«Personalmente, penso che Lyse dovrebbe sparare al drago nell'inguine.» Srizix scrollò le spalle mentre li raggiungeva. «In questo modo, se pazzo sopravvive a combattimento, non può riprodursi. Draghi vanno bene. Altri draghi *stupidi* non necessari.»

Worlarydron si concentrò su Azurestri, scuotendo la testa. «I tuoi amichetti pensano davvero di essere alla mia altezza?»

Azurestri si alzò piano, sorridendo al suo ex amico per tutto il tempo. «Non li conosco da molto. Tuttavia, prenderò in prestito un po' del gergo di Feral.» Accarezzò la spalla del wulven dalla pelliccia grigia e nera. «Onestamente, non credo che tu abbia la minima possibilità di batterli. O meglio, *noi*.»

«Hai detto loro chi è mio padre?»

Sofia sbuffò mentre finalmente raggiungeva i suoi amici. «Il tipico ripiego di chi non può difendere se stesso o le proprie azioni. "Sapete chi sono i miei genitori?". Sì, sappiamo chi è tuo padre. Semplicemente non ci interessa.»

«Te ne...»

«Ne dubito» lo interruppe lei. «Francamente, trovo te e le tue azioni detestabili. Ritengo che tu sia una misera imitazione di drago, non meritevole della parola e del titolo. *Di certo* ti trovo indegno di essere riconosciuto come membro del clan delle Guglie di Cristallo. E, mentre discutiamo di questo punto, trovo che tuo padre sia un bruto arrogante inadatto a governare un clan così prestigioso.»

«Come osi...»

«Oso perché siamo venuti qui a cercare il culo di un drago che aveva bisogno di una pedata. Invece, vedo un codardo piagnucoloso che si nasconde nell'ombra proiettata dall'ala di paparino. È più che vergognoso. È *disgustoso*. La mia amica ti ha chiamato skink alato come insulto. Il problema che ho ora è che l'insulto sembra essere stato rivolto alla *lucertola* del paragone, non a te. E non sono sicuro che gli skink se lo meritassero.»

I suoi amici la fissarono sbalorditi, mentre Worlarydron indietreggiò come se fosse stato schiaffeggiato. Gli avventori ebbero un sussulto collettivo, troppo scioccati per muoversi.

Alla fine, Azurestri ruppe il silenzio con una grande risata. «Accidenti! Hai mantenuto la formalità pur essendo *incredibilmente* offensiva. Questo è un vero dono. Mia madre ti *amerà*!»

Il labbro superiore di Worlarydron si sollevò in un ringhio di rabbia, mostrando i denti affilati come rasoi. La rabbia li riempiva di un colore arancione rossastro. «Io. Ti. Ucciderò. Per. Questo. Dopo averti fatto guardare mentre divoro i tuoi amici.»

Sofia restò ferma, impassibile. «Ci proverai. Fallirai. Che ne dici di andare fuori città? Non c'è bisogno di distruggere questo bel locale mentre ti castriamo.»

«Sì! Vai, Sofia! Meno draghi stupidi al mondo. Ricorda, assicurati che la magia sia lanciata per evitare che ricresca.» Srizix sbatté il calcio della lancia a terra.

«Bene» ringhiò il drago topazio. Si rivolse al barista. «Assicurati che la città venga a testimoniare. Vedranno la mia potenza e la mia gloria. Allora capiranno perché non devono sfidarmi.»

Sofia sgranò gli occhi. «Vai fuori e basta. Ho altre cose da fare oggi.»

Sofia e i suoi amici si riunirono fuori città, ai margini di un prato, e Azurestri si rivolse a loro. «Ricordate, è grande e cattivo, e la maggior parte dei draghi è intelligente. Secondo me, però, si trova all'estremità inferiore dello spettro. Cercherà di sopraffarci con le dimensioni e il suo alito disseccante.»

«Significato della parola dopo alito?» chiese Icharokath, accigliato.

«Significa che la sua arma del respiro toglie umidità da qualsiasi cosa tocchi, compresi i nostri corpi» rispose Corym.

«Non sembra così male.»

«I nostri corpi sono per lo più acqua... umidità. È un male.»

«Oh. Non importa. Non sembra così bello adesso.»

«Come lo riconosceremo?» Kotizara finì di caricare la balestra prima di alzare lo sguardo. «Voglio dire, che aspetto ha? Sai, linee di fuoco impetuoso, luce accecante, fulmini arcuati, ondate di gelo, cosa?»

Azurestri sospirò. «Niente di così spettacolare, temo. Quelli sono più facili da vedere arrivare. Un drago topazio inspira e poi espira quelle che sembrano onde di calore scintillanti che distorcono l'aria. È difficile da vedere se non si presta attenzione. E *bisogna* prestare attenzione. È giovane per essere un drago, ha meno di un secolo, ma discende da un invicta draconis. Non è uno che si lascia intimidire.»

«Nemmeno noi.» Zixne sorrise. «Perché *desidero* dare una lezione a quel viscido skink prima che strisci fuori di qui. Se glielo permetteremo.»

«Gli skink non sono viscidi, Zix» la corresse Corym. «Le loro squame sono lucide e brillanti, quindi *sembrano* solo bagnate...»

«Non mi interessa, Cor. È adatto all'insulto, quindi lo mantengo.»

Sofia sorrise al loro scherzo, anche mentre si preparavano ad affrontare un drago.

Be', non è la prima volta. Ci siamo allenati contro Kemuri e Cirrus nelle loro forme di drago. Anche se alla fine abbiamo sempre bisogno di essere curati o rianimati. Ma loro sono molto più grandi e forti di questo ragazzo.

Quasi come se fosse una risposta diretta ai suoi pensieri, un ruggito di sfida risuonò da circa sessanta o settanta piedi dietro di lei. Si voltò e trovò un drago marrone-arancione, dalle scaglie di gemma, che li guardava con occhi arancione-rossastri e furiosi.

Un drago lungo poco più di venti piedi dal naso alla punta della coda.

Non riuscì a trattenersi. Si mise a ridere.

I cittadini si erano presentati come ordinato e la guardavano come se fosse pazza. Come se avesse perso ogni parvenza di sanità mentale.

Gli Artigli Perduti sorrisero tra loro, poi con lei, prima di unirsi alla risata generale.

«Zixne ha ragione. Grande skink, piccolo drago» disse Icharokath con tono piatto.

Worlarydron ringhiò e sbuffò, sollevando il labbro superiore per mostrare i denti mentre scavava solchi nel terreno con le zampe anteriori. «Vi ucciderò tutti per la vostra temerarietà!»

«Calmati, draghetto.» Kotizara ridacchiò. «Gli adulti stanno parlando.»

Worlarydron restò seduto, sbalordito.

Azurestri sollevò una cresta dell'occhio. «Immagino che *non* vi preoccupi combattere contro di lui.»

«Mangio cose più grandi a colazione.» Icharokath sbuffò.

Sofia scosse la testa. «Ahh... no. Ci alleniamo con *Kemuri* e *Cirrus*. Ogni giorno a casa.»

«È lungo più o meno venti piedi.» Zixne alzò le dita a circa un pollice di distanza l'una dall'altra. «Giuro che gli *artigli* di Kemuri sono più o meno così.»

«È comunque un drago» l'ammonì Azurestri.

«Già. E mi sento quasi in colpa per quello che gli faremo.» Lyse scrollò le spalle. «Poi, mi ricordo di quante donne ha costretto ad andare a letto con lui perché papà è un pezzo grosso e mi sento meglio.»

«Sinceramente, se avessi saputo quanto era piccolo, sarei salito sulla mia nave e gli avrei sparato con un paio di cannoni da drago.» Feral fece un ampio sorriso, ancora più ampio quando Lyse gli lanciò un'occhiataccia.

«Avete finito?» ruggì l'oggetto della loro derisione.

Srizix sbuffò. «Certo, combattiamo.»

Il drago color topazio si spinse in avanti sulle zampe potenti, usando un solo battito d'ali per aumentare lo slancio. Tirò indietro la testa e Sofia osservò il petto espandersi mentre inspirava.

Srizix aveva già le dita della mano sinistra unite, rivolte verso il basso, con il palmo rivolto verso il topazio prima che lui iniziasse ad avanzare. Quando lui scattò in azione, lei sollevò la mano in modo che il palmo fosse rivolto verso di sé e allargò le dita. «*Droigheanballa!*»

Un'enorme massa di cespugli aggrovigliati si materializzò nel prato, proprio di fronte al drago in carica. L'incantesimo di Srizix fece sì che la natura stessa ricordasse un'epoca primordiale ormai perduta. I cespugli attorcigliati e intrecciati, l'erba, gli alberelli e chissà cos'altro formarono una barriera impenetrabile di solida vegetazione, con spine grandi quanto un dito umano e lunghe quanto una mano.

O meglio, sarebbe stato impenetrabile anche per un drago in carica delle dimensioni di Worlarydron. Se non avesse espulso la sua arma a fiato.

Anche se la vegetazione era solo un ricordo di un'epoca diversa, richiamato dalla magia druidica di Srizix, era abbastanza reale per il momento in cui era stata evocata. L'alito disseccante del giovane drago topazio si abbatté sulla vegetazione, risucchiandone tutta l'umidità nel giro di pochi battiti di cuore. La boscaglia si trasformò in fretta da una vibrante tonalità di verde a un marrone polveroso, prima di appassire e cadere del tutto.

Ma gli Artigli Perduti non avevano previsto che l'incantesimo di Srizix fermasse il drago, ma solo che gli facesse sprecare il fiato, dando loro il tempo di attaccare prima che potesse soffiare di nuovo.

Una palla di fuoco attraversò la vegetazione appassita, attirando l'attenzione di Sofia mentre girava intorno al lato in rapida dissoluzione dell'ex muro di spine, già in sella al suo cavallo da guerra evocato per magia, Nomade. Quando il suo sguardo si posò per un istante sulla sfera infuocata, la sua mente tornò a una sessione di allenamento con Kemuri.

Kemuri espirò una linea di luce zaffiro brillante, scintillante di milioni di frammenti di ghiaccio. Corym alzò in fretta uno scudo magico per proteggere lui, Icharokath e Srizix. La luce blu si dissipò contro lo scudo magico in un'esplosione arancione, lasciando le tre persone dietro di esso coperte di gelo ma per lo più illese.

Cosa che non sarebbe avvenuta se Kemuri non avesse scelto di ridurre le sue dimensioni e di trattenere i suoi attacchi di respiro per quell'esercizio di allenamento.

Sofia sorrise. Ora lo abbiamo in pugno! Corym finalmente era riuscito a bloccare uno dei suoi attacchi di fiato.

Era ora di passare all'offensiva.

Lyse e Feral uscirono dal nascondiglio, sparando con le loro armi, mentre Kotizara spuntò e scagliò un dardo di balestra.

Kemuri subì gli urti e finse di essere ferito come sarebbe stato un drago minore.

Sofia si lanciò in avanti su Nomade con Zixne seduta dietro di lei. «Questa volta l'abbiamo preso!» gridò.

Gli angoli delle labbra di Kemuri si abbassano in un cipiglio, mentre gli occhi si illuminano ancora di più. Girò la testa verso Lyse, Feral e Kotizara prima di aprire la bocca. L'aria si distorse in onde scintillanti simili ad anelli. Un suono simile a quello di una campana accompagnava ogni squillo, con un silenzio di tomba tra l'uno e l'altro. Le onde si abbatterono sui suoi amici, scarnificandoli mentre li facevano ruzzolare via.

Poi girò la testa verso Corym, Icharokath e Srizix prima di esalare un'altra linea di energia color zaffiro. Si abbatté sui suoi amici, sfregando la loro carne prima di congelarli.

Nomade si ritrasse mentre gli occhi di Sofia si allargavano.

Sentì Zixne borbottare: «Merda» prima di sentirsi scaraventare di lato e di perdere i sensi.

Quando si svegliò, aprì gli occhi e trovò un vecchio che la guardava accigliato. Scosse la testa, deluso. «I draghi possono usare la loro arma del respiro solo con una certa frequenza, è vero. Tuttavia, Cirrus cerca di insegnarti che *con la magia, che noi incarniamo, ci sono sempre delle eccezioni alla regola. Un drago può imparare a usarla più spesso. Faresti bene a ricordarlo.»*

Sofia non aveva idea del motivo per cui quel ricordo le fosse balzato alla mente, ma di certo non l'avrebbe ignorato. *Se una parte del mio subconscio pensa che sia importante, allora...*

«Attenzione! Può usare l'arma a soffio più in fretta del normale!» gridò mentre si avvicinava al bordo della barriera distrutta. Vide il collo di Worlarydron scattare all'indietro per la sorpresa e l'impatto della palla di fuoco, mentre la sua testa si girava verso di lei.

Inspirò profondamente, poi scagliò un respiro vaporoso e increspato direttamente verso di lei.

Se in origine Sofia intendeva aggirare l'estremità del muro e caricare il drago, dopo la visione aveva rivisto il suo piano. Fece correre Nomade oltre la precedente barriera, in parallelo rispetto al drago.

Il suo alito passò davanti all'area in cui si trovava la donna, producendo pochi effetti se non quello di far appassire l'erba.

«Bel tentativo! Sono certo che l'erba si senta umiliata dalla tua forza e dalla tua gloria!» gridò beffarda.

Worlarydron ruggì e girò il corpo per inseguirla.

Lyse, Feral e Kotizara erano arrivati dall'altra parte del muro di spine disintegrato, con Azurestri direttamente dietro di loro. Entrambi i wulven spararono con due pistole ciascuno, mentre Kotizara brandiva la balestra. Tutti e cinque i colpi si raggrupparono nella parte posteriore del ginocchio del drago topazio.

Il drago ruggì per il dolore e barcollò di lato mentre il ginocchio cedeva per un momento.

Azurestri tese una mano verso il suo ex amico e intrecciò le dita. «Colpiscilo con un'altra palla di fuoco, Corym!»

Sentendo ciò, Sofia fece ruotare Nomade in tempo per vedere una sfera rossa con il centro bianco che si conficcava nel fianco del drago. Quando lo colpì, esplose, avvolgendo il fianco di fiamme.

Il drago che si era scrollato di dosso la prima palla di fuoco strillò in agonia alla seconda.

Sofia caricò Worlarydron. Gli occhi del drago si allargarono e le sue ali si spiegarono. Saltò in aria, battendole furiosamente per quanto valeva.

Nel momento in cui si alzò in volo, Srizix gridò: «*Glacadìonain 'luathsadach!*»

Sofia ordinò mentalmente a Nomade di cambiare direzione nello stesso momento, ma la sua cavalcatura legata dalla magia si rifiutò.

Stava per maledirlo, quando sul corpo di Worlarydron si materializzarono improvvisamente delle liane. Gli avvolgevano le gambe, gli arti anteriori, il collo e, soprattutto, la base delle ali. Un attimo prima le stava battendo il più veloce possibile, cercando di fuggire in aria o di avere più mobilità per affrontarli. L'attimo dopo, si stava schiantando al suolo in uno sbuffo di terra.

Non esiste che chiamo questa un'esplosione quando ho visto cosa è successo quando Kemuri e l'altro drago sono caduti a terra.

Worlarydron si liberò a fatica e iniziò a zoppicare verso la città, forse sperando che non lo inseguissero a causa della loro precedente reticenza a distruggere gli edifici.

Ma non fu così.

Il drago di topazio si sforzò di avanzare. Nel farlo, aveva allungato il collo, abbassando così la testa verso il suolo.

Nomade non aveva intenzione di lasciar correre quell'errore. Dopo che il cavallo da guerra aveva ignorato il precedente comando di Sofia, caricò verso la testa del drago.

Worlarydron iniziò a girare la testa e ad aprire la bocca, ma Srizix era balzata in avanti e ora roteava il dito sinistro davanti alla bocca. «*Pasgadìonain.*» Altre liane apparvero sul drago topazio, avvolgendogli la bocca e chiudendola.

Nomade aveva finito di avvicinarsi mentre Srizix lanciava il suo incantesimo. Non appena la bocca del drago si chiuse, il destriero si sollevò sulle zampe posteriori e fece calare entrambi gli zoccoli incantati e rivestiti di adamantina sul cranio del drago.

La testa di Worlarydron impattò al suolo con un altro sbuffo di terra, mentre l'occhio che Sofia riusciva a vedere roteava nell'orbita.

Sofia smontò, frugando nella sua sacca, mentre Icharokath arrivava. Il massiccio uomo lucertola dalle scaglie nere afferrò il drago topazio per un corno e gli fece girare la testa e il collo. «Nessuna mossa. Non ho problemi a staccare testa se necessario.»

Sofia estrasse la spada lunga elfica con il motivo metà drago e metà fenice e appoggiò il metallo affilato alla gola di Worlarydron. «Ti senti potente e glorioso ora?»

«*Basta così!*» tuonò una voce dall'alto. «Liberate subito mio figlio o affronterete la mia ira!»

Un sussulto collettivo si levò dagli abitanti della città, mentre un'ondata di paura attraversava Sofia.

Notò che i suoi amici tremavano ma non si ritiravano.

D'altra parte, la paura draconica attraversò Sofia senza alcun effetto evidente. Inclinò con calma la testa all'indietro per guardare la voce appena arrivata. Il suo sguardo seguì le massicce scaglie giallo-arancio di un enorme drago color topazio che planava pigramente nel cielo prima di scendere. Atterrò con un tonfo terrificante a un centinaio di piedi di distanza.

Mentre Sofia schiacciava la pietra di evocazione nel pugno guantato, riusciva a pensare solo che *lui non è neanche lontanamente vicino alle dimensioni di Cirrus.*

«Vi ho ordinato di liberarlo!» disse Topazio, un anziano del clan delle Guglie di Cristallo, con un tono che grondava disprezzo.

«E se non lo faccio?»

Sofia non sapeva perché, ma quando Topazio aprì la bocca per rispondere, qualcosa, una parte di *lei,* gli bloccò la lingua.

«La giovane paladina ti ha fatto una domanda, Topazio.» La voce di Cirrus emerse dal nulla un attimo prima che la stessa dragonessa si frapponesse tra Topazio e la città. Si sedette dritta, con la coda avvolta intorno ai piedi e le ali ripiegate all'indietro. Per Sofia, aveva l'aspetto di una regina della razza dei draghi.

Topazio staccò lo sguardo da Sofia, anche se evidentemente ci volle uno sforzo notevole. Alzò la testa per guardare Cirrus. «*Lady*

Cirrus. Che bello da parte tua onorarci di nuovo della tua presenza dopo tutti questi anni.»

Cirrus sorrise, lasciando che l'insulto rotolasse via dalle sue scaglie come acqua piovana. «Cosa sono pochi anni per dei draghi come noi?»

«Alcuni anni in cui hai trascurato i tuoi doveri verso il tuo clan, vorrai dire. Sì, *alcuni* anni in cui hai fatto da custode e balia a un cucciolo di cui avresti dovuto essere il dracmaor solo per due decenni» sogghignò Topazio. «Il bambino non è ancora cresciuto?»

Cirrus ridacchiò. «Lui? Un bambino? Lui ha difeso tutta la vita in questo universo, mentre tu non sei cambiato da quando sei nato. Allora, chi è il bambino?»

Gli occhi di Topazio si restrinsero. «Sono Dracen Prin-Eldaior del clan delle Guglie di Cristallo. Ti ho cancellata dai registri del clan. Poiché questa terra è sotto la nostra protezione, ti ordino di andartene. Se non lo farai, farò intervenire tutta la forza del clan...»

Cirrus scosse la testa e si chinò leggermente in avanti. «Se lo farai, voi e chiunque sia così sciocco da seguirti incontrerete me e Kemuri in battaglia. Ti assicuro che non sarebbe saggio.»

Topazio girò la testa verso sinistra, dove apparve improvvisamente un gruppo di umanoidi. «Vedi? Arroganza e mancanza di rispetto per le nostre tradizioni. Proprio come la sua dama. Come la penultima nonna di Kemuri. Vi ordino di aiutarmi ad allontanarla da queste terre.»

Una grande ombra passò sopra il sole, oscurando per qualche istante il prato a perdita d'occhio. Quando si schiarì, una risatina cupa provenne dalla destra di Topazio. Tutti si voltarono e videro il vecchio in piedi, appoggiato a un bastone, che fissava Topazio.

«Parole grosse, dette da te.» Kemuri abbassò la testa per guardare gli umanoidi di fronte a lui. «Fidatevi di me. Quel drago *non* ha a cuore i vostri interessi. Lasciate che Cirrus e Topazio risolvano la questione. Se interferite, vi metterò a terra e non vi rialzerete. Sono stato chiaro?»

Più di venti draghi in forma umanoide fecero *tutti* qualche passo indietro. Uno, una ragazza elfica dai capelli verde smeraldo, annuì e guardò Topazio. «Con tutto il rispetto, Dracen Prin-Eldaior. Se Cirruskeliazoratrix vuole sfidarti, sostenendo che tu non hai l'autorità per allontanarla dal nostro clan senza un voto unanime, è un suo diritto.»

«*Era* unanime!» Topazio ruggì.

«Solo perché hai sciolto il Consiglio, Dracen Prin-Eldaior.»

«Hai fatto *cosa*?» esclamò Cirrus incredula.

«Non erano necessari. Un impedimento in questa nuova era.»

«E siamo io e Cirrus a non rispettare le nostre tradizioni.» Kemuri sbuffò, guadagnandosi un'occhiataccia sia da Cirrus che da Topazio. Alzò le mani in segno di finta resa, ma i suoi occhi scintillanti tradirono il suo divertimento.

«Cos'è successo ai consiglieri, Topazio?» domandò Cirrus, stringendo gli occhi.

«Due sono fuggiti. Due... non erano d'accordo con il nuovo stile di governo. Ho fatto di loro un esempio» dichiarò Topazio.

«Cosa è successo ad Aevia?»

«Chi?» Topazio rivolse a Cirrus un sorriso malizioso.

«Deaeviakiniryss. Ametista.»

«Mi piacerebbe dirti che quella spina sotto le mie squame era una di cui ho fatto un esempio, ma non posso. È fuggita. Si è lasciata tutto alle spalle, così non l'ho divorata.»

Il labbro superiore di Cirrus si contrasse, quasi sollevandosi in un ringhio.

Ali di Fumo alzò lo sguardo verso la sua più vecchia amica. «Cirrus, la troveremo. Prima occupati degli affari. Anche se farlo sarà infinitamente piacevole.» Lanciò un'occhiata a Sofia e agli Artigli Perduti. «Affari e piacere si intrecciano così di rado. Bisogna assaporare quando succede.» Strizzò l'occhio a Sofia, facendola sbuffare.

La sua lama tracciò una sottile linea di sangue dalla gola di Worlarydron.

Lo sguardo di Topazio si rivolse a lei. «Come osi fare del male a mio figlio!»

Feral, ripresosi dalla paura del drago, sogghignò. «Fargli del male? Onestamente, non sei attento? Gli abbiamo sparato dietro al ginocchio, lo abbiamo colpito con palle di fuoco e al momento lo abbiamo legato come una mucca. Che, tra l'altro, se *fosse* una mucca, a quest'ora sarebbe il momento in cui chiederei a tutti come vogliono la loro bistecca.»

Topazio fece un mezzo passo verso gli Artigli Perduti.

Sofia incontrò il suo sguardo senza esitazioni. Spinse la sua lama lunga elfica contro la gola del drago più giovane di color topazio. «Suvvia, suvvia. Ho detto a tuo figlio che l'avrei castrato. Anche se la mia lama non è lì, è più che in grado di prendere la sua testa prima che ti avvicini.»

«E se lo fai ti schiaccio come un insetto!» tuonò Topazio.

«Ne dubito. Hai un problema molto più grande di noi.»

«Per esempio?»

Kotizara inclinò la testa e lo guardò come se fosse un pazzo. «Ti stai dimenticando di lei?» La mezz'orca indicò Cirrus, che non era più regalmente seduta ma si era allungata a quattro zampe, con le ali che fremevano. «Dubito che riusciresti a fare metà della distanza da noi prima che lei ti finisca.»

Topazio girò la testa verso Cirrus. «Vorresti impedirmi di difendere i miei piccoli?»

Gli occhi di Cirrus lo trapassarono. «Sai... ti odio. Ti odio davvero. Ma non ho intenzione di abbatterti per questo. Invece, ti chiederò una volta, gentilmente, di riconsiderare la mia cancellazione dai registri del nostro clan. Poi ti chiederò, sempre gentilmente, di reintegrare il Consiglio.»

«Se mi rifiuto?»

«Questa non è una situazione da "te lo chiedo tre volte e tu lo fai". Non te lo chiederò una seconda volta.»

La cresta dell'occhio di Topazio si sollevò interrogativa. «Mi attaccheresti e forse moriresti, anche se sono un invicta draconis e gli Esterni sono tornati?»

«Non c'è dubbio su chi di noi due morirà.»

«Purtroppo, ancora una volta si è giunti allo stesso fatto immutabile dell'ultima volta. O sei con noi o contro di noi quando si tratta degli Esterni. Per non parlare del fatto che non desidero avervi puntati contro le nostre spalle come un cannone carico mentre li affrontiamo» aggiunse Kemuri. Si rivolse a Sofia. «Sei d'accordo, Altezza?»

Sofia sgranò gli occhi per il titolo, ma annuì. «Completamente, o Signore dei Draghi Esaltato.»

«Le tue risposte, Dracen Prin-Eldaior del clan delle Guglie di Cristallo» disse Cirrus.

Topazio si raddrizzò. «Così sia, Cinnearrach Cirrus.» La dragonessa di diamante indietreggiò solo leggermente quando fu chiamata "esule del clan". «Mi rifiuto di riaffermare la tua posizione nel clan. Rifiuto anche la tua richiesta di reintegrare il Consiglio. *Sono io* a governare il clan e solo la *mia* parola conta.»

«Allora ti sfido formalmente per l'ingresso nel clan e per la tua posizione nel *consiglio*. Non ci sarà bisogno di due sfide separate, perché non sopravviverai alla prima.»

«Non hai alcun diritto, e nessuno ti...»

«Io sponsorizzo questa dragonessa per l'ingresso nel clan» interruppe la dragonessa elfica dai capelli smeraldo. «Potrei elencare i suoi successi per giustificare il suo valore. Tuttavia, ci vorrebbe troppo tempo anche solo per menzionarli.»

Cirrus fece una smorfia al drago più giovane, poi sorrise quando Topazio si avventò sulla ragazza. «Come osi!» esclamò.

«Sappiamo tutti chi è e che cosa ha fatto» lo informò la dragonessa molto più giovane, che si impose di fronte alla sua furia. «Inoltre, ci hai portati qui per nessun'altra ragione se non quella di farci vedere come prendi le decisioni per il clan, e noi non abbiamo voce in capitolo.

La tua idea era di dimostrarcelo mettendo in imbarazzo la più grande dragonessa che il clan abbia mai avuto e guardandola sgattaiolare via con la coda tra le gambe. Tutto questo perché credevi che si sarebbe rifiutata di metterti al tappeto. Ora, per tutti noi, è chiaro che *non* si rifiuta di farlo.»

«Non accetterà mai di diventare Diamante invece di Cirrus.»

Cirrus sbuffò. «Sai una cosa? Questa è la prima cosa su cui forse hai ragione.» Si rivolse agli altri draghi. «Rinunciare al proprio nome quando si accettava una posizione nel Consiglio significava dimostrare la volontà di rinunciare ai propri desideri personali. Era un'indicazione che avresti sempre messo i bisogni del clan al di sopra dei tuoi.

Topazio, o meglio Bengythiesryden, può aver rinunciato al suo nome, ma non ha mai messo il clan al di sopra dei propri desideri. Per tutto quello che ho fatto in nome dei draghi, del nostro clan, del nostro mondo e del nostro universo, *io* manterrò il mio nome quando mi siederò nel nuovo consiglio. Ma non preoccupatevi. Non sarò io a *governare* il Consiglio. Troverò qualcuno degno di guidarlo, farò un passo indietro e, se questo individuo mi chiederà di cambiare il mio nome per rimanere, mi ritirerò in quel momento stesso.»

«Per me è sufficiente» affermò l'elfa dai capelli verdi. «Non ritiro il mio patrocinio, Dracen Prin-Eldaior. Scegli un campione, se necessario, per sfidarla per l'adesione. Quando li avrà sconfitti, però, ti sfiderà comunque. E io appoggerò la sua sfida ancora una volta. *Oggi* affronterai Invicta Draconis Cirruskeliazoratrix.»

Topazio ringhiò, poi ruggì la sua sfida. La sua testa si girò di nuovo verso Cirrus. «Così sia» sputò. «Ti ucciderò come avrei voluto poter fare con la tua ionmathair, Ametista.»

«Non importa quanto grande o forte tu sia diventato, Bengy, la mia sostituta ti avrebbe ucciso in un combattimento leale» proclamò Cirrus. «Immagino che dovrò chiederle perché non l'ha fatto quando la troverò. Fino ad allora, però, credo che farò eco al pensiero di Kemuri. Combatteremo o cercherai di intimidirmi a morte? Se si tratta della seconda ipotesi, ti assicuro che è possibile, ma richiede una persona come Kemuri per riuscirci.»

«Ha, ha!» strillò Zixne. «Ti chiami Bengy! Sembra il nome di un cane o qualcosa del genere.»

Topazio ruotò la testa e rilasciò la sua arma a soffio direttamente sugli Artigli Perduti.

E il suo stesso figlio.

Sofia osservò gli occhi di Worlarydron allargarsi prima che tutto diventasse nero.

Poi, il prato e il cielo illuminato dal sole riapparvero con la stessa rapidità con cui era arrivata l'oscurità. Solo che gli Artigli Perduti e il drago catturato si trovavano a lato di dove erano stati, nelle stesse posizioni relative di prima, ma con Kemuri in piedi tra loro nella sua vecchia forma umana. «Ho pensato che Cirrus non avrebbe voluto usare gli incantesimi per sistemarti dopo aver finito con quello stupido. Inoltre, voglio che *questo* idiota veda perdere suo *padre*, che ha tentato di ucciderlo.»

Sofia si girò verso il conflitto quando sentì Cirrus ruggire in un modo che non aveva mai sentito prima. Era pieno di sfida, disprezzo e disgusto. Quando individuò i due titani, e non ci volle molto, capì che si *trattava* della Cirrus di cui Kemuri aveva parlato loro tanti mesi prima. La dragonessa che poteva competere con le divinità. Quella che poteva – e probabilmente *l'aveva fatto* – sconfiggere interi eserciti alla volta.

Facile da dimenticare.

Sofia aggrottò le sopracciglia di fronte al pensiero invadente che le veniva da qualche parte nella testa. *Non scherziamo. È sempre così equilibrata con noi. Utile. Materna. E una maestra di magia che, secondo la storia, non era seconda a nessuno.*

Non in questo momento.

Sofia si trovò ad essere fervidamente d'accordo con la voce.

Quella Cirrus stava affrontando un altro invicta draconis. Una che *detestava.*

Non c'era finezza nella lotta, e di certo non stava usando la magia. Quando Sofia si concentrò sui due combattenti, Cirrus aveva già colmato la distanza tra loro e colpito con le mascelle. Le stesse dietro le quali Sofia era rimasta incastrata durante il loro primo incontro. Quella volta, però, esse...

Ehi! Aspetta un attimo! Se i suoi denti e le sue mascelle sono abbastanza forti da fare questo *a un drago, come ha fatto nell'Abisso a non chiudere le sue mascelle su di me? Lo scudo è forte, ma non così...*

Finalmente. Ti ha lasciato andare.

Sofia strinse le labbra in una mezza smorfia irritata e mezza accigliata, mentre guardava Cirrus che scuoteva la testa da una parte all'altra, su e giù, con l'omero dell'ala sinistra di Topazio intrappolato tra i denti. Mentre si dimenava, Topazio strillava di dolore. Poi, con un ultimo violento scatto della testa, un forte *crac* rimbombò nella radura, facendo battere i denti a Sofia, mentre l'ala sinistra di Topazio si afflosciava.

Perché l'ala?

Combattimento con i draghi. Topazio non può teletrasportarsi. La magia di Cirrus è troppo forte. L'unica via di fuga era volare via. Lei lo ha impedito.

Intende ucciderlo a tutti i costi, non è vero?

Contrazioni. Sì, è così. Lasciarsi alle spalle nemici vivi e impenitenti è più che avventato.

La rottura di un'ala non aveva comunque messo Topazio fuori combattimento. Sembrava che l'amica mentale di Sofia avesse ragione. Il drago aveva intenzione di cercare un'apertura per volare via prima di...

Non sarebbe stato comunque utile. Cirrus più veloce. E più forte.

...ma con un'ala rotta, sapeva chiaramente di dover combattere. La sua testa si diresse verso l'ala di Cirrus, ma lei la scansò aprendo le fauci e lasciando cadere a terra l'ala inutile. Tuttavia, il colpo alla testa era una finta. La coda si alzò e colpì il fianco di Cirrus con una forza tale da mandare in frantumi un muro di pietra.

Invece, tutto ciò che ottenne fu un leggero grugnito di solore quando i suoi denti si chiusero senza colpirlo, un grugnito che suonava più come sorpresa che come dolore.

Le ha fatto male. Forse una o due costole incrinate.

Hai intenzione di parlarmi per tutta la durata dell'incontro?

Sì.

Perché?

Conoscenza uguale potere. E un giorno sarà importante.

I due draghi si scambiarono colpi su colpi titanici, mentre Cirrus manovrava sempre per rimanere sul fianco sinistro del nemico ferito. Alla fine, Topazio riuscì a sferrare un colpo fortunato che le lacerò parte della membrana alare. La dragonessa di diamante ricambiò con un colpo di artigli sul fianco dell'avversario, facendo cadere a terra una pioggia di scaglie scintillanti, simili a gemme. Quattro massicce linee parallele di sangue si formarono.

Tuttavia, Topazio non era salito alla sua posizione – soprattutto dopo aver probabilmente ucciso due degli altri membri del Consiglio – facendo il remissivo.

Il drago sbatté la zampa anteriore sinistra sul petto di Cirrus come una mazza. Il collo di Cirrus fu sbalzato in avanti, direttamente nella sua mano destra aperta, mentre lui indietreggiava sulle zampe posteriori. Gli artigli affondarono nel collo di lei mentre cercava di ruotarle la testa per poterle chiudere le fauci intorno al collo.

Nessun alito essiccante?

Le armi a soffio dei draghi sono magiche. Non immagazzinano fuoco, ghiaccio, fulmini... o qualsiasi altra cosa al loro interno. Be', non completamente, comunque.

E? domandò lei.

Cirrus è incredibilmente ben protetta contro la magia. Topazio lo sa. Non ha senso perdere tempo in un attacco destinato a fallire.

Topazio sbatté le mascelle con uno schiocco udibile, ma Cirrus gettò il peso del suo corpo più grande di lato, facendolo mancare. I due barcollarono di lato per qualche passo come marinai ubriachi – molto grandi – e Topazio perse la presa sul collo di lei. Tuttavia, lasciò cinque ferite da perforazione, quattro delle quali segnarono profondi segni di artigli mentre alcune scaglie della dragonessa di diamante si univano alle sue a terra.

Cirrus era sanguinante, ma tutt'altro che fuori combattimento. A Sofia sembrava che l'amica avesse ancora la mano migliore. O l'artiglio.

Il che rendeva l'azione successiva di Topazio incredibilmente idiota.

Girò leggermente la testa, concentrandosi per un microsecondo su qualcosa in direzione della città.

Che cosa...

Non può farne a meno. Molti draghi cadono nella vanità. In effetti, la maggior parte di quelli che muoiono per mano dei mortali lo fa per questo motivo. Tanto vanitosi da credere nella loro innata superiorità.

Tanto vanitosi da pensare che qualcosa di molto più piccolo non possa mai far loro del male. Tanto meno ucciderli.

Topazio non sottovaluta Cirrus. Sa che sta combattendo per la sua vita. Tuttavia, non può fare a meno di dare un'occhiata ai cittadini. Per vedere se lo hanno visto ferirla. È abbastanza vanitoso da credere che la loro adorazione o la loro paura, anche solo per una frazione di secondo, siano più importanti della concentrazione su Cirrus.

Non lo era.

La coda di Cirrus, che si trovava al di sotto di quella di Topazio da quando lui l'aveva colpita al fianco, gli si avventò contro. La lama seghettata a forma di vanga all'estremità si conficcò nella parte posteriore del ginocchio di Topazio con una forza tale da far cadere un albero di ishavolia.

Che era più che sufficiente per agire come un'ascia da boscaiolo.

Le scaglie più piccole, più flessibili e meno simili a un'armatura sul retro del ginocchio di lui volarono mentre la punta della coda affondava in profondità. Poi, con una contrazione degli enormi muscoli della coda, Cirrus la tirò fuori. La lama a forma di vanga agì come un bisturi, recidendo tendini e legamenti.

Worlarydron emise un rantolo scioccato attraverso le narici e Zixne lo guardò. «Oh, guarda. Ora siete gemelli.»

Nel momento in cui il peso del corpo dell'avversario si spostò verso la gamba ferita, Cirrus scattò.

Letteralmente.

La sua coda, che si ritrasse rapidamente, colpì la zampa posteriore sinistra di Topazio mentre tornava indietro, sbilanciandolo ulteriormente. Allo stesso tempo, gettò tutto il suo peso, superiore a quello di Topazio perché aveva un vantaggio di ben settantacinque piedi su di lui, direttamente sul fianco sinistro di quest'ultimo, e si sollevò.

Il fianco del drago sbilanciato si sollevò da terra. La forza dell'impatto normalmente non lo avrebbe mai fatto ribaltare, ma Cirrus aveva afferrato anche la sua ala inutile. Mentre si sollevava, la scagliò in alto e sopra il suo corpo. Il peso e il dolore fecero gridare Topazio che rotolò sulla schiena.

La dragonessa di diamante non sprecò nemmeno quell'occasione.

In un attimo si mise a cavalcioni su di lui, afferrandogli con una zampa la base della gola. Gli artigli affondarono mentre le fauci leggermente aperte si libravano sopra di lui. «Arrenditi» disse.

Topazio ridacchiò.

Esitazione e confusione balenarono negli occhi di Cirrus, mentre Kemuri faceva qualche passo avanti. «Uccidilo, o lo farò io» giurò il Signore dei Draghi alla sua più vecchia e cara amica.

«Kemuri, è un invicta draconis. Contro gli Esterni...»

«È un verme viscido.»

«Potrebbe ancora essere una risorsa.»

«Sembra che abbia ucciso due *capi clan* e ne abbia fatti nascondere altri due. Poi, ha usato la sua autorità per far vacillare l'intero ducato, di cui ha continuato ad approfittare. È *sempre* stato un disonorevole pezzo di escremento. Uccidilo.»

«Potrebbe causare una spaccatura nel clan.»

Una folata di aria gelida attraversò il prato, mentre gli occhi di Kemuri iniziavano a brillare. «Non per molto» promise, abbassando la voce a un ringhio.

«Non è capace di uccidere un membro del clan» la derise Topazio. «Ha il cuore troppo tenero quando si tratta delle Guglie di Cristallo.»

Non appena ebbe finito, accaddero alcune cose quasi nello stesso istante.

La testa di Cirrus si sollevò leggermente, allontanando le zanne dal suo collo.

Kemuri ringhiò e fece un passo avanti.

E Topazio sfoggiò un sorriso arrogante. «Visto? Ora scendi. Anche se, se tutto ciò che volevi tanti anni fa era stare di sopra, dovevi solo...»

Non finì mai la frase che aveva già fatto intervenire gli Artigli Perduti per difendere l'onore di Cirrus.

La dragonessa emise un ringhio che Sofia non aveva mai sentito prima. La testa scattò in avanti, le fauci si allargarono e strappò la gola a Topazio.

Il drago topazio invicta draconis, Dracen Prin-Eldaior del clan delle Guglie di Cristallo, emise un gorgoglio frenetico mentre il sangue sgorgava dalla ferita aperta. I suoi occhi si allargarono e si girarono mentre lottava per trovare qualcuno, chiunque, disposto a venire in sua difesa. A lanciare gli incantesimi che gli avrebbero salvato la vita.

Non trovò nessuno.

Non un solo membro del clan che aveva convocato per vederlo umiliare Cirrus. Non un solo umanoide della città a cui aveva estorto le decime.

Peggio ancora, nemmeno da suo figlio. Quando il suo sguardo si posò sul bambino contro il quale aveva consapevolmente fatto esplodere la sua arma a fiato, Worlarydron distolse la testa per quanto glielo permettevano le legature.

«Non c'è da stupirsi che la tua progenie abbia pensato di poter prendere ciò che voleva dalle femmine di questo ducato» sibilò Cirrus. «Si unirà presto a te, e io rimedierò ai danni che avete causato in modo così sconsiderato alla reputazione del nostro clan. E se Ultimatus ha da ridire sul fatto che io abbia ucciso un invicta draconis indegno come te, allora il Primo Drago può scendere e dirmelo di persona.»

Kemuri si voltò a guardare i membri delle Spire di Cristallo che avevano assistito al combattimento. «Andate a riferire al resto del clan ciò che è accaduto. Fino a quando non sarà nominato qualcun altro e il consiglio non sarà riformato, Cirrus è al comando. Se qualcuno ha *domande* al riguardo, può rivolgersi a lei. Se qualcuno ha delle *lamentele* in merito, può rivolgerle a *me*.»

I draghi annuirono subito, poi osservarono le braci incandescenti degli occhi di Topazio tremolare e infine spegnersi. Uno di loro si voltò a guardare Cirrus. «Cosa ne facciamo di lui?»

«Farlo a pezzi e vendere le sue parti?» suggerì Feral in modo poco costruttivo.

Cirrus gli lanciò un rapido sguardo e scosse la testa. «No. Io... noi... siamo meglio di così. Meglio di lui. È stato comunque un membro del clan delle Guglie di Cristallo per millenni. Si è disonorato da solo, ma non aggiungerò a questo, né al disonore del nostro clan, il fatto di vedere le sue scaglie non lavate esibite come decorazioni o armature.»

Si rivolse ai draghi. «Portatelo nelle nostre terre. Trovate i suoi figli, la sua famiglia e i suoi amici. Lanciate su di lui gli incantesimi di conservazione appropriati. Tra un mese sarò lì per celebrare il suo ultimo rito con una cerimonia completa. Così come Kemuri.»

I draghi annuirono. Alcuni di loro si teletrasportarono via, mentre una manciata iniziò ad avvicinarsi per rimuovere il corpo. Kemuri si accigliò e si appoggiò con più forza al bastone. «Maledizione. Quella stupida cerimonia richiede giorni» lo sentì borbottare Sofia sottovoce.

Lei gli rivolse un sorriso beffardo. Lui strinse gli occhi prima che Cirrus rivolgesse un rapido sguardo a entrambi. «Così come la principessa Sofia Rinttir Dahrel, in qualità di rappresentante del Regno di Anduria e, si spera, del Regno di Paladaine, eventualmente restaurato.»

Sofia gemette quando Kemuri ricambiò il suo sguardo beffardo con uno dei suoi.

Feral si fece sentire. «E per quanto riguarda...»

Lyse e Kotizara gli afferrarono il muso e lo chiusero.

«Non osare» lo avvertì Kotizara.

«Ti sparo subito» gli promise Lyse.

Feral sgranò gli occhi e lo lasciarono andare. «Stavo solo per chiedere cosa ne faremo di lui.» Puntò un pollice verso Worlarydron.

Cirrus fissò intensamente gli Artigli Perduti. «Lasciamo che sia Sofia a determinare il suo destino» decise infine.

«Io?» domandò Sofia.

«Sì, tu. Non ho balbettato.»

«Perché?»

«Perché ora sei una principessa. Perché queste terre, così come le Guglie di Cristallo, si uniranno all'attuale Regno di Anduria, il tuo regno. E poi, perché l'ho detto io.»

Sofia aggrottò le sopracciglia e arricciò il naso. Si voltò verso i suoi amici e scrollò le spalle. «Siamo in nove perché Azurestri dovrebbe essere incluso. Io terrò il voto di spareggio. Ognuno di voi ha un minuto per esporre le proprie ragioni, e nessuno può lamentarsi o rinfacciare i risultati a qualcun altro. Il voto è semplice. Vivere o morire.»

«Cosa gli succede se scegliamo "vivere"?» chiese Corym.

«Ci penseremo e troveremo una punizione adeguata se sarà necessario.»

Così votarono.

Sofia aggrottò le sopracciglia di fronte ai risultati non sorprendenti, anche se alcune persone votarono in modo diverso da come si aspettava. Lyse, Feral, Azurestri e Srizix scelsero morte. Lyse perché odiava ciò che aveva fatto, Feral dopo aver guardato con occhi stretti e annuito alla sorella, Azurestri per la sua storia e Srizix perché pensava che fosse un idiota.

Nel frattempo, Zixne, Kotizara, Corym e Icharokath votarono vita. Zixne perché, pur odiando ciò che aveva fatto, capiva cosa significava seguire le orme di una famiglia e pensava che potesse cambiare. Kotizara e Corym perché si fidavano di Zixne e Icharokath perché non voleva sprecare un possibile combattente in guerra. Anche se al momento non era molto bravo.

Sofia si allontanò e si mise davanti al drago, fissandolo negli occhi. Voleva ucciderlo. *Chissà di quante donne si è approfittato? Quante relazioni ha rovinato?* Lo fissò negli occhi per un'eternità, percependo la sua paura.

Ma rifiutando di gioirne.

Chiuse gli occhi e ripensò a prima del colpo di stato che aveva spodestato l'ex re di Anduria. Lasciò che la sua mente andasse alla deriva sui sentimenti di cui aveva parlato con Wren. La pietà, la soddisfazione e il dolore che aveva provato nel combattere la Rivelazione. *Non proverò alcuna soddisfazione nel togliergli la vita. Wren mi ha detto che i traviati non meritano di morire, e ha ragione. Guarda suo padre. È da lui che ha imparato. Nessuno che gli dica "no" su come trattare le persone che lo circondano.*

Si accigliò e sentì un leggero mugolio del drago legato. *Topazio uccideva i draghi del suo clan. Ne ha scacciati altri. Cirrus avrebbe saputo se avesse fatto questo ad altri draghi... e non l'avrebbe mai sopportato. Ma queste persone non sono draghi. Topazio li considerava inferiori. Giocattoli con cui giocare e di cui disfarsi a piacimento. I suoi sentimenti hanno contagiato coloro che ha allevato.*

Questo è un comportamento appreso, guardare qualcuno come inferiore. Possiamo rimediare a questo. Insegnare a Worlarydron la differenza. Così facendo, possiamo dare l'esempio agli altri figli di Topazio e ai suoi seguaci. Mostrare a tutti loro come i draghi dovrebbero *comportarsi.*

Un piccolo sorriso le si insinuò sulle labbra. *Possiamo* mostrare *loro un modo migliore. E così facendo, forse impediremo al clan delle Guglie di Cristallo di frantumarsi come una gemma colpita al punto giusto.* Aprì gli occhi e guardò Worlarydron.

«Hai commesso molti errori. Hai danneggiato molte persone. Tuttavia, onestamente non credo che tu l'abbia fatto per vera cattiveria. Credo che tu sia stato cresciuto da un drago con un complesso di superiorità che si è trasmesso a te. E soprattutto, credo che tu possa essere salvato.» Si raddrizzò e si rivolse a Kemuri. «Vivo.» Ammiccò: «Con alcune condizioni.»

<hr>

Sofia era seduta con gli Artigli Perduti, in attesa dell'arrivo della condizione principale. Worlarydron era in piedi a una cinquantina di metri di distanza, con la testa così bassa che era sorpresa che non stesse cercando di seppellirla nel terreno, mentre Kemuri era in piedi accanto a lui, appoggiato al suo bastone e battendo il piede con impazienza. Cirrus si era trasformata nella sua forma elfica dai capelli blu e stava parlando con la dragonessa dai capelli smeraldo lì vicino.

Alla fine le dragonesse si voltarono e si diressero verso di loro. Sofia saltò in piedi e si ripulì dalla polvere, mentre gli altri la imitarono pochi secondi dopo.

Cirrus si fermò davanti a loro, sorridendo. «Vi presento Graecyniatherinth, che potete chiamare Grace.» Cirrus allungò il braccio verso il gruppo. «Grace, questi sono conosciuti collettivamente come gli Artigli Perduti.» Si prese un momento per presentare ciascuno di loro.

Quando fu il turno di Sofia, strinse la mano della dragonessa con un sorriso. «È un piacere conoscerti, Grace. Grazie per aver sostenuto Cirrus.»

La dragonessa le restituì il sorriso. «Era la cosa giusta da fare. Non solo, ma le devo molto.»

«Davvero?» la interruppe Zixne. «Senza offesa, ma sembri terribilmente giovane. Cirrus ha detto che non ha lasciato la tana per circa cinque secoli.»

Cirrus ridacchiò. «Vi ho detto tutto su Lyvni. Grace è sua nipote.»

«Nipote?» sbottò Feral. Le sue orecchie fremettero quando tutti si voltarono e alzarono le sopracciglia. «Mi dispiace. Solo che... è così giovane. Ed è stato tanto tempo fa. Pensavo che fossimo lontani di un paio di generazioni.»

Lyse colpì il fratello alla nuca. «Sono draghi, idiota. Vivono migliaia di anni. Sono sicuro che Cirrus potrebbe avere nuovi figli ora, se volesse.»

«Si chiamano wyrmlings, covoni o dragonetti. Tuttavia, hai ragione. Potrei» confermò la dragonessa di diamante.

«Oh, quindi un drago potrebbe avere un figlio molto, *molto* più giovane del suo trisavolo» si chiese Feral ad alta voce. «Deve rendere piuttosto difficile seguire l'albero genealogico. Onestamente, non sono nemmeno sicuro di come si potrebbe progettare...» Si interruppe, con uno sguardo lontano negli occhi.

Grace inclinò la testa e lo guardò, senza riuscire a trattenere un sorriso. «È un tipo strano, vero?»

«Puoi chiamarlo idiota» le consigliò Icharokath. «Soprannome.»

Feral abbassò la testa, storcendo il naso. «Te l'ho detto, Kath, quello non è davvero il mio soprannome. Lyse ti stava prendendo in giro.»

«Perché? Dubito che sia abbastanza forte da farmi sollevarmi.»

«Lei... non importa.» Il wulven sospirò.

Grace non poté fare a meno di ridere. «Lo terrò in considerazione. Comunque, volevo venire a salutarvi. Chiunque l'invicta draconis Cirrus consideri un amico può chiamare amica anche me.»

Scambiarono ancora qualche convenevole prima che la giovane dragonessa smeraldo si accomiatasse e si teletrasportasse via. Il che avvenne solo un minuto prima che Azurestri tornasse con sua madre, la regina Dremraxintol Tazzraseth di Aradi Kethmar. Tutti salutarono con calore la monarca sorridente.

Tranne Kemuri.

Il Signore dei Draghi trascinò Worlarydron verso il gruppo per un corno. «Sei tu la sovrana di Aradi Kethmar?» chiese brusco.

La dracokith d'argento sembrò sorpresa dal modo in cui l'umano si rivolgeva a lei. «Lo sono» rispose, tirando fuori le parole. «E tu sei?»

«Kemuri.»

Gli occhi di Tazzraseth si allargarono e lei cadde in ginocchio. «Signore dei Draghi. Mi dispiace, non ho...»

Kemuri sospirò allo sguardo di rimprovero di Sofia. «Va bene così. Non c'è bisogno di inchinarsi e strisciare, e soprattutto di inginocchiarsi. Per favore, alzati.» Sofia inclinò la testa e allargò gli occhi, facendogli alzare i suoi al cielo. «Inoltre, mi scuso per essere stato brusco. Ho mal di testa a forza di sentire questo qui piagnucolare e guaire ogni volta che qualcuno si muove.» Indicò Worlarydron.

Tazzraseth si alzò subito e annuì. «Certo, Grande Signore dei Draghi...»

«E smettila con la storia del "Grande Signore dei Draghi". Se fossi così grande, gli Esterni non sarebbero tornati. Kemuri sarà sufficiente. O Tamerin. O Ali di Fumo. Quello che vuoi.»

Sofia pose una mano di conforto sulla spalla della regina. «In realtà è piuttosto accomodante. Il più delle volte.»

Tazzraseth le rivolse un sorriso riconoscente prima di fare un profondo respiro e ricomporsi. Si rivolse a Kemuri. «Come posso aiutarti... Kemuri?» chiese, chiaramente saggiando il suono del suo nome sulla lingua.

«Non me. È tutta un'idea di Sua Altezza Reale la principessa Sofia.» Scosse la testa e usò la mano che stringeva il corno di Worlarydron per scuotere il drago più giovane.

Gli occhi della regina si allargarono leggermente e si rivolse a Sofia. «Molto bene. Come può aiutarvi l'Aradi Kethmar, Vostra

Altezza? Oltre ai maghi che sono pronti a tornare con voi, naturalmente.»

Sofia le sorrise. «Hai deciso di mandarli?»

«Non è mai stato in discussione. Dovevo solo capire come farlo in modo diplomatico.» Tazzraseth le sorrise. «Non ho più avvisi o decreti che pendono sulla mia testa.»

Sofia ridacchiò: «Mi fa piacere che noi siamo stati d'aiuto, o meglio Cirrus lo è stata.»

La regina fece un cenno di assenso con la testa. «Ora, in che altro modo posso assistervi?»

«Worlarydron è stato allevato da uno sciocco. Gli è stato insegnato che chiunque non sia un drago è inferiore. Voglio che tu lo rieduca. Insegnategli tutte le cose su di noi che Topazio non ha mai fatto. Mostragli perché dobbiamo lavorare tutti insieme. E perché le sue azioni sono state spaventose.»

«Io...»

Kotizara sbuffò. «Non preoccuparti. Ha già ricevuto una buona educazione quando un gruppo di noi persone normali ha preso a calci il suo culo squamoso.»

«Sì, l'abbiamo fatto cadere dal suo piedistallo» confermò Zixne prima che le due battessero un pugno.

Tazzraseth aggrottò le sopracciglia prima di allungare la mano e sfregarsi un corno. «Se me lo chiedete, lo farò. Tuttavia, devo confessarvi che non mi è mai piaciuto. Non ho mai voluto che Azurestri passasse del tempo con lui.»

«Ecco perché sei una buona scelta. Conosci le cose marce che ha fatto, ma tuo figlio crede che sei abbastanza paziente da insegnargliele.»

La regina inarcò una cresta dell'occhio. «Oh. Lo crede davvero?»

Azurestri le rivolse un sorriso raggiante. «Tu hai insegnato a me.»

Lei sospirò e scosse la testa. «Prole impudente. Cosa succede se non collabora? O se ricade nelle sue vecchie abitudini?»

«Allora risponderà a me» ringhiò Kemuri. «A quel punto, desidererà ardentemente di essere stato ucciso. Perché gli toglierò braccia e gambe... e poi lo consegnerò a Lyse.»

La wulven dorata si leccò le labbra, con un luccichio malizioso negli occhi. «E io rimuoverò qualcosa di molto più intimo. Molto piano e con una lama estremamente smussata.»

Worlarydron mugolò, poi sembrò raddrizzarsi. Almeno per quanto la presa di Kemuri lo permettesse. «Giuro che cercherò di imparare. Io... ho seguito solo gli esempi di mio padre. Il Signore dei Draghi mi ha detto che dovevo trovare una nuova strada, che tutto ciò che facevo era sbagliato. Prometto che lo farò. E farò del mio meglio per rimediare ai problemi che ho causato.»

Lyse strinse gli occhi. «Per ora lavora per crescere e non fare lo stronzo. Potrai lavorare sull'espiazione più tardi. Oh, e stai *lontano* dalle femmine di questo... No. Sai cosa? Stai lontano da *tutte* le femmine finché e a meno che Tazzraseth non dica che va bene.»

Worlarydron fece un cenno di assenso. «Certo.»

«Il mio insegnamento e la mia formazione non saranno facili» lo avvertì Tazzraseth.

«Nulla che valga la pena lo è» aggiunse Kemuri.

«Giuro che lo farò» ripeté il giovane topazio.

Tazzraseth emise un sospiro di sollievo e guardò suo figlio. «Ho la sensazione che sarà molto peggio di te. Almeno avrò il tuo aiuto.»

«Umm. A proposito di questo.» Fece una smorfia.

Gli occhi di sua madre si restrinsero. «Che cosa?»

«In realtà speravo di poter viaggiare con gli Artigli Perduti per un po'. Se mi vorranno.» Rivolse occhi speranzosi a Sofia.

Sofia si rivolse alla madre. «Sta a te decidere. È il benvenuto, anche se non siamo ancora sicuri di cosa sappia fare.»

Tazzraseth scosse la testa e sospirò di nuovo. «Sarà una grande risorsa per voi, credetemi.» Si rivolse ad Azurestri. «Molto bene. Cerca di comportarti bene, però. Cerca di non provocare incidenti diplomatici con i nostri nuovi alleati.»

«Suppongo che sia il mio turno di giurare.» Sua madre strinse gli occhi quando lui si fermò. «Va bene! Prometto di cercare di non causare incidenti gravi. Del resto, ho la sensazione che ne causeranno parecchi anche senza il mio aiuto» borbottò.

Quella volta Tazzraseth pose una mano rassicurante sulla spalla di

Sofia. «Buona fortuna. Potresti averne bisogno più di me.» Quando gli occhi di Sofia si allargarono, la regina le fece un gran sorriso. «Comunque, andiamo a prendere i vostri maghi. Speriamo che riescano a istruire i vostri in fretta.»

Zixne dondolò sui piedi. «Ottimo. Allora il nostro signore dei draghi potrà raccontarci di più. Credo che, dopo questo, sia in debito con noi.»

La dracokith d'argento inclinò la testa e studiò la leonevosa prima di voltarsi verso Sofia. «Di cosa sta parlando?»

Sofia sorrise. «Kemuri ci racconta storie sul suo passato quando torniamo dalle missioni. Soprattutto se facciamo qualcosa di degno di nota. In effetti, dovrei registrarle io. È un po' il mio dovere, credo.»

«Interessante» mormorò Tazzraseth.

«Sì, e questa volta abbiamo battuto un drago» aggiunse Zixne.

«Pensavo fosse un grosso skink» la corresse Kotizara.

Zixne fece un enorme sorriso. «Non in questa versione!»

Sofia sgranò gli occhi. «Lo saprà.»

«È vero. Ma starà comunque al gioco.»

«Sono proprio qui» ricordò secco Kemuri.

«Oh, certo che lo sei!» La mezz'orca finse di essere scioccata.

Tazzraseth fece passare lo sguardo tra di loro. «Vi dispiacerebbe molto se accompagnassi i miei maghi nel vostro regno? Per aiutarli ad ambientarsi. Una specie di visita di Stato senza lo sfarzo.»

Sofia rise. «No. Più siamo, meglio è. Saremo felici di averti con noi.»

CAPITOLO CINQUE

LA STORIA DI ALI DI FUMO

<u>Mezzogiorno, 20° Mari, 18 AF</u>

Il tintinnio metallico delle spade che si colpivano l'una con l'altra riecheggiava nel cortile del maniero di Nyneeve. Ali di Fumo e Tylee erano entrati subito nel loro allenamento, leggermente in ritardo, dopo essersi finalmente svegliati e aver pranzato presto. Nyneeve, Lara e Juniper osservavano lo svolgimento dell'incontro dal patio, sorseggiando tè e mangiando alcuni pasticcini che Juniper aveva preso per l'occasione.

Ognuno dei tre si alternava per curare i due ogni volta che erano feriti, cosa che accadeva molto più spesso a Tylee. Tuttavia, Ali di Fumo si complimentava di continuo con il ragazzo per il miglioramento della sua forma con la spada.

«Bene, ragazzi!» li chiamò Nyneeve dopo circa un'ora. «Tylee sta iniziando a diventare sciatto, quindi è ora di smetterla per ora.»

«Mamma!»

Ali di Fumo scosse la testa, rinfoderò le sciabole e posò una mano sulla spalla del ragazzo: «Non discutere, Tye. Non solo non ti porterà da nessuna parte quando tua madre avrà deciso, ma ha anche ragione. Ho notato che negli ultimi scambi hai iniziato ad abbassare il braccio. Non c'è niente di male a fare una pausa e a riprendere più tardi.»

«Bene» brontolò il ragazzo elfico. Alzò lo sguardo verso Ali di Fumo: «Sto davvero migliorando?»

«Migliorando rispetto a cosa?» chiese Lara con curiosità.

Tylee la guardò, arrossendo un po': «Rispetto a com'ero? Rispetto ad altre persone della mia età.»

«Sei molto più bravo della maggior parte delle persone della tua età, Tylee» gli disse Lara. «Ti stai confrontando con uno spadaccino molto abile... e a volte lo colpisci.»

«Raramente» la corresse Ali di Fumo con un sorriso, stringendo la spalla di Tylee.

La vampira continuò. «Comunque, ho difficoltà a colpirlo anch'io con tutto il mio addestramento e con i miei riflessi, la mia velocità e la mia forza migliorati. Non lasciarti abbattere dalla mancanza di successi fisici contro di lui. Ascolta quello che ti dice. Se dice che stai facendo bene e che stai migliorando, è così. Non mente su queste cose. Fidati di me. Una volta ha detto a sua sorella...»

«Va bene, Lara. Basta ora» obiettò Ali di Fumo.

«Oh, no. Ti prego, continua.» Juniper sogghignò. «Credo che tutti noi saremmo felici di sentirlo.»

«A cosa l'hai paragonata?» scherzò la vampira. «Oh, sì. Credo che tu abbia detto qualcosa del tipo che si agitava come un coboldo strafatto di caffeina. Uno che indossa pattini a rotelle sulle mani e cerca di brandire una spada con i piedi mentre è a testa in giù.»

«Be', lo era» si difese Ali di Fumo, arrossendo.

«Aveva dieci anni!»

«E?»

«Le sue abilità principali non erano le armi. Erano gli incantesimi!»

«Non mi scuserò. Era quello che sembrava. Inoltre, è stato il calcio di cui aveva bisogno per raddoppiare il lavoro. È migliorata molto.»

Lara sgranò gli occhi e tornò a guardare Tylee. «Vedi? Non ti mentirà sul tuo livello di abilità. Al contrario, sarà brutalmente onesto se lo riterrà necessario.»

«Le false lodi sono spazzatura. Preferisco essere *brutalmente* onesto mentre insegno l'arte della spada, piuttosto che vedere qualcuno a cui tengo – dato che sono le uniche persone che sarei disposto ad adde-strare – essere *brutalmente* ucciso perché sono stato troppo gentile.»

Nyneeve abbassò la testa. «Lara insiste sul fatto che la tua tutrice ti ha insegnato il tatto. Si può comunque essere onesti pur avendo tatto.»

«Potrei, ma...» Ali di Fumo scosse la testa per un attimo prima di girarsi e sfoderare le lame.

Una messaggera vestita con la livrea di Lyonmist, un leone dorato su uno sfondo bianco con galloni blu, emise un grido di sorpresa. Le sue braccia scattarono in aria, con una custodia da pergamena stretta in una mano.

Davvero pensavi che Kallik o io ci fossimo persi un assassino? chiese Ryso nella testa di Ali di Fumo, mentre saltava giù dal tetto per atter-rare accanto a lui, spaventando ancora di più la giovane donna.

Nyneeve si alzò e si mise in mezzo a loro. «Mi aspetto questo tipo di accoglienza da Ali di Fumo, ma pensavo che tu avessi più buon senso, Ryso.»

Mi dispiace, Lady Spocchia, disse Ryso fingendo di scusarsi, con la lingua che le usciva dalla bocca.

Nyneeve lanciò un'occhiataccia alla dracowulf prima di fermarsi davanti alla messaggera: «Va tutto bene, ragazza. Nessuno ti farà del male. Hai sorpreso il mio scudiero, e la sua compagna ha uno strano senso dell'umorismo.»

Non... Ryso fece una pausa. *Aspetta. Scudiero?*

Nyneeve ignorò Ryso e allungò piano la mano. «È per me?»

La giovane donna sussultò, lasciando cadere le mani sui fianchi prima di sollevare il braccio e allungare la custodia della pergamena, tremando. «Umm... sì, Lady Cressenthorn.»

Nyneeve estrasse una moneta d'oro da un astuccio e la scambiò con la pergamena. «Ti ringrazio molto. Spero che le buffonate dei miei compatrioti non ti abbiano disturbata troppo.»

La messaggera le rivolse un lieve sorriso e scosse la testa. La sola presenza di Nyneeve la tranquillizzava. «No, Vostra Signoria. Sto bene così. Volete il resto?»

Nyneeve scosse la testa e chiuse con delicatezza la mano della ragazza. «Non è necessario. Consideralo un extra per aver avuto a che fare con i loro scherzi.»

La messaggera fece un cenno di assenso con la testa. «Grazie mille!» disse, prima di sgattaiolare via con un'ultima occhiata alle spalle.

«Scudiero?» disse Ali di Fumo, facendo eco alla domanda della compagna.

«Sì, cosa c'è?» chiese Nyneeve con voce fastidiosamente dolce, mentre apriva l'astuccio, estraeva una pergamena e iniziava a srotolarla.

«Non ne abbiamo mai parlato.»

«Sei il suo scudiero da quando sei arrivato qui, Ali di Fumo» lo stuzzicò Juniper. «È ufficiale e tutto il resto. Non voleva dirtelo perché avresti potuto chiedere la tua paga.»

Ali di Fumo sguainò le spade e abbassò la testa, e fu il turno di Tylee di afferrare la sua spalla. «Ormai dovresti essere abituato a questo genere di cose, Ali di Fumo. Sai che mia madre a volte ritiene necessario nascondere cose che non pensa tu debba sapere.» Il ragazzo elfico gli sorrise.

Ali di Fumo non rispose, perché era troppo impegnato a studiare il volto di Nyneeve mentre leggeva e rileggeva la lettera. Il suo volto si era raggrinzito e sembrava che stesse cercando di non piangere. «Cosa c'è?»

Nyneeve abbassò la lettera e incontrò il suo sguardo. «Viene dal Signore di Lyonmist. Tripper Forstride è stato assassinato.»

Sera, 20° Mari, 18 AF

Ci vollero circa due ore perché il loro gruppetto arrivasse alla tenuta del Signore di Lyonmist, con Ali di Fumo in agitazione per tutto il tempo. Dopo una breve e sommaria presentazione al nobile, l'uomo li condusse fuori dalla tenuta e li portò in un piccolo cottage poco appariscente, fuori dalla città vera e propria.

Lì, fece un cenno a cinque guardie dal volto solenne e si fermò davanti alla porta. «Suggerirei al giovane signore di rimanere qui fuori.» L'uomo di alta statura chiuse gli occhi e fece un respiro profondo affannoso, chiaramente sull'orlo delle lacrime. «A meno che non abbiate bisogno di me lì dentro, anch'io resterò fuori. Consiglio anche a chiunque abbia una sensibilità delicata di farlo.»

Ali di Fumo lo guardò accigliato, poi guardò Nyneeve, prima di lanciare un'occhiata a Lara e Juniper. «Restate qui fuori con Tylee e il Signore.» Entrambi confermarono e lui si voltò verso la porta. Nel momento in cui la aprì, il fetore lo colpì come un pugno. L'odore metallico e ramato del sangue, molto sangue, seguito da carne in decomposizione e da odori ancora più sgradevoli.

Ali di Fumo entrò con Nyneeve alle sue spalle e si guardò intorno.

Era un posto piccolo e ordinario. La porta d'ingresso si apriva su un soggiorno con un armadio sulla sinistra. Le stanze erano aperte e alla sua destra c'era una cucina spaziosa con un tavolo da pranzo posto a metà strada tra essa e il soggiorno. Una serie di gradini conduceva a quella che immaginava essere una camera da letto soppalcata.

Ali di Fumo poteva dire che era stato tenuta in modo ordinato, mentre tutto all'interno era semplice e poco significativo.

Esattamente come cercava di apparire lui, tranne che per i baffi. Semplice e senza pretese. Una tranquilla forza di carattere che gli faceva credere... no, sapere che non doveva ostentare chi era o possedere cose ostentate.

Al momento, però, non era più ordinata né irrilevante.

Il corpo di Tripper Forstride giaceva al centro del tavolo della sala da pranzo, con il sangue rappreso che lo circondava.

Almeno il sangue che non era schizzato su tutte le pareti, il soffitto, il pavimento e ovunque Ali di Fumo guardasse.

Dopo aver fatto un respiro profondo e lottato per non avere conati di vomito, Ali di Fumo attraversò il pavimento con passi pesanti, gli stivali che risuonavano come un rintocco di campana. Si fermò a circa un metro di distanza e rivolse una preghiera silenziosa ai draghi affinché vegliassero sull'anima del brav'uomo.

Poi si mise al lavoro.

Fissò il corpo prima di chinarsi a esaminare l'opera del colpevole o dei colpevoli.

Guancia sinistra rotta. Sembra anche l'osso orbitale sinistro, a causa della rottura dell'occhio. Lo stomaco è fortemente contuso, ma solo in un'ampia area circolare. Deve essere stato qui con lui per almeno un giorno. Sembra che la parte posteriore del cranio sia stata aperta. Il naso è in frantumi. La mano destra è rotta in così tanti punti che le ossa potrebbero essere state ridotte in polvere. Alcuni denti mancano, altri sono rotti. Il ginocchio destro è fratturato. Tutto questo, insieme a molte altre ferite piccole, insignificanti, dispettose.

Ali di Fumo passò ancora qualche minuto a esaminare il cadavere dell'uomo che aveva fatto amicizia con lui quando aveva messo piede per la prima volta in quel regno. L'uomo che gli aveva fatto intraprendere un nuovo corso nella vita. Posò una mano ferma sulla fronte dell'uomo. «*Nì mi dìoghaltas ort.*» Si alzò lentamente in piedi e si trovò di fronte a Nyneeve, con il volto coperto da una maschera vuota. Tranne che per i suoi occhi azzurri incandescenti.

«Stai bene?» chiese lei, allungando la mano e toccandogli leggermente il braccio.

«No. Ho promesso di vendicarlo e lo farò. Adesso.»

I suoi occhi si allargarono. «Sai chi è stato?»

«So esattamente chi è il responsabile e gliela farò pagare cara.» Si voltò e uscì dal cottage all'aria aperta, superando quelli che erano rimasti fuori.

«Aspetta!» gridò Nyneeve uscendo qualche secondo dopo. «Aspetta! Chi?»

Ali di Fumo si fermò, chiuse gli occhi e fece alcuni respiri profondi, mentre la brezza salata scacciava il fetore dalle narici. Si voltò lentamente verso di loro e aprì gli occhi. «La Rivelazione.»

Lara trattenne il respiro, stupita, mentre Nyneeve lo guardava accigliata. «Solo perché li odi non significa che...»

«No, Nyneeve» la interruppe. «Sono loro i responsabili. Sai come faccio a saperlo?» Lei scosse lentamente la testa. «La maggior parte di quelle ferite sono *esattamente* le stesse che ho inflitto a quattro dei loro membri prima di mettere piede qui al porto.

La guancia sinistra e l'occhio rotti? Un colpo di remo sul viso del primo che ho affrontato. L'enorme contusione circolare allo stomaco? La parte posteriore del cranio rotta? Naso in frantumi? Il secondo che ho affrontato. Gli ho conficcato un remo nello stomaco, l'ho spostato dietro la testa e l'ho fatto cadere di faccia contro il mio ginocchio.

La mano rotta? I denti? Ginocchio fratturato? La terza. Ho sbattuto il remo rotto sulla sua mano quando mi ha puntato contro il suo spadone, poi gliel'ho sbattuto contro il mento prima di darle un calcio alla rotula. Il quarto... Be', gli ho sbattuto i pezzi del remo contro le tempie e Ryso l'ha gettato in acqua. Tripper ha molti lividi intorno alle tempie, insieme a tutti gli altri segni di tortura. E volete sapere cos'è peggio?»

Nyneeve annuì stordita.

«Il livido sullo stomaco non era più rosso. Ha iniziato a diventare viola. Ciò significa che hanno agito per un bel po'. Personalmente ritengo che sia stato uno dei primi colpi.»

Quando Ali di Fumo terminò, gli occhi del signore degli elfi erano già fiammeggianti. «Radunerò la guardia cittadina e...»

«No» interviene lui. «Questo era un messaggio per me, ed è stato recapitato forte e chiaro. Me ne occuperò io.»

«Se mando delle guardie...»

«Mi saranno d'intralcio. Senti, so che significava molto per te, ed entrambi siete stati amici per molto più tempo di quanto lo conoscessi io. Ma mi ha aiutato quando ne avevo bisogno. Sono in debito con lui e non potrò mai ripagare questo debito perché non ero qui quando aveva bisogno di me.

Se *tu* vuoi venire, prendi le vostre cose e andiamo. Ma se vuoi che questo sia *ufficiale*, non saremo mai in grado di farlo. So che la tua parola è legge, ma tutti la metteranno sempre in discussione. Dopotutto, sto basando l'intera faccenda sulle sue ferite rispetto a ciò che ho fatto a quelli della Rivelazione un anno fa.»

L'elfo aggrottò le sopracciglia prima di annuire lentamente. «Capisco. Te ne occuperai tu?»

«Hai la mia parola, sul mio onore. Quando scoprirò dove si rifugiano, non vivranno per vedere un'altra alba.»

«Una cosa posso dirtela.» L'uomo inspirò con un brivido. «Tripper meritava di meglio. L'hanno anche avvelenato per non farlo tornare indietro.»

Nyneeve sussultò. «Cosa? Pensavo solo che non me l'avessi chiesto perché altri ci avevano provato e il suo spirito era troppo debole per tornare!»

Il signore scosse la testa. «No. Ci hanno provato e hanno fallito, ma hanno trovato su di lui tracce di una sorta di *spiritus abscissia* che non avevano mai visto prima.»

Ali di Fumo aggrottò le sopracciglia. «Non mi sembri uno che si avvale di sciocchi. E ancora meno mi sembri una persona che farebbe curare il suo amico da degli sciocchi.»

«Tatto, Ali di Fumo. Tatto» sibilò Nyneeve.

«Non lo sono. Perché?» L'elfo inclinò la testa.

«Allora chi hai mandato conosce tutti i tipi di veleni, giusto?»

«Sì.»

«Ma non hanno riconosciuto questo. È *molto* curioso.»

Il Signore di Lyonmist aggrottò le sopracciglia. «Sì, è così. Non ci avevo pensato. Cosa ne pensi?»

Ali di Fumo scrollò le spalle. «Ancora niente. Cercherò di informarmi presso quelli della Rivelazione prima di massacrarli.»

L'elfo annuì, frugò in un astuccio e tirò fuori un foglio di carta e una penna. Scarabocchiò le indicazioni e le porse a Ali di Fumo prima di afferrargli la spalla. «L'ultima parte di questa conversazione non è mai avvenuta. Assicurali alla giustizia. La *tua* giustizia.» Poi girò sui tacchi e se ne andò.

Nyneeve guardò Ali di Fumo. «Non puoi pensare di andare lì da solo e cercare di uccidere chissà quanti membri della Rivelazione.»

«Non da solo» interviene Lara. «Sarò con lui.»

Anch'io. Mi piaceva quell'uomo, aggiunse Ryso, con un profondo brontolio nel petto.

«*Dove va la padrona, va anche uno*» ringhiò Kallik, il lupo della tempesta, famiglio di Lara. Ali di Fumo e Nyneeve annuirono.

«Sembra che un guaritore in più non possa far male. Soprattutto visto l'umore di Ali di Fumo. Ho l'impressione che potrebbe optare per un bel po' di "accoltellamento" e meno di "protezione dei miei organi interni"» pensò Juniper.

«Io ci sto!» dichiarò Tylee.

Ali di Fumo lo ignorò e si rivolse a Nyneeve. «Tu e Tylee andate a...»

«Neanche per sogno» lo interruppe Nyneeve. «Ci sono anch'io. Voglio solo che aspetti un paio d'ore, in attesa che faccia arrivare altre persone. Tutta questa situazione è orribile, ma c'è ancora qualcosa che non mi convince.» Si rivolse a Tylee: «Tye, però...»

«No» dichiarò il giovane elfo con voce ferma. «Non per essere irrispettoso o disobbediente, ma non tornerò a casa. Potete tenermi dietro, farmi fare la guardia, quello che volete. Ma io verrò.» Fece cenno al cottage. «Quell'uomo è il motivo per cui abbiamo Ali di Fumo. Io aiuterò a fare "giustizia" per lui.»

Nyneeve si rivolse ad Ali di Fumo. «Allora?»

Ali di Fumo si raddrizzò e le sbatté le palpebre. «Cosa? È tuo figlio.»

«Lo è? Mio figlio era *per lo più* un giovane gentiluomo elfico buono e ben educato che mi avrebbe ascoltato. Tu hai una cattiva influenza su di lui.» Il sorriso di lei eliminò il pungiglione dalle parole prima di smorzare i toni. «È pronto?»

Ali di Fumo aggrottò le sopracciglia e studiò Tylee: «Tu stai indietro. Puoi essere a portata di arco, che per te è probabilmente più lontano di loro. Se qualcuno ti avvista, spostati in un'altra zona.» Si rivolse a Lara. «Kallik è disposto a restare indietro per sorvegliarlo?»

Lara sollevò un sopracciglio. «Chiediglielo tu stesso.»

Ali di Fumo ringhiò e si voltò verso il lupo della tempesta. «Kallik?»

«*Proteggerò il ragazzo*» abbaiò il famiglio.

«Grazie.» Ali di Fumo inspirò profondamente e si voltò verso Nyneeve. «Allora?»

Lei gli rivolse un sorriso tirato. «Dammi le indicazioni e quindici minuti per inviare qualche messaggio magico. Poi, partiremo.»

Ali di Fumo annuì porgendo il foglio. «E la faremo pagare alla Rivelazione.»

Dopo il ritorno di Nyneeve, Lara perlustrò il perimetro del loro obiettivo, poi teletrasportò il gruppo in un luogo appartato a circa un miglio di distanza, consigliato da Nyneeve. Lì attesero per ben due ore, mentre il sole scendeva nel cielo.

Quando il blu brillante della luce del giorno cominciò a trasformarsi nel rosso e nel giallo del tramonto, le orecchie di Ryso e Kallik si drizzarono. Si girarono e guardarono in profondità nella foresta dal boschetto dove aspettavano.

Rametto spezzato. Non è un animale, avvertì Ryso.

Tuttavia, Nyneeve alzò la mano, ritardando la risposta del gruppo. «Sono le persone a cui ho mandato un messaggio. Siamo da questa parte.»

Pochi istanti dopo, due uomini di alta statura sbucarono tra gli alberi.

Il primo era solo di poco più basso di Ali di Fumo e indossava soprattutto protezioni di cuoio. Tuttavia, Ali di Fumo colse il bagliore rosso del sole al tramonto dalle maglie della cotta di maglia sotto la corazza di cuoio marrone scuro vicino al collo. Aveva capelli d'oro scuro, tagliati corti e spuntati sul davanti. Gli occhi erano di un oro più brillante e liquido dei capelli. Lanciò uno sguardo intorno all'area, cogliendo rapidamente tutto e tutti. Un lato della bocca si sollevò in modo vagamente sardonico.

Il secondo era leggermente più alto di Ali di Fumo e indossava una lunga tunica blu ornata di pelle marrone così lucida che quasi sembrava dorata. I suoi capelli dorati lunghi fino alle spalle erano acconciati con ordine sopra occhi grigio-bluastri che contenevano macchie di cremisi. Le sue labbra si compressero in una sottile linea di disapprovazione.

Nyneeve si avvicinò a loro e scambiò un saluto sommesso prima di voltarsi verso il gruppo. «Vi presento Iden Vierdien e Bade Tempecendi de Silevdiir.» Fece un cenno al primo uomo e poi al secondo. «Bade, Iden, avete già incontrato Juniper e conoscete bene Tylee. L'umano è Ali di Fumo e la donna elfica è Lara. Il grande animale a pelo nero, squamato e simile a un lupo è un dracowulf di nome Anto-ryso ed è il compagno di Ali di Fumo, mentre il lupo delle tempeste grigio scuro, Kallik, è il famiglio di Lara.»

Bade lanciò appena un'occhiata al gruppo prima di rivolgere il suo sguardo corrucciato a Nyneeve. «Perché siamo qui, Amberlyne? Questo problema ci riguarda davvero?»

Iden calpestò il piede dell'highven più alto. «Bade...»

«No, Iden. Amberlyne ha un'abilità sconcertante nel *dimenticare* quali sono i gruppi di cui fa parte e a cui dovrebbe rivolgersi in ogni situazione. Voglio assicurarmi che si tratti di qualcosa in cui *dovremmo* essere coinvolti e non di qualcosa per cui dovrebbe rivolgersi a suo fratello o ad altri membri del parlamento del regno per ottenere assistenza.»

Nyneeve fece un respiro profondo e duro prima di concentrarsi sull'uomo. «Non *dimentico* quale gruppo si occupa di quale problema, Bade. Credo solo che ogni gruppo debba assistere l'altro quando possibile.»

«Ciò significherebbe informare tutti i membri del gruppo su chi siamo e a cosa serve il nostro statuto. Poiché la logica impone che almeno alcuni di loro siano corrotti, saremmo esposti ai nemici che cerchiamo. Il che, a sua volta, ci renderebbe dei bersagli. Di conseguenza, questo è il motivo per cui pochi sanno della nostra esistenza. Che, se posso aggiungere, ora hai fatto conoscere a questi individui. Individui che non conosciamo e che nessuno dei nostri vertici ha controllato.»

«Tirena mi ha dato il via libera.»

Bade fece una pausa, riflettendo. «Tirena non è il punto di riferimento del gruppo.»

«No, ma la sua opinione è sufficiente per me.» Iden sgranò gli occhi e si fece avanti, salutando velocemente Juniper e Tylee e porgendo la mano a Ali di Fumo. «Iden. È un piacere conoscerti. Ignora il mio amico ligio al manuale.»

Ali di Fumo gli strinse la mano. «Benvenuto. Come ha detto Nyneeve, io sono Ali di Fumo. Loro sono Ryso, Lara e Kallik.» Indicò ognuno di loro a turno.

Iden strinse la mano di Lara e tirò fuori della carne secca per Ryso e Kallik, mentre Bade lo fissava come un pugnale. «Piacere di conoscervi tutti. Allora, che succede?»

Ali di Fumo riepilogò rapidamente la morte di Tripper e il motivo per cui riteneva la Rivelazione responsabile. «Questo è tutto.»

Iden annuì. «Un po' scarno e circostanziato. Posso sicuramente capire perché hai pensato che la nobiltà dovesse restarne fuori. A dire il vero, sono sorpreso che Nyneeve abbia accettato l'idea con prove così scarse.»

«Io gli credo. Ho lavorato con lui abbastanza a lungo da riconoscere quando è sicuro di qualcosa, anche se viene dal suo istinto» argomentò Nyneeve.

«Anch'io. Tra le informazioni che mi hai trasmesso su di lui e quello che ho visto finora, non salta subito alle conclusioni» concordò Iden.

«No, capisce abbastanza bene il problema. A volte si butta semplicemente nella *lotta* senza considerare le conseguenze.» Juniper ridacchiò.

«Le considero. È solo che non tengo conto di alcune questioni che tu e Nyneeve ritenete pertinenti» replicò Ali di Fumo.

«Come il fatto che non si dovrebbe dare un pugno in faccia a un barone?»

«Sì. Quell'uomo credeva che il suo grado fosse pertinente, e Nyneeve probabilmente era d'accordo. Ho creduto che la sua idiozia, unita alla sua mancanza di rispetto, giustificasse la presentazione del mio pugno al suo naso.»

Iden rise. «Mi piaci.»

Ali di Fumo gli sorrise.

Bade brontolò. «Nessuna delle tue storie spiega perché questo riguarda il nostro gruppo. Mi sembra...»

Nyneeve lanciò un'occhiata all'elfo più anziano, che chiuse lentamente la bocca e inarcò un sopracciglio.

«Concordi sul fatto che il Signore di Lyonmist si avvale di persone almeno competenti, se non spettacolari?» gli chiese.

L'highven ci pensò su prima di annuire: «Sì, sono d'accordo.»

«Uno degli assalitori ha avvelenato il magistrato Forstride con una specie di spiritus abscissia, che ha finito per impedire la sua resurrezione.»

«Costoso. Forse è eccessivo e non necessario per un magistrato umano anziano. Ma...»

«Uno che gli uomini del Signore non hanno potuto identificare. Uno che non *ho* potuto identificare dal campione di sangue che ho prelevato» lo interruppe lei.

«Hai preso un campione del suo sangue?» Ali di Fumo sembrò sorpreso.

«Certo. Eri giustamente arrabbiato, così ne ho preso un po' quando sei uscito. Ho controllato velocemente mentre inviavo i messaggi.»

Impressionante.

Bade la guardò accigliato. «È... strano. Ma, come hai detto tu, non l'hai esaminato a lungo e l'hai fatto mentre eri impegnata in qualcos'altro.»

Iden scosse la testa. «No. Nyneeve è la migliore guaritrice che conosca. Se ha controllato e non è riuscita a identificare una sostanza con il solo scopo di rendere più difficile la resurrezione, praticamente una delle sue specialità, è una cosa strana.»

Le labbra di Bade si compresser ulteriormente. La sua fronte si aggrottò e fissò il suolo. «Sono d'accordo.» Sollevò la testa e la guardò. «È per questo che credi che possa essere legato al nostro statuto?»

«Esattamente» confermò lei. «Temo che le parole della Rivelazione sull'accoglienza di "salvatori dall'aldilà delle nostre stelle", unite all'uso di uno spiritus abscissia precedentemente sconosciuto, almeno a *me*, siano un'indicazione che potrebbero almeno essere in contatto con i nostri nemici.»

Ali di Fumo emise un sospiro enorme, attirando l'attenzione dei tre highven su di sé. «Sentite, capisco la necessità di tenerci nascoste le cose, visto che non facciamo parte della vostra piccola cricca. Questo spiega perché parlate tutti in modo così obliquo. Ma la luce del giorno si sta esaurendo e sono stanco di aspettare. Venite con noi o no?»

Iden ridacchiò, mentre Bade fece una smorfia e Nyneeve trasalì. «Stiamo arrivando» confermò l'highven più basso. «Qual è il piano?»

«Andrò al cancello e chiederò di essere lasciato entrare.»

«E tu pensi che lo faranno, perché?»

Gli occhi di Ali di Fumo si restrinsero. «Perché lo chiederò *molto* gentilmente.»

Juniper gemette. «Sarà un bagno di sangue.»

«È sempre stato così.»

«Come faremo a evitare che ci identifichino nel caso in cui qualcuno li resusciti?» Bade si informò.

Ali di Fumo infilò una mano in un astuccio e ne estrasse una fiala di liquido denso e rosso scuro. «Dando loro un assaggio della loro stessa medicina. Non ho intenzione di far camminare di nuovo su questo mondo nessuno dei presenti.»

Nyneeve sussultò. «Hai il tuo?»

«Naturalmente.»

«Lo usi?»

«Solo quando è necessario, e non lo è stato da quando sono qui. Almeno, non fino a stasera.»

«Sapevo che mi piaceva.» Iden ridacchiò, con un enorme sorriso sul volto.

Lara sospirò e tese la mano. Una mezza dozzina di gemme scintillavano nel suo palmo. «Ho semplicemente intenzione di intrappolare le loro anime. In questo modo, potrò riportarle indietro quando avrò bisogno di... sostentamento. Non ti manca ciò che non sprechi.»

Nyneeve arrossì e aprì la bocca, ma Ali di Fumo la precedette. «Lara!» la rimproverò.

«Nyneeve mi ha già detto di averli informati che ero un vampiro. Ha detto che erano troppo abili per non notare che c'era qualcosa di diverso in me.»

«È vero» concordò Bade, facendo un passo avanti.

Il sorriso di Iden vacillò. «Il che, suppongo, ci porta al nostro unico dilemma. Conosciamo un potente vampiro che rivendica la maggior parte di Greythorn come suo territorio. Se avete intenzione di rimanere lì, quali sono le vostre intenzioni?»

Lara lo guardò con i profondi occhi marroni. Poi rise. «Non desidero governare un territorio né rivendicare o creare una congrega o un nido. *Detesto* i vampiri. Tuttavia, se l'individuo in questione è questo Aiden di cui Nyneeve ha parlato prima, sono disposta a giocare pulito, purché non tenti mai di costringermi o controllarmi. Se ciò dovesse accadere, i risultati non saranno piacevoli.»

Iden scrollò le spalle. «Per me va bene. Dubito che ci proverà mai, ma mi assicurerò di trasmettere il messaggio. E l'avvertimento.» Sorrise a tutti. «Allora? Siamo pronti ad andare?»

Ali di Fumo si diresse verso il cancello, scrutando la tenuta con le mani serrate a pugno. Non era assolutamente enorme, ma comunque abbastanza grande da ospitare qualche centinaio di persone.

Un basso muro di pietra circondava la tenuta, con una grande casa padronale al centro e altri sei edifici più piccoli lungo il perimetro.

Due edifici vicino al cancello, uno per lato. Presumo che uno sia la caserma delle guardie. Non so se sia quello di destra o di sinistra. Immagino che quella opposta sia una stalla. Gli altri quattro, invece, hanno qualcosa di strano. Non vedo bestiame o terreni agricoli, quindi non ci tengono gli strumenti del mestiere. Cosa sono? Forse caserme aggiuntive per coloro che non vogliono nel maniero vero e proprio?

Scacciò le sue riflessioni mentre inclinava la testa per esaminare le quattro guardie al cancello. Ognuna di esse indossava un mantello bianco con il sigillo della Rivelazione sul petto. Un cappuccio d'oro senza volto all'interno, una stella bianca sulla fronte con le due punte inferiori che toccavano le guance di una persona. Sotto i mantelli, le guardie indossavano corazze di cuoio bianco e poggiavano con disinvoltura le mani sulle else delle spade.

Ali di Fumo fece scivolare lo sguardo oltre le loro spalle e oltre le sbarre di ferro. Scorse due arcieri con l'arco lungo pronto, che dovevano solo incoccare una freccia.

Guardò alle sue spalle e inclinò la testa verso destra, prima di rallentare e voltarsi verso le guardie.

Non c'è bisogno di preoccuparsi degli arcieri ora.

Si fermò fuori dalla portata delle loro spade, se e quando le avessero estratte.

Mi hanno lasciato avvicinare fin troppo.

«Dichiara i tuoi affari, amico» chiese una guardia, alzando una mano e facendo un passo avanti.

«Alcuni tuoi amici mi hanno lasciato un messaggio a Lyonmist. Ho pensato di passare a ricambiare il favore.»

L'uomo sbatté le palpebre. «Cosa? Vuoi dire che uno dei nostri ti ha lasciato un messaggio e sei passato a trovarlo?»

Ali di Fumo scosse la testa. «No. Mi hanno lasciato un messaggio lì. In risposta, mi sono recato qui per consegnare un messaggio al resto della vostra gente.»

«Io non...»

L'uomo riuscì a finire.

Le mani di Ali di Fumo si alzarono di scatto, aprendo e rilasciando le sfere di vetro che teneva strette in esse. Quattro pezzi di vetro circolari lasciarono le sue mani, ognuno dei quali colpì una guardia diversa al volto o al petto.

Mentre si frantumavano, le guardie inspiravano per gridare un avvertimento.

Che fu l'ultima cosa che fecero.

Il liquido contenuto nelle sfere li schizzò, poi si trasformò in un gas interagendo con l'aria. Quando le guardie respirarono, aspirarono anche la miscela alchemica e caddero a terra, mentre le ondate di vertigini annullarono la loro capacità di stare in piedi. Di distinguere persino la differenza tra su e giù, tra destra e sinistra.

Tossirono, cercando di riprendere fiato per chiamare aiuto, ma a quel punto Ali di Fumo aveva già estratto le sue lame rivestite di liquido rosso scuro. Fece un passo avanti e le passò sulla gola delle guardie, mettendole a tacere per sempre.

Ali di Fumo alzò la testa per guardare tra le sbarre del cancello. L'arciere di destra si era rovesciato, con una freccia conficcata nella gola e un'altra nel petto. Spostò lo sguardo e riuscì a malapena a scorgere l'enorme forma di ossidiana di Ryso, con le fauci serrate attorno alla gola dell'arciere di sinistra che giaceva immobile e silenzioso a terra.

Sei sono stati eliminati. Manca un'intera proprietà.

Bene.

Ali di Fumo gemette dentro di sé quando la voce si fece sentire ancora una volta.

Si voltò e guardò alle sue spalle. Nyneeve, Lara, Juniper, Iden e Bade si stavano dirigendo verso di lui.

Bade inarcò un sopracciglio. «E adesso? Rovistiamo nelle tasche dei morti per trovare la chiave del cancello? O ci affidiamo alla tua compagna per strapparla agli arcieri?»

«Nessuna delle due cose. Lara, per favore, blocca tutto e poi annunciaci.»

Lei gli rivolse un sorriso malvagio, con le zanne che si allungavano e le iridi che emettevano un bagliore rossastro. «Certo, Ali di Fumo. Quanto forte?»

«Molto.»

Lara incrociò le braccia e pose i palmi appiattiti sul petto, con la punta delle dita a sfiorare le spalle. Scrutò brevemente l'area, fissando un'immagine nella sua mente. Dopo un minuto, allargò le braccia in un gesto quasi di benvenuto, con i palmi rivolti verso l'alto, prima di girare improvvisamente le mani l'una verso l'altra e di calare le braccia con violenza. «*Dimensiofermer!*»

Dei puntini di luce arancione si accesero in un'area enorme che copriva la tenuta, poi svanirono con la stessa rapidità con cui erano apparsi.

La mano sinistra di Lara si immerse in un astuccio mentre attirava la mano destra verso il petto prima di spingerla improvvisamente verso il cancello, con le dita estese tranne il mignolo e il pollice, che si toccavano. Le separò mentre gridava: «*Granbrismur!*»

La luce rossa lampeggiò sulla serratura del cancello. Ma Ali di Fumo le aveva detto *forte*.

Quel lampo di luce si separò in due punti che correvano in direzioni opposte. Si allontanarono dalla serratura, scavalcarono il cancello di ferro e scesero lungo il muro di pietra ai lati. Dopo un attimo di silenzio, qualcosa che sembrava il battito del cuore di un drago rimbombò dalla serratura, oscillando sempre più forte e più veloce. Presto raggiunse un crescendo in uno stridio metallico che squarciò il cancello, seguito dal *crepitio* della maggior parte del muro di pietra anteriore che si frantumava.

In realtà, Ali di Fumo aveva detto *molto* forte.

Prima che le macerie toccassero terra, Lara si era già portata la mano sinistra alle labbra, con le dita unite, e ne aveva baciato la punta. Poi, fece oscillare la mano verso la spalla destra prima di riportarla davanti al viso e verso sinistra. Quando fu proprio di fronte a lei, aprì le dita e soffiò sul sale che aveva rilasciato prima di gridare: «*Écorchents!*»

Un vento sferzò il gruppo da dietro, portando con sé il profumo salato di una brezza oceanica. Aumentò di velocità fino a urlare contro la tenuta, catturando i detriti ancora in caduta dal muro e dal cancello e facendoli sbattere contro i due edifici anteriori, incrinando le strutture di legno come se fossero legna da ardere.

Cosa in cui li aveva trasformati.

Dall'interno degli edifici si levarono urla di dolore. Prima che qualcuno potesse pensare di aprire le porte e tentare la fuga, Bade alzò una mano a coppa. «*Jumfeuballe.*» Un'unica sfera rossa infuocata si formò sopra la sua mano prima di dividersi in due. Le palle di fuoco si scagliarono contro gli edifici pesantemente danneggiati, incendiandoli.

L'uomo dai capelli alti si voltò con calma e incontrò l'espressione inorridita di Nyneeve. «Non mi avevi detto che Lara era una maga così abile. Non solo ha lanciato tre incantesimi in rapida successione, ma il primo era un sigillo dimensionale che richiede circa dieci minuti per essere lanciato dalla maggior parte delle persone.» Incontrò gli occhi di Lara e abbassò la testa. «È sempre un piacere lavorare con i professionisti.»

Lara ricambiò inclinando la testa. «Vale lo stesso per me.»

Ali di Fumo si schiarì la gola prima che l'edificio alla loro destra crollasse. Trasalì per il rumore, poi si schiarì la voce una seconda volta, attirando finalmente l'attenzione di tutti. «Sanno che siamo qui, quindi dovremmo muoverci. Prima prendete il maniero. Poi ci occuperemo di quelli che non hanno risposto negli altri edifici.»

«No. Non credo che il tuo piano funzionerà» disse Iden indicando con indifferenza gli edifici. «Perché non credo che avremo molto da aspettare per incontrarli.» Il guerriero highven si accigliò. «E sembra che la Rivelazione abbia davvero degli amici interessanti.»

Le porte degli altri edifici si aprirono e ne uscirono una decina di uomini e donne vestiti con vari abiti o armature bianche. Ali di Fumo capì subito che non erano quelli che Iden intendeva per "amici".

Stava parlando delle sei creature simili a cani che emersero dietro di loro prima di superare rapidamente gli umanoidi. Avevano le dimensioni di grossi cani da caccia, con macchie di ruvida pelliccia nera sparse a casaccio sulla carne gialla e malata dei corpi. Le loro code si agitavano avanti e indietro con frenesia, mentre le tenaglie seghettate alle estremità si aprivano e chiudevano con foga.

Lo stesso tipo di creature con cui il druido folle ha fatto amicizia dopo aver reclutato Xylice. Le stesse che abbiamo affrontato sotto le Montagne Anduria mentre indagavamo sulla corrispondenza del lich. La RIvelazione è responsabile di queste creature?

«Sapete cosa sono quelle cose?» chiese ai suoi compagni dopo aver dato un'occhiata al volto accigliato di Lara.

Nyneeve annuì. «Haarnaxio, altrimenti noti come segugi stellari.»

«Be', almeno ho finalmente un nome da dare alle loro facce tentacolari.»

«Li hai già visti!» esclamò lei, sollevando il braccio.

«Sì. Due volte, ormai. Creature disgustose e ripugnanti. Soprattutto quelle maledette tenaglie.»

«Interessante» disse Bade. «Tuttavia, credo che ulteriori spiegazioni debbano aspettare finché non avremo finito.»

«Sono d'accordo» concordò Ali di Fumo. «È ora di fare giustizia.»

Ali di Fumo ignorò gli umanoidi in corsa, spostando invece l'attenzione sui segugi stellari in rapido avvicinamento. Mentre lo faceva, la sua visione periferica colse luci e fuochi che guizzavano tra gli umanoidi, per gentile concessione dei maghi e dei guaritori che lo avevano accompagnato. Tre cupole arancioni si accesero, proteggendo temporaneamente gli incantatori nemici prima di cadere improvvisamente sotto l'assalto magico. La più forte fallì giusto in tempo perché il mago fosse colpito da una freccia nell'occhio.

Ali di Fumo si dimenticò della carneficina che i suoi compagni stavano causando e fece un passo avanti per affrontare il primo segugio stellare. La sua sciabola destra riuscì a staccare i primi quattro tentacoli con le loro bocche simili a lamprede mentre si spingevano verso di lui, mentre quella sinistra bloccò un colpo della coda a tenaglia.

La creatura scivolò fino a fermarsi, mentre gli artigli delle tre dita allungate delle zampe anteriori scavavano solchi nella terra. Ali di Fumo schivò il successivo colpo di coda facendo un passo a sinistra e ruotando il corpo a destra. Una sciabola squarciò la gamba della creatura sopra il ginocchio, mentre l'altra le si conficcò nel fianco.

Il segugio stellare emise un lamento gorgogliante. Lo stomaco di Ali di Fumo si strinse, ma riuscì a trattenere subito l'ondata di nausea. Mantenendo la presa sulla lama destra, invertì i movimenti, facendo un passo a destra mentre girava sulla sinistra. Portò la sciabola sinistra intorno al corpo e sopra la spalla prima di colpire verso il basso dietro di sé, direttamente nella massa di tentacoli.

I tentacoli ebbero uno spasmo prima di cadere flosci e il corpo della creatura crollò sull'erba. Ali di Fumo liberò le lame in tempo per voltarsi e vedere uno dei segugi in volo, diretto verso di lui.

Si tenne pronto, ma non c'era bisogno di preoccuparsi. Un'enorme macchia nera colpì il torso della creatura. Ryso aveva visto il suo problema ed era intervenuta. I due si schiantarono al suolo e la draco-wulf, dotata di una muscolatura possente, ebbe presto la meglio sul suo avversario.

Ali di Fumo vide un'altra delle creature avvicinarsi di soppiatto alle spalle e al fianco di Iden, le cui lame lunghe elfiche gemelle erano sfocate mentre colpiva più volte con fendenti rapidi e agili altre due creature con cui era impegnato; un segugio stellare era già caduto sotto i colpi delle lame vorticose.

Ali di Fumo caricò in avanti, colpendo con la sciabola destra la coda del segugio, sotto la tenaglia, mentre la creatura la tirava indietro per prepararsi a colpire. Il taglio fu netto. La tenaglia tornò indietro nel cielo che si stava rapidamente oscurando prima di atterrare con un tonfo da qualche parte fuori dalla vista. Dalla ferita sgorgava sangue giallo, mentre la creatura gridava da qualche parte all'interno dei tentacoli e si avventava su di lui.

Fu un battito di cuore troppo tardi. La sua sciabola sinistra era già orientata verso la massa di tentacoli che possedeva al posto della testa. Ali di Fumo fece passare la lama attraverso cinque o sei tentacoli prima di saltare in aria e atterrare sulla schiena della creatura. Il suo peso la sbatté a terra. Saltò via e atterrò rotolando, con le lame tenute di lato, prima di avvicinarsi a uno degli avversari di Iden.

Sfruttando il proprio slancio, finì di rotolare spingendosi in avanti e sollevando entrambe le lame per formare la sua X preferita. Quello che doveva essere il collo della creatura scivolò tra di esse, ed egli fece scattare le lame con un colpo di forbice, decapitando la massa tentacolare.

Quando Ali di Fumo si rimise in piedi, vide Iden sfruttare la distrazione per fare perno e decapitare colui da cui si era allontanato con un salto.

La coda dell'ultimo segugio si mosse in avanti e Ali di Fumo gettò il braccio davanti alla faccia. La tenaglia della creatura si conficcò nel cuoio indurito del suo para-braccio e si bloccò. Ali di Fumo spinse l'altra sciabola verso di essa, ma sottovalutò la forza della coda.

L'essere riuscì a sollevarlo di circa sei pollici prima che il segugio facesse un passo avanti e la coda lo sbatté a terra prima che la sua lama colpisse. Sentì una delle piccole bocche simili a lamprede di un tentacolo agganciarsi alla sua guancia destra, sotto l'occhio. I denti sembravano ruotare e ruotare nel tentativo di squarciare la carne per mangiarlo.

All'improvviso, la pinza ebbe uno spasmo. Il movimento di torsione fece temere a Ali di Fumo la rottura dell'avambraccio o la lussazione del gomito. Per fortuna, la pinza lo liberò prima che potesse accadere una delle due cose.

Non appena mosse le armi, la creatura emise un gorgoglio che terminò con un rantolo prima di cadere a terra. Un battito di cuore dopo, il tirare e il masticare sulla guancia cessarono e una mano si affacciò alla sua vista. Ali di Fumo alzò lo sguardo per trovare il volto sorridente di Iden che lo guardava.

«Hai bisogno di una mano?»

Ali di Fumo la prese e l'elfo lo tirò in piedi. «Grazie.»

«Non ne parliamo. Non sono sicuro che mi tufferei contro due di loro, ma loro sono morti e noi no, quindi per me è una vittoria.» L'elfo fece un cenno alla sua guancia: «Dovresti fare qualcosa al riguardo, però. È un po'... inquietante.»

Ali di Fumo abbassò lo sguardo con la coda dell'occhio per scoprire che aveva ancora attaccato alla faccia parte di un tentacolo. «Oh.» Si avvicinò e lo tolse con una smorfia. «Quelle cose sono disgustose.»

«Se solo ne sapessi almeno la metà, umano.» Bade fece un passo avanti, con un cipiglio sul volto dalle labbra serrate.

Lara e Nyneeve si avvicinarono, con la magia pronta a curare Ali di Fumo. Gli occhi di Lara si allargarono appena e un piccolo sorriso le sfiorò le labbra mentre esitava prima di fare un passo indietro, permettendo a Nyneeve di passare le dita sulla guancia di Ali di Fumo e curare la ferita.

Ali di Fumo annuì ringraziando. «Voi tre siete a conoscenza di queste creature?»

Nyneeve aprì la bocca per rispondere, ma Bade la interruppe. «Le conosciamo. La cosa più interessante è che le conosci anche tu. Prima che ci chieda ancora qualcosa su di loro, permettimi di ricordarti che siamo qui per conto tuo e che abbiamo ancora un lavoro da portare a termine. Dopodiché, risponderemo a ciò che potremo, ma sono certo che non sarà quanto vorresti. Almeno, non prima di aver chiesto il permesso ai nostri... superiori.»

Ali di Fumo aggrottò le sopracciglia e guardò negli occhi di Nyneeve. Un misto di tristezza, preoccupazione e rabbia li riempiva. Abbassò la testa: «Certo, può non piacermi, ma lo capisco. Però mi *chiederai* quel permesso. Promettimelo.»

Nyneeve annuì. «Hai la mia parola.»

«Bene, allora. Sembra che abbiamo finito con l'esterno. Suppongo che questo significhi che è giunto il momento di far fuori il maniero.»

Iden sollevò un sopracciglio. «Non intendi dire di far fuori le *persone* che si trovano nel maniero?»

Ali di Fumo scosse la testa: «No. Ho detto quello che volevo dire.»

Bade si accigliò. «Se è così, posso dargli fuoco da qui e possiamo guardarlo bruciare.»

Gli occhi di Ali di Fumo si restrinsero. «Che divertimento ci sarebbe? Inoltre, non ho ancora trovato i quattro bastardi responsabili. E voglio eliminarli *personalmente*.»

«Ali di Fumo, potrebbero anche non essere qui» gli ricordò Nyneeve. «E allora?»

Ali di Fumo si voltò verso di lei. «Poi troverò la prossima roccaforte della Rivelazione, poi quella successiva. Ancora e ancora finché non avrò rintracciato quei quattro.»

«Un uomo di grande convinzione. Sapevo che mi piaceva.» Iden sorrise.

Juniper si sfregò la fronte prima di voltarsi verso Nyneeve, che lanciava occhiatacce a entrambi gli uomini. «Far conoscere quei due è stata una pessima idea. Lo sai, vero?»

Sospirò. «Comincio a essere d'accordo.»

Entrarono nel maniero con l'espediente di Lara che strappò una delle porte dai cardini un attimo prima che Bade inviasse un'enorme palla di fuoco attraverso l'apertura appena creata. La vampira si acquattò dietro la spessa porta di legno, usandola come scudo contro le fiamme che tornavano indietro attraverso l'apertura. Poi, con calma, si raddrizzò e gettò con disinvoltura la porta in fiamme oltre il lato del portico. Che si trovava a trenta passi di distanza.

Iden e Ali di Fumo si precipitarono all'interno e trasformarono i moribondi in morti prima che Nyneeve potesse entrare. La highven strinse gli occhi quando entrò nell'atrio pieno di fumo prima di sollevare lo sguardo sui due uomini. «Non ci sono sopravvissuti? Neanche una persona che potessimo interrogare prima di inoltrarci nell'edificio?»

Iden scosse la testa, con un'espressione innocente sul volto. «No, mi dispiace. Sembra che la palla di fuoco di Bade sia riuscita ad abbatterli tutti.»

All'improvviso, un gemito e un gorgoglio si levarono accanto a Ali di Fumo, che con disinvoltura conficcò una sciabola nella gola di una donna.

Nyneeve trasalì e chiuse gli occhi, respirando profondamente l'aria leggermente sulfurea. «Allora cos'è stato?»

Ali di Fumo sbatté le palpebre. «Quello? Il mio stomaco. Sto spendendo molte energie e mi sta venendo fame. Forse dovremmo muoverci e finire questa cosa» disse secco.

Nyneeve li fulminò con lo sguardo. «Il tuo stomaco? Il tuo *stomaco!* Voi due...»

Bade la superò. «Sono anni che sai com'è Iden, Amberlyne. Ora, sembra che tu abbia raccolto la tua versione. Come mi hai insegnato in precedenza, non c'è motivo di lasciarsi irritare. Basta lavorare all'interno dei loro limiti. Inoltre, il tuo "scudiero" non ha fatto mistero della sua intenzione di uccidere tutti coloro che ritiene nemici qui. Cioè tutti tranne noi.»

Le spalle di Nyneeve si abbassarono leggermente: «Bene. Ma questo *non è* il modo in cui mi piace fare le cose.»

«Eppure hai accettato lo stesso. Curioso.»

La highven arrossì. «Andiamo avanti, che ne dite?»

I sei si fecero strada attraverso un corridoio tortuoso dopo l'altro. Ryso era rimasta fuori per aiutare Tylee e Kallik se ne avessero avuto bisogno. Gli avversari che le lame di Iden e Ali di Fumo non riuscivano a uccidere in fretta venivano eliminati con la magia da uno degli altri.

Alla fine, dopo quaranta minuti di vagabondaggio per le sale sinuose, Lara chiese una sosta. «È ridicolo. Siamo andati su, giù, a sinistra, a destra... eppure non mi sembra che ci siamo avvicinati al centro.»

Juniper si accigliò. «Sono d'accordo. Questa architettura è strana.

Sembra uscita dalla mente contorta di un demone. Continuiamo a vagare e a imbatterci in altri nemici, ma anche quelli sembrano esaurirsi.»

Iden scrollò le spalle. «I corridoi devono finire a un certo punto, no? Perché non continuare ad andare avanti finché non li troviamo? A meno che qualcun altro non abbia un'idea migliore.»

«Posso diventare gassosa e passare attraverso le pareti finché non trovo il percorso corretto» suggerisce Lara.

Nyneeve scosse piano la testa. «No. *Sento* che è una cattiva idea.»

«Abbiamo consumato *molta* magia finora» ammonì Bade. «Anche se non rischio di esaurirla presto, e dubito che possa accadere anche a Lara, non mi va di sprecarla per trovare un passaggio più veloce. Soprattutto perché qui c'erano degli haarnaxio. Chi sa cos'altro nascondono o tengono in serbo questi membri della Rivelazione?»

Ali di Fumo aggrottò le sopracciglia e si rivolse a Lara. «Credo di saperlo, ma avete idea da che parte dovrebbe essere il centro dell'edificio?»

Lara indicò subito. «Da quella parte.»

«Sono d'accordo» aggiunse Iden.

«Anch'io» confermò Ali di Fumo.

«Come fai a saperlo? Sono così attorcigliato che mi sento come un gomitolo» si lamentò Juniper.

«La consapevolezza spaziale tende a essere un dono di alcuni vampiri. Inoltre, in questo modo riesco a *sentire* ciò che resta dei vivi concentrato» gli assicurò la vampira.

«Sono stato addestrato a trovare la strada attraverso i boschi fitti nel buio della notte» disse Iden. «Mi ha dato un buon senso dell'orientamento.»

«Io... lo so e basta» confessò Ali di Fumo. «Non necessariamente da che parte è il centro dell'edificio, ma in che direzione dobbiamo andare. Tuttavia, l'unico motivo per progettare un luogo così intricato all'interno è quello di nascondere la strada per raggiungere qualcosa. È logico che quel qualcosa sia lontano dalle pareti o dal tetto, quindi questo suggerisce il centro. E tre di noi pensano che sia così.»

Bade sollevò un sopracciglio. «Questo è inconsistente.»

«Ho lavorato, o teorizzato, con meno e alla fine ho avuto ragione.»

«Anche Iden. Non ho detto che non ti credo. Ho imparato a fidarmi dell'istinto di persone esperte. E devo ammettere *a malincuore* che tu lo sei.»

«Perché "a malincuore"?»

«Sono combattuto. Alvarian non ti vede di buon occhio per principio. Anche se spesso io e lui non andiamo d'accordo, ho imparato a fidarmi delle sue capacità senza contrariarlo, visto che serba rancore. D'altro canto, Nyneeve ha lodato le tue capacità per il nostro gruppo e ha consigliato di coinvolgerti. Tuttavia, saresti uno dei pochissimi esseri umani a essere introdotto.»

Bade scosse la testa. «Da quello che ho visto finora, potrei doverlo contrariare e schierarmi con Nyneeve. Sei impetuoso e sfacciato, ma queste sono caratteristiche tipiche degli umani. Tuttavia, sei innegabilmente abile e hai chiaramente interagito con gli haarnaxio e li hai sconfitti in precedenza. Un'impresa non da poco per chi non è abituato.»

Ali di Fumo strinse le labbra e sbatté le palpebre: «Io...» Si interruppe e scosse la testa. «Ignorerò quasi tutto quello che hai detto.» Si voltò verso Nyneeve. «Sono stanco del loro labirinto. Sappiamo da che parte dobbiamo andare, quindi intendo fare il mio percorso.»

«Come?» chiese.

Ali di Fumo cercò in un astuccio e tirò fuori una scatola di legno. Sollevò il coperchio ed estrasse un blocco di materiale morbido, grigio e simile all'argilla.

Lara annusò e si stropicciò il naso. «Oh, no.»

«Che cos'è?» chiese Nyneeve, facendo un passo verso di lui.

Lara colpì leggermente la highven al centro del petto con un palmo aperto. «Non farlo» consigliò prima di spingerla delicatamente all'indietro. «È un esplosivo.»

«Esplosi...»

La mano di Lara scattò e il suo dito indice premette sulle labbra di Nyneeve: «Shhh. Non respirare nemmeno con quella roba. Timber, l'alchimista elfico che ha insegnato ad Ali di Fumo, l'ha inventata o è incappato nella ricetta da qualche parte. È incredibilmente instabile. E potente.»

«Per non parlare della modellabilità» le ricordò Ali di Fumo.

«Sempre che non ci faccia saltare in aria tutti. Ricordi quante volte io ed Elysoun ti abbiamo rimesso insieme mentre ci lavoravi?» sibilò.

«Lo ricordo» sussurrò lui mentre lo srotolava meticoloso in una striscia lunga e sottile e iniziava ad attaccarlo alla parete.

«E ne tieni un po' in un sacchetto?»

«Sacca di immagazzinamento, quindi si trova nello spazio extradimensionale e non può reagire con nulla.»

«Come se fosse molto meglio» gemette. «Andiamo. Dovremmo girare l'angolo. Lontano da questa roba.»

I cinque girarono l'angolo mentre Ali di Fumo continuava a lavorare. Ascoltò la loro conversazione sussurrata, cogliendo parole come pazzo, squilibrato, suicida e folle, insieme a commenti sul "far crollare l'intero edificio sopra di noi".

Hanno bisogno di un po' più di fiducia. Timber mi ha mostrato come crearlo e mi ha insegnato a usarlo. Elysoun e Lara hanno dovuto riportarci in vita solo una decina di volte. Senza contare quando Xylice ci ha trasformato in scheletri e ci ha fatto ripulire prima di farci rivivere, ovviamente. È stato...

Sbatté le palpebre per allontanare il ricordo, con le dita fortunatamente congelate mentre la sua mente ripescava il passato. *Non è il momento di ricordare, a meno che non voglia dare ragione alle loro accuse. Maledetta Lara per essere comparsa e avermi ricordato momenti che avrei preferito rimanessero sepolti.*

Pochi minuti dopo, finì e girò l'angolo, stringendo in mano un pezzo di spago. «Pronti?»

«No!» sibilò Nyneeve. «Stai scherzando? Cosa può fare questo? Quanto è potente?»

Ali di Fumo la studiò un attimo prima di rispondere. «Le pareti non sembrano essere rinforzate. Se questo è vero, immagino che l'esplosione si estenderà per trenta o cinquanta piedi.»

Gli occhi dell'elfa si allargarono e sussultò. «Da trenta a cinquanta...»

«Impressionante» osservò Bade.

«Dovrebbe essere più che sufficiente per portarci nella sala principale da qui» pensò Iden.

Juniper non fece altro che scuotere la testa e borbottare: «Pazzo.»

Ali di Fumo sorrise e sollevò lo spago.

«Aspetta!» gridò Nyneeve.

Ali di Fumo trasalì.

Lara spinse la mano verso l'angolo prima di riportarla parallelamente alla parete. «*Venturae!*»

Si formò un muro di vento scintillante, per lo più trasparente, che bloccò l'angolo e corse lungo la parete fino alla curva successiva.

Cosa che fortunatamente avvenne una frazione di secondo prima che un ruggito simile a quello di un drago sfrecciasse dietro la curva, seguito da un tremolio del maniero e dalla disintegrazione di gran parte del muro accanto a loro.

La cenere, la polvere e i detriti colpirono il muro del vento che Lara aveva eretto in fretta e furia, rotolando al suo interno prima di cadere sul pavimento, che scricchiolò minaccioso. Per fortuna, il vento magico dissipò in gran parte la forza dell'esplosione. I sei ondeggiarono e barcollarono, ma rimasero in piedi.

Nyneeve lo fissò. Schioccò le dita della mano destra prima di portarle alla bocca, poi all'orecchio destro, e le spazzò verso gli altri prima di schioccarle di nuovo. Le sue labbra si mossero e Ali di Fumo la sentì a malapena dire: «*Masousurdité*» attraverso il ronzio nelle orecchie. Che si fermò immediatamente quando l'ultima sillaba le passò tra le labbra.

L'elfa sospirò. «È stato...»

«Efficace» interruppe Bade in modo blando. «Rimproveralo dopo. Abbiamo una battaglia per le mani.» Indicò la distruzione.

Ali di Fumo scrutò attraverso i resti del muro che cadevano a terra. Individuò tre pareti demolite, i cui resti più grandi erano sparsi in due corridoi prima che tutto si aprisse in una camera centrale. Sul pianerottolo, dietro ciò che restava del terzo muro, c'erano quattro corpi immobili. Pezzi di legname sporgevano da loro con angolazioni strane, mentre il sangue si accumulava sotto i corpi. Riusciva a malapena a scorgere altre sei persone vicino alla distruzione, che si rialzavano a fatica.

Non possiamo permettere che accada.

Ali di Fumo si precipitò in avanti con Iden alle calcagna. I due spadaccini si mossero tra i rottami, senza rallentare, mentre si precipitavano sul pianerottolo e giustiziavano i sei membri della Rivelazione prima ancora che gli uomini e le donne si accorgessero della loro presenza.

Ali di Fumo strappò la sua sciabola dalla schiena di una donna morta. Mentre il suo corpo si accasciava a terra, scrutò rapidamente l'ambiente circostante mentre formulava le sue prossime mosse.

La camera, poco illuminata, era allestita quasi come una ziggurat rovesciata in miniatura. Su ognuno degli altri tre lati si trovavano dei pianerottoli identici. Tutti e quattro si trasformavano in scale ripide che scendevano di circa un piano prima di raggiungere un altare bianco e oro in fondo.

Anche le altre tre parti avevano dieci guardie, tutte con un'espressione scioccata.

Be', c'erano dieci guardie. Al gruppo sulla destra sembra mancarne una. Ali di Fumo lanciò un'occhiata verso il fondo della camera per scoprire un corpo contorto vestito con un mantello bianco e tre persone inginocchiate vicino a esso. *Sembra che abbia perso l'equilibrio e sia caduto dai gradini. Suppongo che questo sia ciò che si ottiene quando non si installano ringhiere nel proprio luogo di culto del male.*

«Sai, le scale ripide senza ringhiere sono una pessima idea» disse Iden, mettendosi accanto a lui. «Non è solo una cattiva progettazione, è una vera e propria negligenza.»

Ali di Fumo gli rivolse un mezzo sorriso. «Sul serio. La loro mancanza di lungimiranza ci ha tolto un po' di divertimento.»

Le tre persone sotto di loro guardarono in alto e Ali di Fumo riconobbe due di loro come i suoi bersagli. Gli altri ventinove estrassero tutti le armi e cominciarono ad avanzare.

«Sapete cos'altro è un elemento di progettazione scadente?» chiese Lara avvicinandosi all'altro lato di Ali di Fumo.

«Cosa?» le chiesero allo stesso tempo i due spadaccini.

«Avere una stanza grande e aperta in cui devi camminare intorno al bordo esterno per raggiungere i tuoi nemici.» Gli occhi si restrinsero mentre le labbra si sollevavano in un sorriso, mostrando i denti canini allungati. «Sembra che dovrò portarvi via qualche altro compagno di giochi.» La sua mano si diresse verso il gruppo su quel lato, mentre il dito indice si allungava verso quello in fondo al gruppo. «*Foudchaîne!*»

Una luce bianca e fiammeggiante si accese intorno al suo braccio prima di balzare dalla punta delle dita, crescendo fino a raggiungere i sei pollici di diametro mentre colmava la distanza tra lei e il suo bersaglio. Per un attimo, sembrò che il fulmine collegasse il volto dell'uomo alla mano di Lara, prima che l'ultimo guizzo si sprigionasse dalla vampira.

La testa dell'uomo, tuttavia, non è durata abbastanza a lungo da poterlo constatare.

Il suo cranio esplose in una pioggia di sangue. Il suo corpo si contorse e si agitò come una marionetta sui fili di un burattinaio contorto, mentre i fulmini danzavano su di esso.

Un fulmine che lo scagliava in più direzioni prima che il suo corpo cadesse a terra come se gli avessero tagliato i fili.

Un fulmine che si abbatté su altre diciassette persone, non riuscendo a raggiungere solo le due persone più lontane dal bersaglio originale, ma risparmiando i più vicini ad Ali di Fumo sul lato sinistro e uno all'estrema destra, in fondo alla stanza.

A quelle diciassette persone le ferite si aprirono e si cauterizzarono all'istante prima che cadessero contorcendosi sul pavimento mentre l'elettricità giocava sui loro corpi. Quattro di loro furono abbastanza sfortunati da iniziare la propria discesa accidentale e rimbalzante lungo la scala ripida.

Ci fu un attimo di esitazione scioccata da parte del gruppo sulla destra, che era una pessima idea visto che non avevano a che fare con un solo mago.

Avevano a che fare con due.

Bade attraversò il muro diroccato più o meno nello stesso momento in cui il fulmine di Lara passò sopra e attraverso il gruppo della Rivelazione, friggendoli dove cadevano.

E chiaramente non era uno che si faceva superare da qualcuno che aveva appena conosciuto.

L'elfo ringhiò: «*Granfeuballe!*» Una brillante sfera di fuoco bianco con un nucleo blu esplose al centro di quel gruppo di nemici.

Un breve bagliore arancione proveniente da due punti indicava la presenza di scudi magici.

Ci fu un lampo di luce bianca accecante. Poi, il ruggito delle fiamme, con un calore così intenso che sembrò prosciugare l'umidità del corpo di Ali di Fumo, lasciandolo inaridito anche a distanza dall'esplosione.

Mentre Ali di Fumo sbatteva le palpebre per allontanare l'immagine violacea, si rese conto che circa metà del muro su quel lato era... svanito.

Così come tutti i dieci membri della Rivelazione.

Tutto ciò che rimaneva era cenere e metallo contorto. Nemmeno i loro scheletri erano sopravvissuti.

Lara sorrise. «Impressionante.»

Bade inclinò la testa e fece qualche passo verso l'altare. Iden gli si affiancò, mentre Nyneeve si mise alle loro spalle. Ali di Fumo sollevò un sopracciglio per la precisione con cui si erano posizionati senza scambiarsi una parola.

Scrollò le spalle verso Lara e le passò davanti, diretto verso l'ultimo membro della Rivelazione a sinistra, che sembrava preferire essere ovunque tranne che lì.

Ali di Fumo sentì un'ondata di vento alle spalle, mentre la sua visione periferica coglieva Lara che saltava verso l'angolo in fondo a destra, aiutata dalla sua magia aerea. Lì, l'unico altro membro della Rivelazione ancora in piedi a quel livello si stava rannicchiando, cercando disperatamente di rendersi invisibile.

Juniper si affrettò dietro ad Ali di Fumo per sostenerlo.

Non necessario ma apprezzato.

L'avversario terrorizzato di Ali di Fumo non era più in grado di difendersi. Lo travolse dopo aver bloccato con disinvoltura un singolo colpo alla cieca.

L'avversario di Lara non se la passò meglio. Lo schiocco del suo collo riecheggiò in tutta la stanza.

Ali di Fumo iniziò a passare con disinvoltura la sua lama sopra o attraverso i corpi che ancora si contorcevano intorno a lui mentre girava intorno al pianerottolo, assicurandosi che i suoi nemici fossero morti mentre i lampi di elettricità finalmente si spegnevano.

Nyneeve, Bade e Iden si fermarono a metà delle scale. «Come membro della nobiltà di Eithenstaar, ordino a voi tre di ritirarvi. Vi prenderemo in custodia per interrogarvi su...»

Ali di Fumo si era voltato a guardare quando Nyneeve iniziò a parlare, corrugando la fronte mentre lei dava loro l'ordine. «No» interruppe. «Non li prenderò in custodia. Muoiono qui. Due di loro sono responsabili della morte del magistrato.»

«Non capisci la profondità di ciò che sta accadendo qui» lo ammonì Bade, lanciandogli un'occhiata.

«Ho capito abbastanza.»

Uno di loro, il primo uomo che Ali di Fumo aveva attaccato tutti quei mesi prima, gli fece un sorrisetto.

Che audacia! Gli ficcherò quell'altare su per il...

«Attenzione!» gridò Lara, saltando dal pianerottolo e toccando il fondo accovacciata mentre l'individuo che Ali di Fumo non conosceva in basso batteva uno scettro contro l'altare.

Poi, l'agonia inghiottì il suo mondo.

La prima cosa che sentì furono due strisce di bruciore sul viso. Il suo costante mal di testa esplose mentre la sua mente sembrava frammentarsi. Un attimo dopo, si sentì trascinare in aria per la vita, mentre il suo corpo si afflosciava contro qualsiasi cosa lo portasse in alto.

Poi, sensazioni stordenti si fecero strada sotto i vestiti. Una iniziava dalla nuca prima di scivolare verso il basso, sul fianco, sul petto e sull'addome, mentre un'altra si faceva strada attraverso la cintura dei pantaloni e sul fianco destro prima di avvolgere la coscia.

Ma l'intorpidimento durò solo uno o due secondi prima che le terminazioni nervose si accendessero come fuochi d'artificio, trasformandosi all'improvviso in un dolore bruciante come se avesse scelto di saltare in un fuoco.

Ancora peggio, riusciva a malapena a sollevare la testa o a mettere a fuoco la vista.

E quando finalmente ci riuscì, non poté fare altro che desiderare di avere ancora abbastanza controllo sul proprio corpo per piangere.

Quattro enormi tentacoli che sembravano emergere dall'aria stessa avvolsero i suoi quattro compagni che si trovavano sui gradini o sul pavimento. Lara stava ancora lottando con tutte le sue forze, ma gli altri tre highven erano tutti accasciati a terra, con lo sguardo fisso nel vuoto.

La testa di Nyneeve si spostò leggermente e i suoi occhi verdi incontrarono i suoi. Normalmente brillanti e pieni di vita, si stavano scurendo e opacizzando davanti ai suoi. Aprì la bocca per dire qualcosa, ma il tentacolo la strinse e tutto ciò che poté fare fu un rantolo di agonia. Rabbrividì nella presa della creatura prima che i suoi occhi si incrociassero e la sua testa ricadesse in avanti.

Gli occhi di Ali di Fumo diventarono di piombo mentre la sua vista veniva a poco a poco sostituita dall'immagine di centinaia, forse migliaia, di piccoli denti seghettati che turbinavano intorno a lui.

Poi arrivò la benedetta oscurità.

CAPITOLO SEI

<u>Primissime ore del mattino, 21° Mari, 18 AF</u>

Svegliati o muori.

Ali di Fumo si dibatteva nell'oscurità, cercando di aprire gli occhi senza riuscirci.

Non posso. E devi continuare a dirmi "fai qualcosa o muori" ogni maledetta volta che mi parli?

Dandoti la verità. Senza cercare di risparmiare i sentimenti.

Be', questa volta non posso farlo, quindi credo che sia il caso di morire.

Vigliacco.

Non sono un vigliacco! Ci sto provando, ma non ne ho la forza, tutto qua. Qualunque cosa mi abbia colpito causa una specie di paralisi.

Allora?

Allora? Allora! Posso essere ben addestrato e altamente qualificato, ma sono ancora solo un mortale. Questo significa che i veleni hanno un effetto profondo su di me. E questo significa che non posso muovermi!

La voce sbuffò. **Mortale. Possiamo essere molte cose, ma non questo.**

Non mi piaci proprio.

Lo so. È il nostro problema più grande.

Fu il turno di Ali di Fumo di sbuffare. *Già. Suppongo che questo sia il mio problema più grande. Non che l'ultima cosa che ho visto sia stata una bocca di denti affilati e rotanti mentre venivo trascinato in una bocca. Ha senso.*

Ho detto il "nostro" problema più grande. Ci vedi sempre come un tu e un io. Separati. Non lo siamo.

Sai una cosa? Se devo essere digerito, posso almeno farlo in pace e tranquillità? Non mentre vengo arringato da qualche voce informe e senza nome per i miei ultimi minuti?

Senza nome. Non ascolti mai. Bene, bene. Vuoi passare oltre? Allora mi siedo e accolgo il vuoto. Ma... che ne sarà di lei?

Anche se Ali di Fumo non poteva aprire gli occhi, poteva vedere.

E ciò che vide lo fece infuriare.

Vide gli occhi verdi di Nyneeve, che si stavano rapidamente spegnendo, implorandolo di trovare una soluzione. Il suo rantolo di pura agonia mentre il tentacolo si stringeva intorno a lei.

E infine, i suoi occhi che si incrociavano prima che si accasciasse in avanti.

Cosa devo fare? ringhiò alla voce nella sua testa.

Meglio. Unisciti a me per una volta. Solo per poco tempo.

Voi... noi la salveremo?

Sì, sibilò la voce trionfante.

Gli occhi azzurri incandescenti di Ali di Fumo, dal profilo di rettile, si aprirono di scatto, illuminando la sostanza traslucida e gelatinosa in cui era sospeso mentre si muoveva. Sentiva centinaia, forse migliaia di tagli e graffi bruciare su tutto il corpo. I denti avevano tagliato numerose zone dei suoi vestiti e della corazza di cuoio.

Ma accantonò le ferite, ritenendole irrilevanti.

Girò leggermente la testa e si concentrò su Nyneeve, osservando la sua forma inerte che indietreggiava lentamente nell'aria verso lo spazio vuoto da cui era apparso il tentacolo. Quella volta poté vedere i portali scintillanti attraverso i quali erano emerse le quattro appendici.

Nella sua vita, Ali di Fumo aveva visto e attraversato portali di molti piani diversi. Tanto da riconoscere in parte anche quello. La parte interna era di un nero profondo, con onde d'argento increspate che la attraversavano, chiaramente un portale per il piano astrale.

Ma era... sbagliato. I bordi non terminavano in modo netto, facendo sembrare il portale una specie di disco. Erano invece frastagliati, corrotti lungo i lati da tortuose liane di magia nelle tonalità del marrone e del giallo putrido.

Mentre il suo sguardo si concentrava sulla forma sfocata di Nyneeve attraverso la sostanza gelatinosa, sentì crescere la sua rabbia, la sua collera.

Invece di lottare per controllarsi, si arrese.

Le ferite smisero di bruciare. La forza invase le sue membra, scacciando la debolezza causata dal veleno della creatura che lo teneva.

E un odio gelido e ribollente affiorò in superficie dal profondo non solo del suo corpo, ma della sua stessa anima.

L'interno ondeggiante della creatura ebbe uno spasmo, poi un secondo e un terzo, prima di fermarsi all'improvviso. Sentì l'intera cosa vacillare. Poi, flettendo le braccia, emise un ruggito di sfida.

La creatura esplose in una pioggia di piccoli frammenti di ghiaccio.

Ali di Fumo cadde su uno dei gradini a metà della discesa e si accovacciò. Girò la testa a sinistra e vide Juniper a circa venti piedi di distanza, all'interno della grande campana di un'enorme creatura medusa galleggiante che aveva già incontrato anni prima.

Afferrò le sciabole cadute e li rinfoderò, prima di torcere le dita della mano destra in un gesto a lui sconosciuto. Chiuse il pugno e lo scagliò verso il soffitto sopra la creatura, ringhiando: «*Deigleagh!*»

Apparvero cinque lance enormi di ghiaccio solido, attaccate al soffitto sopra la medusa. Si conficcarono nella campana con angolazioni diverse, mancando ciascuna il mystambion intrappolato per poco più di un capello di larghezza. La creatura infilzata sussultò e si contorse sul ghiaccio gelido, allargando i buchi e permettendo a Juniper di cadere fuori dalla creatura sui gradini con un tonfo indegno.

Ali di Fumo fece un passo verso di lui e all'improvviso si trovò lì, dove si chinò e pose una mano appena artigliata sulla testa immobile del mystambion. «*Leighlotantrom.*» La luce blu fluì dalla mano di Ali di Fumo verso Juniper, che ebbe un sussulto quando gli occhi si aprirono. Alzò lo sguardo verso Ali di Fumo, che abbassò la testa. «Finisci di curarti. Abbiamo ancora un combattimento tra i nostri artigli. Avrò bisogno di te per curare Nyneeve.»

Juniper annuì e si alzò a fatica, mentre Ali di Fumo si voltò verso l'altare sotto di loro. I tre membri della Rivelazione erano rimasti a bocca aperta, apparentemente incapaci di elaborare ciò che stava accadendo. Cosa aveva rovinato la loro trappola.

Ali di Fumo non era dell'umore giusto per dar loro il tempo di capirlo.

Fece un passo giù per le scale e si ritrovò improvvisamente in fondo, dove da dietro passò gli artigli affilati della mano sinistra sulla gola dell'uomo che non conosceva. L'uomo si girò, la sua gola spruzzò sangue dappertutto mentre si accasciava a terra.

Nello stesso istante, spinse la mano destra in avanti, con le dita artigliate unite, nella schiena dell'uomo che gli aveva sorriso. Il primo uomo che aveva aggredito mesi prima, quando era sceso dalla nave che lo aveva portato sulle coste di quel regno. Mentre i suoi artigli separavano prima i vestiti e poi la carne, li spalancò all'interno dell'uomo sorpreso.

Poi, strinse il cuore ancora pulsante nella mano artigliata.

Chiuse la bocca al membro della Rivelazione, sbigottito. «Sii grato. Non ho il tempo di assaporare questo momento come vorrei. Muori e basta.» Strinse.

La testa bionda dell'uomo si inclinò all'indietro, il suo volto si trasformò in un doloroso rictus mentre emetteva un brusco gorgoglio che si trasformò subito in un rantolo prima che Ali di Fumo estraesse la mano dal buco, stringendo ancora l'organo frantumato. La lasciò cadere a terra con un tonfo e si girò verso il volto sciocciato della donna a cui in precedenza aveva rotto la mano, prima di frantumarle la mascella e slogarle il ginocchio.

Si girò e fece tre passi veloci e frettolosi per allontanarsi da lui.

E si trovò improvvisamente di nuovo faccia a faccia con Ali di Fumo, che si trovava sul gradino inferiore di fronte a lei.

«Co... Come?» ansimò lei.

«Le ombre mi appartengono.»

Si scagliò contro di lei con un calcio alle costole. Le sentì schioccare mentre lei si librava in aria e la sua schiena sbatteva contro l'angolo dell'altare con un sonoro *crac* che riecheggiò nella stanza. L'angolo dell'altare di pietra si scheggiò per la forza dell'impatto.

Tre nemici minori morti. Non c'è da preoccuparsi per gli attacchi alle spalle. È il momento della nuova preda principale.

Un passo, un altro spostamento attraverso le ombre e raggiunse il tentacolo che tratteneva una Lara ancora in difficoltà e molto arrabbiata.

«Questa dannata cosa prosciuga la vitalità!» gridò Lara.

«Buon per te. Non sei viva.» Ali di Fumo estrasse una sciabola e la fece roteare verso il tentacolo, che aveva il diametro di un piccolo tronco d'albero. La lama lasciava dietro di sé delle sagome d'ombra. Quando colpì, la sua forza unita alla magia dell'ombra gli permise di mordere in profondità, arrivando a poco più di metà.

Il tentacolo ebbe uno spasmo, facendo cadere Lara in piedi, dove afferrò l'appendice svolazzante e tirò con tutta la sua forza vampirica potenziata. L'arto ferito si spezzò a metà e liberò la spada di Ali di Fumo. «Bastardo!» sibilò. Guardò Ali di Fumo e fece un respiro profondo. «Stai bene? Sei ancora... tu?»

Lui annuì bruscamente. «Sì. Non c'è tempo per conversazioni lunghe. Siamo giunti a un accordo per il combattimento. Tu prendi i due highven maschi. Io prenderò Nyneeve.»

«E allora cosa? Questa cosa deve essere enorme e non sappiamo nemmeno dove *sia*.»

«Problema per dopo. Adesso soccorso.» Con ciò, fece un passo avanti, fidandosi che lei, sua sorella, gestisse la sua parte. Uscì dall'ombra vicino al tentacolo che stringeva Nyneeve. Quando il suo sguardo si posò sul volto svenuto della highven, una sola parola gli invase la mente.

Mia! Due voci mentali gridarono in armonia.

Lasciò cadere la sciabola e si slanciò in avanti, con le mani artigliate alla ricerca della carne gommosa e grigio-verde della creatura. Il gelo si formò intorno a ogni punto toccato dalle sue mani, mentre iniziava a strappare pezzi dall'arto tremante. A ogni squarcio, a ogni pezzo rimosso, il gelo si diffondeva, ricoprendo il tentacolo dentro e fuori.

La cosa ebbe un improvviso spasmo, staccandosi da Nyneeve e facendola cadere a terra. «Guariscila!» gridò a Juniper, che aveva già iniziato a ridurre la distanza non appena l'aveva liberata.

Mentre si concentrava a smembrare il tentacolo un pezzo alla volta, sentì delle grida in tutta la stanza, che indicavano che i suoi cinque compagni si stavano lentamente riunendo al combattimento. Un'ondata di sollievo lo inondò quando sentì la voce di Nyneeve unirsi a loro, gridando: *«Incenerimento!»*

Rabbrividì di piacere quando l'aria si raffreddò leggermente, poi fece una smorfia quando sentì il rombo delle fiamme e un'ondata di calore sostituì il freddo. Guardò alle sue spalle. L'intero lato della stanza appariva inghiottito da fiamme dorate, con Nyneeve che si stagliava davanti a loro, la mano destra tesa verso di loro e la sinistra appoggiata sul fianco.

Mentre si concentrava sul tentacolo che cercava di allontanarsi dalle sue mani, prese una decisione.

Non lascerò la presa. Questa cosa ha danneggiato le persone a cui tengo. E anche quelle a cui tengono loro. Adesso muore.

Afferrò l'arto che si agitava, affondando le mani artigliate mentre si reggeva. E tirò verso l'alto, facendo un mezzo passo indietro.

E un altro.

E un altro.

Mezzo passo dopo mezzo passo, attirò sempre di più il tentacolo attraverso il portale che forse nessuno tranne lui poteva vedere. Sentì la creatura a cui era attaccato che lottava per allontanarsi mentre lui continuava a tirarla lentamente e inesorabilmente in avanti. La creatura si tirò indietro disperata e lui scivolò in avanti di qualche passo.

Poi, sbatté i piedi artigliati sul pavimento, frantumando la pietra e scavando nella terra sottostante, traendo forza dal suolo. Si guardò le mani e le braccia. Piccole scaglie di ossidiana scintillavano riflettendo le fiamme dorate dietro di lui.

Con un ruggito che non poteva uscire da una gola umana, tirò indietro con tutte le sue forze, poi sibilò *«Fàneata»* sottovoce.

Quando terminò l'ultima sillaba, si fece strada una quiete indefinibile, ma non per questo meno innegabile. Sembrava che qualcosa di insondabile fosse cambiato, anche se era durato solo un battito di cuore. Dietro il tentacolo si aprì un portale e l'oscurità si fece più fitta. Ali di Fumo sentì Bade ansimare per la paura, mentre i colori vorticosi di nebulose e galassie balenavano attraverso il nero profondo di un grande portale ovale.

Con un ultimo strattone, una massa tozza, vagamente a forma di uovo e gonfia di carne gommosa grigio-verde attraversò il portale prima che questo lampeggiasse e si chiudesse con uno scatto udibile.

I tentacoli della creatura non si estendevano più da portali nascosti nell'aria. Tutti e quattro, e altri quattro ancora, erano attaccati al corpo di trenta piedi della creatura. In cima alla forma di uovo c'era una grande bocca simile a una pianta carnivora, con decine di denti giganti e flessibili che la circondavano. Centinaia di tentacoli più piccoli lungo la parte inferiore aiutavano chiaramente la creatura a muoversi.

Bade superò la paura e gridò: «È un mietitore esterno! Possono proiettare i loro tentacoli in altri piani per attirare le prede. Non ne ho mai visto uno in carne e ossa, però.»

«E questo non lo vedrai a lungo» disse Ali di Fumo. «Lo uccidiamo adesso.»

La lotta fu rapida e brutale.

I tentacoli sbattevano contro i gradini e le pareti, distruggendoli, ma non riuscivano a sferrare più di qualche colpo.

Ali di Fumo rilasciò il tentacolo che aveva usato per trascinare la creatura nel loro mondo, poi diede un pugno al pavimento. Evocò altre cinque lance ghiacciate che esplosero dalla pietra e si conficcarono nel corpo del mietitore, bloccandone la mole.

Iden attirò l'attenzione della creatura con alcuni coltelli, poi schivò agilmente i potenti tentacoli guadagnando tempo per i maghi veri.

Lara si scatenò con i suoi attacchi fulminei più potenti, iniziando con un fulmine grande quanto tre adulti che si tenevano per mano, che scese dal cielo, attraversò il tetto e arrivò direttamente nella bocca spalancata della creatura.

Bade lanciò due palle di fuoco bianche con il centro blu contro la creatura, facendone esplodere enormi pezzi e incendiando il mietitore.

Con il cielo ora visibile dopo il lampo di Lara, Nyneeve fece scendere una cometa dorata e luminosa che diresse per seguire l'incantesimo della vampira nell'esofago della creatura.

Juniper seguì l'esempio di Nyneeve ed evocò fiamme dorate che divorarono la carne della creatura, incendiandone altra ancora.

Dopodiché, ci vollero solo pochi secondi prima che i tentacoli della creatura tremassero e cadessero. La parte superiore si afflosciò, ricadendo parzialmente su se stessa.

In base a un accordo tacito, Lara e Bade usarono i loro incantesimi per fare un buco considerevole nell'edificio, prima di dargli fuoco una volta usciti.

Il gruppo malconcio e insanguinato lo guardò bruciare mentre Ryso, Kallik e Tylee si univano a loro.

Ali di Fumo si guardò il dorso delle mani. Le squame stavano rapidamente scomparendo.

Mentre un'altra sezione del tetto crollava nell'edificio in fiamme, Bade si rivolse a loro. «Io e Iden ce ne andiamo subito. Abbiamo un rapporto molto *interessante* da fare.»

Nyneeve annuì. «Dite loro che tra poco farò il mio.»

Ali di Fumo si voltò verso i due maschi highven e offrì la mano.

«Grazie.» Bade la scosse rapidamente, un'espressione preoccupata gli balenò negli occhi.

Iden la tenne più a lungo e la strinse. «È stato un piacere, Ali di Fumo. Sono contento di averti aiutato.»

Nyneeve si voltò verso di loro mentre gli altri si teletrasportavano. «Andiamo a casa.»

Ali di Fumo aggrottò le sopracciglia. «Abbiamo molte cose di cui discutere.»

«Lo so. Dammi tempo. Lo chiarirò con Tirena, lo prometto. Mi ci vorrà un po', però. Non è sempre... sveglia.»

Il cipiglio di Ali di Fumo si inasprì, ma fece un cenno di assenso. «Mi fido di te. È ora di andare.»

Juniper passò una mano sui suoi vestiti a brandelli, e una pozza di gelatina cadde via. «E di farsi una doccia.»

Tylee alzò le sopracciglia. «Domani potrai dirmi cosa è successo, per l'Abisso.»

«Linguaggio» lo rimproverano gli adulti nello stesso istante.

CAPITOLO SETTE

LA STORIA DI SOFIA

<u>Mattina, 15° Jinn, 1503 DF</u>

La giovane paladina si mise rapidamente una mano sulla bocca quando si rese conto di non riuscire a soffocare lo sbadiglio.

«Perché sei così stanca?» chiese la mezz'orca accanto a lei, senza muovere le labbra.

Sofia si girò sulle punte dei piedi per guardarla.

Kotizara sorrise. «È stato davvero così brutto?»

«Era...» Sofia digrignò brevemente i denti. «Sì, Koti. Sì, è stato così. *Ore di* discorsi –nota il plurale – da parte di amici, familiari e sostenitori di quel maledetto drago. Il tutto mentre Kemuri mi faceva un resoconto mentale di chi aveva *effettivamente* compiuto le imprese attribuite a quella... a quella *creatura*» sputò.

La mezz'orca si allontanò e trasalì. «Va bene. Che brutta cosa. Sembra che lo abbiano fatto passare per una specie di santo, quando sappiamo tutti che è vero il contrario.»

«Tu credi?» La voce di Sofia si alzò. «Cirrus ha già riportato indietro uno dei consiglieri con cui Topazio "si è occupato". Si chiama Labradorite. Vedi, in realtà non l'ha uccisa. L'ha imprigionata e stava usando il suo sangue, tra le altre cose, per rafforzarsi. Poi, quando Cirrus ha cercato di riportare indietro una dragonessa di nome

Citrino, gli incantesimi hanno fallito. Lascia che lo ripeta. Gli incantesimi di *Cirrus* hanno fallito. Pensa che quel bastardo dal cuore nero abbia intrappolato lo spirito in qualcosa. Forse un potente artefatto.»

«Umm, Sofi? I soldati e i maghi si stanno preparando per entrare presto in un tunnel sotterraneo. Credo che tu li stia spaventando.»

Sofia colpì l'amica al petto. «Dovevo lasciare che quelle persone parlassero di quel disgustoso, depravato pezzo di escremento e non dire nulla. *Niente!* Le nostre truppe non devono avere paura di andare laggiù. Oh, no! Sono così arrabbiata in questo momento che sarei *felice di* entrare io stesso e sradicare quei giganteschi insetti a sei zampe. E ogni volta che taglierò una gamba, immaginerò che sia una di Topazio!» Quando finì, ansimava.

Gli altri Artigli Perduti, di cui Azurestri ormai era considerato parte, si riunirono intorno a lei, offrendole parole di conforto.

Tranne Zixne.

Quando se ne rese conto, il suo respiro si fermò e si bloccò. Alla fine sospirò e si guardò intorno. «Bene. Dov'è la leonevosa? So che è in ritardo per, be', *tutto*, ma di solito non quando deve uccidere qualcosa. Sapete, quando dimostra che le persone basse possono fare qualsiasi cosa.»

«È andata via di corsa circa mezz'ora fa» rispose Corym con calma. «Ha detto qualcosa sul fatto che aveva avuto una grande idea e che doveva prendere qualcosa.»

«No, ha detto *qualcuno*» ha corretto Azurestri.

La fronte di Corym si aggrottò. «Ora che mi ci fai pensare, è vero. Ho pensato che si fosse espressa male, visto che siamo tutti qui.»

«Be', è meglio che arrivi presto. Noi partiamo tra pochi minuti» disse Sofia.

All'improvviso Srizix si piegò su se stessa, sibilando una risata.

«Cosa?» chiese Sofia, temendo la risposta.

«Zixne trova qualcuno che forse conta anche come qualcosa. Sono in due.» La donna lucertola dalle scaglie viola ridacchiò.

Sofia chiuse gli occhi e si girò lentamente verso il punto indicato da Srizix. Nel farlo, si rese conto che il cortile di allenamento era silenzioso. Completamente e totalmente silenzioso. Persino gli uccelli e gli insetti sembravano tacere.

Poi aprì gli occhi e capì il perché.

Zixne era seduta a cavallo di un ragno di quindici piedi di diametro, di colore grigio scuro con bande verde scuro. Dietro di loro, un ragno grigio più chiaro con strisce verdi vivaci era alto quasi sei piedi. La leonevosa sollevò un braccio e li salutò con entusiasmo. «Ehilà!»

«Ma come...» sussurrò Sofia, stupita. Ricambiò il saluto educato.

«Come fai a non scioglierti?» le gridò Kotizara.

«Ho chiesto a Cirrus alcuni incantesimi speciali. Lei mi ha accontentato.»

«Non è possibile che tu le abbia detto che era per poter cavalcare un ragno gigante.»

«Non l'ha mai chiesto.»

Sofia si avvicinò al gruppo e gli Artigli Perduti si misero dietro di lei. Si inchinò ai ragni. «È un piacere rivedervi.» Entrambi si abbassarono in una sorta di inchino a otto zampe.

Alzò lo sguardo verso Zixne. «Perché? Solo... perché?»

«Perché stiamo affrontando delle formiche giganti. I ragni mangiano le formiche. Ho pensato di procurare ai nostri amici qui qualche pasto da portare a casa. Chi non spreca non cerca, giusto?» Accarezzò la testa del ragno madre in modo amichevole. «Inoltre, sono stanca di quelle formiche che pensano di essere grandi perché sono così grandi. Così ho trovato qualcuno di più grande.»

Gli Artigli Perduti non riuscirono a trattenersi. Cominciarono tutti a ridere, Feral così forte che cadde sul sedere.

«Capisco. Sono decisamente più grandi e difficili da non vedere.» Sofia guardò negli occhi del ragno madre, tutti e otto. «Sei d'accordo? Sarà pericoloso e non vorrei che il tuo piccolo si facesse male.»

Il ragno caustico cinguettò e squittì una spiegazione.

«Va bene. Se sei sicura di voler aiutare. Volevo solo assicurarmi che Zixne non sorvolasse su quello che stiamo facendo.»

Altri cinguettii e squittii.

«Bene, allora benvenuti a bordo.» Sofia indicò gli Artigli Perduti silenziosi. «Ora abbiamo qualche altro membro del nostro piccolo gruppo. Ecco...»

«Sì, sì» la interruppe Zixne. «Lyse, Feral, Icharokath, Srizix e Azurestri. Ho già mostrato a questi due le loro immagini, perché sapessero che erano dalla nostra parte. Così come il simbolo che le nostre truppe avrebbero indossato. Ma soprattutto, questa è Cinguettio...» Accarezzò il ragno madre. «E Squittio, sua figlia» concluse, facendo un cenno al ragno più giovane.

Il ragno madre emise un'altra serie di cinguettii e squittii.

«Già» commentò Sofia. «Ha buone intenzioni, ma decide quello che vuole. Mi rendo conto che quelli non sono i vostri nomi. Se me lo dite, posso...»

Altri cinguettii e squittii, quella volta più di questi ultimi.

«Se siete sicure che non vi dispiace. Altrimenti, la correggerò e dirò a tutti gli altri i vostri veri nomi.»

Un lungo cinguettio gorgheggiante.

Sofia rise. «Va bene, allora. Se vi piacciono perché ve li ha dati Zixne, è così che vi chiameremo.» Tornò a guardare gli Artigli Perduti immobili. «L'avete sentita. A Cinguettio e Squittio vanno bene i nomi.» Ci fu silenzio per due minuti buoni, mentre i suoi amici la studiavano. Infine, si chinò in avanti e allargò le braccia. «Cosa?»

Corym aprì e chiuse la bocca alcune volte. Alla fine, si leccò le labbra. «No, Sofi. L'abbiamo sentita fare quei rumori. Di sicuro *non* abbiamo sentito quello che ha detto. O, almeno, non l'abbiamo capito.»

Sofia sbatte le palpebre. *Di cosa stanno parlando? Era chiaro come...* Si fermò. Improvvisamente si girò verso il ragno caustico, i cui occhi rispecchiavano la sua sorpresa. «Io ti ho capito!»

«*Sembra di sì.*» La mente di Sofia tradusse il discorso di Cinguettio. «Come?»

Cinguettio inclinò la testa. «*Perché chiederlo a me?*»

«Ottima osservazione. Credo che sia un problema per un altro giorno.»

«*La signora lucente ci capisce, mamma?*» chiese Squittio.

«*Molto. Chiedi a lei se hai bisogno di qualcosa. Chiederà agli altri*» la informò la madre.

Sofia rabbrividì, più che turbata. «Io... sì, assolutamente.» Incontrò gli occhi alieni di Squittio. «Se hai bisogno di qualcosa, fammelo sapere.»

Squittio si mosse entusiasta. «*Bene! Grazie. Mi faresti fare un giro qui più tardi?*»

«*Su, su. Tu sei ancora in tana con me. Preoccupati di cercare una nuova casa più tardi. Inoltre, oggi porteremo con noi un po' di cibo*» la ammonì Cinguettio.

Sofia rabbrividì di nuovo. *Cercare una nuova casa? Mi piacciono queste due, ma comunque. Speriamo non qui.* Sofia incontrò gli sguardi spalancati dei soldati e dei maghi. «Va bene! Basta con le smancerie. I ragni sono dalla nostra parte. Con loro, nessuna formica vivrà fino a domani! Andiamo!»

Lyse si affiancò a Sofia mentre tutti iniziavano a dirigersi verso i portali che li avrebbero portati nel ducato di Decharmes per affrontare il problema delle formiche giganti. «Cos'ha Zixne che non va? Pensavo che sarebbe stata felicissima di cavalcare un ragno gigantesco in battaglia.»

Sofia si voltò e trovò il muso della leonevosa contorto in un broncio, con le orecchie abbassate. «Cosa c'è che non va, Zix?»

«Non è giusto. Prima erano miei amici, ma tu puoi parlare con loro. Io voglio capire il ragnese.» Zixne tirò su col naso.

La sorpresa per la nuova abilità di Sofia fu presto dimenticata quando tutti ricominciarono a ridere.

Pomeriggio, 15° Jinn, 1503 DF

Sofia sbatte il suo scudo tra le mandibole dell'enorme formica, irritata. Rilasciò subito l'impugnatura, tirò leggermente indietro il braccio sinistro attraverso la cinghia, lo ruotò e sbatté il palmo aperto contro la parte posteriore dello scudo. «Andiamo, Wren. So di non praticare la magia quanto dovrei, ma dacci un taglio! Ho fatto parlare il drago! *Aotromhreit!*»

La formica iniziò a sollevare la testa preparandosi a scuoterla per rimuovere lo scudo. E con esso il braccio. All'improvviso, ebbe un sussulto e gli occhi le ruotarono in testa. Dai suoi occhi vitrei fuoriusciva una luce vorticosa verde e oro. Poi dalla bocca. Poi dalle numerose ferite che aveva riportato durante il combattimento.

La luce si intensificò con il sussulto della creatura, tanto da far distogliere la testa ad altre tre formiche nelle vicinanze.

Ma la luce magica donata dalla sua dea non ebbe effetto su Sofia.

Afferrò di nuovo l'impugnatura dello scudo, lo strappò dalle mandibole contratte e portò la sua lunga lama elfica verso l'alto, staccando metà della testa della creatura. Mentre quella si accasciava a terra, emettendo ancora la luce vorticosa che ormai inondava la ferita, Sofia si voltò e si avventò su una delle formiche distratte. Poiché la formica stava ancora evitando la luce accecante, Sofia le conficcò la punta della spada dietro la testa. Con una torsione e una trazione, la seconda formica raggiunse la prima nella morte.

Si voltò verso la successiva, ma la vide già accasciata sul pavimento della caverna insieme alla compagna. Icharokath era fermo sopra una di esse e staccava dalla testa della creatura il piccone spinato sul lato opposto della lama della sua ascia. «Buona lotta» si congratulò con lei.

«Chi? Io, le formiche o la lotta in generale?» chiese.

Icharokath scrollò le spalle. «Tutto. Intendevo l'intera lotta, però» chiarì. «Luce non ferisce gli occhi. Perché?»

«Un dono della mia dea. Ha effetto solo su chi voglio io. Che sono i maledetti insetti.» Si guardò intorno. «Pensavo che proteggessi il fianco destro.»

«Sicuro con soldati e maghi. Non bene come dovrebbe essere. Comunque meglio di prima.»

Un bel complimento da parte di un uomo lucertola duro come Kath.

«Ottimo. E a...»

«A sinistra o dietro?» chiese Azurestri raggiungendoli. «Il ragnetto – scusate, Squittio – e Zixne hanno tutto sotto controllo. Il ragnetto si sta divertendo un mondo ad abbattere cose grandi come lei. Soprattutto con un'esperta guaritrice in groppa.»

«Lasciando me a curare le ferite» si lamentò Srizix mentre si affiancava al compagno. «Preferirei uccidere, ma sia ragno che leone-vosa si stanno divertendo troppo per richiamare.»

Sofia si girò e guardò. Dal soffitto pendevano diverse formiche in rapida dissoluzione. «Come fanno a portarle lassù?»

«Vuoi davvero saperlo?» rispose Corym alla sua domanda con un'altra, raggiungendoli dal fianco destro.

Sofia strinse le labbra e scosse la testa mentre guardava il ragno più giovane schiantarsi contro una formica in un groviglio di arti. Squittio riuscì in qualche modo a sollevare la testa della creatura in modo che il suo cavaliere potesse porre fine alla sua vita. Zixne doveva aver sentito che le stavano guardando, perché si voltò e agitò la falce verso di loro.

Che era ancora grondante di sangue.

«No. Suppongo di no» concesse. Agitò lo scudo in risposta, prima di voltarsi e guardare verso le retrovie. Non c'era da preoccuparsi. Numerosi pezzi di formica erano sparsi sul fondo della caverna, per gentile concessione del loro amico ragno più grande. Cinguettio aveva smembrato più di venti di formiche che erano arrivate dal tunnel utilizzato dalle forze di Sofia circa cinque minuti dopo che ne erano usciti.

Gli otto occhi di ossidiana scintillanti del gigantesco ragno si spostarono su di lei. Quando lo sguardo alieno si concentrò su Sofia, sollevò una zampa anteriore in segno di saluto. Sofia sollevò la spada e ricambiò.

Feral e Lyse si diressero verso di loro dopo aver visto gli Artigli Perduti riunirsi. «Onestamente, la cosa comincia a diventare noiosa. Le formiche escono dai tunnel, le uccidiamo. Le formiche escono dal terreno, le uccidiamo. Alcune sono cadute dal soffitto, le uccidiamo.» Feral sollevò un sopracciglio e fissò Sofia.

«Per quanto mi dispiaccia ammetterlo, quel cretino di mio fratello non ha tutti i torti» concordò Lyse. «Hai idea di quante formiche vivano in un alveare?»

Corym inclinò la testa. «Le formiche formano una colonia. L'alveare è normalmente usato per...» Si interruppe quando Lyse concentrò i suoi occhi eterocromatici su di lui. «Ahh, sì. Mi dispiace.

In genere, fino a cinquecentomila. Anche se alcune colonie possono arrivare a milioni.»

Feral gemette. «La mia pelliccia diventerà grigia e cadrà quando avremo finito.»

Lyse sbuffò. «La tua pelliccia è già in gran parte grigia, ottuso.»

«Più grigia, allora.»

«Concentrati» gli ricordò Sofia. «Idee, Corym?»

Il mago del gruppo scosse la testa. «Tuttavia, non può essere questo il caso. Un numero così elevato di formiche avrebbe bisogno di più cibo di quello che potrebbero procurarsi. Stimerei che non siano più di qualche centinaio. Forse un migliaio.»

Azurestri ridacchiò e diede una pacca sulla schiena dell'highven. «È questa la tua *buona* notizia? Ricordami di non chiederti mai di dare una cattiva notizia.» Il dracokith lo studiò prima di aprire il muso in un sorriso a denti stretti. «Be', non per me, comunque. Puoi dare ai nostri nemici cattive notizie tutto il giorno. Alcuni di loro potrebbero abbandonare all'istante.»

«A meno che non vogliamo far smettere di combattere le formiche parlando, non sono interessato in questo momento. Le buone notizie di Corym mi dicono solo che ci stancheremo prima che finiscano gli insetti da mandarci dietro. Allora verremo mangiati. Be', tranne Cinguettio e Squittio. E forse Zixne, visto che a loro piace.»

«Abbiamo bisogno di un piano migliore. Non voglio andarmene per poi tornare quaggiù più tardi.» Srizix scosse la testa e sbatté il calcio della lancia a terra per sottolineare il suo disappunto.

«Sono d'accordo» brontolò Icharokath. «Continuo a colpire soffitto con testa. Preferisco in superficie all'aperto.»

«Non posso dire di non essere d'accordo.» Sofia fece un cenno ai combattimenti. «Voi volete un piano, ma io sono a corto di idee. Non è che abbia mai assaltato un formicaio prima d'ora.»

«Colonia» la corresse Corym, e lei lo ha guardato di nuovo.

«Allora ho un'idea per te!» esclamò Kotizara. Si avvicinò, spazzolando via lo sporco dalla sua corazza di pelle d'ombra nera come la pece.

«Dove sei stata?» La fronte di Sofia si aggrottò per la confusione.

«Qui e là» rispose evasiva la mezz'orca.

Sofia sospirò.

«Bene. Sembrava che aveste tutto sotto controllo. Dato che la mia corazza mi rende più difficile da vedere nell'oscurità, ho pensato di guardarmi intorno.»

«È più difficile per una vista *normale*, Koti. Forse non ha funzionato con le formiche giganti» le disse Corym.

Kotizara aggrottò le sopracciglia, strinse le labbra e scrollò le spalle. «Ormai è troppo tardi. Comunque, sembrava funzionare bene, così ho esplorato alcuni tunnel. *Credo* di aver trovato la regina.»

Sofia sbatté le palpebre un paio di volte guardando l'amica, mentre il suo cervello elaborava le parole. Le cadde la mascella. «Tu cosa?»

«Stai bene, Sofi? Non credo che la tua bocca debba rimanere aperta in quel modo. Potresti mangiare un insetto.»

«Koti...» Sofia si interruppe con tono di avvertimento.

«Sì, forse hai ragione. Dubito che una di quelle possa entrarci.» Allo sguardo di Sofia, si affrettò a proseguire. «Una formica grande. Forse un po' più grande di Cinguettio, ma non credo che questo insetto sputi ragnatele acide. Ci sono una ventina di formiche grandi come Zixne che le girano intorno.»

«Quindi, più piccole di queste?»

«Già. La nostra intrepida leonevosa potrebbe essere più grande di loro.» Kotizara inclinò la testa, con un enorme sorriso che le comparve sul viso. «In effetti, ora posso prenderla in giro perché è più piccola di una formica. Non so come ho fatto a non accorgermene prima.»

«Concentrati!»

«Sembra che tu continui a ripeterlo» le ricordò Azurestri. «Non credo che succederà mai con questo gruppo, però.»

Sofia lo guardò, poi guardò Koti, poi il resto dei suoi amici sorridenti. Tranne Zixne, che stava ancora cavalcando un ragno. «Cosa succede quando la regina di una colonia di formiche muore?»

«Immagino che tu intenda quando una viene uccisa.» Corym alzò le mani in segno di resa al suo sguardo. «In genere? La colonia muore dopo poco tempo.»

«Quindi, se la uccidiamo, la colonia morirà?»

Corym fece oscillare la mano avanti e indietro. «A meno che non abbiano una regina più giovane in attesa, cosa che potremmo cercare. Ma ci sono altri problemi da considerare.»

«Per esempio?»

«Stiamo parlando di piccole formiche con un piccolo cervello. Queste non sono formiche minuscole. Il loro cervello è proporzionalmente più grande.»

«Cioè?»

«Quindi sono anche più intelligenti» aggiunse Azurestri. «Inoltre, anche se le formichine non sono intelligenti come le persone – be', come la *maggior parte delle* persone – sono molto intelligenti per essere insetti. Anzi, sono tra i più intelligenti.»

Sofia si accigliò. «Arriva al punto. Che cosa stai dicendo?»

«I maschi dicono che queste formiche non stupide» disse Srizix. «Guarda l'intelligenza dei nostri amici ragni. Aracnide più grande, cervello più grande, aracnide più intelligente. Formica più grande, cervello più grande...»

«Formica più intelligente» concluse Sofia. «Stai dicendo che questi insetti potrebbero *pensare*? Ragionare? Provare emozioni?»

Srizix annuì. «Penso di sì. Non si comportano come noi, ma non sono noi. Potrebbe non significare che non sono intelligenti.»

«Quindi abbiamo invaso la loro casa?»

«Sì» concordò Corym.

«E stanno combattendo per difenderla.»

«Probabilmente» confermò Azurestri.

«Maledizione! Maledizione, maledizione, *maledizione!*» Sofia batté il piede, guadagnandosi gli sguardi interrogativi dei suoi amici. «Cosa? Non ho l'abitudine di invadere la casa di qualcosa o di qualcuno e di sradicarlo per quello che fa. Cercare cibo. Che è *esattamente* quello che sta succedendo qui.» Si rivolse a Srizix. «Pensi di poter comunicare con loro?»

La donna lucertola dalle scaglie viola aggrottò le sopracciglia, facendo guizzare la lingua dentro e fuori. «Forse. Conosco l'incantesimo ma non ho pensato di studiarlo oggi.»

«Avremmo combattuto contro le formiche» le ricordò Corym.

«Sì. Dovevamo *combattere* le formiche. Avevamo intenzione di ucciderle, non di chiacchierare!»

«Non c'è modo di farlo, allora?» chiese Sofia.

«No» affermò Srizix. «Posso farlo domani.»

«Ci ritiriamo fino ad allora?» suggerì Kotizara.

«Posso aiutarla a farlo» fornì Azurestri.

Tutti si voltarono a guardarlo. «Puoi fare cosa?» chiese Sofia.

«Posso aiutarla a lanciare l'incantesimo» ammise.

«Come?»

«Sono quello che i dracokith chiamano sciamano del fuoco del drago. O almeno il mio regno lo fa. Pensate a me come a uno stregone innato che non deve ottenere il suo potere da *qualcuno* in particolare. Lo traggo direttamente dal mio sangue draconico e dal mio... immagino che si possa chiamare culto della razza draconica in generale.»

«Cioè?»

«Vuoi davvero una lezione di magia sulle mie capacità, qui e ora?»

Sofia scosse la testa.

«Ottimo. In breve, grazie alla magia che scorre nel mio sangue, posso far dimenticare a qualcuno un incantesimo che ha memorizzato per quel giorno. In questo modo si libera il mana riservato a quell'incantesimo e si può memorizzare un altro incantesimo.»

Sofia si rivolse a Srizix. «Allora?»

«Se Azure può farlo, memorizzerò invece l'incantesimo necessario» confermò lei.

«Ottimo. Di cosa hai bisogno?» chiese Sofia, voltandosi di nuovo verso il dracokith.

«Srizix e un minuto o due senza che una formica gigantesca cerchi di mangiare la mia bella testa argentata e blu.» Sghignazzò.

«Fatto. Voi iniziate e noi le respingeremo.» Fece cenno a Srizix di raggiungere Azurestri, poi si rivolse agli altri. «L'avete sentito. Tenete indietro le formiche.» Fece un sospiro. «E cercate di non uccidere più del necessario.»

Sofia e gli altri Artigli Perduti fecero indietreggiare lentamente il resto delle loro forze, mentre Azurestri prese le mani artigliate di

Srizix tra le sue e cominciò a darle istruzioni. Servì un po' più dei due minuti promessi, forse più di cinque, ma all'improvviso Srizix le passò davanti e alzò una mano.

«Fermatevi. Vogliamo parlare con voi. Smettete di uccidere» disse la donna lucertola con voce ferma.

«Ha funzionato?» sussurrò Sofia ad Azurestri quando lui si fermò accanto a lei.

«Sì» le assicurò.

«Perché la capisco, allora? Non dovrebbe parlare... non so, il formichese?»

«Sei passata al ragnese per parlare con Cinguettio e Squittio? O hai parlato in comune?»

«Capiscono il comune.»

Azurestri inclinò la testa. «Bene. Brutto esempio. Però non sono passati al comune per *farsi* capire.»

«No.»

«È la stessa cosa qui. Qualcosa dentro di te traduce i rumori di Cinguettio e Squittio in parole comuni nella tua testa. In questo caso, l'incantesimo di Srizix traduce le sue parole in qualcosa che le formiche capiscono. Non cambia quello che si sente.»

«Se lo dici tu. Ecco perché la magia mi confonde.»

Azurestri ridacchiò mentre Srizix continuava a parlare con le formiche. «Sembra che tu abbia fatto bene il tuo incantesimo di luce dentro quella formica.»

«Ho implorato la mia dea di darmi una mano e mi sono scusata per non aver studiato di più.»

Sollevò una cresta dell'occhio. «Ha *funzionato*?»

«Ho una dea molto amorevole» rispose lei brusca. «Ora, zitto. Voglio sentire quello che dice Riz.»

«...parlare con la vostra regina?» domandò la donna lucertola. Dal canto loro, le formiche si erano allontanate e guardavano con diffidenza le forze di Sofia.

Una delle formiche fece scattare le mandibole, emise una serie di cinguettii stridenti, poi strofinò una zampa sul suo esoscheletro, producendo un altro rumore.

Srizix inclinò la testa a destra e a sinistra, le narici si dilatarono prima di annuire improvvisamente. Si voltò di nuovo verso Sofia. «La formica dice che solo pochi incontrano la regina. Probabilmente è un bene, perché se ricominciamo a combattere, le nostre forze avranno bisogno di aiuto. Scegline qualcuno.»

Sofia aggrottò le sopracciglia. «Tu, io e Azurestri.»

Due gigantesche zampe anteriori scesero ai lati di Sofia, mentre Cinguettio si posava su di lei. *«Ti accompagnerò. I draghi si arrabbierebbero molto se ti succedesse qualcosa mentre io dovrei proteggerti.»*

Sofia soffocò un sospiro e alzò lo sguardo. *Probabilmente ha ragione. Anche se non le ho chiesto di venire per essere la mia guardiana. Anzi, non gliel'ho chiesto affatto.* Invece, annuì e tornò a guardare Srizix. «Di' loro che anche Cinguettio ci accompagnerà.»

Srizix annuì e lo disse alle formiche. Alcune di loro si agitarono, mentre altre si sfiorarono l'antenna. Alla fine una rispose. La donna lucertola si voltò. «Da questa parte. Non combatteranno se non lo facciamo noi.»

Sofia lanciò un'occhiata agli Artigli Perduti. «Siate pronti a tutto, ma non provocatele.»

Feral sbuffò. «È la prima volta che mi dicono di non provocare una formica.»

Sofia lo ignorò. «Fai strada, Srizix.»

Il gruppo di quattro persone arrancava dietro una formica, seguendola attraverso alcuni tunnel tortuosi. *Come ha fatto Koti a trovarla così in fretta? A meno che non ci stia portando in giro nella speranza di disorientarci per non farci scappare più tardi.*

Sofia notò che le narici di Srizix si dilatavano e si contraevano ogni volta che faceva una domanda alla formica o che quella le diceva qualcosa. Alla fine diede un colpetto alla spalla della compagna. «Stai bene? Il tuo naso continua ad agitarsi su tutta la faccia.»

«Formiche comunicano con i feromoni. Lo sai, vero?» rispose lei dopo qualche secondo. Continuò dopo il cenno di Sofia. «Ogni volta che formiche parlano con me, rilasciano anche odori diversi. Magia prende gli odori, i rumori di sfregamento, i cinguettii, mette insieme e mi dice cosa dice. Feromoni non hanno sempre un odore buono per me.»

«Oh, mi dispiace. Posso fare qualcosa per aiutarti?»

«Sì. Prega dea che l'incantesimo non si esaurisca prima di incontrare la regina. Altrimenti, conversazione molto breve.»

«Azurestri non può aiutarti a dimenticare un altro incantesimo?»

«No, Azurestri non può» la informò il dracokith. «All'incirca un incantesimo memorizzato per persona al giorno. A volte posso *forzarlo* con qualcuno per una seconda volta, ma è molto... sgradevole. In altre parole, è come se qualcuno ti incendiasse dall'interno e facesse rimbalzare le tue ossa a terra come una palla. Fa male. E lei ha un compagno molto grande con un'ascia enorme.»

Sofia gli sorrise. «Va bene, allora. Solo una volta. Capito.» Il suo sguardo diventò sornione. «Sai, se ci avessi parlato prima di questa capacità, ne avrei già conosciuto i limiti.»

Lui ricambiò il sorriso. «Dove sarebbe il divertimento?»

Srizix li zittì. «Siamo qui. Comportatevi bene. Nessun movimento improvviso. Le armi devono essere lasciate qui fuori.»

«Non hai mai parlato di questo prima» disse Sofia.

«La formica non ha detto nulla fino a ora. Se preferisci combattere, sono pronta.»

Sofia scosse la testa e iniziò a posare le armi a terra. «No. Se possiamo risolvere la questione in un altro modo, lo farò.»

Azurestri sospirò. «Molto bene. Il nostro funerale, suppongo.»

Lei alzò gli occhi. «Andrà tutto bene. Il nostro amico sta arrivando. Inoltre, sia tu che Srizix potete fare cose per cui non avete bisogno di armi.»

«Hai ragione» dichiarò, con una nota di meraviglia nella voce. «Perché non ci ho pensato?»

«Sei lento. Non preoccuparti, però. Ci piaci comunque» gli assicurò Srizix.

Dopo aver posato le armi sul pavimento del tunnel, la formica li condusse in una camera massiccia e poco illuminata. Sofia diede un'occhiata in giro, ma non vide uova. Vide invece la formica grande come un carro che le fissava dall'altra parte della caverna, con una dozzina di formiche soldato tra loro e lei. *Probabilmente le uova non sono custodite lì. Ci ha incontrato da qualche altra parte per proteggerle. Segno che è in grado di riflettere.* Sofia fece una pausa nelle sue osservazioni. *Aspetta. Illuminato fiocamente? Da cosa e, soprattutto, perché?*

Sofia fu distratta da quella linea di pensiero quando Cinguettio fece passare la sua massa. La caverna si illuminò con un coro rabbioso di mandibole scattanti delle formiche soldato che proteggevano la regina. Sofia si rivolse a Srizix. «Di' loro che va tutto bene. Che vogliamo parlare. Per cercare di appianare le nostre divergenze senza altre uccisioni.»

Srizix sospirò. «Ci stiamo divertendo un mondo.» Si schiarì la gola con un sibilo gorgogliante. «Non vogliamo più uccidervi. Vogliamo lasciarvi vivere. Vogliamo vedere cosa serve per fare accadere.»

La regina fece un passo avanti per rispondere, ma fu interrotta dalla voce di un uomo proveniente dal lato della caverna. «Che carino. Pensate che i *miei* servitori si limitino a vivere e a lasciar vivere.»

Srizix, Azurestri e Cinguettio si girarono verso la nuova voce. Sofia, però... qualcosa le diceva di continuare a guardare dritto davanti a sé. Osservò la testa della regina abbassarsi. Vide uno scalpiccio di gambe. Quello che sembrava un doppio scatto irritato delle mandibole. *Non le piaceva essere chiamata serva.* Sofia sorrise, poi si voltò.

Una luce si accese da quel lato della caverna. Sofia notò che proveniva dalla cima di un bastone tenuto in mano da un uomo barbuto. Non si trattava però della luce diffusa di prima. Pensò che potesse provenire da una pozza di liquido vicino ai piedi dell'uomo.

Mentre lo studiava, sentiva che c'erano delle cose che non andavano in lui. «E tu sei?»

«Un druido. Come la tua amica» rispose.

«Ho chiesto più che altro un nome.»

«Non sei affatto come me» sputò Srizix. Letteralmente.

Sofia le lanciò un'occhiata, notando gli occhi stretti e il modo in cui le dita continuavano a chiudersi di riflesso, come se stesse impugnando la lancia. «Cosa c'è che non va?»

«Dice che è druido. *Mente.*» Le parole e le frasi di Srizix diventarono sempre più taglienti, più simili a quelle di una donna lucertola, nella sua agitazione.

L'uomo ridacchiò cupo, ma Sofia lo ignorò. «Come?»

«Non *protegge la* natura. La *profana*. La rovina. Pustola che va rimossa.»

Sofia spostò lo sguardo sull'uomo. Non dovette chiedersi a lungo cosa vedesse la sua amica. L'altro druido si era avvicinato e la punta del suo bastone si era illuminata. Poi si rese conto di ciò che il suo subconscio le stava urlando.

C'era qualcosa di strano in lui.

Come se le dita della mano che stringeva il bastone fossero dei millepiedi. Non con i millepiedi che strisciano su di esse. I millepiedi avevano effettivamente sostituito le dita.

O il fatto che la sua barba non fosse di pelo. Era una massa di vermi che si contorcevano. *No... non vermi. Millepiedi. Che uscivano dalla sua pelle.*

Sofia placò lo stomaco che si era improvvisamente ribellato, mentre continuava a osservare quella vista rivoltante.

Millepiedi al posto dei capelli. Le increspature sulle guance facevano pensare che avesse delle mandibole nascoste all'interno della bocca. Sembrava persino che pezzi di un carapace lucido spuntassero dalla pelle delle braccia, delle gambe e del petto in punti casuali.

«Che diavolo sei?» esclamò alla fine disgustata. Il druido sorrise ampiamente. *Già. Mandibole.*

«Sono solo un servitore della potente Vah'Tozzieith l'Ascesa. La Regina del Detrito. La padrona dei liquami e degli insetti.»

«Vah-chi e che cosa?» rispose Azurestri. «Voglio dire, è un bel po' di roba. Be', questo e le tue mandibole, ovviamente. Molto belle, tra l'altro. Non è affatto sconcertante vederle infilate nella bocca di un umanoide. Ignori gli odiatori e fai quello che vuoi, indipendentemente da quello che dicono. Sono un grande sostenitore dell'essere se stessi.» Puntò entrambi gli indici verso il druido. «Anche se forse dovresti accorciare l'introduzione. Sembra un po' lunga.»

Sofia notò che il suo amico contraeva le dita e ruotava le mani.

Il druido sbatté le palpebre, facendo scattare le mandibole un paio di volte in un silenzio stupito. Alla fine, i suoi occhi si restrinsero. «Ti stai prendendo gioco di me?»

Azurestri si raddrizzò e si mise le mani sul petto. «Io? Certo che no! Perché, signore, sono sbalordito dalle tue accuse! Sbalordito, ti dico. Anzi, sono *fulminato.*»

Sofia si considerava abbastanza rapida nel recepire le informazioni.

Quella volta, Srizix fu molto più veloce.

La donna lucertola dalle scaglie viola mosse il dito indice destro in una Z diagonale prima di infilarlo nel pugno. «*Gairlanachoirm!*»

Non passò molto tempo tra la sua dichiarazione e ciò che accadde dopo. A Sofia si rizzarono i peli sulla nuca e all'interno dell'elmo, mentre la bocca sembrava seccarsi e gli occhi le si sgranavano. All'improvviso, una massa scura e contorta apparve sopra l'altro druido, vicino al soffitto della caverna.

Una luce bianca e bluastra che illuminava l'interno.

Attraverso lo sguardo annebbiato, vide gli occhi del druido avversario allargarsi per un istante. Poi, un enorme fulmine grande quanto la sua vita scese dalla nube temporalesca appena creata e si abbatté sul cristallo incandescente in cima al suo bastone come se fosse un faro.

Tuttavia, poiché il bastone era stretto in quella che sembrava la sua mano, non c'era modo per il resto del corpo del druido di evitare un fulmine così grande.

Sofia sbatté rapidamente le palpebre non solo per liberarsi dell'immagine residua viola, ma anche per inumidire gli occhi. Nel frattempo, l'uomo fumante e carbonizzato inciampava in avanti. La sua barba da millepiedi era stata bruciata, così come le dita da millepiedi e la mano a cui erano attaccate. I suoi capelli erano una massa di esoscheletri anneriti fusi nella carne, e rimanevano solo alcuni millepiedi che si dibattevano debolmente. Non c'era traccia del suo bastone, il cui legno era stato ridotto in cenere dal fulmine.

Prima che il suo cervello assuefatto potesse formarsi un'idea coerente sul da farsi, una brillante linea di elettricità blu-argentea attraversò la distanza accanto a lei.

Quel nuovo proiettile orizzontale si conficcò direttamente nella bocca del druido. L'impatto fu tale che non solo la testa del druido sbilanciato scattò all'indietro, ma tutto il suo corpo volò in aria. Atterrò sull'addome con uno scricchiolio.

Sofia sbatté ancora le palpebre nel tentativo di cancellare le nuove linee viola orizzontali che si erano unite a quelle verticali precedenti. Si arrese e chiuse gli occhi quando dal soffitto della caverna coperta di nuvole si scatenarono altri lampi sul corpo dell'uomo.

Sul cadavere.

Come si poteva chiamare ciò che era rimasto.

Quando finalmente riuscì a vedere di nuovo, Sofia si rese conto che non era molto.

Inspirò profondamente l'aria acre e carica di elettricità prima di voltarsi a guardare la formica regina.

«*Accurato*» sentì dire a Cinguettio da dietro di lei.

Le formiche non si erano mosse, chiaramente stordite dall'attacco feroce. O dalle nuvole appena formate all'interno della loro colonia sotterranea. O dalla scomparsa dell'uomo responsabile di averle rese schiave.

Spero sinceramente che sia l'ultimo, pregò Sofia. Fissò gli enormi occhi neri e composti della formica regina. «Srizix, il tuo incantesimo funziona ancora?»

«Non molto tempo ancora. Per ora, però» rispose con calma la donna lucertola.

«Bene. Per favore, traduci per la regina e per me.»

«È per questo che ho lanciato l'incantesimo.»

Sofia la ignorò e studiò la regina. «Credo che quell'uomo vi abbia ridotto in schiavitù. Vi abbia usato per i suoi scopi. Ha fatto sì che la vostra colonia e il mio popolo entrassero in conflitto. Senza di lui, possiamo appianare le nostre divergenze senza combattere?»

Srizix ripeté tutto ciò che Sofia aveva detto, poi alzò la testa, mentre la regina delle formiche rispondeva. «Regina dice che uomo le ha create. Fatte diventare più grandi. Ma non tratta bene. Vuole che uccidono e mangiano le carovane. Non quello che preferiscono.» Si rivolse a Sofia. «Ti prego di capire che sto traducendo meglio che posso. Non è perfetta.»

Sofia afferrò la spalla dell'amica. «Meglio di quanto possa fare io. Ti sembra che prenderà in considerazione la cosa?»

Srizix fece un cenno di assenso con la testa. «Penso di sì.»

«Bene. Chiedetele cosa vogliono per fare la pace.»

La risposta quella volta fu molto più lunga. Srizix aggrottò le sopracciglia. «Niente e qualcosa» fu la traduzione della druida.

Sofia continuò a studiare la regina. «Che cosa significa?»

«Vogliono essere lasciate in pace. Non essere cacciate. Promesse che la gente eviterà la loro colonia finché la colonia eviterà le persone, i raccolti e il bestiame. Hanno altra uscita lontana, sotto la foresta. Lì troveranno il loro cibo.»

«Posso essere d'accordo. Se ti fidi di loro.»

Srizix agitò di nuovo la testa. «Sono intelligenti. Soprattutto regina. Sa che Cinguettio può distruggere colonia. Formiche sono... grandi e intelligenti. Niente sputi di acido, niente ragnatele di acido. Ecco perché disposta a incontrarci. Ama figlie. Non vuole vederle morire.»

«Dille che non lo voglio nemmeno io.» Srizix lo fece e Sofia osservò una sorta di allentamento della tensione sia nell'atteggiamento della regina che in quello delle sue guardie. Disse qualcos'altro a Srizix, con l'antenna rivolta verso la piccola pozza di liquido delicatamente incandescente vicino ai resti del druido.

«Vuole sapere se possiamo fare qualcosa al riguardo» tradusse la donna lucertola.

«Cos'è?»

Srizix chiese e ascoltò la spiegazione. Alla fine sospirò. «Comincia a essere confuso. Credo che incantesimo svanisce. Regina dice che è collegata ad altre vasche nella colonia. Dice di averlo usato per ingrandire le formiche. Alla fine ha fatto diventare grandi alcuni insetti, ma non molti. Continua a creare nuove formiche grandi e a costringerle a entrare nella colonia dopo che abbiamo ucciso le altre.»

«Puoi ripararlo?»

«Non so esattamente cosa sia. Forse è una sorta di incantesimo di corruzione. Se è così, sì.»

«Falle sapere che forse oggi non potremo parlare a lungo con lei, ma che guarderai e torneremo domani per parlare ancora.»

Srizix lo fece, poi si avviò verso la pozza. «Regina dice di capire» chiamò sopra le sue spalle. «Vieni o no?»

Sofia si affrettò a raggiungerla, mentre Azurestri scrollò le spalle e si diresse in quella direzione. Si fermò accanto a Srizix, che si inginocchiò accanto alla pozza per lo più evaporata e iniziò a esaminarla. Poi sgranò gli occhi quando il dracokith si accovacciò per esaminare il corpo.

Alla fine Srizix tirò fuori da un sacchetto un otre d'acqua e un pezzo di stoffa. Versò dell'acqua pulita sulla sua mano destra prima di metterla lentamente nella pozza brillante. «*Purgadrach.*» Una luce dorata pulsò dalla sua mano alla pozza.

Infine, si alzò e si pulì la mano sul panno. «Devo fare anche qualche altra cosa, ma questo dovrebbe bastare fino a domani.» La donna lucertola guardò la formica regina, indicò il soffitto, di nuovo privo di nuvole, e mosse il dito in cerchio. La regina sembrò annuire, poi fece cenno a una delle sue guardie di accompagnarle fuori.

Che storia sarà questa volta per il drago.

CAPITOLO OTTO

Sofia sospirò mentre affondava sulla sedia della sala conferenze. *Pulita e presto nutrita. Che giornata.*

Dopo l'arrivo del resto degli Artigli Perduti e la preparazione del cibo, Kemuri apparve improvvisamente dalle ombre, seduto al suo solito posto. «Rapporto.»

Sofia si voltò a guardarlo, con un sopracciglio alzato. «Salve, Sofia. Salve, Artigli Perduti. È bello rivedervi tutti interi. Sono incredibilmente felice che un insetto gigante non vi abbia mangiato.» Alzò le mani e le agitò verso di lui. «Oh, no, Grande Signore dei Draghi. Siamo altamente qualificati e il vostro addestramento ha dimostrato numerose tattiche di sopravvivenza. Cosa che apprezzeremo per sempre.»

Kemuri le rivolse uno sguardo piatto. «Devi smettere di frequentare i maschi wulven e dracokith. Ti stanno contagiando. E io che credevo che tu e il tuo equipaggio foste sboccati *già prima.*»

«Cosa posso dire? È un talento.» Feral era raggiante.

«Sul serio. Ci vuole molto allenamento per avere bocche intelligenti come le nostre» concordò Azurestri. «Non è che si può semplicemente prendere un libro e...» Si interruppe quando gli occhi di Kemuri si bloccarono su di lui. «O forse sì. Chi lo sa? Di certo non io.»

Kemuri scosse la testa e guardò Sofia. «*Per favore*, riferisci quello che hai trovato.»

Lei sorrise. «Certo. Abbiamo capito che le formiche stavano solo proteggendo la loro casa, così siamo andati a parlare con la regina.»

Kemuri restò a fissarla, senza battere ciglio. Dopo circa un minuto, si scosse. «Hai fatto *cosa?*»

«Ho parlato con la regina della colonia. Non so se te ne rendi conto, ma Srizix è una druida. C'è un incantesimo...»

Il drago si alzò e si strofinò le tempie con le nocche. «So dell'incantesimo. Non ho mai pensato di applicarlo a loro. Ottimo lavoro.»

«Applicare cosa a chi?» chiese Cirrus, entrando dalla porta per raggiungerli.

«Usando un incantesimo per parlare con le formiche e scoprire perché stavano attaccando» rispose Sofia.

La dragonessa ci rifletté mentre si sedeva. «Ben fatto. Io non avrei dovuto usare un incantesimo, ma posso dire in sincerità che non avrei mai pensato di chiedere.»

«Hai scoperto qualcosa di utile?» chiese Kemuri, sporgendosi in avanti.

Sofia cercò di non far trasparire la sua esultanza dal viso. *Non capita tutti i giorni di impressionare due dei draghi più potenti mai esistiti.* «Vogliono le cose normali. Essere lasciati in pace. Andranno a foraggiare in una delle foreste...» Si interruppe quando un pensiero vagante si intromise. «Probabilmente avrei dovuto chiedere quale. In mia difesa, l'incantesimo di Srizix si stava esaurendo.»

Kemuri scosse la testa. «Non è importante in questo momento. Potrai rimediare a questa svista più tardi. La cosa importante è che sembra che tu sia riuscita a mediare la pace tra il tuo regno e le formiche. Sono impressionato. Davvero.»

Lei gli sorrise, arrossendo leggermente per le sue lodi atipiche. «Grazie.»

«C'è altro?»

«Sì» rispose Srizix. «Regina ha chiesto di risolvere corruzione nella loro colonia. *Penso* di poterlo fare, ma voglio vedere se lady Cirrus è disposta ad aiutare. È in queste terre. O almeno *sotto di* loro.»

Cirrus annuì. «Certo. Sai di che tipo di corruzione si tratta?»

Srizix scosse la testa. «Non preciso. Lanciata da druido malvagio. Usata per corrompere formiche e altri insetti, per fare più grandi. Ho bisogno di aiuto per assicurarmi che tutta la corruzione sparisce e che non sfugge nulla.»

Cirrus sorrise. «Credo possa distruggere questa corruzione da sola. Tuttavia, sarò lieta di assisterti per assicurarmi che sparisca.»

Srizix fece un cenno d'assenso, con un sorriso pieno di denti sul volto. «Grazie.»

«Quando vuoi.»

Kemuri inclinò la testa. «Un druido della ruggine?»

«Sì» confermò Azurestri. «Ci siamo dimenticati di chiedergli il nome quando siamo arrivati, e dopo era troppo croccante per fare domande. Ha detto di essere il servitore di Tozz, o qualcosa del genere.»

Gli occhi dei draghi iniziarono a brillare. «Tozzieith. La padrona dei liquami» sputò Kemuri.

«Sembra che si sia aggiornata» rifletté il dracokith ad alta voce dopo averci pensato per qualche secondo.

«Cosa vuoi dire?»

«Il druido la chiamava la Regina del Detrito, la padrona dei liquami e degli insetti. Diceva anche che era Vah'Tozzieith l'Ascesa. Qualunque cosa significhi.»

Kemuri sbatté il calcio del bastone a terra e si mise in piedi. Si rivolse a Cirrus. «È *ascesa?*»

«Sembrerebbe di sì, carissimo» confermò la dragonessa. «Ricorda, non abbiamo mai trovato il suo corpo. Abbiamo solo pensato che si fosse disintegrato nell'enorme liquame che ha creato, visto che non è più tornata.»

Kemuri mormorò qualcosa in draconico, e non serviva una traduzione per comprenderne la maggior parte.

«Ti va di condividere con la classe?» chiese Sofia.

Kemuri annuì piano, mentre il bagliore dei suoi occhi si dissipava. «Quando ci siamo conosciuti, il suo nome era semplicemente Tozzie. Aggiunse le altre affettazioni più tardi. Era una druida contorta. Una donna anziana che poteva secernere dai suoi pori gocce di diversi tipi di trasudato. Se necessario, anche sciogliersi in essi. Aveva iniziato a sperimentare la trasformazione di altri tipi di natura in...» Si acciglò, cercando una parola.

«Sensibilità liquamose?» suggerì Kotizara.

Kemuri le rivolse un lieve sorriso. «Certo, possiamo accettarlo. Quando l'ho incontrata, aveva usato la sua "sensibilità liquamose" per corrompere alcune piante e parassiti. Qualche manciata di animali. Sono molto sorpreso che sia ascesa. Pochi lo fanno.»

«Che cosa significa "ascesa"?» chiese Zixne.

«In questo caso, il vostro druido stava usando il termine per descrivere uno dei pochi individui che sono effettivamente *diventati* dèi Esterni. La persona ottiene ciò che passa per una scintilla di divinità tra quegli esseri. Nell'uso normale, tende a significare semplicemente "è diventato una divinità".»

Cirrus tamburellò sul tavolo. «Aveva una notevole quantità di potere. Numerosi seguaci. Aveva persino creato i suoi servitori. Per quanto strani e alieni.»

«Eppure. Sono in grado di contare il numero di Ascesi su una mano, anche se preferisco il termine de-evoluti. E questo *includendo* lei.»

«Come l'hai conosciuta?» domandò Sofia nel silenzio.

Kemuri si sedette. «Mentre ero in avanscoperta, Nyneeve e io...» Fece una pausa, con gli occhi che si restringevano. «Ho capito cosa hai fatto.»

Sofia fece un sorrisetto. «Potrebbe comunque diventare importante.»

Kemuri sospirò. «Bene. Tuttavia, domani farò una pausa in modo che tutti voi possiate tornare a controllare il formicaio con Cirrus e Srizix. Voglio che sia ripulito da tutto ciò che potrebbe essere collegato a lei.»

Sofia si sistemò all'indietro. «Nessun problema.»

Feral inclinò la sedia all'indietro e appoggiò i piedi sul tavolo. «È l'ora della storia!» Poi, quando Cirrus lo guardò, rimise a terra tutte e quattro le gambe. «Mi dispiace.»

Kemuri sgranò gli occhi. «Suppongo che dovrei iniziare un po' prima di quell'incontro. Ero in una scuderia...»

CAPITOLO NOVE

LA STORIA DI ALI DI FUMO

<u>Tarda mattinata, 2° Shaita, 18 AF</u>

Ali di Fumo sospirò mentre lui e Tylee uscivano dalla stalla con il proprietario. «Mi dispiace, Tye. Nessuno di noi ha tutti quei soldi.»

Tylee si accigliò e lo guardò. «Lo so, ma è così... bella. E già predisposta per cavalcare.»

L'oggetto del loro attuale desiderio nitrì mentre si allontanavano, prima di mettersi a trafficare con un sacco di avena. La cavalla da cui si stavano allontanando non era un animale normale. Era un corsiero eterico. Un animale in grado di percorrere brevi distanze attraverso il piano etereo e di tornare indietro portando con sé un cavaliere. Il manto era di un argento scuro e lucido, quasi peltro, mentre la criniera era di un argento brillante intrecciato a fili di azzurro. L'intelligenza che traspariva dai suoi occhi blu brillante faceva capire a chiunque la guardasse che non era una semplice cavalla.

Ed è per questo che costa più di quanto io abbia guadagnato con le avventure in quasi un anno. Il suo cipiglio si inasprì. *Come non detto. Più che altro, venti volte tanto.*

Il ragazzo ha ragione, però. È perfetta per Nyneeve.

«Forse potrei trovare una sorta di accordo con voi» aggiunse il proprietario della scuderia. «Avere la Signora di Tempeston in sella a un cavallo della mia scuderia sarebbe una splendida pubblicità.»

Ali di Fumo si limitò a un grugnito non impegnativo.

«Potremmo trovare un accordo finanziario» insistette l'uomo. «Quanto dovrebbe accantonare? Il dieci per cento o giù di lì?»

Ali di Fumo lanciò un'occhiata all'uomo e sollevò un sopracciglio. «So che in passato hai fornito cavalli agli avventurieri. Credimi se ti dico che io non sono loro. Ho pochissimi beni, perché la maggior parte della mia *paga* va ad aiutare gli orfanotrofi. Il dieci per cento è ancora troppo. Dovremo cercare qualcosa di meno costoso. Molto meno costoso.»

L'uomo aggrottò le sopracciglia e gli fece un cenno brusco. «Be', perché non ti lascio dare un'occhiata in giro, e puoi venire a cercarmi se vedi qualcosa che ti colpisce?» Al cenno di Ali di Fumo, l'uomo si girò e se ne andò. Lo sorprese a borbottare qualcosa a proposito di una perdita di tempo.

Tylee scosse la testa. «Ha ragione, è praticamente una perdita di tempo, no? Non possiamo permetterci nessuno dei cavalli che ci sono qui.»

«Troveremo una soluzione, ragazzo. È ormai tempo di sostituire i cavalli di tua madre. Visto che lei non può farlo, dovremo farlo noi» ribatté Ali di Fumo.

«Con quali soldi?»

Ali di Fumo sorrise e gli batté le spalle. «È questa la domanda, no?»

Tylee gli restituì il sorriso. «Va bene. Cerchiamo qualcosa di più economico, allora.»

I due presero tempo e curiosarono tra la trentina di bancarelle, fermandosi infine all'ultima nell'angolo più lontano. Non c'era nessun prezzo indicato, cosa che Ali di Fumo considerò una benedizione. La nausea nella bocca dello stomaco si era fatta più profonda, mentre il volto di Tylee si abbassava ulteriormente a ogni cartellino del prezzo oltraggioso.

L'aspetto positivo è che sono tutti inferiori al corsiero eterico.

Ali di Fumo pensò che il cavallo all'interno dell'ultima stalla fosse in piedi su qualcosa, dato che poteva vedere la schiena larga dell'animale quando guardava oltre la porta della stalla. Poi guardò in basso e si rese conto di poter vedere gli zoccoli della bestia sul terreno. «Ma che...»

Tylee lo guardò con curiosità. «Che cosa? C'è qualcosa che non va?»

«Guarda sotto la porta del box, Tye. Dimmi cosa vedi.»

Il giovane highven lo fece e Ali di Fumo capì quando il ragazzo se ne rese conto, perché il respiro gli si strozzò in gola. «Questo cavallo è *enorme!*»

«Sì, è così.»

Quasi come se il cavallo sapesse che stavano parlando di lui, la testa della creatura si alzò piano oltre la porta della stalla e si inclinò in modo che un enorme occhio blu scuro potesse concentrarsi su di loro. Il cavallo sbuffò mentre li guardava. L'essere era alto una ventina di mani, con un manto nero lucido. L'unica eccezione era un motivo a stella bianco brillante tra gli occhi.

«Non starai pensando a questo per la mamma, vero? Voglio dire, non importa davvero quanto costa...»

Ali di Fumo sbuffò. «No. Avrebbe bisogno di una scala, non di uno sgabello, anche solo per *pensare* di salirci.» Diede un'occhiata ai documenti attaccati alla porta della stalla, dove erano elencati la genealogia, gli attributi e il prezzo di tutti gli altri cavalli. «Sesso, maschio. Padre, sconosciuto. Madre, sconosciuta. Gli attributi noti sono: veloce, immensamente forte, irascibile, feroce. Il prezzo... non è indicato.»

«Irascibile e feroce? Ti ricorda qualcuno?» Tylee sorrise.

«Accidenti, elfo.» Ali di Fumo rilasciò i fogli e fece un passo indietro, tenendo gli occhi sull'animale enorme. «Sarà anche grosso e cattivo, ma è intelligente. Guarda quell'occhio.»

La sfera in questione si restrinse leggermente mentre la testa si sollevava. Il cavallo nitrì e spinse il muso verso un sacco attaccato alla parete posteriore, vicino a tutti gli strumenti per l'equitazione e l'agricoltura. Ali di Fumo sollevò un sopracciglio, si avvicinò e guardò dentro il sacco.

Mele.

Si avvicinò e ne tirò fuori tre, lanciandone una a Tylee. «Per me?» chiese il ragazzo.

Ali di Fumo scosse la testa. «Il cavallo, ragazzo. Il cavallo.»

«Non sono sicuro che dovremmo dare loro da mangiare.»

«Non stiamo nutrendo *loro*. Stiamo dando da mangiare a *lui*. Qualche mela non farà male.»

Tylee alzò le spalle. «Sei tu il capo.» Offrì la mela al cavallo, che la trangugiò.

«No, tua *madre* è il capo. Io mi limito a fingere a volte.» Ali di Fumo offrì le altre mele all'animale enorme, con le labbra serrate mentre considerava le sue opzioni.

«Conosco quello sguardo, Ali di Fumo. La mamma ti *ucciderà* se torni a casa con un cavallo così grosso.»

Sospirò. «Forse hai ragione. Tuttavia, immagina le facce della gente se si presentasse in sella a uno come lui.»

«Se riuscisse a montarlo, intendi. Dubito che riesca a raggiungergli la spalla.»

«Vero.» Ali di Fumo si scosse e alzò le spalle. «Be', sembra che qui abbiamo fatto fiasco. Forse più tardi cercheremo un altro posto.»

«Il povero umano non ha abbastanza soldi per comprare un cavallo?» domandò una voce femminile ricca e colta.

Ali di Fumo aveva sentito il gruppo entrare sottobraccio ma aveva fatto finta di niente, pensando che se il proprietario li aveva fatti entrare, erano lì per un cavallo.

Poi vide Tylee irrigidirsi.

Sembra che mi sia sbagliato.

Il ragazzo elfico deglutì a fatica.

Sì, il ragazzo riconosce sicuramente *la sua voce.*

Ali di Fumo si voltò lentamente a guardare i nuovi arrivati. Tredici elfi, undici dei quali indossavano soprabiti a scacchi neri e oro con un emblema di diamante di platino al centro. Poi, considerando la sua fortuna, doveva essercene uno in fondo che indossava abiti da mago con lo stesso motivo.

In testa c'era una bellissima elfa dai capelli rossi, più bassa di lui di circa tre pollici, con penetranti occhi verde smeraldo. Aveva i capelli raccolti in una treccia elaborata, mentre la scollatura del vestito nero e oro scendeva a V, tanto che lui poteva vedere scintillare il diamante incastonato nel gioiello che aveva all'ombelico.

E un bel po' della sua... scollatura, pensò Ali di Fumo con disappunto.

«Vedi qualcosa che ti piace, umano?»

Ali di Fumo, essendo Ali di Fumo, le rivolse un sorriso dolce come il miele. «Non proprio. Tu chi sei?»

Lei sbatté le palpebre e Ali di Fumo giurò di aver visto un lampo di rosso. «Se proprio vuoi saperlo, sono la madre del ragazzo. Ora, fatti da parte. Lo riporterò con me nell'Ermanthyr.»

«Accidenti. Come sei cresciuta da stamattina, Nyneeve» disse. «Devono aver messo qualcosa di speciale nel tuo pranzo, eh?»

Con la coda dell'occhio, colse gli occhi di Tylee che si allargavano, mentre il ragazzo soffocava una risata.

Gli occhi della nuova arrivata si restrinsero per l'irritazione. «Ho detto che sono la madre del ragazzo. Non quel piccolo...»

«Attenta» la avvertì Ali di Fumo, con gli occhi spenti. Azzardò un'occhiata a Tylee. «Conosci questa signora?»

Tylee annuì. «Sì. Si chiama Seline Diamante.» Quando la donna strinse gli occhi su di lui, si schiarì la voce. «In realtà, è Seline Diamanteuse de Dimantelthion. Casa Diamante è come la si chiama comunemente negli ambienti mercantili.»

«Allora, Seline Diamante» osservò Ali di Fumo, con un tono piatto come lo sguardo che aveva negli occhi. Si voltò di nuovo verso di lei. «Cosa possiamo fare per te oggi, signora Diamante?»

«Mi hai sentito, umano. Fatti da parte, così potrò riportare mio figlio nell'Ermanthyr con me» ordinò.

«Tye, questa donna è tua madre?»

«No.»

«Vuoi andare con lei?»

«Assolutamente no.»

Ali di Fumo scrollò le spalle. «Hai sentito il ragazzo. Ha detto che non sei sua madre e ha confermato che non vuole andare da nessuna parte con te. Quindi, tu e il tuo seguito, voltatevi e andatevene.»

«Non decide il ragazzo se vuole venire con me o meno.» Gli occhi della donna si restrinsero mentre i suoi compagni si allargavano a formare un semicerchio intorno ad Ali di Fumo e Tylee, il primo ora in piedi di fronte al secondo. «È mio.»

«Senti. Sono responsabile di Tylee e del suo benessere mentre è affidato a me. A meno che Nyneeve non si presenti *di persona* e mi dica di lasciartelo prendere, sparisci.»

«Come osi parlarmi così!»

«Le mie scuse. È semplicemente il modo in cui mi rivolgo a degli stronzi spacconi e accondiscendenti che pensano che io me ne stia in disparte a lasciare che rapiscano un bambino davanti a me. Questo vale per qualsiasi bambino, ma soprattutto per uno a cui tengo.»

Uno degli elfi corazzati di cotta si mise in mezzo a loro, faccia a faccia con Ali di Fumo. «Attento a come parli a un rampollo della Casa Diamante, umano.»

«Fai qualche passo indietro e allontanati dalla mia vista, elfo. Per il resto, sono felice di ballare.»

«Ali di Fumo, se li uccidi, la mamma si arrabbierà. Ci sono un sacco di scartoffie tra Greythorn e Ermanthyr quando succede.»

Le guardie risero, mentre il mago alla destra di Ali di Fumo scosse la testa. «Credo che siate preoccupati che possa accadere qualcosa alla parte sbagliata. Sono dodici soldati elfici addestrati contro un solo umano.»

Ali di Fumo non indietreggiò. Si limitò a tenere lo sguardo fisso sugli occhi dell'elfo con cui si trovava faccia a faccia. «Quindi, quello che stai dicendo, Tye, è che finché non li ucciderò, lei non avrà molti documenti da sbrigare?»

«Umm... sì?» rispose esitante il ragazzo. «Forse dovrei andare. Casa Diamante l'ha già fatto in passato e la mamma ci ha messo solo pochi giorni per farmi tornare. Non voglio che tu ti faccia male.»

«Oh, sono sicuro che farà male, ragazzo. Ma fidati, quando sarà tutto finito saremo io e te a uscire di qui» rispose Ali di Fumo con sicurezza.

La guardia che lo fronteggiava spostò lo sguardo in basso e di lato, e il braccio destro dell'uomo si tese.

«Ti avverto, Seline Diamante. Se le tue guardie estraggono,

combatterò per difendere Tylee. Quando le acque si calmeranno, avrete bisogno di diversi guaritori per sistemare i vostri. Te lo garantisco.»

La donna emise uno sbuffo di disappunto. «Guardie, rimuovete l'impedimento che si frappone tra me e mio figlio. Con ogni mezzo necessario.»

La mano della prima guardia scese verso l'elsa della spada.

Ali di Fumo, a cui era già stato detto di lasciarli vivi – se possibile – colpì con le mani le delicate e sensibili orecchie dell'elfo. Quando quello fece una smorfia di dolore, invece di rivolgersi semplicemente a un altro avversario, Ali di Fumo afferrò le orecchie e lo tirò in avanti per le stesse.

Direttamente sulla sua fronte in arrivo, frantumando il naso dell'elfo in una pioggia di sangue.

Poi, prima che gli altri avversari avessero la possibilità di estrarre le armi, liberò le orecchie, portò indietro le braccia e le spinse in avanti, colpendo con forza al petto l'elfo barcollante. L'elfo finì addosso a quattro dei suoi confratelli e a Seline. I sei si accasciarono in un groviglio di membra.

Ali di Fumo si girò alla sua sinistra, allungando la mano oltre la testa di Tylee per afferrare il forcone appeso alla parete dietro il ragazzo, mentre l'altra mano afferrava il manico di una frusta vicina. Continuò a girare, con il forcone che fischiava nell'aria mentre sbatteva i rebbi sul volto dell'uomo che si trovava alla sua destra, di fronte alla stalla del cavallo massiccio.

L'elfo era riuscito a togliere metà della spada dal fodero prima che il colpo lo facesse girare e cadere in ginocchio, con la testa a una frazione di pollice dalla porta della stalla su quel lato. Il sangue sgorgava da due fendenti orizzontali sul viso, uno dei quali aveva mancato appena gli occhi.

Ali di Fumo non perse tempo e colpì l'elfo abbattuto con un calcio alla nuca, facendolo sbattere contro il banco e lasciando un segno sanguinoso.

Quando il piede toccò terra, vide la mano del mago alzata verso di lui. Quattro piccoli dardi di energia argentata uscirono dalla mano dell'uomo e colpirono il torso di Ali di Fumo, provocando un grugnito di dolore. Barcollando di mezzo passo, notò un bagliore verde formarsi nel palmo del mago. Senza perdere tempo, scattò in avanti e conficcò i rebbi del forcone nello stivale dell'altro.

La parola d'ordine dell'incantesimo del mago uscì come un'imprecazione strozzata e la magia svanì.

Ma il salto in avanti di Ali di Fumo non fu privo di conseguenze.

L'elfo che si era frapposto tra il mago e la guardia, la cui testa aveva lasciato un'impronta nella porta della stalla, riuscì a scagliare la sua corta lama elfica verso la coscia di Ali di Fumo. Nel mezzo della sua carica, Ali di Fumo non riuscì ad angolare la gamba abbastanza lontano. La lama del suo avversario tagliò il tessuto e fece uscire il sangue.

Poi, l'elfo che si trovava alla destra del mago, tra lui e il groviglio di corpi al suolo, spinse la sua lama in avanti, mirando al petto di Ali di Fumo.

Per fortuna, lo vide arrivare e ruotò il corpo, incassando un colpo poco profondo che lo centrò sul fianco sinistro.

Prima il mago.

Dopo il rapido scambio, Ali di Fumo ignorò le due guardie che lo stavano affiancando e le altre che stavano arrivando alle sue spalle. Strappò i rebbi insanguinati dal piede del mago, insieme al terriccio, e sbatté l'altra estremità contro la gola del mago, schiacciandone una parte. L'uomo cadde all'indietro, ansimando.

E non può lanciare alcun incantesimo che richieda una componente verbale.

Con l'arma improvvisata libera, Ali di Fumo parò i colpi successivi dei due combattenti più vicini.

Restavano solo quei due, altri due che arrivavano da dietro di lui e uno vicino alla porta del massiccio stallone, immobile ma con la spada sguainata e lo sguardo concentrato su Tylee. Almeno finché i sei elfi a terra non si fossero rialzati.

Occhi.

Taci. Non cerco aiuto qui.

Ali di Fumo sfrezò con la frusta che aveva afferrato dal muro.

Direttamente negli occhi di uno degli uomini dietro di lui.

«Il mio occhio!» strillò la guardia elfica lasciando cadere la spada e crollando in ginocchio, cullandosi la testa tra le mani.

Al ritorno del colpo di frusta, Ali di Fumo fece scattare il polso. Il cuoio si avvolse parzialmente intorno alle gambe della guardia del corpo del mago. Uno strattone lo sbilanciò, dandogli il tempo sufficiente per far entrare la parte inferiore del forcone nell'inguine dell'uomo, facendolo sollevare sulla punta dei piedi.

Poi diede un calcio alla base dei rebbi, spingendolo ancora più in alto.

Sentì il sibilo di una spada che si dirigeva verso la sua testa, così si tuffò sulla guardia rantolante, facendola cadere. Dovette lasciare la frusta, ancora impigliata nelle gambe dell'elfo, ma mantenne la presa sul forcone. Dopo essere rotolato sul suo avversario, scattò in piedi e si voltò per affrontare i due elfi che lo stavano raggiungendo.

Parò due rapidi colpi del più vicino, poi accettò un colpo di striscio al fianco sinistro per conficcare i rebbi nella coscia sinistra dell'altro. Una torsione, una trazione e una fontana di sangue dopo, l'avversario si accasciò a terra.

Tieni l'arma troppo stretta.

Ho detto che ci penso io!

Ali di Fumo disarmò in fretta il successivo che gli si stava avventando contro, sbattendogli il fondo del forcone contro mano, dopo aver parato un fendente, e frantumandogli le ossa.

Si girò verso il groviglio di corpi e ne vide uno in piedi, che stringeva la spada in una mano, mentre l'altra era protesa verso uno dei suoi compagni. Un altro era riuscito a rialzarsi sulle ginocchia, mentre altre due guardie erano ancora impigliate con Seline. Il primo che aveva attaccato si stava rotolando sul pavimento, stringendo alternativamente il naso e le orecchie.

Saltò sull'ultimo, atterrando con entrambi i piedi sul ventre del malcapitato e portando il forcone a due mani verso la testa di quello in piedi. L'uomo alzò lo sguardo in tempo per vedere i rebbi insanguinati che si dirigevano verso il suo volto. Girò la testa, spostando la spalla sulla traiettoria. Il forcone colpì comunque con uno slancio tale da farlo girare e cadere in ginocchio.

Abbattuto. Non fuori combattimento.

Maledizione! Lo so!

Cambia tattica.

Ali di Fumo ringhiò sottovoce, diede un calcio al primo inginocchiato sul mento, poi si girò verso la rossa. Le puntò l'estremità aguzza del forcone direttamente contro la testa, incontrando il suo sguardo verde sbigottito.

I rebbi colpirono il suolo con un tonfo carnoso.

Proprio sulla terra battuta, con l'elaborata treccia della highven incastrata tra di loro.

«Ne ho abbastanza di tutto questo. Il tempo di giocare è *finito*. Nove delle tue guardie sono state abbattute, anche se una potrà tornare presto a combattere. Se insisterai, smetterò di preoccuparmi delle scartoffie di Nyneeve. Ciò significa che *estrarrò* davvero le mie armi. Hai capito?»

Gli occhi furiosi e terrorizzati della donna si posarono lentamente sulle sue spalle.

Ali di Fumo fece ruotare i rebbi nel terreno, incidendo la terra e provocando un grido di dolore da parte della donna, mentre i suoi capelli si attorcigliavano. Guardò dietro di sé in tempo per vedere la guardia che stava osservando Tylee voltarsi verso di lui.

Mentre si preparava a estrarre le armi e a combattere davvero, dall'interno della stalla dello stallone giunse uno sbuffo irritato e un nitrito. Il cavallo si rialzò e sbatté gli zoccoli anteriori sulla porta. I cardini si staccarono immediatamente dal legno in una pioggia di schegge e la porta sbatté contro la schiena della guardia, facendola cadere a terra.

Il cavallo orgoglioso uscì dalla stalla e si fermò sopra porta.

Che si trovava ancora sopra l'elfo disteso a terra, che iniziò a emettere un rumore a metà tra un rantolo e un gorgoglio.

Ali di Fumo sbatté le palpebre, scrollò le spalle e inclinò la testa verso l'animale. Poi si voltò verso la rossa arrabbiata. «Correzione. Dieci guardie sono state abbattute, anche se una sarà in grado di ricongiungersi a te a breve. Ti suggerisco di incassare la sconfitta, di imparare la lezione e di trovare una cura per i tuoi compagni. Altrimenti alcuni di loro non sopravviveranno.»

«Fammi alzare, tu... *bestia!*» urlò lei.

«I tuoi insulti non significano nulla per me. Ti sto *gentilmente* concedendo la possibilità di andartene con una certa dignità. Persevera, e alcuni dei tuoi non se ne andranno, punto.» Ali di Fumo ruotò ancora il forcone, facendole inarcare la schiena e inclinare la testa mentre urlava. «Tu, invece, pur potendo andare, avrai molti meno capelli.»

«Bene!» sibilò l'elfa. «Non è finita!»

Ali di Fumo non disse nulla mentre estraeva il forcone dalla terra, liberandole la treccia.

Il proprietario e due delle sue guardie accorsero dall'esterno per vedere i resti dello scontro breve e sanguinoso. «Cos'è successo?» balbettò, spalancando gli occhi.

«Un piccolo disaccordo sulla maternità del figlio della Signora di Tempeston» rispose blando Ali di Fumo. «Credo che si sia trattato di uno scambio di persona. O questo o questa donna potrebbe avere qualche problema da affrontare.»

«E la lotta?»

«Sono scivolati. Uno dopo l'altro. È stata una cosa stranissima.»

Il proprietario incontrò lo sguardo della rossa furiosa, che fece un brusco cenno di assenso mentre si alzava.

«Io... ehm, vedo. Manderò a chiamare qualcuno per ripulire il disastro.» Fece un cenno a una delle sue guardie, che si allontanò di corsa.

Le guardie di Seline, quelle che erano ancora in grado di muoversi, iniziarono ad aiutare gli altri ad alzarsi. Tutte, tranne quella su cui si trovava ancora il cavallo. L'animale sbuffò minaccioso quando qualcuno di loro fece un passo verso di lui.

Ali di Fumo si guardò alle spalle. «Fallo alzare.»

Il cavallo sembrò accigliarsi mentre faceva un passo avanti, allontanandosi dalla porta. Poi, tenendo lo sguardo fisso su Ali di Fumo, la calpestò ancora una volta con uno zoccolo posteriore prima di mettersi tra Tylee e le guardie.

Ali di Fumo non poté fare a meno di sorridere. Soprattutto perché il cavallo non bloccava solo la vista delle guardie su Tylee. Bloccava anche la vista del ragazzo su Seline. Si girò, le afferrò la parte superiore del braccio e tirò la donna spaventata vicino a sé. Accostò rapidamente la bocca all'orecchio di lei. «Ho visto il lampo di rosso nei tuoi occhi, ragazza. Non so chi o cosa sei, né mi interessa. Ma se ti avvicini a Tylee, lo scoprirò e ti eliminerò. Per sempre.» Con quell'avvertimento, la spinse di nuovo tra le braccia in attesa delle sue guardie.

Lei annuì brusca e il gruppo se ne andò senza un'altra parola.

Più precisamente, se ne andarono *zoppicando*.

Il proprietario guardò più volte tra il massiccio stallone e Ali di Fumo. «Potresti aiutarmi a rimetterlo nella sua stalla?» chiese con esitazione.

Ali di Fumo annuì.

Il cavallo emise un suono che assomigliava in modo sospetto a una negazione.

Poi si girò e iniziò a camminare verso l'uscita. Quando passò davanti al proprietario, lo urtò con i quarti posteriori, facendolo inciampare nella porta di una stalla. Quando passò davanti alla stalla del corsiero etereo, si fermò. Dopo uno o due secondi, si rialzò e diede un calcio al chiavistello della stalla, mandandolo in frantumi.

Lo stallone girò la testa per guardare le tre persone sbigottite mentre indietreggiava. Poi ruotò di nuovo la testa e la usò per spingere la porta verso il corridoio. Infine, si avvicinò, morse le redini dei finimenti del corsiero etereo e condusse la cavalla fuori dal suo box e verso la porta.

I tre umanoidi fissarono i due cavalli, stupefatti. Ali di Fumo si riprese per primo e lanciò un'occhiata a Tylee. «Tye, vai a controllare che i cavalli non stiano... ehm, scappando. Se è così, controlla dove vanno. Resta comunque vicino alla porta della stalla.»

«Certo, Ali di Fumo» rispose il giovane, prima di correre dietro a loro.

Il proprietario fu l'ultimo a riprendersi. «Dove stanno andando?»

«Spero che sia a casa con noi» rispose Ali di Fumo.

Gli occhi dell'uomo si restrinsero. «Hai già detto di non poterteli permettere. Poi hai allontanato altri potenziali clienti con una rissa. Non li consegnerò semplicemente, scudiero o meno della Signora di Tempeston.»

Ali di Fumo fece un respiro profondo calmante e annuì. «Sono d'accordo.» Frugò in un astuccio e ne estrasse un pugnale di ottima fattura con il motivo del lupo. Estrasse la lama dal fodero ed esaminò il pezzo, con una punta di desiderio negli occhi. Il pomo era una testa di lupo con zaffiri al posto degli occhi, mentre su ogni lato della lama era inciso un branco di lupi in corsa.

La rimise a posto prima di porgerla con esitazione al proprietario della stalla. «Tieni. Questa lama è molto incantata. Ti assicuro che non avrete problemi a venderla per un valore superiore a quello dei due cavalli.»

«Non saprei nemmeno da dove cominciare» balbettò l'uomo.

«Vai al Sirena Malata. Il barista sarà in grado di indirizzarvi verso alcuni avventurieri. Ti garantisco che uno di loro lo acquisterà. Inoltre, se non riesci a ottenere ciò che desideri, sai dove trovarmi. Hai il mio giuramento che in quell'occasione troveremo un'altra soluzione.»

L'uomo annuì piano e allungò la mano per prendere la lama.

Ali di Fumo lo strinse con forza. «Non cercare di imbrogliarmi. *So quanto vale questa lama.*» L'uomo annuì e Ali di Fumo gliela consegnò. «Affare fatto, allora. Porteremo i cavalli con noi.»

«Sì, assolutamente. Grazie per aver fatto affari con me» rispose automaticamente il proprietario.

Ali di Fumo inclinò la testa e si diresse verso le porte della stalla, dove Tylee stava osservando i due cavalli direttamente dall'esterno. «Forza. È ora di andare.»

Il ragazzo highven sospirò. «Va bene. Guardatela, però. È così bella alla luce del sole.»

«Suppongo che tu possa montarle in groppa, allora. Io prenderò... qualsiasi cosa sia l'altro.»

Tylee annuì, si girò verso la strada per tornare indietro, poi fece un doppio salto. «Aspetta. Cosa?»

«Montale in groppa.»

«Ma come... Non abbiamo i soldi per *uno* dei due, figuriamoci per *entrambi!*»

«Ho preso accordi con il proprietario. È tutto sotto controllo.»

Tylee lo abbracciò mentre Ali di Fumo gli dava una goffa pacca sulla schiena. «Grazie, Ali di Fumo. Le piaceranno molto.»

«No, le piacerà il corsiero etereo. Lo stallone... Finirà per sgridarmi per lo stallone.»

Tylee rise. «Forse. Ha un leggero caratteraccio.»

«Più che leggero. Dovremmo andare, però. Tornerò al maniero con te. Quando saremo lì, Ryso, Kallik e Juniper potranno vegliare su di te.»

«Dove stai andando?»

«Al Sirena Malata. Dove manderai tua madre quando lei e Lara torneranno.»

Prima serata, 2° Shaita, 18 AF

Ali di Fumo sedeva al solito tavolo d'angolo, sorseggiando con calma il suo bicchiere d'acqua mentre fissava le riparazioni sul pavimento.

Non sono passati neanche dieci mesi da quando ho fatto scivolare il tavolo sul pavimento, lasciando quei solchi. Dieci mesi da quando ho ucciso due membri della Rivelazione proprio qui, solo perché Nyneeve mi ha salvato da una condanna alla prigione o all'esecuzione.

Ora, solo dieci mesi dopo, mi viene voglia di accoltellarla.

Bernedexi si avvicinò al tavolo e si chinò, appoggiandosi sugli avambracci. Era pienamente consapevole della distesa di pelliccia d'oro scuro con le rosette nere, insieme alla profonda valle tra i seni che stava mettendo in mostra tra le braccia per lui. Tuttavia, per quanto la postura indicasse leggerezza e civetteria, i suoi brillanti occhi ciano erano preoccupati. «Andiamo. Sei qui da tre ore a rimuginare.»

«Non sto rimuginando» ribatté lui in tono brusco.

La felidina lepardis inarcò un sopracciglio. «Certo che no. Quello che *stai* facendo è versare sangue in tutta la mia sala da tè. Ancora una volta, posso almeno chiamarti un guaritore?»

«No. Questo lo deve vedere e sistemare Nyneeve.»

Bernedexi ridacchiò. «Il sangue durante o prima del divertimento è più una cosa da felidine, non da highven. Dubito che le piaccia.»

Ali di Fumo inclinò la testa e la fissò, il che non fece altro che provocare una risata più forte da parte di lei. «Lo so bene, però non è questo che intendevo.»

Gli occhi di lei non persero l'espressione preoccupata. «Andiamo, Ali di Fumo. Che cosa è successo?»

Fece un respiro profondo e annuì. *Non c'era motivo di sfogare la mia irritazione per Nyneeve su Bernie.* «Io e Tylee siamo andati a cercare una nuova cavalcatura per Nyneeve...»

«E ti sei reso conto che, visto che non ti paga regolarmente, non puoi permettertene uno?» ironizzò lei.

«No. Be', sì, ma non è questo il punto. Mentre eravamo alle scuderie, è arrivata un'elfa di nome Seline e...»

Bernedexi sibilò. Anzi, *sibilò* sul serio. «Non pronunciare il suo nome qui dentro. Potrebbe evocare la puttana.»

Ali di Fumo si appoggiò allo schienale. «La conosci?»

La lepardis annuì. «Sì. Lei...» Bernedexi fece una pausa. «Aspetta. È stata *lei* a farti questo? Le strapperò il cuore.»

«Io... ehm, sì. In un certo senso. Erano le sue guardie» balbettò lui, colto di sorpresa dalla sua veemenza.

«Non le hai permesso di avere Tye, vero?» Lei alzò la mano. «Non importa, dimentica che te l'abbia chiesto. Ti conosco e non permetteresti mai a quella sgualdrina spocchiosa e carina di avvicinarsi a lui. E poi, sai, le ferite lo rivelano.» Lei lo guardò sbattendo le palpebre. «Aspetta. Non va mai da nessuna parte senza una dozzina di guardie.»

«No, non l'ho fatto. E sì, l'ho notato.»

Bernedexi gemette. «Quanti ne hai uccisi?»

«Nessuno. Se lei li ha fatti guarire.»

La felidina si raddrizzò. Poi tirò fuori una sedia e vi si infilò prima di sporgersi con impazienza in avanti. «Oh, dovrebbe essere bello. Hai fatto fuori una dozzina di guardie elfiche altamente addestrate? Senza ucciderne nessuna?»

Ali di Fumo annuì, rilassandosi per la prima volta dopo ore, mentre l'entusiasmo dell'amica lo metteva a suo agio. «Sì. Uno ha perso un occhio e ci sono state alcune ossa rotte e varie altre ferite. Non pericolose per la vita, se curate. Due sono finiti a terra solo quando ne ho spinto uno contro Seline e gli altri accanto a lei. E uno dei cavalli si è occupato di un altro.»

«Come?»

«Gli ha sbattuto la porta della stalla sulla schiena, poi gli è salito sopra.»

Lei si appoggiò allo schienale e scoppiò a ridere schiaffeggiando il tavolo. «Solo tu andresti a cercare un cavallo per Nineve e ne troveresti uno che decide di calpestare una guardia.»

«Ho trovato anche un cavallo per lei. Un corsiero etereo, una cavalla...»

«Che è assolutamente stupenda» intervenne la voce di Nyneeve. «Anche se non ho idea di come ve la siate potuta permettere.»

Gli occhi di Ali di Fumo si restrinsero e guardarono sopra la spalla di Bernedexi. «Vuoi unirti a noi, *lady* Cressenthorn?»

Nyneeve trasalì e sospirò. «Forse me lo merito. Giuro che lo dirò...»

«Hai già giurato una cosa del genere in passato.»

Lei si accigliò. «Devo aspettare l'autorizzazione di *altre* persone prima di condividere informazioni che le riguardano.»

«Le tue capacità e quelle di Tylee riguardano *me*.»

Lei chiuse gli occhi e annuì. «Sono d'accordo.»

Ali di Fumo sobbalzò quando Bernedexi gli diede un calcio sotto il tavolo. Con forza. La lepardis gli lanciò un'occhiataccia quando incontrò il suo sguardo, poi si alzò piano. «Siediti, Nyneeve. Voi due avete molto di cui parlare. Io mi occuperò della taverna.»

Nyneeve annuì con gratitudine. «Grazie, Bernie.» La highven scivolò sul sedile in precedenza occupato da Bernedexi e fissò gli occhi di Ali di Fumo. «Dammi un minuto e risponderò alle domande su entrambe le cose. Soprattutto perché sono interconnesse. Cerca di capire una cosa, però. Può sembrare più lungo perché siamo diventati così amici, ma ci conosciamo solo da una decina di mesi. Sono disposta a condividere alcune cose che non avrei condiviso prima, ma o non abbiamo avuto il tempo o non ci ho pensato.»

Ali di Fumo serrò le labbra e annuì. «Bene. Seline è un problema *enorme*, però. Soprattutto da quando porto Tye fuori con me. Avresti dovuto...»

Si fermò quando la voce di Bernedexi riecheggiò nella taverna. «Bene, voi lussuriosi, ascoltate! La signora di Tempeston ha bisogno del bar per una riunione. Ciò significa che non mi interessa dove andrete, ma non potete restare qui. Prendete le vostre bevande e il vostro cibo e andate fuori, nel nostro meraviglioso patio, dove potrete finire.»

Nella sala da tè regnò un silenzio attonito per alcuni di battiti di cuore. «Aspetta un attimo!» protestò una voce maschile. «Non *avete* un patio!»

«Sei gentile a notarlo» ribatté la voce secca di Bernedexi. «Questo significa che devi alzare il culo, andare fuori e sederti sull'erba o sulle pietre.»

«Ma il nostro cibo...»

«E le bevande già ordinate sono offerte dalla casa per questa visita» interruppe la lepardis. «Ora, ritiratevi prima che io debba scortare fuori voi briganti.» Lanciò un'occhiata acuta alle sue spalle, sopra il retro del bancone, dove era appesa una frusta.

La gente afferrò subito i pasti e le bevande prima di correre fuori. L'abilità di Bernedexi con la frusta era ben nota. La lepardis rivolse un sorriso a Ali di Fumo e Nyneeve. «Io e il personale terremo fuori la marmaglia finché non avrete finito.»

Nyneeve si voltò e le rivolse un sorriso riconoscente. «Grazie, Bernie. Non dovevi farlo, però.»

La felidina scrollò le spalle. «È bene che Indigo sostenga i suoi amici. E poi, non è che gliene importi qualcosa. È sempre felice di aiutarvi entrambi.»

Dopo che la sala si fu svuotata, Nyneeve si voltò e incontrò gli occhi di Ali di Fumo. «Cosa vuoi sapere?»

«Cominciamo con Seline, Tye, tu, suo padre... in pratica la dinamica dei rapporti» rispose, con un tono ancora freddo ma non così tanto come prima.

Nyneeve fece un respiro profondo. «Va bene. Abbi pazienza. È... complicato.»

«Sto ascoltando.»

Nyneeve rivolse uno sguardo di gratitudine a Bernedexi quando la felidina si avvicinò e mise sul tavolo una bottiglia di vino e un bicchiere, insieme a del pollo speziato. «Grazie, Bernie.»

«Quando vuoi. Tu diglielo. È paziente.» Quando entrambi sollevarono le sopracciglia verso la lepardis, lei scrollò le spalle. «Almeno con le persone che gli piacciono.» A quel punto se ne andò, tornando dietro al bancone.

Nyneeve ridacchiò e si versò un bicchiere di vino. Poi lo mandò giù. «Il padre di Tylee si chiama Kalten Feuaucon.»

«Da quale casa?»

La donna highven scosse la testa. «Nessuna. Lo stesso vale per la madre naturale di Tylee, che si chiama Celeste. Anzi, Celestinia Cielstellar.»

«Skyflash?» chiese.

«Sì.»

«E nessuno dei due reclama una casa?»

«No. Non posso parlare troppo della loro storia in questo momento.» Alzò una mano per prevenire la sua imminente protesta. «Capirai *completamente* dopo aver conosciuto Tirena. E Bade mi ha assicurato che sarà presto.»

Ali di Fumo emise un sospiro stizzito. «Bene. Continua.»

«Kalten è stato legato a Celeste e alla fine anche a Seline. Quest'ultima è stata prima che lui capisse esattamente che tipo di donna fosse o prima che lei si trasformasse in quello che è ora. Comunque, io e Kalten abbiamo lavorato insieme in numerose missioni per un gruppo noto come i Custodi, insieme a Bade, Iden, Aiden e molti altri.

Alla fine è arrivata una missione. Una brutta missione. Questo avvenne dopo che Celeste e Kalten... uhh, *ebbero* Tylee. Anche dopo la loro separazione, che è un'altra lunga storia per un'altra volta.

Credimi se ti dico che Celeste è fuori dai giochi e non vuole avere nulla a che fare con Tylee. Per questa missione, io e Kalten... Be'... Noi, umm...»

«Sputa il rospo, Nyneeve!» la castigò Bernedexi dal bar.

Nyneeve inspirò profondamente e alzò gli occhi per incontrare di nuovo quelli di Ali di Fumo. «Dovevamo accoppiarci spiritualmente.»

Ali di Fumo le strizzò l'occhio. «Avevo l'impressione che non si potesse semplicemente *fare*. Che l'accoppiamento dello spirito fosse qualcosa che si verifica naturalmente quando gli spiriti di due persone, raramente di più, sono incredibilmente compatibili e si soddisfano a vicenda in qualche modo speciale. Che non ci fosse modo di *forzare* il legame.»

«Di solito hai ragione» confermò lei. «Lo spirito di Kalten e il mio, però, erano abbastanza vicini. Forse sarebbe successo da solo tra un secolo o poco più, ma non lo sapremo mai. Con le mie capacità – che ti spiegherò dopo la questione della relazione – insieme a Tirena e all'Alta Signora Apsara, la fae che hai già conosciuto, siamo riusciti a forzare il collegamento.»

«Perché?»

Nyneeve esitò. Infine, chiuse gli occhi prima di giungere a una qualche conclusione. «Si è sacrificato per sigillare un portale che gli Esterni avevano iniziato a usare per entrare nel nostro mondo. Le mie capacità gli hanno dato la forza di farlo.»

«Coraggioso.»

«Molto» concordò lei. «Quando seppe cosa sarebbe successo, scrisse numerose lettere in cui mi lasciava in eredità tutto ciò che possedeva, che non era molto. Tra queste c'era anche la nomina di me come madre adottiva di Tylee. Per rafforzare ulteriormente la cosa, abbiamo convinto la mia famiglia a nominare Tye come *de* invece di *adopans* della casa.»

«Significa che è *della* casa e non *adottato dalla* casa» osservò Ali di Fumo.

«Esatto» conferma Nyneeve.

«E, per qualche motivo, Seline e la sua casa vogliono il ragazzo.»

«Esatto anche questo.»

«Il che significa che questo Kalten non era un elfo normale. Non c'è il nome della casa, e in più questi Diamanti vogliono *davvero* Tye.»

«Ancora una volta, esatto.» Gli occhi di Nyneeve si allargarono quando si rese conto di ciò che aveva confermato.

Fingi.

Ali di Fumo scosse la testa. «Non guardarmi così. Sapevi cosa hai detto e dove mi avrebbe portato.»

Nyneeve arrossì fino alla punta delle orecchie, mentre i suoi occhi verdi scintillavano di malizia. «È vero. Però non dovrei dire niente del genere su di lui, quindi ho cercato di farlo passare per un incidente.» Gli fece il broncio. «La prossima volta, non chiamarmi in causa così in fretta.»

Ali di Fumo inclinò la testa e aggrottò le sopracciglia. «A parte Bernie, non c'è nessun altro qui. Chi pensi possa sentire?»

Lei sbuffò. «Credimi, ci sono abbastanza cose che interessano la mia famiglia che non posso dare nulla per scontato.»

Ali di Fumo inclinò la testa in segno di accettazione. «Molto bene. Capisco la cautela. Ti prego di continuare.»

Nyneeve scrollò le spalle. «Non c'è molto altro da dire. Abbiamo portato a termine la nostra missione e abbiamo perso Kalten. Ho ereditato un bambino e da allora ho cresciuto Tylee come fosse mio. Per quanto mi riguarda, *è* mio.» Il suo sguardo si fece intenso mentre lo fissava.

Fu il turno di Ali di Fumo di alzare le spalle. «Allora è tuo. Il problema, l'intera *situazione*, non è se lei è la madre di Tylee. Tu dici di esserlo, lui dice che lo sei e, a quanto pare, suo padre l'ha voluto. Quindi lo è. Si tratta di informarmi *in anticipo* che qualche arpia folle potrebbe presentarsi per prenderlo. La preparazione è fondamentale.»

Le spalle di Nyneeve si abbassarono. «Sono d'accordo. Mi dispiace. Tendo a non pensare ai Diamanti quando è possibile.»

«Ci hanno già provato?»

«Ci provano ogni anno.»

«A quanto pare, questa volta sono finiti di faccia contro un muro di pietra» commentò Bernedexi dal bar.

Nyneeve sorrise. «È vero. Hai davvero abbattuto tutta la sua guardia?» chiese a Ali di Fumo, con gli occhi scintillanti.

«Ehh. Due sono cadute da sole. Il cavallo fuori è responsabile di un'altra» specificò Ali di Fumo.

«Comunque. I Diamanti non assumono degli incapaci. E Tye ha detto che non hai ucciso nessuno, quindi grazie per questo.»

«Sono certo che si lamenteranno comunque.»

Nyneeve ridacchiò. «Assolutamente sì. Tuttavia, questo è uno stato costante per loro.»

Ali di Fumo si chinò in avanti. «Ora, riguardo alle tue capacità?»

Annuì. «Be', il duca Elystea ne ha menzionato una, ma è la meno importante per questo. Sono una sognatrice, anche se sto ancora imparando. Posso entrare nei sogni o negli incubi delle persone e aiutarle. È possibile vedere nei loro sogni le cose che cercano di nascondere, anche a se stessi. Anche se non mi piace farlo. Mi fa sentire... sporca.

Posso offrire assistenza per fortificare le loro difese mentali contro ulteriori intrusioni, anche le mie. Se me lo chiedono, posso inviarli in una sorta di ricerca della visione. Guidarli a vedere importanti verità su se stessi. Posso anche accompagnarli nei loro sogni per aiutarli a ricordare informazioni dimenticate. Persone, luoghi o cose perse nel tempo. In realtà, c'è molto di più, ma questo è il succo generale.»

«Sei entrata nella mia mente?» quasi ringhiò Ali di Fumo.

L'elfa scosse la testa. «Mai. È molto raro che io usi questa particolare abilità su qualcuno a sua insaputa. Ammetto di averlo fatto quando la necessità era abbastanza grave. Mai su un amico, però, e tu lo sei di sicuro.»

Annuì. «Bene. Ti prego di continuare ad astenerti.»

«Lo farò. Ammetto anche che questa capacità a volte mi fa capire il carattere delle persone quando le incontro per la prima volta. Anche per questo mi sono fidata di te così in fretta. Per quanto riguarda il tuo punto di vista, però, questo non è un problema. Vorrei lavorare con te per rafforzare le tue barriere mentali, se sei disposto a farlo.»

«Possiamo parlarne più tardi. Adesso mi parlerai delle tue altre capacità. Quelle che Vesnic non ha menzionato.»

Nyneeve strinse le labbra mentre ci pensava. «In realtà non ho un nome per l'abilità, e non ce l'hanno nemmeno gli altri con cui ne ho parlato. Almeno, non me l'hanno detto. Nemmeno i fae.»

«Puoi dirmi cosa *fa*, allora?» chiese Ali di Fumo.

«Certo. Sai che ho capacità empatiche. Che posso percepire le emozioni. Be', non mi limito a percepirle. Posso amplificarle. Aumentarle. Più sono vicina alla persona, più è facile. E non intendo la vicinanza fisica. Se la conosco bene e provo sentimenti simili...» Si interruppe, scuotendo la testa. «Troppo di una cosa buona può essere un male. Molto male. Soprattutto perché non posso sempre controllarlo.»

Ali di Fumo aggrottò le sopracciglia. «Non capisco davvero. In particolare, cosa c'entri questo con l'accoppiamento dei vostri spiriti e con la chiusura del portale da parte di Kalten.»

Nyneeve era arrossita prima. Queslla volta, tutto il suo viso, fino alla punta delle orecchie, diventò di una tale tonalità di rosso che Ali di Fumo pensò che avrebbe potuto bruciare spontaneamente. In effetti, era sicuro di aver sentito il calore irradiato da lei. «Io... non posso...»

Bernedexi intervenne per salvarla. «Lei amplifica i *sentimenti*, Ali di Fumo. Più si sente vicina a qualcuno, più impatto può avere. E se prova sentimenti simili e non riesce a controllarli...»

Ali di Fumo sbatté le palpebre. «Stai parlando di sesso?» chiese alla fine.

«Centro al primo colpo» si congratulò sarcasticamente Bernedexi.

Nel frattempo, Nyneeve annuì bruscamente, con il volto ancora infuocato. «Sì, non ho mai fatto sesso. Anche solo scherzare potrebbe creare grossi problemi al mio partner.»

Ali di Fumo la fissò, stupefatto. «Credo di non aver ancora capito le implicazioni.»

Nyneeve respirò profondamente alcune volte e si ricompose. «L'energia è energia e può alimentarsi da sola. I sentimenti sono un tipo di energia e io posso amplificarli. L'accoppiamento dello spirito ha l'effetto di far sì che due persone, anche nemiche, si desiderino a vicenda. Quando io e Kalten ci siamo accoppiati spiritualmente, abbiamo iniziato a desiderarci *davvero*. Tuttavia, non abbiamo mai consumato il rapporto. Non posso controllare questo aspetto di me stessa quando...»

Ali di Fumo fece finta di niente. «Capito. Quindi, mi stai dicendo che il continuo ciclo di feedback di energia gli ha dato la forza necessaria per chiudere il portale?»

Nyneeve aggrottò le sopracciglia. «No. Ti sto dicendo che gli sta *dando* l'energia per tenerlo chiuso» lo corresse in tono secco.

Ali di Fumo si raddrizzò. «Kalten è *vivo*?»

Nyneeve annuì.

«E tu stai agendo come una sorta di fonte di energia auto-rinnovante per lui?»

Un altro cenno.

«Che cos'è questo tizio?»

«Qualcosa di cui ti parlerà Tirena» rispose Bernedexi. «Non stavi ascoltando prima?»

Ali di Fumo le lanciò un'occhiataccia. «Sì, stavo ascoltando.» Si voltò di nuovo verso Nyneeve. «Quello che voglio sapere è perché non lo salviamo. Ti aiuterò a salvare il tuo compagno di spirito.»

Nyneeve lo guardò sbattendo le palpebre, con le lacrime che salivano. «Grazie, Ali di Fumo.»

Ali di Fumo si alzò in piedi. «Allora cosa stiamo aspettando?»

«La persona giusta» dichiarò piano la highven.

«Che significa?» Ali di Fumo si chinò in avanti e appoggiò i palmi delle mani sul tavolo.

«Non lo so. Questo è tutto ciò che mi hanno detto Tirena e Apsara. Che se Falco...» Fece una pausa, con un leggero singhiozzo nella voce. «Scusa, è così che chiamavo Kalten. Comunque, se Kalten dovesse sopravvivere, sarebbe perché è arrivata la persona giusta per aiutarmi.

Non mi hanno detto come avrei fatto a sapere chi, quando sarebbe arrivata o cosa si doveva fare. So solo che siamo bloccati in questo momento. Kalten è bloccato in questo momento. È lui che tiene chiuso il portale.» Le lacrime che aveva trattenuto le scivolarono finalmente sul viso.

I tre nel bar rimasero in silenzio, guardandosi l'un l'altro per diversi minuti.

Alla fine, furono svegliati dalle loro fantasticherie dall'apertura della porta della taverna.

«*Fuori!*» abbaiò Bernedexi, sollevando la mano per indicare imperiosamente la porta.

L'uomo di alta statura scosse la testa, facendo tintinnare la cotta di maglia. Ali di Fumo lanciò un'occhiata alla livrea verde, marrone e argento dell'uomo, la cui sopravveste quasi brillava di luce propria nella penombra del bar. «Non prima di aver consegnato questo alla bambina, Nyneeve Croissépine.» Tenne in mano un pezzo di pergamena arrotolato.

Nyneeve si tese.

È preoccupata che chiunque sia la veda nel suo stato attuale. Ali di Fumo scrutò l'uomo un'altra volta. *Ermanthyr! Devono essere loro. Mi sembrava di aver riconosciuto quei colori.*

Nyneeve iniziò ad alzarsi, ma Ali di Fumo scavalcò il tavolo e si diresse verso l'uomo.

Il messaggero elfico continuò ad avvicinarsi a Nyneeve mentre teneva il messaggio in mano, intenzionato a passare davanti a Ali di Fumo.

La mano di Ali di Fumo scattò e il suo palmo si posò delicatamente al centro del petto dell'uomo, mentre l'altra mano afferrava la lettera. «Consegnata. Puoi andare.» Il tono di Ali di Fumo era caratterizzato da una feroce nota di finezza.

Gli occhi del messaggero si allargarono. «Ascolta, umano, quella lettera...»

«È stata consegnata» lo interruppe Ali di Fumo. «La *Signora di Tempeston* ha avuto una giornata difficile. Come suo scudiero, accetto ufficialmente questo messaggio e ti assicuro che risponderà prontamente. Ora, il tuo dovere è stato assolto e sei *congedato.*»

L'elfo iniziò a balbettare qualcosa, ma Bernedexi agganciò il braccio destro a quello sinistro di lui e lo fece girare verso la porta. «Andiamo. È ora di lasciare in pace la signora e il suo scudiero. Perché non mi mostri il cavallo con cui sei arrivato? Ho sentito parlare dei cavalli di Ermanthyr. Sono sicuro che è spettacolare...» La sua voce si interruppe mentre i due uscivano dalla taverna.

Ali di Fumo tornò al tavolo e si sedette sul bordo, offrendo senza parole la pergamena ordinatamente arrotolata a Nyneeve.

«Grazie.» L'elfa tirò su col naso.

«È a questo che servono gli amici.»

Lei gli rivolse un sorriso caloroso e i suoi occhi verdi si illuminarono di nuovo. «È così.» Prese il messaggio e lo scrutò due volte prima di gettarlo sul tavolo con un sospiro.

«Cosa c'è?»

«Siamo stati convocati nell'Ermanthyr. Non solo io.»

CAPITOLO DIECI

«Questa è spazzatura» brontolò Ali di Fumo mentre attraversavano il portale.

Volutamente ad alta voce, in modo che i suoi compagni dall'orecchio acuto potessero sentire.

Nyneeve gli lanciò un'occhiataccia. Lo sguardo di Bade era più rassegnato, mentre Iden...

Iden sembra incredibilmente divertito dall'intera situazione.

«Questa è la mia *casa*» ribatté Nyneeve con decisione.

Ali di Fumo sollevò un sopracciglio e si guardò intorno, osservando la città splendidamente costruita. L'architettura aggraziata e fluida non solo si fondeva con le foreste circostanti del semipiano, ma sembrava addirittura fondersi con esse. Le guglie alte e appuntite non erano in contrasto con i bordi arrotondati e fluidi. Le due cose si completavano a vicenda, dando alla città profondità e carattere. I verdi e i marroni della foresta mettevano in risalto e attiravano l'attenzione direttamente sul bianco porcellana e sull'argento degli edifici.

Il che probabilmente lascia molti di noi umili umani a bocca aperta per lo shock e lo stupore. Ma poiché sono stato a Illanalari, la capitale highven di Alshain, conosco già la metodologia di costruzione.

Eppure, tutto sommato, se non fossi qui per essere abbigliato – o almeno per ascoltare Nyneeve che viene abbigliata – dovrei ammettere che il posto è bellissimo.

Ma lo sono, quindi al diavolo.

Aprì la bocca per replicare, ma la chiuse subito quando incontrò il suo sguardo. Sospirò. «Non mi riferivo alla *città*, Nyneeve. Mi riferivo al motivo per cui siamo qui. La città è bellissima.»

Lei lo fissò con occhi verdi socchiusi e curiosi, cercando chiaramente di capire se stesse mentendo. «Va bene» dichiarò alla fine, solo *in qualche modo* rassicurata.

«Tuttavia, sarebbe meglio tenere per sé tali opinioni mentre si è qui» ammonì Bade. «Ricorda che Nyneeve, che per la nostra cultura è ancora una bambina, viene interrogata dal Consiglio in merito all'alterco.»

Ali di Fumo sbuffò. «Allora perché mandarmi a chiamare se non vogliono sentire quello che ho da dire?»

«È complicato» ammise Bade. «Non c'è mai stato un momento in cui un elfo così giovane abbia avuto un impatto sul mondo esterno abbastanza grande da giustificare un titolo nel regno di cui facciamo parte. Nyneeve è la prima e, se vuoi la mia opinione, oserei dire che sarà anche l'ultima. Le sue decisioni *là fuori* le prende da sola. Tuttavia, questa è una questione privata *ermanthyriana*, quindi il suo titolo non entra in gioco.»

«No, solo la sua età» sputò acidamente Ali di Fumo.

«È un po' idiota, non è vero?» domandò Iden con un sorrisetto.

Ali di Fumo inclinò la testa e sgranò gli occhi. «Tu credi?»

«Personalmente, sono d'accordo con lei. Avrebbe dovuto partecipare in anticipo alla cerimonia dell'età adulta, lo stesso anno in cui è diventata una nobile di Greythorn. Tuttavia, non chiedono la mia opinione su queste cose.» Iden spostò il tono verso una caricatura di quello di Bade. «E oserei dire che la situazione non cambierà.»

Ali di Fumo ridacchiò, guadagnandosi sia lui che Iden un'occhiataccia da parte di Bade. «Prendermi in giro non aiuterà Nyneeve. Rimanere in silenzio lo farà» lo avvertì Bade.

«Ho capito» lo rassicurò Ali di Fumo. «Nessuno vuole che il giovane umano interrompa la discussione degli anziani. Quindi, siediti, stai zitto...»

«E cerca di non uccidere o mutilare nessuno.» Iden gli sorrise.

Bade digrignò i denti. «Non ti conosco da molto, Ali di Fumo. Anche se, nel tempo che ho avuto, il miglior consiglio che posso dare è di *non* essere te stesso.»

Ali di Fumo e Iden si sorrisero a vicenda. «Mi lascerò guidare dalle tue parole, Maestro Tempecendi.»

Non gli sfuggì il lampo di preoccupazione, né quello di terrore, che attraversò gli occhi di Nyneeve.

Ali di Fumo si era volutamente assopito mentre l'Alto Signore dell'Ermanthyr, Falassir Vieusang de Nalleawa, continuava a sciorinare la sua lista di questioni sorte dal confronto tra Ali di Fumo e Seline. Non è che non volesse ascoltare. Semplicemente, tutte le questioni erano descritte nel messaggio che avevano inviato a Nyneeve.

Be', questo e la sua palese mancanza di rispetto per Nyneeve. Non capisco perché sia così mite quando ha a che fare con queste persone.

Dalla sua posizione rigida, da piazza d'armi, azzardò un'occhiata tra i due enormi candelabri d'argento e platino sul tavolo di fronte all'elfo, notando come incorniciassero l'alto lord direttamente tra loro. Era ancora ragionevolmente in forma, anche se Ali di Fumo lo giudicò un elfo di mezza età. *Avrà quattrocento anni o giù di lì.* Il suo viso era bello come quello della maggior parte degli elfi, ma non in modo straordinario. I suoi capelli d'oro argentato cadevano leggermente oltre le spalle, con un leggero ricciolo sulle punte.

Si sforzò e riuscì a trattenere un cipiglio. *Non so perché, ma qualcosa in quel tipo mi fa venire voglia di colpirlo con uno di quei candelabri. Come se sapessi che un giorno farà qualcosa che mi farà venire voglia di ucciderlo. Forse è il modo in cui parla con condiscendenza a Nyneeve e allo stesso tempo la scruta. Cosa che, ovviamente, lei non ha notato.*

Un sospiro sommesso gli sfuggì dalle labbra. *Almeno le sei guardie all'ingresso hanno fatto marcia indietro sul fatto che io tenessi le armi quando Iden si è messo tra noi. Cosa che ha fatto prima ancora che io rispondessi.*

Un bravo ragazzo.

Ali di Fumo fece passare lo sguardo tra gli altri dodici membri del Consiglio seduti dietro il tavolo semicircolare sulla predella rialzata che circondava lui, Nyneeve, Bade e Iden. Ognuno di loro era un rappresentante di una delle tre casate più importanti in un campo specifico. Quei campi erano: mercantile, militare, magico e boschivo. I rappresentanti della prima casa in ciascuno di essi erano noti rispettivamente come maestro mercante, maestro d'armi, arcimago e arcidruido.

Poiché gli scopi dei mercanti, dei militari e della magia erano facilmente intuibili, Bade gli aveva consigliato, prima del loro arrivo, che i boschi erano i contadini e i custodi delle bellezze naturali dell'Ermanthyr.

Mi ha anche detto che erano responsabili della manutenzione, del miglioramento e dell'espansione della città stessa, poiché ciò implicava la garanzia che nessuno dei cambiamenti avesse un impatto sulla bellezza naturale dell'Ermanthyr.

Ali di Fumo finì di osservare i membri del consiglio, lasciando che il suo sguardo si soffermasse su Galeno Malaucon de Cuendian. Era il capo della Gilda dei Mercanti, il maestro mercante dell'Ermanthyr, e guardava apertamente Ali di Fumo.

Il che, glielo farei presente, potrebbe fargli congelare il viso in quel modo, ma a chi importa? Sembra già che appartenga a una cripta.

Galeno era antico, anche per gli standard highven. I suoi lunghi capelli bianchi ricadevano sulle spalle ossute del corpo magro. *Persino il viso e le braccia presentano macchie dovute all'età, cosa che agli elfi non succede prima di aver superato i sei secoli. Se dovessi tirare a indovinare, direi che ha almeno settecento anni.*

L'angolo del labbro di Ali di Fumo si arricciò, ottenendo un abbassamento delle sopracciglia bianche e folte di Galeno e un cipiglio sempre più profondo. Ignorando l'elfo anziano, Ali di Fumo inclinò leggermente la testa all'indietro per gettare lo sguardo sul balcone, dove gli elfi erano seduti a due a due per osservare il processo. Il balcone si estendeva per tre quarti della stanza, coprendo il lato sinistro, destro e posteriore da cui erano entrati. L'unico lato privo di sporgenze era quello in cui sedevano i membri del Consiglio.

Prudente. Mi piacerebbe far cadere qualcosa sulle loro teste.

La prima fila di elfi, tra cui Seline, era seduta su sedie imbottite e di pelo, mentre quelle dietro di loro erano su panche di legno rialzate e non imbottite. Ogni tanto c'erano degli spazi vuoti, che consentivano alle persone di andare e venire dalle panche posteriori senza disturbare troppe persone.

I ricchi e i potenti davanti, i loro lacchè e i poveri dietro.

Insieme a Tylee sul lato opposto alla vipera.

Quella volta non riuscì a trattenere il cipiglio. *C'è qualcosa di strano lassù.*

Il suo sguardo si spostò su Nyneeve, solo per vederla scuotere la testa in modo brusco e quasi impercettibile.

Non aveva più tempo per contemplare quei pensieri. Il tono autoritario dell'Alto Signore Falassir lo trascinò di nuovo nella discussione. «C'è qualcosa che causa problemi al tuo scudiero, ragazza?»

Ali di Fumo non poté fare a meno di digrignare i denti per evitare di sputare una risposta acida. *Non vogliono sentire me, solo Nyneeve.* Continuava a ripetere silenziosamente quel mantra, sperando, pregando che continuasse a impedirgli di rispondere.

«Non che io sappia, Alto Signore Falassir» commentò Nyneeve nel silenzio.

«Credo che lo scudiero Stellascura sia semplicemente disabituato a questo genere di procedure» spiegò Bade con calma. «Può anche darsi che sia stanco o che stia cercando di sgranchirsi i muscoli.»

«Forse sarebbe meglio che se ne andasse, in modo da poter continuare a interrogare questa figlia dell'Ermanthyr riguardo al suo attuale pupillo. Così come della *sfacciataggine* del suo scudiero» ribatté Falassir.

Ali di Fumo aprì la bocca, ma Iden lo fulminò con un leggero scuotimento della testa. Ali di Fumo soffocò ancora una volta una replica.

«Le questioni riguardano le azioni del mio scudiero, e il Consiglio ha richiesto la sua presenza...» Nyneeve si interruppe.

«Gli abbiamo *ordinato* di presentarsi qui, figlia di Ermanthyr. Come abbiamo fatto con te. Faresti bene a ricordarlo.» La voce di Galeno non era quella roca e sottile che Ali di Fumo aveva previsto. Era ancora forte e vibrante.

E quello finalmente fece rompere la diga di Ali di Fumo.

«Quando è troppo è troppo» abbaiò, attirando gli sguardi sbigottiti di tutti quando si voltarono verso di lui. Dopo aver ottenuto la loro completa attenzione, compresi gli sguardi di Bade e Nyneeve, continuò. «Avete mancato di rispetto a lady Cressenthorn per l'ultima volta, almeno in *mia* presenza.»

Falassir restò a bocca aperta. «Tu starai zitto...»

«*Non* lo farò» urlò Ali di Fumo interrompendolo. «Lady Cressenthorn è un membro ben rispettato della nobiltà di Greythorn. La tratterai con il giusto rispetto che le è dovuto per il suo titolo.»

«Qui è ancora una bambina» lo corregge Falassir. «Dobbiamo...»

«Fare esattamente come ti ho detto» lo interruppe Ali di Fumo. «È incredibilmente semplice. Non mi interessa ciò che la vostra *cultura* impone riguardo a lady Cressenthorn. Mi interessano solo le leggi del paese, alle quali siete vincolati. Esse stabiliscono che tutti i nobili devono essere trattati con la deferenza che la loro posizione giustifica da parte di tutti gli abitanti delle terre.»

Falassir sospirò. «Gli umani possono essere così poco lungimiranti. Io lo stesso rango della bambin...»

«*Lady Cressenthorn*» lo corresse Ali di Fumo, notando un leggero sorriso sulle labbra di Iden. Tuttavia, Nyneeve e Bade sembravano sconvolti.

Falassir scosse la testa. «È ancora una bambina dell'Ermanthyr fino alla cerimonia di maturità della prossima estate. Pertanto, mentre è presente nell'Ermanthyr...»

«Non lo era.»

Falassir sbatté le palpebre. «Cosa?»

«Presente in Ermanthyr.»

«Io... temo di non capire cosa intendi.»

«Quando la vostra *convocazione* l'ha raggiunta. Avete inviato un messaggio con un messaggero alla periferia di Tempeston, la città su *cui* governa. Pertanto, non si trovava *nell'*Ermanthyr quando le avete *ordinato* di fare qualcosa in modo così insensibile. Questo indica che hai oltrepassato la tua autorità e i tuoi numerosi limiti cercando di dare ordini a una persona di pari rango.

Inoltre, un membro del vostro stesso Consiglio ha ammesso, diciamo così, in un'aula aperta, che la convocazione non proveniva solo da voi, ma dall'intero Consiglio. E loro non hanno la giurisdizione né la capacità di convocare *nessuno* dei pari a comparire davanti a loro. Pertanto, *Lady Cressenthorn* ha *scelto* di onorarvi della sua presenza e di discutere la questione per gentilezza di cuore, non per la vostra ridicola convocazione.»

Un silenzio stupito riempì la sala del consiglio. Almeno dopo che Iden soppresse la sua risatina. Nyneeve e Bade lo fissarono con occhi spalancati. Galeno sembrava furioso e Falassir non era lontano dall'esserlo. Gli altri membri del Consiglio sembravano a metà tra lo shock, l'orrore e la contemplazione.

Falassir ricominciò. «Possiamo comunque richiamare una figlia dell'Ermanthyr perché risponda di...»

«No, non potete. Sono *certo* che siete a conoscenza del vostro statuto con il regno. Come molti statuti, alcune cose sono state mantenute quando una terra ha aderito. La disgustosa capacità del ducato di Volthym di mantenere gli schiavi è solo un esempio.

Tuttavia, negli ultimi giorni ho esaminato l'accordo che l'Ermanthyr ha firmato con il regno di Eithenstaar. Come previsto, qui sono permesse numerose piccole cose culturali che non sono consentite altrove.»

«Come cosa?» Galeno praticamente ringhiò.

«Volete un esempio?» chiese Ali di Fumo. Quando i membri del Consiglio annuirono, lui scrollò le spalle. «Molto bene. Un esempio è quello di terraformare magicamente il vostro semipiano per adattarlo a come lo desiderate. Cambiare gli alberi, il clima, persino la terra stessa. Il vostro statuto vi permette di continuare a farlo entro i confini del vostro semipiano, ma vieta di farlo in qualsiasi luogo al di fuori dei vostri portali, persino nella foresta che vi circonda.

E questo è solo un esempio su alcune decine. Tuttavia, non è questo il punto. Sapete cos'altro ho trovato in quel documento?» Falassir scosse la testa una volta, violentemente, con le labbra serrate e la fronte aggrottata. «Bene, allora sarò lieto di informarvi.

Secondo l'articolo cinque, disposizione sedici, paragrafo sette, sottosezione tre, dovete, e cito, "trattare sempre tutti i nobili Eithenstaar con il rispetto dovuto alla loro posizione". Inoltre, in caso di necessità, ogni suddito dell'Ermanthyr che salga alla nobiltà di Eithenstaar deve essere innanzitutto considerato e trattato come tale incarico richiede. Poiché essere un membro dei Pari è una posizione onorata che comporta numerosi doveri, il loro titolo sostituisce qualsiasi obbligo verso l'Ermanthyr in caso di conflitto.»

Bade sbatté le palpebre. Gli angoli della sua bocca si sollevarono appena, mentre inclinava la testa in segno di rispetto.

Falassir fece cenno a un paggio, sussurrò alcune istruzioni e fece uscire il ragazzo dalla stanza. «Ci occuperemo subito di questo. Finché non avremo consultato la nostra copia della Carta, continueremo con...»

«No, non lo faremo» interruppe di nuovo Ali di Fumo. «Aspetteremo che i vostri uomini confermino ciò che ho detto, poi continueremo.»

«Perché?»

«Perché il fatto che confermi le mie parole e scopri che ho ragione ha una netta rilevanza sul resto di questa conversazione, Alto Signore.»

L'highven aggrottò le sopracciglia, ma annuì bruscamente. I sussurri riecheggiarono nelle stanze.

«Avresti dovuto lasciare che me ne occupassi io, Ali di Fumo» sibilò Nyneeve attraverso le labbra appena dischiuse.

«No. Ho finito di stare in disparte ad ascoltare mentre ti mancano di rispetto.» Lei si girò verso di lui e aprì la bocca, ma lui scosse la testa. «No, Nyneeve. Se volevi silenzio e rispetto delle regole, non avresti mai dovuto reclutarmi. Se volevi l'umiltà, non avresti mai dovuto reclutarmi. Ma non è questo che volevi. *Volevi* qualcuno che facesse ciò che ritiene giusto semplicemente perché lo ritiene giusto. Volevi una persona giusta e affidabile, non un cagnolino.

Detto questo, non tollererò che ti si manchi di rispetto. Non solo perché sei mio amica, ma perché sei *degna* di rispetto. Vorrei anche ricordarti che sono il tuo scudiero. Il mio *compito* è letteralmente quello di difenderti, e non solo dalla violenza fisica.

Anche se non capirò mai perché scegli di abbassarti per permettere a queste persone di sentirsi superiori quando chiaramente *non lo sono*, è una tua scelta. Tuttavia, se dovessero scegliere di usare questo come motivo per degradarti e insultarti davanti a me, li dissuaderò. In qualsiasi modo sia necessario.»

Lei sbatté le palpebre, con le lacrime non versate che le si formavano agli angoli degli occhi. Bade e Iden inclinarono la testa in segno di rispetto.

Mentre parlavano, il paggio tornò con un grosso libro e lo consegnò all'Alto Lord Falassir. Lui e i membri del Consiglio finirono di consultarlo pochi istanti dopo che Ali di Fumo si fermò, prima di prendere lentamente posto. «Sembra che tu abbia ragione, scudiero Stellascura. Ora, possiamo continuare a interrogare Lady Cressenthorn, figlia di Ermanthyr?»

Ali di Fumo si voltò verso di loro, con le labbra serrate come se stesse contemplando la loro richiesta.

Bade fece un respiro profondo e irritato. «Così vicino» mormorò l'highven.

«No, non credo che continueremo con l'interrogatorio» proclamò Ali di Fumo all'Alto Lord. «Siamo qui da ore e non è stata presentata alcuna documentazione a sostegno delle rivendicazioni della Casa *Diamante*.» Usò volutamente la versione abbreviata del nome della loro casata, facendo sì che Serbal Diamante, la matriarca della seconda casata mercantile, lo fulminasse dal suo posto sulla predella.

Be', guarda più forte, visto che lo stavi già facendo prima, quindi a chi importa?, pensò Ali di Fumo con leggerezza. Sentì un fruscio dal balcone di sopra e vide Seline che si spostava sulla sedia. *Interessante.*

Falassir scosse la testa esasperato. «Quali rivendicazioni?»

Ali di Fumo sollevò un sopracciglio. «Seline Diamante si è presentata con un contingente di guardie nel tentativo di rapire Tylee Feuaucon de Grauviel. Ho messo fine alla cosa.»

«C'è qualche controversia su chi debba essere nominato tutore del ragazzo» ammise Falassir.

«No, non c'è» lo corresse Ali di Fumo. «La questione è risolta. Il padre naturale del ragazzo ha firmato i documenti che danno la custodia a Nyneeve come suo spirito compagno. Non a Seline come sua compagna d'amore. Poiché sono stato informato che la madre naturale di Tylee, Celestinia, compagna di vita di Kalten, è fuori dai giochi, la richiesta del padre resta valida.»

«Chi sei tu per dirlo?» Galeno si alzò in piedi e si chinò sulla scrivania, sbattendovi sopra i palmi delle mani.

«Uno scudiero di Greythorn. Mi è stata conferita l'autorità di gestire tutte le questioni di bassa giustizia e di alta giustizia, se necessario, in assenza del mio signore» insistette Ali di Fumo. «La paternità di Tylee è ben nota e accettata. I desideri del padre sono documentati, mentre quelli della madre naturale sono sconosciuti. Pertanto, non c'è alcun titolo legale per cui qualcuno qui possa decidere diversamente.

Soprattutto perché sono stato informato che né Kalten né Celestinia erano cittadini di Ermanthyr, né hanno dichiarato di appartenere ad alcuna casata di Ermanthyr. Questo rende la questione un problema di Eithenstaar, o più precisamente di *Greythorn*. Ed è risolta. A meno che non vogliate che vi citi l'articolo, la disposizione, il paragrafo e la sottosezione in cui potete trovare le informazioni a cui mi riferisco nel vostro statuto.»

Galeno sprofondò sulla poltrona, con i lineamenti frustrati.

Falassir si schiarì la gola. «Non credo che sarà necessario.»

«Eccellente. Dal momento che questo è stato tolto di mezzo, devo presumere che censurerete la Casa Diamante per le sue azioni? In particolare, Seline Diamante?»

Falassir si sporse in avanti. «Dici sul serio? *Tu* li hai *aggrediti!*»

«No, ho protetto un bambino da un tentativo di rapimento nella terra di Greythorn. Fa parte del mio lavoro.»

Qualche sghignazzo si levò dal balcone.

E da Iden.

«Che... tu... io...» balbettò Falassir, scuotendo la testa per la pura e semplice audacia di Ali di Fumo.

«Be', è così, oppure posso prenderla in custodia. Proprio qui, adesso.»

«Seline ha detto che l'hai liberata.»

«Le ho detto di incassare la sconfitta, di imparare la lezione e di andarsene» specificò Ali di Fumo. «Lei ha detto che non era finita. Mantenendo la sua promessa, ora ha cercato di usare mezzi legali per causare un ulteriore problema, dando a *tutti* noi dei grattacapi.

Avevo il diritto di fermarla, non solo come cittadino preoccupato, ma anche come scudiero. Cosa che abbiamo già stabilito in precedenza. Inoltre, ancora una volta, non era nell'*Ermanthyr*. Era a *Greythorn* quando è avvenuto l'alterco. Quando è finito, non le ho detto una sola volta che non avrei rivisto la questione se avesse continuato su una strada così *sfacciata*. Lei ha scelto di farlo e ora lo faccio anch'io.»

«Non ti permetterò di trascinare fuori dalla nostra città una rispettata cittadina di Ermanthyr» lo ammonì Falassir.

«Allora censurala qui e ora. Consiglia a lei e alla sua famiglia di stare lontani da Tylee.»

«Non farò nemmeno questo.»

Ali di Fumo strinse gli occhi. «Allora, qui in pubblica udienza, permettetemi di dare alla Casa Diamante, e a tutti gli altri, un avvertimento. Non avvicinatevi più al ragazzo con cattive intenzioni. Non proseguite su questa strada.»

«O cosa?»

«Se venite a cercare Tylee, dovrete passare *attraverso* di me.» La testa di Ali di Fumo si inclinò in avanti in modo da guardare l'alto lord dritto negli occhi. La sua espressione si appiattì mentre lasciava cadere le mani sul ventre fino alle else delle sue sciabole. «In verità, non sarà così. Se qualcuno dovesse venire a cercare Tylee, andrò io *attraverso* di loro. Poi troverò chi li ha mandati, e che i draghi di lassù abbiano pietà della loro anima.»

«Non lo faresti» sbottò Falassir, con il volto arrossato dal cipiglio.

«Oh, e non crediate che mi siano sfuggite le due guardie della Casa Diamante in piedi all'ingresso del balcone. Sai, dove Tylee dovrà passare quando uscirà.»

Il cipiglio di Falassir si inasprì quando abbassò la testa.

Tuttavia, non si trattava di acquiescenza o accettazione dell'avvertimento.

Era per allertare le tre dozzine di guardie magicamente nascoste e schierate sul balcone.

Guardie che ora appaiono dal nulla per farsi avanti con gli archi sguainati e le frecce incoccate.

Ognuno di essi era puntato contro Ali di Fumo.

«Mi stai minacciando nella mia stessa sala del consiglio?» chiese Falassir.

«Mai, Alto Signore. Non sto nemmeno facendo una promessa. Ti sto dando una *garanzia*.» Ali di Fumo si rifiutò di indietreggiare.

Falassir sbuffò e scosse la testa per lo stupore. «Perché mai dovresti insistere su questo? *Qui*, nell'Ermanthyr, mentre trentasei frecce sono puntate direttamente su di te da arcieri elfici altamente addestrati? Sei forse impazzito?»

Ali di Fumo non estrasse le spade, ma non le rilasciò nemmeno. Invece, scrollò le spalle. «Può darsi. Probabilmente. In realtà, però, lo faccio per due motivi.»

«E quali sono?»

«Prima di tutto, sono il mentore, l'allenatore e l'amico di quel ragazzo. Lo considero come un figlio, quindi lo proteggerò. A qualunque costo.»

Nyneeve si girò di scatto verso di lui, con gli occhi verdi spalancati dallo shock.

Galeno si schernì. «Considerando la vostra minuscola differenza di età, mi risulta difficile crederlo.»

«Non ricordo di aver chiesto la tua opinione. Soprattutto perché non mi interessa. Ho praticamente cresciuto mia sorella da quando è nata perché mia madre non poteva farlo. Ora sto sostituendo il padre scomparso di Tylee. Non mi interessa la nostra età relativa, né mi interessa la tua percezione della situazione.»

Bade e Iden abbassarono nuovamente la testa in segno di rispetto.

Falassir alzò una mano, evitando la replica rabbiosa del capo della gilda dei mercanti. «E il secondo?»

«Semplice. Dopo averci riflettuto a lungo, una casa come quella dei Diamanti non assume come guardie i rifiuti di una taverna locale. Cercano l'abilità. In un insediamento come questo, ciò significa ex soldati. Se faccio cadere una dozzina di ex soldati di Ermanthyr usando attrezzi agricoli, cosa pensate che succeda se estraggo le mie *vere* armi?»

«Proprio quando comincio a riconsiderare la mia opinione su di lui, ecco che la sua bocca si apre» mormorò Bade.

«In un certo senso mi è piaciuto» sussurrò Iden in tono deliziato.

«Se li tiri fuori, i miei arcieri tireranno e tu morirai» gli assicurò Falassir.

Ali di Fumo scrollò di nuovo le spalle. «Forse. Ma vi avverto che le quattro persone più pericolose di questa stanza, probabilmente di tutta la città, sono su questo piano, in piedi insieme davanti a voi. E non credo che tu voglia verificare da che parte staranno gli altri tre.»

Prima che l'alto lord potesse replicare, una voce soffocata dichiarò dal tavolo: «Io sho da ghe parte shtarei. La shua.»

Ali di Fumo sbatté le palpebre.

Come tutti gli altri, visto che la voce proveniva dal candelabro alla destra dell'alto lord.

Be', tutti tranne Nyneeve. I suoi occhi si allargarono, poi si restrinsero in segno di rassegnazione prima di seppellire la testa tra le mani. «Oh, no» sospirò. «Non lui. *Tutti* tranne lui.»

Mentre tutti gli altri fissavano il candelabro, quello sembrò vacillare e sciogliersi prima di rimodellarsi in un gatto nero.

Un gatto che teneva dritti due candelabri, uno per zampa anteriore. Per non parlare di quello infilato nella bocca rovesciata.

«Che cosa...» cominciò Ali di Fumo.

«Non chiedermelo» supplicò Nyneeve, abbandonando la testa tra le mani. «Si chiama Grim.»

«Queshto è gorretto» esordì il gatto. «Ashpettate, ashpettate.» Grim lasciò cadere i candelabri accesi sul tavolo, probabilmente di valore inestimabile. Falassir saltò in piedi e allungò la mano per spegnerli prima che potessero danneggiare il legno. Poi, il gatto strappò il candeliere acceso dalla sua bocca e lo porse all'alto lord, che lo prese con esitazione. «Ecco. Bravo. Ora dovrei essere infinitamente più comprensibile.»

Mentre Falassir sbatteva le palpebre verso Grim, la cera calda gli colò sulla mano e lo scottò. Lui sussultò, poi spense l'ultima candela. «Grim. A cosa dobbiamo l'onore della presenza del famiglio dell'Alta Signora della Tempesta?»

«Famiglio? No, no, no. Non sono il suo famiglio. Sono solo un messaggero.»

Quando il gatto non continuò, Falassir fece chiaramente fatica a trattenere la sua collera per l'insolenza di qualcuno nei suoi confronti. L'Alto Signore dell'Ermanthyr fece un respiro profondo e posò delicatamente il candeliere sul tavolo, trattenendosi all'ultimo momento prima di sbatterlo con forza. «Molto bene. Posso chiedere perché il *messaggero* di una Signora dei fae è qui?»

«Soprattutto perché ho pensato che questa situazione sarebbe stata divertente.» Grim puntò la coda contro Ali di Fumo. «Quello non si tira indietro di fronte a una battaglia. E questa aveva le carte in regola per essere una battaglia davvero divertente. Il vostro ingegno contro il suo. I vostri soldati contro di lui. E questo senza che le capacità della *mia* – mentore?, madre? – entrino nella mischia. Questo promette un livello di divertimento del tutto nuovo.»

«Che cos'è il gatto?» sussurrò Ali di Fumo a Nyneeve, con la bocca che non si muoveva.

«Un grimalkin. Un gatto fae che cambia forma» rispose.

«Guai» dichiararono all'unisono Iden e Bade.

«Ahh. Mi è familiare, ma ne ho incontrato uno solo anni fa a una parata di Viatore. Veniva da molto più lontano di qui.»

Grim si girò e passò la coda sul naso di Falassir, prima di sedersi di fronte all'uomo. «Ora riesci a vedermi meglio, scudiero Ali di Fumo? È con questo nome che dovrei rivolgermi a te, non è vero? A meno che tu non preferisca che ti chiami...»

«Ali di Fumo sarà sufficiente, Grim» lo interruppe rapidamente. «E sì, ora ti vedo bene.»

Grim era un solido gatto nero, leggermente più grande di un normale gatto di casa. Aveva una macchia di pelo verde brillante al centro del petto, due orecchini all'orecchio sinistro e occhi color verde acqua.

Occhi che all'improvviso si illuminarono di una magica luce verde acqua, prima di tornare normali quando Grim fece l'occhiolino.

Falassir si schiarì la gola. Ad alta voce. Evidentemente non era abituato a fare da secondo o da inferiore agli altri nella sua stessa sala del consiglio. «*Grim*. Perché sei davvero qui e perché sei dalla parte degli umani? Abbiamo fatto arrabbiare i fae?»

Grim inclinò la testa così tanto all'indietro da guardare l'alto signore a testa in giù. «Non che io sappia. Almeno, non ancora. La risposta alla terza domanda è la stessa della seconda. Forse anche alla prima. Le Regine hanno un interesse più che discreto e passeggero per Ali di Fumo. Mab lo trova carino.» Il grimalkin riportò lo sguardo su Ali di Fumo mentre si alzava e si stiracchiava, inarcando la schiena. «Anche se pensa che pure i serpenti velenosi siano "carini". Tra gli altri animali mortali. Ha una passione per...»

«Grim!» gridò Nyneeve, sollevando finalmente la testa dalle mani per lanciargli un'occhiata. «Rispondi alle domande dell'Alto Signore Falassir. Per favore.»

Grim si avvicinò al bordo del tavolo e saltò giù, atterrando silenziosamente sul pavimento e dirigendosi verso Nyneeve. «Certo... *mamma*. Sono qui per tenere d'occhio te e lui. Incaricato da lady Apsara in persona. Be', mi ha incaricato di farlo prima del vostro incontro con le Regine delle Fate. Ma non me l'ha mai revocato, quindi...»

«Oggi» gemette Nyneeve.

«Oh. Be', sì, vi tengo ancora d'occhio, visto che non mi ha detto di smettere. E siete entrambi *molto* più divertenti del regno dei fae.»

Ali di Fumo stentava a crederci, considerando quanto fosse caotico e mortale quel posto, ma tenne a freno la lingua.

«Dato che ti tenevo d'occhio, ho pensato di vedere come si svolgeva la situazione. Poi, visto che *ti* amo e ti adoro, e che ti piace questo *posto*, ho pensato di impedire che le Regine possano spianarlo perché i tuoi vecchi amici hanno attaccato il tuo nuovo amico.»

Grim saltò tra le braccia di Nyneeve prima di salirle sulle spalle e avvolgersi intorno alla sua nuca mentre guardava Falassir. «Il che ci riporta anche al motivo per cui sosterrei Ali di Fumo. Mi piace che la mia pelliccia sia al suo posto, grazie mille.»

Iden sbuffò. «Puoi metterla dove vuoi.»

«È vero. Ma non vorrei che Mab riuscisse a rimuoverla e a impedirmi di farla ricrescere. Sarei *terribilmente* calvo. Inoltre, in qualunque modo mi trasformi, mancherebbe qualcosa. Non posso permetterlo. Sono troppo perfezionista.»

«Mi stai dicendo che non possiamo fare nulla a questo umano perché offenderebbe le Regine dei fae?» disse Falassir a denti stretti.

«Be', non esattamente. Se *facesse* davvero qualcosa di sbagliato, probabilmente se ne andrebbero. Ma per una sciocchezza come questa? Be', puoi tirare i dadi se vuoi. Non è la linea d'azione che suggerisco io, però. Inoltre, avete bisogno di lui.»

«Perché?»

«A causa dell'esercito di schifezze fuori dal vostro portale, attualmente alla ricerca della via d'accesso.»

Ci fu un momento di silenzio confuso prima che la sala del Consiglio esplodesse in grida.

Mentre Falassir cercava di calmare tutti, Ali di Fumo si voltò verso Grim e Nyneeve. «È impossibile che Mab e Titania mi proteggano.»

Grim mosse un orecchio. «Prima di tutto, sono un fae. Non mento.»

Ali di Fumo strinse gli occhi. «Certo, certo.»

«Non mento. Li ho solo indotti a credere che le Regine potrebbero farlo. E, se volete essere *completamente* onesti, è così. Non è mai saggio sconvolgere i piani di Titania o di Mab. E questo coinvolge entrambe insieme. Quindi, anche se non vi *proteggeranno*, non esiteranno a *vendicarvi*. In questo modo si ottiene lo stesso identico risultato per alcune persone.»

Ali di Fumo rabbrividì. *Quanto* ho *della loro attenzione? E soprattutto, perché?*

«Quale esercito?» domandò ad alta voce Falassir mentre il frastuono si placava.

Grim guardò di nuovo l'alto signore. «Oh, un mucchio di insetti giganti. Fanghi di varie dimensioni, colori e consistenza – non chiedetemi come faccio a sapere quest'ultima cosa – e altre... cose. Stando così le cose, perdere lo scudiero Ali di Fumo qui, insieme a chissà quanti soldati prima che lo abbattano, mi sembra una pessima pianificazione. Ma fa come ti pare.»

Nyneeve si fece avanti, vedendo l'opportunità di salvare almeno qualcosa dalla riunione. «Saremmo onorati di aiutare nella difesa dell'Ermanthyr. Della mia casa.»

Falassir lanciò un'occhiata ad Ali di Fumo, poi ammorbidì lo sguardo rivolgendosi a Nyneeve. «Molto bene. Vi saremo grati per qualsiasi aiuto possiate darci, lady Cressenthorn, figlia di Ermanthyr.» Lanciò un'occhiata al balcone prima di voltarsi verso la porta alle sue spalle. «Venite tutti. Difendiamo la nostra patria.»

Grim saltò giù dalle spalle di Nyneeve e si avviò verso l'uscita.

Nyneeve si schiarì la gola.

Grim si fermò e la scrutò da sopra la spalla, agitando nervosamente la coda.

Lei lo guardò accigliata.

«Cosa?» chiese.

«Rimettilo a posto» comandò lei.

«Rimettere a posto cosa?»

«Il candelabro, Grim.»

«Oh, quello.» Il grimalkin sospirò mentre infilava una mano al suo *interno* e tirava fuori l'oggetto mancante. «Non sei per niente divertente. Lo sai, vero?» Lo posò a terra, scrollò la coda un'altra volta e riprese il suo passo maestoso verso l'uscita.

Nyneeve sospirò. Guardò più volte tra Ali di Fumo e Grim, poi abbassò la testa e iniziò a seguire il grimalkin. «Perché io?»

«Allora, ho un paio di domande» dichiarò Ali di Fumo con un tono di conversazione forzato, mentre strappava la sua sciabola dal cadavere di uno scarafaggio delle dimensioni di un lupo. «Per esempio, perché Grim ti ha chiamato mamma? E perché hai portato Tylee con te per difendere l'Ermanthyr?»

«Davvero? Adesso?» Nyneeve gli lanciò un'occhiata incredula mentre puntava le dita della mano destra contro un enorme calabrone con un'apertura alare di tre metri che sfrecciava con agilità tra gli alberi sopra la testa.

Un calabrone con un soldato elfico impalato sul pungiglione, mentre le mani di un altro si arrampicavano sulle mandibole della creatura per evitare che si chiudessero e lo tagliassero in due.

La donna elfica strinse la mano in un pugno e il corpo del calabrone sembrò collassare su se stesso con un terribile scricchiolio.

Il soldato sospeso dal pungiglione cadde a terra. Quello che era rimasto intrappolato nelle mandibole della creatura cadde mentre si aprivano con uno spasmo, ma si aggrappò ad alcuni rami d'albero per attutire la caduta.

«Sì, adesso. Scommetto che è interessante, e io mi annoio.»

Iden rise. «Oh, davvero? Mi spiace che l'invasione di insetti giganti e liquami multicolori non sia abbastanza divertente per te.»

«Sì, anche a me» ribatté Ali di Fumo mentre fendeva con le sue lame una specie di melma arancione che era caduta da un ramo dell'albero sopra di lui, lasciando dietro di sé una macchia fumante di foglie. «Il minimo che voi elfi possiate fare è trovare un modo per offrire una sfida a un ragazzo.» Guardò le sue spade mentre la creatura si scioglieva in una pozzanghera. Le lame erano macchiate.

«Non è il momento, Ali di Fumo» dichiarò Nyneeve con tono deciso.

Tylee si intromise, la sua mano era una macchia mentre lanciava due frecce contro un altro calabrone. «L'Alta Signora Apsara era solita dare i grimalkin alla mamma perché li allevasse per il primo anno di vita. Si trattava di un test. Dato che alla mamma piacciono le piccole cose pelose, era felice di farlo.»

«Fino a quell'esemplare.» Iden rise mentre abbatteva un altro scarabeo.

«Perché? Cosa c'è di sbagliato in Grim?» chiese Ali di Fumo, scrutando il suo prossimo nemico.

«Cosa non lo è?» replicò Bade.

«Ehi! Ho sentito!» brontolò Grim. Nella sua normale dimensione di leopardo, saltò sopra Nyneeve per affrontare un millepiedi alto tre piedi a terra. Il grimalkin se ne occupò in fretta, facendolo a pezzi con i denti e gli artigli. «Non c'è niente che non vada in me!»

Nyneeve si alzò in sua difesa. «Grim sta bene.»

Tylee ridacchiò mentre scoccava un'altra freccia. «Oh? Digli quello che ha detto l'Alta Signora Apsara.»

La highven sospirò. «Sembra che le mie capacità abbiano... alterato Grim. Ha finito per essere molto più intelligente e capace di un normale grimalkin, e loro sono abbastanza abili.»

«Come sarebbe a dire?» Ali di Fumo lanciò un globo alchemico sulla traiettoria dell'ennesimo calabrone. La creatura colpì la sfera di vetro. Ci fu uno sbuffo di fumo, poi le sue ali ronzarono in modo irregolare, prima di volare a faccia in giù contro un albero con un sonoro *crac*.

Nyneeve fece lo stesso gesto di prima verso un enorme ragno alto sei piedi con un carapace nero lucido e una clessidra rossa in cima. L'aracnide strillò mentre si accartocciava in una palla e cadeva sulla terra. «Grim può trasformarsi in forme che la maggior parte dei grimalkin non può assumere, come il candelabro. Di solito si limita ad altri animali. Può anche mutare solo *porzioni* del suo corpo, consentendogli di assumere aspetti di più creature o oggetti. E acquisisce alcune di queste capacità.»

«Come il veleno di uno scorpione se si mette un pungiglione sulla coda» spiegò Tylee.

«Non dimenticatevi della magia che esercita» aggiunse Bade secco.

«Magia?» Ali di Fumo lanciò un'occhiata al grimalkin, che

ammiccò e lanciò una palla di fuoco contro un gruppo di formiche che molestavano le linee elfiche spezzate. «Capisco.»

«Raccontagli cos'altro ha detto l'Alta Signora dopo averlo fatto tornare per un mese, Nyneeve.» Iden ridacchiò mentre parava il corno di un altro tipo di coleottero prima di infilzarlo.

Ali di Fumo riuscì quasi a sentirla digrignare i denti. «Mi ha ringraziato ancora una volta per averlo cresciuto e mi ha detto che era l'ultimo. Che in qualche modo ero riuscito a rompere un grimalkin.»

Tylee, Iden e Ali di Fumo risero mentre ingaggiavano nuovi nemici.

«Non è così divertente, signori» sbuffò Nyneeve, facendo implodere un altro insetto.

«Non credo di essere rotto, *mamma*» disse Grim con grande disponibilità.

«Non sei d'aiuto, Grim. E io non sono tua madre.»

«Lo so. Ma è stato divertente osservare la faccia di tutti nell'Ermanthyr quando l'ho detto. Sono sicuro che avranno un sacco di domande sulla logistica della cosa.»

Nyneeve gemette.

Ali di Fumo pensò che fosse giunto il momento di farla smettere di parlare di Grim. «Allora, Tylee? Perché gli hai permesso di venire? Certo, sta facendo il suo, ma mi sorprende che tu l'abbia permesso.»

Tylee fece un enorme sorriso per il complimento.

«Avresti preferito che lo lasciassi nell'Ermanthyr?» ribatté Nyneeve. «Tutte le guardie e i soldati avrebbero dovuto aiutarci, ma non escluderei che Serbal e Seline ne facciano rimanere qualcuno indietro per farlo sparire, dando poi la colpa a qualcosa che è riuscito a passare.»

Ali di Fumo annuì. «Suppongo che sia vero. Speravo che dessero la priorità a questo.»

«Si direbbe di sì, soprattutto considerando quanto ci stanno pressando questi esseri.» Bade aggrottò le sopracciglia prima di lanciare un getto di fuoco contro un gruppo di scorpioni.

Ali di Fumo si guardò intorno. Centinaia di corpi di insetti, artropodi e aracnidi ricoprivano il suolo della foresta. *Almeno i liquami sembrano disintegrarsi quando... muoiono.*

Inoltre, decine di soldati elfici con le loro armature scintillanti erano sparsi tra loro come giocattoli in frantumi e scartati. Persone che forse potevano essere riportate in vita in seguito, ma che per il momento nessuno poteva raggiungere.

Ali di Fumo aggrottò le sopracciglia osservando la scena e ricordando l'ingaggio iniziale, iniziato meno di dieci minuti prima.

Gli elfi erano schierati in file lucide e corazzate. In silenzio, guardavano e aspettavano.

Ali di Fumo, Nyneeve, Iden, Bade, Tylee e Grim si erano allontanati leggermente su insistenza di Ali di Fumo. E alla sua mancanza di desiderio di stare in una formazione militare.

Per prima cosa udirono il ronzio dei calabroni e delle giacche gialle, ben trenta secondi prima di vedere le loro agili forme sfrecciare tra gli alberi.

Seguirono il fruscio e l'ondeggiare del sottobosco, mentre scorpioni, coleotteri, formiche e il resto della fanteria di insetti avanzavano.

Infine, i rami degli alberi in alto si afflosciarono e si agitarono mentre ragni, millepiedi e altri animali si arrampicavano su di essi.

Tutti gli insetti a terra e sugli alberi si fermarono come se stessero osservando le forze schierate contro di loro, mentre quelli in aria continuarono a sfrecciare avanti e indietro tra i rami.

Prima che i comandanti elfici potessero impartire qualsiasi ordine, un urlo si levò dai loro ranghi.

Poi un altro.

E un altro.

All'improvviso, gli elfi iniziarono a saltare via da certi punti, le loro formazioni perfette andavano in pezzi mentre dal terreno si sollevavano dei liquami. Aggrovigliavano loro le gambe. Alcuni fondevano i piedi. Altri davano fuoco ai mantelli degli elfi o scioglievano le loro armature.

A quel punto, e solo a quel punto, gli insetti lanciarono la loro offensiva.

Mentre gli elfi erano distratti, i calabroni e le vespe si tuffavano in picchiata, infilzando gli elfi con i loro pungiglioni.

I ragni lanciarono ragnatele nelle prime file, impigliando ulteriormente gli elfi e permettendo a scorpioni, scarabei, formiche e simili di avanzare in massa. Naturalmente, quelli erano gli elfi fortunati. Altri ragni trascinarono le forme in difficoltà, coperte di ragnatele, tra le chiome degli alberi, dove le urla stridenti furono rapidamente messe a tacere.

Poi, i millepiedi scesero dagli alberi nella parte posteriore della formazione, facendo sferragliare le mandibole mentre bloccavano la ritirata organizzata degli elfi e impedivano loro di raggrupparsi in un'unità coesa.

Gli occhi di Ali di Fumo si allargarono e tornò di scatto al presente. «Maledizione!» ringhiò.

«Cosa?» Nyneeve gli lanciò un'occhiata, confusa ma determinata.

«Hanno un dannato *capo*! Qualcuno li controlla!» gridò.

Gli elfi del suo gruppo lo fissarono mentre Grim si lasciava andare a un inchino. «Ben fatto» osservò il grimalkin.

Bade fece una smorfia. «I liquami e gli insetti lavorano insieme come un'unità militare. Stupido. Come abbiamo fatto a non accorgercene?»

Iden sospirò. «Darò la colpa al fatto che c'è un gruppo di *insetti giganti* che cerca di mangiarci.»

Nyneeve rivolse uno sguardo a Grim. «Lo sapevi» lo accusò.

Grim scrollò le spalle, non sorpreso dal suo sguardo. «Non proprio. *Lo supponevo.* Una cosa del genere non capita tutti i giorni. Molti di questi ragazzi di solito si *mangiano* l'un l'altro.»

Nyneeve scosse la testa. Prima che potesse rispondere, risuonò una nuova voce femminile dal tono stanco. «È vero. Tuttavia, ho sempre trovato che convincerli che c'è una fonte di cibo migliore funziona bene per stabilire il controllo.»

Ali di Fumo e i suoi compagni si voltarono verso la voce e trovarono una donna umana anziana che li guardava da una radura tra gli alberi. Sembrava avere tra i sessanta e i settant'anni. Aveva i lunghi capelli grigi raccolti in un'elaborata crocchia sulla sommità del capo e i suoi occhi nocciola sembravano caldi e amichevoli.

La sua forma grassottella e ingobbita si appoggiava con pesantezza a un alto bastone da passeggio inciso con rune eldritch. Indossava una semplice camicetta di lino grigio con una lunga gonna nera. A completare l'immagine di una vecchia nonna gentile, uno scialle bianco lavorato a maglia le copriva le spalle.

E Ali di Fumo la riconobbe.

Lei gli rivolse un sorriso caloroso e fece un cenno di assenso con la testa. «Sì, buon scudiero. Sei stato così gentile da comprarmi un dolce la scorsa decimana, quando ho dimenticato il portamonete. È stata una cosa deliziosa.»

Gli sguardi dei suoi compagni si diressero verso di lui, che sbatté le palpebre verso l'anziana donna in un silenzio stupito.

Non ho percepito alcuna sensazione strana da parte sua.

«Hai comprato un *dolce* alla donna che sta cercando di distruggere l'Ermanthyr?» Iden scosse la testa. Era chiaro che non sapeva come reagire a una situazione così assurda.

«Be', in difesa del buon scudiero, non sapeva che avrei cercato un modo per entrare nell'Ermanthyr. E il dolce *era* delizioso.»

«Chi sei?» sibilò Ali di Fumo a denti stretti.

Gli sorrise di nuovo. «Mi chiamo Tozzie, giovane scudiero. E, per il tuo gesto di buona volontà, permetterò a *te* di andartene. Sono qui solo per qualcosa nell'Ermanthyr.» Strinse le labbra. «Be', e per distruggere tutti gli elfi che si trovano lì. Purtroppo, anche i tuoi compagni.»

Ali di Fumo sentì la *cosa* dentro di sé agitarsi. «Temo di non poterti permettere di farlo.»

Lei emise un suono di disapprovazione. «Mi dispiace sentirlo, caro. Be', allora. Un ultimo "grazie" per il dolce e preparati a morire, suppongo.»

Ali di Fumo si precipitò in avanti, mentre una decina di ragni grandi come un cavallo si calavano dagli alberi sopra di loro, i liquami strisciavano dal terreno sotto di loro e i calabroni piombavano dal cielo.

Gettò una palla di vetro piena di magia alchemica, destinata a creare la nausea, nella bocca di un ragno giallo con macchie marroni che atterrava di fronte a lui. Il ragno si fermò, si contorse e poi vomitò.

Anzi, sputò involontariamente una sostanza grigia e setosa da una delle sue chelicere e una sostanza chiara dall'altra.

Ali di Fumo, tuttavia, aveva già schivato di lato.

Il liquame dietro di lui non è fu così fortunato.

La sostanza grigia del ragno tracciò diverse linee sulla melma verde, mentre quella chiara vi sbatté contro con un *plop* umido.

Ali di Fumo lanciò un'occhiata indietro per vedere la poltiglia grigia assorbita dal liquame, che si increspò e rallentò prima di congelarsi. Poi, il suo verde vibrante svanì in una tonalità spenta, pallida e senza vita, prima che la creatura si fermasse.

Quando ciò avvenne, il ragno era già caduto a terra e aveva raccolto le zampe contro il corpo, anche se continuava a contorcersi spasmodicamente.

Ignorandoli, Ali di Fumo riprese la sua corsa verso Tozzie, con le lame in avanti. Lei non cercò di muoversi e si limitò a osservarlo mentre lui la colpiva al fianco con la lama destra.

Ali di Fumo sentiva una resistenza, ma era strana. Non come quando le sue lame si incrociavano con quelle delle altre persone che aveva ucciso. Non sembrava proprio che avesse trapassato l'acqua con la spada, anche se la resistenza era simile.

Invece, era quasi come se l'avesse fatta passare nella gelatina.

Mentre si girava verso Tozzie, capì perché.

La camicia era lacerata e restò tale, ma le viscere ondeggiarono, gocciolarono l'una verso l'altra e infine si fusero insieme prima che la pelle esterna ne seguisse l'esempio.

Lei si girò e lo guardò negli occhi prima di colpirlo con un calcio in faccia.

Ali di Fumo volò nell'aria e la sua schiena andò a sbattere contro un albero. Il frantumarsi della sua spina dorsale riecheggiò nel bosco.

Mentre si accasciava a terra, la vecchia si avvicinò a lui zoppicando. Gli infilò la punta del bastone da passeggio – il suo bastone da maga – sotto il mento e gli alzò la testa. «Mi dispiace davvero, scudiero, ma ho alcuni compiti da portare a termine e un tempo limitato per farlo. Qual è, o meglio *era*, il tuo nome?»

Ali di Fumo si sforzò di alzarsi, ma le ferite glielo impedirono.

Ciò non impedì alla voce dentro di lui di affiorare in superficie con la sua rabbia.

«*Is mise sgàil a' bhàis*» riuscì a ringhiare, anche se i suoi polmoni si rifiutavano di inspirare.

La vecchia scrollò le spalle. «Temo di non avere familiarità con quello. Sembra draconico, però. Buon per te che hai imparato.» Tirò indietro il bastone, con l'intenzione di conficcargli l'estremità attraverso il collo e nell'albero.

All'improvviso, sul lato sinistro del suo petto spuntarono degli aculei.

Che erano le punte di quattro frecce mentre Tylee gridava: «Lascialo stare!»

Più che la ferita vera e propria, l'impatto e la sorpresa la fecero girare e barcollare di lato.

Il che permise ad Ali di Fumo di vedere l'angelo della morte avvolto dal fuoco che si avvicinava.

O, più propriamente, che si avvicinava di soppiatto.

I liquami si disintegravano intorno a lei. I cadaveri carbonizzati di numerosi insetti appassirono e si trasformarono in cenere mentre lei avanzava. Le ali degli insetti volanti si sciolsero. Si schiantarono al suolo, dove subirono la stessa sorte dei loro fratelli.

Il tutto mentre la stessa foresta verde rimaneva intatta.

Nyneeve si fece avanti, fiamme le avvolgevano il corpo come un sudario ardente. «Hai sentito mio figlio. *Lascialo stare!*»

La vecchia sollevò il suo bastone per puntare una piccola gemma verde sulla sommità contro la highven furiosa, ma non ne ebbe l'occasione.

Nyneeve tese un braccio avvolto da fiamme roteanti e tortuose, con il palmo rivolto verso la donna. Non pronunciò alcuna parola quando un torrente di fuoco uscì dal palmo aperto, come una cometa, coprendo la distanza in un istante. Non vi fu alcuno sprazzo di aria fredda a precederlo, ma solo il calore soffocante delle fiamme.

Sì! esultò la voce dentro la testa di Ali di Fumo.

Uno scudo arancione balenò intorno a Tozzie, tenendo a bada le fiamme cremisi, ma solo per l'arco di pochi battiti del cuore.

Degna!

La protezione magica si frantumò in un'esplosione di scintillanti macchie di luce prima che le fiamme raggiungessero l'estremità del bastone di Tozzie. Lì colpirono la gemma e si spensero.

La fronte di Nyneeve si aggrottò e i suoi occhi verdi assunsero un innaturale bagliore smeraldo.

Le si addice, osservò alla lontana la parte razionale della mente confusa di Ali di Fumo.

La highven urlò. Non un suono di terrore o di paura, ma di pura e semplice rabbia. Un suono e un'emozione che Ali di Fumo non aveva mai visto o sentito prima da lei.

Le fiamme, che si stavano esaurendo in fretta, si rinnovarono con fili di luce dorata che ondeggiavano nel fuoco rosso, di nuovo vibrante.

Più che degna! La voce all'interno della mente di Ali di Fumo prese il sopravvento, costringendolo ad alzarsi in piedi.

La gemma verde si sciolse.

Il bastone di legno prese fuoco.

Un istante dopo, esplose in scintille multicolori.

Nyneeve cadde in ginocchio.

Tozzie barcollò, si girò e si allontanò barcollando.

Direttamente verso Ali di Fumo, il cui corpo non era stato toccato dalle fiamme divine. Le conficcò la spada nel petto e la fece uscire dalla schiena, mentre si avvicinava all'orecchio di Tozzie, con gli occhi di zaffiro incandescenti puntati su quelli di smeraldo di Nyneeve. «Significa "Io sono l'ombra della morte".» Ruotò la sciabola, poi estrasse la lama ricoperta di melma.

Tozzie si inginocchiò, inclinando la testa all'indietro per potersi concentrare su di lui. «Bene, bene» grugnì con un gorgoglio liquido.

«Sembra che abbia trovato un paio di degni avversari. Alla prossima volta.»

Ali di Fumo non esitò. Portò indietro il braccio della spada per staccarle la testa dal corpo, ma la ferita alla schiena lo rallentò.

La lama sfrecciò nel vuoto, mentre la vecchia si scioglieva in varie pozzanghere colorate di liquame, che si allontanavano o si infiltravano nel terreno.

«Maledizione! *Maledizione, maledizione, maledizione!*» gridò, vacillando.

All'improvviso, una testa sfrecciò sotto il suo braccio prima di essere sostenuta dalle spalle di qualcuno. «Ti tengo io, Ali di Fumo» gli disse Tylee.

Ali di Fumo annuì mentre il bagliore azzurro dei suoi occhi si spegneva. Bade e Iden aiutarono Nyneeve ad alzarsi prima di condurre da lui la highven esausta. Ali di Fumo si guardò intorno mentre si avvicinavano. Gli ultimi insetti giganti stavano fuggendo nella foresta con i soldati elfici all'inseguimento.

I tre elfi si fermarono davanti a lui e Nyneeve allontanò le mani dei suoi amici con irritazione. «Sto bene. Io...»

«Hai attinto a qualcosa che non avresti dovuto toccare» la avvertì Bade.

Lei scrollò le spalle. «Non mi interessa. Era necessario.»

«Questo è ancora da vedere.»

Gli lanciò un'occhiataccia, poi si rivolse ad Ali di Fumo. «Come fai a essere ancora... in piedi?»

«Che vuoi dire?» chiese Ali di Fumo, con un tono pieno di autentica confusione.

Lei strinse gli occhi e si chinò in avanti, ondeggiando.

Iden allungò la mano e la sostenne. «Ce la fai?»

«Forse non tanto quanto pensavo» ammise. «Grazie.» Si voltò di nuovo verso Ali di Fumo. «Voglio dire, hai la spina dorsale frantumata. Non dovresti essere in grado di stare in piedi. Fisicamente, non è possibile.»

«Io sono speciale» disse Ali di Fumo in tono piatto.

«Sei *esasperante!* Sei corso direttamente verso di lei, senza alcuna tattica, senza nemmeno *cercare* di capire prima le sue abilità!»

Ali di Fumo cercò di annuire, ma la sua testa cadde semplicemente in avanti. Il suo respiro si affannò un paio di volte prima di trasformarsi in un rantolo strozzato.

«Mamma! Prima curalo. *Rimproveralo* dopo!» la implorò Tylee.

Nyneeve sbatté le palpebre, poi i suoi occhi si allargarono. Ali di Fumo non riuscì più a sentire le sue parole, ma sentì un'ondata di magia fresca e purificante attraversarlo.

Poi un'altra.

E un'altra.

Alla fine, una beata oscurità lo reclamò.

CAPITOLO UNDICI

LA STORIA DI SOFIA

Dopo cena, 27° Jinn, 1503 DF

Sofia guardò Kemuri dall'altra parte del tavolo.

Oh, no. Non si fermerà lì. Non questa volta.

Non ho passato più di un giorno ad arrampicarmi in gigantesche gallerie di formiche come se fossi un giocattolo per bambini giganti, per fargli interrompere la storia! Non succederà. Nemmeno se devo cercare di trappargli le squame per farlo parlare!

Il suo sguardo si intensificò mentre lo fissava. Lui si limitò ad alzare un sopracciglio confuso.

Infine, Kilrhi, la sorella di Zixne, sbatté un piatto che aveva tolto dal tavolo sulla testa del Signore dei Draghi mentre gli girava intorno.

La sua stupida e brutta testa.

«Ahi!» brontolò Kemuri, allungando la mano per sfregarsi il cranio. «Perché l'hai fatto?»

«Oh, non ti ha fatto male, ragazzo lucertola. Smettila di lamentarti» lo prese in giro Kilrhi. «Sofia ti sta fissando mentre tu la guardi confuso. Vuole che continui la storia.» Ripose il piatto sul tavolo e si chinò verso di lui.

Il movimento gli permise di vedere la ricca valle del suo seno coperto dal corsetto. Lui gemette, chiuse gli occhi e scosse la testa. «Non ti arrendi mai?»

Lei alzò le spalle e avvicinò le braccia, spingendo ulteriormente il petto in fuori. «No, non proprio. Ho scoperto che la perseveranza è una virtù.»

«Anch'io!» proclamò Feral dal suo posto, dove stava guardando con attenzione lo spettacolo.

«Io lo assecondo. O lo "atterzo", suppongo» concordò Azurestri.

«Uomini.» Kotizara sgranò gli occhi.

Lyse sbuffò. «Dove? Vedo solo dei ragazzini.»

«Ehi!» protestarono Corym e Kemuri nello stesso momento.

«Confermo quello che ho detto. Uno di voi, il drago, che sorpresa, ha gli occhi chiusi. L'altro è diventato rosso vivo e ha distolto lo sguardo come se fosse stato colto con le mani nella marmellata. Credetemi, a Kilrhi non importa se guardate.»

«Sì, è questo il pericolo» sottolineò Kemuri.

Srizix fece un sorriso a denti stretti al tavolo. «Il mio compagno continua a mangiare felice.»

Icharokath alzò lo sguardo, masticò e poi deglutì. «Sta succedendo qualcosa?»

«Kilrhi è solo Kilrhi» gli disse Zixne con un sorriso. Si voltò di nuovo verso Kemuri, i cui occhi erano aperti e *non guardavano* la suddetta leonevosa. «Mia sorella ha ragione, però. Vogliamo sapere cosa è successo dopo.»

Kemuri sbuffò. «Allora voglio...»

«No» lo interruppe Sofia. «Hai passato circa un'ora al giorno a raccontarci questa storia a cena durante l'ultima decimana. Tutto per farci allenare dopo. Nel frattempo, abbiamo passato più di un giorno ad arrampicarci nei tunnel, a ripulire la corruzione di quella disgustosa melma druida. Inoltre, mentre lo facevamo, siamo riusciti a diventare – buoni amici? alleati? – con le formiche. Il minimo che tu possa fare è finire la storia. Raccontaci cosa è successo dopo il tuo risveglio.»

«Sì!» concordò Zixne. «Tu e Nyneeve vi siete messi insieme?»

Corym sospirò. «Non pensare a quello, Zix. Voglio sapere come l'hanno presa gli elfi. Soprattutto il mio bis-bisnonno disconosciuto.»

«O perché Tozzie si trovava lì. Queste informazioni potrebbero essere utili se tornasse» argomentò Kotizara.

Kemuri si accigliò.

Kilrhi fece un respiro profondo. Un respiro *molto* profondo. «Sai, una buona storia dopo cena potrebbe distrarmi.»

Sofia sghignazzò sottovoce, cosa che Kemuri sentì e le lanciò un'occhiata. *Adoro quella ragazza. C'è un'intera cucina piena di personale, ma lei insiste ancora nel cucinare i nostri pasti e nel farci servire da lei e dai fratelli di Zixne. E lo fa mentre loro stessi stanno seguendo un regime di addestramento accelerato. Tutto questo perché dice di non fidarsi di nessuno che non sia la sua famiglia a prendersi cura di noi.*

Ora, lei sta manipolando il drago per fargli fare quello che vogliamo, anche se lui lo sa. Non promettendo di mostrare qualcosa, ma lasciando intendere che non lo farà per un po'. Gli concede una tregua.

Immagino che anche lei conosca un bel po' di tattiche.

Kemuri sospirò. «Bene. *Ma*» ammonì, «voglio che contatti il generale di Cervira, Dyana.» Il suo sguardo si fissò su Sofia. «Mi hai detto che lei ti aveva promesso di inviarti un messaggio entro pochi giorni per organizzare un incontro. Sono passati più di quattro *mesi* e si stanno rapidamente avvicinando al quinto. Da come l'hai descritta, non sembra il tipo di persona che si lascia sfuggire una promessa del genere.»

Sofia si accigliò. «No, non lo è. Con tutto quello che abbiamo fatto, mi è passato di mente.»

«Me ne rendo conto. Tuttavia, è giunto il momento di correggere la tua svista.»

Sofia annuì. «Ne prendo atto. Se mi dai qualche minuto, scriverò una lettera e la invierò a quella taverna in cui eravamo. Come si chiamava?»

«Il Mandrillo di Mythryl» disse Feral.

Kotizara gli sorrise. «Certo che non dimenticheresti mai una taverna.»

«Su una cosa io e mio fratello siamo d'accordo» osservò Lyse.

«Non dimenticare mai una buona taverna. Avevano degli ottimi liquori nascosti sotto il bancone.»

«E la torta al cioccolato era fantastica» gemette Zixne.

Kemuri alzò gli occhi al cielo.

A dire il vero, anche Sofia. *Ma ho girato la testa in modo che non vedessero.* «Va bene. Mando un messaggio e vedo se mi rispondono. In caso contrario, faremo una visita tra qualche giorno.»

«Bene. Vai a scrivere il tuo biglietto, Sofia» le disse Kilrhi. «Perché finché non torni, continuerò a flirtare con il vecchio drago.»

Kemuri sospirò e guardò Sofia implorante. «Ti prego, sbrigati.»

«Farò quello che posso» gli disse. «Ogni cosa ha un tempo e un luogo, però.» Gli rivolse un sorriso.

Ma non era neanche lontanamente malvagio come quello di Kilrhi.

CAPITOLO DODICI

LA STORIA DI ALI DI FUMO

<u>Sera, 12° Freet, 18 AF</u>

Ali di Fumo tornò lentamente alla coscienza, con le voci che fluttuavano nell'oscurità e la testa appoggiata su qualcosa di caldo e morbido.

I suoi occhi si aprirono e guardarono direttamente sul fondo di un corpetto verde bordato d'oro.

Una vampata di calore lo riempì, mentre il respiro gli si bloccava in gola.

Un paio di occhi verdi si sporsero in avanti per scrutare oltre il corpetto e raggiungere i suoi occhi blu.

«Sono felice di riaverti con noi, Ali di Fumo.» Il tono di Nyneeve era incredibilmente stressato, ma lui percepì un filo di sollievo. «Ora, siediti. Le mie gambe si stanno addormentando.»

Ali di Fumo fece come gli era stato ordinato, notando i rossi, gli arancioni e i gialli di un bellissimo tramonto che filtrava attraverso gli alberi fitti.

Mi piacerebbe guardarlo con Nyneeve. Magari con un cestino da picnic.

Scosse la testa per cancellare i pensieri erranti e riportò l'attenzione su chi aveva a davanti. Tylee lo guardò con occhi preoccupati e stretti, ma sembrò rilassarsi quando Ali di Fumo gli fece un cenno di apprezzamento. Bade lo guardò accigliato, mentre Iden sorrise, ma i loro sguardi contenevano note speculative che non comprese. Grim era seduto, in posizione privilegiata, proprio tra Nyneeve e l'Alto Signore Falassir dell'Ermanthyr e il suo seguito.

Tentacoli di magia si arricciarono intorno e su per le zampe anteriori del grimalkin.

Era un chiaro avvertimento da parte dello strano fae felino.

«Cosa mi sono perso?» chiese Ali di Fumo intontito.

«Non molto» lo rassicurò Nyneeve mentre si sfregava le gambe per restituire loro la sensibilità. «I soldati ritengono di aver ucciso la maggior parte, se non tutti, gli insetti e i liquami. Tuttavia, non c'è traccia di Tozzie.»

«Che cos'è il comitato di benvenuto, allora?»

«Chi? Loro?» sbuffò Iden. «Oh, stavano dicendo a Nyneeve quanto sia sconveniente per lei appoggiare la tua testa sulle sue ginocchia mentre ti cura e ti rimette in sesto. Visto che ora sei in piedi, suppongo che taceranno.» Mimò la parola "finalmente" senza parlare.

Nyneeve annuì. «E ho appena finito di informarli che il modo in cui curo le ferite del mio scudiero non li riguarda assolutamente.» Lanciò un'occhiata all'Alto Signore.

In realtà, lo guardò con occhi di ghiaccio.

L'Alto Signore Falassir sospirò. «Nyneeve...»

«In questo momento, il mio scudiero ha ragione» lo interruppe gelida. «È *Lady* Nyneeve da quando questa è diventata una visita ufficiale. Perché questa Tozzie cercava un modo per entrare nell'Ermanthyr?»

Falassir sbatté le palpebre, chiaramente sorpreso dal suo tono. «Sono sicuro di non averne idea. Non ho mai sentito questo nome prima di oggi.»

«Come stanno i feriti? Ce l'hanno fatta?» intervenne Ali di Fumo, che non aveva alcuna voglia di fare convenevoli diplomatici in quel momento. O in qualsiasi altro, in realtà.

Nyneeve sospirò. «Ne abbiamo persi cinque. Una sorta di veleno potenziato in alcune punture ha danneggiato i loro spiriti. Altri cinque hanno ferite alla testa, quindi sono stati messi a riposo ma si riprenderanno. Tutti gli altri sono stati guariti. Ho assistito personalmente i guaritori di Ermanthyr, mentre Bade, Iden e Tylee hanno vegliato su di te.»

«*Io* ho vegliato su di *lei*» lo informò Grim.

«Bravo» rispose Ali di Fumo. Si alzò a fatica e offrì a Nyneeve una mano, che lei accettò con gratitudine. Tuttavia, la preoccupazione restò nei suoi occhi mentre gli scrutava il volto alla ricerca di qualche segno di debolezza o di un problema persistente. «Dobbiamo trovare quella donna.»

Si stiracchiò e scrollò la schiena. Aveva gli occhi chiusi e non notò che Bade si irrigidì più del solito non appena fu in piedi.

«Questo dovrà aspettare» gli disse Bade.

«Perché? Si è trasformata in piccole pozze di liquame. Voglio che un druido perlustri il terreno finché c'è ancora una traccia...» Il resto della sua protesta si spense quando aprì gli occhi e vide l'espressione sorpresa di Bade. «Che cosa è successo?»

«Tirena ha convocato noi quattro.»

Ali di Fumo si guardò intorno mentre risalivano la collina verso l'albero massiccio sulla cresta. Il chiaro luna inondava l'area intorno a loro in un bagliore argentato, esaltato da una sottile nebbia che avvolgeva il tutto.

Mi sorprende che i rappresentanti di Ermanthyr siano fuggiti così in fretta alla menzione di questa Tirena.

Sono ancora più sorpreso che Nyneeve abbia discusso con Bade dopo la loro partenza per sapere se Tylee e Grim sarebbero venuti con noi. Il fatto che lui le abbia detto senza mezzi termini che sarebbero rimasti indietro perché non erano stati invitati non è stato accettato di buon gradi. Almeno c'era Iden a mettersi tra loro. Pensavo davvero che avrebbe dato un pugno a Bade.

Dall'espressione del suo volto, anche lui l'avrebbe fatto.

Il che, ora che ci penso – e il mio cervello funziona di nuovo – è davvero fuori dal suo carattere.

Iden, però? Iden non sembrava altrettanto sorpreso. Né sembrava partico-larmente sciocato quando Bade è stato finalmente costretto a cedere.

Hmm...

Quando raggiunsero la cima della collina, Ali di Fumo si accigliò. *Mi aspettavo che ci stesse attendendo qualcuno.* Lanciò un'occhiata a Nyneeve, che gli rivolse un sorriso caloroso. «Allora?» chiese.

«Pazienza, Ali di Fumo» lo rimproverò Nyneeve. «Sospetto che stasera otterrai parecchie risposte.»

Lui fece un grugnito. «Questa particolare qualità non è una delle mie virtù. A dire il vero, credo che qualche ora fa tu mi abbia sgridato proprio per questa mia mancanza.»

«Ma davvero?» disse Iden con una battuta. «Ecco, pensavo che tu fossi la personificazione dell'imperturbabilità. Un individuo che avrebbe atteso con calma il suo tempo e si sarebbe divertito a contare le rose mentre sbocciavano.»

Ali di Fumo sbuffò. «Già. Sembra proprio il mio caso. Non mi butto *mai* a capofitto nelle cose.»

«Almeno lo fai per le giuste ragioni» insistette Nyneeve. «Quando non c'è qualcuno in pericolo immediato e bisognoso di soccorso, tu pianifichi. Forse più di chiunque altro conosca. Sono davvero pochi gli imprevisti che non vedi.»

Ali di Fumo trasalì, con la mente che tornava alla sua incapacità di vedere tutti gli angoli di Kindraun. «Perché quando li manco, la gente muore» sussurrò.

Nyneeve scosse la testa e il suo sorriso si affievolì. «Oh. Mi dispiace, Ali di Fumo. Mi ero dimenticata di ciò che ha portato al tuo esilio.» Si avvicinò a lui e gli poggiò una mano sul petto. «Non è stata davvero colpa tua. L'unico responsabile è la persona che l'ha ordinato. Non chi non ha visto la trama.»

«Dillo a tutti quelli che sono morti a causa del mio fallimento.»

«Ci sono momenti in questa esistenza in cui nessuna quantità di pianificazione e di previsione può impedire una cosa del genere. Non importa quanto vorremmo che non fosse così» sussurrò una voce leggera e musicale nella calma aria notturna.

Ali di Fumo sollevò lo sguardo da Nyneeve e lanciò un'occhiata all'albero, le cui foglie frusciavano in un modo che richiamava un dolore profondo e insondabile. Come se l'albero stesso fosse stato testimone di una cosa del genere più e più volte, senza che se ne vedesse la fine. «Ehi?»

Quando Nyneeve allontanò la mano e si voltò verso l'albero, scosse bruscamente la testa al sopracciglio sollevato di Iden.

«Salve, giovane... avventuriero. Se è così che preferisci essere chiamato in questo momento e in questo luogo.» La voce gli giunse ancora una volta alle orecchie attraverso la nebbia argentea e lunare.

«Posso presumere che tu sia Tirena?» chiese Ali di Fumo mentre il bagliore d'argento intorno a loro si intensificava.

Le foglie dell'albero frusciarono tutte insieme, evocando pensieri di risate. «Infatti. È così che preferisco essere chiamata in questo momento e in questo luogo.»

«Hai avuto altri nomi?»

«Altri nomi? Sì. Certo. Anche tu li hai avuti e li avrai ancora.»

Ali di Fumo rabbrividì, e non era dovuto alla nebbia fredda. «Capisco. E come mai sai così tanto di me? Fai parte delle corti dei fae? Sei un drago?»

Il fruscio delle foglie gli arrivò di nuovo alle orecchie. «È interessante che tu abbia una visione così ristretta del mondo. Dell'esistenza. Soprattutto considerando le creature innaturali che hai visto.»

Ali di Fumo aggrottò le sopracciglia. «Intendi quella specie di mietitore che abbiamo affrontato durante la caccia alla Rivelazione?»

«Intendo molto di più.» La voce femminile sussurrò nell'aria come se fosse il vento stesso. «La creatura di cui parli – e che avete distrutto – è colloquialmente nota come mietitore esterno. I loro confratelli li chiamano più precisamente sterminatori. Ma non mi riferisco solo a quella creatura.»

«Allora di cos'altro stai parlando?» replicò Ali di Fumo, mentre una punta di irritazione si faceva strada nel suo tono.

«Sii educato» lo avvertì Bade.

«Ali di Fumo!» Nyneeve lo guardò accigliata da sopra la spalla.

«Ed eccoci qua.» Iden alzò gli occhi al cielo.

Le foglie dell'albero si limitarono a liberare di nuovo la loro risata increspata. «Sta bene. Se *non* avesse un caratteraccio, sarebbe inutile per le imprese e le prove che si presenteranno.»

«Grazie. Penso che... Se vogliamo parlare di argomenti, però, credo che tornerò giù per la collina. Ho già mal di testa» disse Ali di Fumo alla voce disincarnata.

Il tronco dell'albero si girò, voltandosi verso di loro. Ali di Fumo lo sentì nelle ossa, anche se non c'erano segni esteriori di un volto o di occhi. In quel momento, una parte della nebbia vicina vorticò e si coagulò in una figura umanoide indistinta e sfocata.

«Molto bene. Hai combattuto contro i segugi stellari, altrimenti noti come haarnaxio, e la gelatina di etere, o physaldaria, sia qui sia altrove. Nella tua vita precedente hai anche affrontato scarabei stellari, noti come aizaten.»

«Come...»

«Conosco molte cose di molte terre. Mi hai chiesto se sono un fae o un drago. Non sono né l'uno né l'altro, precisamente. La mia natura è più simile a quella di un fae, tuttavia, poiché sono uno spirito della terra. Dei boschi, per l'esattezza. Pertanto, i miei legami sono più vicini a quelli del regno dei fae.»

Ali di Fumo indicò la forma argentea. «E quella è una sorta di rappresentazione umanoide di te stesso?»

«No. È un essere completamente diverso. Una persona di cui custodisco l'essenza nella speranza che individui degni di questo nome possano un giorno riportare lei e le sue sorelle nelle terre dei vivi.»

Ali di Fumo lanciò finalmente un'occhiata ai suoi compagni. Nessuno di loro, nemmeno Grim e Tylee, che avevano osservato in silenzio, stava guardando Tirena. Stavano tutti fissando con occhi spalancati la figura argentea. Iden aveva parzialmente sguainato le sue lame, mentre Nyneeve, Bade e Grim avevano un gioco di magia tra le dita.

O nelle zampe, a seconda dei casi.

Sono sorpresi dall'altra figura. Si acciglò. *No, non* riconoscono *l'altra figura. Che Tirena custodisca la sua essenza è una novità per loro.*

«Perché mostrarcela ora?» chiese.

«Perché desiderava conoscervi. Entrambi.» Uno dei rami si allungò in modo che le sue foglie potessero accarezzare i capelli di Nyneeve, suscitando un sorriso da parte dell'elfa. «Anche se non può interagire.»

«Perché?»

L'albero e le sue foglie contemplarono la domanda in silenzio per diversi minuti, mentre la forma argentea si avvicinava al suo tronco. «Non c'è una risposta semplice a questa domanda. Alla fine, forse è meglio dire che è perché voi due avete guardato nel caos di queste creature e non avete avuto paura. Qualcosa dentro di voi è in grado di resistere alla loro corruzione, al loro odio, alla paura che portano. E soprattutto, la vostra sola presenza ispira gli altri a fare lo stesso.»

Ali di Fumo arricciò le labbra per la risposta evasiva. Dopo aver trascorso gran parte della sua vita in mezzo ai draghi, si rese conto che la sua attuale linea di interrogatorio non lo avrebbe portato lontano. «Cosa sono?»

«A questo posso dare una risposta esauriente. Sono gli Esterni. Provengono da una dimensione diversa dalla nostra, conosciuta semplicemente come Altrove dalle creature di questa, la nostra esistenza.»

«Intendi dire un piano materiale diverso?»

Le foglie frusciarono in un suono negativo. «No. Intendo una realtà completamente diversa. Nemmeno una versione diversa della *nostra* realtà.»

«Temo di non capire» ammise Ali di Fumo.

I rami dell'albero si diressero verso di lui in segno di riconoscimento. «Questo perché non hai ancora l'esperienza necessaria per comprendere appieno la situazione.»

«E cioè?»

«Queste creature e i loro padroni cercano di divorare, schiavizzare o corrompere ogni singola cosa nel nostro universo. Quando avranno finito, si ritireranno nella loro esistenza, lasciando dietro di sé un guscio vuoto. Un guscio che appassirà e collasserà su se stesso. Forse aprendo la strada a una nuova esistenza che prenderà il suo posto.»

Ali di Fumo aggrottò le sopracciglia e rifletté sulle parole di

Tirena. «Come una sorta di enorme ciclo della vita? La nostra esistenza viene distrutta per aprire la strada a una nuova?»

L'albero si mosse in avanti. «Esattamente. Se vogliamo sopravvivere, dobbiamo reagire e vincere.»

«Come fai a saperlo?»

«Perché questa non è la prima di queste... incursioni. Si verificano ogni tanti eoni. L'essere che vedete accanto a me è uno degli ex campioni che hanno contribuito a respingere la precedente.»

«E tu sei uno di quelli chiamati ad affrontarli questa volta?»

«Non io, anche se combatterò quando sarà il momento.»

«Allora chi?»

«Molte persone da molti mondi prenderanno il manto che la mia amica qui e quelle come lei hanno tramandato.» Le foglie frusciarono mentre Tirena sembrava prendere una decisione. «Per ora, permettetemi di rispondere a un'altra delle vostre domande non poste. Sì, Nyneeve, Iden, Bade e altri fanno parte di un gruppo che si oppone a queste creature. In questo luogo, sono conosciuti come i Custodi della Porta.»

«Cioè?» Incrociò le braccia e inclinò la testa in quello che sembrava disinteresse, ma inconsciamente si sporse in avanti, rivelando la sua curiosità.

«Molti anni fa, un druido di Ermanthyr di nome Greythorn scoprì un nido di queste creature. In seguito mi cercò, chiedendomi di consigliarlo. Quando l'ho fatto, ha fondato un gruppo per scoprire loro e i loro adoratori, ovunque si trovino, e sterminarli.»

«Il druido era uno dei miei antenati» chiarì Nyneeve.

Ali di Fumo annuì. «È logico che tu ne faccia parte.»

Scosse la testa. «Solo pochi della mia famiglia hanno sentito la... *chiamata*, credo si possa dire. Ecco perché Alvarian non è un membro.» Si voltò verso di lui, con lo sguardo che corse a Grim e Tylee. «Grim, potresti portare Tylee a casa?»

Tylee brontolò. «Ma mamma...»

«Niente ma. Ho la sensazione che questa conversazione andrà a finire in posti che non sei pronto a conoscere.»

«Puoi farmi un favore quando arrivi?» chiese Ali di Fumo nel silenzio teso.

«Certo» rispose imbronciato il ragazzo. «Cosa?»

«Presenta Grim e Ryso, così non dovrò farlo io. Preferirei davvero evitare questo mal di testa.»

Tylee sbuffò. «Sì. Sì, posso farlo. A dire il vero, non sembra nemmeno un'attività che ti sei inventato sul momento per farmi sentire meglio.»

«Fidatevi di me. Non lo è. Non voglio *proprio* essere presente.»

Tylee gli rivolse un sorriso. «Va bene. Mi assicurerò che non rompano nulla.»

«Se lo fanno, fai in modo che Lara lo ripari e che Juniper li guarisca.»

Tylee lo salutò, lanciò un rapido sguardo ferito a Nyneeve, poi lui e Grim sparirono.

Prima che qualcuno potesse dire qualcosa, Ali di Fumo alzò una mano. «Kalten e Celestinia facevano parte del vostro gruppo. O *fanno* parte del vostro gruppo.»

«Ci sono due ordini all'interno dei Custodi» lo informò Bade. «Kalten è un membro dell'Ordine della Piuma. Le spie e i raccoglitori di informazioni. Si occupano di scovare le informazioni che servono per assegnare gli obiettivi.»

«Obiettivi per chi?»

«Per l'Ordine della Zanna» disse Iden. «Quelli sono i guerrieri e i cacciatori. Le persone inviate per distruggerli.»

Ali di Fumo annuì. «Visto che hai lasciato fuori Celestinia, significa che è una Zanna.»

«Era» lo corresse Nyneeve.

«Perché "era"? Che cosa è successo?» Ali di Fumo alzò entrambe le mani. «Sai che c'è? Non importa. Prima di tutto, dimmi cosa c'è di così speciale nei genitori di Tylee da indurre i Diamanti a fare tutto questo casino per accaparrarselo. Poi potremo parlarne.»

Ali di Fumo sentì Tirena concentrarsi di più su Nyneeve, mentre Iden e Bade si giravano verso di lei.

«Vai avanti» disse Tirena, incoraggiando la highven. «Dopotutto, si inserisce nel motivo per cui ti ho convocata qui stasera.»

Nyneeve lanciò un'occhiata all'albero e annuì prima di rivolgersi nuovamente ad Ali di Fumo. «Kalten e Celestinia sono fenici.»

Ali di Fumo si sporse all'indietro, con gli occhi spalancati dallo shock per la rivelazione. «Fenici? E tu hai detto che *sono* fenici, ma Celestinia *era* un membro. Questo sembra il tipo di gruppo da cui non si scappa.»

«Non uccidiamo le persone che vogliono andarsene» osservò Bade con tono offeso.

«Non è quello che intendevo, ma buono a sapersi.»

«Hawk e Celeste erano miei buoni amici. Praticamente una famiglia.» La voce di Nyneeve era lontana. «Ma lei era gelosa del tempo che io e Hawk passavamo insieme. Personalmente, credo che abbia percepito il possibile legame di accoppiamento dello spirito sepolto in noi. Per qualche motivo, la cosa l'ha attanagliata. Lei... è viva, ma non è più una fenice.»

Ali di Fumo sbatté le palpebre confuso prima di allargare di nuovo gli occhi. «È una *noxavis!*»

Bade annuì. «Sì. La sua amarezza l'ha trasformata in un uccello della morte, l'antitesi della fenice. Ora rappresenta l'oscurità, la morte e il sonno eterno.»

Qualcosa solleticava la mente di Ali di Fumo. Un pensiero non completato.

C'è qualcosa di strano.

«Ma non è venuta, o non è venuta, per Tylee?»

«No» confermò Nyneeve, con la fronte aggrottata. «Ha lasciato una lettera in cui lo dichiarava morto per lei e che avrei dovuto crescerlo come meglio credevo.»

«L'abbiamo vista in giro, ma non fa altro che distruggere cose. Non ha voglia di parlare» spiegò Iden.

Ali di Fumo chiuse gli occhi per qualche istante. «Ignorando quanto sembri strano e quanto non sia giusto, suppongo che questo spieghi perché i Diamanti vorrebbero una fenice... piccola. Tylee lo sa?» Fece cenno di lasciare perdere prima che qualcuno potesse rispondere. «Domanda stupida. Certo che no, ed è per questo che è stato mandato via. Ma perché dirlo a me?»

«Perché Nyneeve ha attinto al suo legame con Kalten per evocare i fuochi che ha usato per proteggerti» rispose Tirena, con le foglie che frusciavano irritate. «Una cosa che non avrebbe dovuto fare.» I rami ondeggiarono mentre Iden e Bade trasalirono. «Be', tranne che per chiunque altro, ma non per te.»

Bade e Iden si guardarono l'un l'altro prima di rivolgersi a Tirena. «Tranne *lui*?» chiese Bade.

I rami si mossero in segno di d'accordo. «Sì, tranne lui. Le Regine dei fae hanno già detto loro che sono speciali, quindi non infrango nessun antico giuramento accettando. Sanno di avere una miriade di destini aperti davanti a loro.

In questo caso, Nyneeve ha scelto di attingere all'essenza di Kalten, alle sue fiamme, per proteggere Ali di Fumo. Ha indebolito il sigillo di un Portale Esterno che Kalten sta mantenendo. Non di molto, e forse non succederà nulla. Tuttavia, se dovesse accadere, alcune delle loro strade si saranno chiuse e dovranno fare delle scelte.»

«Che tipo di scelte?» chiese Nyneeve.

«Su cosa farete al riguardo.»

«Troveremo un modo per chiuderlo. In modo permanente» decretò Ali di Fumo.

«Come se fosse così facile» esordì Bade. «Una cosa così semplice da...»

«Potreste in effetti» concordò Tirena con Ali di Fumo, facendo desistere l'highven.

«Aspetta. Cosa?» L'espressione di Bade rispecchiava la sua sorpresa.

«Ho convenuto che potrebbero effettivamente trovare un modo per farlo.»

«Così semplice?»

Le foglie frusciarono divertite. «Non ho mai detto che sarebbe stato semplice. Solo che potrebbero trovare un modo, insieme, per farlo.»

«Che cosa vuoi da me?» chiese Ali di Fumo.

«Che cosa voglio? *Voglio* che tu scopra chi sei veramente. Che accetti e comprenda la voce che senti. Quello di cui mi *accontento* è che tu capisca che, a prescindere dalla strada che scegli, il tuo destino è sempre quello di combattere queste cose. A meno che tu non ti unisca a loro.»

Ali di Fumo sbuffò. «No, grazie. Ma perché credi che questo sia il mio destino?»

«Perché li hai combattuti, hai protetto gli altri da loro, dal momento stesso in cui ti sei imbattuto nei loro seguaci.»

La nebbia brillò e da essa si formò un'immagine. Un'immagine che li circondava tutti.

Una radura nella foresta. Una strada che lo separa da un gruppo di persone vestite di bianco che escono dal bosco dall'altra parte. La donna in testa che dichiara le sue intenzioni di prendere in custodia il Viatore dietro di lui.

Il Viatore che aveva recentemente giurato di proteggere.

Lui e i suoi Guardiani della Notte dimostrano l'errore del gruppo con una decisa finalità.

Ali di Fumo agitò una mano attraverso l'immagine nebbiosa. «So cosa ho fatto.»

«Gli altri intorno a te no» argomentò Tirena.

«Nyneeve ne sa abbastanza» ribatté lui.

«Davvero?» chiese la highven.

«Ti ho detto che odiavo la Rivelazione per diversi motivi. Che il mio scontro con loro quando sono arrivato a Eithenstaar non era il primo.» Indicò l'immagine. «È stato *così*. Mi prendo la responsabilità per le mie azioni ogni volta che li ho visti.»

«Anch'io» concordò Tirena. «Sono gli adoratori mortali degli Esterni.»

«Perché non hai detto nulla prima?» chiese Bade, guardando la chioma dell'albero.

«Non ci si aspetta che un bambino faccia una corsa campestre con i suoi primi passi.»

«Se lo avessimo *saputo*, avremmo potuto farli fuori per *anni*» ribatté Iden con un'espressione disgustata.

«Dovevate scoprirlo da soli. E lo avete fatto. Ci sono vincoli su di me che non potete neanche lontanamente immaginare. Nyneeve e Ali di Fumo se ne sono accorti durante la loro conversazione con le Regine dei fae. Non mi scuserò per questo.» I rami ondeggiarono avanti e indietro. «Ora avete scoperto da soli le loro perfidie e mi permettete di confermarlo.»

Ali di Fumo gemette. *Gli esseri magici e le loro costrizioni. Ah.* Si avvicinò al tronco. «Cosa sai della voce?»

«So che sei tu e non sei tu. Almeno, non ancora. È una scintilla di ciò che potresti diventare, che ha bisogno di imparare da te quanto tu impari da lui.»

«Molto inutile» borbottò lui.

«Ma è la verità. Il resto lo devi scoprire da solo.» I rami salutarono Nyneeve. «O con un aiuto, se finalmente deciderai di farlo. Forse potrebbe anche aiutarti con la tua rabbia. È mal riposta.»

«So *esattamente* dove deve essere indirizzata la mia rabbia.»

«Lo sai? Ne sei sicuro?»

Ali di Fumo guardò la chioma, con una replica rabbiosa sulle labbra.

Ma ha ragione? Quanto la Rivelazione ha fatto parte della mia vita?

La replica morì senza parole sulle sue labbra.

«Forse potresti iniziare a tenere un diario? Scusa, intendo un diario di qualche tipo. Scrivere perché ti senti in certi modi» incalzò Nyneeve.

Ali di Fumo scosse la testa. «Nessun diario. Nessuna annotazione. E come siamo arrivati al mio stato emotivo? Mi sembra una deviazione poco utile e non necessaria in questo momento.»

«Il tempo che mi rimane è breve. Cos'altro vorresti sapere?» La voce affannosa suonò divertita alle orecchie di Ali di Fumo.

Soprattutto con lo sforzo che lo spirito della natura sta facendo per non muovere nemmeno una foglia al vento.

«Cosa sai di Tozzie?»

«Nyneeve l'ha già capito.»

Si voltò verso Nyneeve. «Allora?»

«La Triade che ha preso il controllo di Greythorn per un certo periodo e che è stata scacciata di recente aveva un membro che era specializzato in trasudazioni. L'abbiamo ucciso, però. Ero presente quando mio fratello gli ha conficcato una lama magica nel cuore dopo che Indigo aveva lanciato un incantesimo per solidificarlo» spiegò.

«Uno studente o un alleato, forse?»

Lei si acciglò e sospirò. «Oppure una parte di lui è sfuggita e ha infettato qualcun altro. Aveva la capacità di creare trasudamenti che si impossessavano del corpo di una persona.»

«Pensi che abbia trasferito la sua essenza o parte del suo spirito nella vecchia signora?»

«Tutto è possibile.» Scrollò le spalle. «Ma ho visto ogni parte di quella creatura bruciare e disintegrarsi nel nulla. Sono *sicura* che non ci siamo persi nulla.»

«Potrebbe aver saputo che stavate arrivando e averlo fatto *prima che* lo affrontaste?»

Gli occhi di Nyneeve si spensero. «Quella contaminazione abissale...» Si interruppe, serrando la mascella.

«Lo prendo come un sì» rispose secco Ali di Fumo. Si voltò verso Tirena, notando che la nebbia che li circondava era sparita. «Tirena?»

Bade scosse la testa. «Se n'è andata. *Credo* che stia prestando un po' di sé per aiutare Kalten, ma non ne sono sicuro. Prima che lui partisse per chiudere il portale, tendeva a non andarsene così bruscamente.»

Ali di Fumo fece un movimento per indicare se stesso e Nyneeve. «Credo che abbiamo ancora molto di cui parlare, ma è stata una lunga giornata. Riprenderemo più tardi?»

Lei annuì. «Quando vuoi. Tirena ti ha svelato il segreto che ho custodito. Ricorda che ho molti più anni di te alle spalle. Ma credo di poter rispondere ad altre domande man mano che andremo avanti insieme.»

Ali di Fumo lanciò un'occhiata alla collina prima di inclinare la testa verso l'albero e il suo spirito della natura scomparso. «Bene. Dimmi solo un'altra cosa stasera.»

«Cosa?»

«Posso iniziare a cacciare via la Rivelazione da Tempeston *adesso*?»

Nyneeve sorrise. «Sì, mio scudiero. Dovremo inventarci qualche accusa, ma credo che mi piacerebbe. Molto.»

Bade sospirò. «E questo è ciò che accade quando si attinge al proprio legame spirituale con Hawk.» Lanciò un'occhiata a Ali di Fumo e poi a Iden. «I draghi ci aiutino tutti se torna e si unisce a questi due.»

Iden diede una pacca sulla spalla di Ali di Fumo. «Ci divertiremo un mondo allora. In attesa di ciò, sbarazziamoci di qualche mantello bianco.»

Ali di Fumo sorrise. «Affare fatto.»

CAPITOLO TREDICI

LA STORIA DI SOFIA

Sera, 1° Witchfire, 1503 DF

Sofia si appoggiò alla sedia, studiando Kemuri. «Suppongo che questo ci parli del tuo primo incontro con Tozzie. Ma cos'era esattamente la Triade?»

«Già» aggiunse Zixne mentre mangiava, guadagnandosi un'occhiataccia da parte di Cirrus.

«Prima deglutisci, cara, e poi parla» consigliò la dragonessa in tono dimesso.

Il rossore di Zixne era visibile sotto la pelliccia bianca. Accettò il consiglio e deglutì subito. «Scusa, Cirrus. Cattive abitudini.»

La dragonessa di diamante sollevò un sopracciglio. «Liberatene. Gli Artigli Perduti si sono rapidamente fatti un nome grazie alle vostre azioni. E anche i dracokith hanno sparso la voce di come avete sconfitto Topazio e del ritorno della... *normalità* tra i draghi delle Guglie di Cristallo.»

«Tu hai ucciso Topazio, Cirrus. Non noi» le ricordò Kotizara, mentre la fronte della mezz'orca si aggrottava.

«Sì. Tuttavia, gran parte del merito per aver organizzato la situazione è stato dato a lei e ai suoi. Se questo sia un bene o un male resta da vedere.»

«Opera di mia madre?» chiese Azurestri.

Kemuri sbuffò. «La regina Squamargento è responsabile, sì. Tuttavia, è stato fatto su consiglio di Cirrus.»

«Regina Aquamargento» rifletté Azurestri. «Immagino ti abbia detto *lei* di chiamarla così.» Il dracokith blu e argento sollevò una cresta degli occhi, con un sorrisetto sul muso.

Kilrhi emise un suono altezzoso. «Spero che tu non le stia dando più attenzioni di quante ne stai dando a me.»

Kemuri ringhiò qualcosa di incomprensibile sottovoce.

Forse stava *solo ringhiando,* pensò Sofia, molto divertita.

«L'ha fatto» confermò il Signore dei Draghi. «Per il solo fatto che sono un drago incredibilmente potente. È stata una dimostrazione di rispetto.» Lanciò un'occhiata a Kilrhi. «E non sto dando attenzione a *nessuna* di voi due.»

«È un vero peccato» disse la leonevosa con un sorriso. «È solo questione di tempo, però. Cederai.»

«Credo che cercherò di riportarci sull'argomento precedente» li interruppe Corym prima che Kemuri potesse rispondere. Si rivolse a Cirrus. «Perché, a parte le cattive maniere a tavola, è così importante che Zixne interrompa le sue cattive abitudini?»

La dragonessa scrollò le spalle. «Proprio per questo motivo. Man mano che si diffonderà la notizia delle imprese della principessa di Anduria e dei suoi amici Artigli Perduti, vi sarà richiesto di cenare con nobiltà e regalità. Forse anche con altri individui molto più importanti e potenti. Le buone maniere a tavola sono considerate un segno di rispetto. Soprattutto negli ambienti degli "esseri magici".»

Zixne annuì. «Ho detto che mi dispiace. Ci lavorerò su. Lo prometto.»

Cirrus le sorrise. «So che lo farai. Sei un'allieva eccezionale.» Un enorme sorriso comparve sul muso di Zixne. «Quando vuoi» concluse Cirrus.

Le spalle della felidina si abbassarono. «Comunque...» Allungò la parola. «Volevo sapere la stessa cosa. La Triade è stata menzionata più volte, ma non ho idea di chi fossero.»

Kemuri si acciglò. «Fidati di me. Man mano che racconterò altre storie, imparerete di più su di loro.»

«Andiamo» incalzò Feral. «Sinceramente, un paio di chicche in più non guasterebbero.»

Il Signore dei Draghi guardò tra loro prima di annuire. «Molto bene. Un po' di informazioni su di loro, poi Sofia controlla se ha già ricevuto una risposta. Credo che sia giunto il momento per tutti voi di fare un viaggio per assicurarvi che il generale Dyana stia bene.»

Lo stomaco di Sofia si strinse e la sua cena si arrovellò al pensiero di viaggiare sull'aeronave. Tuttavia, non poteva dare torto alla sua valutazione. «Certo» acconsentì.

«La Triade era un gruppo di tre individui incredibilmente potenti che hanno lavorato insieme per conquistare un bel po' di Greythorn. Hanno mantenuto la loro conquista per anni prima che gli avventurieri li respingessero e li distruggessero. O almeno così pensavano.

Comunque, il gruppo era composto da un potente non-morto, da un uomo in grado di asservire magicamente le persone alla sua volontà e da un altro che controllava i trasudatori. Quest'ultimo alla fine è tornato dopo la loro sconfitta come Tozzie, un'identità completamente diversa con gli stessi ricordi e le stesse abilità.»

«Questo deve aver irritato Nyneeve» osservò Lyse.

«Non ne hai idea» concordò Kemuri. «Ha passato molto tempo a sfogliare libri e a chiedere favori agli esseri che conosceva, cercando di capire come la regina dei liquami fosse tornata. Alla fine, decise che la forma umanoide era più o meno un guscio controllato dal liquame al suo interno. O da *uno* dei liquami al suo interno.»

«Forse è meglio non addentrarsi troppo in quel dettaglio» consigliò Cirrus. «È non solo probabile, ma verosimile, che la sua coscienza, o la coscienza dell'essere originario, possa isolarsi in uno qualsiasi dei trasudamenti che ha creato. Il che, se è vero, è una delle possibilità per cui è ancora viva.»

«Come una sorta di fiala dello spirito contorta?» chiese Corym.

La dragonessa annuì. «Esatto. Trasferisce parte del suo spirito nelle sue creazioni per sfuggire alla distruzione. Almeno, questa è la mia ipotesi. Non siamo mai riusciti a intrappolarla abbastanza a lungo da permettermi di esaminarla.»

«Quando la troveremo questa volta, la *vivisezionerò*» ringhiò Kemuri.

«Più facile a dirsi che a farsi.»

«Vero.»

«Cosa c'entra tutto questo con gli Esterni? Perché e come Tozzie sarebbe *ascesa* per diventare uno di loro?» domandò Sofia.

«Perché? Se è ascesa, è semplicemente perché poteva farlo» spiegò Kemuri. «Non le importa delle creature di questo mondo, di questa realtà. Sono solo qualcosa su cui sperimentare e da modificare, o su cui far banchettare i suoi *figli*. Un processo di pensiero non dissimile dagli stessi dèi esterni.

Per quanto riguarda il modo in cui ci è riuscita, ha avuto numerosi seguaci e servitori, poi ha fatto una petizione agli dèi esterni e li ha convinti di essere degna.» Alzò una mano. «Non ho assolutamente idea di come ci sia riuscita.

Per rispondere alla prima domanda, è più facile che gli Esterni invadano un'area quando qualcuno li convoca. Nyneeve e io abbiamo deciso che il candidato più probabile era lo schiavista magico. Lo chiamavamo lo Schiavista Eldritch. Si faceva chiamare Illuminato, ma ne ho combattuti diversi nel corso degli anni.»

«Quindi questa Triade è responsabile dell'apertura dei portali e della convocazione delle Creature Esterne a Greythorn?» chiese Feral.

Kemuri annuì. «Sì, credevamo...» Fece una pausa. «Aspettate un attimo. Non ho intenzione di continuare questa storia per voi in questo momento. Avete un lavoro da fare. Vi ho spiegato chi era la Triade. Ora devi vedere se il tuo generale Dyana ha già risposto. E se non l'ha fatto, perché.»

Sofia sospirò e si alzò. «Avete sentito il nostro comandante draconico. Facciamo un po' di pratica prima di andare a letto.»

«Hai bisogno di aiuto con quelle tue coperte?» chiese Feral, con gli occhi blu scintillanti. «O hai intenzione di lasciare che siano loro a occuparsi di nuovo di qualsiasi *problema*?»

Azurestri scosse la testa di lato. «Che significa?»

«Be'...»

«Feral, se dici un'altra parola chiederò a tua sorella di farti fare un giro di chiglia durante il volo di domani» l'avvertì Sofia.

«Sai, non funziona molto bene in aria.»

Lyse guardò Sofia. «Ha ragione. La magia che circonda la nave impedisce che soffochi e che il vento lo colpisca troppo, quindi si beccherà solo una boccata di insetti. Soprattutto durante il decollo e l'atterraggio. Tuttavia, ho un'opzione simile. Se vuoi ascoltarla.»

Sofia continuò a fissare il wulven maschio e annuì brusca. «Sentiamo.»

«Possiamo legarlo dalla prua della nave e lasciarlo cadere. Terrò il dirigibile abbastanza basso in modo che continui a rimbalzare sulle cime degli alberi. Dovrebbe funzionare come i cirripedi sotto una nave che naviga nell'acqua.»

Feral lanciò uno sguardo ferito alla sorella. «Non è per niente carino. Quanto tempo ti ci è voluto per inventartelo?»

«Ho pensato a lungo a come fare l'equivalente del giro di chiglia con te, fratello caro.»

«Ecco. Ti faremo qualsiasi cosa sia, visto che non ha un nome» gli assicurò Sofia.

«Sai che glielo dirò dopo che avremo lasciato questa stanza, vero?» fece notare Feral.

«Lo so. Ma non dovrò ascoltare.»

Feral e Azurestri sorrisero l'uno all'altro, poi a lei.

Sofia chiuse gli occhi e scosse la testa.

«Visto che parliamo di nomi per le cose, ho una domanda» confessò Zixne.

«Cosa vorresti sapere?» rispose Cirrus, con un sorriso sulle labbra per le buffonate del gruppo.

«Se gli Esterni vengono da un luogo che chiamiamo Altrove, perché non li chiamiamo "altrovani"?»

Tutti si voltarono e l guardarono sbigottiti.

«Allora? Gli abitanti di Lightfell erano lightfelliani. Cervira? Cervirani. Astalifa? Astalifani. Vedete?»

Kemuri abbassò la testa. «Non li chiamerò "altrovani".» Indicò la porta. «Ora, esci e vai ad allenarti. Per favore?»

Zixne sorrise e saltò in piedi. «Certo, capo drago. Dopotutto, dobbiamo prepararci ad affrontare gli altroviani.»

L'agile leonevosa sfrecciò fuori dalla porta, evitando per un pelo un panino avanzato dalla cena che Kemuri le aveva lanciato contro usando un'ombra.

Ma Sofia vide il sorriso che si muoveva agli angoli delle sue labbra.

<u>Tarda mattinata, 2° Witchfire, 1503 DF</u>

Sofia scese dall'aeronave, trattenendo a stento l'impulso di inginocchiarsi e baciare il suolo.

«Tutto bene lì, Sofi?» Azurestri sorrise.

«Basta, squamosa spina nel fianco. Ho dovuto ascoltare te e Feral per *ore*.»

«Ti stavamo solo prendendo in giro.»

Lei lo fulminò con lo sguardo. «Lo so. Ed è l'unico motivo per cui ho rifiutato l'offerta di Lyse di buttarvi entrambi oltre la fiancata.» Gli diede un pugno scherzoso nello stomaco prima di indicare la rampa di carico della nave, mentre l'equipaggio che avevano prelevato per la missione la abbassava. «Andate ad aiutare con i cavalli. Ci aspetta una mezza giornata di viaggio e vorrei partire.»

Azurestri annuì, la salutò e si avviò.

Sofia lo guardò esasperata e si strofinò il viso per nascondere il sorriso.

«Sinceramente, Sofi, a proposito dei cavalli» esordì Feral non appena il suo piede toccò terra. «Ancora non capisco perché non atterriamo proprio a Piedson.»

«Sono d'accordo» disse Srizix quando raggiunse il fondo della rampa. «Dovremmo atterrare in città e poi ordinare loro di portarci da Dyana. Perché perdere tempo a cavalcare?»

Feral fece un cenno alla donna lucertola dalla pelle viola. «Visto? Riz ha capito.»

«Questo perché Srizix non è abituata a volare sulle aeronavi, stupido» ribatté Lyse, colpendo il fratello alla nuca.

«Ahi! Perché l'hai fatto?»

«Per aver messo in discussione la *mia* idea, tanto per cominciare.»

Feral si sfregò la testa e si voltò a guardarla. «Come sarebbe la *tua* idea? Sofi ha detto che saremmo atterrati fuori città e saremmo entrati.»

«Sì, dopo che l'ho convinta a non atterrare lì» disse Lyse, dando un'occhiata in giro mentre gli altri si univano a loro. Si acciglìò con il fratello. «Lo dirò una volta sola, e non dovrei affatto dirlo a te. Cervira conosce la nostra nave e noi ci distinguiamo molto. Se sta succedendo qualcosa lì, l'atterraggio ci rende un bersaglio. Un bersaglio grosso.»

Feral scrollò le spalle. «È vero, suppongo. Anche se saremmo un bersaglio pesantemente armato. Un bersaglio *molto* armato.»

Lyse alzò la mano con fare minaccioso.

«Va bene, cara sorella mia. Ho capito. Non c'è bisogno di violenza. Be', *più* violenza.» Feral alzò le mani. «Questo manderebbe all'aria ogni possibilità di fare amicizia con loro. Non è che non mi piaccia l'approccio furtivo. Preferirei avere la nostra nave lì, pronta per la fuga.» Il suo sguardo preoccupato si diresse verso le montagne.

Sofia si acciglìò. «Potete andare tutti ad aiutare Azurestri a prendere i cavalli?» Mentre annuivano e si giravano per andarsene, Sofia afferrò il braccio di Feral. «Lyse, puoi prendere quello di tuo fratello? Devo chiedergli una cosa.»

«Certo» confermò la wulven marrone al di sopra delle spalle.

Feral si rivolse a Sofia. «Cosa c'è? È per la storia delle "coperte"? Stiamo solo scherzando, e ti avevo avvertito che glielo avrei detto.»

«No. Per quanto tu e Azurestri siate fastidiosi, soprattutto per questo, sono preoccupata per te.»

Lui sorrise e aggrottò le sopracciglia. «Davvero? Sai...»

Si avvicinò e gli chiuse il muso. «Sono seria, Feral. Ho notato lo sguardo nei tuoi occhi quando hai guardato verso la montagna.» Lo lasciò andare.

Un angolo delle sue labbra si contrasse. «Sto bene, Sofi. Davvero. Non ho idea di cosa tu stia parlando.»

All'improvviso, la verità la colpì. «Hai paura delle montagne, vero?»

Gli occhi azzurri di Feral si guardarono intorno, muovendosi ovunque tranne che verso di lei. «Le montagne? Davvero, è assurdo. Perché dovrei avere paura delle altezze? Vado in giro con un'aeronave.»

Sofia ci ripensò. «Hai paura di essere sepolto vivo.»

Le spalle del wulven si abbassarono. «Non ce l'hanno tutti? Voglio dire...»

«Tu più di altri» lo interruppe Sofia. «Che cosa è successo?»

Lui sospirò. «È una storia lunga. Potrei anche raccontartela. Un giorno. Ma non qui, non ora.» Aggrottò la fronte. «Come hai fatto a capirlo, comunque? Credo che nemmeno mia sorella sappia di questa situazione.»

«Mi ha colpito. La prima missione ufficiale che abbiamo fatto tutti insieme. Tutte le tue domande sulla parte della montagna che si è rovesciata. Poi, c'è stato il panico nella tua voce mentre stavamo salendo, quando i mercanti hanno smosso alcune rocce. Sono scivolati lungo il sentiero verso di noi e tu hai pensato che fosse una frana. Ora, il tuo desiderio di avere la nave vicina.»

Feral sbatté le palpebre, poi sbuffò e fece una risatina divertita. «Davvero? Quindi la mia profonda e oscura paura è stata scoperta per caso, è quello che stai dicendo. E invece di fingere, ho confessato tutto. Figuriamoci.»

La fronte di Sofia si aggrottò. «Cosa vuoi dire? Tutto combacia. Il mio subconscio è riuscito a mettere insieme tutto.»

Il wulven rise e le afferrò le spalle. «Ma è *davvero* così?»

«Cosa vuoi dire?»

«Devo solo dire "galleria delle formiche", Sofi.»

Sofia si acciglio. *Maledizione. Non ha mai avuto problemi ad andare nelle gallerie a combattere le formiche. Ma ha detto che ho capito una sua paura. Mi sta prendendo in giro? Oppure...* «La tua paura non è solo quella di essere sepolto vivo. Si tratta di essere sepolti vivi in montagna.»

Il suo cipiglio si inasprì mentre lo fissava negli occhi. «No. Aspetta. Non hai paura. Almeno non di qualcosa come le montagne o di essere sepolto vivo. Sei praticamente *senza paura*. Mi hai dato una mezza verità dicendo che ho capito una tua paura, ma *vuoi* dirmi di più. Per questo hai continuato la conversazione.

Non è una paura fisica che hai. È un ricordo che quei due pensieri combinati *riportano* alla mente, soprattutto quando si parla dell'aeronave. Ad Anduria non si guardano le montagne in quel modo. Questa volta qualcosa di una città, delle montagne e di un'aeronave ha fatto scattare il ricordo.»

Gli occhi di Feral si allargarono, ma lui sbatté le palpebre per coprirli mentre le scioglieva le spalle. «Io... ehm, sì. Questo è più in linea. Come ho detto, possiamo parlarne più tardi.»

«Diventerà un problema in questa missione?»

«Fidati di me. Sono in grado di controllarmi. Sono ricordi, niente di più.»

Sofia gli afferrò la mano. «Siamo tutti qui per te e Lyse. *Io* sono qui per voi due. Lo sai, vero?»

Feral alzò l'altra mano per togliersi qualche lacrima dagli occhi. «Certo. Io, *noi*, lo sappiamo.» Scostò la mano dalla sua e sembrò rabbrividire. All'improvviso, nei suoi occhi tornò il normale bagliore malizioso. «Non posso credere che tu sia riuscita a fare una supposizione corretta basandoti su una logica e un ragionamento errati» si lamentò ad alta voce mentre gli altri si avvicinavano.

«Cosa vuoi dire?»

Quando il gruppo li raggiunse, Feral montò a cavallo e abbassò regalmente la testa verso di lei. «Ti concedo i primi due punti per quando stavamo salendo sulla montagna. Oggi, però? No. Era solo un desiderio di avere la nostra aeronave vicina per una fuga veloce. Quindi, come ho detto. Supposizione corretta, ragionamento sbagliato.» Le diede una pacca sulla testa. «Non preoccuparti. Diventerai più brava a capire queste cose. Mi toglierei il cappello, Vostra Altezza, ma al momento non ce l'ho.»

«Tu... ma... avevo *ragione!*» protestò lei.

Feral alzò una mano, con il dito e il pollice che quasi si toccavano. «Non proprio. Ma sei, oh, così vicina. Molto, molto vicina» A quel punto, spronò il suo cavallo verso Piedson.

Sofia digrignò i denti mentre gli altri la guardavano con occhi confusi e curiosi. «Solo... non importa.» Agitò la mano, evocando la sua cavalcatura, Nomade.

Avendo percepito la sua costernazione, anche il suo cavallo da guerra inclinò la testa e la studiò con un enorme occhio blu.

«Anche tu fatti gli affari tuoi» disse lei irritata mentre montava. «Non voglio parlarne.»

«Nessuno voleva chiederti del momento speciale tra te e Feral, Sofi» la informò Kotizara con un occhiolino.

«Meraviglioso. Non solo ho dato a Feral un'altra cosa per cui prendermi in giro, ma ho anche dato delle munizioni a tutti questi malintenzionati» mormorò, spronando Nomade a inseguire il wulven fastidioso.

Primo pomeriggio, 2° Witchfire, 1503 DF

Sofia gemette e seppellì la testa nella mano. Tuttavia, non poté fare a meno di sbirciare attraverso le dita per osservare il disastro che si stava approssimando vicino al cancello nella persona di Azurestri. *Capisco perché siamo entrati in gruppi separati, ma non capisco perché non gli ho messo la museruola e non ho messo Corym con quel gruppo.*

Azurestri si trovava fuori dai massicci cancelli che sovrastavano le mura di pietra molto più piccole che li affiancavano.

La costruzione di questa città mi lascia davvero perplessa. Forse Cirrus o Kemuri possono darci qualche delucidazione. Mura di pietra corte, soprattutto in confronto agli enormi cancelli in legno e acciaio.

Il dracokith d'argento con i segni blu assunse una posa altezzosa, con le mani sui fianchi e il petto in fuori, mentre guardava la guardia davanti a sé. Lanciò un'occhiata ai due dracokith in piedi accanto a lui, con il muso che si agitava infastidito.

«Ti *sfido* a ripeterlo, guardiano» ringhiò Azurestri.

Imperterrite, le cinque guardie che permettevano il passaggio attraverso il cancello si fecero avanti. «Ho *detto* che non permettiamo agli uomini lucertola di entrare nella nostra amata città. E dovreste essere contenti che l'ho solo *detto* invece di infilzarti, squamoso bastardo!» sbottò quella al centro.

Azurestri si sporse in avanti, con le labbra sollevate in un ghigno. «Uomo lucertola? *Uomo lucertola!* Osi paragonare uno della nostra specie, un onorevole e dignitoso *dracokith,* a quegli abitanti delle paludi?» Mentre la sua voce si alzava, la brina iniziò a colare dalla sua bocca.

Icharokath, che Corym, con la magia, aveva camuffato da dracokith a scaglie nere, aprì la bocca per parlare.

Srizix, dall'aspetto di una dracokith ametista con scaglie simili a gemme, salì sulla coda del compagno.

Con forza.

Gli lanciò un'occhiata di avvertimento, poi aprì e chiuse la bocca un paio di volte. Il ticchettio dei suoi denti era udibile anche alla distanza a cui si trovava Sofia, pronta all'imminente bagno di sangue.

Solo una volta. Vorrei che i miei amici si comportassero davvero bene per una volta.

Sentì gli scatti distintivi delle pistole di Feral e Lyse. I sottili peli della sua nuca si alzarono quando sentì Zixne e Corym preparare la loro magia. Ci fu il momentaneo *sibilo* metallico di due spade che si liberavano parzialmente dei foderi di Kotizara.

«Non mi interessa il nome che voi bastardi cannibali date alla vostra tribù. O ti giri e torni subito lì, o ti giustizieremo sul posto!» urlò la guardia davanti ad Azurestri.

Il dracokith sorrise e soffiò uno sbuffo di nebbia bianca e gelida sul viso dell'uomo, costringendolo a inciampare di qualche passo. «Quello non era nemmeno il mio *vero* attacco col fiato. Volete che io e i miei compagni vi diamo una *vera* dimostrazione?»

Le altre quattro guardie fecero un passo minaccioso in avanti prima che il grido di un uomo le facesse desistere. «In nome dei draghi in cielo, cosa state facendo voi *idioti*?»

Sofia scostò la mano dal viso. Un umano anziano, in forma, con la barba grigia tagliata corta, si stava facendo strada tra i curiosi all'interno della città. Indossava la livrea grigia e rossa di Cervira e la luce del sole brillava su alcune medaglie appuntate sul petto.

«Siete impazziti tutti quanti?» gridò di nuovo, anche se finalmente si era avvicinato al gruppo. «Non riuscite a capire la differenza tra un uomo lucertola e un dracokith?»

«Ma, signore...» iniziò la guardia centrale.

«Non mi dire "ma signore"! Ringrazia solo che il dracokith di fronte a te non si è degnato di dimostrare la sua abilità. Tutti i dracokith sono guerrieri altamente addestrati e legati all'onore. E voi idioti avete insultato questo!» Si rivolse ad Azurestri. «Ti prego di accettare le mie scuse a nome di questi uomini.»

Azurestri si sporse all'indietro e studiò l'uomo. Poi, con lentezza, offrì la mano. «Dremraxintol Eraxan ain Azurestri. Puoi chiamarmi Eraxan. Mercenario.»

L'umano gli strinse la mano. «Adeax Jerula. Puoi chiamarmi Adeax. Colonnello dell'esercito di Cervira.»

«È un piacere conoscerti, colonnello.»

«Anche per me, mercenario Eraxan. Posso farti una domanda?»

«Puoi.»

«Dremraxintol? Qualche relazione con la famiglia reale e la regina Dremraxintol Tazzraseth?»

Azurestri ridacchiò. «Lasciami dire solo che sono un parente di dubbia importanza.»

Il colonnello Adeax sorrise e inclinò la testa. «Molto bene. Accetti le mie scuse?»

«Certo. Lo attribuirò a una lacuna nella loro educazione, a cui hai posto efficacemente rimedio.»

«Be', in questo caso, benvenuto a Piedson. Spero che troviate quello che state cercando.»

«Grazie. Auguro lo stesso a te, colonnello.»

«Sono certo che sarà così.»

Il colonnello si fece da parte, permettendo ad Azurestri, Icharokath e Srizix di passare. Sofia e i suoi amici si allontanarono e aspettarono il gruppo qualche strada più in là.

«So che è sembrato un insulto, Kath, ma non era mia intenzione» spiegò il dracokith mentre Sofia e gli altri si avvicinavano.

«Detto lo stesso. Perché?» chiese l'enorme uomo lucertola.

«È quello che è. Tutti hanno dei preconcetti. Quello che pensano di una persona, di una razza, di un gruppo, di una situazione. Qualsiasi cosa e tutto, in realtà. Queste nozioni possono essere utili.»

«Come?»

«Se entrate in una grotta dove sapete che abita un drago rosso, le informazioni che vi girano per la testa vi dicono alcune cose. Uno: dovresti avere qualcosa di pronto per aiutarti con le fiamme. Due: forse non è una buona idea. Tre, forse state per diventare cibo. Perché? È risaputo che i draghi rossi sono altezzosi e non sono particolarmente interessati a parlare con gli intrusi. Quindi, questi preconcetti ti mettono in guardia.»

«E se drago rosso è amichevole?» Icharokath scosse la testa, con gli occhi dorati puntati sul dracokith.

«Visto?» chiese Azurestri. «Si possono trovare draghi rossi che sono sgarbati come un drago d'ottone. E draghi d'ottone arroganti come quelli rossi. Eppure i preconcetti su questi due tipi di draghi influenzano il modo in cui le persone si preparano ad affrontarli. Nel bene e nel male.»

«Credo di aver capito.»

«Bene. Quella guardia si aspetta che tutti gli uomini lucertola siano dei bruti animaleschi. Stavo giocando sui suoi preconcetti per manipolare lui o chi gli sta intorno. Vi ho chiamato con disgusto abitanti delle paludi, gonfiando il mio petto per dimostrare che mi ritengo superiore agli uomini lucertola. In questo modo, mi avrebbero visto come qualcosa di più.»

«O come qualcuno da uccidere o da gettare in prigione» ribatté Sofia.

«Nessun piano è privo di difetti.» Azurestri scrollò le spalle. «Ammetto che l'arrivo del colonnello non poteva essere più tempestivo.»

«Ah.»

«A qualcun altro è sembrato strano che conoscesse un vero e proprio saluto dracokith?» chiese Kotizara dalla testa del gruppo.

Tutti si fermarono, non perdendo di vista l'enormità di quell'affermazione.

«Non credo proprio.» La mezz'orca si voltò, con un sorriso che le spaccava il viso. «Sembra che tutti voi dobbiate "migliorare nel capire queste cose", per citare Feral. O almeno a capire cose del genere.»

«Dobbiamo preoccuparci?» Sofia chiese alla mezz'orca che gongolava.

Kotizara annuì. «Probabilmente. Sapeva come si saluta e che Tazzraseth è la regina. Se sa così tanto, non è azzardato pensare che abbia riconosciuto il nome di *Eraxan*.»

Zixne diede un calcio ad Azurestri sullo stinco. «Scemo. La prossima volta, che ne dici di usare un nome falso?»

«Ahi. Non è una cattiva idea» ammise. «Forse Dremraxintol Zixnian ain Goiruine.»

Zixne sorrise. «Visto? Era così difficile? Ora ne hai uno pronto, e la prima parte sembra così bella.»

Sofia e Corym si scambiarono un lungo sguardo.

«Vuoi dirglielo?» gli chiese Sofia.

«No, lo lascio a te» le rispose.

Sofia si voltò verso Zixne e fece un respiro profondo. Nel frattempo, Azurestri si mise saggiamente dietro Icharokath. «Azurestri ti stava prendendo in giro. L'ultima parte, goiruine, significa "persona incredibilmente bassa" in draconico.»

La leonevosa sbatte le palpebre.

Kotizara si mise a ridere. «Si è inventato il nome per darti della *nana!*»

Zixne inspirò bruscamente, si volò e si concentrò sul dracokith sorridente. Gli puntò un dito contro. «Te la farò pagare. Te ne rendi conto, vero?»

Azurestri fece un cenno di assenso. «Non mi aspetto niente di meno che un'eccezionale quantità di sofferenze, alla fine, sulla mia strada.»

«Basta che siamo tutti sulla stessa lunghezza d'onda.» Zixne sventolò la parte anteriore dei capelli mentre si voltava. «Andiamo. Non ha senso preoccuparsi ora. Andiamo alla taverna. Voglio un altro po' di torta.»

Lyse incontrò lo sguardo di Sofia con un'espressione ironica. «E *ho bisogno* di altro liquore.»

Sofia scosse la testa. «Anch'io, Lyse. Anch'io.»

Quando il gruppo entrò nel Mandrillo di Mythryl, tutti gli occhi si voltarono a esaminare i nuovi arrivati, come Sofia si era aspettata.

Quello che non si aspettava era che tutta la conversazione si spegnesse quando gli Artigli Perduti furono accolti da un silenzio di pietra e sguardi gelidi.

Stava pensando a come affrontare al meglio la situazione imbarazzante, quando alcuni amici lo fecero per lei.

Zixne salutò e si diresse verso un tavolo vuoto vicino al centro della stanza. «Salve a tutti! Mastro taverniere, per caso avete ancora quella deliziosa torta al cioccolato che ci avete dato l'ultima volta che siamo stati qui? Sono affamata e una ragazza in crescita ha bisogno di dolci.»

Kotizara, Feral, Lyse e Azurestri si misero subito dietro la leonevosa. Sofia notò la tensione delle femmine, ma i ragazzi rispecchiarono l'atteggiamento disinvolto di Zixne.

La mezz'orca sbuffò. «Crescere? Non cresci da quando avevi dieci anni.»

Feral lanciò a Zixne uno sguardo malizioso, che lei ricambiò. «Oh, sono abbastanza sicuro che alcune parti di lei lo abbiano fatto.»

Lyse agganciò una sedia con il piede, la tirò fuori e vi si lasciò cadere. «Direi *bleah*, ma se non ti lasciassimo fare le tue allusioni sessuali, sono abbastanza sicura che non potresti parlare affatto. E vorrei un altro po' di quel rum che avete dietro il bancone. Era delizioso e sono troppo sobria in questo momento. Soprattutto per guardare questi due che flirtano tra loro.»

«Udite, udite» le fece eco il fratello, poi fece una pausa. «Bene, per quanto riguarda il rum e la sobrietà.» Lanciò alla sorella uno sguardo sornione. «Per il resto, potrei parlare della *mia* nave per ore senza fare allusioni.»

Lyse chiuse gli occhi e scosse la testa. «La mia nave. E no, non potresti. Paragoneresti una parte di essa a una ragazza. Probabilmente *quella* ragazza.»

Zixne si pavoneggiava, mentre Kotizara gemeva. «Sono d'accordo con te, Lyse. La situazione precipiterebbe non appena si avvicinasse alla *ringhiera*.»

«Non dargli idee, Koti.»

Qualche risatina soffocata risuonò nella sala da tè, ma la sensazione era ancora abbastanza tesa da far prudere la zona tra le scapole di Sofia.

«Be', non vorrei disturbare troppo, ma ho sentito parlare molto bene sia della torta sia del rum. Se li hanno, li prendo entrambi» dichiarò Azurestri prendendo posto. «Inoltre, la torta mi aiuterà ad assorbire l'alcol, permettendomi di bere di più prima che la mia bella compagna debba sistemarmi.» Fece un cenno a Zixne.

«Onestamente, sembra ancora meglio!» affermò Feral.

«Sono bellissima. Tuttavia, tieni presente che nessun tipo di dulazione ti salverà. Avrò la mia vendetta» gli promise la leonevosa.

«Ancora una volta, non mi aspetto niente di meno» concordò il dracokith.

Il taverniere lanciò un'occhiata nervosa alla sala e incrociò lo sguardo di alcune persone. Fece una scrollata di capo, quasi impercettibile, nella loro direzione, prima di dirigersi verso il tavolo dei nuovi arrivati.

«Ci uniamo a loro?» chiese Sofia agli altri compagni.

«Andiamo.» Corym le offrì il braccio e si avvicinò al suo orecchio. «La porta sul retro si è appena chiusa. Non so bene cosa stia succedendo, ma qualcuno se n'è andato.»

Sofia annuì e fece cenno a Icharokath e Srizix, ancora magicamente camuffati da dracokith, di seguirli a un tavolo accanto agli altri.

«Forse dovremmo essere cauti nelle nostre domande finché non avremo capito cosa sta succedendo» sussurrò Corym tirando fuori la sedia per Sofia.

Sofia confermò con un altro cenno, mentre il taverniere finiva di prendere le ordinazioni dal tavolo di Zixne e si rivolgeva al loro.

Tuttavia, Srizix non sentì l'highven o scelse di ignorare il suo suggerimento.

La donna lucertola camuffata guardò negli occhi l'uomo. «Riconosco persone nella stanza. Tutti soldati sotto il generale Dyana. Perché trattarci come sgraditi?»

Il taverniere sbatté le palpebre. «Srizix?»

«Sì.»

Lo sguardo dell'uomo si posò su Icharokath prima di cadere su Sofia. Esalò un leggero sospiro. «Non sono proprio la persona giusta.»

Sofia scosse la testa. «Sputa il rospo. Pensavo che ci fossimo lasciati in buoni rapporti. Quando il generale Dyana non ha scritto come aveva detto, siamo venuti a vedere cosa stava succedendo. Mi sono forse sbagliata?»

In quel momento, la porta si aprì di colpo e il tenente Verald Shozen, il nipote di Dyana che avevano salvato da una pentola di stufato degli uomini lucertola, si precipitò all'interno con altre sei persone dietro di lui. «Non allora. A quanto pare, però, *noi* lo eravamo.»

Sofia e i suoi amici si voltarono a guardarlo. Una rapida scrollata di testa fece segno a tutti di lasciare le armi al loro posto.

Non c'è bisogno di tirarle fuori. Corym e Zixne hanno un sacco di magia a loro disposizione.

Ma non fu quello che disse. Invece, sollevò un sopracciglio e inclinò la testa. «Verald. È un piacere rivederti. Devo ammettere che non riesco a capire cosa intendi dire.»

«Voglio *dire* che i tuoi amici squamosi hanno deciso di dare un morso a mia zia e di fare a pezzi alcuni dei miei amici quando ha scortato i prigionieri che avevi chiesto al luogo dell'incontro.»

Sofia guardò Icharokath e Srizix, che scossero con veemenza la testa in segno di diniego. «Vi stavo lasciando gestire i vostri uomini. Che cosa è successo?»

«Non successo nulla» affermò Icharokath. «Bhatokka Anziano-Vita ha incontrato generale insieme a decina di guerrieri. Ha lasciato Versauriv Morte, il Guarito dal Drago, lontano per non in... in...» Un cipiglio attraversò il suo muso a forma di dracokith.

«Inimicarsi?» suggerì Feral.

Icharokath fece un cenno di assenso. «Sì. Non inimicarsi il generale.»

«Di certo mio fratello non ha problemi con quella parola» mormorò Lyse.

«E poi?» chiese Sofia, ignorando il commento.

«Niente. Il generale ha portato quasi cinquanta uomini lucertola. Molto più di quanto aveva promesso. L'anziana Bhatokka ha afferrato le spalle di generale e l'ha salutata. Poi consumato insieme un pasto veloce di pesce. Generale ha restituito i prigionieri come dono. Bhatokka restituito gli ultimi quindici soldati come segno di fede. Gli altri erano stati inviati nei giorni precedenti. Ognuno andato per la sua strada in modo pacifico» assicurò Srizix.

Gli occhi di Verald si restrinsero. «Stai mentendo.»

Srizix e Icharokath scattarono in piedi. «Non mente!» sbraitò Icharokath.

Diverse armi uscirono dai foderi mentre i soldati della taverna seguivano il loro esempio.

Gli Artigli Perduti iniziarono ad alzarsi.

Sofia non si scompose nemmeno un po'. «*Seduti!*» gridò. «E intendo *tutti!*»

I suoi, alzati a metà, si bloccarono. Si abbassarono sulle loro sedie, con un'aria scioccata. Sul volto di Icharokath e Srizix balenarono espressioni di dolore, ma si adeguarono.

Sofia incontrò gli occhi di Verald. «Forse, invece di inimicarvi due miei cari amici insultando il loro onore, dovresti venire qui, sederti e *dirci cosa credi sia successo*. Potrebbe essere più produttivo.»

L'uomo aggrottò la fronte. «Perché dovrei fidarmi di te?»

«Vuoi un motivo semplice e militare?»

«Certo.»

«Perché se si trattasse di una specie di trucco, Corym avrebbe potuto incenerire tutti i presenti in questa stanza prima che tu facessi più di mezzo passo verso di noi. E tu lo sai.»

Corym brontolò. «Un *po'* più diplomatico, Altezza. Per favore?»

Sofia sospirò. «La mia amica ha ragione, però. L'ultima volta ci siamo lasciati come amici, e pensavamo ancora di esserlo. Siediti. Perché non abbiamo davvero idea di cosa sia successo a tua zia, e mi piacerebbe saperlo. Sai perché?»

Lo sguardo di Verald vacillò. «Perché?»

«Perché ci ha aiutato quando non era necessario. Vorrei trovare il responsabile che le ha fatto del male e scuoiarlo vivo. Che sia un uomo lucertola, un umano, un elfo, un felidine o qualsiasi altra razza.»

«Andiamo, Verald. Guardali. Non hanno idea di cosa sta succedendo» consigliò il taverniere. «Sai cosa direbbe tua zia.» Verald lo guardò e aggiunse: «Inoltre, c'è qualcosa di strano in tutta questa faccenda.»

«Che vuoi dire?» chiese Kotizara.

Una volta guardia, sempre guardia.

Verald sospirò. «Intende dire che nessuno ha visto mia zia da quando è arrivata in città un mese e mezzo fa.»

«Cosa?» Sofia lo guardò incredula. «Quando ha lasciato gli uomini lucertola?»

«Il dieci di Freet. Detto che Anziano Bhatokka ha messo tempo per acquisirli senza che altri lo sapessero» disse Srizix.

«Quando è tornata?» chiese Sofia.

«Diciannove di Boita» la informò il taverniere.

Sofia fece i conti. «Non ci vogliono certo trentanove giorni per percorrere quella distanza.»

«Servono se sei a piedi, e gravemente ferito» osservò Verald.

Sofia abbassò la testa in segno di comprensione. «Comunque. Perché non ti siedi e ci racconti *esattamente* cosa è successo?» Gli scostò una sedia. «Perché noi non c'entriamo niente.»

Verald annuì con riluttanza e si sedette.

· · ·

<u>Sera, 2° Witchfire, 1503 DF</u>

Sofia riuscì solo a sbattere le palpebre a Verald quando terminò.

«Aspetta. Vediamo se riesco a riassumere il tutto. Fammi sapere se sbaglio qualcosa» disse. «Il generale Dyana ha raccattato un mucchio di uomini lucertola prigionieri. Più di quanto ci aveva detto. Lei e due squadre di soldati li scortano al luogo dell'incontro dove, secondo Srizix, Bhatokka e Dyana tornano dal ponte. Fanno il saluto e lo scambio rituale, poi si separano.»

Verald sbuffò. «Se puoi fidarti della tua amica lucert...»

«Cosa che io *faccio*» lo interruppe Sofia con un tono che non ammetteva discussioni. «Continuiamo. Il generale impiega trentanove giorni per ritornare, e a quel punto arriva in città barcollando e pezzi di carne staccati a morsi.»

«In realtà è arrivata solo fino al cancello, dove è crollata» la corresse il taverniere.

«Va bene. Allora, non riesce nemmeno a *entrare in* città. L'ultima cosa che dice alle guardie che la raggiungono è che gli uomini lucertola hanno attaccato lei e il suo gruppo. Poi viene portata via, si presume in un luogo nascosto e appartato, con i migliori guaritori che la corona possa fornire. Un luogo in cui a nessuno, né ai suoi più stretti subordinati, né agli amici, né alla *famiglia,* è permesso di vederla finché non avrà completato la sua riabilitazione. Una data che la corona non può fornire a nessuno dopo diverse *decimane*. È tutto?»

«Ho visitato di persona il luogo della battaglia» disse Verald. «Con le persone che sono in questa taverna. C'era sangue dappertutto, armi rotte e, cosa ancora più grave, scaglie di lucertola.»

Un coro di assenso si levò dagli altri avventori.

Sofia sospirò. «Ho conosciuto tua zia. Mi sembra una persona molto capace, ma tutto questo non ti sembra strano? Una battaglia in cui solo lei sopravvive. Lei lotta per...»

«Che aspetto aveva quando è arrivata in città?» si intromise Azurestri.

Sofia aggrottò le sopracciglia, ma Verald gli lanciò un'occhiata.

«Come pensi che fosse? Come se le orde dell'Abisso e i diavoli dell'Inferno avessero deciso di *usarla* come palla in un gioco contorto.»

Il dracokith scosse la testa. «Non è abbastanza descrittivo. Ho bisogno che tu sia esauriente.»

«Non ho intenzione di farlo.»

«Azurestri, cerchiamo di risolvere la questione, non di riaprire vecchie ferite» gli consiglia Sofia.

Il dracokith appoggiò i palmi delle mani sul tavolo. «Cerco di non fare domande poco importanti. Almeno, non durante conversazioni tese che potrebbero sfociare in una rissa da un momento all'altro. Assecondami. Dimmi che aspetto aveva.»

Uno degli astanti, seduto su un tavolo vicino, con i piedi sulla sedia, alzò lo sguardo. «Terribile. Sono stato uno dei primi ad arrivare. Era tutta nera e blu. Aveva il naso in frantumi e faticava a respirare. Ho visto morsi sul bicipite e sulla spalla destra. La sua schiena era una serie di lunghi solchi, tagli sanguinanti che sembravano artigli trascinati attraverso i vestiti e la carne. Un pezzo enorme le mancava dalla coscia sinistra. Lei...» L'uomo rabbrividì e abbassò la testa, incapace di continuare.

«È stata gettata» dichiarò Azurestri con decisione.

Verald scattò in piedi. «Come osi! Mia zia...»

«È una sopravvissuta, ma non all'attacco di uomini lucertola.»

«E come fai a saperlo? Eri presente?»

«No.»

«Ma ha ragione» intervenne Zixne.

Tutti si voltarono verso la leonevosa, che era rimasta insolitamente silenziosa mentre Verald descriveva la situazione.

Verald appoggiò le mani sul tavolo e si chinò su di esse. «Perché dici così?»

«Forza, Zix» la incalzò Sofia.

Zixne aggrottò le sopracciglia e abbassò la testa. «Perché il corpo ha solo una certa quantità di sangue. Un enorme morso alla coscia? Scommetto che stava sgorgando sangue. Ci sono cose piuttosto importanti laggiù.»

«Infatti » confermò l'uomo seduto sul tavolo, con un tono leggermente curioso. «C'era una pozza di sangue sotto di lei.» Si guardò le mani come se stesse immaginando il sangue che le ricopriva.

Zixne guardò Verald. «Se sotto di lei c'era una pozza di sangue dalla camminata verso il cancello, come ha fatto a sopravvivere a trentanove giorni di viaggio nel deserto? A piedi. Con una gamba che, scommetto, la sosteneva a malapena.»

Fu il turno di Verald di sbattere le palpebre per la confusione. «Lei... sarebbe morta dissanguata» sussurrò.

Poi si strinse la testa.

Come tutti gli altri presenti nella taverna che non fossero Artigli Perduti.

Sofia si guardò intorno confusa, ma Kotizara saltò in piedi. «Proprio come mio padre! Cor, colpiscili con un incantesimo di annullamento.»

Corym annuì. Si mise in piedi, con le mani che formavano una cupola davanti al petto, con le dita rivolte verso l'alto. Ruotò i polsi l'uno verso l'altro, allontanando le mani l'una dall'altra finché le dita non puntarono verso il basso e di lato. «*Grandissipagie.*»

L'aria nella taverna scintillava come una distorsione di calore.

All'improvviso, il suono di rantoli e gemiti risuonò nella stanza.

Sofia inclinò la testa verso Corym, Kotizara, Azurestri e Zixne. Poi sorrise. «Ci avete visto bene. Ottimo lavoro.»

Corym si rimise a sedere. Kotizara le fece il saluto. Azurestri tenne le mani in alto e di lato in un gesto che voleva dire "so di essere un grande". Zixne le soffiò un bacio.

Si voltò verso Verald e lo guardò barcollare in piedi per qualche secondo. Scosse la testa e aprì gli occhi. I suoi occhi *furiosi.* «Che cosa nell'Abisso! Ci hanno fatto un *incantesimo?*»

Sofia annuì. «Sembra di sì. I tuoi impulsi omicidi verso di noi si sono un po' attenuati?»

Verald si lasciò cadere sulla sedia. «Come abbiamo fatto a non accorgercene?»

«È una forma sottile di controllo» spiegò Kotizara. «Manipola i sentimenti e le emozioni, non li cambia del tutto. Ti porta a non mettere in discussione le loro parole. Acconsenti a cose che potrebbero non avere del tutto senso. La stessa cosa è successa a mio padre prima che conquistassimo Anduria dal re traditore.»

«Domanda migliore, allora. *Quando* è successo?»

Il taverniere brontolò. «Quando ci siamo riuniti tutti qui per discuterne.»

Sofia lo guardò. «Cosa?»

Scosse la testa. «Noi, cioè le persone più vicine al generale Dyana, ci siamo riuniti per parlare di ciò che le è successo. Ricordo che ero arrabbiato per aver servito tutti voi. Per essere stato ingannato da voi. Abbiamo lasciato quella riunione pensando che aveste tradito Dyana.»

«Be', non l'abbiamo fatto» affermò Sofia.

Verald sospirò. «Allora cosa è successo? Chi *è* il responsabile?»

«Teriani?» Corym suggerì.

«Non è il suo stile. Sembra che sia più il tipo da "falli saltare in aria"» sostenne Kotizara. «Il che è un bene per noi, perché altrimenti avrebbe usato la magia mentale su di noi la prima volta che l'abbiamo incontrata. Per non parlare del tetto mentre voi tre stavate rubando la nave di Feral.»

«La *mia* nave» la corresse Lyse, mentre Feral sorrideva.

Kotizara ridacchiò. «Mi dispiace. Errore mio.»

«Il barone Kansao» disse Lyse. «Dyana lo ha definito un serpente. Inoltre, quel tipo è uno stronzo.»

«Nessuna delle due è una prova di colpevolezza» l'avvertì Corym.

«No, ma ha portato del vino ed è sparito in una riunione privata. Non è piaciuto nemmeno a Dyana.»

Sofia batté le nocche sul tavolo. «Senti, speculazioni come queste non ci porteranno da nessuna parte. Potrebbe essere chiunque. Mi correggo, chiunque tranne noi. Perché non siamo stati noi.»

«Allora come facciamo a scoprire chi è stato?» ringhiò Verald. «Perché mi piace la tua idea di scuoiarli vivi.»

Sofia gli rivolse un sorriso tirato. «Chiediamo a tua zia.»

«Non mi avete sentito prima? Non abbiamo idea di dove sia. Non saprei nemmeno da dove cominciare a cercare.»

«Io sì» dichiarò una nuova voce dall'ingresso.

Il colonnello Adeax Jerula scivolò attraverso la porta d'ingresso parzialmente aperta.

«Tuttavia, aiutarvi è tradimento. Forse dovrei invece prendervi in custodia» concluse.

Prima che Sofia potesse rispondere alla dichiarazione, Feral e Lyse saltarono in piedi e le loro pistole balzarono nelle loro mani, puntate contro il nuovo arrivato. Il loro clic riecheggiò nella stanza.

Verald agitò le mani. «Aspettate! Aspettate, per favore! Non sparate!»

Sofia riportò lo sguardo su di lui. «Come puoi vedere, sono piuttosto paziente...»

Zixne sbuffò.

La paladina sgranò gli occhi. «Va bene, *di tanto in tanto* sono paziente. Personalmente, credo di aver fatto un buon lavoro finora, oggi. Parlando con voi, cercando di andare a fondo della questione. Tuttavia, io e i miei amici *non* andremo in custodia. Se dovremo lottare per uscire da qui, lo faremo. E sarebbe un peccato.»

«Non è necessario. Hai la mia parola» le assicurò il taverniere. «Adeax, vieni qui e smetti di inimicarteli.»

Adeax ridacchiò. «Sei proprio un guastafeste da quando ti sei ritirato. Lo sai, Bayten?»

«Quello che so è che stai per essere crivellato di buchi. Dyana ha indagato sugli Artigli Perduti. Anzi, ha fatto indagare *te* su di loro. Sai quanto sono abili. Sei sicuro di voler giocare con quel tipo di fuoco?»

«La vita è sempre più divertente quando si vive al limite, amico mio. Ma forse te ne sei dimenticato dopo esserti ritirato per avere una moglie e una famiglia. Il che mi fa venire in mente.» Si portò le mani a coppa davanti alla bocca, muovendosi con eccezionale lentezza per non provocare gli Artigli Perduti. «Vi voglio bene, Banna e Bantine!» gridò verso la cucina.»

«Quelle sono le mie figlie» disse Bayten, il taverniere.

Sofia annuì, ma non staccò gli occhi dal colonnello.

«Anche noi ti vogliamo bene, zio Adeax» proclamarono due voci femminili nascoste.

Adeax riportò l'attenzione sugli Artigli Perduti. «Ecco. Ora che le ho salutate, posso entrare e prendere posto?»

«Questo dipende interamente dalle tue intenzioni» ribatté Sofia brusca.

«Be', avevo intenzione di sedermi e poi vedere se il mio vecchio amico mi avrebbe portato una pinta di birra e magari un po' della torta al cioccolato che fanno le sue adorate figlie. Dopodiché, suppongo che potremo vedere dove ci porterà la conversazione.»

«Sei più vecchio di me, Adeax» gli ricordò Bayten.

«Lo so, ma sono ancora sul campo. E il mio lavoro mantiene giovani.»

«Qual è il tuo lavoro?» chiese Kotizara, con una nota di sospetto nella voce.

Sofia si voltò e vide gli occhi marrone scuro della mezz'orca restringersi. La sua amica bofonchiò: «Pericoloso.»

«Mi piacerebbe discuterne con voi. Davanti a una birra e a una torta. Quindi...» Il colonnello si interruppe, in attesa.

Sofia gli fece cenno di avvicinarsi al tavolo. «Siediti. Lyse, Feral, mettetele via. Andremo avanti con un po' di fiducia qui.»

Verald fece un sospiro di sollievo.

Lyse espirò e Feral mise il broncio mentre riponevano le pistole nella fondina. «Guastafeste» dichiararono all'unisono, imitando il colonnello.

Sofia diede un'occhiata alla sala e notò che la tensione stava lasciando gli altri soldati all'interno.

Avevamo raggiunto un accordo. Soprattutto dopo che Corym ha schiarito loro le idee. Se erano pronti a combattere di nuovo così rapidamente, significa che conoscono e apprezzano questo ragazzo.

Bayten portò la birra e due fette di torta, ponendo l'altra davanti a una Zixne sorridente, e Sofia alzò un sopracciglio. «Che ne dici di dirci chi sei, esattamente, e cosa vuoi?»

Adeax diede un morso alla torta, chiudendo gli occhi per assaporarla prima di bere un enorme sorso di birra. «Ahh. Meraviglioso. Be', suppongo che tu possa chiamarmi il capo delle spie di Dyana.»

Sofia sbatté le palpebre. *Non è quello che mi aspettavo.* «Il capo delle spie?»

«Sì. Non sono un assassino, sia chiaro. Mi occupo di ogni tipo di raccolta di informazioni. Quello è il dipartimento di qualcun altro.»

La paladina alzò le mani. «Quindi stai ammettendo di essere una spia?»

«È una modo per guadagnarsi da vivere» proclamò l'uomo più anziano mangiando un boccone di torta.

«Sì, ma perché ammetterlo?» chiese Corym, alzando un sopracciglio.

«È facile. Perché qui stanno succedendo cose che, uno, non approvo. Due, su cui non riesco a trovare informazioni. Il che mi infastidisce terribilmente. Tre: se dobbiamo lavorare insieme, ho pensato che fosse meglio confessare.»

Sofia notò che il suo sguardo si dirigeva verso Feral e Lyse, ma lo ignorò. «Pensi che lavoreremo insieme? A quale scopo?»

«Per salvare il generale Dyana, naturalmente.» Adeax alzò il bicchiere di birra e lo bevve. «Bene, siete pronti?»

Sofia scosse la testa. «Aspetta un attimo. Stai andando troppo veloce. Ti abbiamo appena conosciuto. Perché dovremmo fidarci di te? E, mentre noi vogliamo trovare Dyana, tu credi che lei abbia bisogno di essere salvata?»

Adeax sospirò e si appoggiò alla sedia, facendo sparire il suo atteggiamento spensierato. «Certo che deve essere salvata» insistette in tono deciso. «Non ero qui quando è andata dagli uomini lucertola, né quando è tornata. Ero nella Valle di Geardian, a controllare Kansao per lei. Questa è una parte della mia preoccupazione. Non ho scoperto molto su ciò che sta facendo, ma ho una sensazione *terribile*.

Quando sono tornato, ho trovato questi ragazzi che non vedevano l'ora di prendersela con vi. Dicevano che eravate responsabili delle condizioni di Dyana, che avete ingannato tutti... in pratica un mucchio di spazzatura. So che si tratta di spazzatura perché vi ho controllati personalmente per Dyana mentre radunava gli uomini lucertola da liberare.

Ho sentito di persona come tu e Icharokath vi siete uniti per salvare dei bambini. Come avete mostrato pietà a un nemico con Versauriv. Come hai preso il controllo del tuo regno, sbarazzandoti di un gruppo di adoratori degli Esterni. In sostanza, ho scoperto che tutto quello che le hai detto era la verità.»

«Perché non li hai messi in riga, allora?» chiese Kotizara.

«Credo che tu stia dimenticando quanto sia speciale il vostro livello di magia nel mondo in questo momento. Almeno da queste parti» si lamentò Adeax. «Voi frequentate e venite addestrati da due draghi antichi. Forse due dei più potenti mai esistiti. Ora, i vostri maghi possono lanciare incantesimi alla vecchia maniera.» Fece un cenno a Zixne e Corym. «Qualcuno aveva abbastanza magia per abbindolare un gruppo della nostra gente, ma di certo non avevo accesso a una quantità sufficiente per curarli.»

«Quindi hai aspettato?» Zixne aggrottò le sopracciglia intorno all'ultimo boccone della sua seconda fetta di torta.

«Così ho aspettato» concordò lui. «Non avevo intenzione di mandarvi una lettera perché non avevo motivo di pensare che mi avreste creduto. Ho pensato che sarebbe stata solo una questione di tempo prima che veniste a indagare sul silenzio di Dyana.»

«Saremmo venuti prima se l'avessi fatto» lo corresse Sofia.

Adeax scrollò le spalle. «Forse. Probabilmente. Ma se lo aveste fatto, non avrei avuto quello che vi serve.»

«E cioè?»

«La posizione di Dyana.»

Sofia si accigliò. «Perché non ci ha avvicinato prima di arrivare qui?»

Azurestri fece un cenno di assenso. «Ora è chiaro che hai riconosciuto il mio nome. Immagino che sapessi che stavo viaggiando con gli Artigli Perduti. Perché non ci hai messo al corrente dei problemi in cui ci stavamo imbattendo?»

Adeax si grattò la corta barba grigia. «Ti ho detto che ho *sentito parlare* in prima persona delle tue gesta. Ciò non significa che non volessi vedere di persona come avresti gestito una situazione pericolosa. Per vedere se avresti combattuto subito o cercato di risolvere la situazione. È utile sapere queste cose, credimi. Quando si arriva alla resa dei conti, si vuole sapere come reagiranno i propri alleati.»

Verald fissò il colonnello, sbigottito. «Ci hai usato come *esca*?»

Adeax scosse la testa. «No, non come esca. Non stavo cercando di attirare nessuno da nessuna parte. Era più che altro un esperimento.»

Kotizara sbuffò. «Che avrebbe potuto ritorcersi contro di noi. Avremmo potuto uccidere i tuoi amici.»

«È stato un rischio calcolato. Come ho detto, ho sentito parlare molto di voi. Volevo semplicemente vedere con i miei occhi prima di commettere un tradimento.»

«Perché dovresti commettere un tradimento?» Sofia si interrogò.

«Perché ho scoperto che il generale Dyana, mia *amica*, è detenuta in un sito segreto vicino al nostro confine con la Valle di Geardian, proprio all'interno delle montagne.» Fece una pausa, gli occhi si strinsero per la rabbia. «Da un gruppo di persone vestite di bianco. Persone che hanno come simbolo un cappuccio dorato senza volto.»

CAPITOLO QUATTORDICI

<u>Tardo pomeriggio, 12° Witchfire, 1503 DF</u>

Sofia sospirò da dove era sdraiata a pancia in giù, nascosta nella boscaglia. *Non sono un comandante militare. Guidare i miei amici è una cosa. Guidare le truppe di quello che credo sia il* mio *regno è un'altra cosa. Ma i soldati di un altro regno?*

Non sono sicura di voler essere responsabile delle loro vite.

Prima di condurre tutti nei tunnel delle formiche, era troppo stanca per aver avuto a che fare con il clan delle Guglie di Cristallo e con il funerale di Topazio per considerare le implicazioni del comando quando significava essere responsabile di decine... no, *centinaia* di soldati.

Con uno sbuffo di disappunto, osservò con attenzione l'accampamento fortificato davanti a loro. Un piccolo torrione centrale a cinque lati, alto circa cinquanta piedi per lato e con tre piani, era circondato da tre mura di pietra alte venticinque piedi. Le pareti laterali correvano contro una montagna, dove si trovavano due torri tozze, ognuna delle quali sfoggiava in cima un'aeronave di medie dimensioni, lungo settantacinque piedi.

Aeronavi che chiaramente non erano navi da carico, ma erano equipaggiati come piccole e veloci navi militari.

Abbiamo trascorso quasi un giorno intero a pianificare questa operazione di salvataggio, sapendo bene che non abbiamo idea se sotto il torrione ci sia un sistema di grotte. Fortunatamente, dalle nostre osservazioni, non sembra che ci sia una grotta nella montagna che funge da parete posteriore.

Almeno Kemuri e Cirrus hanno confermato che Adeax diceva la verità quando li abbiamo presentati.

Tuttavia, il fatto che Kemuri sia uscito da un incontro privato con il colonnello ridacchiando non *ispirava fiducia per qualche motivo.*

Mi chiedo cosa non ci stia dicendo.

Si accigliò di nuovo mentre studiava il castello. Un forte? *Sì, probabilmente un forte. Quella cosa è troppo piccola per essere chiamata castello.* Ripassò un'ultima volta il piano nella sua mente.

Feral, Lyse, Azurestri e alcuni membri della compagnia personale del generale Dyana, composta dai suoi soldati più fedeli, attaccheranno dal cielo con la nostra aeronave ancora senza nome. Si spera che distruggano i cancelli e allontanino le aeronavi nemiche.

Io e gli altri Artigli Perduti, insieme al resto del seguito del generale, assalteremo il cancello, uccideremo i membri della Rivelazione al suo interno e libereremo Dyana.

Sofia sbuffò. *So che la situazione andrà a rotoli. Velocemente. Abbiamo spiegato ai soldati come sono le creature che potrebbero incontrare, ma niente è paragonabile alla* sensazione che si prova *la prima volta che le si vede. Vedere le cose che non dovrebbero esistere. Il terrore primordiale che si scatena dentro quando ci si rende conto che la propria visione del mondo non sarà più la stessa. La sensazione di terrore esistenziale.*

Smettila.

Sofia sbatte le palpebre. *Fantastico. Ancora tu,* ripensò alla voce. *Non puoi lasciarmi in pace? Sono già abbastanza nervosa per l'assalto al castello. Non sarà divertente.*

Non lo farò. Ti stai comportando in modo infantile.

Essere nervosi non mi rende infantile.

La paura è una delle loro armi più potenti. E tu, soprattutto tu, non puoi mostrarla.

Perché?

*Perché la vista, il suono, la **presenza di Kemuri hanno bandito il** terrore da te nella città di Kiserian.*

E?

Ora non è qui.

Sì, me ne rendo conto. Da qui parte della mia paura.

Ma tu, noi, lo siamo.

E questo come aiuta, esattamente?

Siamo una Paladina di Wren. Dea della guarigione e della vita. Signora della malizia e della lealtà. Portatrice di speranza.

No, non è così. Manca ancora.

La voce nella sua mente emise uno sbuffo disgustato. ***Possiamo essere un faro nell'oscurità. Possiamo portare speranza a chi è senza. Possiamo ispirarli. Non solo** possiamo, ma se quelle creature sono dentro, **dobbiamo farlo.***

Come?

Essendo ciò che siamo. Basta. Gli amici sono qui.

Sofia aggrottò le sopracciglia e riportò l'attenzione sul cancello davanti a loro.

Poi, il mondo esplose.

Questo insegnerà a mio fratello a dubitare di me, pensò Lyse mentre un ghigno ferino le compariva sul il muso. I suoi occhi eterocromatici si concentrarono sull'apertura in rapido avvicinamento tra i pini che stava sfiorando.

«Tutti ai posti di combattimento! Cannoni di prua, di sinistra e di poppa pronti! Incliniamo a babordo, ma facciamo oscillare la nave a dritta! I cannoni di prua sparano contro il cancello al primo segno. Quelli di sinistra al secondo. A poppa, se i cancelli resistono, colpiteli quando riuscite a sparare. Altrimenti, vedete se riuscite a danneggiare le aeronavi! Dopodiché, gireremo intorno e finiremo ogni opposizione aerea prima di far piovere il fuoco abissale sulla Rivelazione!»

Il ruggito di «Udite, udite!» del suo equipaggio improvvisato fu assordante.

Azurestri sorrise così tanto dalla prua che lei riuscì a distinguere i suoi denti anche a quella distanza.

Feral era sulla ringhiera di babordo, con un fucile a pietra focaia con un mirino in cima pronto a sparare. Le lanciò un'occhiata e le fece l'occhiolino.

Inclinò la testa, ma non ebbe altro tempo per farlo.

Scattò da sopra gli alberi verso l'aperto. «Primo segno, *fuoco!*» gridò. I due cannoni-drago di prua lanciarono enormi palle di fuoco verso gli spessi cancelli di legno rivestiti di ferro. Il lato di dritta lo mancò, mentre quello di sinistra colpì solo di striscio il lato superiore sinistro del cancello.

Dilettanti.

Tuttavia, la pietra fusa e le schegge infuocate furono sparate in cielo dalla potente magia.

Poi Lyse fece esattamente come aveva detto che avrebbe fatto. Evitò le schegge infuocate azionando alcuni interruttori, tirando alcune leve e facendo girare la ruota del timone. La nave si inclinò bruscamente a babordo e alcuni dei nuovi marinai emisero imprecazioni sbigottite quando la nave si inclinò bruscamente a tribordo.

«Tre, due, uno, secondo segno, *fuoco!*» gridò il fratello.

Continuarono a scivolare in vanti piano finché la magia non fu pronta per la manovra di Lyse, poi si allontanarono dal castello in miniatura a rotta di collo.

Ma il danno era stato fatto.

I dieci cannoni-drago sul lato sinistro emisero più volte la loro magia mentre Lyse spingeva le capacità di manovra dell'aeronave. Nel momento in cui ne ebbe la possibilità, gettò uno sguardo indietro per vedere la devastazione.

Ghiaccio, fuoco, fulmini e acido erano esplosi dai cannoni dalla magia potente e incredibilmente costosi.

Ma non si trattava di *semplici* cannoni-drago.

Sarebbe stato già abbastanza brutto. Molto peggio di quelli a polvere nera.

Non erano nemmeno incantati da *un* arcimago.

No, quei cannoni erano di costruzione nanica con riflessi elfici, incantati personalmente da Cirrus e dagli arcimaghi dei Guardiani della Notte.

Del cancello di legno non restò nulla. Solo un pennacchio di detriti infuocati piovuti dal cielo. Alcuni viaggiarono abbastanza lontano da colpire il torrione al centro.

Spero che i nostri amici abbiano tenuto la testa bassa.

Poi, c'era il muro di pietra sul davanti.

O meglio, il buco aperto con pozze di pietra liquida rossa e incandescente, accanto a piccoli rivoli intrecciati della stessa dove si trovava la maggior parte del muro.

Maledizione! Siamo armati fino ai denti o cosa?

Un *fischio* eccitato si levò dal lato sinistro. «Accidenti! Avete visto? Essere armati fino ai denti *non ha nulla da* invidiare a noi!» esclamò il fratello in preda alla gioia.

Lyse non poté fare a meno di rivolgergli un sorriso mentre portava la sua attenzione in avanti.

Ma non posso fargli sapere che sono d'accordo con lui.

«Non abbiamo ancora finito, fratello caro! Cannoni di poppa! Avete colpito uno di quei brigantini aerei?»

«No, capitano!» fu la risposta. «Abbiamo colpito una delle torri e la montagna.»

«Bene, allora tenetevi forte! Non voglio che quei bastardi si alzino in volo. Dopotutto, potrebbero scappare.»

***

Dapprima i lampi multicolore illuminarono la vista di Sofia con varie tonalità di rosso, blu, verde, giallo e viola, costringendola a distogliere lo sguardo.

Poi le giunse alle orecchie il fragore delle detonazioni, facendola trasalire e rattrappire su se stessa.

Infine, l'onda d'urto passò su di lei, portando con sé l'odore acre del metallo sciolto, l'aroma del legno bruciato e il fetore acre della pietra fusa.

Inoltre, spinse un'onda di polvere davanti a sé.

Voltò la testa verso la devastazione, costringendo gli occhi che lacrimavano ad aprirsi mentre sbatteva via le macchie viola nella sua visione. Poi lo vide.

Un gruppo di piccoli oggetti nell'aria, che diventavano rapidamente più grandi man mano che si avvicinavano.

«Tutti a terra! Alzate gli scudi! Cor, prepara una protezione magica!» gridò mentre tirava il braccio sinistro e lo scudo legato a esso sopra la testa.

Avvertì un movimento accanto a sé e si voltò per vedere gli ampi occhi blu di Zixne che la fissavano da sotto lo scudo.

Una serie di impatti acuti colpì la sua armatura e lo scudo con grandine di roccia rossa e incandescente.

Si rannicchiò accanto alla sua migliore amica sotto uno scudo nel sottobosco, in attesa di assaltare un piccolo castello incastonato tra le montagne. I tintinnii, i clangori e i tonfi che la circondavano si univano alle imprecazioni spaventate e di dolore di coloro che si trovavano nelle vicinanze.

Non poté farne a meno. Rise dell'assurdità della situazione.

Zixne storse il naso. La sua bocca si arricciò all'angolo. Poi si unì a lei nella risata.

Quando finalmente il clamore cessò, Sofia sbirciò da sotto lo scudo prima di alzarsi in piedi e offrire una mano alla leonevosa, che accettò con gratitudine. Le due si guardarono, poi scoppiarono di nuovo a ridere.

Le persone intorno a loro, molte delle quali ammaccate e malconce, le guardavano come se avessero perso la testa.

Quando le risate di Sofia si spensero, guardò ciò che restava del muro, poi i soldati coperti di polvere intorno a loro e infine i piccoli fuochi che si erano accesi nel sottobosco. «Be'» tirò su col naso. «Credo che, essendo sopravvissuti a ciò che i nostri *amici* hanno cercato di farci, non dovremmo avere problemi con la Rivelazione.»

Quella volta, le risatine si diffusero in cerchio intorno a lei.

Così come il «*Canesplendo!*» di Zixne e l'ondata di magia blu curativa che evocò.

«Bene, signore e signori, vogliamo vedere se qualcuno all'interno di quel posto ha ancora voglia di combattere?» chiese Sofia ai soldati sorridenti.

Lyse fece sfrecciare la nave verso il castello, lanciando un'occhiata verso il basso per vedere il terreno e gli alberi ricoperti da una coltre di polvere grigia, come neve sporca.

«Ops» sussurrò. «Riducete la scarica di energia dei cannoni. Non vogliamo friggere i nostri amici» urlò all'equipaggio.

Azurestri sbuffò a prua. «Potrebbe essere una buona idea. Ora li vedo. Sembrano pupazzi di neve. Sporchi, ma il punto rimane.»

Lyse sbuffò. «Avevamo promesso di abbattere il cancello. Abbiamo abbattuto il cancello.»

«Già! E anche la maggior parte del muro!» ululò Feral.

«Capitano!» le urlò uno dei soldati di Dyana. «I brigantini si stanno alzando in volo!»

La wulven dorata fece un cenno di disappunto. «Bene. Fate fuoco su di loro, purché non siano in volo, mentre io ci allontano dal castello. Fermatevi se si alzano, però. Non voglio far piovere detriti sulla testa dei nostri amici.»

«Volevi dire "altro detriti"?» la corresse il fratello.

«Sì, sì. Artiglieri, eliminate prima la porta del torrione. Sfondare alla vecchia maniera costerà tempo ai nostri. Non mi preoccupa che quei due secchi volanti ci inseguano.»

«No, sarebbe come se dei pesciolini attaccassero uno squalo» commentò Feral.

Lyse sentì la nave quasi tremare quando la magia si scaricò dai cannoni-drago. Il pelo sulla nuca le si rizzò. L'adrenalina di essere al comando di una nave del genere le scorreva nel sangue.

E le piacque ogni secondo.

Sono così felice che Feral abbia deciso di partire e vedere il mondo. Anche se non ho idea di come abbia convinto nostro padre. Rabbrividì. Vorrei sapere cosa sta facendo quell'uomo con le informazioni che gli abbiamo dato.

Con la forza della volontà riportò l'attenzione al presente, dove preferiva vivere. *Non è il caso di prendere in prestito i problemi di domani.* Quando sentì il fischio del fratello che segnalava il successo, fece girare il timone e alimentò i motori con le gemme magiche elementali che davano energia la nave e la sentì balzare in avanti.

Si guardò alle spalle in tempo per vedere le due aeronavi nemiche che finivano di alzarsi e viravano verso di loro, una delle quali già emetteva fumo a causa dei danni subiti sulla fiancata.

Un sorriso le increspò di nuovo il muso, mentre godeva del brivido di una lotta tra la vita e la morte. «Ci farò tornare indietro in modo da poter finire il lavoro. Li divideremo al centro non appena avranno liberato il cielo sopra la nostra gente.»

Feral emise una risatina cupa. «Credo che desidereranno avere qualcosa di diverso da due aeronavi surclassate a proteggere questo posto.»

Kotizara sospirò mentre parava un altro colpo maldestro della donna elfica.

Forse non è così maldestra come sembra. Forse è solo perché i draghi si sono basati così bene sugli insegnamenti di mio padre che tutti gli altri sembrano maldestri.

Cose su cui riflettere, ma non ora.

Adoro il modo in cui ci siamo precipitati in avanti e abbiamo saltato, saltato e saltato sopra la lava che si raffreddava. Il tutto pregando che Lyse, o più precisamente Feral, non ricominciasse a sparare.

Solo per avere un mucchio di membri della Rivelazione fuori dal torrione.

E mostri che si fanno strada dal terreno.

«Credevo di avertelo detto, signora. Aspetta il tuo turno!» Kotizara calciò con il piede, colpendo il ginocchio della donna. Non fu abbastanza forte da rompere qualcosa, ma la fece cadere, facendo guadagnare alla mezz'orca un paio di secondi.

Kotizara si allontanò agilmente dall'elfa e si girò verso il fianco del segugio stellare con una grazia che la maggior parte degli orchi non poteva avere. La sua lama sinistra tranciò quattro tentacoli della testa della creatura, mentre la destra tagliò con precisione la tenaglia della coda.

La creatura emise un gorgoglio doloroso da qualche parte all'interno del suo corpo, mentre iniziava a vorticare verso di lei.

Lei si voltò con essa, poi fece qualcosa che molti orchi *potevano* fare.

Spingendo il piede posteriore, usò la sua forza per spingere indietro la creatura.

E contro l'elfa che si era rimessa in piedi.

Il segugio stellare si infilò tra gambe della donna, che cadde in avanti su di esso, direttamente contro le spade lampeggianti di Kotizara.

Uno, due, tre rapidi colpi e la tunica bianca della donna fu macchiata di rosso mentre giaceva immobile tra la mezz'orca e il segugio.

Kotizara non perse tempo a scavalcare il cadavere e a conficcare entrambe le lame nei fianchi della creatura esterna. Con una spinse forte verso il basso e di lato, mentre con l'altra tirò verso l'alto e di lato.

La creatura emise uno stridio basso, pietoso e gorgogliante che le fece sobbalzare lo stomaco per un istante. Poi cadde a terra, morta.

Kotizara si prese un momento per esaminare il segugio stellare. Notò che si trattava della stessa creatura, ma di una *razza* diversa, come Cirrus li aveva avvertiti. Quello non aveva tre dita artigliate sulle zampe anteriori. Al contrario, le dita erano per lo più fuse insieme e si estendevano in un unico artiglio a forma di vanga.

Perfetto per scavare. Lanciò un'occhiata alla catena montuosa. *I Monti Anduria sono pieni di minerali importanti.*

Ne riparliamo più tardi.

Kotizara abbassò lo sguardo sul membro della Rivelazione morto. «Mi dispiace per te se eri solo una degli ingannati, ma te la sei cercata.» Scrutò brevemente i combattimenti. Anche se erano più numerosi del nemico, i mostri in mezzo a loro stavano costantemente respingendo i soldati di Dyana.

Spero che qualcuno abbia un piano.

Corym sferrò un colpo con l'estremità del suo bastone di legno scuro, soffrendo per l'*impatto* con la mascella del nano.

Il nano indietreggiò di un passo, sputò un paio di denti, poi gli rivolse un ghigno insanguinato. «È tutto qui, elfo?» chiese burbero. Il nano si passò il dorso della mano sulle labbra insanguinate, poi si pulì la barba lunga. «Sarà divertente ridurti in pezzi.» Impugnò l'ascia e fece un passo avanti minaccioso.

Corym fece un sospiro.

Non sono sicuro che il termine "fanatici" copra queste persone. Non ascoltano nulla.

«Buon nano, se fai un altro passo avanti, ti uccido» lo avvertì Corym.

«Ah!» sputò l'altro. «Con cosa? Con un bastone? O con quel coltello da burro che hai sul fianco?» Continuò ad avanzare, dando dei fendenti con l'ascia.

«Ti avevo avvertito.» Corym sollevò la mano sinistra, che stringeva un pezzo di cristallo avvolto con un po' di pelliccia di Zixne che aveva recuperato durante la sua muta. Spinse la mano in avanti e allungò il dito indice. «*Éclairuiller!*»

Un fulmine balenò tra i due, sembrando collegarli per un attimo, visto che il nano era stato così vicino.

Il nano ebbe delle convulsioni mentre l'elettricità giocava sulla sua forma. La sua barba si spargeva in tutte le direzioni e la sua lunga treccia si sollevava. Poi, qualsiasi cosa usasse per acconciarli prese fuoco.

Corym scosse la testa mentre il cadavere cadeva a terra con un tonfo. Corrugò il naso per l'odore di zolfo dei capelli bruciati.

Ora che non era più impegnato, a Corym non ci volle molto per individuare il problema successivo.

La gente di Dyana si sta ritirando.

Non dalla Rivelazione, ma dalle creature esterne emerse dal sottosuolo.

Individuò un gruppo di dieci soldati circondati dai mostri.

«Non muovetevi!» gridò, mentre si precipitava verso di loro. L'highven usò il suo bastone per respingere un colpo della coda di uno scorpione prima di lasciarsi cadere in una scivolata. Nel farlo, infilò il cristallo nella sacca di conservazione ed estrasse una fiala di polvere grigio-argentea.

Saltò in piedi accanto ai soldati, lasciò cadere il bastone e lanciò la fiala in aria. Spostò la mano destra sul fianco sinistro, con il palmo rivolto verso il suolo e il dito indice e medio allungati. Poi fece scorrere il braccio lungo il corpo, muovendo le dita in un movimento circolare e ruotando il polso verso l'alto.

«Incendimur!»

La fiala si frantumò nell'aria senza essere toccata, la polvere fine turbinò in un vento invisibile. La quantità sembrò raddoppiare, poi triplicare, poi moltiplicarsi ancora di più. Si diffuse in cerchio intorno a Corym e ai soldati, filtrando nell'aria.

Nel momento in cui il primo granello di polvere toccò il suolo, si udì un *fruscio* mentre una cortina di fiamme rosse e arancioni saltava verso il cielo intorno a loro, isolando il gruppo dai loro tormentatori.

Il calore delle fiamme fece sudare Corym e i soldati man mano che la temperatura saliva, ma non in modo insopportabile. La magia manteneva la maggior parte del calore concentrato verso l'esterno, verso i nemici.

Esattamente come Corym gli aveva ordinato di fare.

I soldati lanciarono all'highven sguardi grati ma ancora terrorizzati. Lui annuì, cercando di pensare a qualcosa di rassicurante da dire, ma senza riuscirci.

Dobbiamo fare qualcosa per fermare la paura, o saremo noi a cadere.

Icharokath estrasse il lato della sua massiccia ascia dal petto della femmina darkven. Il sangue sgorgò dalla macabra ferita, mentre l'uomo lucertola si girava e abbatteva la testa seghettata dell'ascia su uno scarabeo stellare cristallino con un potente scricchiolio.

Dicono che ascia forse è testa di un'alabarda rotta. Non mi interessa. Mi piace. Sono felice che la Grande Dragonessa l'ha fatta magica per me.

La sua pesante coda a scaglie nere, con il disegno di rosso scuro, colpì lo stomaco di un altro darkven, facendolo piegare in due. Icharokath lo colpì al ventre con l'ascia, lanciandolo in aria.

Bella lotta.

Un'ondata di calore investì l'uomo lucertola, che si voltò a guardare la fonte. Vide un muro circolare di fuoco che proteggeva le persone. *Tiene lontane le creature.* Attraverso le fiamme tremolanti, vide Corym che faceva un cenno ad alcuni soldati.

Un mostro gigante, metà orso e metà scorpione, avanzava da una parte all'altra sulle sue sei zampe, cercando una via per attraversare il fuoco.

Magari aspetta che prede si arrostiscono da sole. Proteggo mio amico.

Icharokath sibilò con impazienza. Con negligenza, mosse una mano artigliata verso una donna che lo stava caricando mentre correva in avanti.

Nemmeno si accorse dei danni provocati dal colpo poco convinto della sua mano artigliata. Non vide il sangue spruzzare in un arco. Non la vide cadere a terra, stringendosi le orbite vuote e il buco del naso.

Invece, saltò in aria e conficcò la sua ascia nella parte orizzontale della schiena della creatura, dove si attaccavano le gambe. Si sentì uno scricchiolio nauseante quando la corazza di chitina si spaccò e il sangue giallo della creatura sgorgò dalla macabra ferita.

L'orso-scorpione emise un urlo sorpreso e doloroso, un misto di stridio e ruggito, ma era tutt'altro che finito.

La creatura esterna ruotò sulle sei zampe, alla ricerca del suo aggressore.

Icharokath si trovava ancora sulla sua schiena. Cercò di liberare l'ascia, ma si accorse che era incastrata in qualcosa.

Senza armi, fece la cosa migliore che gli venne in mente.

La testa del mostro, simile a quella di un orso, si stava girando verso di lui, così afferrò la lunga coda segmentata del mostro, proprio sotto il pungiglione.

Nel momento in cui gli occhi dell'orso-scorpione si posarono su di lui, usò tutta la sua forza per conficcare il suo stesso pungiglione nel grande occhio destro.

Il mostro si dimenò, stridette e strillò.

Icharokath ebbe appena il tempo di afferrare la sua ascia prima che l'essere morente si accasciasse a terra, tremando.

Non so di cosa parli Sofia. La cosa non è così difficile.

La terra tremò e si scosse, e l'uomo lucertola inclinò la testa e guardò confuso il mostro che si contorceva.

Con la coda dell'occhio, Icharokath colse l'esplosione di terra dal fianco della montagna. Sollevò l'ascia, ancora grondante di sangue giallo.

Una creatura enorme emerse attraverso la nube di polvere. Il mostro sollevò un'enorme testa a forma di drago con tre grandi mandibole che si estendevano intorno a una bocca piena di denti giganteschi e ruggì. Il suo corpo era lungo e simile a quello di un serpente, ma composto da molti segmenti.

Avanzò su sei zampe con sporgenze simili a lance e terminanti con giganteschi spuntoni. La creatura non aveva la coda come un drago. L'estremità del corpo terminava in un breve tronco dietro l'ultimo paio di zampe. L'intera cosa sembrava fatta di cristallo multicolore ed era lunga un centinaio di piedi, all'incirca come un grande wyrm.

Aveva anche delle ali.

Che spalancò quando saltò in aria.

Gli occhi dorati da rettile di Icharokath si concentrarono su di lui. *Una lotta degna. Meglio di orso scorpione. Chissà chi di noi lo ucciderà?*

Azurestri bloccò un colpo con l'asta metallica del suo dracuitail.

L'arma del dracokith era un misto tra una spada a frusta urumi e una lancia corta. Aveva un'asta metallica lunga da tre a quattro piedi con una punta di lancia a quattro lati su un'estremità. Quando veniva azionata, l'altra estremità rilasciava fino a tre sottili strisce affilate come rasoi di metallo flessibile e lunghe quasi quanto l'asta. Le strisce potevano essere usate come una frusta per affettare e scalfire la carne del nemico o per creare una bolla metallica vorticosa intorno a chi la impugnava, proteggendolo dagli attacchi.

Ho mancato questo tizio che si avvicinava.

Azurestri si voltò verso il nuovo arrivato, gli rivolse un sorriso tutto denti ed espirò un lampo in faccia all'uomo con la corazza bianca.

L'elettricità attraversò la testa dell'uomo spaventato e gli fece rizzare i capelli.

Non volendo correre rischi, Azurestri sollevò un piede e con un calcio lo gettò oltre la fiancata in preda alle convulsioni.

Non urlò.

Non ha senso correre rischi. Anche se fosse morto, non so quanti guaritori abbiano a bordo. O, dopo aver parlato con i miei amici, se la guarigione funzionerebbe anche con questi adoratori degli Esterni.

Il dracokith scrutò il ponte del brigantino aereo che Feral e Lyse avevano deciso di catturare.

Soprattutto perché l'altra è caduto tra le montagne come un ammasso di detriti in fiamme dopo un solo passaggio.

L'abile capitano wulven si era fiondata sulle loro prede e avevano usato i rampini per avvicinarle. Poi, Feral e Azurestri avevano condotto a bordo un gruppo di uomini di Dyana.

E il combattimento sembra andare a gonfie vele. O a gonfie ali, visto che siamo in volo.

Altri tre avversari si precipitarono giù per le scale e si sparpagliarono intorno a lui.

Azurestri sospirò e lanciò un'occhiata di lato. «Non avete visto cosa è successo al vostro amico? Forse sarebbe meglio usare il vostro tempo e le vostre energie per arrendervi. Non avete alcuna possibilità di battermi.»

Il labbro superiore di una donna elfica si sollevò in un ghigno. «Hai già usato la tua arma-fiato per oggi, dracokith. Tutto perché non stavi prestando attenzione.» Si avvicinò con passo lento e misurato.

Azurestri scosse la testa. «Accidenti. Questo te lo concedo. Ero distratto da tutte le cose che sono volate via dall'altro tuo amico quando ho tirato fuori la lancia.»

«Sì, e te la faremo pagare anche per lui.» La donna si fece avanti.

Fece due passi completi prima che il dracokith d'argento esalasse una nuvola di cristalli di ghiaccio scorticanti in un arco. Lei alzò il braccio per proteggersi il viso, ma le schegge ghiacciate danneggiarono il suo parabraccio bianco prima di scorrere sopra e intorno all'arto, incidendo la sua carne.

L'elfa urlò di dolore.

I suoi due amici non furono risparmiati dal gelo. Entrambi barcollarono all'indietro.

«Ho detto che ti avrei concesso *uno* dei tuoi commenti. Non entrambi. Visto che hai parlato abbastanza a lungo da farmi riprendere, ti confiderò un piccolo segreto. Il *mio* alito non è proprio una cosa da una volta al giorno.»

Azurestri premette lo sgancio del suo dracuitail e le tre strisce di metallo scivolarono dall'asta con un sibilo metallico. «Ora, il motivo per cui mi sento sicuro di condividere con te questa piccola informazione è che, francamente, non vivrai a lungo.»

L'elfa ebbe abbastanza tempo per allontanare il braccio dal volto insanguinato e congelato e sollevare tremante la spada prima che il dracokith colpisse. Ruotò il polso mentre il braccio ondeggiava avanti e indietro come un serpente. Poi si scagliò contro di lui.

Le flessibili fruste metalliche la colpirono da ogni angolazione possibile. Le mordevano le braccia, le gambe, le strappavano la corazza e le lasciavano altri solchi sul viso. Lei si scansò dai serpenti di metallo.

Azurestri la colpì sul sedere con la coda, facendola precipitare oltre la ringhiera.

Lei urlò.

I suoi due amici caricarono, uno con lo scudo sporto in avanti. Il dracuitail di Azurestri emise una cacofonia squillante contro di esso, mentre l'uomo si scagliava contro di lui con la spada.

La lama non incantata colpì la coda non corazzata del dracokith, che Azurestri aveva fatto scattare davanti all'altro. Invece di reciderla, il bordo lasciò solo un leggero solco nelle scaglie. La ferita sprizzò un rapido rivolo di sangue prima di rimarginarsi.

Ignorando il lampo di dolore, Azurestri sfruttò il fatto che il suo avversario non poteva vederlo da dietro lo scudo alzato e fece un passo avanti. Spinse la sua spalla e la considerevole massa dietro di essa contro il disco d'acciaio. Il braccio del suo avversario indietreggiò. L'uomo riuscì a malapena a evitare che il proprio scudo gli sbattesse sul naso, mentre il suo avanzamento cessava all'improvviso.

Tuttavia, non evitò il colpo di coda di Azurestri, completamente guarito, sulla parte posteriore delle caviglie.

Cadde all'indietro contro l'amico che stava proteggendo ed entrambi caddero sul ponte dell'aeronave.

«Visto? Te l'avevo detto che sarebbe stato più efficiente arrendersi.» Il dracokith sollevò il dracuitail per prepararsi a finire i suoi avversari. Prima che potesse abbatterlo per finirli, sentì un ruggito ondeggiante. Gettò uno sguardo al di là del lato e scorse un'enorme forma cristallina e serpentina circondata da una nuvola di terra e polvere che si alzava in aria.

Si dirigeva proprio verso di loro.

«Tornate alla nave, subito!» gridò Feral.

Azurestri si girò verso l'aeronave degli Artigli Perduti, ma cadde in avanti quando il secondo uomo che aveva urtato gli scagliò una lancia tra le gambe, facendolo inciampare. Il suo labbro superiore si sollevò in un ringhio mentre rotolava e scorgeva un enorme spuntone che si conficcava nel ponte dell'aeronave, mandando in frantumi i gradini del piccolo cassero.

Mentre si allontanava, un'altra gamba di cristallo coperta di sporgenze simili a lance sbatté contro l'albero maestro, scheggiandone il legno. I tre quarti superiori caddero verso il ponte, trascinandosi dietro le vele come una bandiera bianca che sventola in segno di resa.

Che io sia maledetto se mi faccio mangiare da... qualunque cosa sia, per l'Abisso.

Si alzò di scatto mentre la nave tremava sotto l'urto di una gigantesca mandibola contro il ponte. Il vascello si scosse e tremò per la forza del legno che si staccava. Lampi di luce arancione scintillavano mentre la magia dell'aeronave veniva meno. Le persone urlavano tra le travi scricchiolanti, alcune voci si disperdevano mentre sceglievano di buttarsi nella speranza, incredibilmente esigua, di sopravvivere all'orrore che si era scatenato.

Poi, la nave si spezzò in più parti e lui cadde.

Zixne osservò scioccata l'enorme creatura simile a un drago che si staccava dalla montagna in una nuvola di detriti.

Sgozzò il membro della Rivelazione in ginocchio accanto a lei, che fissava con gli stessi occhi spalancati l'emergere del mostro cristallino.

Poi, lo shock della leonevosa si trasformò rapidamente in orrore. Non per il sangue che impregnava il terreno ai suoi piedi, ma per la velocità con cui la creatura gargantuesca colmava la distanza tra la montagna e le due aeronavi in lotta nel cielo sovrastante.

Si schiantò contro il fianco del brigantino. La forza dell'impatto spinse sia quello che l'aeronave degli Artigli Perduti di lato nel cielo sopra le mura del castello. La gente fuggiva dall'aeronave condannata verso la loro.

Zixne vide l'albero maestro dell'aeronave nemica cadere sul ponte. Vide il momento in cui Lyse non poté restare agganciata al vascello condannato, per non rischiare di essere abbattuta con esso.

Restò congelata mentre la loro nave si allontanava e la creatura faceva a pezzi la nave nemica – la nave della sua stessa gente – facendola cadere dal cielo nel complesso di sotto.

Gli occhi si allargarono ancora di più quando vide Azurestri e diversi soldati di Dyana cadere dal cielo.

Guardò verso il punto in cui immaginava ci sarebbe stato l'impatto e iniziò a correre in quella direzione, mentre gli altri, sia i loro soldati che i membri della Rivelazione, fuggivano dalla zona dell'impatto.

Cosa stai facendo, Zix? Quella roba ti schiaccerà!

Devo raggiungere i miei amici. Ho visto Azure cadere e so che Feral sarebbe salito a bordo, ma non l'ho visto.

Tuttavia, cosa devo fare? Quella roba mi colpisce e nessuno viene guarito.

Stava per rallentare quando una parola le balenò nella mente, seguita da un gesto.

Fidandosi pienamente delle parole di Cirrus sul modo in cui la sua magia scorreva attraverso di lei, Zixne riprese a correre come prima. Unì le dita, con il palmo rivolto verso il suolo, e le agitò nell'aria come il vento. «*Núvursió!*»

Una sensazione di formicolio le percorse tutto il corpo, come se si fosse addormentata. Il suo passo rallentò, poi si fermò, come se avesse cercato di correre nell'aria. Si guardò il braccio e si sorprese quando sembrò essere composto da un sottile vapore nebbioso. *O di una nuvola.* Il resto del corpo era uguale. Anche la sua armatura sembrava essere costituita da piccole gocce d'acqua in sospensione.

Cos'è questo, per l'Abisso? Sono una nuvola ora? A cosa serve?

Si accigliò. *Non posso nemmeno muovermi! Maledetto incantesimo! Avrei dovuto aspettare a provare qualcosa di nuovo per dopo. Alla faccia del "fidati del tuo istinto, Zixne. Credi nella magia, Zixne".*

Pensò furiosamente a come avrebbe voluto salvare i suoi amici. Essere al loro posto.

La sua forma nebbiosa avanzò, ma si muoveva molto più lentamente di quanto lei potesse correre.

Un sorriso le aprì le labbra appannate.

Non si può tagliare o schiacciare una nuvola.

La sua fronte si corrugò. *Spero solo che una a forma di Zixne funzioni allo stesso modo.*

Arrivò al punto d'impatto pochi battiti di cuore prima che il primo pezzo di detriti infuocati colpisse il suolo. Non sentì l'impatto come altre persone nelle vicinanze, che vide cadere a terra.

L'onda d'urto, tuttavia, fu ben diversa.

L'esplosione d'aria la spinse all'indietro e ci volle tutta la sua concentrazione per non volare via con il vento. Tuttavia, fu spinta indietro di una ventina di piedi prima di ritrovare... l'equilibrio.

Naturalmente, quando ci riuscì, si trovava proprio sotto la sezione di poppa del brigantino aereo che stava cadendo.

Trasalì e sollevò le braccia sopra la testa mentre la sezione infuocata le cadeva addosso.

Senza alcun effetto.

Aprì un occhio e si guardò intorno. Un sorriso le comparve lentamente sul muso, mentre iniziava a danzare, agitando la coda. «Ecco cosa si ottiene! Sono *invincibile!*»

Il suo sguardo cadde su due membri della Rivelazione morti che erano rimasti impigliati nel sartiame. O quello che ne era rimasto.

Smaltì in fretta l'entusiasmo. *Devo trovare i miei amici.*

Cominciò a muoversi alla cieca tra i detriti concentrandosi su dove voleva andare, senza alcun risultato. Cercò di pestare un piede, ma si limitò ad andare alla deriva, sentendosi ancora più frustrata. Infine, volse lo sguardo verso il cielo e una serie di imprecazioni esplosive le salirono alle labbra.

Azurestri planò intorno a un gruppo di soldati che scendevano piano, con le ali di drago spiegate.

Deve dare delle spiegazioni.

Il dracokith atterrò pochi istanti dopo, con i soldati terrorizzati che si staccavano dal suolo intorno a lui. Si guardò intorno e sgranò gli occhi quando vide la forma nebbiosa di Zixne che cercava di battere il piede. Soffocò una risatina e le sorrise. «Non sapevo che conoscessi l'incantesimo del viaggio nebuloso.» Fece un cenno ai rottami. «Ne hai fatto buon uso.»

Lei cercò di parlare, di dirgliene quattro, ma Azurestri scosse la testa. «È la tua prima volta? Be', usare l'incantesimo, intendo.» Lei annuì. «Ahh. Concentrati per far sì che il tuo corpo si ricomponga.»

Aggrottò le sopracciglia, chiuse gli occhi e si immaginò di ricomporsi... in modo da poter strappare via il sorriso compiaciuto di lui. Quando riaprì gli occhi, abbassò lo sguardo su di sé e trovò il suo corpo di nuovo in uno stato solido. «Grazie.»

«Nessun problema.»

Cominciò a battere il piede, godendo del rumore impaziente che trasmetteva. «Ora, dove hai preso le ali? E perché non vi siete schiantati tutti?»

«Dobbiamo farlo proprio adesso? C'è una grande battaglia in corso, lo sai.»

Lei strinse gli occhi. «Sì» sibilò.

Il dracokith sospirò. «Le ali non sono reali. Sono magiche. Una delle mie abilità. Per quanto riguarda il motivo per cui non si sono schiantati, ho condiviso con loro la mia capacità di cadere come una piuma, un'altra delle mie abilità. La situazione è stata rischiosa per qualche istante, mentre li radunavo tutti. Devono essere vicini a me perché funzioni. Va bene così?»

«Per ora. Dov'è Feral? Sono sicuro che è salito a bordo della nave.»

«È riuscito a tornare dall'altra parte prima che quella cosa la squarciasse in due. In quattro. In tutti i pezzi che ci sono.»

Lei annuì e lanciò un'occhiata ai soldati che tremavano. «State bene?»

Nessuno di loro rispose. Si allontanarono da lei.

«Sono terrorizzati da quella creatura. Be', delle creature degli Esterni in generale, suppongo. Lo sento anch'io, come un brivido che parte dalla base del cranio.» Indicò il drago-insetto cristallino che inseguiva la loro aeronave. «Quella cosa peggiora le cose. Dobbiamo portare qualcuno lassù. Scoprire come Lyse e Feral intendono affrontarlo.»

Zixne si accigliò. «Hai le ali. Quindi vai.»

Lui le sorrise. «Non io. Mi sorprende che quella cosa non ci abbia divorato come spuntino durante la discesa.»

Le labbra di Zixne si abbassarono ancora. «A cosa stai pensando?»

***

Feral sparò un altro colpo dal suo fucile, colpendo in faccia la... cosa che li inseguiva.

Non che gliene importi qualcosa.

«È meglio che tu faccia qualcosa, fratello!» gridò Lyse dal timone. «Non posso continuare a schivare per sempre la magia che ci sputa addosso!»

«Per esempio cosa, sorella?» le domandò. «Gli abbiamo sparato qualche decina di volte con i cannoni-drago senza alcun effetto. È come se mangiasse la magia.»

«Pensa a qualcosa!»

La nave si abbassò improvvisamente di qualche decina di piedi e la maggior parte dei soldati si accasciò sul ponte.

Pensa, Feral, pensa. Odio quando crede che io possa tirar fuori un piano dal mio... La nave sobbalzò quando una scarica elettrica del mostro simile a un drago colpì la fiancata. *Ho bisogno di bere...*

Feral sorrise da un orecchio all'altro. «Tu e tu.» Indicò due soldati. «Seguitemi. Ho un'idea.»

«Sarà meglio che sia buona!» disse Lyse, mentre la nave si alzava e si inclinava verso destra.

«Mi conosci!»

«È di questo che ho paura!»

Feral guidò i soldati sottocoperta, verso la poppa.

Dove lui e sua sorella conservavano l'alcol.

Si mise a rovistare per qualche minuto mentre la nave si muoveva e ondeggiava, alla ricerca di un punto ben preciso... *Ahh! Eccola!* Indicò una botte e la fece prendere ai soldati prima di riportarli sul ponte principale e poi sul ponte di poppa. «Puoi tenerci fermi per un po'?» urlò.

«Non credo che quella *cosa* me lo permetterà. Perché?»

«Mi basta un solo colpo.»

«Bene. Dimmi quando.»

Feral diede istruzioni ai due uomini nervosi, dicendo loro di aspettare finché non avesse dato il via libera. Poi si diresse verso uno dei cannoni-drago orientati all'indietro. Fece scattare il selettore prima di mirare al muso, troppo vicino per essere tranquillo, e alle sue tre mandibole direttamente dietro di loro. «Ferma, Lyse!» La nave smise di ondeggiare. «Ora!»

I soldati scagliarono la botte dal retro.

Feral colpì con perizia la costosissima botte di liquore con un getto di fiamma del cannone-drago.

Il fuoco rosso-oro colpì il barile di legno al centro.

Esplose in fiamme azzurre e brillanti, che colpirono in pieno il mostro inseguitore e gli si appiccicarono addosso.

Be', ci hanno detto che si sarebbe attaccato allo stomaco.

O forse si trattava di "farci venire il voltastomaco".

Feral scrollò le spalle mentre la creatura emetteva uno strillo doloroso.

«Hai buttato via il liquore nanico! Ti *ricordi* quanto costava?» sbottò Lyse, sbigottita.

«Mi dispiace, sorellina. Era il liquore o noi. Pensavo...»

La nave oscillò in avanti, poi si inclinò verso il suolo quando un'ondata di ghiaccio colpì la poppa.

Feral si voltò e vide il volto ancora infuocato della creatura dietro di loro, con gli occhi maligni fissi direttamente su di lui. «Umm... brutte notizie, notizie peggiori e notizie terribili. Quale vuoi per prima?»

«Quell'ordine andrà bene!» abbaiò Lyse mentre stabilizzava la nave.

«Be', la cattiva notizia è che è ancora dietro di noi e sembra arrabbiato. La notizia peggiore è che è abbastanza intelligente da concentrarsi direttamente su di *me*.»

«E la notizia terribile?»

«Ho sprecato il liquore per niente.»

«Se ti butto giù, pensi che ci lascerà in pace?»

Feral inclinò la testa e contemplò la creatura. «No, non credo. Credo che mi inghiottirà completamente prima di tornare a cercarti.»

«Maledizione. E io che pensavo di avere le basi per un piano.»

«Ahh! Merda! Maledizione! Ahi! *Uff!*» urlò una voce femminile prima che si verificasse un impatto tra le scale.

Feral inclinò la testa verso la furiosa creatura esterna, poi si voltò e scattò verso il tumulto. Scivolò fino a fermarsi quando si trovò di fronte una leonevosa che gemeva e si accalcava. «Zix?»

«Ho detto a quello stupido dalle scaglie d'argento...» sputò la leonevosa arrabbiata.

«Come sei arrivata quassù?»

«Ho volato.»

«Uhh...»

«Seriamente. Ho imparato un nuovo incantesimo. Azurestri ha detto che si trattava di gita nuvolosa o qualcosa del genere.»

«E l'hai usato per avvicinarti a una nave che sta per essere mangiata, perché, esattamente?»

Lo guardò negli occhi con un'espressione seria che lui non era abituato a vedere sul suo volto divertente. «Perché Azurestri vuole sapere come pensate di affrontare l'insetto drago. È come le altre creature degli Esterni, cento volte. Tutti sono terrorizzati.»

Feral scosse la testa. «Non ne ho idea. Mangia la magia dei cannoni-drago, e noi non ne abbiamo che usano polvere nera.»

«Forse dovremo scappare» ammise Lyse. «Voglio dire, se ci fosse un modo per fermarlo, anche solo per qualche secondo...» Si interruppe scuotendo la testa.

La creatura che li inseguiva emise un ruggito gorgheggiante. Il panico irrazionale di Feral salì in superficie, per poi ribollire. «Mi dispiace, Zix.» Rabbrividì. «Mia sorella ha ragione. Forse è il caso di andarsene di corsa da qui.»

Fissò gli occhi della sua amica e occasionale amante. Vide il suo terrore, ma anche la sua riluttanza a lasciarsi alle spalle gli altri amici, a qualunque costo. La nave continuò a oscillare e a muoversi nell'aria mentre il loro inseguitore sputava loro addosso un elemento dopo l'altro.

«Sono d'accordo» la voce spaventata di Lyse si inserì nel loro sguardo. «Non possiamo...»

Un altro ruggito la interruppe. Un ruggito stridente. Come un leone e un'aquila che uniscono le loro voci per terrorizzare i nemici.

Sofia sentì la creatura sopra di loro emettere il suo ruggito penetrante e gorgheggiante. Avvertì gli orrori primordiali che aveva riesumato dal fondo della sua psiche. Sentì la disperazione della loro situazione.

La sensazione si amplificò quando decine di segugi stellari emersero dall'oscurità della grotta appena creata da cui era emersa la creatura.

Era così assorta nelle sue paure che non vide quella che le sbatté sul petto, facendola volare.

Mentre volava, il cielo sembrava brillare e diventare nero.

Le nuvole passarono dal bianco vaporoso a una miriade di colori lontani e nell'aria si formarono puntini di luce.

Sono mort...

Il sedere di Sofia sbatté contro una superficie semi-solida. Scivolò all'indietro prima di fermarsi.

Gemette e si abbassò per strofinarsi il sedere dolorante, poi si ricordò di essere vestita con l'armatura.

Sbatte le palpebre e abbassò lo sguardo su di sé.

Oppure no.

«Puoi ammirare gli abiti in cui la tua mente ha deciso di avvolgerti qui, oppure possiamo parlare. La scelta è tua, ma ti avverto che il nostro tempo è estremamente limitato al momento» disse una voce musicale alle sue spalle, il cui tono nascondeva a malapena l'allegria dell'individuo.

Sofia grugnì e si alzò in piedi. Poi si strinse la schiena per strofinarsi il sedere dolorante. Dopo aver fatto un respiro profondo, si voltò verso Wren. «Salve, mia dea. Pensavo che potessi venire a trovarmi solo nei miei sogni. O tutto ciò che accadeva nel mondo reale era abbastanza un incubo da permetterti di raggiungermi?»

Wren le rivolse un sorriso malizioso. «Per lo più i tuoi sogni. Però ho sentito il tuo bisogno in questo momento. Così ho infranto, o meglio *piegato*, un paio di regole.»

«Credevo che tu fossi un'esperta nel seguire le regole.»

«Sono favorevole a fare ciò che è *giusto*. A volte le regole non possono tenere conto di tutto, e un po' di... flessibilità è giustificata.»

«Come adesso?»

«Proprio così.»

Sofia la fissò, poi scosse la testa. «Va bene, mi arrendo. Perché mi hai portata qui?»

«Perché hai bisogno di vederti per quello che sei veramente» rispose Wren, misteriosa.

Il che fece solo storcere il naso a Sofia. «Pensavo che avessimo superato la faccenda del "misterioso".»

Wren ridacchiò. «Mai.»

Sofia espirò. «Bene. Cosa mi manca per essere me stessa?»

«Girati.»

La paladina mezz'elfa lo fece, facendo un passo indietro quando si trovò a guardare uno specchio. *Dovrei essermi abituata alla stranezza di questo posto. O almeno essere desensibilizzata.* Tuttavia, il suo riflesso non la fissava da una normale superficie argentata. I bordi esterni di quello specchio erano contorti da viticci color ambra e verdi, mentre la superficie era nera come la pece. «Cosa...»

«È la riproduzione di uno specchio che conoscevo, sul piano materiale.» Il riflesso di Wren, così com'era, apparve nello specchio dietro di lei e scrollò le spalle. «Almeno è la mia versione.»

«E io dovrei vederci qualcosa?»

«Forse. Forse no. O non del tutto.»

«Oggi stai proprio esagerando con l'atmosfera misteriosa, vero?»

«Prerogativa da dea» rispose Wren con un sorriso e un occhiolino.

Soffocando solo a metà il proprio sorriso, Sofia guardò nello specchio. «Bene. Cosa dovrei vedere di me?»

«Chi sei. O meglio, come ti vedono gli altri.»

«E cioè?»

Mentre la fissava, la sua immagine vacillava, mostrandola racchiusa nella sua armatura. Confusa, si spostò e vide la sua immagine rispecchiare i suoi movimenti. Alzò il braccio sinistro e il suo riflesso corazzato alzò lo scudo. Un colpo di braccio destro fece sì che la sua immagine tagliasse di lato la sua spada metà drago e metà fenice. «Va bene. È davvero forte.»

Wren ridacchiò. «Lo è, ma non è questo il punto. Guarda più da vicino. Lascia che il tuo riflesso ti mostri chi sei dentro. Lascia che dimostri *perché* questi soldati di un altro regno sono stati disposti a seguirti.»

«Non avevano scelta. Stavo salvando un generale che amavano.»

Wren scosse la testa. «C'è sempre una scelta. Adeax è qui. Potrebbe comandarli lui, o Verald. Ma loro seguono *te*. Questo è importante.»

Sofia si avvicinò allo specchio. Finalmente vide le ali dorate quasi trasparenti che la avvolgevano e un'ondata di speranza la investì. «La tua presenza. È tutto intorno a me. Sento... speranza. Fiducia.»

«Molto bene. C'è solo un problema.»

«E cioè?»

«Non sono solo *io*. Guarda meglio.»

Sofia lo fece. Si concentrò sulle ali e finalmente notò dei guizzi di rosso e arancione sui bordi dell'oro. Sorpresa, guardò negli occhi del suo riflesso. Fiamme rosse e blu tremolanti ricambiarono il suo sguardo dalla fessura dell'elmo. Fece un mezzo passo indietro, urtando Wren. «Cosa... cosa sono?»

«Speciale» rispose piano Wren. «Così incredibilmente speciale. Non solo per me. Non solo per i tuoi amici, per la tua famiglia. Tutti percepiscono l'aura che ti circonda, anche se non riescono a capire cosa sentono.»

«Perché?»

«Non sei la mia serva, Sofia. Non sei nemmeno il mio campione. Tu sei molto di più. Io sono una dea dei sogni. Della speranza. Della *vita*.» Wren avvolse le braccia intorno a Sofia da dietro, abbracciandola. Le appoggiò la testa sulla spalla e la paladina giurò di aver sentito il calore delle lacrime bagnarle la clavicola.

«Tu, però. Tu sei la *mia speranza*. La speranza della dea della speranza. Per il ritorno del suo compagno alla sua *vera* forma. Per rimediare ai nostri errori. Soprattutto, sei la sua speranza, la *mia speranza*, per una vittoria e una vita migliore per tutti. Sai cosa vedo quando ti guardo nello specchio?»

«Cosa?» sussurrò Sofia, riuscendo a malapena a parlare tra le lacrime.

«Vedo lealtà. Fiducia. Orgoglio. Il desiderio di aiutare gli altri. Vedo *te*. Non vedo il capo che potresti *diventare*, vedo il capo che sei già. Devi solo accoglierlo. Riconoscerlo.»

«Ma la responsabilità...»

«È l'onere di tutti coloro che hanno il potere di fare la differenza nel mondo. Tu e la tua famiglia non siete diversi da questo punto di vista. Resti fedeli a te stessa. *Chi* sei è il motivo per cui quei soldati hanno scelto di seguirti. Non quello *che* sei.»

Sofia annuì e si appoggiò alla sua dea. «Però non mi dice ancora *cosa* sono.»

Wren sollevò la testa dalle spalle di Sofia e incontrò gli occhi luminosi nello specchio. «Lo capirai. Prima o poi. Fino ad allora...»

Wren fece un passo indietro, Sofia si sbilanciò e cadde all'indietro.

Gli occhi di Sofia si spalancarono mentre volava nell'aria, mentre l'oscurità si risolveva in un cielo azzurro e i puntini bianchi delle stelle lontane si allungavano e si espandevano in soffici nuvole. Si schiantò a terra sul sedere, poi usò lo slancio per rotolare sulla schiena e continuare fino a quando non riuscì a saltare in piedi.

Grazie per averci avvisati, Wren.

Sentì il trillo e la risata beffarda di uno scricciolo fatato.

Con una leggera torsione dello scudo, si mise sulla traiettoria del segugio stellare che l'aveva fatta volare, intercettando la creatura che aveva anticipato il suo attacco mentre era a terra.

Il suo sguardo si concentrò sulla caverna appena creata e sui mostri che ne uscivano, così non vide il suo colpo di polso che fece precipitare la creatura nell'aria e nel lontano muro di pietra che circondava il cortile in cui stavano combattendo.

Le sue orecchie si riempirono dei suoni dei soldati che piagnucolavano e singhiozzavano terrorizzati dopo il ruggito dell'enorme insetto drago cristallino, così non sentì lo *scricchiolio* delle ossa del segugio stellare che si frantumavano contro la pietra mentre la forza del suo movimento disinvolto lo polverizzava.

Io sono il loro capo. Sono la mia responsabilità.

Io sono la loro speranza.

E che io sia maledetta se lascio che questi stronzi carichi di tentacoli mi riducano a un pastrocchio piagnucolante.

I sentimenti di disperazione e di terrore furono stati spazzati via come un aquilone in una tempesta, mentre un vento artico la avvolgeva.

Gli occhi rossi e blu di Sofia, incandescenti e vorticosi, non avevano mai distolto lo sguardo dall'apertura della caverna e dalle creature che vi si precipitavano. Tese le braccia ai lati e finalmente distolse lo sguardo per guardare il cielo.

Poi, per quanto riuscì a capire, urlò.

Quello che tutti gli altri udirono fu un ruggito misto allo stridio di un uccello da preda.

La sua voce, il suo *grido*, riecheggiò tra le montagne, scacciando gli effetti soprannaturali che aveva evocato il ruggito della creatura cristallina. Si diffuse tra la sua gente, rafforzando la loro volontà di combattere e spazzando via la paura dalle loro menti come il sole appena sorto dissipava le tenebre.

Al contrario, fece rabbrividire i membri della Rivelazione per i toni chiari e puliti. Inoltre, attirò l'attenzione di tutte le creature esterne della zona, costringendole a voltarsi verso di lei quando si fermarono.

Abbassò lo sguardo sulle file disordinate dei segugi stellari immobili. «*Ioghnaleud*» ringhiò.

Vorticose e tremolanti fiamme piumate di colore rosso, oro, blu e bianco apparvero in cerchio intorno ai segugi stellari riuniti. L'anello si espanse e si contrasse leggermente come se fosse un'entità vivente e respirante. Poi cominciò a ruotare intorno alle creature che si sottraevano al calore.

Sofia sentì un'esultanza dei suoi soldati mentre intorno a lei riprendevano i rumori dei combattimenti.

Ma aveva occhi solo per la quarantina di segugi stellari. Gridavano in agonia mentre il calore seccava il rivestimento viscoso e mucoso tra i tentacoli e bruciava la pelle. Poi, fecero l'unica cosa che riuscirono a pensare.

Si tuffarono tra le fiamme per sfuggire al calore bollente.

Il fuoco lacerò i loro corpi, avvolgendoli mentre bruciava le chiazze di pelo nero e irto. Annerì la loro carne gialla e malata finché non si sfaldò. Infine, i mini-inferni che circondavano ciascuno di loro carbonizzarono le ossa mentre, uno dopo l'altro, cadevano a terra.

Sofia riportò le braccia al corpo e la conflagrazione si spense, lasciando un cerchio coperto di fuliggine al suo posto.

E grumi di cenere dove era caduto ogni segugio stellare. Cenere che volò via con il vento.

Sofia ansimò e si inginocchiò

«Ti tengo io» sentì promettere da una voce familiare prima che l'oscurità la ricoprisse.

Il piccolo topo, con la pelliccia azzurra alla luce del sole, osservava gli avvenimenti da un piccolo buco sul fondo del torrione. I suoi baffi si contraevano mentre guardava la donna immolare un'intera distesa, riducendo in cenere i suoi nemici.

La bocca dell'animaletto si arricciò in un sorriso soddisfatto, mentre si girava e sgattaiolava dentro l'edificio.

Srizix aveva visto il gigantesco scarabeo drago di cristallo distruggere un dirigibile della Rivelazione. Vide il suo amico volteggiare nel cielo su ali che non sapeva che avesse.

Poi sono scappato via.

Disonorato me stessa. Il mio compagno. Il mio clan.

La mia nuova famiglia.

Riuscì a uscire da ciò che rimaneva della parte anteriore del muro, saltando sulle pozze di pietra fusa che si stavano raffreddando in fretta. Sentì la coda ritrarsi leggermente quando la creatura sopra di lei emise il suo grido gorgheggiante. Poi, raggiunse il limitare degli alberi quando un nuovo suono squarciò la sua paura.

Il grido di un uccello da caccia si mescolava a un ruggito. Un suono che non aveva mai sentito prima. Un suono che la spinse ad alzarsi e a chiedersi: *Che sto facendo, per le acque stagnanti?*

Si voltò per correre ad aiutare, ma finì per barcollare all'indietro quando un fantasma le apparve davanti.

Il fantasma di uno membro della sua nuova famiglia.

Li ho delusi così tanto che Zixne è morta?

La forma nebbiosa e confusa si trasformò nel volto sorridente della sua amica delle nevi. «Ehi, Riz. Sei pronta a far fuori quell'idiota volante?»

«Non sei morta?»

«Non ancora!» sorrise la leonevosa raggiante.

La testa di Srizix affondò nelle sue spalle. «Sono scappata. Ho disonorato me stesso e tutti gli altri. Non sono degna.»

Zixne si fece avanti e la strinse in un abbraccio. «Feral, Lyse e io stavamo per filarcela con l'aeronave, abbandonando tutti voi. È colpa di quelle dannate creature degli Esterni e della loro stupida aura. Non è colpa tua. Comunque, ci abbiamo ripensato – e Lyse ha escogitato un piano – quando quell'altro ruggito ci ha schiarito le idee. Sembra che anche tu stessi tornando da quella parte.»

Srizix afferrò il bicipite della felidina e la spinse leggermente indietro. «Non sei arrabbiata?»

«*Pfff.* No. E non lo sarà nemmeno nessun altro.» Zixne strizzò l'occhio. «Allora, che ne dici? Vuoi vendicarti un po' e aiutare a far fuori quel bastardo volante?»

Gli occhi lilla di Srizix assunsero un bagliore impaziente. «Sì. Cosa devo fare?»

Zixne indicò il punto in cui il mostro volteggiava sopra di loro, con lo sguardo rivolto a qualcosa all'interno delle mura. «Abbiamo bisogno che tu lo tenga fermo. Solo per qualche secondo.»

«Posso farlo.»

«Ottimo. Da quando ha smesso di inseguire l'aeronave, Lyse pensa che abbia visto qualcosa che vuole all'interno delle mura e che stia aspettando la sua occasione. Ora lei sta aspettando la sua.»

«Andiamo ad aspettarlo, allora.»

Tornarono a spron battuto verso la battaglia, finendo fuori dal muro rotto quando un altro ruggito gorgheggiante risuonò dall'alto.

Un'ombra passò sopra di loro mentre si fermavano.

Tocca a me farti paura, mostro.

La donna lucertola viola tenne unite le dita anteriori e medie mentre le faceva roteare davanti al corpo come se stesse facendo una sorta di nodo invisibile. «*Glacadìonain 'luathsadach!*»

Mentre la creatura cristallina volava sopra di loro, dal terreno spuntarono dei rampicanti che si alzarono in aria per avvolgerne la metà inferiore. Il mostro emise un suono indignato mentre cercava di sfuggire alle piante contorte che coprivano le sue quattro zampe posteriori e il corto mozzicone che avrebbe dovuto essere una coda.

Srizix aprì la bocca e ansimò, mentre teneva il braccio teso e si sforzava di attirare la creatura, di trascinarla a terra.

La sua magia era forte, ma la creatura lo era molto di più. Le sue ali diventarono una macchia mentre la sua avanzata si arrestava e il corpo del mostro oscillava perpendicolare al suolo.

Srizix raddoppiò gli sforzi quando alcuni viticci si spezzarono a causa della forza della creatura. *Non mi arrendo. Non di nuovo. Lyse vuole che resta immobile, io tengo immobile.*

La testa serpentina si abbassò, le mandibole e le sporgenze affilate al suo interno tranciarono altre liane.

«Forza, Riz! Ce l'hai fatta! Resisti ancora per qualche secondo!» Zixne esultò.

Srizix strinse la mascella, sibilando tra i denti.

Non deludere di nuovo la famiglia. Spero che Lyse è veloce, però.

Lyse spinse in avanti la leva per accelerare, facendo balzare l'aeronave dopo che Zixne si era trasformata di nuovo in nebbia e aveva attraversato il ponte.

«Spero che tu abbia un piano, mia adorata sorella.» Feral le lanciò un'occhiata interrogativa.

«Lo so, fratello caro. Quella maledetta cosa mi aveva, *ci* aveva, convinti a scappare. Almeno fino a quando non c'è stato quell'altro grido.»

«È vero. Ma sembra che stiamo ancora scappando. Sei *sicura* di avere un piano?»

Lei fece un sorriso maligno al fratello. Poi liberò la leva, ne tirò alcune altre e fece girare la ruota del timone. L'aeronave si abbassò leggermente durante la rotazione, facendo una vrata per tornare indietro dalla strada che avevano percorso. «Oh, te lo prometto. Te lo assicuro.»

«Ti va di condividere?»

In risposta alla sua domanda, lei spinse di nuovo la leva fino in fondo. L'aeronave si mosse in avanti, tornando verso i combattimenti. «Non proprio. Non ti piacerà, quindi perché preoccuparsi?»

«Lyse...»

«Cosa?»

Feral afferrò un corrimano. «Quella forma minuscola e in rapida crescita è un drago di cristallo di cento piedi. Uno che le nostre armi non possono ferire. Te lo ricordi, vero?»

«Certo che sì.»

«Allora, per pura e morbosa curiosità, perché state volando direttamente verso di lui? Visto che non possiamo fargli alcun male.»

«L'hai detto prima. I nostri cannoni-drago *magici* non hanno effetto.» Lyse scrollò le spalle, con le mani ferme sulla ruota.

«Già» concordò Feral con esitazione.

«Non ho intenzione di usarli.» Lei lo guardò e aggrottò le sopracciglia.

«Allora cosa stai...» Si interruppe e puntò lo sguardo in avanti, con l'orrore che gli attraversava il viso. «Non sei seria.»

Lyse annuì. «Serissima.»

«Potrebbe distruggere la nave.»

Lei gli rivolse un altro sorriso. «Oh, be'. È la *mia* nave, dopotutto. Sono sicura che Sofi troverà la forza di procurarmene una nuova, e a quel punto non dovrò più sentirti reclamare.» Tolse una mano dalla ruota per muovergli un dito sotto il naso. «Oh, e faresti meglio a trovare un modo per assicurarti che in futuro possiamo fare del male a stronzi giganti come quella cosa. Che sia su questa nave o su una nuova.»

Feral annuì e si chinò a baciarle la guancia. «Se sopravviviamo, ne farò una priorità.»

Lyse ridacchiò: «Non preoccuparti di questo. La tua piccola leonevosa ci troverà e ci curerà.»

Sorrise. «Suppongo che lo farà.» Guardò il ponte. «A tutti gli uomini! Prepararsi all'impatto!»

Grida confuse risposero prima che tutti guardassero lo spettacolo incombente davanti al dirigibile. Poi, tutti si affrettarono a seguire gli ordini di Feral.

Lyse sorrise e puntò dritto a prua l'enorme creatura che sbatteva freneticamente le ali, cercando di sfuggire alle liane di Srizix. Il mostro pendeva quasi immobile e verticale nel cielo. Il lungo collo e la testa si abbassavano mentre le mandibole squarciavano lentamente la fitta vegetazione frondosa.

«Ti ho preso adesso, bastardo!»

Avvertendo l'abbondanza di magia a bordo dell'aeronave che si stava abbattendo su di lei, la creatura sollevò la testa all'ultimo secondo, con gli occhi pieni di confusione.

Poi, Lyse conficcò il bompresso direttamente nel corpo del mostro come un'enorme quadrello di balista.

Uno che si muoveva a quasi duecentocinquanta miglia all'ora.

La creatura si piegò a metà quando il bompresso attraversò le scaglie di cristallo e uscì dalla parte posteriore. La testa e la parte superiore del corpo colpirono il sartiame, spezzando la maggior parte delle cime incantate. Tuttavia, il torso fu scagliato di lato e si schiantò a terra quando la prua colpì il mostro e lo tagliò a metà.

Lyse riuscì a mantenere l'equilibrio, ma perse temporaneamente il controllo dell'aeronave quando l'impatto la fece precipitare sul torrione al centro del cortile, verso la montagna. Riprese il comando poco prima che colpissero il fianco della montagna e si appoggiò contro una leva. L'aeronave guadagnò quota e raschiò solo il fondo sulle rocce.

Quando rallentò e riportò la nave verso il cortile, tirò un sospiro di sollievo. «Visto? Te l'avevo detto che avevo un piano.»

Feral lasciò la presa sulla ringhiera e mugolò. «Ci vorrà un'eternità per sistemare tutto questo...»

CAPITOLO QUINDICI

Gli occhi di Sofia si aprirono piano.

Poi urlò, mentre si concentravano su una bocca piena di denti aguzzi e taglienti, sotto una serie di occhi lilla che si libravano sul suo viso.

Srizix fece un salto indietro, spaventata. «Ho visto occhi muoversi. Volevo vedere se stai bene.»

Sofia chiuse gli occhi e respirò profondamente, cercando di calmare il cuore che batteva forte. «Va tutto bene, Riz» disse alla fine. «È solo che... svegliarsi con davanti una bocca piena di denti quando l'ultima cosa che ricordi è di aver lottato per la tua vita è un'esperienza strana.» Aprì gli occhi e rivolse all'amica un sorriso sbilenco. «Immagino che abbiamo vinto.»

Srizix annuì. «Abbiamo fatto.»

Sofia notò qualcosa negli occhi dell'amica. Preoccupazione? Tristezza?

No. Vergogna.

«Cosa c'è che non va, Riz?»

«Volevo essere prima a vederti. Volevo dire che torno nella palude.»

La mente fiacca di Sofia passò da una situazione quasi stazionaria a un galoppo. «Cosa? Perché?»

La testa della donna lucertola affondò nelle sue spalle mentre lei si voltava. «Disonorato me stessa e tutti voi.»

«Come?»

«Scappata dalla battaglia. Come codarda.»

«Hai fatto cosa?»

«Durante la lotta. Sono andata. Abbandonato tutti voi. Devo tornare a casa.»

«Di nuovo... perché?»

«Perché contavate su di me e io sono scappata nel momento del bisogno. Se non sono qui, non lo farete. Vi rende più sicuri.»

Sofia si alzò a sedere a fatica. Si guardò intorno nel cortile mentre cercava di trovare qualcosa da dire per far cambiare idea all'amica. Trasalì quando vide la loro aeronave danneggiata attraccata alla torre rimanente. Poi lo sguardo le cadde sulla sua salvezza.

Una creatura gigantesca spezzata in due, la cui metà inferiore è ricoperta da viti marroni appassite.

«Sei scappata, eh?»

Srizix fece un cenno con la testa, rifiutandosi di guardare Sofia. «L'ho fatto.»

«Allora perché la metà inferiore di quella specie di insetto-drago di cristallo è coperta di liane?»

Srizix si voltò a guardarla, con la confusione impressa sul suo volto squamoso. «Perché l'ho afferrato e trattenuto in modo che Lyse potesse colpirlo con l'aeronave.»

Sofia aprì e chiuse la bocca un paio di volte, poi sbatté la mano. «Ignorerò per un momento l'uso dell'aeronave come ariete.»

«Dovresti» proclamò Lyse, avvicinandosi. «C'è un vecchio detto. Qualsiasi porto in una tempesta. La magia non ha fatto male a quella brutta bestia, così ho usato l'unica arma *fisica* che avevamo. La nave stessa. L'ho perforata con il bompresso e poi ho strappato via la metà superiore.»

«Bompresso?»

«Un lungo pezzo di legno che spunta dal davanti.»

«Ahh.» Sofia lo ignorò. «Non importa. Stiamo divagando. Riz vuole andarsene perché dice di essere scappata. Da quello che vedo, non sembra.»

Lyse colpì delicatamente la donna lucertola alla nuca. «Piantala. Eravamo tutti a un soffio dall'andarcene di corsa, quindi non sei stata l'unica.»

Srizix guardò con cipiglio la wulven. «Eppure. *Sono* scappata.»

«Non molto lontano. Poi ti sei precipitata indietro e hai tenuto quel brutto figlio di puttana proprio dove mi serviva.»

L'altra aprì la bocca per ribattere, ma Sofia la interruppe. «Riz, se vuoi andartene, non ti obbligheremo a restare. Ma tu sei un Artiglio Perduto. Sarai sempre una di noi. E ogni volta che ci metteremo nei guai, vorremo che tu fossi al nostro fianco.

Devi capire che tutti volevano scappare, me compresa. E sono sicura che non sei stata l'unico a farlo. È quello che ci fanno queste creature. Come la loro stessa presenza ci condiziona. Il ruggito di quella *cosa* lo ha centuplicato.»

La paladina mezz'elfa si alzò in piedi. «Alla fine, l'unica cosa che conta è che tu sia *tornata*.» Afferrò la spalla di Srizix con una mano corazzata. «Non c'è disonore nell'essere influenzati dalla magia a scappare e poi tornare per finire la battaglia. Cosa che tu e Lyse avete fatto.»

Lyse mise una mano sull'altra spalla della donna lucertola. «Guardati intorno e guarda i soldati di Cervira. Vedi come ti guardano?»

Srizix lo fece e Sofia la imitò. Sorrise quando vide i soldati che odiavano gli uomini lucertola parlare con Icharokath. Condividendo le storie del combattimento. Il suo sorriso si allargò quando alcuni di loro inclinarono la testa in segno di rispetto verso Srizix quando si accorsero che li stava osservando.

Alla fine, Srizix fece un cenno di assenso, sollevando le spalle. «Grazie. Rimarrò.»

«Era solo la verità» rispose Sofia. «Ora, qualcuno è entrato? Abbiamo trovato il generale Dyana?»

Lyse ridacchiò. «Già. Corym mi ha mandato un messaggio magico.

Mi ha detto che l'avevano trovata e curata e che stavano tornando fuori. È per questo che stavo venendo qui, in realtà.»

Gli altri Artigli Perduti uscirono dal torrione centrale una decina di minuti più tardi, con in mezzo una Dyana dall'aspetto stanco ed emaciato. I suoi vestiti erano strappati e ogni parte di lei sembrava ricoperta di sangue vecchio e secco.

Sembra anche che l'abbiano fatta morire di fame, decise Sofia.

La donna più anziana era ancora vivace, considerando l'occhiataccia che lanciò a Corym quando inciampò, e lui si avvicinò con sollecitudine per aiutarla.

Sofia non riuscì a sentire ciò che il generale disse al suo amico elfico, né riuscì a trattenere il sorriso quando lui alzò le mani in segno di resa.

Quando il gruppo si fermò davanti a lei, Sofia fece un inchino. «Generale. È un piacere rivederti. Vorrei scusarmi per il nostro ritardo nel soccorrerti.»

Dyana sbuffò. «Sei venuta. E considerando che è stato il mio stesso re a consegnarmi a questi mostri, direi che sei proprio un bel vedere, in ritardo o meno.»

Sofia sorrise. «Come stai? Davvero.»

«Dolorante. Zixne mi ha rimessa in sesto, però, fisicamente.»

«Capisco se hai bisogno di tempo prima di rispondere...»

«Oh no. Non ho bisogno di tempo» la interruppe il generale. «Perché sono incazzata. Mio nipote mi ha già informato che hanno incantato la maggior parte del mio battaglione per far ricadere la colpa su di voi.»

Sofia annuì. «*Qualcuno* l'ha fatto. Adeax ci ha aiutato a radunare quelli che non erano nel Mandrillo di Mythryl quando Corym ha lanciato il suo incantesimo di annullamento, in modo da poter sistemare gli altri.»

Dyana aggrottò le sopracciglia. «Bene. Ma non era *qualcuno*. Sono stati Kansao e il mio re. Quei bastardi sono più uniti di quanto pensassi.»

Sofia imitò la sua espressione. «Perché il tuo re avrebbe dovuto farlo? Stai alludendo a una sua partecipazione alla tua scomparsa?»

Kotizara ridacchiò. «Tieni il passo, Sofi. Ha detto che l'ha consegnata alla Rivelazione.»

Sofia sospirò. «Mi dispiace, Koti. Sono stata priva di sensi a lungo. Il mio cervello è un po' pigro.»

«Ahh. Ti chiederei se è il tuo solito problema, ma potrebbe essere meschino. Dovresti essere felice che ti abbia preso mentre scendevi, comunque. Immagina come saresti stata fuori se avessi sbattuto anche la testa.» La mezz'orca le sorrise.

«Grazie per avermi presa prima che accadesse» disse, poi si voltò verso Dyana. «Quindi il tuo re ti ha consegnata alla Rivelazione. Perché?»

La donna più anziana scosse la testa. «Non ne ho idea. Ero fuori dai giochi dopo l'attacco.»

«Quale attacco?» domandò Corym.

«Quella in cui alcuni strani uomini lucertola hanno massacrato i miei uomini e mi hanno catturata. Poi mi hanno punzecchiato e pungolato per un po', tenendomi drogata. Ero così fiacca che dubito che avrei potuto muovermi anche se non mi avessero legata. Dopo di che, tutto ciò che ricordo sono brevi immagini. So che mi hanno morso per bene e che una donna elfica mi ha lasciato fuori Piedson. Sono arrivata a malapena in città prima di crollare.»

«E poi?» chiese Azurestri, sporgendosi in avanti. «Sappiamo che hai detto alle guardie al cancello che sei stata attaccata dagli uomini lucertola. E dopo?»

«Siamo stati attaccati da uomini lucertola.» Al brusco respiro di Srizix, Dyana le rivolse un sorriso stanco. «Non la vostra gente, però. Questi erano strani. Per lo più avevano scaglie marroni. Alcune avevano disegni gialli. Altre stranezze che non ricordo bene. Ti dirò questo, però. Ho combattuto la vostra gente su e giù per la palude e non ne ho mai visti di simili prima d'ora.»

Azurestri lanciò un'occhiata a Verald e Adeax. «Sembra che mi sia sbagliato. È *stata* attaccata dagli uomini lucertola, ma non dai *nostri* uomini lucertola.»

Verald guardò Srizix e Icharokath. «No. Sono io che devo delle scuse. Sono saltato alle conclusioni. Mi dispiace.»

Icharokath gli posò una mano enorme e artigliata sulla spalla. «Scuse non servono. Sembrava che fossimo noi a causa del luogo di combattimento. Ho visto che c'erano anche squame. Non posso biasimare chi ha pensato che fossimo responsabili. Non ci conosci abbastanza per capirci. Per ora.»

Verald deglutì a fatica, poi si avvicinò e con esitazione gli accarezzò la mano. «Non ancora, giusto. Hai salvato mia zia e ti sono debitore.»

Icharokath gli rivolse un sorriso a denti stretti. «Non in debito. Cerca di collaborare meglio d'ora in poi.»

«Affare fatto.»

Dyana tossì, attirando gli sguardi preoccupati di tutti. «Oh, piantatela. Non sono una bambola di porcellana. Per rispondere alla domanda del principe, ricordo che i guaritori mi hanno curata. Ho raccontato al Consiglio che eravamo stati attaccati dagli uomini lucertola, ma nessuno mi ha lasciato spiegare di più. Poi Kansao e il mio re – o meglio, il mio *ex* re – stavano parlando con un uomo dall'armatura scintillante. Ha detto al tizio che ero una traditrice per aver trattato con gli uomini lucertola, quindi mi ha affidata a quell'uomo per vedere se ero una degna candidata...» Si interruppe e fece una smorfia.

«Candidata a cosa?» incalzò Azurestri. Inclinò la testa guardando il generale. «E mi riconoscete *tutti*?» chiese con un sorriso.

Dyana ridacchiò. «Adeax mi tiene aggiornata. Comunque, l'uomo ha parlato di bambini stellari. Se può essere d'aiuto.»

A Sofia si bloccò il fiato in gola. Qualcosa nella sua espressione fece sì che Adeax la esaminasse con sguardo critico. «Sputa il rospo.»

«I bambini stellari sono creature esterne nate dall'unione di un umanoide e, be'...» Corym esitò.

«Qualcosa» si inserì Zixne. «Una specie di creatura esterna. *Qualsiasi* tipo di creatura esterna. I bambini stellari ottengono abilità speciali, a seconda del genitore non umanoide.»

Sofia annuì, mantenendo lo sguardo di Dyana. «Acquisiscono anche conoscenze e abilità dal loro genitore umanoide. Sembrano persone normali, non mostri.»

Dyana sbatté le palpebre, poi fece una risatina ironica. «Ecco perché la Rivelazione si è arrabbiata tanto quando ha scoperto che sono sterile. Buon per loro, quei bastardi. Volevano usarmi come una fattrice.»

Sofia trasalì. «Mi... dispiace? Cioè, non so bene cosa rispondere.»

Il generale ignorò la sua preoccupazione. «Una ferita di molto tempo fa. Sono contenta che sia successo adesso.»

Azurestri si accigliò. «Perché ti hanno tenuta in vita, allora? Senza offesa, sono contento che l'abbiano fatto e tutto il resto, ma...» Scrollò le spalle.

«Non ne ho idea.»

La fronte di Sofia si corrugò. «Credo sia ora di tornare a casa.» Guardò Corym. «E porta tutti con noi, se pensi di potercela fare.»

Scosse la testa. «Troppa gente. Sono sicuro che Cirrus ci aiuterà, però.»

«Bene. Perché, senza offesa per Zixne, voglio che la dragonessa controlli il generale.»

Zixne le lanciò un'occhiataccia. «Oh, credimi, ora che il combattimento è finito non è questo che mi offende. La suddetta dragonessa ha trentacinque secoli di esperienza in più di me.»

Sofia inclinò la testa, osservando la sua migliore amica. «Va bene.» Allungò la parola. «Cor, puoi chiamare Cirrus così torniamo indietro? Facciamo controllare Dyana e ci sediamo a mangiare. Per i draghi di sopra, sembra proprio che il generale ne abbia bisogno.»

Dyana sbuffò. «Già. Non avevo proprio intenzione di mettermi a dieta.»

Dopo cena, 12° Witchfire, 1503 DF

Sofia sorrise quando Dyana tolse il dolce dal piatto e si appoggiò all'indietro, portandosi una mano allo stomaco. «Buono?»

Dyana annuì. «Il miglior cibo che abbia mangiato da mesi.» Sorrise a tutti.

Cirrus inclinò la testa. «La sorella di Zixne, Kilrhi, è una meraviglia in cucina. Inoltre, sono certa che ricevere un certificato di buona salute da una dragonessa aiuti l'appetito.»

«Anche se non sappiamo ancora perché ti hanno tenuta in giro» brontolò Kemuri dall'estremità del tavolo.

Sofia si schiarì la gola e lo fissò.

«Cosa?» le chiese.

«Sono contenta che l'abbiano fatto» lo rimproverò la paladina.

Kemuri sgranò gli occhi e guardò Dyana. «Non intendevo dire nulla, generale. Sono certamente contento che non ti abbiano uccisa. Sembri molto competente. Mi chiedo solo...» Si interruppe.

«Cosa? È scattato qualcosa.»

«Puoi descrivere l'uomo con l'armatura?»

Dyana aggrottò le sopracciglia. «Un po'. Circa l'altezza di Corym. Ma con una corporatura da guerriero.» Lanciò un'occhiata all'highven e trasalì. «Mi dispiace.»

«Senza offesa, generale. Sono tonico e non certo fuori forma, ma capisco le differenze che intendi.» Corym sorrise.

Dyana annuì. «Rasato. Capelli biondo scuro, lunghi fino alle spalle.»

«*Somir*» ringhiò Kemuri, con una voce così profonda da far vibrare il tavolo.

«Chi?»

«Somir Leccavetri. Si fa chiamare Lord Alto Maresciallo della Rivelazione. Un vero e proprio idiota» spiegò Kotizara. «È stato divertente guardare Cirrus che lo riduceva a una pozza di melma, ma, come tutti i bravi scarafaggi, continua a tornare.»

«Non ne hai idea» mormorò Kemuri.

«Pensi che il capo della Rivelazione sia in combutta con Kansao e il re di Cervira?» chiese Dyana.

«Ho notato che questa volta non l'hai chiamato *tuo* re» osservò Azurestri.

Il generale sbuffò. «No, non l'ho fatto. È difficile considerare tuo re un uomo che ti ha venduto a qualcuno per farti accoppiare con dei mostri e creare nuovi mostri ancora più abili.»

«A questo proposito, non c'è modo di tornare a Piedson» dichiarò Adeax. «Il re saprà presto che l'avamposto della Rivelazione è stato assaltato. E nessuno del nostro battaglione era in città. Non sarà difficile capire che siamo noi i responsabili.»

«Dove andremo?» si lamentò Verald.

Cirrus guardò tra loro. «Siete in grado di riunire le vostre famiglie e i vostri alleati in città, colonnello?»

Adeax studiò la dragonessa. «Certo. Perché?»

«Viaggerò fino a Piedson con voi. Se li porterete al Mandrillo di Mythryl, li trasporterò qui, a Syran Tal'Ness, dove il re e la regina si assicureranno che abbiano una sistemazione.»

«Pensi che il re si vendicherà contro le famiglie dei nostri soldati?»

«Credo che sia prudente pianificare lo scenario peggiore.»

Adeax inclinò la testa. «Io e te andremo d'accordo, signora dragonessa.» Si rivolse a Dyana. «Con permesso, generale?»

«Naturalmente. Vai. E assicurati che Bayten venga con te» lo implorò.

«Lo colpirò in testa e lo trascinerò qui io stesso, generale.» Adeax riportò l'attenzione su Cirrus. «Andiamo?»

La dragonessa sorrise e i due scomparvero.

«Ancora non riesco a credere che avete accesso a quel tipo di magia.» Dyana rabbrividì.

«Questo e altro» le assicurò Kemuri. «Credo di sapere *perché* ti hanno tenuto in vita.»

«Perché?»

«Quegli uomini lucertola che vi hanno attaccato non erano in realtà uomini lucertola.»

Dyana scosse la testa. «Ricordo di averli visti. Di averli combattuti...»

«Hai visto bene le loro code?» la interruppe Kemuri.

«Le loro cosa?»

«Code. Cosa ricordi delle loro code?»

La fronte del generale si aggrottò mentre cercava di ricordare le creature. «Erano strane. Quasi una forma a bulbo» rispose esitante.

«Lizoniti, non uomini lucertola. Almeno questo è il loro nome colloquiale. Non ha senso ripetere il loro nome esterno. In ogni caso, sono creature degli Esterni create fondendo ragni giganti e uomini lucertola. Hanno le stesse mascelle e tutto il resto, ma hanno l'addome di un ragno al posto della coda.

Il loro morso non uccide, ma rende deboli e goffi. Inoltre, possono generare ragnatele, come i ragni. Non sei stata drogata, appunto. Sei stata morsa e ti hanno fatto un'iniezione. Dubito anche che tu sia stata legata. Molto probabilmente sei stata avvolta in una ragnatela.»

Dyana rabbrividì. «Be', non è un pensiero piacevole?»

«Sei sopravvissuta, però.»

«E cosa pensi che avessero intenzione di fare con me?»

«Probabilmente la tribù della lizonite ti ha dato in pasto al suo animale domestico, l'hydonite.»

«Fammi indovinare.» Kotizara rovesciò la sedia all'indietro. «Idra e ragno?»

Kemuri sbuffò. «Come hai indovinato?»

«Perché le tue convenzioni di denominazione lasciano molto a desiderare.»

«Non io. Non ho dato loro un nome. Ognuno di loro ha nomi di specie lunghi e completi, di cui fa parte anche "onite". La gente ha scelto di chiamarli in modo semplice e descrittivo.»

«Quanto sono grandi queste hydoniti?» domandò Sofia. «È il drago-insetto gigante che ci ha attaccato?»

«Gli hydoniti sono lunghi da quindici piedi fino a circa settanta. Dipende dalla loro età e da quanto sono ben nutriti. Hanno anche da due a quattro teste di idra attaccate a un enorme corpo di ragno.» Scosse la testa. «Quindi, no, non è stato quello ad attaccarti. Hai combattuto contro un drago astaxio. Non sono *veri* draghi. Sono invece ciò in cui gli scarabei stellari finiscono per bozzolarsi e trasformarsi dopo aver divorato abbastanza magia.»

«Quella cosa era uno scarabeo stellare?» esclamò Feral.

«Be', suppongo che questo spieghi come abbia ingoiato la magia dai cannoni-drago» pensò Lyse ad alta voce.

«Sì, è così» concordò Kemuri. «A proposito, ottimo lavoro nello speronarlo. E a te, Srizix, per averlo tenuto fermo in modo che potessero farlo.»

Un enorme sorriso pieno di denti comparve sul volto della donna lucertola. «Grazie, Grande Signore dei Draghi.»

Sofia soffocò un sorriso. *Quel complimento da parte sua la assolverà dal senso di colpa per essere scappata ancora più di quanto abbiamo fatto io e Lyse.*

Kemuri abbassò la testa in segno di riconoscimento. «Dico solo quello che penso. Tutti voi avete fatto un buon lavoro oggi.»

Zixne brontolò qualcosa sottovoce.

Tutti si voltarono a guardarla, così lei lanciò a Kemuri e a Sofia delle occhiatacce.

Sofia strinse gli occhi sulla leonevosa. «Cosa?» sbottò alla fine.

«Non lo sai nemmeno, vero?» la accusò Zixne, ricambiando lo sguardo.

«Sapere cosa?»

«Che cosa è oggi.»

«No, cosa...» Sofia si bloccò, un'espressione di orrore le attraversò il volto.

«Vedi, lo sapevo!» Zixne scattò.

«Sapeva cosa?» chiese Kemuri dopo che sia Kotizara che Corym avevano fatto una smorfia.

«Oh, non c'è problema. Non te lo ricordi nemmeno tu. Tu, lucertola gigante.»

«E non posso saperlo se non me lo dici tu.»

«È il compleanno di Zix» sussurrò Sofia.

Zixne si lasciò cadere sulla sua sedia, incrociando le braccia. «E nessuno di voi si è ricordato.»

«Mi dispiace molto» si scusò Corym. «Tra la pianificazione della battaglia...»

«Uccidere quelli della Rivelazione e le creature esterne...» continuò Kotizara.

«Io... ce ne siamo dimenticati» concluse Sofia a fatica.

«Per non dire: come faccio a saperlo io?» replicò Kemuri.

La leonevosa li guardò tutti prima di concentrarsi sul drago. «Siamo stati qui l'anno scorso. Avevamo salvato mia sorella qualche giorno prima. Ah, già. Un'altra persona che ha dimenticato il mio compleanno.»

Kemuri sospirò. «Ricorda, allora non mi *piaceva* nessuno di voi. Inoltre, pensavo che ormai sareste morti tutti e che mi sarei addormentato di nuovo fino a quando non sarebbe arrivato il momento di accogliere la fine. Quindi, non c'era motivo di ricordare i compleanni.»

Gli Artigli Perduti spalancarono gli occhi attoniti sul drago, ma nessuno riuscì a trovare la voce per parlare.

Dyana rise, si alzò e si avvicinò a Zixne. Si avvicinò allo schienale della sedia e le afferrò le spalle. «Tutti voi mi avete liberato. Datemi tempo fino a domani e vi farò un regalo meraviglioso. Anche se non sarà neanche lontanamente degno di quello che mi avete fatto oggi. Buon compleanno, Zixne.»

Zixne si rilassò leggermente, ma era ancora imbronciata. «Grazie. Almeno *qualcuno* mi apprezza.»

Feral si alzò in piedi, cercando di non attirare l'attenzione su di sé, ma gli occhi azzurri e gelidi della leonevosa lo trovarono. «Io... Be', onestamente, a mia discolpa, non parliamo mai dei *compleanni* quando ci riuniamo.»

I suoi occhi si restrinsero pericolosamente.

«Giuro che mi farò perdonare.»

Zixne sbuffò.

Sofia arricciò il naso annusando un freddo vuoto. *O almeno, è quello che mi ricorda.* Si guardò intorno e notò una pila di scatole regalo incartate contro la parete dietro Zixne.

Un *bel* mucchio.

La sua testa si girò verso Kemuri, che aveva l'espressione distante. Quando sentì il suo sguardo, si girò leggermente e sollevò un sopracciglio. Lei spostò lo sguardo sul mucchio e poi di nuovo su di lui. Gli angoli delle sue labbra si arricciarono appena.

Poi, lo sentì.

Un canto proveniente dall'esterno della porta.

Un attimo dopo, la porta si aprì ed entrò Kilrhi, spingendo un carrello con una torta enorme.

Cioccolato con ripieno di mirtilli, pensò Sofia, che aveva già l'acquolina in bocca.

Zixne si raddrizzò sulla sedia quando il resto della famiglia entrò dietro la sorella. Poi arrivarono il re e la regina, i genitori di Sofia, Vendra e Konrad. Seguirono il padre di Kotizara, Hynter, e la zia Shelor. In coda c'era la madre di Corym, Myliel.

Tutti iniziarono a cantare per Zixne, che si commosse. Quando finirono, la leonevosa si pulì il pelo intorno agli occhi. «Grazie. Pensavo davvero che ve ne foste dimenticati.»

Un movimento catturò lo sguardo di Sofia, mentre una voce nella sua testa la metteva in guardia. *Lascia perdere. Ma non lasciare che accada di nuovo.* Dai rapidi e bruschi cenni di Kotizara, Corym e degli altri Artigli Perduti, capì che anche loro erano stati avvertiti da Kemuri.

Inclinò la testa verso Kemuri, mentre Zixne si girava sulla sedia e cominciava a saltellare alla vista dei regali.

Sorrise al Signore dei Draghi. *Questo dimostra quanto ci tieni, sai?*

Sbuffò. *La piccola leonevosa è stridula quando è arrabbiata. Sto solo cercando di risparmiarmi un mal di testa e un dolore lancinante alle orecchie.*

Se lo dici tu. Si concentrò nuovamente su Zixne in tempo per vedere un luccichio sornione negli occhi dell'amica.

«Sai cosa sarebbe un ottimo regalo, Kemuri?» accennò la leonevosa.

Kemuri sgranò gli occhi. «Sì, sì. Una storia mentre tu apri il tuo mucchio di regali. Immagino che, visto che è il tuo compleanno...»

CAPITOLO SEDICI

LA STORIA DI ALÌ DI FUMO

<u>Tardo pomeriggio, 5° Jinn, 18 AF</u>

Alì di Fumo bloccò i tre colpi rapidi di Tylee senza problemi. Ne deviò uno di lato con la sciabola impugnata nella mano destra, e gli altri con lo scudo elfico con cui si stava esercitando nella sinistra.

Però. Il ragazzo sta diventando molto bravo.

«Sei sicuro che tua madre non ti abbia chiesto di portarci da lei?» domandò, parando un altro affondo.

Tylee scrollò le spalle, senza mai staccare gli occhi da Alì di Fumo. «Certo. Mi ha detto che si stava dirigendo al porto per un problema con una nave. Voleva che trovassi te e Ryso e che vi riportassi qui nel *caso* avesse avuto bisogno di voi.» Il ragazzo tentò un altro colpo con la lama elfica nella mano destra. «Poi hai visto il biglietto sulla porta.»

Alì di Fumo mosse il braccio sinistro e la lama di Tylee emise uno *stridio* metallico mentre scivolava sul lato dello scudo. Alì di Fumo fece perno sul piede sinistro e rotolò attorno al fianco destro del ragazzo, ruotando il gomito sinistro in basso e in fuori, poi sbatté la parte inferiore dello scudo contro la schiena di Tylee. nello stesso istante, spostò il peso sul piede destro e agganciò la caviglia del ragazzo con il sinistro.

Tylee cadde sull'erba del cortile con un *colpo secco*. Rotolò e guardò il suo mentore. «Che cosa ho fatto di male?»

«Hai dato troppa potenza all'attacco» rispose Ali di Fumo. «Ti ha fatto sbilanciare troppo, ed è peggiorato quando ho usato il mio scudo per angolare il tuo attacco verso l'alto. Poi hai perso di vista me dietro lo scudo per un attimo. Visto che stavi guardando in faccia, quando lo scudo ti ha bloccato la vista, non hai potuto vedere i miei piedi muoversi.»

«Quindi... tutto» brontolò bonario Tylee. «Sul serio, però, come faccio a guardare nello stesso momento gli occhi, le braccia, le mani, le gambe e i piedi?»

Ali di Fumo sorrise verso di lui e allungò un braccio per offrire al ragazzo una mano. «Esperienza. È a questo che serve l'addestramento.»

«Adesso te la prendi con i *bambini*?» chiese una voce maschile nella radura. «Voglio dire, davvero. Forse dovresti prendertela con qualcuno della tua taglia.»

Il braccio di Ali di Fumo si bloccò e i suoi occhi si allargarono.

Tylee rotolò di lato e si avvicinò con le spade pronte a combattere.

Ali di Fumo abbassò piano il braccio e si voltò verso il cancello. Il fantasma di un sorriso gli sfiorò le labbra quando vide Nyneeve in piedi accanto a un massiccio tigron. «Rasze. È un piacere incontrarti qui.»

«Sì, sì. Direi anche io che è bello vederti, ma preferisco dirti quanto sono felice di vederti usare un *vero* stile di combattimento. Sai, uno scudo. Però mi sembri fuori allenamento.»

«Sto solo dando una possibilità al mio studente.»

Rasze sbuffò. «Certo. Kathis ti ha sempre detto di usare la spada perché non ti proteggevi abbastanza bene con lo scudo. Come ti chiamava? Oh, sì. Sconsiderato.»

Quella volta Ali di Fumo sorrise. «Preferisco essere sfacciato. Forse persino audace. E poi, Kathis mi ha dato dello sconsiderato? È quasi la definizione di "bue che dà del cornuto all'asino".»

Gli occhi del tigron si allargarono e un enorme sorriso falso gli squarciò il muso. «Bene, bene. Immagino ti ricordi di noi. Hai ragione. La sua pelle è nera come la mezzanotte.»

Ali di Fumo ridacchiò. «È bello vederti, Rasze. Cosa ci fai qui?»

«Resto. Sua Signoria delle Meraviglie mi ha detto che le piacerebbe avermi con sé. Ha anche parlato di diventare uno scudiero, se riuscirò a far scendere di uno o due gradini quello che ha ora.»

«Ha diritto a un solo scudiero. Mi dispiace.»

«Forse non era "diventare". Forse era "prendere il posto".»

Ali di Fumo fece un sorriso ancora più ampio. «Se questa è l'offerta, è stato un piacere vederti, ma dovrò mandarti via a malincuore.»

Rasze estrasse la massiccia spada dal fodero appositamente costruito al suo fianco, poi si allungò e tirò fuori uno scudo più grande di Nyneeve. Lo sistemò sul braccio e diede qualche colpo di prova con la spada. «Bene, allora. Forza» disse.

«Ali di Fumo...» Tylee alzò lo sguardo su di lui, che abbassò la testa. «Va tutto bene, Tylee. Io e Rasze ci conosciamo da molto tempo. Almeno nell'altra vita. Però dovresti andare a stare accanto a tua madre.»

Tylee annuì e si diresse verso la madre, lasciando il tigron gigantesco a debita distanza mentre l'uomo si avviava in avanti.

«Già. E tu dovresti proprio guardare» gli consigliò Rasze prima di strizzare l'occhio ad Ali di Fumo. «Potresti imparare una o due cose da qualcuno che *non è* arrugginito.»

Ali di Fumo inarcò un sopracciglio. «Davvero? Arrugginito? Se stai cercando di dire che il tuo livello di addestramento non è mai sceso, gli insulti dovrebbero essere migliori di così. Ci siamo esercitati tutti i giorni.»

«Siamo d'accordo? Io e te, il vincitore è lo scudiero della signora?»

Nyneeve sbatté le palpebre. «*Non ho mai* detto *nulla* di tutto questo. Di certo non ho mai accettato di lasciare che sia un combattimento a dettare chi sarà il mio scudiero!»

«Fatto. Vediamo se la tua spada è ottusa come il tuo ingegno.» Ali di Fumo ignorò l'elfa balbettante.

Rasze sogghignò, ma scelse di lasciare che la sua spada parlasse per lui.

Ali di Fumo fu subito spinto sulla difensiva, anche se la sua spada era velocissima mentre cercava un'apertura. Ogni colpo della lama massiccia del tigron spingeva Ali di Fumo all'indietro. Anche quando aveva i piedi ben piantati, la forza dei colpi faceva sì che i suoi talloni scavassero solchi nel cortile mentre veniva spinto indietro.

Per fortuna, nonostante le provocazioni di Rasze, Kathis aveva addestrato Ali di Fumo a usare molto bene lo scudo.

Che era l'unico motivo per cui non era stato tagliato a metà.

Il tintinnio dell'acciaio sull'acciaio – o meglio, dell'acciaio di Ali di Fumo sul mythryl di Rasze – risuonava nel cortile come il rintocco di una campana gigantesca. Man mano che il ritmo aumentava, il suono diventava un unico ronzio intervallato da uno o due battiti di silenzio.

Ali di Fumo non si accorse che Juniper si stava precipitando dalla porta sul retro, con la mano destra alzata e incandescente di magia. Non vide gli occhi spalancati e scioccati di Nyneeve, che non distolse mai lo sguardo dallo spettacolo che le si parava davanti, né la sua mano che si alzava per abbassare il mystambion, mentre lei scuoteva la testa con un unico, brusco gesto.

Non aveva notato come le spade di Tylee fossero cadute a terra mentre scivolavano dalle dita molli del ragazzo.

E di certo non aveva notato i vicini, che si erano precipitati nel cortile e stavano osservando la lotta.

L'energia di Ali di Fumo si esauriva sempre di più man mano che continuava a ritardare quello che sembrava l'inevitabile. Il braccio sinistro era per lo più intorpidito per aver bloccato i ripetuti assalti del tigron, mentre non era mai riuscito ad avvicinarsi a perforare le difese dell'amico.

Infine, Rasze lo indusse all'errore.

Vide un'apertura, lo scudo del tigron era inclinato di un pelo troppo di lato. Si slanciò in avanti, la sciabola iniziò a scivolare oltre il lato dello scudo.

Poi, la spada di Rasze sbatté contro il suo stesso scudo, facendolo sbilanciare, direttamente contro la parte inferiore dello scudo del tigron, che lo colpì sotto le costole e lo fece precipitare. Il tigron aveva scambiato un taglio superficiale sulla pancia con un colpo che aveva fatto uscire l'aria dai polmoni di Ali di Fumo, che sbatté a terra, ma rotolò indietro su un ginocchio e un piede, alzando la testa per fissare l'avversario mentre ansimava per respirare.

Vide uno sguardo calcolatore negli occhi smeraldini di Rasze. Uno che non aveva mai visto prima.

«Tutto qui?» chiese il tigron, con una nota di tristezza nella voce.

No, non tristezza. Disgusto.

Ali di Fumo restò in ginocchio, respirando a fatica.

Rasze scosse la testa. «Non hai mai voluto essere un principe coccolato. Volevi essere un *guerriero*. Così lo sei diventato. Poi hai commesso alcuni errori che ti sono costati cari. Sei diventato un *esule*. Dopodiché ho sentito che non sei riuscito a diventare un pirata, un fuorilegge. Quindi, cosa sei?»

Ali di Fumo strinse gli occhi.

«Nessuna risposta?» lo rimproverò Rasze. «Non sei stufo di non capire? Di *accecarti*? Vedo dall'espressione del tuo protetto che non ti ha mai visto combattere in quel modo. Lo stesso vale per il tizio con le corna accanto alla signora. E la faccia di lei? Ti ha visto combattere... ha visto quanto sei letale.»

Il tigron sbuffò. «È così? Dalla sua espressione, non ti ha mai visto muoverti in quel modo. Eppure, ti ho battuto. Credo sia tempo che qualcuno ti ricordi qualcosa, *Ali di Fumo*. Una cosa su cui noi Guardie della Notte siamo sempre stati d'accordo. Se non ti eserciti, perdi le capacità. Ho persino sentito che per un po' hai dato fondo a ogni bottiglia che riuscivi a trovare.»

Ali di Fumo abbassò la testa e chiuse gli occhi, vergognandosi.

Rasze proseguì. «Sì, l'ho sentito. Nessuno di noi era a posto con quello che è successo allora. Ma l'ultimo ordine che ci hai dato era di proteggere la mocciosa. L'abbiamo fatto e lo facciamo ancora. Ci siamo rialzati, a volte scalciando e urlando.»

Il tigron scosse la testa. «Senti, non avevo idea del perché mi avessero detto di salire su quella specifica nave, quindi non avevo idea di vederti oggi. E sebbene sia meraviglioso, voglio vedere mio *fratello*. Sai, quello che è più bravo di me, non quello che è stanco dopo quello che un tempo era a malapena un incontro di allenamento. Voglio il *ragazzo*, poi l'*uomo*, che voleva cambiare – no, *salvare* – *il* mondo risolvendo un problema alla volta. Dimmi, è ancora lì dentro? Suppongo che la domanda migliore non sia "cosa sei", ma "*chi sei*".»

Ali di Fumo sollevò la testa, aprendo piano gli occhi mentre il respiro si stabilizzava. Un lampo di blu incandescente li attraversò come un fulmine. Si spinse in piedi con lo scudo prima di staccare il braccio dalla cinghia e lasciarlo cadere a terra. Poi estrasse la seconda sciabola.

Rasze fece un cenno. «Ecco. Ecco il *guerriero*, o almeno una parte. Una piccola scintilla di mio *fratello*. Ricorda. *Airson Urram bidh sinn a 'seasamh, airson Ceartas bidh sinn a' sabaid.*»

Ali di Fumo annuì una volta. «Per l'onore ci battiamo.» Incrociò le lame, chiuse di nuovo gli occhi e appoggiò un secondo la testa al centro della X. «Per la giustizia combattiamo.»

Tha fìor theaghlach maireannach, ringhiò la voce nella sua testa.

Ali di Fumo riaprì gli occhi e si concentrò su Rasze. «La vera famiglia è eterna.»

«Dannatamente vero» concordò il tigron. «Siamo pronti a farlo di nuovo? Nel modo giusto questa volta?»

Bastò un solo cenno di Ali di Fumo.

I due si riavvicinarono. Ali di Fumo fu subito spinto ancora sulla difensiva, anche se quella volta si trattava più di una differenza di armi che di una superiorità.

Usò entrambe le sciabole per bloccare i colpi di Rasze, poiché usarne una sola sarebbe stato un suicidio, vista la potenza dei colpi. Quando Ali di Fumo si mosse per bloccare la spada, il tigron tentò un colpo con lo scudo. Invece di stare in piedi, Ali di Fumo lasciò che la forza del colpo dell'avversario lo spingesse a terra. Si lasciò cadere sulla schiena, evitando lo scudo e rotolando via dalla lama che calava.

Rasze, tuttavia, era comunque un avversario abile. Sferrò un tacco alla testa di Ali di Fumo, che lo mancò per un pelo sbattendo a terra.

Ali di Fumo si contorse e fece una capriola, atterrando di nuovo in piedi. Nel frattempo, senza perdere tempo, Rasze aveva invertito la lama, la passò davanti all'addome di Ali di Fumo, che trattenne il respiro e si piegò in avanti. In cambio, il tigron dovette indietreggiare perché l'umano ruotò il polso e si agganciò lo spadone con una sciabola, aggiungendo più slancio e facendolo oscillare più lontano di quanto il tigron volesse.

Ma non era quello il motivo per cui doveva fare marcia indietro.

Ali di Fumo sapeva che la sua forza non era all'altezza di quella di Rasze. L'avversario sarebbe stato in grado di usare il suo potere per riportare la lama verso il proprio corpo – e Ali di Fumo – dopo solo un attimo, meno di un battito di cuore in posizione sbagliata.

Durante quell'apertura, Ali di Fumo fece un passo in avanti, facendo perno sulla lama e presentando la schiena come bersaglio per lo scudo di Rasze. Il rischio valse la ricompensa. Nel farlo, alzò la sciabola destra e la guidò sopra la spalla e dietro di sé verso la testa di Rasze.

Il tigron aveva iniziato a puntare lo scudo verso la schiena di Ali di Fumo, ma ci ripensò e indietreggiò quando la punta della spada scivolò verso l'occhio come un serpente che colpiva. Rinunciò a ritrarre la spada attraverso il corpo e la tirò via con un *sibilo* acuto di metallo su metallo, scegliendo di avvicinarla a sé per prepararsi all'assalto che sapeva sarebbe arrivato.

Ali di Fumo non lo deluse.

Continuò la rotazione, la sciabola sinistra, ormai libera, colpì le gambe di Rasze, mentre la destra si diresse verso il petto dell'uomo. Rasze ne parò uno e bloccò l'altro. Poi, gli attacchi sembrarono provenire nello stesso istante da ogni direzione.

Non c'era paragone tra la cacofonia del metallo che urtava il metallo prima e il rumore furioso che echeggiava nel cortile e tra gli alberi in quel momento. Le guardie di pattuglia si precipitarono nell'area, fermandosi solo alla mano alzata di Nyneeve, che si rifiutava di distogliere lo sguardo anche solo per un secondo.

Ali di Fumo sfruttò ogni vantaggio che la sua agilità e la sua velocità gli davano rispetto al potente avversario. Saltò i colpi di Rasze, ruotando in aria per sferrare le lame come una versione umanoide dell'incantesimo del muro di lame. Si inginocchiò e scivolò oltre l'avversario, per poi rialzarsi e sferrare attacchi alla schiena del tigron, che Rasze riuscì a malapena ad aggirare e bloccare in tempo.

Continuava a muoversi verso lo sfidante ogni secondo, senza mai indietreggiare, senza mai cedere terreno. Costringendolo ad arretrare.

Peloso ha ancora ragione. Sono fuori allenamento per questo tipo di combattimento.

Devo finirla.

All'improvviso, gli venne l'ispirazione dai tempi dei pirati.

Be', è grande quanto un albero.

Ali di Fumo parò la spada nella terra, lasciando a Rasze un'apertura irresistibile per scagliare lo scudo verso il fianco destro non protetto di Ali di Fumo. Tuttavia, invece di arretrare di un passo, Ali di Fumo si lanciò direttamente verso lo scudo, appoggiando lo stivale sulla lama nascente dell'avversario.

Il bordo si conficcò in profondità nella suola dello stivale e poi nel piede, mentre lui lo usava per spingersi più vicino.

L'umano agganciò i pomi delle sciabole alla sommità dello scudo di Rasze, sfruttando lo slancio per far ruotare il corpo attorno a esso come aveva fatto con gli alberi quando aveva preso le navi. Alzò la parte inferiore del corpo e portò le ginocchia proprio sul retro del cranio del tigron.

Rasze fu sbilanciato. Barcollò in avanti di qualche passo prima di cadere a terra.

Tuttavia, non aveva ancora finito.

Mentre cadeva, ruotò il corpo in modo che Ali di Fumo fosse sotto di lui quando toccarono terra.

L'aria esplose dal corpo dell'umano con un gorgoglio.

Ma si rifiutò di perdere quella battaglia.

Mentre cadevano, allungò le gambe e le avvolse intorno al braccio destro di Rasze, bloccando le caviglie. Lo tenne per tutta la durata dell'impatto, sapendo che il tigron sarebbe riuscito a liberarsi dalla presa, ma aveva bisogno di guadagnare solo un secondo.

Rilasciò anche le spade per poter avvolgere il braccio sinistro attorno a quello di Rasze, impedendo al tigron di colpirlo alla testa con lo scudo.

Il tutto per poter estrarre un pugnale con la destra e piazzare la punta nell'incavo della gola dell'amico.

«Rassegnati» esclamò rantolando.

Rasze emise una risatina sofferta. «Vorrei dare un colpetto, ma il mio braccio sembra essere bloccato. Mi arrendo, fratello.»

Ali di Fumo lasciò la presa e gettò il pugnale di lato. «Bene. Perché sono abbastanza sicuro di avere qualche costola rotta.»

Il tigron rotolò via da lui mettendosi a quattro zampe. «Cosa sono un paio di ossa rotte tra una famiglia e l'altra?»

Juniper si precipitò in avanti, lanciando un incantesimo di guarigione su entrambi mentre gli spettatori applaudivano.

Nyneeve li lasciò fare per qualche minuto prima di farli smettere. «Va bene. Abbiamo finito. È ora di tornare a fare quello che stavate facendo prima che questi due decidessero di dare spettacolo.»

Ci fu qualche brontolio, ma la folla obbedì, sparpagliandosi anche se i sussurri emozionati su ciò a cui avevano assistito continuavano ad arrivare alle loro orecchie.

Mentre se ne andavano, Ali di Fumo e Rasze rimasero in piedi, studiandosi. Pochi minuti dopo che tutti gli altri, tranne Juniper, Nyneeve, Tylee, Ryso e Grim – gli ultimi due si erano arrivati durante il combattimento – se ne erano andati, si avvicinarono l'uno all'altro, colpendosi con l'avambraccio destro prima di abbracciarsi.

«È bello vederti, fratello» dichiarò solenne Rasze.

«Sono contento che tu rimanga» confessò Ali di Fumo.

«Dannazione» aggiunse Grim.

«Potevi dirmi che era qui» si lamentò Rasze dal cavallo che avevano preso dalla caserma della guardia cittadina.

Lara scrollò le spalle con innocenza da una bella cavalla color nocciola. «Ti abbiamo detto su quale nave devi salire.»

Ali di Fumo ridacchiò dal dorso di Fuoco di Stella, il nome che aveva dato al suo enorme cavallo da guerra nero. «Comunque, Lara, sarebbe stato bello saperlo.»

«Basta lamentarsi» lo rimproverò Nyneeve dal retro di Ethaea, il suo corsiero etereo. «Non l'ha detto neanche a me. Non avevo idea del suo arrivo finché non ho raggiunto il molo stamattina.»

«Come *sapevi* che ero amico di Ali di Fumo?» Rasze si spostò in sella per guardare la donna, guadagnandosi un'occhiataccia e una strigliata di rimprovero da parte dell'animale.

«Quanti tigron possono strappare un albero da una nave con la forza bruta e usarlo per fare un buco nell'imbarcazione?»

«Vero.» Il tigron tirò fuori la parola. «Tuttavia, considerando la forma della nave pirata, non è stata un'impresa così impressionante.»

La Signora di Tempeston scosse la testa esasperata e si rivolse a Lara. «È sempre così?»

«A Rasze piace l'umorismo autoironico» rispose la vampira. «Ed è per questo che tutti noi ci divertiamo a prenderlo in giro e a torturarlo.»

«Non c'è nulla di 'autoironico' in questo, signora» la informò Tylee.

Lara si portò un dito alle labbra. «Non farti sentire da lui. Abbiamo lavorato molto per nascondere questo fatto, in modo che non lo scoprisse.»

«Lo so già, zanzara superdotata.» Rasze le fece la linguaccia, ottenendo la stessa risposta.

Ali di Fumo rabbrividì. «Stranamente, Lara non è grande come alcuni di quelli che ho visto.»

«Be', non è un bel pensiero? Almeno ho la pelliccia. Dovrebbe aiutare a proteggermi.»

«Sbagli.» Ali di Fumo guardò tra i due amici di lunga data. «Bene. Chi di voi mi dirà *perché* Peloso aveva bisogno di salire su una nave?»

Rasze distolse lo sguardo e sospirò. «Speravo davvero di poterlo evitare o di aspettare fino a dopo la meravigliosa cena di questa eccellente cuoca che tutti mi avete promesso.»

«La speranza può anche essere eterna, ma sai che la mia pazienza non lo è. Cos'è successo.» Non era una domanda.

Ali di Fumo fissò l'amico. Dopo essersi ripuliti e cambiati dopo l'incontro improvvisato di scherma, Nyneeve aveva suggerito loro di andare al Sirena Malata. Ali di Fumo voleva rimanere a casa, rendendosi conto che l'unico motivo per cui Rasze sarebbe stato lì era se fosse successo qualcosa di brutto nella sua vecchia casa. Nyneeve, però, era stata irremovibile.

Così chiamò Lara, e tutti montarono in sella e si diressero a passo spedito verso la taverna fuori città.

Il pensiero che la sorella possa essere in pericolo – *Be', più di quanto sia normale considerando il re* – lo rese nervoso.

«Rasze.»

«Va bene, va bene. Ho ucciso due nobili e il loro seguito che si sono presentati al Castello di Anduria» ammise il tigron.

Ali di Fumo sbatté le palpebre. «Perché?»

«Perché hanno insistito che erano lì perché Krysta scegliesse tra loro due per il matrimonio. Sono sicuro che puoi capire chi li ha mandati. Diciamo che quando non hanno accettato un "no" come risposta, le cose si sono scaldate.»

Adakkar. Quel viscido.

«Li farà riportare indietro.»

«No, non lo farà. Sono stato *molto* scrupoloso.» Rasze scrollò le spalle enormi. «Be', credo che il seguito possa essere riportato indietro. Non i nobili, però. Fidati di me.»

Gli occhi di Ali di Fumo si muovevano avanti e indietro mentre esaminava la storia. Sapeva che doveva esserci dell'altro, ma decise di lasciar perdere. Per il momento. «Molto bene. Permettimi di fare qualche ipotesi. Adakkar ha insistito perché fossi giustiziato. Krysta ha accettato perché doveva, ma tu sei "scappato". Lara e forse altri ti hanno portato in un porto, dove ti sei imbarcato su una nave. Ora, eccoti qui.»

«Esatto.»

«Lasciando mia sorella con un protettore meno fidato.»

Rasze e Lara trasalirono. «Non era mia intenzione, ma sì» confermò il tigron.

«Il che significa che Adakkar ha pianificato e meticolosamente rimosso ogni impedimento per uccidere Krysta.»

I loro occhi si allargarono. Così come quelli di tutti gli altri membri del loro piccolo gruppo, compresi Antoryso, Kallik e Grim.

Lara imprecò sottovoce. «Non l'ho mai vista così. Sembra probabile.»

Ali di Fumo annuì. «Nostra madre... è deceduta. Tu sei per lo più fuori dai giochi a causa di Xarian. Rasze è fuori dai giochi a causa dei nobili. Kathis è scomparsa. Xylice anche. Casamir è tornato dalla sua gente. Restano Tasha, Elysoun e Timber. Uno dopo l'altro, rimuove ogni impedimento finché Lyvni non sarà più assegnata a lei tra qualche anno. Allora potrà liberarsene.»

«Forse potresti...» provò a dire Rasze.

«No» rispose Ali di Fumo con fermezza. «Quella vita è finita. Se Krysta vuole fuggire, la aiuterò a farlo. Lei e gli altri sono i benvenuti qui, ne sono certo. Tuttavia, io *non* tornerò.»

Lara scosse la testa. «Non lo farà. Si rifiuta di abbandonare il suo popolo.»

«Ali di Fumo» esordì Nyneeve.

«No, Nyneeve. Il passato, quello specifico passato, rimarrà morto e sepolto. Non sono più Tamerin Alshain. È morto su una piattaforma per crimini che non ha mai commesso. Questo è definitivo.»

Gli altri si guardarono tra loro, senza riuscire a rispondere alla sua veemenza.

«Non voglio dissuadere nessuno da questo piacevole argomento di conversazione» disse Juniper in tono sarcastico nel silenzio. «Ma qualcuno stava correndo verso la città, ci ha visti e ha fatto perno per correre dritto verso di noi.»

Le armi si liberarono dai foderi prima che finisse, mentre tiravano le redini e si giravano verso la minaccia.

Juniper sgranò gli occhi disgustato. «Mettetele via. È un bambino. Pensavate davvero che non avrei gridato un *avvertimento* se si trattava di una minaccia? Per i demoni là sotto.»

«Mi dispiace, Juniper» dichiarò Ali di Fumo mentre inguainava le lame.

Il corridore, tuttavia, non fu dissuaso dalle armi. Accelerò il passo. Ali di Fumo si guardò intorno, alla ricerca di inseguitori, ma non vide nulla. L'adolescente, un vikandyr dell'età di Tylee, si fermò davanti a loro. Si piegò in due e appoggiò le mani sulle ginocchia, ansimando.

Nyneeve avvicinò Ethaea al ragazzo e le mani di Ali di Fumo tornarono a posarsi sui manici delle lame. «Stai bene, giovanotto? Possiamo assisterti in qualche modo?»

Il ragazzo annuì mentre cercava di riprendere fiato. Quando lo fece, mezzo minuto dopo, si raddrizzò a fatica. «La padrona Bernedexi mi ha fatto uscire di nascosto dalla porta posteriore del Sirena. Mi ha detto di correre in città a cercarvi. Ringrazio gli antenati e i totem che stavate andando da questa parte.»

«Cosa è successo al Sirena?»

«Dovete... dovete vedere voi stessi. Alcuni di quei mantelli bianchi sono entrati poco fa e non se ne sono andati quando lei ha detto loro di farlo. Poi ne sono arrivati altri. E altri ancora. Non lasciano andare via nessuno.»

Ali di Fumo esortò Fuoco di Stella ad avvicinarsi e il cavallo obbedì. «Sanno di non essere più i benvenuti qui. Hanno detto qualcosa?»

Il vikandyr annuì. «Hanno detto che sapevano che venivate spesso e volevano fare una bella chiacchierata con voi sul loro allontanamento dalla zona. Hanno detto a tutti che era un bene che la taverna fungesse anche da locanda, visto che tutti sarebbero rimasti nei paraggi fino al vostro arrivo.»

«Allora» disse Rasze. «Un'imboscata con un po' di ostaggi. Bello. Chi sono i "mantelli bianchi" a cui hai dato il benservito?»

«La Rivelazione» ringhiò Ali di Fumo.

«Oh. Cosa stiamo aspettando, allora?»

Nyneeve si girò e lo guardò, alzando un sopracciglio.

Il tigron le rivolse un ghigno feroce. «Diamo loro quello che vogliono. Dopo che avremo ucciso un bel po' di quegli stronzi, avrò ancora più fame di adesso. Significa che ci sarà più spazio per il meraviglioso cibo di questa cuoca.»

Ali di Fumo osservò attraverso il cannocchiale l'uomo che ruzzolava giù dal lato della stalla accanto al Sirena Malata, con una freccia che gli usciva dall'occhio sinistro.

«Bel tiro, Tye» si congratulò con il ragazzo, guadagnandosi uno sguardo mezzo corrucciato e mezzo fiero da parte della madre. «*È stato* un buon tiro» si difese.

«Avresti comunque dovuto permettermi di mandarlo a casa» argomentò la highven.

«Ne abbiamo già parlato. Tylee ha già combattuto e ucciso in passato. Inoltre, abbiamo bisogno di qualcuno che sorvegli i cavalli.» Fuoco di Stella nitrì. «Starai comunque meglio se Tye è con te, quindi chiudi il becco.» Si voltò a guardare la corva appollaiata sul pomo della sella. «Sei sicura che quella fosse l'unica guardia all'esterno?»

La corva nera alzò la testa, che aveva alcune piume bianche su un lato, ed emise un sommesso starnazzo indignato.

Ali di Fumo brontolò. *Più Guardiani della Notte ci sono in giro, più diventano sboccati.* «Sì. So quanto sei brava nel tuo lavoro» le assicurò. «Sto solo verificando. Ora aspetta di fare la tua grande entrata dal camino. *Solo* se necessario. Altrimenti, sai cosa voglio che tu faccia.»

L'uccello spalancò le ali, fece un inchino beffardo e gli fece l'occhiolino. Poi saltò in aria e si diresse verso il tetto della taverna.

Ali di Fumo scosse la testa e guardò gli altri. «Siete pronti?»

«Sempre» si vantò Rasze, accarezzando il fianco del cavallo e allontanandosi.

«Se dobbiamo. Anche se alcune di quelle persone lì dentro meritano di essere rapite. Sono sicuro che le loro famiglie sarebbero felicissime se non tornassero a casa» affermò Juniper.

Nyneeve assunse un'espressione risoluta. «Ho detto ai membri Rivelazione che non erano più i benvenuti nelle mie terre più di un mese fa. Se vogliono tornare e insistere sulla questione, quello che succederà sarà colpa loro.» Strinse le labbra. «Possiamo però cercare di limitare la distruzione delle proprietà? Questa taverna *appartiene* a un amico.»

«Nessuna promessa» la avvertì Ali di Fumo. «È un arcimago, però. Non dovrebbe essere difficile per lui riparare tutto ciò che rompiamo.» Ali di Fumo si voltò verso Antoryso, Kallik e Grim, ignorando l'occhiataccia che l'elfa gli lanciò. «Voi tre sgattaiolate sul retro. Assicuratevi che nessuno che indossa il bianco scappi da quella parte.»

«Nessun bianco?» chiese Grim, con gli occhi verde acqua che scintillavano.

«*Solo* i membri della Rivelazione, Grim. Lascia stare gli altri.»

«Alcuni giorni sei molto divertente. Altri... Be', lasciami solo dire che stai troppo intorno alla *mamma*.» Il grimalkin alzò la coda, la cui punta si trasformò in una freccia per indicare Nyneeve.

«Esci di qui prima di non doverti più preoccupare che *Mab* ti scuoi» dichiarò la guaritrice elfica.

La coda si appianò di nuovo mentre saltava sulla schiena di Antoryso. «Non lo faresti. Tu hai sempre freddo quando dormi, mentre io sono caldo, peloso e coccoloso.» Si sistemò tra le spalle della dracowulf. «Ora, avanti, mio fidato destriero. Su, su!»

Fu il turno di Antoryso di lanciare un'occhiata ad Ali di Fumo. *Ti odio* gli disse la voce. *Abbinarmi a quella specie di gatto pazzo...* Non attese una risposta, si limitò a correre verso il lato della taverna.

Kallik fece una risata di scherno prima di seguirla una frazione di secondo dopo.

«Tye...»

«Lo so, Ali di Fumo. Aspetto qui con i cavalli. Ti farò sapere se arriveranno rinforzi. Se lo fanno, monto e mi allontano. Soprattutto, non farò niente di stupido. Dico bene?» chiese Tylee.

«Sì» confermò Ali di Fumo. «Non essere così scontroso al riguardo. Ti ho lasciato versare il primo sangue, facendo fuori la sentinella.»

Tylee si alzò in piedi. «Dici?»

«Sì. Dimostra anche quanta fiducia ripongo nella tua abilità.»

«Va bene, allora. Entra e mostra alla Rivelazione cosa succede quando non rispettano gli editti di mia madre.»

Ali di Fumo annuì e il gruppo si diresse verso il Sirena Malata. Lui si avvicinò alla porta e la spalancò prima di entrare.

«Come facevi a sapere che non era chiusa?» chiese Rasze, abbassando la testa all'orecchio di Ali di Fumo.

«Piano» rispose mentre tutte le teste si giravano verso di loro – e ce n'erano molte. «Volevano che chiunque altro si presentasse venisse catturato. Non c'era motivo di chiudere a chiave la porta.»

«Ahh. Quindi mi chiedi solo di rompere quelle in cui *non* vogliono visitatori e quindi di metterci sopra ogni sorta di accessori dolorosi. Capito.»

Ali di Fumo scrutò la stanza. Il Sirena Malata aveva un'ampia sala da tè, perché fungeva da luogo di incontro e di ritrovo per gli avventurieri.

Era pieno di membri della Rivelazione. *Almeno cinquanta, secondo i miei calcoli.* Venti normali cittadini di Tempeston erano seduti a due lunghi tavoli al centro della stanza.

Insieme a tre guardie vestite di nero e oro del Casato Diamante.
Ottimo.

Espressioni di sollievo si accesero sui loro volti quando capirono chi era arrivato, tranne che per il seguito di Diamante, la cui espressione restò impassibile.

Bernedexi, invece, stava dritta dietro il bancone. La pelliccia dorata sul dorso delle sue braccia si sollevò, le rosette nere formarono una sorta di immagine tridimensionale che mostrava la sua irritazione.

Il suo sguardo si posò infine sul tavolo che di solito occupava lui nell'ultima fila. Vi sedevano sei membri della Rivelazione, di cui ne aveva riconosciuto due.

Uno era l'uomo umano a cui aveva cercato di aprire il cranio come un melone troppo maturo tra il ginocchio e un remo di legno. I suoi capelli erano più lunghi di prima, rivelando che erano più un biondo scuro che il marrone di quando erano tagliati corti. L'altro era l'elfo a cui aveva tappato le orecchie con il remo rotto, prima che Antoryso lo spingesse nel porto con il naso.

Gli ultimi due uomini che hanno ucciso Tripper.

Vendetta, ringhiò la voce nella sua testa.

Si trattenne a stento dall'infierire mentre si concentrava sui due, sapendo in qualche modo che erano loro i responsabili di quel gruppo di pazzi. «Vi ricorderei che le vostre forze non sono gradite qui, ma lo sapete già. Di solito, vi ordinerei di andarvene o di affrontarne le conseguenze. Tuttavia, credo che questo sia già passato. Io e voi sappiamo chi ha ucciso il magistrato Forstride. Ora, avete la sfacciataggine di riunire un gruppo di vostri seguaci idioti e di decidere di ignorare il decreto della Signora di Tempeston. Quindi, invece di qualsiasi avvertimento, credo che passeremo direttamente alla fase della punizione.»

«Quale?» chiese l'umano.

«La morte.»

L'elfo sbuffò. «Siete in inferiorità numerica, ben più di dieci a uno.»

«Lasciate che i cittadini qui dentro se ne vadano, e scoprirete *esattamente* quanto mi importa delle probabilità.»

«Perché dovremmo? Se dovete sorvegliare e proteggere gli infedeli e gli eretici, non potrete impegnarvi liberamente con noi.»

Ali di Fumo gli rivolse un ghigno molto feroce. «Sembra che pensiate che mi importi di ciò che accade loro. Soprattutto ai tre che non si curano di me. Alla fine, sprecherete tempo e fatica per abbatterli, mentre io e Rasze massacreremo le vostre forze. Quando avremo finito, la più grande guaritrice di questo regno, la Signora di Tempeston, che si trova proprio qui, e il suo compagno, un guaritore molto dotato, li riporteranno in vita e li rimetteranno in sesto.»

«Stai mentendo. Anche se li guarisci fisicamente, le cicatrici mentali ed emotive...»

«No, sta dicendo la verità» consigliò l'umano al suo compagno. «Guarda i suoi occhi. Non è affatto preoccupato.»

Il silenzio regnava mentre l'elfo studiava Ali di Fumo. Infine, rabbrividì e si rivolse al compagno. «Cosa vuoi fare, Somir?»

Somir, il membro umano della Rivelazione e chiaramente il capo di quel gruppo, strinse le labbra. «Il nostro *problema* è con la Signora e il suo scudiero, quindi permetti ai non combattenti di andarsene. Non c'è motivo di averli tra i piedi.» Inclinò la testa continuando a fissare Ali di Fumo. «Inoltre, forse un giorno ripenseranno alla nostra generosità e capiranno da che parte *dovrebbero* stare.»

L'elfo annuì e guardò i due tavoli al centro. «L'avete sentito. Potete andare. Spero solo che la gentilezza dei nostri salvatori da oltre le stelle vi guidi sulla via dell'illuminazione. Potete sentirvi liberi di avvertire la guardia cittadina, poiché sono certo che avremo finito per quando arriveranno.»

Fu il turno di Rasze di sbuffare. «Sono d'accordo. È incredibilmente probabile.» Lanciò un'occhiata ad Ali di Fumo. «Devo dire che mi piace come un ragazzo viene accolto da queste parti. Un bel pranzo, un po' di esercizio fisico, un grande combattimento e poi, si spera, una grande cena. Per non aver saputo del mio arrivo, hai fatto un ottimo lavoro nell'organizzare questa festa.»

Ali di Fumo ridacchiò. «Mi fa piacere che apprezzi i miei sforzi a tuo favore. Mi dispiacerebbe pensare che siano stati sprecati.»

La gente guardò Nyneeve e Ali di Fumo, in cerca di indicazioni su cosa fare. L'elfa inclinò la testa. «Andate. Pochi di voi sono combattenti addestrati. Vi chiedo di proteggere voi stessi e noi andando via adesso. Ce ne occuperemo noi.»

La gente annuì, tirando un sospiro di sollievo, mentre si alzava e scorreva intorno ai quattro verso la porta. Le tre guardie di Diamante mantennero espressioni neutre sui loro volti mentre uscivano dalla porta.

Ratti che vanno via da una nave che sta affondando. Si potrebbe pensare che si rendano conto di come andrà a finire questa battaglia.

Ali di Fumo incrociò lo sguardo di Bernedexi e abbassò la testa di lato. Lei scosse con veemenza la sua e si voltò. Si avvicinò e prese la frusta dal suo posto sulla parete. Poi, con un mucchio di occhi puntati su di lei, si avvicinò al lato degli scaffali, facendo ondeggiare la coda, e premette un interruttore nascosto.

Si udì un *ronzio* e una vibrazione che Ali di Fumo avvertì tra i denti quando un campo scintillante di magia trasparente apparve davanti alle bottiglie di liquore. La lepardis si voltò verso tutti e scrollò le spalle. «Qui abbiamo alcolici molto costosi. A Indigo non dispiace che ogni tanto si rompa una sedia, un tavolo o un muro, ma non vuole che si sprechino gli alcolici.»

Somir scosse la testa e si allontanò da Bernedexi. «Come dovremmo iniziare, scudiero Stellasc...»

La domanda restò incompiuta, mentre la risposta arrivò sotto forma di due teste di membri della Rivelazione che si sollevarono in aria su fontane di sangue.

Prima che l'uomo potesse anche solo battere le palpebre di fronte al macabro spettacolo, Ali di Fumo aveva già travolto altri due uomini alle spalle. «Così, sciocco» ringhiò, senza perdere un secondo dato dalla distrazione di Bernedexi.

Nello stesso momento, Rasze fece scorrere il massiccio spadone in un arco enorme sopra un tavolo, tagliando in due tre membri la Rivelazione che non si erano ancora accorti che il combattimento era iniziato. A un quarto fu risparmiata la stessa sorte, visto che si gettò all'indietro, ma urlò lo stesso quando la lama finemente affilata gli squarciò il petto, frantumando le costole e perforando i polmoni. Morì sul pavimento con un gorgoglio lamentoso.

Ali di Fumo sentì Juniper gridare: «*Osvyaslova!*» da dietro di lui. Un'ondata di magia rossa attraversò l'area, lasciando dietro di sé un caldo profumo di cedro.

Inoltre, fece sì che otto individui dal mantello bianco cadessero a terra morti, mentre l'incantesimo della parola sacra strappava la vita dai loro cuori corrotti. Un'altra decina di persone rimasero congelate sul posto, accecate, assordate o una qualche combinazione delle due cose.

«Ah ah! I ragazzi e i loro giocattoli. Con la mia carica iniziale ne ho fatti fuori tanti quanti voi spadaccini» gongolò il mystambion.

Nyneeve scosse la testa e si mise di lato, in modo da trovarsi tra e dietro Ali di Fumo e Rasze, dove la sua magia curativa poteva proteggere entrambi. «Bambini.» Sospirò.

Ali di Fumo balzò in avanti e aprì la gola di un'orchessa paralizzata con una spada, mentre l'altra si conficcava nel cuore di un leonevoso accecato, con gli occhi puntati su Somir per tutto il tempo.

Il capo della forza della Rivelazione ebbe un sussulto, sentendo chiaramente che il suo destino stava per compiersi. Si allungò dietro di lui, ma invece di estrarre un'arma, tirò fuori una bacchetta.

Poi scomparve in una cascata di magia verde.

Ali di Fumo ringhiò mentre uno degli oggetti della sua furia si teletrasportava via. Poi girò la testa e si concentrò sull'elfo.

Ne è rimasto uno.

Riuscì a fare altri due passi, bloccando un colpo con una sciabola e facendo scivolare l'altra sulla gola di una donna. Poi si bloccò per la paura quando una creatura spuntò dal nulla tra lui e l'elfo. La cosa sembrava una versione più piccola, deforme e mutata del mietitore esterno che avevano ucciso mesi prima.

La massa di carne a forma di uovo, alta circa dieci piedi, entrava a malapena nella stanza. Tuttavia, al posto della pianta carnivora, aveva una testa a forma di drago che sfiorava il soffitto, e il corpo era ricoperto di scaglie nere invece che di carne gommosa grigio-verde. Al posto dei tentacoli più piccoli che avrebbero dovuto spuntare dal basso e dai lati, c'erano decine di zampe di ragno pelose che si muovevano con impazienza.

Gli otto grandi e potenti tentacoli erano ancora lì e la creatura si protendeva affamata verso di lui.

Ali di Fumo si scansò, i suoni del combattimento svanirono in secondo piano mentre il mostro attirava tutta la sua attenzione. La nausea gli salì dentro e quasi vomitò, ingoiando la bile amara all'ultimo momento.

Non posso uccidere quella cosa, soprattutto non da solo. Ci sono troppe cose qui. Non posso...

COMBATTI! gli balenò nella mente.

Gli occhi di Ali di Fumo lampeggiarono di blu. Si raddrizzò e fece un passo avanti. Poi lo vide.

Due tentacoli della creatura afferrarono una ragazza adolescente dai lunghi capelli castano chiaro. gLI occhi azzurri e sofferenti incontrarono i suoi, mentre era travolta dall'agonia. Rimase in piedi, stordito, mentre la ragazza si dibatteva debolmente nella presa della creatura e i tentacoli tiravano in direzioni opposte. Il suo addome affondava mentre la ragazza ansimò: «Salvami, Rin!»

Fu l'ultima cosa che disse prima di essere spezzata in due.

Ali di Fumo si inginocchiò mentre gli altri sei tentacoli si dirigevano verso di lui.

No...

«*No!*» Nyneeve urlò mentre guardava Ali di Fumo cadere in ginocchio. I suoi occhi brillarono di verde, le pupille divennero d'oro, mentre allungava una mano verso di lui. Un pezzo del suo spirito si sprigionò, collegandoli mentre la sua coscienza entrava nella mente di lui.

Lei si guardò intorno, osservando le mura dell'oscura fortezza che si ergeva davanti a lei. Forti, robuste, impenetrabili.

E vuote.

Soprattutto perché la foresta scura che sembrava circondare la radura in cui si trovava era a due o trecento iarde di distanza, il terreno in mezzo a una landa desolata, priva persino di cespugli.

Alzò lo sguardo verso il cielo crepuscolare, aggrottando le sopracciglia quando notò un bagliore rosso che pulsava attraverso il viola chiaro tra le nuvole scure. *Sembra quasi un pulsare di vene.*

Riportò lo sguardo sul castello nero e iniziò a camminare intorno a esso, avvicinandosi piano. Sapeva quanto potesse essere pericoloso entrare nella mente di qualcuno se questi decideva di non volerla lì. Sapeva anche che lo era ancora di più quando la persona era sveglia e lei non la toccava fisicamente.

Ciò che vide la sorprese. Le pietre che componevano il muro erano lucide, quasi come l'ossidiana, anche se non erano affatto di quel materiale. Ancora più sorprendente fu il fatto che la malta che teneva insieme le pietre non era nera come la muratura. Almeno non del tutto. Sottili fili di colore si intrecciavano con l'onice, formando un gruppo specifico di essi tra ogni pietra. Blu, viola, rosso scuro, grigio, oro, dorato, arancione, verde. La maggior parte scintillava in varie tonalità.

Fece un respiro profondo per calmarsi e appoggiò con esitazione una mano sulla parete. Rabbrividì per la pietra fresca e liscia sotto il palmo. Le si mozzò il fiato quando sentì una pulsazione attraverso il collegamento, quasi come un battito cardiaco. Fece una pausa e trasse un altro respiro profondo, tenendosi in equilibrio prima di passare un dito su una linea di energia viola e rossa scura, racchiusa nella malta tra le pietre.

Un volto si alzò davanti a lei. Una bellissima mezz'elfa con lunghi capelli biondi alle radici, poi di un profondo rosso scuro che sfociava nel nero alle punte. Gli occhi viola si concentrarono su qualcosa oltre la spalla di Nyneeve.

«Sei in debito con me, Tamerin. Capelli, unghie, trucco, vestito bellissimo. Ore di preparazione e siamo qui da meno di dieci minuti prima che tu trovi e faccia arrabbiare la nostra malvagia padrona di casa. Non ho avuto nemmeno un ballo. Quindi, ascolta e ascolta bene. Lo faremo di nuovo, solo a una vera festa. Detesto essere truccata per niente.»

Nyneeve allontanò la mano, sgranando gli occhi per la sorpresa. Si sentì come un guardone, ma non riuscì a trattenersi dall'appoggiare la mano su un altro filo di energia, quella volta grigio acciaio, proprio sopra il primo.

Gli occhi grigio acciaio del lowven scintillarono di divertimento mentre rideva. «È il nostro ragazzo. Sta bene. Una bella donna tra le sue braccia, che balla, il suo corpo premuto contro il suo. Lei gli chiede come si chiama e lui risponde con il nome di qualcuno che detesta, non con un nome inventato a caso. Quindi, se non fosse l'incantatrice che stiamo cercando, sarebbe riuscito a mandare una bella donna a cercare quell'imbecille.»

Rabbrividendo, la highven individuò una sezione di malta vicina che era di un nero profondo e metallico, con vortici d'argento. Si avvicinò e passò il dito sui fili di magia.

Occhi neri pieni di macchie d'argento riempirono la sua vista, quasi come se la persona, una pantheran, la stesse fissando. Un enorme sorriso squarciò il muso della donna. «Sì, mio principe. Sono nuda. I miei vestiti non erano incantati, quindi quando ho preso fuoco sono bruciati. Dopo di che, eravamo troppo preoccupati di sconfiggere i vampiri per preoccuparci di cercare qualcosa da indossare.»

Nyneeve tirò indietro il dito e finalmente notò una sostanza nera che si staccava da esso. «Cosa...»

Hai finito di... ficcare il naso? chiese una voce dall'alto, sopra il rumore delle scale che si spostavano.

Nyneeve si allontanò in fretta dal muro e guardò in alto. Direttamente nell'enorme occhio rettiliano, azzurro e incandescente, di un drago.

Uno che le sembrava di conoscere in qualche modo.

«Non volevo impicciarmi...»

Allora ti saresti fermata a una visione, replicò la creatura senza aprire la bocca. Al contrario, il gelo e un'oscurità nerissima fluirono in una miscela nebbiosa tra le fauci chiuse.

Nyneeve strinse gli occhi e mise le mani sui fianchi. «Sto cercando di aiutarlo.»

Aiutarci, corresse il drago.

«Aiutarvi?»

Certo. Sai chi sono.

Annuì piano. «Non è solo una linea di sangue attiva dovuta alla parentela con un drago. Ha un drago *dentro di sé*. È così che può stare in piedi e combattere con la spina dorsale spezzata. Tra le altre cose che gli ho visto fare» concluse ironica.

Più o meno. Non mi trasformo. Nessun cambiamento magico. E non ignorare la sua abilità e la sua volontà. Abbiamo lavorato duramente per ottenerle.

«Non volevo offendere...» Nyneeve si interruppe mentre sgranò gli occhi. «Aspetta, tu *sei* lui. È un drago. Solo che non lo sa.»

E deve capirlo da solo.

Si accigliò verso il drago. Al subconscio di Ali di Fumo. «Perché?»

Se non impariamo da soli, non raggiungeremo mai il nostro pieno potenziale. Sarebbe uno spreco. Ho anche la sensazione che metterà in pericolo qualche grande piano. Anche se devo ancora scoprirlo. Tuttavia, sono certo che lo farò a tempo debito.

Nyneeve emise un sospiro. «Bene. Come posso aiutarlo adesso?»

Una linea di malta a qualche decina di piedi di distanza si illuminò. Il blu e il marrone si intrecciavano nel nero.

Toccala. Prendila.

Nyneeve si fece avanti e lo fece senza alcuna esitazione.

Tristi occhi azzurri, che trattenevano a stento le lacrime, guardavano il volto di una bella ragazza adolescente. Qualche ciocca di capelli castani sfug-

giva ai confini della sua elaborata treccia per soffiarle sul viso. Un sorriso triste e pieno di rimpianto le ornava le labbra. «Tha feum agam ort bràthair mòr. Tha fios agam gun dèan thu thig air Ais thugam.»

Nyneeve stava quasi per lasciare la presa, ma la voce le bloccò la mano.

Significa: "Ho bisogno di te, fratello maggiore. So che tornerai da me". È simile alle parole che ho usato per riportare il suo spirito dalla morte quando è nata morta. Le ho detto che avevo bisogno di lei. Le ho ordinato di tornare da me.

Gli stessi occhi tristi fissavano un volto solo un po' più vecchio, ma ormai pieno del peso del mondo. Erano anche chiaramente affranti. «Allora credo che sia così. Il fratello che amavo è morto per davvero. Pensavo di avergli dato la possibilità di andare da qualche altra parte per eccellere. Invece, ho trovato un lussurioso che riesce a malapena a trattenersi dal prendere un'altra bottiglia da quando Cirrus ha eliminato l'alcol dal suo organismo. Ti auguro di trovare ciò di cui hai bisogno per diventare di più. Per ritrovare te stesso. Addio... Ali di Fumo.»

Allontanò la mano e trovò la stessa sostanza che si staccava da essa. Quella volta, colse il blu e il marrone che sfumavano nell'etere.

Hai capito?

«Tua sorella. Vedere Rasze ha fatto scattare...»

Esatto, interruppe lui. Un attimo dopo, un'ala massiccia si mosse dietro Nyneeve.

Si girò per vedere una creatura simile a un mietitore esterno che tagliava a metà l'immagine della ragazza.

Fantasma. Uno potente.

Non per lui. Non sotto il mio controllo.

Nyneeve stese le braccia sui fianchi, con i palmi rivolti verso l'immagine. «Non hai alcun potere qui, creatura degli incubi. È sotto la *mia* protezione.» Alzò le braccia, battendo le mani insieme.

Un'esplosione di magia verde e oro inondò la radura.

Piccoli germogli d'erba spuntarono dal terreno insieme a rametti di fiori selvatici non sbocciati.

Sì... La voce del drago fece le fusa di piacere.

Si voltò verso di essa e nello stesso istante si sentì trascinare via.

Vide due cose nel paesaggio mentale prima che il mondo reale tornasse bruscamente. La prima era un sorriso autocompiaciuto sul muso del drago.

La seconda è che molte linee di malta brillavano con fili intrecciati di verde e oro, la sua magia li aveva rafforzati e li aveva resi luminosi come fari.

Ali di Fumo riaprì gli occhi di scatto. Guardò la creatura e i tentacoli che si protendevano verso di lui.

Quella volta, però, vide la figura per quello che era. Un potente incantesimo di fantasma che aveva riportato alla luce gli incubi del suo subconscio e li aveva fatti rivivere. Vide le sedie del Sirena Malata intersecarsi e passare attraverso le zampe del mostro. Era semplice individuare un tavolo che passava nel corpo a forma di uovo della bestia.

Non fu difficile capire perché qualcosa che stava facendo a pezzi sua sorella sarebbe stato uno degli incubi peggiori che potesse mai sperimentare. Soprattutto con l'arrivo di Rasze che riaffermava quanto fosse in pericolo. Non era nemmeno difficile capire perché un mucchio di zampe di ragno pelose avrebbe avuto un ruolo importante, visto che non gli erano mai piaciuti.

Tuttavia, era più difficile stabilire come si inserisse un mietitore esterno o perché avesse la testa di drago e le scaglie nere.

Qualcosa da capire in un'altra occasione.

Davvero? La voce nella sua testa ridacchiò sarcastica.

Ne ho abbastanza di te. Ho delle persone da uccidere.

Eccellente. Appoggio pienamente l'impresa. Forse più di quanto lo faccia il resto di voi. Ma niente di tutto ciò è difficile da capire.

Illuminami.

Scaglie nere. Sappiamo che sono già spuntate in passato e ci preoccupiamo del loro significato. Testa di drago. Potrebbe trattarsi di più cose. Mancando Cirrus, sono preoccupato di cosa comporti la tua linea di sangue...

Bene. E il mietitore esterno?

Ha quasi ucciso Nyneeve. Lei è dei nostri! La voce ringhiò l'ultima parte in un modo che gli fece venire l'immancabile mal di testa.

Ali di Fumo scosse la testa per schiarirsi le idee e saltò in piedi, colpendo i tentacoli e indietreggiando per mantenere le apparenze. La creatura poteva ancora procurargli lievi ferite, ma niente di grave. Essendo un costrutto illusorio, non aveva più molto potere su di lui dopo che l'aveva riconosciuto per quello che era. Il che, per fortuna, significava che non poteva ucciderlo con un semplice tocco.

Ora devo trovare e fermare l'incantatore. L'individuo ha chiaramente una certa abilità, ma se pensa che io sia ancora preoccupato, forse rivolgerà la sua attenzione a uno dei miei amici.

La testa di Ali di Fumo ruotò frenetica, il suo sguardo si spostò intorno, cercando...

Lì.

Una donna dall'altro lato della sala da tè, vicino al camino, teneva la mano sinistra abbassata sul fianco, a coppa e rivolta verso il fantasma. La mano destra si sollevò e iniziò i gesti di un altro incantesimo.

Troppo lontano. Io... oh. Non importa.

Ali di Fumo riportò l'attenzione sull'elfo a cui stava dando la caccia. Uno degli ultimi due responsabili della morte di Tripper.

La corva era rimasta tranquillamente appollaiata in cima al camino, in attesa di essere chiamata. Sentì la conversazione all'interno, poi l'inconfondibile rumore delle armi che si liberavano dai foderi. Inclinò la testa in segno di esasperazione, ma ancora nessuna chiamata.

Poi, sentì un'ondata di magia di potenza moderata che le fece arruffare le piume. Strinse gli occhi e guardò giù per il camino, incerta se continuare a sorvegliare il ragazzo o volare giù.

All'improvviso, ci fu un'altra scarica di magia, molto più forte, che *non* proveniva da una persona solo dotata solo un po'. Era un'esplosione di potere che le fece vibrare le ossa.

Decise di ignorare gli ordini precedenti.

In ogni caso, erano più che altro raccomandazioni. Inoltre, sa bene quanto i Guardiani della Notte seguano gli ordini. Ora siamo in due a irritarlo.

Con uno *starnazzo* divertito, la corva si calò nel camino e scese in fretta, sfrecciando fuori da esso e verso il manto sovrastante. Era appena atterrata, alla ricerca di Ali di Fumo, quando lo vide lanciare uno sguardo verso qualcuno nelle vicinanze. La corva seguì il suo sguardo e vide una maga che si preparava a lanciare un incantesimo.

Non può accadere.

La corva si trasformò e cambiò, la vampira appena rivelata arrivò alle spalle della maga in un istante.

Lara non perse tempo a tentare di fare qualcosa di stravagante.

Dopotutto, so di preciso come interrompere la concentrazione di qualcuno.

E Nyneeve mi ha promesso un pasto. In questo modo, c'è di più per Rasze.

La vampira estese le zanne, un braccio serpeggiò intorno alla vita della donna e la tenne stretta, mentre l'altra mano spinse la testa della maga da parte.

La donna squittì quando Lara affondò le zanne nel lato del collo. Bevve il sangue per qualche secondo, finché due alleati della donna non si voltarono, allertati dallo squittio o dalla mancanza di ulteriore assistenza magica.

Poi, Lara le spezzò il collo.

Sorrise ai due che la guardarono stupiti. «Lo so. Devo avere un aspetto così spaventoso con la cena in faccia. Le mie scuse.» Spinge il braccio verso il più vicino, allungando il dito indice. «*Foudchaîne!*»

Un'elettricità bianco-bluastra le balzò dal dito, collegandola per un attimo al suo bersaglio. Mentre l'energia avvolgeva la sua forma convulsa, iniziò a saltare verso gli altri, legandoli insieme in una straziante rete di fulmini che abbatté più di una decina di nemici.

Be', sei di loro sono ancora in movimento, suppongo.

Anche se non per molto.

La lama lunga di Lara si liberò dal fodero con una nota di finezza simile a una campana. Si precipitò verso i nemici abbattuti, ponendo fine alle loro sofferenze in fretta.

Mentre stava per terminare l'ultimo, sentì qualcuno gridare: «*Interrogranmorvant!*» Tendini neri di energia necromantica si formarono intorno al suo corpo, avvolgendola stretta.

Juniper si mise con la schiena contro il muro e guardò Lara che iniziava a fare a pezzi le persone che aveva fulminato.

Poi, vide i viticci della magia del Pozzo delle Tenebre avvolgerla, limitandone i movimenti.

Oh, non finirà bene per quella persona.

Guardò divertito Lara che fletteva i muscoli, con gli occhi che brillavano di cremisi. I viticci scuri si sfilacciarono ai bordi, poi si spezzarono. Juniper ridacchiò quando lei infilò la spada nel cuore di un uomo e lo conficcò nelle assi del pavimento.

Mentre Lara si raddrizzava e tirava fuori la spada dal legno, irritata, Juniper si guardò intorno. Notò il guaritore vicino al bancone.

Non è difficile trovare il tizio che guarda Lara con occhi grandi come un piatto da portata. Lo sguardo da cervo catturato dalla luce delle torce è piuttosto carino. Anche se, suppongo, non è destinato a rimanere a lungo in questo mondo. Peccato abbia scelto di seguire un gruppo di idioti.

«Pensavi davvero che avrebbe fermato una vampira delle capacità della mia amica Lara?» disse in tono canzonatorio. «Dovresti prendere in considerazione l'idea di cadere sulla tua spada – o qualsiasi cosa tu abbia – a questo punto. Sarà più veloce.»

L'uomo guardò Juniper e poi di nuovo Lara. Dopo aver trovato i suoi occhi rossi puntati su di lui, si voltò, scavalcò il bancone e passò davanti a una Bernedexi sbigottita, fuggendo attraverso la cucina.

Dove un forte ruggito, un ululato e il *fruscio* di una sorta di magia del fuoco tagliarono il frastuono della lotta nella sala da tè.

Peccato. Sarebbe stato ancora peggio che avere a che fare con una vampira infuriata.

Juniper riportò l'attenzione sull'area circostante e notò due uomini in armatura di pelle bianca che lo stavano raggiungendo. Alzò in fretta la mano per fermarli. «*Otalkivat.*»

Intorno a lui tremolarono macchie di luce arancione, prima di svanire. Gli uomini si fermarono, con i volti stravolti dalla confusione. Ognuno di loro cercò di fare un passo avanti, ma i loro corpi rifiutarono i comandi.

«Repulsione, signori. Io sono un guaritore. Voi due potete andare a giocare altrove. Ci sono una vampira, un enorme tigron corazzato e un umano pazzo che stanno distruggendo la sala da tè. Sentitevi liberi di affrontarli. Se non sono di vostro gradimento, ci sono alcuni... diciamo *animali*, che proteggono la porta sul retro e che sarebbero più che felici di avere altri giocattoli da masticare.»

I due uomini gli lanciarono un'occhiata prima di girarsi. Uno corse verso il tigron, mentre l'altro si voltò verso Nyneeve, che si stava concentrando su Ali di Fumo. Alzò la spada per prepararsi a caricare la highven.

Non può accadere.

Juniper si allontanò dal muro e infilò un pugnale sotto le costole dell'uomo, inclinato verso l'alto. Mentre l'uomo faceva un respiro strozzato, Juniper si avvicinò al suo orecchio. «L'incantesimo repelle a *te*, non *me*. Una cosa da tenere in considerazione se qualcuno si preoccupa abbastanza di riportarti indietro. Oh, e stai lontano dalla mia Signora.»

Con calma estrasse il pugnale, lasciando che il cadavere cadesse a terra.

Nyneeve si guardò alle spalle e fece un cenno di apprezzamento.

Juniper indietreggiò verso la parete, osservando la carneficina in svolgimento.

Ali di Fumo stava combattendo contro l'elfo e altri, non trovandosi affatto sopraffatto. L'unico problema che aveva era che l'elfo era un lottatore molto abile nella difesa. Ali di Fumo non ebbe problemi a evitare i colpi, ma si accorse che non riusciva a superare le difese dell'uomo per sferrarne uno lui. Soprattutto con gli altri quattro che continuavano ad attaccarlo da tutti i lati.

Sentì l'odore pungente dell'ozono e lanciò un'occhiata per vedere Lara che stava finendo con alcuni membri della Rivelazione prima che delle ragnatele nere di magia si chiudessero su di lei. Parò due colpi, poi si scansò per avvicinarsi a lei. La magia si sfilacciò e si frantumò, lasciando una vampira arrabbiata che guardava qualcuno.

Ali di Fumo sbatté le palpebre mentre qualcosa lo punzecchiò in fondo alla mente.

Scambiò un colpo di striscio al fianco corazzato di pelle con l'apertura dell'arteria femorale dell'avversario, facendo cadere la donna a terra in una pozza di sangue in espansione.

Che cos'è?

Bloccò un'altra manciata di colpi, attirando un uomo nella pozzanghera. Agganciò la gamba di una sedia con il piede e la lanciò sul pavimento contro l'uomo, che schivò di lato.

Poi scivolò nel sangue, spalancando le braccia nel tentativo di recuperare l'equilibrio.

Il che si rivelò inutile, dato che Ali di Fumo gli conficcò la punta di una sciabola nella gola.

Ho bisogno...

Tylee!

«Lara!» gridò. «Tylee è fuori! C'erano tre di Diamante qui dentro!»

«Madre abissalmente contaminata...» La vampira si girò verso la porta.

Che si spalancò quando le tre guardie di Diamante rientrarono di corsa.

Ali di Fumo si rese. *Non sono preoccupato per la Rivelazione. La maggior parte di loro non è ben addestrata. Il loro numero più tre ex soldati ermanthyriani, però...*

Poi ci sono le scartoffie dopo averli uccisi.

La sua preoccupazione si rivelò infondata, poiché le guardie di Diamante si scontrarono contro i membri della Rivelazione.

Rhm. Che io sia dannato. Immagino che questi ragazzi non piacciano a nessuno.

Ali di Fumo riportò l'attenzione sulla sua preda.

Rasze aveva sguainato la spada dopo pochi colpi, anche se la lama massiccia era un modo eccellente per uccidere o mutilare i nemici in un ambiente così ravvicinato. Il problema era la sua capacità di distruggere tutto il resto mentre la brandiva.

Nyneeve ha detto che questa taverna apparteneva a un amico. So come mi sentirei se qualcuno avesse rotto qualcosa al Soldato in Marcia.

Schivò il colpo di spada e allungò la mano, afferrando l'aggressore alla gola. Sollevò l'uomo in aria con un braccio mentre stringeva il pugno, schiacciandogli la trachea. Poi, scagliò l'individuo ansimante contro altri tre che lo stavano raggiungendo.

Il nemico successivo era un altro tigron. Uno che pensava di dover sfidare Rasze in un combattimento corpo a corpo. L'altro tigron sferrò una combinazione di due pugni allo stomaco di Rasze.

Il che suscitò solo due note squillanti e il rumore delle dita che schioccavano colpendo la corazza incantata che Rasze indossava.

«Armatura incantata. Direi che dovresti darci un'occhiata, ma vista la qualità dei vostri maghi, non credo che il gruppo sia ancora pronto» lo schernì Rasze. «Tocca a me.» Rasze gli diede un pugno sul petto e il suono delle costole che si rompevano oscurò l'espulsione d'aria dell'altro tigron.

Scosse la testa e sentì tre *scatti* rapidi, distinti e squillanti alle sue spalle. Si voltò e trovò una donna umana in armatura a piastre che avanzava verso la lepardis dietro il bancone. L'umana reggeva un grande scudo, impedendo alla frusta di colpire il suo corpo per quanto sarebbe servito contro la corazza di acciaio smaltata di bianco. Stava alzando una spada lunga per colpire la barista.

Quando la spada colpì, Rasze era già lì. La sua mano scattò e intercettò la lama che calava con uno *stridio* di metallo. Le scintille volarono dalla mano non protetta mentre la chiudeva intorno a essa. Incontrò gli occhi sbigottiti dell'umana e sorrise, mostrando i canini affilati. Poi le strappò la spada e la fece cadere sul ginocchio con un solo movimento, spezzandola in due.

Ehm. Forse avrei dovuto tenerla. Una spada più piccola andrebbe bene in questi spazi ristretti. Non romperei così tanti oggetti.

Oh, be'. Ormai è troppo tardi.

La frusta passò davanti all'orecchio di Rasze, quasi sfiorandolo, mentre la punta colpiva lo scudo della donna con un *fragore* squillante.

Seguì un suono vuoto, mentre si sprigionava una specie di incantesimo, incanalato attraverso la punta della frusta.

La donna con l'armatura bianca volò all'indietro e sbatté su un tavolo con uno schianto sonoro.

Non si rialzò.

Rasze si voltò e guardò il volto sorridente della lepardis. «Be', questa è nuova.»

Lei si chinò in avanti, dandogli un'occhiata alla pelliccia dorata all'interno della camicetta. «Non sono una damigella in pericolo, omone.» Gli accarezzò la guancia con la corazza invisibile.

«Posso chiederti cosa hai fatto?»

«Sono molto brava nella magia di forza e in quella sonica. *Molto* brava.»

«L'hai incanalata attraverso la frusta? Come una lama elfica dell'alba?»

Fece l'occhiolino. «Qualcosa del genere.»

«Ah-ah.» Rasze colpì senza attenzione un membro della Rivelazione, mentre continuava a fissare la lepardis. «E tu sei la cuoca di cui ho sentito tanto parlare venendo qui?»

«Sono io. Ali di Fumo e Ryso *adorano* la mia cucina.»

«Sei...»

Bernedexi sbuffò. «No, non un oggetto. Non vorrei pestare i piedi alla highven. Anche se non si rende ancora conto di quello che prova.»

«Oh. Buono a sapersi. Se vuoi scusarmi, credo che dovrei aiutare a finire qui.»

Lei gli rivolse un sorriso malizioso. «Soprattutto se vuoi assaggiare la mia... cucina.»

Rasze si sentì diventare rosso vivo sotto la pelliccia. Si limitò ad annuire prima di tornare nella mischia.

Sentiva ancora gli occhi turchesi della lepardis che lo fissavano.

Oh, elfa subdola, pensò Bernedexi con uno sbuffo. *Pensi che mi terrò alla larga dal tuo scudiero non reclamato se mi lanci davanti quella bella montagna ambulante.*

Brava. Forse hai ragione. Be', almeno in parte.

Sorrise alla schiena del tigron che si ritirava, poi si voltò verso due uomini e una donna che cercavano di aggirare il bancone. «Cattivi, cattivi. Non ho chiesto aiuto qui dietro.»

«Ti scuoierò e trasformerò la tua pelle in un mantello, felidina» ringhiò uno degli uomini.

«Be', avresti il mantello più bello in circolazione, ma devo rifiutare.» Sfiorò con le dita della mano sinistra dei tre membri della Rivelazione. «*Màgiasil.*»

Cinque dardi di magia rossastra, per lo più trasparente, uscirono dalla sua mano. Due di essi colpirono ogni uomo, mentre l'ultimo colpì la donna. Trasalirono e inciamparono, evidentemente non pronti al dolore inflitto dai dardi magici.

Perché dovrebbero esserlo? La mia magia di forza è migliore di molte altre.

Prese di mira l'uomo con la cotta di maglia, canticchiando sottovoce mentre muoveva le dita e indicava. «*Discorgol!*»

Un'immagine rossa ondeggiante, simile a un dardo di balestra, balenò nell'aria e lo colpì al petto. Un forte ronzio riverberante fu seguito da un tintinnio metallico, mentre le maglie della sua cotta cominciavano a vibrare e a colpirsi l'una con l'altra. L'uomo stesso iniziò a tremare subito dopo, con i denti che battevano così in fretta in una bocca aperta in un urlo senza suono che lei vide quando alcuni di essi si frantumarono.

Cadde a terra, in preda alle convulsioni.

Così come la mia magia sonica. Sono contenta di aver ricominciato a esercitarmi. Soprattutto se voglio fare una buona impressione su quel gigante grande e grosso che si agita facilmente.

Alzò un sopracciglio di sfida verso gli altri due. «Allora?»

Guardarono tra lei e il loro compagno, che stava ancora avendo spasmi sul pavimento.

Poi fuggirono verso la porta della cucina.

«Personalmente, sarei rimasta qui!» li schernì mentre fuggivano.

Ali di Fumo aveva eliminato l'ultimo degli altri due intrusi circa trenta secondi prima. Finalmente poteva concentrarsi sull'elfo responsabile dell'omicidio di Tripper.

Il che era terribile per l'elfo.

L'uomo era ancora sorprendentemente in grado di difendersi da un colpo mortale. *Il che va bene. Voglio che soffra.* Tuttavia, Ali di Fumo sfruttò ogni spiraglio disponibile per scalfire, graffiare e tagliare l'abito bianco immacolato e le pelli dell'elfo, macchiandoli di cremisi.

E il giallo?

Ali di Fumo strinse gli occhi. «Che cosa sei tu, maledetto Abisso?»

L'elfo sorrise. «Qualcosa di molto più grande di te.»

Ali di Fumo aprì la bocca per replicare, ma fu interrotto da una risatina sarcastica proveniente da dietro, insieme a un gioviale «*Acihusa.*»

Ali di Fumo riconobbe la voce e non si voltò. Tuttavia, la guardia dell'elfo si abbassò quando lanciò un'occhiata oltre le sue spalle.

Con un suono simile a quello della pancetta che gli risuonava nelle orecchie e l'odore di carne bruciata che gli entrava nelle narici, Ali di Fumo balzò in avanti, usando la sciabola destra per agganciare lo scudo dell'avversario distratto, mentre infilava la punta della lama sinistra sotto lo sterno e la angolava verso l'alto. La lama squarciò la parte posteriore della corazza di cuoio.

Ali di Fumo si avvicinò al moribondo e si chinò verso il suo orecchio. «Ringrazia che non ho più tempo e che c'è un lato di me che non voglio che Nyneeve veda. Altrimenti, farei *molto* più male per *molto* più tempo. Tripper non merita di meno. Ora... muori.»

Ruotò la spada all'interno, provandogli delle convulsioni, prima di estrarla. Mentre il cadavere cadeva a terra, Ali di Fumo si guardò intorno, senza trovare altri nemici.

E un Indigo incredibilmente divertito in piedi vicino a quattro membri della Rivelazione che si stavano dissolvendo.

«Sei mai riuscito a stare lontano dai guai?» chiese l'uomo vestito di viola con un sorriso.

«Mi dispiace. Troverò un modo per pagare i danni.»

Indigo ridacchiò. «Non ce n'è bisogno. Ho un sacco di magia, e sono sicuro che alcuni di questi *individui* hanno un tesoro addosso. Almeno posso vendere il loro equipaggiamento.» Scrutò l'area con uno sguardo triste. «O dovrei dire le loro armi. Le armature sono quasi spazzatura a questo punto.»

Ali di Fumo gli sorrise. «Grazie, Indigo.»

«Nessun problema. Perché non ve ne andate? Chiederò a un po' di persone di aiutarvi con le pulizie qui. Penso che vi siate meritati una pausa.»

«Significa che posso prendermi anche il resto della serata libera?» chiese Bernedexi da dove era appollaiata sul bancone.

Indigo la guardò, poi Nyneeve, Rasze e poi di nuovo Bernedexi, alzando un sopracciglio. «Certo.»

«E io che non vedevo l'ora di cenare.» Rasze annusò.

«Oh, avrai comunque una "cena", mio nuovo amico troppo grosso» gli assicurò Bernedexi. «Prenderemo del cibo dal retro e mangeremo all'aperto, da Nyneeve. Poi, se giochi bene le tue carte, forse il dolce.»

Rasze arrossì sotto la pelliccia e deglutì a fatica. «Ehm, d'accordo.»

Indigo scosse la testa. «Vai. Prendi quello che ti serve dal retro, Bernie. Porta con te il tuo nuovo amico ad aiutarti.»

Mentre i due si dirigevano verso il retro, Ali di Fumo strinse l'avambraccio di Indigo. «Grazie.»

«Ti prego, non lasciare che il tuo amico le faccia del male. Sembra un po' affascinata.»

«Non lo farà. Fidati di me.»

«Sì. Ora, se vuoi scusarmi, ho qualche bonaria lamentela da presentare a una certa Signora di Tempeston.»

Ali di Fumo rise e annuì. Mentre Indigo si dirigeva verso Nyneeve, lui si avvicinò alle tre guardie di Diamante. Abbassò la testa in segno di riconoscimento. «Tylee è...»

«È al sicuro, per quanto ne sappiamo. Quello stallone nero non ha permesso a nessuno di noi di avvicinarsi a lui, nemmeno di parlargli. Ci ha rimproverato perché, cito testualmente, "siamo scappati come piccoli...".» L'uomo si accigliò.

«Non devi finire» gli assicurò Ali di Fumo. «Posso indovinare quello che ha detto. In tal caso, accettate i miei ringraziamenti per l'assistenza. Lo apprezzo molto.» Ali di Fumo gli porse la mano.

Quello che era evidentemente il capo fissò la mano per un buon minuto prima di stringerla. Nel farlo, incontrò gli occhi di Ali di Fumo. «Non... non *ci* piaci. Questo non cambia le cose. Tuttavia, Nyneeve è una figlia di Ermanthyr e il ragazzo aveva ragione. Era nostro dovere aiutare a proteggerla.» L'uomo strinse le labbra e aggrottò le sopracciglia, continuando a tenere stretta la mano di Ali di Fumo. «Inoltre, anche se non ci piaci, li detestiamo.» Fece un cenno con la testa verso un membro della Rivelazione morto.

Ali di Fumo annuì quando l'uomo gli lasciò la mano. «Ne prendo atto. Anche se dubito che saremo d'accordo su molte cose, di sicuro su questo sì. Quindi, se il vostro Casato ha problemi con la Rivelazione, sarò felice di aiutarvi a eliminarli.» Lanciò un'occhiata alle sue spalle mentre la porta della cucina si apriva e Rasze entrava con un sacco molto carico. Si voltò verso le guardie. «Siete i benvenuti a unirvi a noi per la cena.»

Loro scossero la testa. «Grazie, ma no. Torneremo indietro a riferire quello che è successo qui.»

Ali di Fumo abbassò la testa. «Bene, allora buon viaggio. E, ancora una volta, grazie.»

«Non c'è di che...» borbottò il capo a denti stretti, dopo essersi girato e diretto verso l'uscita.

«Hai lasciato del cibo nel retro?» sentì chiedere a Indigo quando Bernedexi uscì dalla cucina.

«Ce n'è tantissimo là dietro, quindi smettila di lamentarti» commentò la lepardis. «Inoltre, sto morendo di fame dopo un combattimento del genere.»

Nyneeve abbracciò l'amico. «Perché non passi dopo aver sistemato tutto?»

Indigo le arruffò i capelli. «Certo, perché no. Dopotutto, sto finanziando la festa.»

Bernedexi gli rivolse un enorme sorriso. «Be', in questo caso, mi sembra necessario abusare della tua generosità.» Si voltò e passò dietro il bancone fino all'interruttore nascosto che controllava la magia che proteggeva il liquore. Lo azionò e lo scudo ondeggiante della magia di forza svanì con un sonoro *schiocco*. Mantenendo il contatto visivo con Indigo e sorridendo, si chinò dietro il bancone e tirò fuori quattro bottiglie polverose, i cui colli erano stretti tra le sue dita. «Ora sì che sarà una festa.»

Indigo chiuse gli occhi e scosse la testa. «Bene. Rimetti a posto il vino di sambuco. Nyneeve non può berlo, è troppo giovane.» Non aprì gli occhi per vedere il cipiglio della highven. Tuttavia, gli angoli della sua bocca si contorsero in un'allegria a malapena repressa.

Nyneeve sospirò esasperata, ma abbassò la testa. «È un idiota, ma ha ragione. Non fino alla prossima estate.»

«Siete entrambi dei gran guastafeste.» Bernie sorrise. «Sento solo dire che devo aspettare qualche mese.» Rimise a posto una delle bottiglie.

Poi ne prese due per sostituirla.

CAPITOLO DICIASSETTE

«Perché siamo di nuovo qui?» chiese Rasze, appoggiando la testa a quella di Ali di Fumo mentre aspettavano fuori, nella piazza centrale, l'inizio del raduno.

«Come ti ho già detto un centinaio di volte questa decimana, perché le capacità empatiche di Nyneeve aiutano a placare gli spiriti inquieti, dato che il velo è così sottile qui in questo periodo dell'anno» sussurrò.

«Sì, sì. Lo capisco. Ma il velo non è sottile ovunque ormai?»

«Sì, ma è più sottile *qui*, in questo ducato, più che in altri luoghi» gli disse Lara con calma, mentre il suo sguardo si muoveva nervosamente intorno.

«La aiuterebbe se toccassi le piccole sfere luminose di...»

«*No!*» gridarono nello stesso istante Ali di Fumo e Lara. Lara si coprì la bocca, mentre Ali di Fumo abbassò il capo.

Alle spalle dei tre, Ali di Fumo udì i ghigni soffocati di Bernedexi e Juniper e le risate basse e sferraglianti di Antoryso e Kallik.

Grim non cercò nemmeno di fermare le sue risate di gioia.

Nyneeve, che si trovava a una ventina di piedi davanti a loro su una predella di legno leggermente rialzata, ruotò la testa per lanciargli un'occhiata.

Le spalle di Ali di Fumo si abbassarono e lui ebbe il buon senso di sembrare contrariato.

Finché non guardò, oltre lei, l'enorme sorriso sul volto di Ekhimo. Un cipiglio gli attraversò le labbra prima di sgranare gli occhi e sentì l'angolo delle labbra storcersi verso l'alto quando vide le stesse espressioni rispecchiarsi sul volto di Ambra e sotto la barba di Besin.

Lo sguardo si spostò sulla donna incredibilmente elegante che stava di fronte a Nyneeve, trovando un sorriso caloroso – anche se non così ampio come gli altri tre – sul suo volto mentre inclinava la testa verso di lui.

Era la prima volta che incontrava di persona la baronessa Aloran Diersa. Era stata nominata al posto del precedente barone come nuova baronessa di Windale, ed Ekhimo e il suo gruppo si erano uniti alla corte poco dopo.

Sapeva che era un'avventuriera a metà. Tuttavia, anche se lui e Nyneeve avevano lavorato con la corte durante alcune riunioni, lei era rimasta a Windale, cercando di sistemare tutti i problemi che l'ex barone aveva causato o permesso che si incancrenissero.

Era solo un paio di pollici più bassa di Ali di Fumo e si comportava in modo regale. Stava dritta con le spalle indietro. I lunghi capelli biondi erano raccolti sulla testa sollevata e inclinata. Indossava pantaloni neri, una camicetta nera e un corsetto di broccato rosso ricamato di nero.

In qualche modo, riusciva a far sembrare l'insieme un abito da ballo.

Nyneeve mi ha detto che Aloran è un'abile guaritrice di per sé. Detto da lei, è un grande complimento. Ciò significa che la baronessa è probabilmente il motivo per cui il livello di abilità di Ambra è salito così in fretta.

Mi ha anche detto di aver combattuto a fianco della baronessa appena nominata tante volte, anche durante la riconquista di Tempeston. E che, sebbene la donna non sia brava nelle tattiche, è incredibilmente scaltra e perspicace.

Inoltre, come ha detto Nyneeve?

Ah, sì. "Non prendere il suo atteggiamento o i suoi modi di fare come un'indicazione che è un'altezzosa. È incredibilmente rilassata quando non è sotto al centro dell'attenzione, ma esige rispetto".

Spero sinceramente che non diventi un problema.

Quando Ali di Fumo incontrò i suoi occhi nocciola e abbassò la testa in segno di riconoscimento, il suo sorriso si allargò. Lanciò un'occhiata a Nyneeve, poi di nuovo a lui, e ammiccò, con gli occhi scintillanti.

Ali di Fumo trattenne un gemito. *Fantastico. Avrei dovuto sapere che sarebbe stata interessante se Ekhimo avesse accettato di lavorare con lei.*

La baronessa si schiarì la voce, poi allargò le braccia in segno di benvenuto e passò lo sguardo sugli avventurieri riuniti. «Desidero ringraziare di cuore tutti voi che siete venuti stasera. So che l'anno scorso, in questo periodo, è stato difficile, ma per fortuna non prevediamo l'arrivo di una legione di dullahan.»

Alcuni dei presenti risposero con brevi risatine di sollievo.

«In effetti, quest'anno abbiamo avuto meno spiriti in giro, il che non può che essere una cosa positiva. Detto questo, credo che insieme possiamo garantire...»

La risata di una donna anziana risuonò tra gli edifici.

Tutti gli edifici.

Insieme.

«Bene, cara» intervenne una voce. «Mi dispiace interrompere, ma non sono sicura di *cosa* abbia intenzione di fare qui stasera. Temo che con tutti i terreni coltivabili – e qui sono state prodotte alcune delle mie annate preferite di vino – non potrei resistere al tentativo di usarne una parte per coltivare un nuovo raccolto delle mie zucche molto speciali. Soprattutto dopo che uno dei miei cari compagni mi ha chiesto di aiutarlo ad acquistare quest'anno una certa cosa che non è riuscito a trovare l'anno scorso.»

La baronessa strinse le labbra. «Ti chiederei di cosa stai parlando, ma è evidente che ci state minacciando. Il che mi sembra una cosa molto assurda da fare a un gruppo di avventurieri pesantemente armati.»

«Questo importa solo finché quegli avventurieri sono dalla tua parte.» Una voce maschile sottile e roca fluttuò verso di loro nel vento.

«Perché non dovrebbero esserlo?»

«Per motivi come questo» rispose la voce maschile.

Un uomo uscì da un vicolo e barcollò ubriaco verso di loro, ondeggiando da una parte all'altra mentre fissava il terreno. A una decina di piedi dietro gli avventurieri, dove i nuovi stavano in piedi, l'uomo sparuto sollevò la testa.

Ali di Fumo ebbe una reazione a scoppio ritardato e un'espressione di riconoscimento gli balenò sul volto.

Sentì il respiro affannoso di Nyneeve, della baronessa e degli altri nobili che li circondavano.

L'ex barone di Windale aveva visto giorni migliori. In effetti, aveva un aspetto peggiore della prima volta che Ali di Fumo lo aveva visto dopo che era stato salvato dai non morti che lo avevano catturato. Aveva i capelli unti e trasandati, le guance afflosciate e Ali di Fumo era abbastanza sicuro di poter usare le borse nere sotto gli occhi dell'uomo come sacche di stoccaggio.

Sembra che avesse dormito negli stessi vestiti, *se* aveva dormito, nell'ultimo mese o due. La stoffa, un tempo pregiata, era in alcuni punti lacera e filiforme e talmente ricoperta di detriti che Ali di Fumo non aveva idea del colore che aveva prima.

Tuttavia, il lungo pugnale che l'apparizione estrasse da un fodero sulla schiena sembrava pulito e affilato come un rasoio, se il modo in cui rifletteva l'arancione del sole al tramonto era indicativo.

Ali di Fumo si mosse prima di rendersene conto. Si fece strada tra gli avventurieri storditi, cercando di raggiungere quelli poco adde-strati nelle retrovie.

Ma non era a loro che l'ex barone intendeva fare del male.

L'uomo inclinò la testa all'indietro, concentrando lo sguardo sulla nuova baronessa, mentre sollevava la lama e la faceva scorrere sulla propria gola così profondamente che Ali di Fumo vide il bianco della spina dorsale quando la testa cadde all'indietro. Gocce cremisi si spar-sero nell'aria, ricoprendo gli avventurieri più vicini a lui prima che il cadavere cadesse sul selciato, immergendoli in una pozza sempre più ampia.

Ali di Fumo sentì un'agitazione alle sue spalle, mentre altri si affrettavano a scendere dalla predella per seguire il percorso che aveva fatto. Li ignorò mentre si avvicinava, con le narici che si arricciavano per il profumo dolce e metallico. Poi cominciarono le urla.

Dolce?

«Allontanatevi dal corpo! Subito!» gridò mentre alcuni nuovi avventurieri più coraggiosi si facevano avanti per vedere se potevano fare qualcosa. Qualcuno di loro, quelli che erano stati ricoperti di sangue e avevano iniziato a urlare, fuggirono dalla piazza centrale, mentre gli altri si bloccarono sul posto. «Ho detto di *allontanarvi!*» ruggì Ali di Fumo.

Il comando nella sua voce mandò in frantumi qualsiasi cosa li tenesse fermi e tutti fecero un passo indietro.

Ali di Fumo si fermò a quindici piedi dal cadavere. Senza guardare, sentì l'avvicinarsi di Nyneeve. Quando lei si mosse per passargli davanti, lui si girò, le passò un braccio intorno alla vita e la sollevò da terra. «No. Non c'è niente che tu possa fare.»

«Metti giù mia sorella!» gridò Alvarian, il *sibilo* d'acciaio della sua spada che si liberava del fodero riecheggiò tra la folla.

Ali di Fumo sgranò gli occhi e girò la testa per fissare il volto sbigottito di Nyneeve. «Controlla tuo fratello. E di' agli altri di *fermarsi.*»

Annuì, dimostrando la fiducia nel suo scudiero mentre lui la metteva a terra e lanciò un rapido sguardo di rimprovero al fratello. «Avete sentito il mio scudiero!» scattò mentre i suoi stivali toccavano l'acciottolato. «State lontani dal corpo!» Gli altri nobili e i loro accompagnatori obbedirono subito al tono di comando della Signora di Tempeston.

La baronessa Aloran si fermò accanto ai due, ed Ekhimo si precipitò al suo fianco. «Posso chiederti cosa sai, scudiero Stellascura?»

«Tra un secondo. Allontanatevi tutti finché non potete sentire l'odore del sangue.» Tutti guardarono Nyneeve e la baronessa, che annuirono. Dopo che tutti si furono allontanati, Ali di Fumo inclinò la testa all'indietro e fece un respiro profondo. Soddisfatto, guardò tra le due donne. «Il corpo è infetto. L'odore dolce è quello dell'amlyrette. È...»

«È un vapore velenoso che riduce le inibizioni di chi lo annusa» intervenne Indigo da dove si trovava accanto ad Alvarian.

Aloran guardò Ekhimo, che annuì. «Viene usato con moderazione durante alcune cerimonie elfiche. Non so come Ali di Fumo ne abbia sentito l'odore, però, ma gli credo.»

Aloran diresse lo sguardo su Ali di Fumo, studiandolo. «Perché una droga del genere dovrebbe trovarsi all'interno dell'ex barone? Qual è lo scopo? E come ha fatto a trasformarsi in vapore?»

Mentre Ali di Fumo guardava il cadavere, gli insegnamenti di Timber gli tornarono in mente. *Vedi, Timber? Ti avevo detto che prestavo attenzione ai libri che mi avevi dato.* «Non ho idea riguardo l'ultima domanda. Tuttavia, non viene usato solo per *questo*. Poiché ha un profumo gradevole e dolce, molte persone prendono precauzioni magiche e lo bruciano come incenso. Soprattutto gli incantatori che lo usano per ridurre la forza di volontà delle loro vittime in preparazione al lancio di incantesimi per dare suggerimenti o controllarle completamente.»

«Molto interessante» disse la roca voce maschile. «Devo ammettere che non mi aspettavo che qualcuno scoprisse questo aspetto così in fretta.»

«Vedi?» la voce dell'anziana donna proveniva ancora da ogni edificio che circondava la piazza. «Te l'avevo detto che il signorotto e la sua signora erano degni avversari.»

Ali di Fumo si accigliò. «Che ne dici di uscire da qualsiasi ombra o fogna in cui ti nascondi, Tozzie? Allora, vecchia o no, ti dimostrerò volentieri quanto sono degno.»

«Ah, quindi riconosci la mia voce, scudiero Dolce. Non ero sicura che l'avresti fatto, viste le circostanze del nostro ultimo incontro.»

«Lo so. Che ne dici di dirmi chi è il tuo amico e cosa stai cercando?»

«Io sono Asserviro» annunciò la voce sottile.

Rasze, Lara, Juniper e Bernedexi erano arrivati dietro ad Ali di

Fumo mentre lui parlava. «Lo Schiavista?» Lara sbuffò, alzando un sopracciglio. «Sei terribilmente pieno di te, vero?»

«Suvvia, signora Lara. Forse è il nome che gli hanno dato i suoi genitori. Tu non lo sai» la rimproverò Juniper. «A volte basta dare un'occhiata a una persona per capire che razza di idiota sia. Forse i suoi genitori sono stati abbastanza perspicaci da capirlo quando è spuntato fuori.»

Rasze scosse il dito. «Ahh! Quindi stai dicendo che non è mai stato amato abbastanza da bambino.» Il tigron allargò le braccia. «Be', fatti sotto, Asso! Ti daremo le coccole di cui hai bisogno!»

Bernedexi diede una gomitata al tigron. Poi se lo strofinò. «No. No, non lo faremo. Hai sentito la sua voce? *Non è possibile* che abbia la resistenza per coccolare *me* in modo corretto.»

Ekhimo sollevò un sopracciglio e guardò Ali di Fumo. «Sei contagioso o cosa?»

Lui gli rivolse un sorriso tirato. «Proprio tu lo dici. Sono sicuro che è proprio per questo che io e te siamo andati d'accordo quando ci siamo conosciuti.» Fece un gesto verso gli amici.

«Vorrei smentire questa affermazione, ma forse è vera.»

Aloran scosse la testa e lanciò loro un'occhiata divertita ma sofferente. Anche se aveva appena conosciuto Ali di Fumo. «Grazie per il tuo nome, Asserviro. Nella speranza di accelerare questo processo, che ne dici di rispondere alla seconda domanda dello scudiero? Che cosa state cercando?»

«Speriamo che non lo capiate presto, baronessa» rispose la voce di Asserviro, con una nota di irritazione. «Quindi, mentre cerchiamo, godetevi i miei doni d'addio.»

Le urla si levarono dalle direzioni in cui erano fuggiti i nuovi avventurieri.

Un ringhio sollevò l'angolo del labbro di Ali di Fumo, ma Ekhimo parlò per primo. «Gli avventurieri che sono stati colpiti dal sangue. Questo tizio l'ha usato per influenzarli.»

Gli occhi di Aloran e Nyneeve si allargarono. Le due si rivolsero agli altri nobili e iniziarono a impartire ordini.

Alvarian aggrottò le sopracciglia verso la sorella minore. «Dovremmo...»

«Sì» scattò lei. «Lo so. Stai per suggerire di organizzare una difesa della città perché Tozzie ha dichiarato di aver creato una specie di zucca speciale. Considerando l'abilità con i liquami e gli insetti che ha rivolto a Ermanthyr, rabbrividisco all'idea di cosa volesse dire.»

«In questo caso...»

«Forza, fallo, *Signore della Guerra!*» gli ordinò la baronessa Aloran. «Tuttavia, gli avventurieri forse – anzi, *probabilmente* – controllati dalla mente all'interno della città devono essere affrontati. Pertanto, prendi ciò che ti serve e rafforza le difese. Tua sorella e io prenderemo le nostre forze e sottometteremo coloro che sono stati corrotti.»

Ali di Fumo passò lo sguardo oltre Alvarian, cercando Indigo. «E ricorda...»

Indigo lo guardò accigliato. «*Se* li ha corrotti, non si sa se è arrivato a qualcuno prima dell'adunata.» Indigo tenne l'indice e il medio uniti mentre indicava il cadavere dell'ex barone, poi fece roteare la mano in una spirale che si restringeva. «*Dezintrama.*»

Una linea di magia verde si propagò dalle sue dita al corpo, disintegrandolo e lasciando dietro di sé solo una minuscola traccia di polvere.

Inoltre, disintegrò ogni traccia di veleno rimasta.

Ali di Fumo annuì. «Stai attento.»

Indigo abbassò la testa. «Anche tu. E fai attenzione a Nyneeve e Bernedexi. Una è una delle mie più care amiche, l'altra è la prima volta che va all'avventura dopo anni.»

Ali di Fumo annuì e si voltò verso Nyneeve e Aloran. «Dove andiamo prima?»

Nyneeve guardò Aloran. «Tu e i tuoi prendete la sinistra? Noi andremo a destra?»

La baronessa annuì. «Quanti sono fuggiti?»

Sette, gli consigliò mentalmente Antoryso da un tetto vicino, dove si era intrattenuta con Grim, traendo dalle tegole l'ultimo calore della giornata. *E no, nessuno di noi ha visto Melma o l'altro.*

«Ryso dice sette. Voleva anche che vi dicessi che nessuno di loro ha visto i nostri due amici» li informò Ali di Fumo.

«Loro?» chiese Ekhimo.

«Sì. Nyneeve ha allevato un grimalkin per l'Alta Signora delle Tempeste. Ha consegnato un messaggio e ora si rifiuta di andarsene.»

«Ti mancherei!» si sentì da un tetto vicino.

«Come mi è mancato ogni freccia che ho scagliato finora» mormorò Ali di Fumo, guadagnandosi un sorriso da parte del suo amico wildven.

«Bene, allora. Suppongo che dovremmo vedere quali problemi hanno causato quegli avventurieri...»

———

Per fortuna, non furono molti.

Essendo così inesperti, i primi tre che il gruppo di Ali di Fumo aveva scoperto erano già stati arrestati da popolani che li avevano circondati e disarmati. Nyneeve e Juniper curarono i feriti, mentre Rasze legò gli avventurieri. Dopo aver sistemato le persone che si occupavano degli avventurieri, tutti letteralmente con la bava alla bocca, si diressero alla ricerca della quarta che era scappata da quella parte.

Quando finalmente la trovarono, Ali di Fumo gemette.

La darkven era circondata da sei corpi evidentemente deceduti in una piccola radura circondata da alberi e case.

Be', morti a meno che non sappiano vivere senza la testa.

La sua pelle viola intenso rifletteva la luce del fuoco delle torce tenute in alto da una ventina di popolani armati male che la circonda-vano in un cerchio gigantesco. Il suo sorriso era più che altro un sorriso sadico, con le labbra tirate su abbastanza oltre i denti scintil-lanti da mostrare le gengive.

E i suoi occhi brillavano di un bianco puro e luminoso.

Si lanciò verso la parte più vicina del cerchio e tre delle quattro persone presenti indietreggiarono. L'ultimo le puntò contro una lancia, ma lei si limitò a piroettare di lato, con la spada che la colpiva dietro la testa.

Un lampo di luce separò la punta della lancia dal legno indurito dell'asta.

Il piede sollevato della darkven colpì il terreno. Si tese, preparandosi a scattare in avanti e a finire l'uomo.

«Ehi! Koshinuke! Che ne dici di provare con qualcuno della tua stessa taglia?»

Lo sbuffo di Antoryso riecheggiò nella sua testa. *Sei sicuro che darle della codarda sia il modo migliore di procedere? Gli occhi bianchi e luminosi non sono normali, lo sai.*

Ali di Fumo scrollò le spalle quando la darkven fece un passo indietro invece di colpire, poi rivolse quegli occhi inquietanti su di lui. «Allora, per favore, fai un passo avanti, *baka*.» Fece un gesto con la sua lunga lama darkven.

Ali di Fumo si inchinò in vita. «Nyneeve, ci sono molti spiriti darkven da queste parti?» sussurrò.

«Cosa?» chiese la highven in tono confuso.

«Spiriti darkven. Hai contribuito a metterne a riposo un gruppo?»

Scosse la testa. «No. Non me ne viene in mente nemmeno uno. Perché?»

«Uno spirito che abita qualcuno ha accesso a tutte le conoscenze generali del posseduto, giusto? Come la loro lingua e simili.»

«Abbastanza da riconoscere parole e frasi. Inoltre, più a lungo ne sono in possesso, maggiore è la conoscenza a cui hanno accesso. Se stai progettando qualcosa, lo farei presto. Comincia a sembrare impaziente.»

Ali di Fumo aggrottò le sopracciglia e si raddrizzò. «Ricorrerebbero alla lingua madre della persona per insultarla?»

Nyneeve annuì. «Ahh, quindi è questo il punto di partenza. Il fatto che abbia usato quella frase forse non significa nulla. Tu l'hai insultata in darkven e lo spirito ti ha insultato a sua volta. Dubito che voglia dire qualcosa, soprattutto che la darkven stia lottando contro il suo controllo. Guarda i suoi occhi, Ali di Fumo. Non è un bagliore bianco ai bordi. È uno degli spiriti più potenti che abbia mai visto possedere qualcuno. È completamente in pugno. Perché non...» si accigliò.

«Cosa?»

«Stavo per chiederti se dovremmo trattenerla con la magia e farla finita con questa storia. È l'ultima che ha corso in questo modo.»

«E?»

«Invece, credo che dovresti combatterla. C'è qualcosa di incredibilmente strano qui.»

«Spiega.»

«Te l'ho detto. Non ho mai incontrato uno spirito così forte che fluttuasse da solo come una sfera. Deve averlo toccato mentre correva. Altrimenti l'avrei percepito tra la folla.»

«Cioè?»

«Direi che qualcuno ha usato la debolezza del velo per convocarlo qui.»

«Forse *dovresti* frenarlo, in questo caso» le disse Ali di Fumo accigliato.

Nyneeve scosse la testa. «No. Combattilo. Tiralo fuori. Vedi se ti dice qualcosa.»

«Il vero motivo.»

«Ci credi che mi emoziona vederti combattere?»

Ali di Fumo sbatté le palpebre e sollevò un sopracciglio. «No. E perché ogni volta che siamo in questa città decidi di prendermi in giro in questo modo?»

Lei gli rivolse un sorriso malizioso. «Effetto persistente della ninfa sluagh?» Quando lui strinse gli occhi, lei si affrettò a continuare. «Perché osservarlo mi permetterà di valutare il livello di potenza relativa dello spirito. Questo restringerà il campo delle persone che potrebbero averlo evocato.»

«Che ne dici di controllare dopo che l'abbiamo catturato?»

«No. Per controllare a fondo con qualcosa di più di un semplice incantesimo, mettendolo nella gamma dei *potenti*, dovrei guardare nella sua mente. Dato che Asserviro l'ha influenzata, e poi lo spirito che l'ha presa, temo che non solo potrei causare danni irreparabili a lei, ma che potrebbe influenzare me, e...»

«Capito» rispose Ali di Fumo nel momento in cui lei iniziò l'ultima parte. Si girò e camminò tra il cerchio di persone, facendo ruotare le sue lame intorno alle mani. «Cominciamo?» chiese alla darkven posseduta.

«Era ora, *baka*. Pensavo che avresti sbattuto le labbra per il resto della mia vita rinnovata» lo schernì la donna.

«Per favore. Ti stavo lasciando godere della tua "vita rinnovata", visto che non durerà a lungo. Inoltre, potresti evitare di parlare in darkven? Mi hai insultato due volte usando la stessa parola di quattro lettere, riuscendo a storpiarla entrambe le volte. Parla nella lingua comune. A quanto pare è quella che conosci.»

La donna balzò verso di lui, la sua lunga lama sibilò verso la testa. Ali di Fumo si girò di lato, facendo un mezzo passo indietro e portando una spada in alto e intorno alla lama di lei, spingendola di lato e verso il basso, mentre l'altra sciabola si dirigeva verso il suo stomaco.

Lei grugnì e riuscì a malapena ad allontanare l'addome prima che i suoi piedi toccassero terra. Fece un salto indietro, per evitare i due colpi successivi che lui aveva pianificato. Invece, lui le girò intorno, pedinandola mentre sorrideva freddo.

«È tutto quello che sai fare?» la derise. «La ragazza ha un corpo dotato, che è l'unica cosa che ti ha salvato. Immagino che tu non sia uno spirito così potente come pensavano i miei amici. Solo un po' più *splendente*.» Le puntò una lama verso gli occhi.

«Sono molto forte. Ho preso il controllo della ragazza solo venti o trenta minuti fa. Mi sto ancora abituando.»

«Avresti dovuto pianificare meglio e prenderla prima, allora. Perché se stai ancora lavorando sul controllo della motricità, avresti dovuto sfidare Rasze invece di me.»

«Ehi!» gridò il tigron da lontano.

Ali di Fumo sogghignò e fece un passo in avanti, con una sciabola che si dirigeva verso il suo petto mentre l'altra spazzava verso i suoi piedi. Lei bloccò la spinta e saltò la spazzata, solo per ritrovarsi il piede di Ali di Fumo piantato nello sterno quando atterrò, spingendola all'indietro e a terra.

Tuttavia, la donna rotolò per il colpo, tornando in piedi accovacciata. Teneva la lama lunga darkven in una posizione protettiva, mentre ansimava per prendere aria.

Ali di Fumo si prese un momento per studiarla. Impugnava l'elsa con entrambe le mani mentre era accovacciata, ma nel momento in cui si alzò in piedi, la mano destra si allontanò verso il fianco prima di fermarsi e tornare a impugnare la spada.

Lo spirito ha usato due armi.

«Ti manca qualcosa?» chiese con un sorriso beffardo.

Le labbra della donna darkven si contorsero per la rabbia. «Se l'avessi avuta, a quest'ora saresti già morto.»

«Così dici tu. Ma secondo i miei calcoli, sono l'unico ad aver messo a segno un colpo. In verità, sei un po' patetico in questo campo. Vorresti avere un po' di tempo in più per conoscere meglio il suo corpo prima di combattere di nuovo? Non sono un popolano non addestrato come le persone che hai *preso di mira*.»

La donna, lo spirito, urlò e Ali di Fumo oscillò, con la mente confusa dal rumore. Si riprese in tempo per alzare le lame e bloccare un colpo diretto al collo.

Sembrava un colpo alla "stacca la testa dal corpo". Non che possa biasimarlo.

«Forza, su. Non dovremmo usare la magia per questo» rimproverò il suo avversario.

Con le lame agganciate, la lama di lui in verticale e la lama lunga di lei in orizzontale, lei gli rivolse un sorriso maligno. «Sono un maestro di spada elfico. Ma in questo momento, userò qualsiasi cosa per cancellare quell'espressione compiaciuta dalla tua faccia.» La donna inspirò profondamente, preparandosi a urlargli in faccia.

Ali di Fumo ruotò appena i polsi, angolando le lame della sciabola verso il basso, in modo che la lama lunga di lei rimanesse intrappolata tra la guardia e il bordo, a meno che non si tirasse indietro.

Poi infilò la testa tra le sue lame, sbattendole la fronte sul naso e facendola indietreggiare. Il respiro le uscì in un rantolo strozzato. In cambio, sentì il sangue scorrere dalla base del mento lungo il collo. Era riuscito a farlo scorrere sulla lama di lei mentre cadeva all'indietro, tagliandone un lembo come un incidente con un rasoio gigante.

Mentre il calore gli colava lungo il collo, rivolse alla donna un sorriso tirato. «Ho finito, Nyneeve?»

«Sì. Lo spirito è incredibilmente potente, ma posso esorcizzarlo» gli assicurò la highven. «Ricorda, è più facile se lei è ancora *viva!*» aggiunse in fretta.

Ali di Fumo grugnì e riprese a lottare con la darkven, quella volta trattenendo le provocazioni e concentrandosi sulle mosse.

Quando l'ebbe in pugno, Rasze si precipitò in avanti, infilando le braccia sotto le ascelle della donna. Le avvolse le dita al collo. Il tigron spinse le mani in avanti, costringendola a piegarlo mentre le sue spalle si ritraevano.

«Non è così che si combatte con onore!» urlò lei.

Ali di Fumo scrollò le spalle. «Non ho mai detto che si tratta di un combattimento onorevole. Voglio solo batterti e salvare la signorina qui presente. Nulla di più, nulla di meno.»

La darkven continuò a urlare, imprecare e sputare mentre Nyneeve si avvicinava. Quando la highven le mise una mano sul petto, cercò persino di morderla.

Nyneeve rispose colpendo la donna al naso e afferrandole la testa tra le mani. Chiuse gli occhi, le labbra si mossero anche se non usciva alcun suono, finché non dichiarò con forza: «*Granexorcize!*»

La luce arancione tinta d'oro alle estremità divampò intorno alle mani di Nyneeve, poi nella testa della darkven. L'arancione e l'oro lottarono con il bianco all'interno dei suoi occhi incandescenti finché il bianco non fu ricacciato indietro, riportando gli occhi della darkven al loro rosso naturale.

All'improvviso, una sfera incandescente di energia verde, serpeggiante con viticci neri, fu espulsa dal petto della donna direttamente attraverso Nyneeve. Mentre emergeva dall'alto, Ali di Fumo notò che la sfera stessa era incatenata all'interno di una seconda sfera di energia arancione e oro. Le due sfere guerreggiarono tra loro, pulsando e scontrandosi in scintille, finché non svanirono entrambe.

Rasze posò a terra la darkven svenuta. «Per fortuna avevi preparato quell'incantesimo oggi.»

Nyneeve ridacchiò. «Considerando quello che succede durante Witchfire, soprattutto da queste parti, avere preparato quegli incantesimi è prudente, non una fortuna.»

«Maledizione, Amberlyne» sibilò una voce da qualche parte tra gli alberi scuri che li circondavano. «Non puoi farti gli affari tuoi? Mai?»

Gli occhi di Nyneeve si allargarono e un'espressione scioccata le passò sul viso. «Celeste?»

«Celestinia per te.»

«Cosa ci fai qui?» La highven espirò, con voce appena superiore a un sussurro.

«Una domanda migliore è: perché devi rovinare tutto?» Dall'alto si udì un rumore simile a un irritato arruffio di piume. «Sul serio. Se ho qualcosa da fare, posso quasi contare sul fatto che il tuo nasino all'insù ci si infili.»

«Sei davvero tu...» Nyneeve si interruppe, con un misto di sorpresa e confusione sul volto. «Non volevo...»

«Non lo fai mai.» Dall'alto si udì uno sbuffo irritato. «Tuttavia, succede *sempre*.»

Quando Nyneeve non rispose, Ali di Fumo lanciò un'occhiata agli amici, notando per la prima volta che Ekhimo, Aloran, Ambra e Besin si erano uniti a loro durante la lotta con la darkven posseduta, mentre i comuni cittadini erano stati chiaramente allontanati. Guardò verso il cielo e si mordicchiò il labbro inferiore mentre prendeva una decisione. «Che ne dici di venire qui sotto, così possiamo parlare? Sono certo che stasera possiamo aiutarci a vicenda.»

«Davvero?» schernì la voce. «Non sai nulla di me, umano.»

«So che sto aiutando a crescere tuo *figlio*. Almeno quello naturale. Sai, quello che hai lasciato crescere alla tua *amica* in tua assenza.»

Nyneeve trasalì.

«Non sai nulla, allora. Non è una mia amica» sputò la voce.

«Per favore, scendi.» Ali di Fumo alzò una mano, con l'indice e il pollice che quasi si toccavano. «Sono a tanto così dal capire qualcosa e credo che tu possa aiutarmi.»

Ci fu un improvviso spostamento d'aria, mentre fumosi viticci di magia si sollevavano dal terreno a meno di un piede davanti a lui. Formarono la sagoma nebulosa e ombrosa di una donna prima di coalizzarsi nella forma di una wildven. Due profonde pozze viola di energia incandescente, incastonate in uno splendido viso olivastro pieno di irritazione, lo fissarono negli occhi.

I suoi lunghi capelli erano di un nero intenso fino a diventare di un viola brillante a circa due pollici dalle punte. Inoltre, le fluttuavano intorno alla testa molto più di quanto potesse fare la leggera brezza che soffiava nella zona. Un tatuaggio tribale di una piuma, realizzato con inchiostro viola, iniziava all'altezza della mascella, sul lato sinistro del viso, prima di arricciarsi intorno a essa e salire fino alla tempia.

«Grazie» osservò lui con calma, rifiutandosi di indietreggiare mentre il respiro caldo di lei gli scorreva sul viso.

Quelle pozze di energia viola tremolarono per la sorpresa prima di svanire nelle normali iridi viola di una elfa. La bocca e il naso le si storsero mentre considerava e scartava diverse risposte prima di decidersi a dire: «Prego.»

Nyneeve si avvicinò a loro. «Celeste, io...»

Celestinia alzò una mano e sorprendentemente Nyneeve smise di parlare. «Non mi interessa proprio quello che hai da dire.» Si avvicinò ad Ali di Fumo. «Sono scesa solo per vedere cosa pensava di "capire" questo qui.»

«Dovrebbe interessarti» le consigliò Ali di Fumo. «Dopotutto, sta facendo un ottimo lavoro nel crescere tuo figlio. Per non parlare del fatto che, se vuoi passare a trovarlo per fargli *conoscere* la madre naturale, devi avere il suo permesso, visto che l'hai affidato a lei.»

«Cosa?» gridarono entrambe le donne nello stesso istante.

Ali di Fumo sospirò. «Incontra Tylee. Se vuole che questo accada, deve superare qualsiasi problema.»

Gli occhi di Celestinia si accesero di nuovo di luce viola, mentre si avvicinava ancora di più. «Non hai idea di cosa sono, di cosa posso fare» sibilò tra i denti stretti. «Io...»

Ali di Fumo la interruppe chiudendo la distanza tra loro in modo che i loro petti si toccassero. «Allontanati, Piuma» avvertì in un sussurro, mentre i suoi occhi si trasformavano in sfere blu incandescenti con pupille a fessura draconica. «So che ora sei una noxavis, una fenice caduta. Detto questo, non ti piacerà l'esito di una lotta tra noi. Non è necessario che si arrivi a questo. Ti giuro che ti sto offrendo un ramoscello d'ulivo solo perché vedo quanto la tua perdita faccia male a Nyneeve.»

«Lei...»

«Non mi interessa.» Si accigliò. «A dire il vero, non è così. *Mi* interessa, ma non è una discussione per stasera. Devi capire che dico sul serio. Credo che Tylee trarrebbe beneficio dal conoscere te, e tu lui. Tuttavia, so per certo che Nyneeve sente la tua mancanza. Mi ha detto che tu e Hawk eravate praticamente una famiglia, e so quanto la famiglia sia importante per lei.»

Celestinia chiuse gli occhi, fece un respiro profondo e indietreggiò di qualche passo. Quando li riaprì, avevano di nuovo smesso di brillare. Guardò Nyneeve e sorrise perfida. «Ti sei fatta degli amici interessanti. Questa e, naturalmente, la vampira laggiù.» Fece un cenno a Lara.

Ali di Fumo sentì le lame di Ekhimo liberarsi dai foderi meno di un battito di cuore prima che la voce calma di Lara lo chiamasse. «Ehm, Ali di Fumo? Il tuo amico sembra avercela con me.»

Ali di Fumo si passò una mano sul viso e gemette. Si voltò e trovò una delle spade di Ekhimo puntata alla gola di Lara, mentre Rasze guardava il wildven. «Ekhimo, tu sei mio amico. Lara è mia *sorella*. Non costringermi a scegliere.»

«È una vampira, Ali di Fumo. Non sai cosa hanno fatto alla mia famiglia» esordì il wildven.

«Ma mi piacerebbe. Tuttavia, *anche* questa è una storia per dopo. Stai certo che Lara non ha nulla a che fare con i danni alla tua famiglia, perché non è di queste parti. Viene dalla mia terra d'origine. Inoltre, odia i vampiri almeno quanto te, e non ho bisogno di sapere esattamente quanto li disprezzi per potertelo promettere. Ha ucciso *numerosi* vampiri, anche combattendo al mio fianco per distruggere il suo creatore. Ha anche fatto del suo meglio per salvare diverse vittime di vampiri. Alcune le ha riportate in vita e le ha guarite con grande dolore e sofferenza personale. *Non è* chi pensi che sia a causa di ciò che è.»

Ekhimo lo fissò intensamente. «Promettimelo.»

«Hai la mia parola. Sul mio onore.»

Ekhimo trasse alcuni profondi respiri prima di riporre le armi. «Non mi piace, ma mi fido di te.»

Lara lo guardò. «Capisco i tuoi problemi con i vampiri, quindi mi rendo conto che questo forse non significa molto per te. Hai la mia parola. Non intendo fare del male alla tua gente o a chiunque non cerchi attivamente di fare del male a me o ai miei. Anzi, se dovessi desiderare il mio aiuto per affrontare i vampiri di cui hai parlato, lo avrai. Per quanto mi riguarda, ogni amico di Ali di Fumo è il benvenuto come amico mio, se lo desidera.»

Ekhimo annuì brusco. «Un giorno potrei accettare la tua proposta. *Potrei.*»

La baronessa Aloran si fece avanti. «Tuttavia, i non morti sono illegali nei confini di Eithenstaar. Come lady Cressenthorn sa bene.»

Ali di Fumo sospirò. «È questo che faremo? Litigare tra di noi? Lara non ha fatto del male a nessuno, non è stata trasformata di sua volontà ed è qui – a malincuore, aggiungerei – per aiutarci.»

«Perché "a malincuore"?»

Lara sorrise. «Perché non solo conosco le vostre leggi, ma riesco anche a comprenderne le ragioni. Ecco perché non partecipo a questi raduni. Non volevo mettere Nyneeve, Ali di Fumo e Juniper in questa esatta situazione.»

«Allora perché venire questa volta?» chiese Aloran.

«Perché il beneficio era superiore al rischio. Gli spiriti erranti e coloro di cui prendono possesso hanno bisogno di aiuto. Io sono un'abile guaritrice, anche se canalizzare il Pozzo di Luce mi brucia. Pertanto, aiutarli era la cosa giusta da fare.»

Aloran annuì, con un lieve sorriso sulle labbra. «Penso che possiamo tutti dimenticare la rivelazione della nuova arrivata» dichiarò, facendo un cenno a Celestinia.

«Quale vampira? Io non vedo vampiri» aggiunse Besin in tono burbero.

«Nemmeno io.» Ambra inclinò la testa verso Lara.

Ekhimo fece un rapido sorriso alla vampira. Anche se minuscolo. «Non sono neanche sicuro di cosa stiamo parlando.» Si voltò e rivolse ad Ali di Fumo il suo solito sorriso. «Vedo solo qualcuno che avrebbe dovuto preparare meglio i suoi amici.»

Ali di Fumo roteò gli occhi. «Non è che abbia pianificato in anticipo questa piccola festa per rivelarlo. Non avevo idea che mi sarei imbattuto in lei, tanto meno stasera.» Indicò Celestinia.

La noxavis stropicciò il naso e lanciò un'occhiata a Nyneeve. «Quindi la vampira va bene, ma io no?»

Nyneeve sbatté le palpebre e scosse la testa. «No. Cioè, sì...» Si fermò e fece qualche respiro profondo. «Lara va più che bene. È mia amica. Come lo eri tu. Non ti ho mai allontanata.»

«No? Solo i Custodi e le loro ridicole regole. Ti rendi conto del tipo di lotta in cui ci troviamo? E l'idea migliore che Tirena e il Consiglio sono riusciti a proporre è stata quella di "sacrificare il compagno di Celeste e *sperare* che ciò sigilli il portale".»

«Nessuno nega che gli Esterni e i loro piagnucolosi adoratori nella Rivelazione siano degli stronzi» intervenne Ali di Fumo. «Non sto nemmeno dicendo che le decisioni prese dai Custodi fossero giuste o sbagliate. Io non ero presente. Anzi...»

«Ali di Fumo» interruppe Nyneeve, con una nota di avvertimento nel suo tono. «La maggior parte di queste persone non sa nulla dei Custodi.»

«Sì, sì.» Si girò e guardò Aloran, Ekhimo, Ambra e Besin. «Dimenticatevi che vi ho parlato del gruppo supersegreto dedicato alla ricerca e all'eliminazione degli Esterni dal nostro mondo. Quelle cose sono una progenie contorta proveniente da un altro luogo. La Rivelazione fa del suo meglio per reclutare seguaci e adoratori per loro, mentre apre portali e ne fa entrare altri.»

Aloran lanciò un'occhiata a Ekhimo, poi tornò ad Ali di Fumo e Nyneeve. «Davvero?» Quando entrambi annuirono, dopo che Nyneeve ebbe lanciato ad Ali di Fumo un'occhiataccia che fece soffocare una risata a Celestinia, la baronessa si accigliò. «Ekhimo? Incarico te, Besin e Ambra di rimuovere tutta la Rivelazione dalle mie terre a partire da domani. Mi recherò personalmente a parlare con il re della questione.»

Nyneeve scosse la testa. «Non sappiamo chi stiano influenzando. Potrebbero esserci persone che hanno l'orecchio del re e fanno parte della Rivelazione.»

Aloran batté il piede. «Bene. Eviterò di vederlo. Per ora. Inviterò gli altri baroni a una festa e li ascolterò. Vedrò se riesco a convincerli a seguire il mio esempio di esilio di quel gruppo.»

«Tutto questo va bene, ma puoi dirmi perché mi hai chiesto di venire qui?» lo interruppe Celestinia. «Ho altre cose che vorrei realizzare questa sera, e il tempo passa.»

Ali di Fumo annuì e concentrò la sua attenzione sulla noxavis. «Certo. Vorresti dirmi cosa stavi facendo questa sera?»

Lei si accigliò e sospirò, poi annuì. «Non ho idea del motivo per cui te lo sto dicendo. Forse perché so che irriterà Amberlyne.» Fece una pausa mentre contemplava cosa dire. Infine, guardò Nyneeve. «Vengo qui a ogni Witchfire perché il velo tra Umbraxia e il Regno degli Spiriti è estremamente sottile. Da dieci anni a questa parte, ogni anno riporto qui una manciata di spiriti potenti e mi assicuro che trovino un corpo adatto in cui abitare.»

Nyneeve sembrava inorridita. «Spiriti potenti come quello che ho esorcizzato? Cosa succede alla persona di cui prendono il corpo?»

Celestinia scrollò le spalle. «Se possibile, quando il nuovo spirito è abbastanza forte e ha il pieno controllo, rimuovo il vecchio spirito e lo mando oltre.»

«Uccidi lo spirito originale in modo che il nuovo abbia un corpo? Perché?» La voce di Nyneeve si alzava a ogni parola.

«Perché tu e i Custodi non farete ciò che è necessario. Prendo alcuni individui che non valgono nulla in questa lotta e do i loro corpi agli spiriti di ex guerrieri che combatteranno per proteggerci dagli Esterni.»

«Questo è *orribile*» lo rimproverò Nyneeve.

«Forse, ma è necessario.»

«Tu...»

«Non è una guerra che vincerai questa sera, Nyneeve» osservò Ali di Fumo. «Non ti piace quello che sta facendo, e non posso dire di essere d'accordo nemmeno io. Ma la sua risposta mi ha dato quello di cui avevo bisogno.»

Nyneeve staccò lo sguardo dalla sua vecchia amica. «E cioè?»

«Quello che Asserviro e Tozzie stanno cercando stasera.»

«Cosa?»

«Lei.» Ali di Fumo indicò Celestinia.

«Io?» chiese la noxavis. «Cosa te lo fa pensare?»

«Dimmi, quanti di questi "guerrieri" hai creato con successo l'anno scorso?»

Celestinia aggrottò le sopracciglia. «Solo uno, in realtà.» Fece una pausa. «Aspetta, non è vero. Almeno, non nel senso che penso tu intenda. Ho riportato cinque spiriti e ho trovato dei recipienti per loro, ma i maledetti sluagh si sono nutriti di quattro di loro prima che diventassero autonomi.»

«Perché gli sluagh dovrebbero andare a cercare le persone a cui ha attaccato nuovi spiriti?» chiese Rasze.

I gemiti di Aloran, Nyneeve, Lara, Ambra, Juniper e Celestinia riecheggiarono nella radura.

«Vuoi rispondere tu, Nyneeve?» chiese Aloran.

Nyneeve annuì. «Gli sluagh sono attratti dal nutrirsi dei vivi perché in realtà stanno divorando l'*anima* della persona.»

«E ho dato loro una bella occasione» aggiunse Celestinia con rancore.

«Non solo, ma uno di loro era *davvero* potente» ricordò loro Juniper.

«E quando sono sluagh minori, il maggior numero di anime di cui si nutrono, così come il livello di potenza relativo di quelle anime, dà agli sluagh più energia» concluse Aloran.

«Eppure, cosa ha a che fare con me?» chiese Celestinia. «Non ci sono sluagh qui stasera.»

Ali di Fumo fece un cenno a Ekhimo. «Perché l'ex barone forse non è stato controllato per primo questa sera. Molto probabilmente era un burattino di questo Asserviro anche l'anno scorso. Magari anche prima. Questo spiegherebbe perché non si curava della sua gente. Dubito che le creature che si definiscono "schivisti" si preoccupino di qualcun altro.»

Il wildven sbuffò. «Già. È impossibile che l'anno scorso qualcuno lo abbia definito "preoccupato".»

«Le baracche non si sono formate in pochi giorni» argomentò Aloran. «È da un po' che si stanno creando.»

Ali di Fumo si strinse le labbra. «Questo modifica solo l'idea, non la rovina per forza. Il suo ostinato disinteresse per la sua gente rispetto a se stesso può aver dato ad Asserviro un modo facile per manipolarlo. Forse è più facile far sì che un cretino si comporti come un cretino ancora più grande. Soprattutto senza destare i sospetti di chi lo circonda.»

«Credo che spiegherebbe anche perché ha continuato a spingersi nella foresta e ha consapevolmente fatto arrabbiare una ninfa» ragionò Ambra. «Non è stata la cosa più saggia da fare. Anche se non si fosse vendicata nel modo in cui lo ha fatto, avrebbe potuto maledire i raccolti di Windale con qualche animale appestato.»

«Stiamo dicendo che le azioni del barone sono una sorta di cospirazione portata avanti da una terza parte che lo usa come burattino?» chiese Aloran.

Ali di Fumo annuì. «Sì. Un ultimo pezzo dell'enigma. Nyneeve? Aloran? Chi componeva la Triade?»

Le due nobildonne si guardarono. «Un maestro del liquame» disse Nyneeve.

«Tozzie.»

«Un'incantatrice» ammise Aloran.

«Asserviro.»

«E un non morto potente» concesse Nyneeve.

«Durante la mia prima avventura qui, il lich che si aggirava in città reclamava i corpi e le anime di coloro che si trovavano nella taverna per la Triade. Quindi, anche se il nuovo padrone non morto è al momento sconosciuto, presumo che il vecchio fosse in grado di creare sluagh. Ciò significa che magari lo è anche il nuovo» ipotizzò Ali di Fumo.

Nyneeve annuì. «Non l'ho mai visto fare, ma era abbastanza potente.»

Ali di Fumo incrociò le braccia. «Il barone viene rapito da non morti inviati dal membro sconosciuto, che di conseguenza lo consegna ad Asserviro per essere incantato. Sotto il controllo del burattinaio, distrugge la terra della ninfa, probabilmente mentre Tozzie, di nascosto, causa ancora più problemi nei boschi che la fae, nella sua rabbia, attribuisce al barone, rifiutandosi di approfondire i problemi perché è una ninfa. Finisce per essere costretta a cercare alleati per fermarlo e, quando non ne trova, la Triade la avvicina offrendole una soluzione. Disperata per salvare ciò che resta, accetta e la trasformano in uno sluagh. Il non morto ne crea un esercito da controllare e l'intero gruppo viene inviato in città per creare scompiglio.»

«A quel punto la ninfa, essendo una ninfa, si reca direttamente al maniero del barone, in cerca di vendetta. Non lo trova perché lui è fuori a occuparsi dell'arrivo inaspettato del dullahan, ma decide di soddisfare *entrambi* i desideri con i maschi presenti» aggiunse Ekhimo.

«Di nuovo, cosa ha a che fare con me?» chiese Celestinia prima che i suoi occhi si allargassero per la comprensione. «Qualcuno ha notato che negli anni ho portato qui alcune persone durante Witchfire o che gli spiriti potenti sono stati riportati in vita. Sapevano che gli sluagh si sarebbero concentrati sulle persone con il doppio spirito, soprattutto se uno di loro era così forte, e hanno pensato di usarlo per trovare il responsabile.»

«Ma abbiamo interrotto il pasto della ninfa e lei ha chiamato in sua difesa gli sluagh della città. Questo è successo dopo che si sono nutriti di quattro delle tue creazioni. Fammi indovinare. Stavi finendo con il quinto quando gli sluagh se ne sono andati per convergere sul maniero» dichiarò Ali di Fumo.

«Sì. Avevo finito di attirare lo spirito nel suo recipiente quando ho sentito gli sluagh allontanarsi» concordò lei. «Ho pensato che fosse meglio andarsene, a quel punto.»

«E poiché Nyneeve ha incenerito l'intero gruppo di ritardatari, Tozzie e i suoi hanno perso il modo di rintracciarti anche se fossi rimasta» concluse.

«Ancora una volta, perché?»

«Perché vogliamo reclutarti.» La voce di Asserviro si insinuò nella radura, con una scossa di magia untuosa che tinse ogni parola.

CAPITOLO DICIOTTO

<u>**Tarda sera, 30° Witchfire, 18 AF**</u>

Ali di Fumo rabbrividì e ondeggiò quando lo sfiorò la magia. Si sorprese quando vide Celestinia barcollare in avanti di due passi.

«Il nostro gruppo può offrirti molto, lady Noxavis» continuò l'incantatore.

«Per esempio?» sussurrò l'ex fenice.

«Che ne diresti di riavere il tuo compagno, tanto per cominciare? Possiamo fare in modo che tu possa riaverlo. Persino se chiedi che il portale rimanga chiuso.»

«Kalten...»

«Anzi, posso fargli dimenticare di averti abbandonato.»

Celestinia fece un altro passo avanti.

Ali di Fumo le afferrò il bicipite e la tirò indietro. Lei si girò verso di lui, con gli occhi che tornavano a brillare, ma in modo più tenue e opaco di prima. Tuttavia, anche gli occhi di Ali di Fumo si spostarono. «Combatti, Piuma.»

«Vedi? Vedi come ti insultano questi novellini? Si rifiutano di chiamarti con il tuo nobile nome. Cercano di...»

«Chiudi il becco, maledetto Abisso, arrogante fenomeno da baraccone» ringhiò Ali di Fumo, con lo sguardo ancora fisso su Celestinia. «Nyneeve, aiutala.»

«Come?» chiese la highven.

Ali di Fumo azzardò uno sguardo oltre Celestinia, verso di lei. «Fai a lei quello che hai fatto a me nella taverna.»

«Ali di Fumo, nella sua mente non le piacerò. Forse non riuscirò nemmeno a entrare.»

La noxavis colse la sua momentanea distrazione come un'opportunità per sferrargli un gancio sinistro al lato del viso, con tutta la sua forza soprannaturale.

La testa di Ali di Fumo si mosse appena.

Tuttavia, scaglie nere bordate di blu gli apparirono sotto gli occhi e sulle guance superiori, fino alle tempie. Un lato del labbro si arricciò in un ringhio, mostrando un canino allungato. «Sto cercando di aiutarti, Piuma.»

Nyneeve si precipitò in avanti e afferrò i lati della testa di Celestinia tra le mani, con i palmi sulle tempie della noxavis.

«Sei davvero molto interessante.» La voce di Asserviro strisciò di nuovo dalle tenebre. «Tuttavia, le tue azioni sono vane. Ho già trovato la mia strada all'interno. Il dolore, la sofferenza e la confusione della noxavis hanno indebolito le sue difese mentali, facendo crollare le fondamenta. Non c'è modo per te di...»

Gli occhi di Celestinia si accesero, il viola si illuminò molto di più di quello che Ali di Fumo aveva visto al loro primo incontro. Allo stesso tempo, le mani di Nyneeve si staccarono e lei barcollò all'indietro, direttamente tra le braccia di Lara, che si era spostata in avanti nel caso avesse avuto bisogno di aiuto.

Gli occhi della noxavis rimasero saldamente fissi su quelli di Ali di Fumo, anche se si rivolse ad Asserviro. «Su, su. Questi sono i miei segreti da raccontare, non i tuoi.» Un angolo del labbro si sollevò in un sorrisetto. «Ora puoi lasciar perdere. Tu e Nyneeve avete spezzato la sua presa.»

«Sei sicura di non voler cambiare schieramento?» chiese Ali di Fumo.

«Sì.»

«Non mi colpirai di nuovo?»

«Non ti prometto nulla al riguardo. Comunque, offrirò un'alleanza per la serata.»

Le scaglie svanirono dal volto di Ali di Fumo, che annuì. «Sono d'accordo.»

«Come?» sibilò la voce dello schiavista dall'oscurità. «Era mia!»

«Non è di nessuno se non di se stessa» argomentò Nyneeve liberandosi dalle braccia di Lara con uno sguardo riconoscente alla vampira. «Le ho solo ricordato questo.»

«Allora, cari» risuonò la voce di Tozzie nella piccola radura. «Se non vuole ripensarci e unirsi a noi...»

«Mai» sputò Celestinia.

«Come dicevo, in questo caso, suppongo sia giunto il momento di rimuovere un gruppo di impedimenti ai nostri piani. Due baroni in poco più di un anno. I responsabili potrebbero iniziare a pensare che questo posto sia maledetto.»

Ryso? Sei in giro? Ali di Fumo inviò il pensiero alla compagna.

Io e Grim vi abbiamo seguito per in questa città abbandonata dall'Abisso. Pensavi che avessimo smesso quando la situazione si è fatta interessante? Oh, a proposito, che idea stupida mettere la tua gola così vicina alla spada della darkven. Sei fortunato che ti abbia solo sfiorato il mento» commentò Antoryso da dove si trovava.

Dove siete?

Un tetto vicino, rispose.

Avresti potuto dirmi della noxavis sull'albero, sai, la rimproverò.

Mi sarebbe piaciuto. Ma finché non ha parlato, deve aver usato la magia per nascondersi. Nemmeno Grim l'ha notata. Credimi, anche se non l'avrebbe detto a nessuno di noi, se l'avesse fatto se ne sarebbe vantato alla grande.

Vero. Riesci a vedere Tozzie o questo Asserviro?

Ali di Fumo percepì una sensazione mentale negativa. *Possiamo vedere un po' di sottobosco che ondeggia nelle vicinanze e... Oh. Be', sarà uno schifo.*

Cosa, Ryso!

Ci sono... Be', zucche che scendono dalla strada verso di voi. E alcune in piedi dai portici delle persone vicine.

Come fa a stare in piedi una zucca? chiese, incerto di voler conoscere la risposta.

Ti lascio vedere da solo. Devo andare. Io e Grim ci aggiriamo furtivi per metterci in posizione per il combattimento. Dovrebbe essere interessante.

Ryso! Sentì la compagna interrompere il collegamento, come se avesse posto un cartello mentale di "non disturbare" e imprecò.

«Serrate i ranghi. Abbiamo qualcosa in arrivo e non sembra che abbiamo tempo per trovare una posizione più difendibile» avvertì i suoi amici.

Ali di Fumo, Lara, Rasze, Ekhimo, Besin e, sorprendentemente, Celestinia formarono un anello esterno. Aloran, Ambra, Juniper e Nyneeve formavano un anello interno, mentre Bernedexi si trovava al centro del gruppo, con le gambe ai lati della darkven svenuta.

La lepardis lanciò un'occhiata a tutti. «Non sono un fiore appassito, sapete. Sono capace anche di combattere fisicamente. Soprattutto se gli altri due maghi sono in prima linea.»

Nyneeve le lanciò un'occhiata. «Questo lo sappiamo. Lara e Celestinia, però, non sono *in realtà* umanoidi. La loro forza e i loro riflessi potenziati sono ciò che le pone al di sopra di voi.»

«Abbiamo bisogno di qualcuno che sia in grado di lanciare incantesimi in ogni direzione senza essere distratto dal resto dei combattimenti, Bernie. Per questo sei al centro» la avvisò Ali di Fumo.

«Mpf» brontolò lei, chiaramente non convinta.

Un altro problema da affrontare in seguito. Sembra che io continui ad accumularli.

«Cosa stiamo affrontando?» chiese Ekhimo, l'intera area era caduta nel silenzio, tranne che per un leggero scalpiccio che si avvicinava piano.

«Zucche» disse Ali di Fumo in tono piatto.

«Zucche?» sbuffò Besin, accarezzandosi la barba con una mano. «Non sono sicuro di voler raccontare alla gente della nostra grande battaglia con un paio di zucche.»

«Be', queste se ne vanno in giro da sole. Sono state sufficienti anche per convincere Ryso a trovare un punto da cui combatterle. Che secondo lei dovrebbe essere "interessante".»

Besin smise di accarezzarsi la barba e posò la mano sull'ascia. «Credo che questo cambi le cose. Non ha avuto problemi ad attaccare lich e cavalieri della morte, quindi se queste cose hanno attirato la sua attenzione, immagino che dovremmo prenderle sul serio.»

Aspettarono mentre il rumore si avvicinava, con la tensione che faceva saltare i nervi ad alcuni e che faceva arrabbiare altri.

Finalmente la voce di Bernie ruppe la tensione. «Sapete, a quest'ora avrei potuto trovare delle zucche e preparare una torta.» Tutti cominciarono a ridacchiare. «Cosa? Sono serio. Forse posso usare quello che è rimasto di questi ragazzi per farne qualcuna.»

«Buona donna Bernedexi, non sono affatto un esperto, ma non credo che consumare i resti di zucche ambulanti sia una buona idea» ironizzò Aloran.

«In ogni caso, immagina cosa succederebbe se le torte decidessero di andare in giro, cercando di uccidere e mangiare le persone» aggiunse Ekhimo con un sorriso. «Inoltre, Bernie, non è il tipo di torta che dovresti fare stasera.»

«Oh, e di che tipo dovrei prepararne, allora?» chiese Bernie.

«Be', con tutti gli spiriti e i fantasmi che ci sono in giro, dovresti farne una alcolica. Capito? Alcolica perché ci sono gli spiriti.»

Ali di Fumo gemette, mentre gli altri ridacchiarono.

«Aspettate!» esclamò Rasze, spalancando gli occhi. «Sento qualcosa che striscia laggiù.» Fece un gesto e tutti guardarono verso il sottobosco. «Oh. Aspettate. Falso allarme. Era una torta.»

Mentre gli altri ridevano, Ali di Fumo sospirò. «Sapete una cosa? Adesso vado lì e *lascio* che le creature di zucca mi prendano.»

«Ti piace davvero cucinare, Bernie?» chiese Ambra con esitazione.

«Mi piace quasi ogni tipo di cucina» rispose la lepardis.

«Anch'io. Magari potremmo scambiarci qualche ricetta quando avremo finito qui.»

«Certo.»

«Forse potremmo anche pensare di aprire una pasticceria insieme, un giorno, se ci troviamo bene» suggerì la guaritrice umana.

«Credo di sì» rispose Bernie in tono confuso.

«In realtà, non importa. È probabile non funzionerebbe» confessò Ambra.

«Non dico né sì né no, ma perché no?»

«Sarebbe dura da portare avanti. Troppi soldi.»

Tutti ricominciarono a ridere e Ali di Fumo alzò le mani in segno di resa. «Davvero? Va bene. Mi farò mangiare da loro!»

I compagni risero più forte, poi si fermarono di colpo quando apparì la prima "zucca".

Ognuna era alta tra i sei e i sette piedi. Le loro teste erano effettivamente delle zucche, alcune intagliate mentre altre sembravano avere un unico foro circolare al centro. Una cosa che avevano in comune era che ognuno di quei buchi bruciava di una malevola luce nero-violacea che fuoriusciva in una nebbiosa foschia e scompariva dopo essere scesa di qualche pollice.

I loro corpi, comprese le braccia e le gambe sovradimensionate, erano fasci di piante aggrovigliate. Tuttavia, ciò non precludeva loro la possibilità di portare con sé vari oggetti, soprattutto mazze, da usare come armi.

Erano una trentina e si dirigevano da diversi vicoli e strade verso il gruppetto.

Peggio ancora erano i popolani dagli occhi assenti, armati di qualsiasi pseudo-arma riuscissero a trovare, che si aggiravano dietro i guerrieri di zucca. I loro volti avevno smorfie tormentate mentre stringevano i coltelli da cucina, le padelle, i tizzoni del camino, le sedie – qualsiasi cosa su cui potessero mettere le mani – con intento mortale.

Ali di Fumo sentì un singhiozzo strozzato provenire da dietro. Si girò e trovò Nyneeve che si reggeva a malapena in piedi, mentre stringeva gli occhi, con il volto bloccato in uno sguardo tormentato, non diverso da quello dei popolani che si avvicinavano con metodo. «Nyneeve» esordì, stringendo la presa sulle spade.

Se quello stronzo le entra in testa, gli strappo le viscere e lo appendo.

«Io... sto bene. Quelle zucche... sono alimentate dagli spiriti. Si sono *nutriti*...»

Celestinia la guardò, poi tornò alle zucche, con gli occhi stretti. Dopo un secondo, si allargò e fece un mezzo passo indietro. «Animablight.»

«Ti va di spiegarlo al resto della classe?» chiese Ali di Fumo, distogliendo solo per un attimo lo sguardo da Nyneeve.

La noxavis annuì brusca. «Melma di animablight. Hanno la forma generale di gorilla senza testa, con una bocca gigante al centro del petto. Gli arti servono solo per camminare. Ci sono protuberanze dall'aspetto carnoso su tutto il corpo e un mucchio di viticci sottili che fungono da organi sensoriali – dato che non hanno occhi – e che usano anche per afferrare gli oggetti. Perlopiù spiriti o fantasmi, di cui si nutrono, ponendo fine all'esistenza della creatura. Le loro dimensioni variano da circa sei pollici fino a un metro e sei piedi. Man mano che si nutrono di spiriti, diventano più grandi e più forti.»

«Be', noi non siamo spiriti» dichiarò Rasze, impugnando la spada.

Celestinia scosse la testa. «Non ha importanza. Se non riescono a trovare le loro prede normali, possono strappare lo spirito di una creatura e cibarsene. Per fortuna, per farlo devono tenerti fermo, e i viticci non sono così forti.»

«Vedi? C'è sempre un lato positivo.»

Sbuffò. «Il problema è che, in qualche modo, qualcuno ha fatto crescere il liquame *in* zucche. E quelle cose sembrano abbastanza forti da trattenere qualcuno. Oh, e anche i liquami non sono tutti sempliciotti. Questi possono pensare. Soprattutto più diventano potenti.»

Ekhimo lanciò un'occhiata ad Ali di Fumo. «Vedi? Sei un'enorme nuvola di tuono. Lo sai?»

Ali di Fumo finalmente staccò lo sguardo da Nyneeve, che sembrava essersi ripresa, per affrontare il wildven. «Io? Cosa ho fatto?»

«Nulla, e intendo proprio *nulla,* è sempre intorno a te. Ci imbattiamo in melma succhia-spirito che non dovrebbe essere in grado di tenerci fermi per divorare le nostre anime, ma siccome tu sei qui, è bloccata in gigantesche zucche mobili che probabilmente non avranno problemi a farlo. E sono anche abbastanza intelligenti da provarci.»

«*Non* è colpa mia.»

«Sto ancora dando la colpa a te.»

Aloran gemette. «Basta, ragazzi. Suppongo che non ci voglia un grande salto di logica per capire il motivo per cui ci sono meno spiriti che si aggirano intorno a questo Witchfire, vero? Credo di essermi sbagliato. Un minor numero di spiriti *può* essere una cosa negativa.»

«Allora, come li battiamo?» chiese Ali di Fumo mentre le creature si avvicinavano.

«L'energia radiante del Pozzo di Luce funziona bene contro i trasudatori, anche se non sono non morti. Immagino che il fuoco dovrebbe far male alle zucche» offrì Celestinia. «Tuttavia, non ho mai visto creature come loro prima d'ora, quindi chi può dirlo?»

«Si stanno avvicinando un po' troppo» ammonì Rasze. «Come volete gestire le persone?»

Aloran aggrottò le sopracciglia. «Sono miei cittadini e sotto la mia protezione. Non è colpa loro se Asserviro ha preso il controllo delle loro menti. Uccideteli solo se *assolutamente* necessario.»

«Posso occuparmene io, se qualcuno mi aiuta a guardarmi le spalle» si offrì Lara.

«Come?»

«Capacità dei vampiri. Li addormenterò o cercherò di asservirli alla mia volontà. Non ho idea di quanto sia potente Asserviro, ma io non sono da meno. Inoltre, io sono qui, proprio di fronte a loro, mentre lui non c'è.»

«Giuri di rilasciarli quando avremo finito?»

«Giuro che non ho bisogno né desiderio di avere intorno a me un gruppo di persone schiavizzate. Li libererò quando avremo finito» promise Lara. «Tuttavia, non userò queste capacità qui senza approvazione.»

Aloran fece un respiro profondo. «Mi fido di Nyneeve, Ekhimo, Ambra e Besin. Loro si fidano di Ali di Fumo e lui si fida di te. Fai quello che devi fare.»

Lara inclinò la testa. «Come desideri.»

In quel momento, l'oscurità si illuminò in un'esplosione di luce cremisi, un battito di cuore prima che un'ondata di calore li investisse.

Mentre Ali di Fumo sbatteva disperatamente le immagini residue viola, sentì: «Ho provato ad aspettare che aveste finito di blaterare, ma si stavano avvicinando troppo. Quindi scusate, ma ho dovuto lanciare la palla di fuoco.»

Grim.

«Grim!» gridò Nyneeve. «Ti farò la barba quando avremo finito qui!»

«Non sei Mab, *mamma*. Ricrescerà.»

Ali di Fumo sorrise mentre sentì Nyneeve borbottare alle sue spalle.

«Zitto, tu» lo avvertì la highven. «O la prossima volta che *ti* taglio i capelli, potrei fare errori.»

«Sì, Vostra Signoria. Come avete detto voi. Vogliamo andare?» chiese.

«Andiamo.»

Ali di Fumo scorse lo sguardo sui mostri zucca in avvicinamento, notando che la palla di fuoco di Grim ne aveva inceneriti due e incendiati altri due alla sua sinistra. «Rientrate nell'apertura che Grim ha creato, così non ci circondano più. Poi toccherà a noi.»

Mentre il gruppo scivolava verso l'apertura, lo spadone di Rasze e l'ascia di Besin eliminarono in fretta le due zucche infuocate spaccando loro la testa. Poi, l'immenso tigron si gettò la darkven sulle spalle prima di farla cadere di nuovo, senza tante cerimonie, accanto a Bernie.

Nyneeve gli lanciò un'occhiata.

«Cosa?» chiese con voce innocente. «Almeno non l'ho abbandonata. Possiamo sistemare qualche botta e qualche livido, se sopravviviamo.»

La highven roteò gli occhi e si voltò senza parlare.

Ali di Fumo strinse la mascella, ignorando l'interazione. *La conversazione era perlopiù necessaria e perspicace, ma abbiamo perso troppo tempo.*

«Bernie, costringi quelli a destra a spostarsi verso il centro.»

«La prossima volta, di' per favore.»

«Bernie!»

«Ci sto lavorando, Ali di Fumo. Che schifo. Dai un secondo a una ragazza. *Forsaret!*» Una nebbia scintillante apparve nell'aria per una frazione di secondo prima di scomparire. Due guerrieri zucca entrarono nel muro di pura magia con un *tonfo* sordo. Si allungarono, premendo contro di esso con le loro mani di vite contorte, cercando una via d'accesso.

Ali di Fumo giurò che gli occhi scolpiti si restrinsero mentre guardavano il gruppo. Uno si diresse a destra e l'altro a sinistra, cercando un modo per aggirare la barriera protettiva. I popolani dagli occhi assenti si avvicinarono al muro e vi si appoggiarono, spingendo costanti contro un deterrente magico che le loro menti assuefatte non riuscivano a capire come aggirare.

I comandi di Asserviro devono essere semplici, precisi e rapidi per controllare così tante persone. Non ha lasciato loro molto spazio per pensieri complessi. I guerrieri zucca, invece... sono troppo intelligenti, purtroppo.

«Lara, vedi?»

«Sì. Inizierò da lì» rispose. Un attimo dopo, una corva sorvolò il muro magico. Confidava che Lara si sarebbe occupata dei popolani che si trovavano dietro, soprattutto perché la loro intelligenza era al momento quella di un bambino.

«È ora di abbattere le zucche.» I combattenti del gruppo si lanciarono in avanti quando Ali di Fumo vide apparire momentaneamente un altro muro alla loro sinistra, che avrebbe incanalato gli avversari verso il fronte. *O verso le retrovie, quando l'avrebbero aggirato.* «Bernie...»

«L'ho già fatto in passato, Ali di Fumo, anche se *è* passato un po' di tempo» sottolineò la lepardis. «Una parete dietro di noi, in avvicinamento.»

Ali di Fumo sogghignò quando il primo guerriero zucca attraversò la cima mozzata del triangolo magico di Bernie. Le sue lame incontrarono più resistenza del previsto quando si intersecarono con i viticci, ma entrambe incisero profondamente la vegetazione. Il problema si presentò quando cercò di estrarle. La sinistra scivolò via senza problemi, ma piccoli viticci striscianti si avvolsero intorno a quella destra, cercando di trattenerla. Non erano incredibilmente forti, quindi si ruppero quando diede un buon strattone, ma l'esitazione momentanea unita al ritardo quasi gli costò caro.

La sua testa scattò di lato per vedere una mazza che calava verso il suo cranio. Prima che la visione fosse del tutto registrata, due linee di fuoco tortuose passarono sul lato del suo viso, bruciandolo e ardendo parte del sopracciglio.

Fece un passo indietro e cadde sul sedere mentre due raggi infuocati incenerivano sia il braccio sia la mazza, mentre un terzo colpiva la creatura alla testa. Il dolce profumo di zucca arrostita gli riempì il naso mentre la creatura affondava in ginocchio.

Si girò di lato e colse il sopracciglio inarcato di Celestinia che accompagnava il suo piccolo sorriso.

«Grazie, credo.»

«Nessun problema. Mi diverte molto difendere le persone che non prestano attenzione» ironizzò.

«Dovresti guardare dietro di te, allora» replicò lui.

Si girò mentre Rasze tagliava in quattro parti un guerriero di zucca. La parte superiore, quella inferiore e la metà inferiore di ciascun braccio, compresa la mazza che aveva alzato per colpire Celestinia, caddero sul selciato. Rasze sollevò un piede corazzato e calpestò la testa, spegnendo la luce nero-violacea dei suoi occhi. «Non c'è di che.»

Lei roteò gli occhi: «Non ho detto grazie.» Con ciò si voltò, si scostò i capelli neri da una spalla e fece un passo verso un altro guerriero zucca, con le fiamme nere che all'improvviso le avvolsero il corpo.

Rasze scrollò le spalle, sorrise ad Ali di Fumo e barcollò un passo in avanti e scoprì di avere il piede incastrato nella zucca. Fece un respiro profondo. «Non l'ha visto, vero?»

«Non credo» rispose Ali di Fumo.

«Sì, invece» esclamò la noxavis al di sopra delle sue spalle.

«Non so perché vi interessi!» urlò Bernedexi mentre una serie di dardi di forza alla minima potenza colpiva alcuni comuni incantati nelle vicinanze, spingendoli indietro.

«Personalmente non mi importa. Sembra poco professionale.» Rasze staccò la testa della zucca dal collo e la calciò con il piede, mandandola a sbattere contro un uomo umano dagli occhi assenti e facendolo cadere a terra.

«Possiamo concentrarci sull'aiuto ai miei cittadini, per favore?» supplicò Aloran, anche se il tono era divertito.

Ali di Fumo saltò in piedi e si rimise in moto, con le lame velocissimi mentre distruggeva un altro guerriero di zucca. Quando si girò, si rese conto di essere circondato da sei persone che avevano trovato il modo di entrare nella barriera magica e che brandivano vari attrezzi domestici. Il suo sguardo si spostò intorno, cercando di trovare una via d'uscita dal cappio sempre più stretto senza ferirli, in modo che Lara e gli altri incantatori potessero occuparsi di loro.

Prima di trovarne uno, una grande macchia nera si infilò tra due di loro, fermandosi al suo fianco.

Antoryso lasciò che le persone si avvicinassero di qualche passo prima di alzare la testa e ruggire, con un suono abbastanza forte da essere udito a miglia di distanza.

Sia Ali di Fumo sia Antoryso si guardarono scioccati quando i popolani – tutti i popolani della zona, non solo i sei che li circondavano – smisero all'improvviso di muoversi. I loro occhi si schiarirono quando le loro armi di fortuna caddero a terra.

Ali di Fumo fissò la compagna. «Che cosa hai fatto?»

Le enormi spalle della dracowulf si alzarono. *Non ne ho idea.*

Si fissarono per un altro paio di battiti di cuore, finché Lara non si materializzò accanto a loro. «Se potevi farlo, perché non l'hai fatto *prima* che sprecassi tanta energia per liberare alcune delle loro menti?» Lanciò un'occhiata alla dracowulf.

«Non sapeva di poterlo fare. In realtà, non sa nemmeno *cosa* ha fatto» la difese Ali di Fumo.

Celeste si avvicinò. «La sua specie ha chiaramente sangue di drago. Il suo ruggito era come quello di un drago, solo su scala più piccola. Ispira paura e li ha fatti uscire dal controllo di Asserviro.»

Nyneeve arrivò un attimo dopo e grattò Antoryso dietro le orecchie. «Ottimo lavoro. Mi sorprende però che li abbia liberati così in fretta. Avrei pensato che il suo controllo fosse più forte di così.»

Ali di Fumo si guardò intorno, rendendosi conto di colpo che il combattimento era finito. «È stato... veloce. Troppo facile.»

Ekhimo gli rivolse un sorriso. «Siamo in tredici e solo una trentina di zucche. In più, abbiamo gli incantatori.»

All'improvviso, un grande oggetto nero cadde dal cielo, atterrando sulla testa di Ali di Fumo. L'oggetto suscitò un urlo di orrore mentre gli avvolgeva otto zampe pelose intorno alla testa e al collo. «Toglietemelo!» gridò Ali di Fumo saltando di qua e di là, cercando di liberarsi del disgustoso ragno.

Prima che qualcuno potesse intervenire, la creatura si confuse e si trasformò in un gatto nero che si posò con calma sopra la sua testa, con la coda avvolta intorno al collo. «Ti porgo le mie più sincere scuse se ti ho spaventato» gli assicurò Grim. «Stavo legando alcune persone in attesa che Lara potesse raggiungerle e ho pensato di portarti certe notizie il prima possibile.»

Gli occhi di Ali di Fumo si restrinsero mentre combatteva l'impulso di strangolare il grimalkin. «*Detesto* i ragni, tu, tu... *Argh*» concluse con un brivido.

«Grim, non è stato affatto carino» lo rimproverò Nyneeve.

«No, ma il ballo è stato divertente» ridacchiò la creatura impenitente.

«Che notizie ci sono, maledetto gatto mutaforma?» chiese infine Ali di Fumo.

«Ascoltate. Si sentono combattimenti in tutta la città. Ricordate che in città c'erano molte più zucche di *trenta*.»

Il gruppo lo fece, ignorando le domande confuse delle persone che Antoryso aveva liberato dal controllo dello Schiavista. *Ha ragione. Li sento praticamente da ogni direzione.*

La baronessa Aloran si rivolse ai cittadini. «Brava gente! Dovete tornare nelle vostre case e chiudere a chiave le porte. Siamo attualmente sotto attacco e non possiamo garantire la vostra sicurezza se rimanete fuori.»

Quando la gente continuò a fissarla con aria apatica o a girare intorno all'area, Besin si portò le mani davanti alla bocca. «Riportate i vostri culi a casa, *subito*» gridò.

La maggior parte delle persone trasalì e si disperse. Besin afferrò il braccio di un uomo e indicò la darkven svenuta. «È meglio che la portiate con voi. Non possiamo badare alla ragazza svenuta.» L'uomo fece un cenno di assenso e prese in braccio l'avventuriera, poi si precipitò a raggiungere una donna che si era fermata ad aspettarlo.

«Grazie, Besin.» Aloran lanciò un'occhiata a ciascuno di loro. «I guerrieri di zucca saranno difficili da affrontare se anche solo la metà delle zucche è cambiata. Tuttavia, almeno non dobbiamo preoccuparci che i cittadini si mettano in mezzo, visto che il ruggito di questo bellissimo e meraviglioso individuo li ha svegliati.» Grattò sotto il mento di Antoryso.

Vedi? La voce della dracowulf risuonò nella testa di Ali di Fumo. *Sono bellissima e meravigliosa. Dovresti chiamarmi così più spesso.*

Lo farei, replicò lui. *Ma lei ti ha appena incontrato e non ti conosce bene come me.*

Antoryso non rispose, mentre Celestinia si schiarì la gola. «Due cose. Primo, il ruggito può essere stato sentito per miglia, ma gli effetti magici si estendono solo fino a un certo punto. Probabilmente ha aiutato solo quelli che si trovavano in quest'area. In secondo luogo, *avrete* difficoltà a gestire i guerrieri zucca e gli insetti che chiamate cittadini. *Io* me ne vado.»

Si voltò e riuscì a fare due passi in avanti prima che Ali di Fumo le afferrasse il braccio. Lei gli si avventò contro, strappandogli il braccio. «*Giù* le mani, sciocco. È la seconda volta che mi afferri. Combattere fianco a fianco non significa essere amici. O alleati. O *qualcosa* l'uno per l'altro.»

Ali di Fumo annuì. «Mi scuso sinceramente. Neanche a me piace essere toccato senza permesso. Io... non volevo che te ne andassi ancora.»

Lei strinse gli occhi. «Peccato.»

«Per favore. Ascoltami. Ci vorranno solo pochi minuti.»

Celestinia lo studiò per un minuto prima di scuotere la testa di lato e incamminarsi verso gli alberi. Ali di Fumo lanciò un'occhiata agli altri, poi si affrettò a seguirla.

Quando raggiunsero la linea degli alberi, lei lo sgridò. «Che cosa vuoi? Ho delle cose da fare. Se non posso ottenere ciò che mi serve qui, devo...»

«Ascolta, Piuma. È molto semplice. Tu sei migliore di così» la interruppe.

«Come fai a dirlo? Mi hai incontrato solo stasera, quindi non sai nulla di me. E per tre volte mi hai chiamato così. Smettila. "Piuma" non è il mio nome.»

«So che non lo è. È un soprannome. Considerando quello che sei, ho pensato che fosse adatto.»

«Be', non lo è. È un insulto. A dire il vero, non so perché non ti ho incenerito quando mi hai chiamato così la prima volta.»

«Perché una parte di te vuole sentire di nuovo quel cameratismo. Per non parlare del fatto che era la *quarta volta* che ti chiamavo così. Anche se la terza eri un po' fuori di te dopo avermi colpito.»

«Avrei dovuto farlo più forte.»

«Probabilmente.» Scrollò le spalle. «Ma non l'hai fatto.»

Celestinia scosse la testa, studiandolo come un rapace farebbe con un topo. «Perché mi hai impedito di partire? Non hai una città da salvare? Non sono una creatura di bontà e luce come Amberlyne. Non più. Non ti aiuterò per qualche motivo altruistico...»

«Non mi aspettavo che lo facessi. Volevo dirti che non siamo così diversi.»

«Mordo. Forse letteralmente, se non arrivi subito al punto. In che senso siamo uguali?»

«Siamo stati entrambi traditi. Forse davvero, forse nella nostra testa. Ma entrambi lo abbiamo sentito.»

«Non sai di cosa stai parlando...»

«Sì, invece» la interruppe ancora una volta. «Ti senti tradita dalla tua compagna, da Nyneeve, dai Custodi. Ed è vero, non so tutto quello che è successo allora. Cosa l'ha causato, come avrebbe potuto essere evitato. Lo sa l'Abisso che non ho idea se la colpa sia tutta tua o loro. Anche se, come per la maggior parte delle cose, probabilmente la colpa è da ricercare nel mezzo. Tuttavia, conosco alcune cose. So cosa significa la sensazione di tradimento. La mia fidanzata mi ha tradito e si è schierata con mio fratello, che ha ucciso un'intera città per dimostrare la mia incompetenza. Mio fratello e mio padre mi hanno tradito organizzando tutto questo. Per molto tempo ho pensato che mia sorella, la mia tutrice, mia madre e altri mi avessero tradito non combattendo abbastanza per me. O per non essere partiti con me. Le mie emozioni nei loro confronti sono *ancora* nodi aggrovigliati. Perciò, anche se non conosco le esatte circostanze, posso immedesimarmi in quello che provi. Ma non è tutto. So anche che a te manca Nyneeve e a lei manchi tu.»

Celestinia scosse la testa. «È assurdo. Non provo più nulla per quella santarellina. Non da quando si è accoppiata con il mio *compagno di vita.*»

Ali di Fumo imitò il suo movimento. «Oh? Dimmi, cosa fai alle persone che rovinano i tuoi piani? Soprattutto quelli a cui hai lavorato per anni.»

«Li uccido.» Fece una pausa, gli occhi si strinsero momentaneamente prima di allargarsi. «*Non* è la stessa cosa!»

«Sì, invece. Hai dichiarato apertamente che lei si intromette senza saperlo nei tuoi affari. L'avresti uccisa molto tempo fa se a una parte non importasse.»

«Sta crescendo mio figlio. E in più la sua morte danneggerebbe Hawk.»

«Ti ha tradito, però, giusto? Perché preoccuparsene? No, io e te sappiamo che significano ancora qualcosa per te. Il dolore che provi ti impedisce di perdonarli.» Fece un cenno al gruppo verso Lara e Rasze. «Mi è servito rivedere quei due per iniziare a sentirmi *normale*. E ancora non ci sono arrivato.»

Celestinia distolse la testa per fissare l'oscurità. «C'è un senso in tutto questo?»

«Sì. Non devi essere sola. Non devi farlo da sola. Forse non so ancora molto di questi Esterni, ma so che la Rivelazione li serve. E *detesto* quegli stronzi. Potrai avere di nuovo degli alleati, Celeste. Allora, forse anche amici e famigliari. Niente di ciò che hai fatto te lo impedisce.»

«Come ho detto prima, non hai idea di quello che ho fatto. Credimi, alcune di queste cose non le perdonerebbero mai. Ora sono una fenice caduta, un noxavis, un *uccello della morte*. Personalmente, non riesco a capire perché tu *voglia* allearvi con una creatura come me.»

«Primo, perché ho visto nei suoi occhi quanto Nyneeve tenga ancora a te. Secondo, perché devo credere che ci sia speranza per te.»

«Perché?»

«Perché è l'unico modo per credere che ci sia una speranza per me stesso.»

Celestinia sgranò gli occhi. Qualche istante dopo si scosse visibilmente. «Io... capisco.»

«Penso di sì. Poi, lascia che ti ricordi un'altra cosa su di me. Non mi interessa *cosa* sei. Mi interessa *chi* sei. Guarda laggiù. Quella vampira è mia sorella, per quanto mi riguarda. Ho anche combattuto al fianco di una necromante che consideravo una sorella. Una noxavis non è diversa. Non per me.»

«Lo è per molti.»

«Che si fottano. Credo che tu sia caduta per molte ragioni. Uno di questi è che se la Rivelazione mi spinge di continuo all'omicidio a sangue freddo, posso solo immaginare cosa facciano gli Esterni a persone come te che li hanno combattuti per anni. Ma le ragioni non contano quanto quello che vedo nei tuoi occhi.»

«E cioè?»

«Il desiderio di combatterli, ancora. Di proteggere ciò che cercano di distruggere. Sei ancora dalla parte giusta in questa *guerra*, a prescindere da ciò che gli altri possano credere. Devi solo ricordarlo e crederci tu stessa.»

«Non tornerò mai a essere una fenice.»

«Non te lo sto chiedendo.»

Celestinia strinse gli occhi. «C'è qualcos'altro, non è vero?»

Ali di Fumo annuì. «Voglio che guardi dentro di te quando avremo finito qui. La Triade è venuta qui per schiavizzarti, non per *reclutarti*. Se fosse stata quest'ultima, Asserviro non avrebbe usato la magia per incantarti la prima volta che ti ha parlato.»

Le pose una mano sul petto, sopra il cuore. «Voglio che tu capisca se il tuo cuore vuole che tu faccia le cose come le fa la Triade... perché è così. E tu sei migliore di così.» Le rivolse un sorriso sbilenco, mentre i suoi occhi si trasformavano in forma di drago e brillavano appena. «Siamo in grado di trovare molti modi migliori per uccidere i nostri nemici.»

Ekhimo osservò il volto di Nyneeve quando Ali di Fumo posò una mano sul petto di Celestinia. Vide un guizzo di qualcosa nei suoi occhi e gli angoli della sua bocca si abbassarono. Non era molto, ed era sparito con la stessa rapidità con cui era apparso, ma c'era stato.

Ricordava di aver visto la mano di lei sollevarsi verso la noxavis, quando Ali di Fumo aveva allungato la mano e afferrato il braccio di Celestinia.

Sapeva che la tribù della highven – *o la città, o come gli Ermanthyriani vogliono chiamare il loro popolo* – si basava sulla purezza razziale. Soprattutto quando si trattava di una famiglia importante come quella dei Croissépine de Grauviels.

Direi che si stava muovendo per proteggere Ali di Fumo nel caso in cui Celestinia lo avesse attaccato la prima volta. Ma questo non spiega lo sguardo che ha adesso.

Il wildven aggrottò le sopracciglia. *Non era gelosa, vero?*

Celestinia rabbrividì al contatto prima di allontanarsi dalla sua portata. «Bene. Va bene!» dichiarò con voce squillante. «Visto che sei un caso di carità così dannato, ti aiuterò a difendere questa stupida e pidocchiosa città. Sei contento?»

«La mia città non è insignificante!» mormorò a voce abbastanza alta da farsi sentire la baronessa Aloran.

La noxavis si voltò verso di lei e inarcò un sopracciglio. «Lo è rispetto ai posti in cui sono stata» affermò.

Juniper roteò gli occhi. «Non credo proprio che questa conversazione sia importante in questo momento. Dovremmo concentrarci sul fatto che molti avventurieri sono come il fratello di Nyneeve. Prima pugnalano, poi fanno domande. Se non vogliamo esaurire i nostri incantesimi di guarigione e di vita, forse dovremmo darci una mossa.»

Aloran annuì. «Hai proprio ragione.»

Ali di Fumo estrasse di nuovo le sue lame con un sorriso e un'occhiata. «Andiamo a schiacciare...»

«Mi stai chiedendo se dobbiamo andare a schiacciare qualche zucca?» chiese Rasze, con un sorriso che gli spaccava il muso.

Il sorriso di Ali di Fumo si affievolì. «Ti odio davvero. Lo sai, vero?»

Si fecero strada verso il centro della città attraverso i gruppi di trasudatori e zucche di spiriti che si aggiravano per le strade. Peggio ancora, ogni gruppo era accompagnato da una decina di persone con gli occhi vuoti.

Per fortuna, ogni volta che Antoryso ruggiva, la maggior parte di loro si scuoteva dal torpore. Le capacità vampiriche di Lara sottomisero quelli che non ne erano colpiti.

Ma nessuno poteva non notare i segni di morte ovunque. Persone e animali ridotti in poltiglia irriconoscibile dalle mazze dei guerrieri zucca. Carretti rovesciati e, in un caso, gettati in un edificio dove una ruota sporgeva dal muro e girava ancora pigramente nella brezza.

I quattro guaritori si soffermarono a curare o a ridare la vita a qualche decina di defunti più recenti, anche se avevano un'aria nauseata nel rendersi conto del tributo di morte per coloro che non sarebbero stati in grado di essere riportati in vita. Soprattutto se i trasudatori all'interno dei guerrieri zucca si fossero nutriti di alcuni dei loro spiriti mentre morivano, cosa che nessuno sapeva.

I loro volti si abbassarono ulteriormente quando giunsero alla tacita conclusione che avrebbero dovuto iniziare a razionare gli incantesimi, mentre i rumori del combattimento si intensificavano.

Nel frattempo, la baronessa Aloran diventò sempre più silenziosa e il suo volto si trasformò in una maschera cupa quando iniziarono a incontrare più persone colpite dagli incantesimi e dall'acciaio che dalle armi contundenti che la maggior parte dei guerrieri zucca brandiva.

Tuttavia, incapparono nel momento peggiore della serata quando girarono intorno a un edificio e videro i "dolcetti o scherzetti".

I bambini nei loro costumi.

Un'ondata di furia bianca si sprigionò nelle vene di Ali di Fumo, e tutto ciò che guardava assunse una sfumatura di blu. *Gliela farò pagare. Lo giuro.*

Concordo. I piccoli non meritavano questo destino.

Nyneeve, Aloran e Ambra iniziarono a singhiozzare, mentre Juniper e Bernedexi si allontanarono dal lato della strada e vomitarono.

Ali di Fumo cercò Celestinia mentre si dirigeva verso Nyneeve. La noxavis incontrò per un attimo il suo sguardo, con gli occhi che brillavano di lacrime non versate, prima di annuire bruscamente e distogliere lo sguardo, con le azioni che parlavano più di qualsiasi parola. «Stai bene?» chiese alla highven quando la raggiunse.

Si appoggiò a lui, poi si girò e seppellì il viso nel suo petto. «Sono... *erano* bambini, Ali di Fumo. No, non sto bene.»

La avvolse con le braccia in silenzio, mentre le lacrime di lei gli ripulivano la pelle da due strisce di polpa di zucca.

Nel frattempo, Antoryso si muoveva con cautela tra i corpi, annusando ciascuno di essi. Si fermò davanti a ciò che restava di un bambino vestito da drago e lo guardò. *Non sono morti da molto.*

Ali di Fumo annuì, poi si chinò e prese tra le mani i bicipiti di Nyneeve. «Ryso dice che è successo di recente. Tu e i guaritori li riporterete indietro.»

«E se avessimo bisogno di...» tirò su con il naso la highven.

«Hanno bisogno della guarigione più di noi. Ce la caveremo anche senza. Riportateli indietro.»

Nella sua vera forma di pantheran, Grim si avvicinò, con gli occhi color verde acqua che fiammeggiavano. «Ali di Fumo ha ragione. Sistemateli. Poi ci occuperemo di qualsiasi cosa li abbia ridotti così.»

Ali di Fumo si raddrizzò, sorpreso dal tono d'acciaio nella voce del grimalkin, normalmente gioviale. «È determinazione quella che sento?»

«L'Alta Signora Apsara e Nyneeve mi hanno insegnato che i bambini non si toccano. Anche le regine sono d'accordo.» Si accigliò e scrollò le spalle. «Be', a meno che non vengano presi per changeling, ma questo è completamente diverso. Non si fa loro del male. Voglio dire...»

«Ho capito, Grim. Non sto cercando di discutere la pratica dei changeling dei fae in questo momento.» Rilasciò le braccia di Nyneeve. «Aiutateli. Poi, daremo la caccia alle creature zucca responsabili.» I suoi occhi si restrinsero e il bagliore blu si intensificò. «Dopodiché, pregherò i draghi lassù che Tozzie e Asserviro siano rimasti nelle vicinanze.»

La highven fece un passo indietro, fissandolo in volto. Il suo stesso sguardo feroce si rispecchiava negli occhi di lei. «D'accordo. Ambra! Juniper! Aloran! Avremo tempo di piangere più tardi. Adesso sistemiamo i bambini.»

La baronessa Aloran la guardò. «E se avessimo bisogno della guarigione più tardi? Non voglio che si esaurisca mentre stiamo difendendo quelli che sono ancora vivi.»

Ekhimo scosse la testa e le diede una leggera spinta in avanti. «Fidati di noi. Ce la faremo.» La sua voce era dura e fredda, ma si incrinò comunque due volte mentre faceva la sua proclamazione.

Lara si unì senza parole ai guaritori, con la pelle impeccabile delle mani che si infiammava mentre incanalava la magia radiosa del Pozzo di Luce attraverso un corpo forgiato dalla magia necromantica del Pozzo delle Tenebre. Non emise alcun suono di dolore, le lacrime rosse che le scendevano dagli occhi erano ovviamente per i bambini e non per il suo disagio.

Quando i guaritori finirono, una ventina di bambini con gli occhi spalancati e sei adulti erano seduti sulle strade acciottolate, guardandosi intorno confusi.

Aloran guardò Nyneeve, che annuì. «Prendeteli, baronessa. Come hanno detto i nostri scudieri, ce ne occuperemo noi.»

Besin si avvicinò ai bambini, passandosi una mano sugli occhi. «Sì. Venite, piccoletti. Zio Besin vi porterà qualcosa da mangiare.»

«E se le zucche cattive tornano?» chiese una bambina di circa sei anni con un costume da nobile consumato.

Besin sbatté a terra l'estremità dell'ascia. «Allora li taglierò per farne legna da ardere, Vostra Signoria. Non preoccupatevi di questo, però. I miei amici qui si occuperanno di tutti loro prima che possano fare qualsiasi altra cosa.» Si voltò verso Ali di Fumo. «Non è vero?»

«Assolutamente, Maestro Nano. Avete la mia parola» assicurò a tutti.

Aloran abbassò la testa. «Venite, giovani. Come vostra baronessa, mi piacerebbe distribuire qualche dolcetto e sentire i vostri racconti sui costumi.» La baronessa e Besin accompagnarono i bambini lungo la strada, tornando indietro per la via che il loro gruppo aveva già liberato.

Lara finì di infilarsi un paio di guanti quando Ekhimo le si parò davanti. Inarcò un sopracciglio verso di lui. «Sì?»

Abbassò la testa e tese una mano. «Ora capisco perché Ali di Fumo ti chiama sua sorella. Anche se continuo a odiare i vampiri, di certo non ti metto in quella lista.»

Gli prese la mano. «Mi fa piacere sentirlo. Ali di Fumo parla bene di te e dei tuoi amici, e non vorrei essere un ostacolo tra di voi.»

«Non c'è più bisogno di preoccuparsi di questo.»

«Ehi, qualcuno ha capito perché tutta questa gente senza cervello se ne va in giro?» chiese Rasze mentre Lara ed Ekhimo si allontanavano l'uno dall'altro. «Voglio dire, se il tizio si fa chiamare lo Schiavista, penso che dovrebbero essere un po' più vivaci.»

«L'ho capito mezz'ora fa» rispose Nyneeve.

«Bene. Ti dirò la stessa cosa che ho detto a Celestinia. Ti va di condividerla con la classe?» la guardò accigliato Ali di Fumo.

«È esattamente quello che pensavi, Ali di Fumo. Non aveva il tempo o l'accesso per raddoppiare la sua influenza e i suoi comandi. Poteva solo soffocare la loro coscienza sotto un pesante sudario di controllo e sperare per il meglio. Spostare la mente di qualcuno da un lato non gli permette di seguire pensieri complessi.

«Quello che la mia *ex*-amica intende dire è che ha praticamente impacchettato le loro menti e le ha lasciate come dei non morti, ma vivi, in grado di seguire solo i comandi più semplici» confermò Celestinia. «Ciò che dovrebbe preoccupare tutti è la rapidità con cui *è* riuscito a farlo e a quante persone. Perché si tratta di un *enorme* dispendio di potere magico. Credetemi, ha la capacità di controllare finemente qualcuno. Quello che ha provato su di me non era un semplice incantesimo di forza bruta, come quello che ha usato sui popolani.»

Ali di Fumo annuì. «Bene. Cercheremo di mettere insieme qualcosa di più più tardi. Per ora, raggiungiamo la piazza centrale e vediamo dove dobbiamo dirigerci da lì.» Tutti annuirono e si rimisero in marcia, senza Aloran e Besin.

Mentre camminavano, Ali di Fumo si avvicinò all'orecchio di Nyneeve. «Non l'ho mai detto ad alta voce» sussurrò.

Lei sbatté le palpebre confusa. «Mai detto cosa?»

«Ho solo *pensato* a cosa avrebbe potuto fare Asserviro per mettere sotto controllo così tante persone. Non l'ho mai detto ad alta voce.»

La donna aggrottò le sopracciglia e i suoi occhi sbatterono mentre rifletteva. «Io... No, non credo che tu l'abbia fatto.»

«Stavi spiando i miei pensieri?»

Lei scosse la testa con veemenza. «No. Lo giuro.»

«Allora come facevi a saperlo?»

Il suo cipiglio si inasprì. «Vorrei potertelo dire. Non ne ho assolutamente idea.»

Ali di Fumo si raddrizzò e annuì. «Va bene.»

«Mi credi?»

«Certo. Sei tu, però, quello con un'inclinazione magica, quindi vorrei che cercassi di capirlo. Dopo aver schiacciato le zucche, naturalmente.»

Il suo cipiglio si trasformò in un sorriso radioso, le sue labbra dipinte di ambra illuminarono l'oscurità. Almeno agli occhi di Ali di Fumo. «Affare fatto.»

Ci vollero altri venti minuti per affrontare gruppi di zucche di varie dimensioni e persone controllate prima di raggiungere la piazza centrale. Quando la videro, si fermarono in strada alla vista di diversi gruppi di avventurieri che combattevano battaglie contro guerrieri di zucca alti venti piedi o più.

«Immagino che raggiungano anche un formato gigante» commentò Rasze.

Mentre guardavano, uno degli enormi guerrieri zucca lanciò una palla di fuoco rossa e incandescente verso un gruppo familiare di avventurieri vestiti di verde e nero. Per fortuna, l'unico a non essere vestito con quei colori e a indossare invece abiti da mago viola la deviò di lato con un colpo di polso e di dita. La palla di fuoco cambiò bruscamente rotta e colpì una statua vicina, mandando in frantumi la maggior parte della metà superiore e lasciando la parte inferiore a brillare di rosso vivo.

Un fischio in alto attirò la loro attenzione. Alzarono lo sguardo e videro la risposta di un guerriero zucca all'attacco magico del suo alleato essere vanificata.

Una parte del tetto di un edificio vicino passò sopra di loro prima di atterrare con uno *schianto* clamoroso su un altro gruppo di avventurieri.

«Fantastico» disse Rasze. «Non solo sono abbastanza grandi da strappare i tetti degli edifici e lanciarli come un disco, ma alcuni possono usare la magia!»

Celestinia fece una smorfia. «Accidenti.»

«*Accidenti?* "Accidenti" cosa?» chiese Ali di Fumo.

La noxavis sospirò. «I trasudatori di animablight possono lanciare incantesimi se lo spirito o il fantasma che hanno divorato ne aveva. Sembra che questi guerrieri zucca abbiano questa capacità.»

«Fantastico. Meraviglioso. Dobbiamo lavorare sulle nostre capacità di comunicazione. Sarebbe stato bello saperlo *prima*!»

«Non se n'è parlato *prima*, e non è che io abbia una conoscenza approfondita di queste particolari mostruosità. Non ho mai sentito parlare di trasudatori che si trasformano in qualcosa fino a stasera!»

«Lasciala stare, Ali di Fumo» la difese Nyneeve. «Anch'io conosco i trasudatori e non ho mai saputo di queste possibilità.»

Ali di Fumo aprì la bocca per ribattere, ma fu interrotto da un urlo nella direzione da cui era stato scagliato il tetto.

Il gruppo si voltò a guardare. Un altro guerriero zucca entrò nella piazza, alto almeno la metà degli altri.

Con una mano teneva un adolescente che si dibatteva debolmente tra i viticci legnosi che lo componevano. Minuscoli frammenti di luce dorata si allontanavano dal corpo del ragazzo e fluttuavano direttamente nella luce nero-violacea emessa dalla bocca del guerriero zucca.

«Dannazione! Quello l'ho *intagliato* io!» imprecò Ekhimo.

«Cosa sta facendo?» chiese Rasze.

Sul volto di Celestinia balenò uno sguardo indecifrabile. «Si sta nutrendo» sussurrò.

Gli occhi di Ali di Fumo si allargarono e, prima che se ne rendesse conto, le grida dei suoi amici che gli dicevano di fermarsi erano già lontane. Le ombre si radunarono intorno alle sue lame mentre caricava verso il guerriero zucca, che lo vide arrivare e sollevò un piede, che colpiva dove si trovava lui fino a un attimo prima.

Tuttavia, Ali di Fumo si era girato di lato e aveva scagliato entrambe le sciabole contro l'altra gamba della creatura. Le lame, rafforzate dalle ombre che aveva inconsciamente attirato al suo fianco, morsero in profondità, squarciando la vegetazione.

Poi, una si ruppe.

L'improvvisa perdita di resistenza fece scivolare Ali di Fumo sull'acciottolato, mentre la sua sciabola intatta scivolava dalla mano ricoperta di polpa di zucca. Riuscì a non cadere, agitando selvaggiamente le braccia, ma fu tutto inutile. Prima di ritrovare l'equilibrio, il rumore intorno a lui cessò di colpo e risuonò una gigantesca nota simile a una campana. Un suono fragoroso esplose mentre onde di energia sonica distorcevano visivamente l'aria.

Fu scaraventato a terra con una forza che scosse le ossa. Alcuni denti si frantumarono a causa dell'impatto.

Stranamente, l'energia sonica non danneggiò il suo corpo come pensava.

Non che avesse importanza, visto che un attimo dopo una mano massiccia lo raccolse, sollevandolo verso il volto orrendamente ghignante e scolpito del guerriero zucca.

La sua mente assuefatta riconobbe il pericolo, così iniziò a contorcersi, lottando per fuggire.

Fermati.

Sei pazzo? Questa cosa ci mangerà!

Non è una follia. Sto verificando un'ipotesi.

Be', smettila di verificare e aiutami! Si suppone che tu mi abbia già dato forza e resistenza in passato!

Nessun "si suppone". L'ho fatto tante volte.

Le costole di Ali di Fumo scricchiolarono quando il nemico strinse la presa. Cominciò a respirare con rantoli brevi e superficiali, che erano tutto ciò che riusciva a fare.

Questo è un ottimo momento per farlo di nuovo!

Tranquillo. Devo scoprire qualcosa. Ecco, sì.

La pressione esercitata dal guerriero zucca sembrò diminuire, mentre la voce rinforzava in qualche modo il corpo di Ali di Fumo.

Prima che Ali di Fumo potesse discutere ancora con la voce nella sua testa, sentì Nyneeve gridare: «Celeste!»

Riuscì a inclinare la testa per vedere la noxavis e la highven che si fissavano.

«È scappato. È colpa sua» argomentò Celestinia.

«Ti prego, Celeste. Io...» Nyneeve fece una pausa.

«Tu cosa?» scattò la noxavis.

«Ho *bisogno* di lui» concluse.

«Bene. Sei in debito con me. Stai pronta» comandò Celestinia prima di saltare in aria, spostarsi e scomparire un attimo dopo.

Poi, inaspettatamente, lo stridio di un rapace riecheggiò nella piazza centrale.

Un rapace *molto* grande.

Un rapace dalle piume nere, con un corpo grande quasi come quello del guerriero zucca e un'apertura alare di gran lunga superiore, si diresse verso di lui. Le punte delle piume dell'uccello erano di una tonalità di viola tremolante, mentre la parte posteriore delle ali della creatura lasciava trasparire fiamme dello stesso colore.

Il rapace si scagliò contro il guerriero zucca in una picchiata ad alta velocità, gli artigli di una zampa racchiusero la mano della creatura e Ali di Fumo, che era stretto all'interno. Un'enorme *crac* riecheggiò nell'area e l'ultima cosa che Ali di Fumo vide, mentre l'oscurità lo avvolgeva, furono gli artigli dell'altra zampa dell'uccello che sbattevano sul volto della zucca.

Mentre Celestinia si trasformava, l'unico pensiero che le riecheggiava nella mente era: *Perché mai, per l'Abisso, sto facendo questo per lei? Per lui?*

Saltò in aria e si trasformò nella sua forma completa di noxavis. Con un paio di battiti d'ali e la loro apertura alare di sessanta piedi, il vento e i detriti si riversarono nell'area sotto di lei.

Almeno ho la gioia e il divertimento fugaci di vedere Nyneeve e i suoi amici stramazzare al suolo.

Usò la magia per teletrasportarsi più in alto nel cielo – cosa che avrebbe potuto fare prima di far cadere le persone – e inclinò la testa, con gli occhi viola che si concentravano sulla preda.

Perché sto salvando quello stupido? Si è lanciato a capofitto verso quella creatura, incurante delle conseguenze.

La noxavis emise un misto tra un sospiro e un cinguettio.

Perché non è normale, ecco perché. Non ha corso in avanti, almeno non per tutto il percorso. Le ombre lo hanno avvolto prima di liberarlo per quasi tutto il tragitto. Per non parlare degli occhi di drago quando l'ho incontrato.

Con un ultimo *crac* del becco, giunse a una decisione. Una che sapeva, nel profondo, avrebbe raggiunto.

Celestinia piegò le ali e si tuffò in picchiata, urlando la sua rabbia per gli eventi che l'avevano portata a quel punto. *Tutti* gli eventi. All'ultimo secondo, spinse le zampe in fuori, una delle quali si aggrappò alla mano del guerriero zucca che stringeva Ali di Fumo, mentre gli artigli dell'altra si conficcarono nel volto scolpito della creatura e lo attraversarono.

L'impatto ad alta velocità li fece cadere tutti a terra. Strappò gli artigli dalla testa della creatura in uno spruzzo di pezzi arancioni e li avvolse intorno all'altra za,pa, proteggendo il carico che in qualche modo era arrivato a significare... *qualcosa* per lei.

Girò la testa per fissare Nyneeve, che si era rialzata. «*Ora, maledetta santarellina!*»

Nyneeve annuì, inclinò la testa all'indietro e tese le braccia verso il cielo. Celestinia non riuscì a sentire la parola d'ordine della highven, ma la conosceva a memoria per aver lavorato con lei per tanti anni.

Granincenrapper.

Uno dei luminosi occhi viola di Celestinia guizzò verso il cielo, mentre il calore veniva risucchiato dalla già fredda sera di Witchfire, abbassando la temperatura intorno a lei di una decina di gradi. In alto, tra le nuvole scure, vide formarsi nel cielo notturno una sfera vorticosa di fiamme dorate. Una sfera la cui luce avrebbe rivaleggiato con quella del sole, se fosse stato presente. Così com'era, la sfera d'oro illuminava il suolo e metteva in ombra lo splendore argenteo della luna.

Poi, la sfera tremò e implose, facendo correre una colonna di fiamme dorate verso il suolo, verso di lei, il suo premio e il guerriero zucca che lottava per alzarsi con lei sopra.

Alzò le ali per proteggersi la testa e fece l'unica cosa che poteva fare. Si preparò a un impatto che non aveva idea del perché stesse subendo.

Non ho mai dovuto farlo. Allora, perché lo faccio?

Non fece in tempo a rispondersi che la colonna ruggente di fiamme radiose li inghiottì tutti e tre e il suo mondo si trasformò in un'agonia.

In quanto noxavis, una fenice caduta, era immune al fuoco. Tuttavia, il suo corpo, pur non essendo un non morto, era ancora infuso della magia di morte e decadimento del Pozzo delle Tenebre. L'antitesi diretta della metà della magia contenuta in quelle fiamme.

Si sforzò di tenere il becco chiuso, ma non poté fare a meno di emettere qualche sommesso *rantolo* di dolore quando il suo intero mondo fu avvolto dalla stessa magia a cui aveva voltato le spalle tanti anni prima. Mentre quella le rovinava la carne e le bruciava le piume.

Fu sul punto di perdere i sensi prima che una mano toccasse uno dei suoi artigli. Avvertì le vibrazioni dell'umano che parlava, ma non riuscì a distinguere le parole ovattate. Una *magia* fredda – anzi, *gelida* – le attraversò il corpo, mentre nello stesso istante sentiva le ombre, un altro tipo di magia associata alla sua specie, agitarsi e contorcersi tra le piume, proteggendola da ulteriori ferite.

Poi sparì. La sfolgorante luce dorata si affievolì, poi si spense, lasciando dietro di sé solo la pallida luce della luna.

Sentì dei passi che correvano verso di lei e si sforzò di staccarsi dal guerriero di zucca prima di rendersi conto che non ne rimaneva nulla. L'unico motivo per cui si sentiva compressa era che si era inconsciamente raggomitolata.

Si alzò a sedere e guardò Nyneeve, prima di guardare l'area. Non solo il suo avversario era stato incenerito. Di *tutte* le creature a forma di zucca era rimasto ben poco, se non cenere.

È sicuramente migliorata dall'ultima volta che abbiamo combattuto insieme.

La vampira Lara posò una mano sulla sua ala, incanalando il particolare tipo di *guarigione* che la loro specie richiedeva.

Nyneeve la guardò. «Stai bene?»

Celestinia sentì dentro di sé un'emozione che non conosceva da oltre un decennio.

E non era sicura di quello che provava, così la mandò giù.

Invece di rispondere, sollevò una zampa e liberò gli artigli, rivelando l'essere umano incontaminato, almeno dalle fiamme, che sedeva tra le sue dita.

Ali di Fumo sorrise a Nyneeve prima di alzare lo sguardo verso Celestinia. «Vedi? Piuma.»

La noxavis gettò lo sguardo al cielo. «Sei un ometto irritante.»

«Ma avevo ragione.»

«Su cosa?»

«Che tu e Nyneeve sareste ancora una grande squadra.»

Celestinia roteò gli occhi e scosse la testa. Poi, girò la zampa di lato e lo lasciò cadere.

Ali di Fumo fece mulinare le braccia senza alcun effetto. *Non pensavo che sarebbe servito a qualcosa.* Si schiantò a terra goffamente sulla gamba sinistra. Il ginocchio si spostò e il femore si spezzò. Il dolore gli arrivò dritto alla testa, alimentando il mal di testa senza fine. Finì sul sedere, gemendo di dolore.

«*Celeste!* Perché l'hai fatto?» la rimproverò Nyneeve.

«A dimostrazione di quanto lavoriamo ancora bene insieme, ovviamente» affermò Celeste secca. «Ora puoi curarlo, e lui te ne sarà per sempre grato.» Abbassò lo sguardo su Ali di Fumo e scosse la testa prima di scomparire e riapparire in alto, allontanandosi.

La sua voce risuonò un'ultima volta nella testa di Ali di Fumo mentre se ne andava. *Ti curerà. Si prenderà cura di te. Potrebbe persino arrivare ad amarti. Ma hai troppa oscurità dentro di te per poter essere suo.*

Ali di Fumo guardò il cielo mentre Nyneeve si inginocchiava accanto a lui e il calore della sua guarigione gli soffocava il corpo tra una fitta di dolore e l'altra, mentre le ossa si ricomponevano.

EPILOGO

Ali di Fumo sorrise a Nyneeve dal suo posto davanti al camino quando Tylee tirò fuori un'ultima lunga scatola e gliela mise in grembo. «Che cos'è? Pensavo che avessimo finito di scambiarci tutti i regali prima.»

Il che non è esattamente vero.

Nyneeve gli sorrise timida. «Aprilo, ti dispiace? L'abbiamo preso tutti insieme e... be'... *Abbiamo* pensato che ne avessi bisogno.»

Ali di Fumo sgranò gli occhi e iniziò a strappare la carta regalo.

«Devi proprio essere così disordinato?» lo rimproverò.

In risposta, sollevò un sopracciglio e gettò gli scarti nel camino.

«Sei proprio un bambino.» Lei ridacchiò, scuotendo la testa.

Aprì la scatola e gli occhi si allargarono per la sorpresa quando vide cosa conteneva.

Estrasse con reverenza una lunga lama elfica, perché di quello si trattava, dalla scatola e la tenne alzata alla luce del fuoco. Il pomo aveva la forma di un occhio di drago azzurro, seguito da un'impugnatura rivestita di cuoio. L'elsa era una combinazione di una normale lama lunga elfica, ma progettata per incorporare una guardia più grande del normale, come la sua sciabola. La parte anteriore, che scendeva oltre le dita, aveva la forma della testa e del collo di un drago, con due corna gemelle che allargavano la guardia.

Tuttavia, invece di far emergere l'intera lama dall'elsa, una parte di essa scendeva lungo la parte posteriore della testa del drago, tra le corna. Il lato posteriore dell'elsa si svasava verso l'alto, creando un'ala di drago. Il resto della lama era forgiato con una leggera curva, quasi come una S allungata e poco profonda. L'intero oggetto era di colore nero pece e incredibilmente leggero.

Fissò la lama, spostandola avanti e indietro alla luce tremolante del fuoco.

Pensavo che avessero annerito l'acciaio, ma è troppo chiaro. Inoltre, ci sono onde più scure all'interno del materiale.

Muovendola, notò l'incisione sulla lama. Foglie di agrifoglio intrecciate correvano dalla punta lungo la parte posteriore della lama fino all'elsa. Sulla lama stessa era incisa una parola. *Curaidh.*

Campione.

Si sentì lacrimare mentre sollevava lo sguardo sui volti sorridenti dei suoi amici. «Io... sono senza parole. È una cosa stupenda. Come? Di che cosa è fatta? *Perché?*»

Nyneeve gli rivolse un sorriso caloroso. «Perché? Perché hai rotto una delle sciabole. Come? Abbiamo contribuito tutti. Compresi Aloran, Ekhimo, Ambra e Besin...»

«E poi, ricorda che è quanto di più vicino che avrai a una paga» aggiunse Juniper.

Ali di Fumo rise e annuì. «L'ha fatta Besin?»

Nyneeve lanciò un'occhiataccia a Juniper prima di voltarsi verso Ali di Fumo. «No. È stato un altro fabbro che conosco. In ogni caso, è fatta di mythryl d'ombra e adamantio. Il fabbro che l'ha creata dice che il processo si chiama fusiotura. Combina i metalli in modo da ottenere i vantaggi di ciascun tipo utilizzato. Dopo che ha finito, Lara, Bernedexi e Indigo hanno lavorato per incantarla.»

«È... non posso accettarla. È molto più di quanto possa sperare di ripagare.»

«Non devi. Per questo si chiama *regalo*» lo prese in giro Tylee.

Nyneeve tirò fuori le gambe da sotto di sé, si liberò dalla sedia e si alzò in piedi. Si avvicinò e si inginocchiò davanti a lui. «Te la sei già guadagnata mille volte, Ali di Fumo. So che continuerai a farlo per molto tempo ancora.»

Lui tirò su con il naso e annuì prima di posare la lama stupenda. Frugò nella sacca e ne estrasse una piccola scatola ordinatamente legata con un fiocco verde e ambrato. «Io... volevo darti questo più tardi.» Gliela porse e Tylee e Juniper respirarono profondamente.

Nyneeve la prese con esitazione, con gli occhi che studiavano il volto di lui. Sembrava che una parte di lei volesse aprirlo, mentre l'altra parte temeva quello che avrebbe trovato. Mentre lo guardava negli occhi, sciolse il fiocco e tolse la parte superiore della scatola. Lasciò scivolare lo sguardo verso il basso fino a sbirciare all'interno.

Un sorriso le strinse gli angoli delle labbra mentre allungava la mano ed estraeva una collana d'argento con un piccolo ciondolo d'argento a forma di scricciolo. Piccoli occhi color smeraldo scintillavano nel bagliore del fuoco. «La adoro.»

Ali di Fumo arrossì. «Io... posso procurarti qualcosa di meglio. Voglio dire, la spada...»

Gli avvicinò il viso, sfiorandogli leggermente le labbra. «Zitto. È bellissima e la adoro.» Tylee rimbalzò quasi sul divano mentre lei si appoggiava allo schienale e girò la testa. Con una mano si scostò i capelli dal collo, mentre con l'altra prese la mano di Ali di Fumo e vi infilò la collana. «Me la metti?» Lui annuì e le infilò in fretta la collana al collo. «Grazie» sussurrò lei voltandosi di nuovo verso di lui.

Il respiro di Ali di Fumo gli si bloccò in gola quando lei si chinò di nuovo in avanti.

Poi bussarono alla porta.

L'incantesimo si infranse all'improvviso. Nyneeve scosse la testa e si appoggiò allo schienale. «Tye? Per favore, controlla fuori e vedi chi è.»

Il giovane elfo ringhiò qualcosa di incomprensibile, poi scivolò dal divano e si diresse verso la porta. Sbirciò fuori, aggrottò le sopracciglia e la aprì, recuperando qualcosa da terra. «È un regalo. Ma non c'è nessuno.»

«Portalo qui, per favore.» Obbedì e Nyneeve vi passò sopra una mano, con la magia che le tremolava sulle dita. I suoi occhi si allargarono e lo ripresentò a Tylee. «È sicuro, ed è per te.»

«Come fai a saperlo? Non c'è nessun nome sopra.» Estrasse una piuma dall'arco. «Solo questa piuma nera e viola.»

Ali di Fumo tirò un respiro affannoso. «Tua madre ha ragione. Sono certo che è per te.»

Tylee scrollò le spalle, tornò al divano e posò la piuma sul tavolino. Scartò la scatola e si accigliò. Cercando all'interno, tirò fuori la statua di una fenice. «È molto bella, ma cosa significa? Perché qualcuno dovrebbe mandarmi una statua di fenice?»

Nyneeve guardò Tylee e poi di nuovo Ali di Fumo. «Significa speranza, Tye. Speranza.»

15° Witchfire, 1503 DF

Sofia sorrise agli amici mentre uscivano dalla biblioteca per entrare nella luce del sole del tardo pomeriggio. «Mi *piace* uscire dal castello!»

Kotizara le diede una gomitata. «Siamo sempre fuori dal castello. Anzi, per la maggior parte del tempo siamo a malapena *nel* castello.»

«Non ha tutti i torti» concordò Corym. «Comunque, perché sei voluta venire qui oggi? Non che mi dispiaccia.»

«Ho pensato di passare a ringraziare Thep per la torta di compleanno di Zix» li informò Sofia. «C'è solo *una* persona che conosco che prepara una torta al cioccolato con un ripieno di baccastella come quello.»

«È stato fantastico, come al solito» concordò Zixne. «Tutto sommato, voi altri dovreste ringraziarmi per aver compiuto gli anni e aver ricevuto la torta.»

«Oh, ti ho ringraziato» si vantò Feral con una smorfia. «Più volte.»

La leonevosa ricambiò lo sguardo, poi sorrise. «È vero. Ma non sono ancora sicura che tu sia *all'altezza* della torta.»

Gli altri scoppiarono a ridere mentre Lyse dava un pugno sul braccio al fratello. «Sapevo che una torta, qualsiasi torta, era meglio di te.»

Azurestri si mise in mezzo a loro, lanciando al wulven uno sguardo di commiserazione. «Non preoccuparti, Feral. Quella *non* era una torta qualsiasi. Sono cresciuto come principe e non ne ho mai assaggiata una così. È come se fosse stata *fatta* per danzare sulla lingua di un drago.»

Icharokath alzò le spalle. «Il sapore era buono. Ho apprezzato di più il pasto di Kihlri.»

Srizix scosse la testa. «Non sono d'accordo. Il pasto era ottimo, ma la torta era *divina*.»

Sofia scosse la testa e condusse gli amici nella pasticceria di Thep, Oltre l'arcobaleno.

Quando entrarono, il suono del campanello sulla porta li accolse e l'odore del pane appena sfornato e dei numerosi dolci le riempì il naso. Chiuse gli occhi e fece un respiro profondo, perché i profumi le ricordarono l'infanzia. Poi li riaprì e diede un'occhiata al negozio.

Le vetrine alla sua sinistra contenevano diversi tipi, forme e sapori di pane e panini ed erano piene per circa tre quarti. *Il resto si esaurirà non appena la gente uscirà dal lavoro e ne prenderà un po' mentre torna a casa per cena.* La parete dietro era decorata con un arcobaleno gigante che la ricopriva quasi per intero. Se si guardava abbastanza con attenzione, Sofia sapeva che c'erano più dei normali sette colori dell'arcobaleno.

La vetrina di fronte alla porta d'ingresso esponeva le torte che Thep e i collaboratori avevano preparato per la giornata, anche se al momento era quasi vuota. *La maggior parte delle torte è andata via ben prima di mezzogiorno.* La parete retrostante era decorata con un motivo a rombi, ognuno dei quali aveva la tonalità di una pietra preziosa diversa.

Alla sua destra si trovavano le casse di norma stracolme di dolci che il negozio avrebbe venduto per la giornata. Erano ancora piene per un quarto. *Ma non lo saranno quando ce ne andremo!* La parete dietro di esse brillava con un motivo ondulato di spesse linee metalliche.

Thep si affrettò a varcare la porta della cucina, sempre desideroso di salutare di persona i clienti. Quando li vide, il suo volto rugoso si allargò in un sorriso ed eseguì un perfetto mezzo inchino. «Bene! Se quella non è la principessa Sofia e i suoi Artigli Perduti. Vi state facendo un bel nome.»

Il gruppo si fece vedere tutto, sorridendo al vecchio fornaio. «Sono Sofia, Thep. Volevamo ringraziarti per la torta di compleanno di Zixne.»

«Era *fenomenale*» dichiarò la leonevosa, dondolando avanti e indietro sulle punte dei piedi.

«È stato un piacere» replicò il fornaio, con un ciondolo al collo che brillava alla luce.

Lo sguardo di Sofia si posò su di esso e un'espressione di sorpresa le balenò sul volto quando si rese conto che si trattava di un occhio di drago. Un ciondolo che, come il suo arredamento e il suo abbigliamento, sfoggiava vari colori, gemme e metalli. «Non ricordo questo ciondolo, Thep. È davvero bello.»

Gli occhi di Thep si allargarono. Abbassò lo sguardo e lo prese in mano. Dopo un attimo di esitazione, la allungò con delicatezza in modo che lei potesse sporgersi in avanti e guardare. «Oh, non è niente. Un vecchio cimelio di famiglia. Con il nuovo signore e la nuova signora dei draghi del nostro regno, mi è sembrato giusto iniziare a indossarlo.» Quando Sofia si raddrizzò, lui lo infilò di nuovo nella camicia. «Be', anche se non c'era bisogno che veniste qui per ringraziarmi, sono felice che l'abbiate fatto. Posso offrirvi qualcosa mentre siete qui?»

Gli amici sorrisero tra loro. «La domanda migliore è: cosa ti lasciamo per tutti gli altri?»

LA STORIA CONTINUA

La storia continua con il sesto volume, *Il libro degli incontri,* in arrivo su Amazon e Kindle Unlimited.

NOTE DELL'AUTORE

Sono seduto qui a scriver la sera di Capodanno, nel mio salotto con l'albero di Natale che scintilla (con luci lampeggianti multicolori mentre mia moglie preferirebbe il bianco) mentre si prepara ad andare dai nostri amici per una serata di giochi per festeggiare il nuovo anno.

E mi dice ripetutamente di sbrigarmi perché siamo in ritardo.

In ogni caso, mancano meno di sei ore al 2024, ma non riesco a smettere di pensare al 2023.

Quello sarà sempre l'anno in cui sono diventato un autore, non solo uno scrittore. Quando finalmente ho messo su carta tutta la storia e la costruzione del mondo, tutti questi *personaggi* che mi giravano in testa da decenni. O, suppongo, su Word. Condividere con altri qualcosa che è stato una parte così ricca della mia vita.

Quando è iniziato il 2023, non avevo ancora ricevuto risposta dalla LMBPN in merito al manoscritto che avevo inviato. Non mi aspettavo assolutamente che lo volessero, che volessero che scrivessi per loro.

E ora posso condividerlo con tutti voi. Per questo sono profondamente onorato. Non riesco a esprimere a nessuno di voi quanto significhi per me il fatto che stiate leggendo questo testo in questo momento. Che abbiate letto qualcosa che ho scritto. Avete partecipato al mondo e ai personaggi che io e mia moglie abbiamo costruito, con l'influenza di alcuni amici lungo la strada.

Non ho idea di cosa ci riserverà il 2024. Auguro buona fortuna e felicità a ciascuno di voi. Spero anche che continuerete a godervi Kemuri, Sofia e il resto dei loro amici... anzi, della loro *famiglia*. Per godere di Umbraxia e delle Leggende spero che stiate vedendo creare.

L'unica cosa che so per certo è che continuerò a scrivere finché voi vorrete continuare a leggere.

Quindi, a ciascuno di voi, BUON ANNO NUOVO!

I LIBRI CATALOGATI DI PATRICK MICHAEL

Legends are made

Il libro degli inizi (libro 1)

Il libro della fratellanza (Libro 2)

Il libro del tradimento (libro 3)

Il libro della rinascita (Libro 4)

Il libro del castigo(libro 5)

CONNETTITI CON PATRICK

Sito web: http://patrickmichaelbooks.com/

SULL'AUTORE

Patrick Michael è da anni un avido lettore di fantascienza e fantasy. Ha tre scaffali pieni di romanzi (impilati due volte) e due scaffali completamente pieni di libri da gioco.

Gestisce un gioco di Star Wars d20, gioca nell'eccellente campagna di D&D di un amico (il suo amico dipinge ottime miniature e realizza eccellenti oggetti di scena, cosa che a Patrick manca), ed è stato un GRV per oltre 20 anni. La sua mente vorrebbe continuare a fare l'ultima cosa, ma il tempo glielo impedisce... e il suo corpo gliene è grato.

Ha una moglie meravigliosa e la figlia migliore che si possa desiderare, oltre a due gatti. Sua moglie lo ha convinto a scrivere il mondo in cui hanno giocato di ruolo per... be', a quanto sembra da sempre. Gli ha detto che sarebbe stato un ottimo modo per dimostrare alla figlia che si può fare tutto ciò che si vuole.

RECENSIONI E VALUTAZIONI

Ti è piaciuto il libro? Scrivici una recensione o valutaci con stelle sul sito su cui hai acquistato il libro. Vai semplicemente alla fine di questo libro e il tuo lettore ebook ti chiederà una valutazione.

Essendo un editore indipendente che investe la maggior parte delle sue entrate nell'introduzione di nuove serie in Italia, noi di LMBPN International non abbiamo la capacità di lanciare grandi campagne pubblicitarie. Pertanto, le recensioni costruttive e le valutazioni con stelle sono molto preziose per noi, in quanto puoi aumentare di molto la visibilità di questo libro per nuovi lettori che ancora non conoscono le nostre serie. In questo modo ci permetti di portare molte altre nuove serie in italiano.

NEWSLETTER

Benvenuti in un viaggio emozionante con LMBPN® International! Iscriviti alla nostra newsletter per accedere ad aggiornamenti esclusivi e contenuti gratuiti.

Come nostro stimato abbonato, godrai di un'esperienza ricca piena di sorprese. Immergiti in nuovi mondi, intuizioni uniche e storie emozionanti che ti aspettano. Unisciti ora, diventa parte dell'avventura internazionale LMBPN® e diventa davvero parte della storia!

https://lmbpn.com/it/newsletter/